Eberhard Werner Happel

Der Bayerische Max

Eberhard Werner Happel

Der Bayerische Max

ISBN/EAN: 9783743657793

Hergestellt in Europa, USA, Kanada, Australien, Japan

Cover: Foto ©Andreas Hilbeck / pixelio.de

Weitere Bücher finden Sie auf **www.hansebooks.com**

Nach Standes Gebühr/
Beehrter Leſer!

Hiemit wird demſelbigen
der Vierdte und Letzte Theil
deß Europæiſchen Kriegs-Ro-
mans/ oder Bäyeriſchen MAX,
jüngſt-verſprochener maſſen/ vor Augen
geleget; in welchem nicht nur das jenige/
was in denen dreyen letzten Monden deß
1691. Jahrs Merck- und Denckwürdiges
in EUROPA vorgegangen/unpartheyiſch
vermeldet/ſondern mehrmahlen nach Anleitung ſolcher Materien verſchiedene artige und nutzliche Diſcurſe, bißheriger Gewonheit nach/ zu deß Leſers Beluſtigung/
zwiſchen eingemenget worden; Zum Exempel: Von der Hertzogen auß Savoyen
Schuß-Freyheit/ und der ſonderbaren
Göttlichen Obhut über hohe Potenta-
ten/ ꝛc. von deß Ritterlichen Ordens
S. Mauritii und S. Lazari Beſchaffenheit;
von deß Barts und Häaren Würdig-
und Achtbarkeit/ auch deren Abſcheerens
Schimpfflichkeit/ ꝛc. von Fontangen/daß
IV. Theil.　　　a　　　　ſolche

solche keine neue/ sondern sehr alte Mode , &c. von der häufftgen Verarbeitung Goldes und Silbers Schädlich-
keit/ 2c. von der Hoffnung Betrüglich-
keit; Hertzog Christoffs auß Bäyern
Tapfferkeit/und im Thurnieren grossen
Erfahrenheit/ 2c. 2c. und anders dergleichen mehr.

Die Romanische Geschichte stellet/
neben allerhand wunderlichen Ebentheu-
ren/ Glück- und Unglücks-Fällen/die sich
selbst verzehrende Eyfersucht; der Liebe
grosse und alles zwingende Gewalt/ 2c.
falsche und getreue aufrichtige Freunde;
der Liebe und Freundschafft Wett-Streit;
allerley curieuse und verwirrete Liebes-
Händel; sonderbare Glückes- und Per-
son-Wechsel ; verrätherische Buben-
Stücke; grausame Raache; Tugendhaff-
te und untugendliche Menschen; Ritterliche Helden-Thaten/und dergleichen viel
anders für Augen: So erlanget unsers
tapffern Heldens bißhero für unbillich gehaltene Liebe/ nach vielen überstandenen
Gefahren/ gantz unvermuthet/ einen erwünschten und glücklichen Außgang. Dahero verhoffentlich der Geneigte Leser/wo
nicht ein vollkommenes Vergnügen/doch
auch

Vorrede.

auch kein unbeliebiges Mißfallen hierab
schöpffen wird.

So beruffet man sich allhier von
neuem/ auf das jenige/ was schon in der
Vorrede deß Ersten Theils angeführet
und proteſtirt worden/ daß man nemlich
nicht gesinnet/ jemand/ wer der auch immer
seyn möge/etwas zu Nachtheil oder Ver-
fänglichkeit zu schreiben/indem der Bäyeriſche MAX schon dazumahl schönſtens
gebetten / wo er in Beschreibung seines
Vatterlands/rc. einigen Irrthum / wider
bessers Hoffen/begehen solte; man solches
ihme nicht übel deuten möchte/weil er dergleichen bey bewehrten und authentisch ge-
haltenen Scribenten / und neueſten Aucto-
ren es also gefunden/auch nach Anleitung
eines im Lande selbſten sich befindenden
neuen und nicht unberühmten Historici,
eines und das andere angeführet / und
gleichsam geborget/ auch etwas mehrers/
zur Ehre und Ruhm deß Bäyerlands/er-
kläret. Zumahlen dieser gantze Roman,
keinen andern Endzweck gehabt/ als neben denen vielfaltigen Begebnüssen und
Jahrs-Geschichten / so auß offentlichen
und bekandten Schrifften gezogen seyn/
den Bäyerischen MAX, der neu-und lese-

begie-

begierigen Welt/nicht nur als einen wol=
erzogenen/ mit trefflichen Sitten begab=
ten/frommen/tugendlichen/tapffern Hel=
den; sondern zugleich auch/als einen wol=
geräußten/viel=erfahrnen/trefflich belese=
nen und nicht minder gelehrten Ritter/
vorzustellen/dergleichen auß seinen Actio-
nen/Discursen und Erzählungen abzuneh=
men: Daß dannenhero ein unpassionir=
ter/ und mit keinen Præjudiciis eingenom=
mener Leser schwerlich etwas finden därff=
te/das eine scharffe Censur meritirte: wie=
wolen man gerne zugiebet/ daß nichts so
gut und vollkommen kan gemacht werden/
daran (so man wil/) nicht etwas Tadel=
hafftes solte zu finden seyn/ oder auch de=
nen Worten ein anderer/ niemahlen in
Sinn genommener Verstand/zugeschrie=
ben werden könte. Wie man aber jeder=
zeit die Intention und das Gemüth anse=
hen/und nach demselbigen urtheilen solle;
also versiehet sich auch unser Bäyerischer
MAX, (dessen indifferenter hin und wie=
der in Ober= und Nieder=Teutschland
üblicher Name/ auf keine gewisse Person
oder Individuum zielet/ welches die Histo=
rie selbsten genug zu erkennen giebet/) man
werde ihme/ als einem rechtschaffenen Pa-
trioten/

Vorrede.

erioten / deme die Gloire und Ruhm seines durchgehends belobten Vatterlands höchstens angelegen / und welchen er / seines allergeringsten Orths / so viel an ihme ist / äusserstens zu vermehren beflissen / den bereits ziemlich genossenen Favor seiner Herren Lands-Leuthen / noch ferner gedeyhen lassen; und so wider sein eigenes Wissen und Vorsatz je ein Fehler solte vorgegangen seyn / solchen Menschlicher Schwachheit / und dem von andern aufrichtigen Scribenten gegebenen Anlaß / zuschreiben / und ihme zu gut halten / bevorab / er nicht ermangeln wurde / so einiger vorsetzlicher Fehler ihme wissend / solchen nach Möglichkeit zu verbessern.

Es ist aber unser MAX darinnen unglücklich gewesen / daß er seiner Durchleuchtigsten Chur-Fürstin und Gnädigsten Frauen / nicht in gleicher unterthänigster Demuth / zu Dero Füssen sich werffen können / als er mit dem I. und II. Theil dieses Geschicht-Romans / Ihro Chur-Fürstl. Durchl. Dero Herrn Gemahl / unterthänigst sich recommendirt. Dann / indeme dieser mit dem bereits verfertigten Dritten Theil gegen höchst-ermelter Durchleuchtigsten Prinzessin seine unterthänigste Devotion

Vorrede.

votion erweisen / und bey Dero Hervor-
gang nach geendigter (verhoffter glücklicher) Kindel-Bett / kniefällig sich præsentiren / recommendiren / und unter Dero
Chur-Fürstl. mächtigsten Protection, in die
Neydes-volle Welt / als eine ungestümme
See / sich kühnlich wagen wollen; da muste
er / nicht ohne sein eigenes / ja mit deß gantzen Landes / Erstaunen und höchstem Leyd-
Wesen die unglückliche Trauer-Post vernehmen / daß diese an allen Ertz-Hertzog-
lich-und Chur-Fürstlichen Tugenden voll-
kommenste Prinzessin / durch einen unverhofften allzufrühzeitigen / doch allerseelig-
sten Tod / auß dem irdischen / in das wahre
und Himlische Paradiß versetzet / dardurch
aber / wie das Land einer getreuesten Lan-
des-Mutter / also der Bäyerische MAX,
seiner gefasseten Hoffnung / leyder! beraubet
worden. Er versiehet sich aber nichts desto
weniger / es werde der hochgeneigte unpas-
sionirte Leser / dieses zu seiner belustigenden
Ergötzung abzielendes Wercke / um mehr-
berührter Ursachen willen / mit Gunst-
vollen Augen und geneigtem Willen ansehen und annehmen / und durch sothane Gewogenheit / Anlaß geben / ihme mit dergleichen mehrern hinkünfftig aufzuwarten.
Lebe wol!   Deß

wolte wissen/ wie es ihme dem Birlot seithero ergangen / verwunderten sich auch nicht wenig über die
ihme begegnete Zufälle/ sonderlich aber über die ver-
drüßliche Freundlichkeit der frechen Bauren-Dir-
ne/ deßwegen der verstellte Birlot sich mehrfaltig ve-
rieren und eine Scham-Röthe abjagē lassen muste.

Flenston neben Helfried forscheten zugleich / ob
ihme nichts von dem Bäyerischen Maxen wissend?
So er aber verneinete / jedoch in etwas Zweiffel ge-
riethe/ ob nicht der ihme anfangs nachfolgende und
nachschreyende / der ritterliche Max möchte gewesen
seyn/ er aber solchen für einen feindlichen Frantzosen angesehen haben / wie es dann in Warheit anders nicht ware / weiter aber kunte man nicht erfah-
ren/ biß nach Verlauff etlicher Tagen/ sie von Maxen selbsten Nachricht erhielten / daß er auf der
Räyse nach dem Ober-Rhein oder vielleicht gar in
Piemont begriffen seye/ welches sie einiger massen
befriedigte/ wiewol sie ihne lieber noch länger in ihrer Gesellschafft gehabt hätten/ insonderheit aber
Flenston, der fast nicht ohne Maxen leben kunte.

Helfried ob er gleich nicht minder gerne in Maxen Gesellschafft gewesen wäre/ so hielte ihne doch
die nun täglich zunehmende Affection gegen dem
verkleideten Birlot, von dessen Nachfolge ab / dann
die gute Qualitäten/ tugendliches Verhalten/ und
züchtiger Wandel Birlots/ hatte bereits ein solches
Feuer in Helfrieds Hertze angezündet/ so sich nicht
mehr wolte dämpffen lassen/ dahero er solche seine
Flamme/ mit guter Manier Birlot kund thate/ und
weil Birlotta (das ware der rechte Name dieses ver-
stellten Page, oder vielmehr verkleideten Fräuleins/)
es ihr nicht mißfallen liesse/ offenbahrte er sein Anliegen

ligen auch Flenſton, dieſer dem Relaps / und ſolcher
wiederum ſeiner Eheliebſten / welches dann denen
letzten beyden auch nicht zuwider ware / angeſehen
Helfrieds Stand und Tapfferkeit ihnen bereits
gnugſam bekant / zu deme / ſo hatte Helfried durch die
für ſie getragene Sorgfalt zu ihrer Wiederfindung /
und Erhaltung der bey ſich gehabten Koſtbarkeiten /
dergleichen Zuneigung wol verdienet.

Solcher Geſtalten nun lebte Helfried ſehr vergnüget / nur Gelegenheit abwartend / die Sache zu
glücklichem Schluß und Ende zu bringen. Relaps
bemühete ſich ſeines Orts / ſeine noch in Franckreich
hinterſtellige / wie auch der Birlotta ihre / anſehnliche
Güther / vermittelſt hinterlaſſener Freunden zu ver-
ſilbern / und das Geld an unterſchiedliche Orte zu
übermachen / um deſſen anderweit ſich zu bedienen.
Weil Relaps ſelbſten dieſe der Birlotta nicht un-
anſtändige Heyrath gerne beförderte ſahe ; Helfried auch immerzu triebe / wurden ſie in kurtzem mit
einander verſprochen / jedoch aber das Beylager auf
eine bequemere Zeit und Gelegenheit außgeſetzet /
damit es mit deſto beſſerer Reputation alsdann könte gehalten werden.

Es kunte aber dieſe Vergnügung dem guten
Helfried nicht lange gedeyhen / dann eines Tags bekame er durch einen eigentlich deßwegen nach dem
Alliirten Lager abgeſchickten Diener Schreiben
von dem am Rhein commandirenden Schwedi-
ſchen General, deß mehrern Innhalts: So bald es
möglich / ſich wegen wichtiger Urſachen zu ihme zu
verfügen / indeme ihme ein groſſes daran gelegen.
Helfried kunte wol nicht weniger / als ſolchem Be-
ehl und Begehren Folge zu leiſten / nicht eben darum / als

um als ob er unter Schwedischem Commando stünde / sondern vielmehr auß der Ursache / weil der General ihme ziemlich nahe anverwandt / und er durch
ihne gute Beförderung zu hoffen hatte. Von dem
Diener vernahme er auch so viel / daß der Bäyerische Max, neben noch einem ansehnlichen fremden
Ritter / bey dem General in hohem Ansehen wären/
vornemlich auch darum / weil diese Beyde unlangsten / deß Generals jungen Vettern / von denen
Frantzosen / die ihne gefangen gehabt / durch ihre
Tapfferkeit frey gemacht.

Helfried ware begierig zu wissen / wer dieser
junge Vetter/ den der General / erstattetem Bericht
nach / so trefflich caressirte und ehrte / wäre? Aber
der Diener wuste keinen andern Bescheid zu geben/
als daß er Bisan heisse. Dieser Name ware Helfried gantz fremd / und kunte sich nicht/ weder in den
Namen / noch in dessen nahe Verwandschafft mit
dem General schicken. Es möchte deme nun seyn
wie es wolte; So ware ihme doch darbey lieb zu
vernehmen / daß der Bäyerische Max sich bey dem
General enthielte/ dahero er Hoffnung hatte / dessen
werthgeschätzte Gesellschafft ehestens wieder zu geniessen / zugleich auch den gerühmten tapffern
Frembling / Maxen Cameraden / und dann den
ihme unbekanten jungen Schweden Bisan, kennen
zu lernen.

Birlotta hätte zwar gerne ihres Helfrieds Räyse hintertrieben / wann sie aber vernünfftig betrach-
tete/ daß solche zu seiner Glücks-Beförderung außschlagen könte / gabe sie sich willig darein / der Hoffnung gelebend / er wurde entweder/ bald wieder zuruck kommen/ oder aber nach deß Generals Gutachten / vielleicht sie selbsten bald nachholen. Bevor
er aber

er aber abdränete / muste er ihr versprechen / weil ihr
Herr Schwager sich nicht länger bey der Armee
mehr aufhalten / sondern sich nach Brüssel / und von
dar weiter in Holland begeben wolte / sie biß dahin
zu begleiten.   Diesemnach fertigte Helfried deß
Generals Diener / mit münd- und schrifftlicher Versicherung / dem Herrn General selbsten ehestens aufzuwarten / wieder ab; Er aber tratte 2. Tage hernach die Räyse mit Relaps an / und begleitete seine
Liebste nach Brüssel / und von dar weiter in Holland / darauf beschleunigte er seinen Weg nach dem
Obern Rhein / das was er dem Herrn General versprochen / nun im Wercke zu erweisen.

Wir lassen ihn aber wie auch den vorausge-
schickten Diener / ihres Weges reiten / und vermelden hierbey / daß als ermelter General von dem
Bäyerischen Maxen vernommen / in was guter
Vertrauligkeit und Freundschafft er mit Erich und
Helfried stunde / ingleichem / daß Helfried mit Birlot
nach der Alliirten Armee in Flandern gangen; Er
alsobald diesen Diener dahin gesendet / ihne zu sich
zu fordern / ein wichtiges Geschäffte ihme anzuver-
trauen / erwartete auch dessen Ankunfft so wol als
Bisan, (dessen Verlangen eben so groß ja grösser als
deß Generals ware /) mit grosser Sorgfalt / und das
desto mehr / weilen er sich anfienge im Leibe nicht
wol befinden.   Dahero er ihne gerne bald bey sich
gehabt hätte.

Zu Ende deß Dritten Theils haben wir vernommen / was massen Sincer die Räuber verfolget und erleget / auch die Uberbleibenden gezwungen / ihne nach ihrer Wohnung und zu denen übrigen zuführen / um sich deß entwendeten Kistleins
wieder Meister zu machen: Dieser gienge nun mit

seinen

seinen von Sand / Koth und Steinen angefüllten
Schub-Säcken / die Hosen in Händen tragend/
voran; Da sie dann bald / als es schon anfienge/
Abend zu werden/ durch das Gepüsche dahin gelan-
geten/ wo der Räuber versichert hatte / daß seine
übrige 2. Cameraden wurden anzutreffen seyn / wie
sie dann gleich darauf im Dunckeln jemand der auß
einer Höhlen herauß kame/ warnahmen / auch beyde nicht anders meynten / dann / daß es einer der
Räubern seye/ welches auch sein Kleid erwiese.

So bald Sincer seiner ansichtig wurde / gienge
er mit blossem Degen auf jenen loß/ der sich aber
nicht faul finden liesse / das unter den Armen tragende Kistlein auf die Erden / und sich tapffer zur
Wöhr setzte/ dessen Sincer bey einem Räuber sich
nicht versehen / dann die vorige alle nicht viel Hertzhafftigkeit erwiesen. Indeme sie also mit einander
scharmützelten/ kamen noch zwey Räuber dem eintzeln zu Hülffe / und schrien ihme noch von hinten
zu/ sich wol zu halten / er solte von ihnen secundiret
werden/ als sie nun herbey kommen/ und das Kistlein auf der Erden wargenommen/ ware der eine
geschwind darüber her/ sich dessen zu versichern/und
wegzutragen / Sincer solches sehend / ruffte/ halt du
leichtfertiger Bube/und lasse was dir nicht zugehöret stehen; liesse zugleich von seinem Gegen-Kämpf-
fer ab / und wolte sich an den reiben/ so das Kistlein
genommen hatte: Aber der andere / stellte sich geschwind Sincern entgegen/ ihne zu hintern. Auf
solches Ruffen/ wandte sich der / so bißher mit Sincern gekämpffet/geschwind um/erhaschete den so mit
dem Kistlein fortwolte / und versetzte ihme einen so
ungehobelten Streich auf den Arm/ daß derselbige
samt

samt dem Kiſtlein auf die Erden fiele / welches letztere dieſer geſchwind wieder zu ſich nahme. Sincer
indeſſen hätte vor Zorn ſchier mögen raſend werden/
beförchtend ſein erſter Gegener möchte damit durch-
gehen/ ſolches zu verhindern/ verſetzte er dem ſich ihm
entgegen geſtelltem Rauber einen ſo nachtrücklichen Streich übern Kopff / daß er ihn damit tödlich
beſchädigte / wolte darauf nun mit dem erſten / den
abgebrochnen Kampff / wieder erneuern / der aber/
an ſtatt ſich ferner wie zuvor tapffer zu wöhren/ ſein
Schwert von ſich warffe / auf die Knie niederfiele
und ſprache: Wie gnädiger Herz / wollet ihr euern
getreueſten Treulöw dieſen Räubern gleich tractiren / da ich doch dergleichen nichts verſchuldet habe/
auſſer / daß ich unwiſſender Weiſe wider euch mein
Schwert geblöſſet und mich ſelbſten verthaidiget
habe/ weßwegen ich auch um gnädigſte Vergebung
bitte / weil es ohne Vorſatz geſchehen / und ich euch
im Dunckeln / und an dieſem Ort / wo ich nur mit
Raubern zu thun gehabt/ nicht erkennet habe.

Der Printz ware zum höchſten verwundert/
ſeinen Treulöw / deſſen Stimme er kandte / allhier
anzutreffen / konte aber ſich darein nicht finden / wie
es komme/ daß er einen/ den Räubern gantz gleichen
Rock am Leib hätte / welcher ihne daß ihm unkeñbar
gemachet? Darauf erzehlte Treulöw kürtzlich/ daß
er an ſtatt ſeines ſchlechten und im Kämpffen ziemlich zerſetzten Rocks / in der Räuber Höhle dieſen
allda Herren-loſen angetroffen und genommen/
der ihne zu ſeinem Schaden ſeinem Herzn unerkenn-
lich gemachet / wie dann der auf gleiche Weiſe gekleidete und Sincern für einen Weg-Weiſer die-
nende Räuber/ auf den er ſeine Augen anfangs am

meiſten

meisten gewendet/ Ursache gewesen/ daß er seinen so
lieben Herrn nicht erkennet/ zumahlen er sich auch
keines feindlichen Angriffs von ihme versehen. So
bald er aber ihne den neu ankommenden Räuber
anschreyen hören/ habe er seines Herrn Stimme er-
kant/ und seinen begangenen groben Fehler/ den er
noch einmahl aufs demüthigste hiermit abbitte/
bereuet.

Sincer befahle ihme hierauf aufzustehen/ und
sich nichts zu befahren/ weilen er ja selbsten/ihne sich
zu wöhren genöthiget/ wurde ihme auch sehr leyd
seyn/ so er von ihme wäre verletzet worden/ erfreuete
sich demnach gar sehr/ als er hörte/ daß er von ihme
unverwundet blieben/ und nachdeme er jetzund seines Dieners Tapfferkeit selbsten ziemlich geprüffet/
hielte er nun hinführo viel mehr von ihme/ als vorher geschehen/lobte auch sein Verhalten hoch.

Nachdeme also die Räuber erleget/ der Sincern den Weg weisende auch hoch betheurete/ daß
nunmehr ihre gantze Rauber-Rotte zerstöret und
zerstöbert/ auch keiner von ihnen mehr übrig seye/
der nicht bey der Raubung deß Maul-Esels/ oder
bey dem Streit gewesen/ so/ daß sie alle entweder
erschlagen oder übel verwundet wären/ berath-
schlagte sich Sincer mit seinem Treulöw/was sie nun
anzufangen hätten. Sie waren beyde vom Gehen
und Streiten ziemlich ermüdet/ so ware ihnen auch
die Nacht auf dem Halse/ so/ daß sie weder Weg
noch Steg zu Leuthen zu kommen/ sich getraueten
zu finden; im Gepüsche und Gebürge ihre Ruhe-
Stadt zu nehmen/ware ihnen auch ungelegen/ und
ob schon der übrige Rauber sich erbothe/ sie in wenig Stunden zu Leuthen zu bringen/ hatten sie doch
groffes

ses Bedencken / seinem Rath zu folgen / auß
sorge/er möchte sie an End und Orte führen/wo
on andern bösen Buben von neuem könten ge-
et werden/und er also sich und seine Cameraden
hnen zu rächen suchen möchte / oder so er je sol-
nicht thäte / möchte er doch ihnen im Finstern
wischen / und sie in der Irre allein gehen lassen/
sie vielleicht weder diese Nacht noch den folgen-
Tag zu Leuthen/oder doch wenigstens nicht zum
mmissario und ihren Pferden gelangen möchten.
ahero hielte Treulöw für das rathsamste / in die-
Räuber-Höhle die Nacht über zu verbleiben/
nahlen er schon vorhero wargenommen / daß
nicht unbequem ware / ihnen Herberge und
acht-Quartier zu verstatten / bevorab weilen er
sein darinnen gefunden / und sich damit erquicket
tte.

Sincer gabe seinem Diener Beyfall / insonder-
it weil der Rauber selbsten versicherte/ daß gestal-
n Dingen nach / sie nicht übel wurden accommo-
ret seyn / weilen immerdar einiger Vorrath zu ih-
m Auffenthalt in der Höhlen vorhanden. Auf
lchen Entschluß muste der Rauber zu erst hinein
nd Liecht machen/welchen Treulöw begleitete/Sin-
er aber indessen den Eingang bewahrete. Nach-
em sie nun Feuer und Licht hatten / weilen hierzu
n der Höhlen die Nothdurfft verhanden / gienge
incer auch hinein / die Höhlen in Augenschein zu
ehmen/da sie dann nothdürfftige Speise und Ge-
ranck für unterschiedliche Personen / etliche Käse/
und etwas von Früchten / auch eine Flasche voll
Spanischen Weins auf ihres Führers Unterwei-
sung/ und eine nicht gar unbequeme Ligerstatt / in

einer Neben-Höhlen fanden. Dann es hatten diese Räuber ihnen diese Grotten-Höhle zu ihrer Retirade außersehen/ in deren sie manchmahlen etliche
Tage lang/ entweder insgesamt/ oder nur ihrer etliche sich enthielten/ je nachdem sie meynten/ daß es
etwas zu erhaschen setzen möchte.

Es hatte der gegenwärtige Krieg/ etliche zur
Desperation und dahin gebracht/ daß sie sich als
Schnaphanen und dergleichen Gesellen aufführ-
ten/ denen gleich viel galte/ ob sie von Freunden oder
Feinden etwas erschnappeten/ so sie hernach wieder
unter sich vertheileten/ und nach ihren Wohnungen
giengen/ biß die Noth/ oder aber eine bequeme Ge-
legenheit/ sie wieder antriebe auf den Pusch zu
klopffen/ und eine neue unerlaubte Beuthe zu suchen. Wann sie nun solche erhaschet/ gienge ein
jeder wieder an seinen Ort; solcher Gestalt waren
sie nicht leicht außzukundschafften/ dann/ wann man
schon nach verrichteter Rauberey/ Soldaten auß-
sendete/ die Räuber zu suchen und zu verfolgen/ waren sie doch schon wieder in ihrer Gewahrsame/ und
kunte niemand nichts von ihn erfahren. Sie waren
bey wenig Tagen eben wieder zusammen kommen/
sich um irgend eine Beuthe umzuthun/ als ihnen
deß Commissarii Maul-Esel/ (worvon sie einige
Kundschafft seiner Ladung halben gehabt/) aber zu
ihrem Unglück und Schaden aufgestossen/ den sie
wie wir neulich gehört angepacket; Zween von der
Gesellschafft/ waren anderswohin auf Kundschafft
außgewesen/ und dieses waren eben die jenige/ so
den Treulöw/ den sie wegen seines/ den ihrigen
gleichenden Rockes/ für ihren Mit-Räuber hielten/
zu schrien/ sich wol zu verthädigen/ und zugleich ihres
Beystan-

Beystandes versichert/ welche Gutwilligkeit ihnen
der Treulöw/ wie wir gehöret/ anders/ als sie ver-
hoffet/ belohnet.

Und dieses ware auch die Ursache/daß diese Höhlen solcher Gestalt versehen/und proviantirt ware/
weilen die Räuber vorhatten/ etliche Tage allda zu
verharren/ und ihre Diebs-Netze außzuwerffen/
aber ihre Rechnung weit ohne den Wirth gemacht.

Nachdeme nun Sincer und Treulöw mit dem
vorhandenen Vorrath zur Nothdurfft sich erquicket und gesättiget/ auch dem Räuber mitgetheilet/
legte sich Sincer auf das vorhandene Lager/ ein wenig zu ruhen/ Treulöw aber hielte indessen Wacht/
und befragte den Räuber/ von vielerley Sachen/
welcher ihme obigen Bericht erstattete/auch sonsten
unterschiedliches anzeigete/ zugleich auch Treulöw
ersuchte/seinen Herzn dahin zu vermögen/daß er ihne nicht in der Obrigkeit Hände liefern wolte/ welches dieser zu thun versprache,

Als nun Sincer ungefähr ein gut Paar Stunden geschlaffen/ und von sich selbsten wieder erwa-
chet/ sich auch ziemlich munter befande/ nöthigte er
seinen Treulöw/ sich auch ein wenig der Ruhe und
Schlaffes zu bedienen/ der es aber zu thun sich lang
weigerte/ doch zuletzt seines Herzn Befehl gehorsamte. Der Räuber hielte hierauf mit Sincern fast
voriges Gespräche/ wiederholete auch seine Bitte/
wovon Treulöw seinem Herzn schon Bericht erstat-
tet hatte/ deme Sincer solche auch dergestalt verwil-
ligte/wann er hinfüro ein anders und erbares Leben
und Wandel zu führen/aller Diebs-und Räuberey
sich zu entschlagen angeloben; ihne und seinen Diener aber wieder auf den rechten Weg und zu Leuthen

then bringen würde; welches alles und noch viel ein
mehrers/ er zu thun zum höchsten betheuretc.

Indeme Treulöw ruhete/ und Sincer mit dem
Räuber sein Gespräch hatte/überfiele ihn allgemach
von neuem der Schlaff/ daß er wieder zu schlummern
anfienge: Der Räuber solches warnehmend/ und
seines erst so hoch betheurten Versprechens sich nimmer erinnerend/wolte so gute Gelegenheit/die schon
einmahl entzogene Beuthe/ nun wiederum zu erha-
schen/ nicht vorbey gehen lassen; Erhube sich demnach in aller Stille/ergriffe das Kistlein/und schliche
damit dem Außgang der Höhlen zu/wäre auch auf-
ser allem Zweifel/ damit entwischet/ wann nicht deß
Treulöw Sorgfalt/ solcher besorgenden Boßheit
einen Riegel vorgeschoben.

Er hatte nemlich/ als er sich schlaffen geleget/
nicht allein das Kistlein zu sich genommen/ sondern/
damit er desto sicherer ruhen/ und man ihme solches
nicht unvermerckt hinweg stehlen könte/ ohne War-
nehmung der andern/eine starcke und ziemlich lange
Schnur daran feste gemacht/ und solche um seine
lincke Hand gewickelt/damit/so man solches hinweg
nehmen wolte/ er hiedurch dessen gewar und munter wurde/ als auch geschahe.

Dann/weilen der Räuber hievon nichts wuste/
weckte er in seinem Fortschleichen Treulöw auf/der
sich nicht gleich bald recht besinnen kunte / wie ihm
ware / doch als er bey dem tunckeln Liecht deß Ein-
gangs/ sich iemand hinauß schleichen sahe/ zugleich
auch seine lincke Hand nach sich zu ziehen fühlete;
merckte er geschwinde/ wie viel Uhr es geschlagen/
sprange derhalben alsobald auf die Beine/ schrye
den Räuber an/und verfolgete ihne zugleich. Sincer
wurde

wurde hierauf auch wacker / wuſte aber nicht / was
dieſer Auflauff bedeutete / doch folgete er denen andern nach. Der Räuber merckend/daß das Kiſtlein
durch einiges Band zuruck gehalten wurde / ware
geſchwinde mit dem Meſſer herauß / und ſchnitte die
Schnur entzwey / um deſto ungehinderter fortzu-
kommen. Als Treulöw ſolches ſpührete/vergröſſerte
ſich ſeine Sorgfalt/ verdoppelte ſeine Schritte/ um
den Räuber nicht auß dem Geſichte zu laſſen/ wozu
ihm das wenige Sternen-Liecht annoch verhülfflich ware.

Es kame aber dem Treulöw noch dieſes zum
beſten / daß der diebiſche Räuber keinen Knopff in
ſeinen Hoſen hatte / und alſo ſelbige nicht feſte machen / einfolglich nicht ſo hurtig lauffen können / dahero er ihn auch deſto geſchwinder einholete; Weil er
aber dannoch nicht Stand halten / Treulöw auch
nicht lang vergeblich nachlauffen wolte/ und immit-
telſt ſeinen Degen gezucket hatte / lähmete er ihm
durch einen Queer-Hieb beyde Beine/daß er übern
Hauffen fiele/und das Kiſtlein fallen lieſſe. Treulöw
ware über dieſe wiederholte Boßheit alſo erzörnet/
daß er ihme noch einen nachdrücklichen Streich ver-
ſetzte/der aller ſeiner Boßheit/und zugleich ſeines Lebens ein Ende machte. Darauf nahme er das Kiſtlein zu ſich/ gienge ſeinem Herrn/ der ihme auch mit
bloſſem Degen nacheylete/ aber nicht ſo hurtig auf
den Beinen als Treulöw ware/ entgegen/ mit An-
zeige/ wie er den Räuber gezüchtiget/ deſſen Sincer
wol zufrieden ware/ weil er mit wiederholter Boß-
heit/da ihme doch kurtz vorher Vergebung zugeſagt
worden/noch ein ſchlimmers wol verdienet.

Sie kehrten darauf zu der Höhlen zuruck/deß
Tages

Tages allda zu erwarten / der auch bald darauff/
durch seine Vorlaufferin und Tags-Verkündigerin/
die göldene Morgen-Röthe/sich über die Gipffel der
Berge anmelden liesse.   Nachdeme sie nun mit einem Trunck Spanischen Weins sich gelabet / und
zur Rähse fertig gemacht/ Treulöw auch/weil es etwas kühl / den Räuber-Kittel über seinen eigenen
angezogen/auch das Kistlein zu sich genommen hatte / verliessen sie diese unangenehme Räuber-Woh-
nung / und suchten den Weg wieder zuruck / den sie
vorigen Tages dahin gekommen waren.

Das II. Capitul/

Treulöw und Sincer müssen einen harten Stand
thun/ bekommen anvermutheten Succurs, nachdem die
Bauren übel zugerichtet worden.   Catinat wird ziemlich in die Enge getrieben/Carmagnola von den Alliirten belagert/ und die Belagerung beschrieben.

Sie waren aber noch nicht gar weit von ihrer
Nacht-Herberge abgekommen / da sahen sie
hin und wieder etliche Männer/theils zu Fuß
und theils zu Pferde/diese/als sie unserer beyden gewahr wurden / begaben sich auf ein gegebenes Zeichen zusammen/ihren Weg gegen Sincern und Treulöw zunehmend/ wiewol es/ wegen deß Weges Un-
bequemligkeit/etwas hart und langsam hergienge.

Als die Vorderiste nun ziemlich nahe bey Treu-
löw/ der etwas mit dem Kistlein vorauß gienge/Sin-
cer aber auf ungefähr 25.oder 30.Schritte hinnach
folgete/ ankommen/ ruffte einer von ihnen : Dieses
ist eben der Räubern einer/ der uns gestern helffen
berauben.Treulöw/der wol sahe/daß diß keine Räuber noch Soldaten/(wiewol etliche der letzten unter
ihnen/) sondern/ wie er auß ihren unterschiedlichen
Kleidun-

Kleidungen abnahme / meistens Land-Leuthe und
Bauren waren/und dahero sich keines Angriffs von
ihnen besorgete / hatte dieses Ruffen nicht wargenommen / weil er nun / wegen seiner Kleidung/ für
einen Räuber gehalten/ und bereits darfür außge-
schryen wurde / stürmeten diese grobe Leuthe mit allem Gewalt auf ihne zu / griffen ihne gantz unge-
stümm nicht nur mit harten Schelt-Worten / sondern auch mit ihren bey sich habenden allerley Gat-
tungen Waffen an/und forderten zugleich das Kistlein von ihme.

Auß solchem Beginnen sahe Treulöw wol/daß
er sich deß Degens bedienen / und sich verthädigen
müsse / deßwegen ware er nicht faul / und versetzte
dem ersten / den er erlangen kunte / einen so un-
freundlichen Streich / daß er darüber zu Boden
gienge/und das Auffstehen vergaße. Einem andern
risse er / ehe er es sich versahe/ seine rostige Hellebar-
ten auß der Hand / und schmisse ihn mit seinem
selbst-eigenem Gewehr über einen Hauffen. Sincer,
der sich indessen auch herbey gemacht/bezahlete dem
britten seinen Frevel/ mit gleicher Müntze/ aber damit wurde dieses Gesinde erst recht aufgebracht/daß
es demnach trachtete / sie beyde zu umringen / und
völlig aufzureiben. Solches aber merckte Sincer
bald/deßwegen erinnerte er Treulöw/sich ein wenig
zuruck zu begeben/wo der Weg etwas enger/ da sie
sich besser defendiren / und einen Angriff von hinten
leichter verhindern kunten.

Indeme aber Treulöw solches bewerckstelligte/
und sich nach Sincern umwandte/kriegte er einen ge-
waltigen Spieß-Stoß von hinten auf den Rucken/
und zu gleicher Zeit auch an eben denselbigen Orth
einen

einen Schwerdt-Streich/die beyde gnugsam gewesen wären/ihne in die andere Welt zu schicken/wann
sie nicht zu allem Glück auf das auf dem Rucken
tragende Kißlein gegangen wären. Es hatte näm-
lich Treulöw desto bequemer fortzukommen/ das
Kißlein/ vermittelst seiner Schnur/ gleich einem
Ranzen oder Felleysen auf den Rucken gebunden/
ohne Absicht/daß solches solcher Gestalt/ihme Statt
einer Brust- oder vielmehr Rucken-Wehr oder
Walles/ dienen solte/ als er aber jetzt erfahren.

Unterdessen ware dieses Gesindes noch mehr
herbey kommen/die ein solches Mord-Geschrey füh-
reten/ als wann etliche Regimenter mit einander
scharmützelten. Es liessen sich aber weder Sincer, noch
sein unerschrockener Diener Treulöw/durch solches
Geschrey ihnen darum den Muth nicht nehmen/son-
dern schlugen nur desto beherzter unter ihre Anpa-
cker/ wie dann Sincer zween/ die sich zu weit hervor
gethan/auf das Maul geleget/auch sonsten noch einen übel verwundet. Lustig wäre es zu anderer Zeit
und Gelegenheit zu sehen und zu hören gewesen/als
Treulöw mit seiner eroberten rostigen Hellebarten/
einem dieser groben Knöbeln/der sich zu weit hervor
gewaget/ zwischen dem Leib und Arm/ohne einigen
Schaden durchgestochen/ der sich nicht anders ein-
bildete/ als wäre ihme der Spieß durch den Leibe
gegangen/ derowegen schrye er voller Angst und
Schrecken/O Brüder/ich bin tod/helffet mir! lieffe
darauf so viel er kunte zuruck.

Weil nun diese Leuthe unsern beyden tapffern
Streitern nicht so wol beykommen kunten/ als sie
vermeynet/griffen ihrer etliche nach Steinen/ und
fiengen an/mit Gewalt auf diese beyde zuzuwerffen/
solchem

solchem Stein-Hagel nun zu entgehen / musten sie
sich wieder etwas zurück ziehen; solche Retirade en-
couragirte die Feinde dergestalt / daß sie mit allem
Gewalt auf sie zutrangen / nachdem aber Sincer
einem den Kopff spaltete / Treulöw hingegen die
Steine wieder zurück unter seine Verfolger / mit
gutem Nutzen und Nachdruck warffe / begaben sie
sich wieder ein wenig zurück / wodurch unsere
Kämpffer ein wenig Lufft bekamen / sich zu erschnauf-
fen.   Diese Ruhe wurde ihnen aber nicht lang gegönnet / sondern die Feinde wagten alsbald einen
neuen Anfall / und solchen so viel desto lieber / weil
ein Soldat mit einer Flinten sich anjetzo zu ihrem
Anführer gebrauchen liesse; dieser wolte nun eben
auf Treulöw-anschlagen / und Feuer geben / als Sincer seines annoch geladenen Pistohls sich zu rechter
Zeit erinnerte: Er zoge demnach solches geschwinde herfür / und mit solcher Geschwindigkeit / truckte
er loß / das Knall und Fall eines ware; Treulöw ware hier geschwind bey ihm / risse ihme die noch
geladene Flinten auß der Hand / und ziehlete damit
auf die Vordersten; die solches sehend / und ihrer
Haut förchtend / sich hurtig zurück machten / dessen
jedoch unerachtet / schosse Treulöw hiermit unter
den Hauffen / und verwundete einen durch den Arm
hindurch.   Auf diesen Schuß / als die Bauren sahen / daß sie sich wegen deß Geschosses / nun nichts
mehr zu beförchten / fasseten sie wieder neuen Muth /
und mit viel hefftigerm Geschrey als zuvor / fielen sie
wie grimmige Bestien an / wurden aber mit Löwen-
müthigen Hertzen und Faust empfangen.

   Es wurde aber ihre / obwolen unvergleichlich
tapffere Gegenwöhr / in die Länge nicht mehr gut
IV. Theil.   b   gethan /

gethan / sondern sie doch endlich den Kürtzern gezogen haben/wann nicht zu allem Glück/ etliche ränsende zu Pferde / entweder durch die Schüsse / oder
das grausame / Geschren der tollen Land-Leuthen
veranlasset / herbenkommen / welche wie sie den so
ungleich außgetheilten Streit ersehen/ sich erkundi-
get/ wie es käme / daß ihrer so viel wider zween einige kämpffeten? Als sie die Ursache dessen vernommen / machten sie ihnen selbsten Platz/und näherten
sich zu Sincern und seinem Diener / sie befragend/
was sie veranlassete / die Ränsende zu berauben?
Sie solten das abgenommene seinem Herrn wieder
zustellen / wolten sie nicht in noch grössere Gefahr
gerathen.

Sincer gabe hierauf mit wenigem zu verste-
hen/daß sie nichts wenigers als Räuber seyen/ja erst
gestern Abend die allda befindliche Räuber ihrem
Verdienst nach abgestraffet/ und das ihrem Räyse-
Gefährten abgenommene gegenwätige Kistlein
wieder erobert/ aber darüber ihre Gesellschafft samt
ihren Pferden verloren.   Indeme sie nun beschäff-
tiget seyen/beyde wieder zu finden/ seyen sie von diesen Leuthen überfallen / und als Räuber und Diebe
von ihnen mißhandelt worden; Weil nun / fuhre
Sincer fort/ ich euch für ehrliche Ritters-Leuthe an-
siehe/ so gebet nicht zu / daß wir unter der Hand dieses tollen und wütenden Pövels unschuldiger Weise erliegen müssen/ zumahlen ich erbietig bin / das
Fürgebrachte gerichtlich zu behaupten.

Der Wort-Halter neben seinem Cameraden
hatten Sincern / indem er redete gar genau betrachtet / und auß seinen Worten und Gebärden
abgenommen/ und geurtheilet/ daß er kein Rauber:

ber/ und was er erst vorgebracht / die Warheit seyn
müsse. Sie verwunderten sich zugleich nicht wenig
über ihre erwiesene Tapfferkeit/ so sie auß denen vielen Erschlagenen und Verwundten / deren über
12.herum lagen/ abnehmen kunten. Deßwegen
sprache der vorige wieder / ich zweiffle mein Hertz an
euerm Vorgeben selbsten nicht / weil ich aber diesen
Leuthen/ als ein Frembling nichts zu gebieten habe/
und ihr selbsten euch erbietig machet/ die Sache gerichtlich außzumachen/so achte ich das Beste zu seyn/
solchen vorgeschlagenen Weg zu kiesen. Ich neben
meinem Cameraden wil euch indessen in meinen
Schutz nehmen / und so gut als mich selbsten wider diese Leuthe vertheidigen.

Hierauf wandte er sich zu denen noch immer
schnaubenden Bauren/ und sagte/ sie solten wol zu-
sehen/ was sie thäten/ allen Anzeigen nach seyen dieses keine Räuber / sondern ehrliche Leuthe / er wolte
solche mit sich nach der nächsten Statt nehmen/ daselbsten solten sie gleichwol ihre Klagen anbringen/
und außführen.

Einer der vor andern/von mehrerer Authorität
seyn wolte/antwortete: Sie insgesamt hätten für
sich selbsten nichts wider diese Beyde zu klagen/son-
dern seyen von einem Herrn angefrischet und ihnen
befohlen worden/die Räuber aufzusuchen/ und den
gestrigen Raub wieder abzujagen/ welches zuthun
sie eben im Werck begriffen gewesen.

Der Fremde fragte ferner/ wer dann der jenige beraubte Herr seye/ der sie außgeschicket? Aber
der Worthalter/ wuste weiter keinen Bescheid zu
geben/ als daß er sagte/ dessen hier verhandener
Diener wurde es am besten berichten können;

b 2　　　Als

Als nun derselbige auß den hintersten herbey kame/ und ihme diese Frage vorgeleget wurde/ sagte er/daß sein Herz ein Commissarius, nach der Armee zu gehen begriffen. Indeme er dieses redete/erkennete Treulöw denselben alsobald/ ruffte ihme mit Namen/ ihne fragend/ wo sein und seines Herrn Pferde hingekommen? Als der Diener Treulöw erkante/ lieffe er ihme entgegen/ voller Verwunderung/ daß er der jenige seye/ den er für den gestrigen Räuber gehalten/ er erkennete auch Sincern/ und erzeigte ihme sehr grosse Ehre/ sich höchlich entschuldigend/ daß er sie nicht eher erkennet/ woran ihne aber Treulöwens ungewohnter Habit verhindert hätte/ hierauf erzehleten sie beyderseits kürtzlich/ was seit gestern passiret seye/ darob die Ankommende sich verwunderten/ und zugleich erfreueten/ daß dieser gefährliche Streit/ noch so ein ziemliches Ende genommen.

Aber die Bauren waren nicht zufrieden/ daß ihrer so viel Haare gelassen/ und nun vielleicht auch deß versprochenen Tranck-Gelts entbären solten; Dannenhero sahen sie den Diener scheel an/ wolten ihme auch schier an die Haut gerathen/ daß er sie so schändlich angeführet/ und diese für Räuber ihnen angeben hätte. Er entschuldigte sich aber so gut er konte/ und muste Sincer samt den Ankömmlingen/ sich anjetzo seiner mit Ernst annehmen/ sonsten er vielleicht das Bad hätte außsauffen müssen.

Darauf nahmen sie ihre Todte und Verwundete zu sich/und begaben sich auf den Ruckweg/Sincer, Treulöw/ und deß Commissarii Diener/blieben bey denen Ankömmlingen ihren Erlösern/ dann sie
traueten

traueten dem erzörneten und raachgierigem Gesinde nicht zu wol. Sie waren aber noch nicht weit fortmarchiret/da begegnete ihnen der Commiſſarius, mit etlichen zu Pferde/ zu ſehen/ was die voraußgeſchickte Leuthe möchten außgerichtet haben/ da ihme dann der gantze Handel mit wenigem erzehlet wurde;er ſaumte ſich darauf nicht/Sincern zu empfangen / und wegen deß vorgegangenen ſich gegen ihme zu entſchuldigen/gegen den andern bedanckte er ſich gleichfalls / daß ſie fernerem Unheil vorgekommen/ erfreuete ſich auch / daß weder Sincer noch Treulöw verwundet worden / noch mehr aber/ daß er durch Treulöw das geraubte Kiſtlein wieder bekommen/ darvor er ihnen groſſen Danck wuſte/ die Bauren und wenige mit ihnen geweſene Soldaten/ befriedigte er damit/daß er ihnen die verſprochene Verehrung bezahlete.

Hier iſt zu wiſſen / daß/ als der Commiſſarius die Räuber und Sincern mit ſeinem Diener auß dem Geſichte verlohren / zugleich auch der Abend herein zu brechen begunte/ er ſich länger an ſo gefährlichem Ort nicht aufhalten / ſondern ſeine Retirade nehmen wolte / wie er dann mit dem noch übrigen Knechte und Sincers Pferden ſeinen Weg verfolgete / und mit anbrechender Nacht in einem Flecken ankame/ da er dann alſobald Anſtalt machte / die Räuber aufzuſuchen/ den Verluſt wieder zu bekommen/und Sincern ſamt Treulöw zu ſecundiren. Weilen es aber ehe man die behörige Anſtalt machen kunte / ziemlich ſpat wurde / und wie es an dergleichen Orten zu geſchehen pfleget/ alles unordentlich durch einander gienge/ muſte er wol biß den andern Morgen Gedult haben / da dann eine ziemliche

liche

liche Anzahl Land-Leuthe auf die Beine kamen / denen sich etliche Soldaten oder vielmehr Merode- Brüder / die ihre Mondirung verlohren zugeselleten / und bey guter Tages-Zeit / die Räuber zu suchen außzogen/da dann / durch Irrthum deß Commiſſarii Dieners / den Treulöwen Räuber-Kittel verursachet / sich begeben / was wir bißher berichtet haben.

Unter denen Tags vorhero erschlagenen und verwundeten Räubern / befanden sich 2.oder 3.die in diesen Flecken gehörig / und zwar eben der jenige auch/den Sincer perdonirt / Treulöw aber / auf wiederholte leichtfertige Boßheit/ seinem Verschulden nach / gezüchtiget hatte.

In diesem Flecken blieben sie den gantzen Tag ligen/um wegen erlittenen Verdrusses und Bemühung sich zu erholen. Es kame aber selbigen Tages ein Officier von der Armee an / der in gewissen Verrichtungen abgeschicket ware / von diesem erfuhren sie allerhand Neues/unter anderm/daß Carmagnola,belagert/und nun stündlich die Eroberung gehoffet wurde / ja ohne Zweiffel indessen erfolget seye.

Auf ferneres Forschen / wie es mit der Belagerung hergegangen / ertheilte er ihnen diesen folgenden geschriebenen Bericht / darauß sie selbsten den bißherigen Verlauff ersehen solten. Dessen Innhalt darinnen bestunde :

Nachdeme der Hertzog von Schomberg den 8.Septembris N.C. mit denen Religionaires, so in 5000.Mann bestunden / auch im Lager anlangete/ so ist darauf die Armee den 2.12.schleunig um Mitternacht von Carignan aufgebrochen / und hat sich den

den 4. 14. bey Villa Franca gesetzet.   Um Mitternacht wurde der Printz Commercy mit 1400. Pferden über den Po-Fluß / deß Feindes Lager zu recognosciren / commandiret / welcher so bald zurück berichtete / daß derselbe sich bey angebrochener Nacht
von dannen retiriret / die Brücke ruiniret / und bey
Saluzzo sich gelagert hätte.   Worauf Alliirter
Seiten Morette besetzt / auch etlich Brücken über den
Po-Fluß verfertiget worden.   Die Armee zoge sich
solchem nach weiter hinauf / und wurde zu mehrerer
Versicherung der Pässe auf Pignerol eine Linie
von Barge biß nach Rivello gezogen / woselbsten
sich die Käyserliche / Chur-Bäyerische und Savoyische / und zu Staforda die Mäyländische Völcker
lagerten.   Es wurden auch einige Völcker nach
den Lucerner-Thälern geschickt / um die daselbstige
Pässe mehrer zu besetzen.   In dieser Postur ist sie
vom 4. 14. biß den 10. 20. Septembris stehen blieben /
in Hoffnung / es würde der Feind auß Mangel der
benöthigten Lebens-Mittel gezwungen werden /
entweder sich durchzuschlagen / oder einen weiten
Weg über Dauphine / welcher Paß ihm noch offen
stunde / seine Retirade auf Pignerol zu nehmen /
zu dem Ende man ihm alle Victualien / so viel
möglich / abschnitte.   Die Waldenser unter dem
Commando deß Monsr. Julien haben sich mitlerzeit
auch Fossano / so zwischen Cuneo und Savigliano
am Fluß Stura ligt / bemächtiget / und die darinn
gelegene Frantzösische Besatzung von 200. Mann
meistens niedergemacht.

Dessen ohngeachtet bliebe der Catinat in seinem Lager unbeweglich stehen / und schiene / daß er
an Lebens-Mitteln noch zur Zeit keinen Mangel
litte /

litte/weßwegen Alliirter Seiten resolviret worden/
(weilen der Feind sich; sehr vortheilhafftig postiret/
und wegen Kürtze der Zeit nicht wol außzuhungern
stunde/ auch die Campagne, wo man sich länger auf-
hielte/ verlohren gienge/) Carmagnola zu belagern/
woburch der Feind von einer Seite völlig wieder
vertrieben wäre; Weßhalben den 2. 12. Septembris
der Printz Eugenius mit 2000. Pferden die Stadt
zu berennen vorauß gangen/ deme den 15. 25. dito
die Armee über Staforda gefolget/ zu Cardi und Morette den Po passiret/ und den 18, 28. vor Carmagnola
ankommen; Daselbsten haben die Frantzosen seithero mit grossen Kosten die Fortification verbessert/
die allda befindliche 7. Bollwercke/ so wol in-als
ausserhalb/ mit doppelten Wasser-Gräben und Pal-
lisaden versehen/ wo keine Moräste waren/ halbe
Monden und Ravelinen gemacht/ und einen grossen Graben/ den sie mit Wasser anfüllen können/
wie auch einen bedeckten Weg/ mit einer Brustwöhr verfertiget/ und alle Bäume um die Stadt
niedergehauen; Dessen ungeachtet wurde so gleich
den 20. 30. Septembris der Anfang zu der Belagerung gemacht/ und denen Völckern ihre Posten an-
gewiesen/ also/ daß die Käyserliche und Chur-Bäyerische Völcker zugleich den Platz von der Vorstadt
St. Johannis/ biß nach St. Grasso an die Moräste/
die Spanier von dar biß zur Vorstadt unserer Lieben Frauen/ und die Savoyische Völcker darzwi-
schen/ von denen Morästen der Vorstadt/ biß an
St. Johann occupiren und einehmen solten.

Den 1. Octobris wurde in Gegenwart seiner
Chur-Fürstl. Durchl. von Bäyern allen Regimentern das Lager angewiesen und ordiniret; Monsr.
du Plessis,

du Pleſſis , Brigadier und Commendant der Veſtung/
ſchickte einen Tambour zu Sr. Chur-Fürſtl. Durchl.
herauß/und lieſſe ſelbige fragen / wo ſie dero Quartier hätten / damit beſagter Commendant befehlen
könte / daß man ſie mit den Stücken nicht incom-
modirte; Se. Chur. F. Durchl. gaben großmüthig
zur Antwort / daß ſie dem Commendanten Danck
ſagten / und lieſſen ihm zu wiſſen thun / daß dero
Quartier aller Orten durch das gantze Lager wäre.

Den 2. dito nahmen die Käyſerliche und Bäyeriſchen ein jeglicher an ſeinem ordinirten Ort Poſſeſ-
ſion ; Der Feind continuirte inzwiſchen / gleichwie
vorhero / ſehr hefftig und furios mit Stücken herauß
zu ſchieſſen / und vornemlich auf der Generalen
Quartiere.

Den 3. dito nachdeme die Direction der Approchen dem Herrn General , Baron von Steinau
conferirt ware / reſolvirte man die 3. Bollwercke
und die 2. Ravelins gegen der Vorſtadt St. Bern-
hard zu attaquiren und anzugreiffen/dergeſtalt/daß
die Attaque doppelt von der rechten Hand denen
Käyſerlichen und Bäyeriſchen bliebe; Die Attaque
lincker Hand aber Ih. Durchl. von Savoyen: Und
die Spanier fiengen ihre Attaque gegen über denen
Käyſerlichen an. Im Angriff dieſer / wurde der
General-Wachtmeiſter / Herr Graf della Torres,
oder vom Thurn/mit dem Obriſte Hertzog von Mör-
ſeburg / 1. Obriſt-Lieutenant , 1. Obriſt-Wachtmei-
ſter/8. Hauptleuthen/12. Lieutenants und 1200. Gemeinen commandirt / Poſto zu faſſen / und die Trenchéen gegen der Veſtung auf der Seiten deß Ca-
puciner-Kloſters und einer Mühl zu eröffnen; Selbige Nacht / nachdem in Gegenwart Se. Chur. F.
Durchl.

Durchl. die Arbeiter / und die / welche sie bedecken /
wie auch die jenige / so sie unterstützen solten / commandiret waren / fienge man würcklich an die Trenchéen zu eröffnen / und nahme zu solchem Ende einen alten Graben ein ; Und als man beyderseits
einen Bach passiret ware / zoge man eine Communications-Linie zur lincken Hand / biß an obbesagte
Mühle ; Nach diesem fuhre man weiter mit denen
Attaquen fort / und wurden 2. Schantzen aufgeworffen : Unterdessen feureten die Belagerte sehr
starck / und continuirlich herauß / absonderlich auf
die Käyserlich- und Bäyerische / währendem solchem wurde der General-Wachtmeister und Capitain der Guarde Sr. Chur-Fürstl. Durchl. Herr
Graf von Sanffre / mitte durch ein Ohr / das Haupt
etwas weniges berührend / geschossen ; Ingleichem
wurde der Obrist-Wachtmeister vom Würtenber-
gischen Regiment und der Herr Graf von S. Mau-
ritz / Hauptmann vom Chur-Bäyerischen Leib-Regiment / mit 30. gemeinen Soldaten verwundet /
und 7. Mann todt geschossen.

Den 4. dito machte man 2. Schantzen nächst
an unserm Lager / damit der Feind auf allen Fall
von aussen nicht einbrechen könte / und diesen Tag
wurde der General-Wachtmeister Geschwind / mit
obiger Anzahl Officirer und Soldaten commandiret / in denen Trenchéen abzuwechseln. Diese Nacht
hat man auch die 2. Schantzen besser perfectioniret /
und von einer zur andern eine grosse Communications-Linie gezogen / in welcher auch ein Place d'Ar-
mes formiret worden / worbey wir 5. Todte und 32.
Verwundte / unter welchen Letzten sich ein Hauptmann Kagane und ein Lieutenant , beyde vom Wür-
tenbergi-

tenbergiſchen Regiment befunden / bekommen
haben.

Den 5.Morgens/nachdem Jhro Chur-Fürſtl.
Durchl.von Bäyern/wie gewöhnlich/die Trenchéen
und Arbeiter beſichtiget / haben ſie einen bequemen
Ort zu einer Batterie für die Stücke und Mörſer
darauf zu pflantzen / angegeben / und dieſe Nacht
wurde ziemlich weit, mit denen Approchen fortge-
fahren/und zoge man eine andere Communications-
Linie, wobey unſere Soldateſca, wegen hellen Mond-
ſcheins/ziemlich heiß geſtanden/wie dañ der Obriſt-
Wachtmeiſter / Herz Baron von Lützelburg / vom
Steinauiſchen Regiment/und 40.gemeine Solda-
ten/verwundet/und 2. Ingenieur-Lieutenants, ſamt
4.gemeinen Soldaten/ tod geſchoſſen worden.

Den 6.und 7.dieſes hat man die Arbeit an denen Batterien continuirt / und als dieſe verfertiget/
fienge man den 8.Morgens an/ den Platz auß 40.
und mehr Stücken Geſchützes zu beſchieſſen / und
eine Menge Bomben hinein zu werffen ; welche/
wie man nicht zweifelt/gute Würckung gethan.

Das III. Capitul/

Printz Sincer und ſeine Helffer erkennen einander/
ſener erzehlet Maxen Zufall. Carmagnola ergibt ſich/
die Accords-Puncten.Beym Außzug werden die Fran-
zoſen beraubet/wobey ein artiger Caſus ſich ereignet.

Ach Verleſung dieſes/ auch eingenoͤmenem
mehrern Bericht/ bedanckten ſie ſich gegen
dem Officier/ wegen erwieſener Höflikeit/
freueten ſich auch alle/daß ſie annoch Gelegenheit
aben ſolten / wo nicht der ferneren Belager- doch
r ſo bald hoffenden Eroberung der Stadt und
Zeſtung Carmagnola beyzuwohnen / und auf eine
oder

oder die andere Weise sich zu segnaliren / sie führeten deßwegen unterschiedliche Discurse mit einander. Inmittelst hätte Sincer gerne mehrere Erkännt-
nuß von seinen Räyse-Gefährten/die ihme wider die
Bauren zum Succurs kommen / und jene gleichfalls
von Sincern/haben mögen ; es hatte aber bißher weder der eine noch die andern/die Kühnheit nehmen/
und einander deßwegen befragen wollen / nicht
zweiflend / weil sie eine gleiche Räyse vorhatten/es
schon Gelegenheit geben wurde/ ein mehrers mit
einander bekandt zu werden. Sincer sahe auß der
beyden Verhalten und gutem Ansehen wol/daß es
keine gemeine Ritter wären; dergleichen jene auch
von Sincern urtheileten / weil sie über sein gutes Ansehen / auch seine und seines Dieners Streitbarkeit
und tapffere Faust/ an denen gegen die Räuber und
Bauren erwiesenen Proben/wargenommen hatten.
Jeder Theil bemühete sich/ein mehrers von deß andern Diener zu erfahren ; jener ihre entschuldigten
sich mit der Unwissenheit/weil sie noch nicht lange in
ihrer Herren Diensten: Treulöw aber vermeldete/
daß sein Herr auß gar weit entlegenen Ländern dieser Enden kommen / einem tapffern Teutschen Ritter / mit dem er gute Freundschafft hielte / nachzuforschen.

Es hatte aber Printz Sincer ein sonderbares
Vergnügen/ in dieser Gesellschafft sich zu befinden/
desto mehr/ weil der eine dieser Cavallieren in vielen
Stücken / seinem so werthen Freund Maxen sich
vergleichete/dahero er gerne öffters mit ihme redete/
hiedurch auch desto mehrere Gelegenheit fande/über
Maxen Verlust zu seuffzen;dessen jener warnahme/
und als er einsten unter dem Gespräch wieder dergleichen

gleichen thate/ erkühnete sich dieser/ Sincern zu fragen/ was ihme doch anlige/ daß er ihne mehrmahlen unter währendem ihrem Gespräch / einen Seuffzer von sich zu schicken beobachtet hätte.

Monsieur, antwortete Sincer, die Anerinnerung eines sehr guten Freundes/ den ich erst vor gar weniger Zeit durch einen unglücklichen Zufall verloren/ presset mir solche Seufftzen auß/ weil ich durch euere Beywohnung mich desselben mehr/ als sonst/ erinnern muß. So wil ich dann/ antwortete jener/ um meinem Herrn nicht beschwerlich zu seyn/ desselben Gesellschafft mich gerne enthalten / weil selbige die Ursach seines Kummers seyn solle.

Ey! das wolle GOtt nicht/ sagte Sincer wieder/ daß mir mein Herz hiedurch die Vergnügung/ die ich ab seiner lieben Gegenwart und Kundschafft genieße/ entziehen solte. Meine Seufftzen rühren nicht daher/ daß desselben Gegenwart mir verdrüßlich wäre; sondern/ wie schon gemeldet/ der Verlust meines Freundes/ deme mein Herz in gar vielen Stücken sich so wol verähnlichet; wobey ich auch eine Milderung meines Leydes fühle/ dannenhero auch desto lieber seiner Conversation genieße.

Kan man aber/ mit meines Herrn Erlaubnüß/ nicht wissen/ wer der jenige Freund gewesen/ dessen Unglück/ einem so tapffern Ritter/ also tieff zu Herzen gehet? Gar wol/ ware Sincers Antwort/ weil durch solches ich eines Theils meines Kummers vielleicht entlediget werde/ so jemand zugleich mit mir einiges Beyleyd spühren ließe. Es ist der verlorne Freund/ der unvergleichliche tapffere Teuto, mein Herz. Auf diesen Namen entfärbete sich der Fragende im Gesichte/ bleichete gantz ab/ und mit

zittern-

zitternder Stimme fragte er weiter/ob dieser Teuto
keinen andern/als diesen Namen/führete? Ja frey-
lich/ antwortete Sincer wieder/ und ist sein eigentlicher Name dieser/ daß man ihne insgemein den
Bäyerischen Max nennet/wiewol ich meine Freundschafft mit ihme angefangen/ da er der tapffere Teuto benamset wurde.

Kein Donnerschlag/ oder feindlicher Stoß/
hätte den Fragenden hefftiger erschrecken noch verletzen können/ als diese Benennung; Er wiederholete nur diese wenige Worte: Ach! Bäyerischer
Max! damit wurde er gantz unmächtig/ daß/ wann
Sincer, neben seinem Cameraden/ nicht so hurtig zu
seiner Hülffe gewesen wären/ er ohne Zweifel von
seinem Stuhl wurde herab gefallen seyn. Sie legten ihne darauf auf ein Bette/und brachten ihn mit
Schlag-Balsam und Wein ein wenig wieder zurechte.   So bald er die Augen ein klein wenig öff-
nete/ fienge er mit leiser und gebrochener Stimme
sich an zu beklagen: Ach Max! sagte er/ ach werthester Hertz und Freund/ was übele Nachricht ver-
nehme ich von euch! Ach! Theodelinde! ô Aribet!
ô Adelgunda! was betrübte Zeitung vor euch und
mich! Ach Max! Ach werthester Max! Ach! daß
mit meinem Leben ich das euerige erkauffen könte!
und was der kläglichen Reden und Gebärden mehr
waren.

Sincer wußte sich hierein nicht zu finden/ und
ware ihm leyd/ daß er mit seiner Bottschafft diesen
Frembling so hart ins Hertz verwundet hatte. Sein
Camerad aber/ der sich über dieser Zeitung nicht
minder sehr alterirte/ sprache doch dem Klagenden
ein Hertze ein/mit Vermelden/sich nicht so kleinmü-
thig zu

thig zu stellen; indeme er ja noch nicht eigentlich wisse / worinnen ihres gemeinsamen Freundes / deß
Bäyerischen Maxen / Unglück bestünde / und könte
hoffentlich dasselbige also beschaffen seyn / daß man
es noch ändern und wenden möchte; welchem Sincer auch beystimete / und damit den erblaßten Ohn-
mächtigen wieder um etwas zurechte brachten.
Doch wolte er nicht zufrieden / noch ruhig seyn / es
wäre dann Sache / daß man ihme umständliche
Nachricht ertheilete / wie es dem unglückseligen
Maxen ergangen / der Ursache wegen er so wol / als
sein gleichfalls trauriger Camerad / Sincern freundlich bate / so viel ihme von Maxen Unglück wissend /
ihnen solches nicht zu verhelen / zumahlen sie an seinem wol- oder übel-ergehen / eben so viel Theil / als
er selbsten / zu haben vermeynten.

Sincer kunte hierauß wol schliessen / daß diese
deß Bäyerischen Maxen gute Freunde und Be-
kandte seyn müsten / weil sie so ängstig nach seinem
Unfalle fragten / hielte es demnach für die beste Gelegenheit / wenigsten einen Theil ihres Standes
und Namens dardurch in Erfahrung zu bringen.
Zu solchem Ende sprache er: Es ist mir in gewisser
masse lieb / daß ich gleichwol so tapffere Cavalliers zu
Gesellschafftern meines Leydes habe / und also mein
Leyden und Kummer anjetzo gemeinschafftlich unter
uns ist. Bevor ich aber in euer Begehren einwillige /
möchte ich wol wissen / wer meines Maxen so gute
Freunde seyen / damit ich mich wenigsten eines
Theils / in meinem Verlust / um etwas trösten möchte: weil demnach meine Herren so grosses Interesse
bey meinem verlornen Freunde zu haben sich anlas-
sen; als versehe ich mich der Gütigkeit zu denselben /
daß sie

daß sie kein Bedencken tragen werden / ihren Namen / und wie weit sie mit meinem Freunde verbunden / mir günstig zu entdecken?

Darauf der eine solcher massen antwortete:
Weilen ihr eine solche Person seyd / deren der Bäyerische Max und sein Unfall so tieff zu Hertzen schnei-
det / und wir darauß leichtlich schliessen können / daß
ihr deß erst so genannten unglücklichen Ritters sonderbarer Freund und Gönner gewesen / wir hingegen uns auch seiner Freundschafft auf verschiedene
Weise zu rühmen haben / als wil sich nicht gebühren /
daß wir um solcher Freundschafft willen einander
verborgen und unbekandt bleiben / sondern wie die
Freund- also auch eine mehrere Kundschafft / ge-
mein haben sollen.

So wisset demnach / tapfferer Ritter / daß dieser
mein Camerade / deme deß Bäyerischen Maxen
Verlust / das Hertz so empfindlich gerühret / der tapffere Goribald, Maxen Landes-Mann / und von Jugend auf treuer Spieß-Geselle / dahero auch desto
mehr bekümmert ist.   Mich betreffend / bin ich zwar
wegen naher Landsmannschafft ihme nicht zugethan / weil wir aber uns schon etliche Jahre her kennen gelernet / und gar gute Freundschafft mit einander gepflogen / auch vor weniger Zeit / als vertrau-
teste Freunde / von einander geschieden / so gehet mir
sein Unglück nicht unbillich zu Hertzen / wünschend /
daß ich dasselbige ändern oder verbessern könte:
Ubrigens bin ich von Geburt ein Schwede / mein
Name Erich, und meinem Herrn zu dienen geneiget /
liget nur an deme / daß mein Hertz sich jetzo gleichfalls
erkläre / uns seiner Kund- und Freundschafft / zufor-
derst aber auch der eigentlichen Beschaffenheit / die

es mit

es mit unserm Freunde Maxen haben mag / würdigen möge.

Sincer bezeugete sich über so höflicher Willfahrung sehr vergnüget / gratulirte sich selber / daß er so tapffere Freunde Maxens angetroffen / und nun die Ehre hätte / auch in ihre Freundschafft zu gerathen / gabe darauf zu vernehmen / daß er ein Wallachischer Baron, (nach dieser Landes-Art zu reden /) seye / der in seinem Vatterland mit Maxen / oder damahligem Teuto, gute Freundschafft gepflantzet / unlangsten auch von ihme einer schlimmen Gefangenschafft entrissen worden / welches alles / wie es ergangen / er ihnen getreulich erzehlete / und allein dieses verhälete / daß er deß Hospodaren Sohn seye. Nachgehends sagte er ihnen / was sich mit Maxen und einem Schweitzer zwischen Hünningen und Basel zugetragen / und wie Max, der Wuth der rasenden vielen Feinden zu entgehen / in den Rhein gesetzet / daß er ihne darüber verloren / und / wo er hinkommen / biß daher / unangesehen deß angewandten Fleisses / nichts gewisses erfahren können.

Erich / der Schwede / überlegte alle Umstände Sincers Erzehlung genau / und ob er schon keine Gewißheit / daß Max bey Leben geblieben / darauß abnehmen kunte / so zweifelte er doch noch vielmehr / daß er solte ersoffen seyn; Ja / je mehr er die Sache bedachte / je mehr er sich selbsten und die andere versichern wolte / daß Max unzweifel bey Leben / versprache sich auch dieses in seinem Gemüthe so gewiß / daß er den Wirth eine Kanne Wein holen / und auf Gesundheit deß Bäyerischen Maxen eines herum gehen liesse / wodurch dann ihre zerschlagene Gemüther wieder ziemlich aufgerichtet / und in besserer

IV. Theil.　　　　　c　　　　　serer

ßerer Hoffnung wegen Maxen Lebens / unterhalten
wurden.

Nachdeme sie nun also vertrauliche Freundschafft mit einander gestifftet / setzten sie folgenden
Tages ihre Räyse fort / da sie dann in der ersten
Herberge vernahmen / daß Carmagnola mit Accord
sich an den Hertzog von Savoyen ergeben / der Bericht davon / und die Accords-Puncten waren folgende:

NAchdeme man der Stadt Carmagnola, mit mehr
als 40. Stücken Geschützes und Einwerffung
einer grossen Menge Bomben / hart zugesetzet / haben
die Frantzosen den 8. Octobr. N. C. auf den Mittag
lassen die Chamade schlagen / und darauf wurde die
Capitulation wegen der Ubergabe tractiret. Der
Frantzösische Commendant, Monsr. du Plessis Bellievre, schickte einen Obrist-Lieutenant und einen Capitain zu Geisseln herauß / hingegen sandten die Unserige den Obrist-Lieutenant deß Stadelischen Regiments hinein / deme der Herr Mäyer / Geheimer
Rath / im Namen Sr. Chur-Fürstl. Durchl. und
Herr Regierungs-Secretarius, Graf von Pentz / Sr.
Königl. Hoheit wegen / folgeten / und nach etlichen
Hin-und Herlehrungen / endlich folgende Puncten
machten:

  1. Soll der Commendant, Königl. Statthal-
ter / Obrist-Wachtmeister / dessen Adjutant, die Guarnison von Infanterie, so wol Frantzosen / als auch von
andern Nationen / wie auch 2. Esquadronen Dragoner / auß dem Platz mit Trommelschlag / brennenden
Lunten / Gewehr und Bagage, und die Dragoner zu
Pferd / mit ihren Röhren erhöhet / vorhero ihre Officier gehend / ziehen / ohne / daß weder Officier / noch
                                                    Soldaten

Soldaten oder Pferde/ unter einigem Vorwand aufgehalten/ noch etwas von ihrer Equipage oder Bagage vergewaltsamet werden solle/ zu dem Ende Jh. Durchl. Durchl. gebetten worden/ einige von dero Guarde zuzugeben/ um sie auß der Stadt biß durch das Lager zu begleiten.

2. Solle der Guarnison erlaubt seyn/ mit sich ein 24. pfündig Stück Geschütz/ und 2. andere/ so 16. pfündige Kugeln schiessen/ (von denen 6. welche mit Frantzösis. Wappen sich in der Vestung befinden/) wie auch 4. Wägen/ mit Kriegs-Munition beladen/ und Medicamenten für die Krancken/ und Brodt genug/ biß nach Pignerol zu gehen/ zu führen.

3. Sollen alle die Officier und Königl. Soldaten/ von was Nation sie seyn/ welche obligirt werden/ (es sey wegen Kranckheit/ oder durch Ordre,) zuruck in dem Platz zu bleiben/ von dannen frey/ mit Gewehr und Bagage, herauß gehen können.

4. Sollen der Kriegs-Commissarius, der Zahl-Meister mit seiner Cassa, die Ingenieurs, die Officiers von der Artollerie, die Constabler/ Bombardirer und Meister von denen Fortificationen/ mit seinen Laboranten/ Proviant-Bedienten/ Medico, Wund-Artzt/ Speciale, Director der Hospitäler und Postmeister/ auch all ihrer Equipage und Pferden/ außziehen.

5. Sollen 60. Wägen der Guarnison gegeben werden/ um obige Sachen/ wie auch die Krancken und Verwundten/ welche nicht im Stand seynd/ zu gehen/ darauf zu führen/ welche Wägen zugleich mit der Escorte wieder in Sicherheit zuruck gesandt/ und deßwegen 2. Frantzösische Officier für Geisseln behalten werden sollen.

6. Jedoch die jenige/ welche nicht verräysen

können/

kōnen/biß zu ihrer Wieder-Genesung in der Stadt/
nemlich die Officiers in den Häusern/und die gemeine Soldaten in den Hospitälern / verbleiben / und
darnach solle ihnen ein Paßport gegeben werden/
mit aller Sicherheit nach Pignerol gehen zu können.

7. Solle der Commendant mit allen andern
oben benannten Officirern und Soldaten die nächste Strassen/in 2. Tagen/biß nach Pignerol geführet werden.

8. Und dieweilen die Frantzöf. Guarnison nichts
weniger hat können thun/als die Einwohner dieses
Landes zu verschiedenen Sachen und Diensten deß
Königs von Franckreich zu gebrauchen/als werden
beyde Durchl. Durchl. von neuem gebetten/daß solche Einwohner deßhalben nicht molestiret/ sondern
daß ihnen Erlaubnüß gegeben werden möchte/wañ
sie wollen/auß der Stadt zu ziehen/und unverhin-
dert der Guarnison zu folgen.

9. Daß/wo in der Stadt oder Schloß einige
Geisseln wegen denen Contributionen/oder andere
Kriegs-Gefangene oder Criminale seynd/dieselbige
Sr. Königl. Hoheit consigniret werden sollen.

10. Daß unmittelbarer Weise / nach unter-
schriebener Capitulation, denen Alliirten eine Pfor-
te eingeraumet werden solle / und wird Se. Chur-
Fürstl. Durchl. gebetten/ niemand/wer es seye/ den
Einzug in die Stadt zu erlauben / biß daß die Guarnison von dannen außgezogen seyn wird; Jedoch
solle denen Alliirten inzwischen erlaubet seyn /
Wachten bey die Magazinen / so wol von Früchten/
Fourage, Saltz/Proviant, als Kriegs-Munitionen/zu
stellen / welche Provisionen alle getreulich denen Alliirten in die Hände angewiesen werden sollen/und
darnach

darnach solle der Außzug von der Guarnison geschehen.

11. Solle diese Capitulation von beyden Theilen vollzogen/ und von Jhro Durchl. Durchl. (für
sich/ und dero Waffen/ welche sie commandiren/ un-
terschrieben werden. Geschehen zu Carmagnola,
den 9. Octobr. st. n. 1691.

Zu Folge solcher nun ist Nachmittag die Frantzösische Guarnison, unter Convoy deß Herrn Grafen von Terzi, Obrist-Lieutenant deß Caraffischen
Regiments und 500. Pferden/ wie folget/ außgezogen:

Erstlich marchirte der Commendant, Marquis
du Plessis Bellievre, vor einer Esquadron Dragoner
vom Languedockischen Regiment/ gefolgt von der
Bataillon von Plessis Chaune, vom Regiment von
Elsaß/ vom Königl. Regiment/ und dem von Cham-
pagne, und ward der March aller dieser/ wie auch
deß Trains und der Bagage, von einer Esquadron
Dragoner vom Bretagnis. Regiment beschlossen.

Den 10. schleiffte man die Trenchèen/ führete
die Artollerie und Munition ab/ darnach wurde im
Quartier Sr. Chur-Fürstl. Durchl. über die letztere
vornehmende Operationen Rath gehalten. Und in-
zwischen/ nachdeme die Frantzösische Armee obbesag-
ten Platz Carmagnola fast in ihrem Ansehen verloh-
ren/ hat sie sich gegen Pignerol gewendet.

Erich verwunderte sich/ daß man denen Frantzosen einen so guten Accord gestattet und erlaubet/
neben 3. Stücken Geschützes auch 4. Wägen mit
Kriegs-Munition beladen/ abzuführen. Solches/
sagte ein Anwesender/ hat die vormahlige gute
Freundschafft/ die der Hertzog von Savoyen mit

dem

dem Herrn du Pleſſis, Commendanten in Carmagnola, gepflogen/ verurſachet. Es iſt aber/ fuhre er fort/ der Accord nicht gehalten/ ſondern/ wie auß dem folgenden zu erſehen/ die Bagage geplündert worden. Dann/ als der vielgenannte Commendant, Marquis du Pleſſis Belliere, mit der Guarniſon, ſo bey 4000. Mann ſtarck geweſen/ worunter aber nur noch 3000. Mann zum Fechten tüchtig/ und die übrige meiſtens kranck/ oder verwundet waren/ beſchriebener maſſen/ außgezogen/ haben ſich/ wider alles Vermuthen/ 400. Mann zu den Unſerigen begeben/ und die Frantzöſiſche Dienſte verlaſſen/ wobey es aber nicht geblieben/ ſondern es nahmen die Frantzöſiſche Flüchtlinge mit Hülffe einiger Teutſchen Trouppen ihnen unter Weges alle Bagage ab; Worüber ſich der Marquis bey Chur-Bäyern hefftig beſchweret/ daß ſolches wider den gemachten Accord wäre/ auch um deren Wieder-Erſtattung anhielte. Indem aber die Frantzoſen vor einem Jahr/ als ſie Carmagnola einbekommen/ dergleichen gethan/ und den Frantzöſiſchen Flüchtlingen und andern alle Bagage geraubet/ muſte er/ mit gleichem Recht bezahlet/ ſeinen Weg auf Pignerol nehmen.

Ein artig Stücklein wurde bey dieſem Außzug von einem Teutſchen Soldaten practiciret/ dieſer erblickte eine Frantzöſiſche Dame auf ſeinem Pferde/ ſo ihme kurtz zuvor genommen worden; Weil er nun vermeynte/ gutes Recht zu ſeinem Pferde zu haben/ ergriffe er die Dame bey dem Fuß/ und warffe ſie rücklings über das Pferd hinunter/ ſchwange ſich geſchwind in Sattel/ und ritte mit dem wolgeſpickten Felleyſen davon/ die Dame aber muſte ſich gewaltig außlachen laſſen.

Dem

Dem Grafen von Morette, so vor einem Jahr
in Carmagnola commandirt / wurde vom Hertzog
das Commando der Stadt wieder aufgetragen;
Die Frantzosen hatten 4. grosse Mörsel/ 19. Cano-
nen/ darunter 7. mit deß Königs Wapen / so von
Pignerol hingeführet worden/18.Kupfferne Schif-
fe/ 20000. Karren mit Heu und Stroh/ 4000. Pi-
ckel und Schauffeln/ 22000. Säcke Korn/ 20000.
Säcke Haber/ 2000. Maß Saltz/ 100. Centner
Pulver / 18. Barquen zu Schiff-Brucken/ ferner
noch 30. Stücke/ 12. Feuer-Mörser / eine grosse
Menge allerhand Waffen / samt vielem Eysen und
köstlichen Sachen/bey 100000. Kronen Seyden/so
auf Abschlag der Contribution vom Land erpresset
worden / nebst anderer Kriegs-Provision, in dieser
Vestung lassen müssen.

Das IV. Capitul/

Die Frantzosen bekommen von den Thal-Leuthen
gute Stösse/ Sincer Nachricht von Maren/ welchen er
zum Kampff außfordern wil. Ein sonderlicher Miß-
verstand / gebieret Verwirrung. Die Alliirte wollen
Susa angreiffen. Die Montmeilanische Besatzung erzeiget sich tapffer. Dünnewald stirbt. Pohlen schläget
die Tartarn.

Diese Zeitungen von so baldiger Ubergabe
Carmagnola, ware unsern tapffern Helden
nicht allerdings angenehm/ weilen sie sich
Hoffnung gemacht/auch Theil daran zu haben/und
selbiger beyzuwohnen / sie kunten es aber nicht ändern / und ware insonderheit Goribald froh / daß
gleichwol dieser Feldzug nicht gar auf Seiten der
Alliirten fruchtloß abgegangen / weilen doch sonst
nirgend nichts hauptsächliches/ ausser in Ungarn/
vorgegangen. Sie setzten darauf ihre Räyse fort/

biß in die nächstgelegene Stadt / daselbsten zu vernehmen / was nun weiter vorgenommen werden
möchte / weilen man bereits von einer neuen Belagerung die man solte vorhaben / etwas schwatzen
wolte.

Als sie daselbsten angelanget/forscheten sie nach
allerhand Zeitungen / da sie dann erfuhren / daß der
General Catinat, nicht allein die Besatzung in Susa/
wegen besorgenden Angriffs verstärcket; Sondern
weil die Lucerner Thal-Leuthe / den Frantzosen eine Zeithero grossen Schaden gethan/und den Signor
de Pompona, welcher sie mit 3000. Mann überfallen
wollen/dergestalt empfangen hatten / daß er sich mit
Verlust etlicher hundert Todten / worunter viel
Officirer gewesen/retiriren müssen/so suchte der General de Catinat solches jetzo wieder zu rächen / und
ihnen anbey ihre Weinberge/Obst- und Castanien-
Bäume zu verderben/und die noch übrige Gebäue
zu Angrogne und St. Johann mit der Fourage zu
verbrennen / zu dem Ende er ein Detachement von
11. Compagnien Granadirern / 4. Compagnien Ku-
rassir-Reutern/2. Esquadronen Dragoner/und drey
Männern auß jeder Compagnie zu Fuß /von der
gantzen Armee gemacht/und ihnen 200. Maul-Esel
mit Kriegs-Ammunition beladen / und biß tausend
Hauen/ welche die Soldaten getragen/mitgegeben
hat / welche den 8. dieses auß dem Lager zu Osasque
marchiret/um die Höhe von Agrougne einzunehmen/
und ein Detachement gienge durch das Thal St.
Johann hinein ; Diese Völcker commandirte der
Printz d'Elbeuf, der Obriste Biron und Pelot. Weilen
nun der Hertzog von Schomberg hierinnen vermeynte / daß wann die feindliche Armee sich würde
von Sa-

von Saluzzo retiriren/ sie einen starcken Streiff
und Verwüstung der Lucerner thun könne/ liesse
er ohne Verzug den Waldenser Obrist-Lieutenant
Monsr. Mallet auß dem Lager von Carmagnola ab-
räysen/ und in besagte Thäler gehen; Als er nun
den 9. mit anbrechendem Tage in denen Lucerner-
Thälern angekommen/ gabe er alsobalden Ordre alle
Waldensische Capitains zu versammlen mit ihren
Leuthen/ um die Feinde zu verjagen; Aber als die
Feinde ihme keine Zeit liessen/ besagte Capitains zu
versammlen/ indeme sie eine Stunde nach seiner
Ankunfft anfiengen die Fourages und Angrougne zu
verbrennen/ liesse er alsobalden Allarm machen/ und
befahle dem Capitain Blion und dem Lieutenant du
Chesne, das wenige Volck/ so sie in denen Weingär-
ten finden würden/ zu versammlen/ und gerad gegen
die Feinde zu marchiren/ biß inzwischen die andere
Capitains ihre Völcker in ihre Gemeinschafft ver-
sammleten. Als sie nun biß 100. Mann hatten/
marchirten sie an den Feind/ welcher auf dem höchsten Berg von Angrougne postirt ware ; Wie sie
nun die Unserige sahen kommen/ machten sie drey
Detachements/ um ihnen entgegen zu gehen/ und begegneten einander unter der Höhe/ die Porta von
Angrougne genannt/ allwo diese beede brave Capitains die Frantzosen tapffer angriffen/ und ware ein
widerspenstiges Gefechte; Indeme nun der Printz
d'Elbeuf von der Höhe sahe/ die Waldenser von allen Seiten herzukommen/ welche der Sr. Mallet ver-
sammlet hatte/ um die ersten/ so den Angriff gethan/
zu unterstützen/ und die Höhe/ wo das Groß deß
Feindes ware zu gewinnen und anzugreiffen/ reti-
rirte er sich/ und stellete alle seine Granadirer/ und

Cara-

Carabiner-Reuter zur Arrieregarde , welche der
Obrist Bilot commandirte; Diese Retirade machte
den Waldensern mehrern Muth / also / daß sie diese drey Detachements biß an das Groß ihrer Völcker trieben / da sie gezwungen wurden in ein defilé
zugehen / allwo sie erschrecklich niedermetzelten / und
noch vielmehr / da sie auß dieser defilé giengen / weilen ihnen der Capitain Blion den Paß abschnitte / da
sie indessen von hinten von dem Capitain de Chesne
tapffer getrieben wurden; Die Frantzosen kamen
in einen Wald bey dem Außgang der defilé; woselbst die Waldenser / die Bajonetten und Säbel in
Händen habend eindrungen / sich unter die Feinde
mengeten und deren noch viel niedermachten / weilen aber Mr. Mallet besorgte / sie möchten sich zu weit
wagen / und von deß Printzen d'Elbeuf seinen Trouppen so ihnen nachfolgeten / umgeben werden / liesse
er zu unterschiedenen mahlen die Retraite schlagen;
Es ware aber nicht möglich selbige zurück zu halten /
sondern sie verfolgten die Feinde biß auf eine Ebene / allwo / wegen eingefallener Nacht / das Scharmützeln ein End genommen / so von Mittag 11. Uh-
ren biß in die Nacht gedauret hat. Die Frantzosen
haben darbey biß 600. Mann verlohren / und von
ihnen hat man 15. Officirer und Gemeine / unter
welchen der Obrist vom Regiment de Bigor, der
Chevallier Pelor genannt / ein Capitain, und ein Lieutenant von denen Granadirern vom Regiment de la
Marine, und der Chirurgien Major von Bigor, sich befinden.   Hingegen haben die Unserige nur 8. todte
Soldaten / und biß 12. Blessirte bekommen / und ist
kein einiger von Officiers beschädiget worden.

Indeme Sincer, Goribald, und Erich mit den
ihri-

ihrigen sich dieses Orts aufhielten / und berath-
schlageten / wie sie ihre Sache hinführo anstellen
wolten; lagen in einem vor ihnen übergelegenen
Wirthshause etliche Officier die sich mit Musican-
ten / Frauenzimmer / und Dantzen / (auf theils
Soldaten Manier/) lustig machten / und darbey
allerhand Muthwillen mit Zerbrechung der Glä-
sern / Einschlagung der Fenstern / unnützer Zer-
streuung deß Confects/ Schiessen auf die Strassen/
Juchtzen und Schreyen verübeten / welches Sincern der sein Schlaff-Zimmer gegen über hatte/und
ihne an seiner Ruhe verhinderte / sehr verdrüßlich
ware/ und es demnach gerne abgeschaffet gesehen
hätte / dann es kame ihme sehr wunderlich vor/ daß
Soldaten/und zwar wie er auß der Sprache schliessen kunte/ Teutsche / sich vielmehr den Wollüsten
ergeben / als der wahren Tapfferkeit beflissen / und
weit grössere Helden im Bacchus- und Venus-Krieg/
als in Campo Martio waren.   Er hätte derowegen
wol wissen mögen / wer sie eigentlich wären / der Ursache wegen befelchte er seinen Treulöw / bey deß
Wirths Leuthen sich dessen zu erkundigen/ welchem
er fleissig nachzukommen versprache.

Nach Verlauff einer guten halben Stunde/
kame Treulöw wieder / mit Vermelden / daß einer
dieser sich so lustig erzeigenden Cavallieren / der
Bäyerische Max seye.   Der Bäyerische Max, wiederholte Sincer,dieses kan ich nicht glauben.   Deme
ist nicht anders / versetzte Treulöw / und hat mir es
sein Diener/den ich darum befragt / selbsten gesagt.
Hast du dann fragte Sincer Maxen nicht selbsten
gesehen und darfür erkennet? Nein gnädiger Herr
antwortete Treulöw / ich habe ihn zwar von hinten
ein we-

ein wenig gesehen / als er eben nach vollbrachtem
Dantze / mit seiner Dantz-Gespielin in ein à parte
Zimmer sich verfüget.

Das kan in Ewigkeit nicht der Bäyerische Max
seyn / (sagte Sincer wieder/) der ab solchem Unwesen/
Geschrey/ und dergleichen Uppigkeit einiges Wolge-
fallen haben solte/ er müste sich dann in gar weniger
Zeit sehr verändert haben. Befahle hierauf Treulöw / den übrigen Herren nichts darvon zu sagen/
biß er zuvor mehrere Kundschafft eingezogen.

Deß andern Morgens beordete er Treulöwen
abermahl/ den Bäyerischen Maxen in Augenschein
zu nehmen/ welches zu vollziehē er nicht ermangelte/
auch da er er ē vom Bette aufgestanden/ uñ sich vom
Wirth ein Glaß Spanis. Wein bringen liesse / ins
Gesicht kriegte / aber nichts weniger als den Bäyerischen Max erkennen kunte. Daher forschete er
mit allem Fleiß/ vom Wirth / wer dieser Herr seye?
Der ihme aber keinen andern Bescheid / als den er
schon wuste/ geben kunte/ ausser/ daß er schon etliche
Tage neben seinem Cameraden hier zehrete / und
sich rechtschaffen erlustirte / er hielte darfür sie seyen
Officier / die von der Belag- und Eroberung Carmagnola herkämen.

Treulöw hätte gerne auch seinen Cameraden
in Augenschein nehmen mögen / ob vielleicht derselbige Max wäre / und der Wirth sich geirret hätte / zu
solchem Ende liesse ihm der Wirth die Thür deß
Zimmers ein wenig offen stehen. Aber Treulöw
sahe alsobald / daß auch dieser nichts weniger als
Max ware/ gieng darauf fort seinem Herrn solches
zu hinterbringen / der sich über die massen über den
Frevel dieses falschen Maxen erzörnete/ sich auch alsobald

sobald hinsetzte / ein Cartel verfertigte / darinnen er
diesen Wollüstler wegen Mißbrauch dieses Namens zum Zwey-Kampff außforderte.

Als das Cartel fertig/ gienge er zu Goribald und
Erich, zeigte ihnen den Brieff und sein Vorhaben
an / die sich dessen nicht genugsam verwundern kunten / und nachdem sie von ihme allen Bericht eingezogen / bathen / so lang mit der Befehdung innen zu
halten/biß sie selbsten mehrern Bericht/oder den unbetrüglichen Augenschein zuvor würden eingenommen haben.

Inzwischen bedanckte sich Goribald für den
Eyfer so er um seines Landsmanns Ehre willen bey
sich verspühren liesse; darauf hielten sie insgesamt
gleichsam Schildwacht/ob sie diesen Affter-Maxen
erblicken kunten / welches nach etwas warten / bey
Gelegenheit eines vorüber passirenden Frauen-
zimmers/deme der vermeynte Max ein grosses Compliment machte/ geschahe.

Sincer, Erich und Treulöw / so auch zugegen
waren./ erkannten alsobald / daß dieses nicht der
warhaffte Max wäre.   Aber Goribald der auf diese
Erblickung gleichsam erstaunete / widersprache ihnen sagend / freylich ist dieses der Bäyerische Max,
und wolte GOtt / daß ich ihn entweder nicht sehen/
oder doch der Gebühr nach an diesem Bößwicht
mich rächen dörffte.

Sie sahen hierauf Goribald starz an/nicht wissend
wie sie sein verändertes Gemüth / und außgestosse-
ne Reden verstehen solten.   Dann Max ware ihnen
allen von geraumer Zeit wol bekant / hingegen wusten sie auch/daß Goribald von Jugend auf mit ihm
erzogen worden.   Derowegen in Maxen Person
sich so

sich so leicht nicht irren kunte / dannenhero fragten
sie ihn/woher solche Veränderung käme/daß er den
jenigen / um dessen vernommenen Unfalls Willen/
er gar neulichst vor Leyd sterben wollen / nunmehr
so schmählich halte / und sich an ihme zu rächen
wünsche?

Goribald wiederholte hierauf die vorige Worte nochmahlen / mit dem Zusatz / solte ich einen
Meuchel-Mörder/der mir mein Leben hinterlistiger
Weise zu rauben gesuchet / nicht billich hassen / und
mich zu rächen begehren. Erich und Sincer kamen
darauf auf die Gedancken/dem Goribald müsse der
Verstand verrücket seyn / weilen er einen Fremden
für Maxen ansahe / und welches das ärgste / so
schändlich von ihm redete / da er doch sonst allezeit
auf das rühmlichste von Maxen zu reden gewohnet ware.

Goribald wurde auch gantz böse / daß sie ihme
nicht Glauben geben wolten / kunte auch vor Zorn
und Eyfer so bald nicht sich besser erklären. Als aber
die erste und hefftigste Bewegung vorbey / lachte er
so wol seines als ihres Mißverstandes/welches ihnen abermahlen wunderliche Gedancken von Goribalds verrucktem Verstand gebare/biß er sich ferner
also erklärete: Ihr Herren möget von mir halten/
was ihr wollet/so bin ich doch meiner Sache gewiß/
und weiß nur allzuwol / daß dieses der Bäyerische
Max, aber nicht unser aller gute Freund und Gönner / sondern vielmehr ein Schänder dieses Na-
mens/den er zwar auch/aber mit Unrecht führet/ist.
Und wird mein Herr Erich sonder Zweifel sich annoch erinnern können / daß ich unterschiedliche Erwähnung von diesem Maxen/ den ich zum Unter-
                                                        scheid

scheid deß wahren Max, Meinhards Max genennet/
gethan / auch was für Verdruß er unserm Maxen/
und mir insonderheit/durch heimliche Nachstellung
verursacht habe/ daß ich also eben so grosse/ ja noch
grössere Ursach ihne zu hassen/ als den wahren und
Tugendhafften Maxen zu lieben habe.

Erich wuste sich dessen nun wol zu erinnern/
und Goribald erzählete auch jetzo Sincern/ was es
für eine Beschaffenheit mit diesem Maxen hatte/
auch was sein Camerad Wolfram, (dann dieser ware es/) für einer seye. Weil dann Sincer hörete/daß
es kein falscher/ und mit Unrecht sich selbst zugeeig-
neter Name wäre/ den er führete/ liesse er es dabey
bewenden/ und hielte einen solchen Kerl anjetzo seines Zorns unwürdig; Aber Goribald hätte mit Lust
an einen und den andern sich reiben mögen / theils/
weil Meinhards Max ihm und Aribets Maxen jederzeit zuwider und auffätzig gewesen/theils/weilen
Wolfram ihme seine Liebste Mariana abzuspenstigen/
und durch Beyhülffe ihres Bruders/ seines Came-
radens/ zu bekommen trachtete.

Sie wolten sich aber dieser beyden Schwermer
halben nicht länger allda verweilen / insonderheit
als sie vernahmen/ daß der March der Savoyischen
und Alliirten Völckern/ nun würcklich auf Susa/
selbige Stadt zu belagern/gienge. Dann weil man
Alliirter Seiten resolviret / vor Beziehung der
Winter-Quartier/ nochmahls einen Versuch auf
Susa zu thun/ weßwegen den 10.Octobris N.E.
die Armee zu Turin den Po passiret / die meiste Cavallerie hat sich bey Rivoli gesetzt/ und die Infanterie
ausser etlich Bataillons/ so bey der Cavallerie stehen
blieben/ ist auf Susa marchiret/ worbey sich Chur-
Bäyern/

Bäyern/ der Hertzog von Savoyen/ der Spanische Gouverneur Marquis de Leganes nebst andern vor-nehmen Generalen und Officirern befunden; So bald nun Catinat diesen March vernommen / schickte er theils seiner Cavállerie ins Delphinat; den Uber-rest liesse er samt etlich 1000. zu Fuß/ zu Bedeckung Pignerol stehen / und gienge mit der völligen Infan-terie schleunig nach Susa / besetzte die seithero allda verfertigte Abschnitte mit zwölff / die Stadt und das ohnweit darvon gelegene Fort Exilles mit acht Bataillons und vielem Geschütze / von dan-nen gienge er nach denen zu Meane verfertigten Re-trenchementen / und besetzte selbige gleichfalls mit Stücken und vieler Mannschafft / lagerte sich sol-chem nach mit den übrigen Völckern eine Stunde von Susa, liesse die um Pignerol gestandene Mann-schafft zu Fuß näher zu sich marchiren / und zu ge-dachtem Susa an Weggrabung deß Felsens bey der Citadelle starck arbeiten/ nebens diesen hat auch der General de Catinat das Gebürge Fenestre besetzt/ ih-nen allen Zugang abzuschneiden/ wol wissend/ daß dieser Paß eine Vormauer auf Susa wäre/und falls selbiger erobert würde/ Susa verloren seyn müste/ in-deme selbiges / wegen schlechter Fortification und umligenden Gebürges / sich nicht lang halten könte.

Deß folgenden Tages traffen sie die Alliirte Armee im March an/ giengen also gleich mit den Vor-Trouppen/ so 6. biß 7000. Mann starck waren/ fort / welche sich darauf/ unter rühmlicher Anfüh-rung deß Printzen Eugenii, und Herrn Generalen von Steinau / auf der Höhe bey Susa glücklich ge-setzet / denen die sämtliche Spanische Trouppen be-reits nachfolgeten. Ein starckes Detachement aber/

in auß-

in außerlesenem Fuß-Volck und guter Reutherey
bestehend/ ruckte biß an das Frantzösische Lager vor
Pignerol , deß Vorhabens/ dasselbe entweder zu
bombardiren/ und also eng einzuschliessen'/ daß sich
die Alliirte vor Susa keines Angriffs von dannen zu
besorgen haben därfften. Man hatte zwar anfangs
gute Hoffnung / vor Susa was Namhafftes außzurichten / so fielen auch unterschiedliche Scharmützel
für/ bey welchen Sincer, Goribald, Erich und Treulöw ihre Tapffer- und Erfahrenheit sonderlich sehen
liessen / wodurch sie bald bey der gantzen Armee be-
rühmt wurden.

Unterdessen vernahme man mit Anfang deß
Octobris , daß die Besatzung in Montmeillan sich
tapffer verhielte/ auch der Marggraf di Bagnasco,
Gubernator daselbsten / gute Außfälle auf die Frantzosen thate/ wie er dann in einem/ der Frantzosen
über 300. erleget / noch mehr aber verwundet/ und
45. Gefangene / neben vielem Gewöhr und andern
guten Beuthen mit sich zuruck gebracht habe. Wenig Tage hernach hat die Besatzung wieder einen
Außfall gethan/ und die vor selbiger Vestung befindliche Frantzosen/ weit zuruck getrieben / worauf
sie eine Frantzösische Convoy überfallen / und gäntzlich geschlagen / von welcher sie auch neben andern
guten Beuthen 300. Ochsen / und 100. mit Proviant / und Ammunition beladene Maul-Esel erobert / und glücklich mit sich zuruck in ihre Vestung
gebracht.

Von Wien und auß Ungarn hatte man die Con-
firmation, daß neulich der Commendant zu Esseck/
Obrist Rizola / wie nicht weniger der General Dünnewald so auf der Räyse nach Wien begriffen ge-

III. Theil.   d   wesen/

wesen / allba zu Esseck gestorben. So seyen auch
die Türckische armirte Schiff / gantz unvermerckt
bey nächtlicher Weil über Peter-Wardein passiret /
die darauf gewesene Miliz außgestiegen / Illock überfallen / erobert und dardurch mit Peter-Wardein
die Communication verschräncket. Auch hatte man
Sorge / es möchten die Türcken / weilen sie sich verstärcket / noch ein Vorhaben in Sclavonien und auf
Esseck vollziehen.

Auß Pohlen wurde für gewiß berichtet / daß
der Castellan von Chelm / mit 6000. Mann der
Seinigen 15000. Tartarn angetroffen / dieselbe
überfallen / 4000. darvon niedergemacht / und die
Ubrige in die Flucht geschlagen / auch seye gemeldter
Castellan Vorhabens / mit seinem Corpo, so er mit
10000. Mann zu verstärcken hoffe / in Budziac einen
Einfall zu thun.

Das V. Capitul /

Der Name Max gebieret neuen Jrrthum / Max und
Wolffram förtigen den Diener nach Hause. Sussische
Belagerung wird aufgehoben / worbey der Hertzog und
Printz Eugenius in Gefahr gerathen / ein unbekandter
Ritter hält sich tapffer / ingleichem Goribald mit seiner
Gesellschafft. Dem Bäyerischen Maxen wird nach-
geforschet / kommt für den Hertzog / da ein verwirrter
Handel sich zuträget.

Währender Zeit / daß man sich mit der Hoffnung speisete / Susa bald wieder zu gewinnen / ließe der eine May samt seinen Gesellschaffter Wolffram sich solches wenig anfechten /
sondern continuirten viel lieber ihr angefangenes
und ihnen weit besser anständiges Freuden-Leben.
Es begabe sich aber eines Tags / daß jemand sich
bey er-

bey ermeltem Mayen angeben / und feinen neulich
verlaffenen Diener nennen lieffe. Max kunte fich
keines verlaffenen Dieners entfinnen/doch lieffe er
den Kerl für fich kommen.Als der hinein kame/wur-
de er alfobald feines Jrzthums gewahr / weil beyde
einander gantz unbekandt waren. Max fragte ihn/
was fein Begehren wäre? Diefer entfchuldigte fich/
daß man ihn unrecht geführet / fintemahlen er zu
dem Bäyerifchen Mayen verlange. Max fahe bald
woher der Jrzthum rührete / doch fragte er weiter/
was er dann deß Bäyerifchen Mayen wolte/und
ob er felbigen kennete? Freylich kenne ich ihn/ fagte
er wieder/weil ich etwas Zeit in feinen Dienften gewefen / aber neulich unglücklicher Weife ihne verloren; Als ich nun vernommen / daß er fich in diefer
Herberge aufhalte / habe ich mich bey ihme anmelden / und meine vorige Dienfte wieder antretten
wollen : Siehe aber nun/daß ich nicht recht berichtet oder gewiefen worden.

Diefer Max ware hierauf begierig zu hören/
durch was Unglück er dann feinen Herzn verlohr-
ren? Darauf felbiger erzehlte/was fich bey Bafel
und Hünningen mit ihme zugetragen / und was er
gethan; man auch bißher weiter von ihme nichts
erfahren können/weil er aber wol gewuft/daß feines
Herzns Vorhaben gewefen/ in Piemont zu gehen/
als habe er fich hiehero verfüget / demfelbigen nachzufragen / oder / fo er auch diefer Enden nicht anzu-
treffen/andere Dienfte zu fuchen.

Auf folchen Bericht / darab fich diefer Max
heimlich erfreuete/forfchete er noch mehrers von ihme / es kunte ihme aber diefer Diener von dem we-
nigften Nachricht geben / weilen er erft wenige Zeit

d 2   in Ma-

in Maxen Diensten gewesen / und ihne erst zu
Straßburg angenommen. Max ruffte alsobalden
Wolffram zu sich / deme er Maxen Unfall erzehlete/
unter solcher Erzehlung aber / wie der Diener warnahme / das Lachen kaum verbeissen kunte / daher er
urtheilete / es wurde dieser vielleicht von seinem
Herrn etwas wissen / und selbiger nicht weit von
dannen seyn. Dann / daß ein Mensch deß andern
Unglück lachend erzehlen solte/kunte er sich damahlen nicht einbilden. Als er aber inne worden/ daß
von seinem Herrn dieser Enden niemand etwas
wissen wolte / machte er sich allerhand Gedancken darüber. Jedoch weil ihme dieser Max zugleich
seine Dienste anbotte / resolvirte er sich kurtz/ solche
anzunehmen/desto mehr/ weil der rauhe Winter vor
der Thür / und er sonst kein Außkommen / als ein
Soldat zu werden sahe.

Uber diesen Bericht unterredete Max sich unterschiedlich mit Wolffram / und gedachten deß
tapfern Maxen/ den sie für ertruncken hielten / Unglück zum Grund-Stein ihres Glückes zu legen.
Deßwegen fertigten sie diesen Diener mit Briefen
und gewisser Instruction nach Hause ab / und Max
gabe ihme nöthige Zehrung / mit Befehl zu Hause/
seiner Ankunfft die bald nach vollendetem Feldzug
erfolgen solte / zu erwarten / und sich so dann guter
Dienste und Besoldung versichert zu halten; dessen der Diener wol zufrieden / und mit genugsamen
Unterricht seines Weges / Hoffnungs voll dem
Bäyerland zuzoge/ welchen wir / auch dahin ziehen/
und zu seiner Zeit seine aufgegebene Bottschafft ablegen lassen wollen.

Wir haben oben vernommen/daß Erich, Siacer und
Gori-

Goribald, mit den Vor-Trouppen unter deß Printzen
Eugenii Comando, vor Susa ankommen/ und daselbsten Posto gefasset/ auch etlicher vortheilhaffter Posten sich so gleich bemächtiget/ die sie aber bald wieder verlassen musten/ wiewolen bey allen vorfallen-
den Occasionen/ unsere Heldenmässige Fremdlinge
gute Proben ihrer Courage, rühmlichst sehen lassen.
Ihro Chur-Fürstl. Durchl. auß Bäyern/ waren
intentionirt Zeit währender Belagerung/ mit einem
Theil der Armee/ den General Catinat, so bey Pignerol campirte zu observiren. Weilen aber die heran
nahende Winters-Zeit/ und der einfallende Frost/
nicht gestatten wolten/ etwas gutes in diesem kalten
Gebürge außzurichten/ fande die Generalität für
unrathsam/ bey so unbequemer Jahrs-Zeit die Belagerung zu continuiren/ daher wurde Alliirter
Seiten beschlossen/ von dannen abzuziehen/ und die
Völcker in die Winter-Quartier zu verlegen/ worauf dann den 15.25. Octobris, der Ruck-March wieder angetretten wurde/ welches der General Catinat
gar wol observirte/ und bey dieser Gelegenheit/ an
dem Paß Fenestere, die Ariere Garde, so der lincke
Flügel ware/ (wo der Hertzog und Printz Eugenius
selber das beste gethan/) angreiffen liesse/ der Einbildung einen glücklichen Streich zu thun/ wie es dann
zu einem scharffen Gefecht außschluge/ darinnen
der Frantzosen über 1000. das Leben einbüsten und
verwundet wurden/ daß sie also wider ihre Einbildung den Alliirten das Feld lassen müssen/ wiewolen deren auch bey 300. Gemeine/ und ziemlich Officier auf dem Platz blieben/ und verwundet worden.
     Der Hertzog auß Savoyen selbsten/ wie nicht
weniger Printz Eugenius, waren in nicht geringer
Gefahr/

Gefahr / erschossen oder gefangen zu werden / sinte=
mahlen deß Hertzogs Primier Page ihme an der
Seiten erschossen worden / allda haben die beyde
Regimenter Cornau und Montbrun/ durch tapffe=
res Verhalten grosse Ehre eingeleget / insonderheit
aber ein unbekanter tapfferer Ritter / auf den jeder=
mann mit Verwunderung gesehen / dann er einem
der eben dem Hertzog die Pistohle nach dem Kopff
schiessen wolte / mit seinem Schusse zuvor kommen/
daß er tod vom Pferde gestürtzet. Einem Andern
der gleichfalls dem Hertzog mit einem gefährlichen
Streich den Garauß machen wolte / spaltete er
Seitwarts den Kopff halb von einander / daß er
ebenmässig tod zur Erden fiele. Den Dritten/
der sich nicht minder erkühnet / Hand an den Her=
tzog zu legen / stiesse er durch und durch / und rasete
nicht anders als ein ergrimmtes Tieger=Thier/ dem
seine Junge geraubet worden. Solcher Gestalt
machte er dem Hertzog Raum sich der Gefahr zu
entziehen / der inzwischen mit eigener Faust einen
erlegt und zween übel verwundet hatte / dann die
Feinde thaten ihr äusserstes / den Hertzog entweder
zu fangen oder zu tödten.

Dem Printzen Engenius, der sich nicht minder
Löwenmüthig erwiese / wurde gleicher Gestalt hart
zugesetzet / dann indem er eben einen erleget/ streckte
ein anderer die Hand auß/ihne zu greiffen/und einer
nahme das Pferd bey dem Zaum / mit ihme durch=
zugehen; Der Unbekante kame aber zu rechter Zeit/
und hiebe dem der den Zaum genommen / die Hand
glatt hinweg / den andern so den Printzen ergriffen/
kriegte er bey der Halß=Krausen / zohe ihn nach sich/
daß er vom Pferd und im Fallen/vom Printzen einen
tödlichen

tödtlichen Stoß leyden muste. Der Printz bedanckte sich mit wenigem / dem aber der Frembling kein Gehör gabe / sondern sich gleich wieder unter die Feinde / wo sie am dickesten waren / mischete / daß sich keiner mehr vor ihme blicken lassen durffte.

Diese scharffe Action hatte 2. Stunden gewähret / und musten die Catinatische das Feld raumen / da hingegen die Alliirte Armee selbigen Abend / und die darauf folgende Nacht / auf der Ebene / eine Meile von Susa, campirte.

Unsere drey tapffere Helden / so an einem andern Orthe fochten / gaben genug zu erkennen / daß sie bey dergleichen Kurtzweil mehr gewesen. Sie trieben die Erschrockene und Zuruckweichende nicht nur tapffer an / und encouragirten die Verzagten / sondern sie giengen selbsten andern mit einem guten Exempel vor / und setzten aller Orthen so tapffer in den Feind / daß / wo sie hinkamen / ihnen alles weichen muste. Goribald schmisse bald da bald dort einen zu Boden / daß jedermann seinen Degen flohe. Erich ware wie der Blitz / bald da bald dorten / und was ihme nicht gutwillig wiche / muste zu Boden gehen. Sincer, mit seinem wolschneidenden und blinckenden Säbel / machte Köpffe und Arme herunter fliegen ; Treulöw folgete seinem Herrn getreulich nach. In Summa / ein jeder verhielte sich also / als ob er allein die Feinde abtreiben wolte / welches dann unter viel Officiren eine Jalousie erweckte / daß sie diesen die Ehre tapffern Verhaltens nicht allein zu lassen / auch dergleichen thaten / oder wenigstens zu thun sich stelleten.

Nach dieser sieghafften Action ware der Hertzog beflissen / die jenige / so sich vor andern tapffer erzeiget /

zeiget/ nach Verdienste zu ehren und zu rühmen/ da
dann denen erstermelten sehr grosses Lob / und weil
sie nur als Freywillige gefochten/desto grössere Ehre
zugeleget/ auch vom Hertzog selbsten ihr Verhalten
gerühmet wurde.   Insonderheit aber wurde nach
dem jenigen geforschet/der den Hertzog selbsten/und
nachgehends den Printzen Eugenium, so ritterlich
secundirt / beyde bey Leben und Freyheit erhalten;
Man kunte aber nicht erfahren / wer derselbige ge-
wesen/ und wo er hingekommen ; nur daß dem Hertzog zu Ohren kame/ es müste ohne Zweifel der tapffere Bäyerische Max seyn / welchen ein Officier/ der
ihn in Flandern gekennet / bey der Action gesehen
und wargenommen.

　　Weil dann der Hertzog ihne gerne sehen möch-
te/und das um so viel mehr/weil eben dieser Officier
viel Gutes und Tapfferes von ihm zu sagen wuste ;
liesse er im gantzen Lager Nachfrage nach ihm thun/
und weil man sahe/ daß er sich gerne verborgen halten wolte / so wurden etliche bestellet / die in geheim
denselben außspähen/ und wo er sich aufhielte / dem
Hertzog anzeigen solten.

　　Diese verkundschaffteten nach 2.Tagen / wo
der Bäyerische Max anzutreffen / welches sie dem
Hertzog anzeigten / der alsobald einen seiner Hof-
Cavallieren abordnete/ihne abzuholen/und nach seinem Quartier zu bringen.   Als dieser Cavallier bey
Maxen seine Werbung angebracht/wuste er so bald
nicht/wessen er sich resolviren solte/ weil die Ursache
dieses Erfordens ihme unwissend/jedoch/ weil der
Abgesandte darauf bestunde / daß es Er.Königl.
Hoheit Befehl seye/ihne zu Deroselben zu bringen/
setzte er sich zu Pferde / und ritte in Gesellschafft eines an-

nes andern Cavalliers dahin / wo man seiner verlangte.

Unterdessen ware das Geschrey erschollen/daß
der Bäyerische Max der jenige seye/der im Treffen
dem Hertzog und Printzen so namhaffte Dienste ge-
leistet/und eben jetzo zu Jh.Königl. Hoheit gebracht
würde / den verdienten Danck zu empfangen; solches Geschrey kame auch Sincern / Goribald und
Erich zu Ohren/als welche jetzo dem Hofe folgeten/
und weil ihnen Maxen ungemeine Tapfferkeit bestens bekandt ware / sie auch von ändern gehöret/ in
was Gefahr so wol der Hertzog selbsten / als auch
Printz Eugenius, gewesen / und von einem damahls
unbekandten Ritter deren befreyet worden / zweifelten sie desto weniger daran / eyleten derowegen
auch dahin / Theile / oder aufs wenigste Freude ab
ihres Freundes Glück und Ruhm zu haben.

Unterdessen wurde Max vor den Hertzog ge-
bracht/der/so bald er ihn sahe/von seinem Ohrt auf-
stunde / ihm entgegen gienge / und auf das freundlichste empfienge / der aber hingegen gantz erblaßte/
und vor Schrecken kaum wußte/ was er thate. Er
entschuldigte und protestirte aber aufs höchste/ daß
er dieser hohen Gnaden unwürdig / und bathe zugleich unterthänigst / seiner mit so hoher Beehrung/
als deren er gantz unwürdig/zu verschonē.Der Her-
tzog/der solches seiner Höfligkeit zuschriebe/sprache:
Diß ist der Tugend Ahrt / daß sie ihr eigenes Lob
nicht gern anhöret/ und ihre Verdienste gering achtet; Ich habe aber von GOtt die Erkanntnüß und
die Kräfften/ den Mir erwiesenen grossen Dienst
danckbar zu erkennen / und gebührend zu rühmen/
meldet demnach nur / womit Ich euch/ tapfferer

d 5   Ritter/

Ritter / wieder dienen / und mich danckbar erweisen könne.

Sein Lebtag ware Max in grösserer Angst niemahlen als jetzund gewesen. Er entschuldigte sich
auf allerley Weise/ daß er deß zugelegten Lobes unfähig / auch gegen Sr. Königl. Hoheit keine Verdienste / am allerwenigsten aber dieselbe einige Ur-
sach/gegen ihne danckbar zu seyn/hätten; Sie würden sich zweifels ohn an seiner Person irren / bitte
dannenhero unterthänigst um Vergebung. Der
Hertzog fragte hierauf/ ob er dann nicht der Bäyerische Max seye?Warauf dieser mit Ja antwortete.
So seyd ihr ja der jenige/fuhre der Hertzog fort/der
mir im neulichsten Treffen so Groß- und Helden-
müthig beygesprungen ? Max kunte vor Scham
nicht reden / sondern schüttelte nur den Kopff.

Auf solches liesse der Hertzog den jenigen Officier hervor tretten/ der ihme gesagt / daß es der
Bäyerische Max gewesen / der ihme so treulich bey-
gestanden; diesen fragte er/ob nicht gegenwärtiger
Cavallier und tapfferer Ritter / seinem ersten Vorgeben nach / der jenige seye / der ihne secundirt?
Euere Königl.Hoheit irren sich an der Person/ antwortete der Officier / dann dieses nicht der Bäyerische Max ist. Der Hertzog wußte nicht/wie er daran
ware / indem dieser verneinete/ daß er der Bäyerische Max,jener aber bereits gestanden/daß er derselbige seye.

Ich bin in grösserer Confusion, sagte der Hertzog wieder/ als da ich mich/ samt euch / unter den
Frantzosen befande. Euer Liebden/sprach er/ (sich
zu dem Printzen Eugenio wendend/) tretten mir
jetzo zum Beystand/ weilen Sie gleiche Gefahr er-
standen/

ſtanden / und gleiche Hülffe genoſſen / was důncket
Euer Liebden von unſerm Erlöſer?

So viel ich mich annoch entſinnen kan / antwortete der Printz / ſo kommt weder die Perſon / noch
das Angeſicht und Geſtalt dieſes Cavalliers mit dem
jenigen überein / der Uns ſo guten Dienſt geleiſtet.
So habt ihr Uns demnach betrogen / ſagte der Hertzog / (ſich gegen dem Officier kehrend /) indem ihr
Uns ſolcher Sachen bereden wollet / die ſich nicht
alſo verhalten.   Der Officier erſchracke zwar hierüber / jedoch / nach erbettener Erlaubnüß und gethaner tieffeſter Reverenz, redete er alſo : Euere Königl.
Hoheit leben verſichert / daß weder mich meine Augen / noch Euere Königl. Hoheit ich mit meinen Worten betrogen / ich habe geſehen / daß der Bäyeriſche
Max Euere Hoheit secundirt / aber dieſen für den
Bäyeriſchen Maxen ſich außgebenden Cavallier,
habe ich mein Tage vor jetzo nie geſehen / weiß demnach nicht / wie er zu dieſem Namen kommet / und
mit was Recht er ſich deſſen anmaſſet / welches ihme
nicht zukommet.

Beyde der Hertzog und Printz ſahen bald einander ſelbſten / bald den Max, bald den Officier an.
Printz Eugenius fragte hierauf Maxen auch / ob er
dann wahrhafftig der Bäyeriſche Max ſeye? Dieſer / nach erwieſener Reverenz, antwortete: Daß ich
Max heiſſe / das iſt wahr / und daß ich ein Bäyer / iſt
gleichfalls gantz gewiß / welches mit meinen Landes-
Leuthen / deren viel in dieſem Land ſich anjetzo befinden / ich erweiſen kan und wil.   Daß ich aber Euere
Durchl. ſonderbare Dienſte ſolte geleiſtet / oder einen Danck verdienet haben / das habe ich niemahlen
geſagt / weniger etwas prætendirt / ſondern bißher
wider

wiber die gnädigst-anerbottene / von mir gantz un-
verdiente Gnade / äufferst protestirt / dahero ich unterthänigst bitte / mich in Gnaden zu entlassen / und
mir weiter nichts zuzumuthen / auch die jenige / die
sich also mit meiner Schwachheit gesuchet zu kützeln / vornemlich aber Euere Königl. Hoheit zur Ungebühr zu raillirn sich unterwunden / zu wolverdien-
ter Straffe zu ziehen / auch nicht gestatten / daß durch
mich / und in meiner zwar geringen Person / meine
gantze Nation, unbefugter Weise beschimpffet werde.
  Jedermann hatte biß daher deß guten Maxen /
wegen so possierlichen Aufzugs heimlich bey sich
selbsten gelachet / theils auch Mitleyden mit ihme
getragen / weil niemand eigentlich wuste / wie die
Sache durch einander lieffe. Diese letztere Rede
aber / gebare ihm bey unterschiedlichen wieder etwas
Ansehen. Der Hertzog selbsten / der in solcher Verwirrung sich nichts zu entschliessen wuste / sprache
mit freundlichen Worten und Gebärden : Cavallier,
wer ihr auch seyd / wiewol Ich an euern Worten
nicht zweifle / glaubet nicht / daß man euch diß Orths
begehre zu vexieren / oder zu beschimpffen / sondern
versichert euch / daß / was geschehen / angesehen gewesen / meine schuldige Danckbarkeit abzustatten / und
meiner Obligenheit mich zu entbürden; Daß aber
ich und ihr / durch einen mir unbegreifflichen Fehler /
gleich unglücklich seyn / ist mir leyd / indessen bleibe
ich euch mit Gnad und Hulden zugethan; kehrte sich
darauf gegen dem Printzen / und fienge mit demselbigen an zu reden / da indessen Max / nach abgelegter
tieffer Reverenz, zuruck tratte / und zu seinem Cameraden Wolfram sich verfügte.
  Erich, Sincer und Goribald, so / wie gehöret / sich
auch

auch allhier eingefunden / hatten mit höchster Verwunderung an Statt ihres Freundes / deß wahren
Bäyerischen Maxen / diesen Meinhards, oder Affter-
Maxen gefunden / kunten auch keines Weges begreiffen / wie er zu solcher Ehre und Ruhm gelanget
wäre / vornemlich / weil sie wusten / daß er bey der
scharffen Action nicht gewesen / sondern erst den
zweyten oder dritten Tag hernach ankommen / immittelst aber neben Wolfram, seine Zeit mit Kurtzweil und allerhand Frölichkeit zugebracht hatte.

Sie erwarteten mit Verlangen / zu hören / ob
er die angetragene Ehre annehmen / oder den ihme
nicht zukommenden unverdienten Preiß außschlagen wurde.   Auf den ersten Fall hatte sich Sincer
schon gefaßt gemacht / ihme zu widersprechen / dann
er ware gantz böß auf ihn / weil er ihne so widerwär-
tigen Humors / als seinen Freund Maxen / befande.
Hingegen hatte Goribald einiges Mitleyden mit ihme / theils wegen seiner Schwester Mariana / welche
Goribald so hertzlich liebte / theils auch wegen der
Landsmannschafft / weilen ihme / seines im übrigen
gegen ihm tragenden Hasses ohnerachtet / schwer zu
ertragen gewesen wäre / wann er hätte sollen hiedurch beschimpffet werden / dann es gefiele ihme
dannoch wol / daß er die Wahrheit / seinen Namen
betreffend / redete / dabey aber dessen / so ihme nicht
gebührete / sich nicht anmassete.   Indessen hatten
sie doch alle drey die grosse Vergnügung / neben der
Hoffnung / daß / deß Officiers Sage nach / der rechte
eigentliche Max müste annoch bey Leben / und nicht
weit von dannen seyn / weil er so schöne Probstücke
seines Helden-Muthes sehen lassen / und so ungemeine grosse Ehre eingeleget / höchstes Lob und so ho-

hen Fürstlichen Danck verdienet hatte. Ihr einiger
Wunsch ware allein/ daß er gegenwärtig seyn/ die
Früchten seiner Verdienste selbsten einsammlen/
und sie samentlich erfreuen möchte/welcher Wunsch
auch erfreulichst eingetroffen/wie auß nächstfolgen-
dem Capitel zu ersehen seyn wird.

Das VI. Capitul/

Der Zweifels-Knotte wird aufgelöset / der rechte
Max gefunden/und ihme/samt seiner Ritterlichen Gesellschafft grosse Ehre erwiesen. Ob die Hertzoge von
Savoyen vor Geschütz und Kugeln gesichert?Geschichte
mit Printz Thomas auß Savoyen. Erichs Raisonnement hierüber/ und Käyser Carls Beyspiel/ wie auch
J.Cæsaris und deß Königs in Dännemarck. Der Blitz
zündet eine Pulver-Mühle an. Neue Secte verunru-
higet Italien/ &c.

DEr jenige Officier so dem Hertzog von dem
Bäyeris. Maxen so rühmliche Erzählung/
auch/ daß er deß Hertzogs und Printzen
Beschützer gewesen angezeiget hatte/ ware überauß
beschämet/daß er sein Vorbringen / durch den wahren Maxen/ nicht würcklich wahr machen/ und sich
auß dem Verdacht eines begangenen Irrthums/
und sam er etwas unwahrhafftes vorgebracht hät-
te/setzen kunte. Er ware zugleich auch erzörnet über
sein boßhafftes Verhängnüß / und wolte unerwar-
tet deß Außgangs sich hinweg begeben.

Indeme er aber eben solches bewerckstelligen
wolte / erblickte er seinen rechten Mann/ der zu hin-
terst hinter denen Rittern und Hof-Cavallieren
stunde / und um nicht erkannt zu werden/ sich in seinen Räyß-Mantel eingewickelt / und solchen um
das Maul geschlagen hatte. So bald er solchen
erblicket / und daß er es seye sich versichert / eylete er
im Eyffer

m Eyffer voller Freuden auf ihne zu/ und ohne son-
erbaren Wort-Wechsel sprache er: Monsieur, er
virb so gut seyn/ und mir meinen verlohrnen Credit,
ey diesen hohen Fürstl.Persohnen / wieder zuwege
ringen / dessen Verlust er mir durch seine Verbor-
genhaltung verursachet / und darburch zugleich sich
elbsten der wolverdienten Ehre beraubet hat.

Solches redete er so laut / daß es jedermann
m Saal hören kunte / dann die Freude die er hatte
ein Vorgeben beglaubt zu machen / gestattete ihm
nicht stille zu seyn ; Auch ohne eine Antwort anzuhören / ergriffe er ihne bey dem Arm / und zohe ihn
nit Gewalt / wider seinen Willen hervor/ (weilen
schon jedermann Raum gemacht hatte/) und das
nit solcher Geschwind- und Hurtigkeit / daß jener
nicht Zeit hatte / sich in eine rechte Postur zu stellen/
der sich recht auß dem Mantel zu entwickeln: So
bald er für den Hertzog kame/ fiele er auf das eine
Knie nieder / und mit erhobener frölicher Stimme
prache er: Durchl. Fürst / Gnädigster Herz /hier
stelle ich Euere Königl.Hoheit Dero Beschützer/ in
er wahren Person/ deß Bäyerischen Maxen vor
Dero Königl. Augen/ mit unterthänigster Bitte/
eß jenigen Verdachts mich anjetzo gnädigst zu entlassen / den sie von mir geschöpffet / als ob ich selbige
nicht recht berichtet/ oder mit der Unwarheit hin-
ergangen / tratte darauf etwas zurück / zu sehen
vas der Hertzog beginnen würde.

Dieser nun hatte ihn kaum erblicket/ da erinnerte er sich/ihne gesehen zu haben; Printz Eugenius
rkante ihne auch alsobald / dann er hatte ihn wol
und besser als der Hertzog/ in die Augen gefasset/
eßwegen lieffe er hinzu und umarmete ihn/ wiewol

Max

Max sich dessen zu erwöhren unterstunde; Er kunte
aber solches nicht verhindern / sondern muste geschehen lassen / daß man ihme neben überauß grossem
Lob und Ruhm / auch allerley hohe Gnaden aner-
botte / und alle ersinnliche Carezzen erwiese / ja wegen der vielen Danckfagungen / hohen Offerten/
Complimenten und Ehrerweisungen / gabe man ihme nicht so viel Zeit / seine Schuldigkeit zu beobachten / weil man weder Entschuldigungen/ noch Pro-
testationen anhören wolte. Und wie jener Max,
wegen unverdienten ihme nicht zukommenden Lobes / (zwar in so weit unschuldiger Weise/) beschä-
met wurde / also schamete dieser Max sich fast ab so
hoher ihme erweisender Ehre.

Nachdeme er endlich sein Compliment auch
der Gebühr nach abgeleget / wurde ihme angezeiget/
an die Fürstl. Tafel zu kommen / und dem Hofe zu
folgen.

Es ist nicht außzusprechen/die Freude so jedermann von Soldaten und Unterthanen bezeugete/
daß der Hertzog und Printz so glücklich und sieghafft
zurückkommen; Und was Lobe dem Bäyerischen
Maxen aller Orten nachgesaget wurde. Erich, Goribald und Sincer, kunten sich länger nicht enthalten/
ihre vergnügliche Freude/wegen so glücklicher Wiederfindung / und noch grösserer Beehrung ihres
Freundes Maxen zu bezeugen; sondern giengen
zu ihme / empfiengen und umarmeten ihne zum
freundlichsten / gratulirten ihme zugleich so wol zu
seinem / (bißher verlohren geschätzten/) Leben / als
auch zu der so hohen Ehre. Als dem Hertzog hierauf angezeiget wurde / wie tapffer auch diese sich im
neulichstem Scharmützel verhalten/ erwiese er ihnen

nen gleichfalls grosse Ehre / mit Anerbietung Hoch-
Fürstl. Gnaden/ und musten diese Helden ebenfalls
bey der Fürstl. Tafel bleiben/da dann fast von nichts
als deß Bäyerischen Maxen Tapfferkeit / geredet/
doch darbey der übrigen tapffermüthiges Verhalten in keinen Vergeß gestellet wurde.

Man hatte zwar den anfangs vorgestellten
Maxen/so wol deß Namens als Landsmannschafft
halben / auch zur Tafel beruffen wollen / man kunte
ihne aber nicht finden/ sintemahlen er so bald nach
seinem Abschied vom Hertzog/ zu Pferde gesessen/
und mit Wolffram darvon geritten/auß Beysorge/
man möchte abermahlen nach ihme schicken / und
ihme durch allerhand Fragen eine abermahlige
Scham-Röthe abjagen.

Unter andern Discursen / wurde auch gedacht/
wie nahe es dem Hertzog gestanden seye/von einem
Frantzosen / der ihme schon die Pistohle gegen dem
Kopff gehalten/erschossen zu werden/woferne durch
die Behändigkeit Maxen und Ertödtung deß
Feindes / solches nicht verhindert worden. Hierauf fienge man von neuem an / Maxen zu erheben/
so ihm aber hoch zuwider ware / solches auch desto
eher abzuwenden / sagte er: Es geschehe ihme der
Ehren viel zu viel / und werde ihm das jenige zuge-
schrieben/ so sich keines Weges gebühre/ dann / daß
er das Glück gehabt/ den Frantzosen niederzuschies-
sen/ hätte von jedem andern auch geschehen können/
und wann solches gleich nicht geschehen / so hätte
jedannoch seine Königl. Hoheit / deß Schusses halben keine Gefahr haben können/ Vermög deß sonderbaren Natur-Privilegii, Krafft dessen/ die Für-
IV.Theil.				c				sten

sten von Savoyen von allen Kugeln befreyet seyn
sollen.

Einer der Hof-Cavallieren lächelte hierüber/
und fragte woher er solches wüste/und ob er darüber
guarantiren könte? Was das letztere anlanget/ant-
wortete Max, kan ich nicht garant seyn/ weil weder
meine Wissenschafft/ noch viele Erfahrung hierin-
nen/ sich so weit erstrecket/ deßwegen ich aber die
Sache gantz nicht in Zweiffel ziehen/ sondern in all-
weg glaubwürdig seyn lassen will/ desto mehr/
weil die jetztmahlige Erfahrungs-Probe/ solches
noch mehr beglaubet/ indeme der auf Se.Königl.
Hoheit zielende Schutz/ durch einen andern/ auß
unzweiffendlich Göttlicher Direction, hat müssen abgewendet werden.

Damit ich aber auch den ersten Theil der an
mich gethanen Frage beantworte/ nemlich woher
ich das Vorgebrachte wisse? So erstatte ich diesen
Bericht/ daß ich es unterschiedlich gehöret und ge-
lesen/ sonderlich aber von einem/ der in seiner Jugend sich als ein Knabe bey dem Feld-Marschall
von Schauenburg in Italien aufgehalten/ daß man
dazumahlen vorgegeben/ die Fürsten von Savoyen
seyen alle vor den Kugeln versichert/ (welches man
ohne Zweiffel auß langer Erfahrung muß erlernet
haben/) solches habe gedachter Feld-Marschall an
Printz Thomas von Savoyen versuchen wollen/
den er damahlen in einer Vestung belagert gehalten. Dann als sie einsmahls beyderseits eine
Stunde Still-Stand beliebet/ die Todte zu begra-
ben/ und Unterredung mit einander zu pflegen/ hätte
er einen Corporal von seinem Regiment/ der für den
gewissesten Schützen unter der gantzen Armee gehalten

halten worden / Befehl gegeben / mit seinem Rohr/
damit er auf 50. Schritte eine brennende Kertze un-
außgelöscht butzen können/ gedachtem Printzen/der
sich zur Conferenz auf die Brust-Wöhre deß Walls
begeben / aufzupassen / und so bald die bestimmte
Stunde verflossen / ihme eine Kugel zu zuschicken.
Dieser Corporal hatte nun die Zeit fleissig in Acht
genommen/ und mehrermelten Printzen / die gantze
Zeit deß Stillstands fleissig im Gesicht und vor seinem Ansehen behalten / auch als sich der Stillstand
mit dem ersten Glocken-Streich geendet / und jeder
von beyden Theilen sich in Sicherheit retirirt / auf
ihn loßgetruckt / das Rohr aber hätte ihm wider alles Vermuthen den Schuß versagt / und seye der
Printz/ biß der Corporal wider gespannet/ hinter die
Brustwöhr gekommen. Worauf der Corporal
dem Feld-Marschall der sich auch zu ihm. in den
Lauff-Graben begeben gehabt / einen Schweitzer
auß deß Printzen Guarde gewiesen/ auf welchen er
gezielet un denselbe dergestalt getroffen / daß er über
und über gepurtzelt: Worauß dann Handgreifflich
abzunehmen gewesen/ daß etwas an der Sache seye/
daß niemlich kein Hertzog von Saycia / von Büch-
sen-Schüssen getroffen / oder beschädiget werden
möge. Ob aber solches durch eine sonderbare Na-
tur-Krafft und verborgene Würckung geschehe;
oder aber ob dieses hohe Fürstl. Hauß / eine abson-
derliche Gnade von GOTT habe/ weil es/ (wie
man saget/) auß dem Geschlecht deß Königl. Pro-
pheten Davids entsprossen / davon lässet man das
Urtheil andern über.

Jedermann hatte sonderbares Belieben und
Vergnügen / so wol ab deß Bäyerischen Maxen

Reden/

Reden/als auch den übrigen seinen Manieren/ und
urtheilete / daß Courage, Tapfferkeit und Wissenschafft bey ihme verschwestert anzutreffen; Es ware
niemand / der sich nicht beflisse mit ihme bekandt zu
seyn / und ob schon einige meynten er hätte das jenige / was er bißhero vorgebracht / allein auß Flatterie
gethan / so ware doch hingegen niemand der ein widriges Beyspiel / allegieren kunte / daß nemlich ein
Hertzog von Savoyen durch Geschütze in Gefahr
gerathen oder beschädiget worden/ sondern die meiste gaben Maxen Beyfall / daß sie dergleichen entweder auch gelesen / oder von ihren Vorfahren gehöret hätten.

Weil der Schwed Erich hierüber etwas zu lä-
cheln schiene; als fragte ihn einer mit gar höflicher
Artigkeit/was dann er von solchem Vorgeben hielte? Dessen er sich zwar anfangs weigerte / doch
auf ferneres Nöthigen also beantwortete: Ich
trage meines Theils keinen Zweiffel / daß meines
Freundes deß Bäyerischen Maxen vorgebrachtes
guten und unverwerfflichen Grund habe / und das
um so viel mehr / weilen man keine contraire Expe-
rientz hiervon hat; So ist auch keines Weges zu
zweiffeln/daß der allerhöchste Welt- und Himmels-
Monarch / nicht insonderheit für die hohe Potentaten Sorge trage/ sie in seinem Schutz und Auffsicht
habe / und vermittelst seiner Engel manches Unglück von ihren Häuptern abwende / ausser diesem
ja sonst unmöglich wäre/ daß manche Potentaten
so vielen feindseeligen und meuchelmörderischen
Nachstellungen / denen kein menschlicher Witz ent-
trinnen könte/ solten entgehen : ein unverneinliches
Exempel haben wir an dem allerhöchsten Welt- und
                                                    Christen-

Christen-Monarchen / dem heutigen Römis.Käy-
ser und unstrittig-grossem LEOPOLD/von Deme
ja Welt-kündig / wie vor einigen Jahren /ihme / ja
seinem gantzen Käyserlichen-und Hoch-Fürstl.Ertz-
Hause/von Inn- und Außländischen Feinden/viel-
fältig verrätherischer Weise / nach Leib und Leben
gestellet/Selbiger aber durch deß Himmels Obhut/
jederzeit gantz sonder- und wunderlich / zu der gesamten Christenheit sonderbarem Trost / ist erhalten worden.   Ein frischeres Exempel haben wir an
dem neuen König in Engelland / Wilhelmo , von
deme gleichmässig wissend/ daß seit er auf den Englischen Thron erhöhet / und mit selbiger dreyfachen
Kron / ich weiß nicht soll ich sagen / beehret oder be-
schweret worden/ er grossen heimlichen Verfolgun-
gen/und verrätherischen Nachstellungen unterworffen gewesen/ die aber auß Göttlicher Vorsorge/biß-
her / ohne seinen Schaden und Gefahr / glücklich
entdecket / und abgewendet worden.

Und eben indem ich dergleichen nachdencke/
fället mir deß Glorwürdigsten Käysers Caroli V.
Außspruch/ den er einsten gethan/ bey/ womit es sich
also verhält: Als höchstgedachter Käyser in Africa
wider Barbarossam Krieg führte / und sein General
Davolus wolte/daß er/der Käyser/sich in die Mitte/
zu den Fahnen stellen solte/damit er nicht etwan von
einer Kugel getroffen werden möchte; Hat der
großmüthige und muthige Hertz gelächelt und gesaget: Es wäre kein Käyser niemahls von einem
Stuck zu Boden gelegt worden; hat sich also völlig auf den Göttlichen Schutz verlassen.

Auch dieses wurde mit sonderbarem Belieben

gerne vernommen / weil es gleicher massen zum Beweißthum dessen/was Max vorgebracht/dienete.

Goribald auf Befragen /'ob er es mit seinem Landsmann hielte / oder was dargegen lauffendes anzuführen wüßte/ antwortete : Ich kan nicht anders als demselben beystimmen / nicht darum / weilen er mein Landsmann ist/sondern weil ich das bißher vorgebrachte für unverwerfflich halte / auch zum Beweiß/ daß GOtt grosse Potentaten in seiner Hut und Auffsicht insonderheit habe / Julii Cæsaris deß Römischen Käysers hertzhafften Außspruch anführen kan; Da er in grossem See-Sturm / da jedermann verlohren gabe / und nur auf ein gutes Hinkommen gedachte / in der allergrössesten Noth und Lebens-Gefahr/ gantz unerschrocken / zu dem zagenden Schiffmann gesprochen : Noli timere, Cæsarem vehis. Förchte dich nicht/du führest den Käyser in deinem Schiffe; solches sagte er/als ein Heyd/ zwar / mit solcher Zuversicht/ zu der Götter unaußbleiblichen Hülffe/sam er gewiß wüßte/daß die hohe Welt-Häupter ein Special - Privilegium hätten / welches sie vor dem Untergang salvaguardirte. Fast dergleichen habe ich hören sagen / von dem letzt verstorbenen König in Dännemarck / als derselbe vor wenig Jahren in dem Frantzösisch-Schwedisch-Brandenburgischen Krieg/ worein auch Dännemarck verwickelt worden / bey grossem Sturm zu Schiff gienge/nach seinem Königreich zuseegeln/die Schiff-Leuthe ihme aber die Gefahr / wegen der stürmenden und wütenden See/ und befahrenden Schiff-Bruchs zu erkennen gaben/hat er gesagt/ sie solten in GOttes Namen die Ancker lichten und die Segel außspannen / man habe noch kein Exempel/daß

pel/daß ein König in Dännemarck im Meer ertrun-
cken/ auß welcher Rede eine grosse Zuversicht zu der
Göttl. Hilffe/ neben einer unverzagten Großmü-
thigkeit/abzunehmen ware.

Der Hertzog so neben dem Printzen diesen
Discursen guten Theils mit zugehöret/ liesse sich solche nicht mißfallen; sondern erkennete darauß/
daß dieses keine schlechte/sondern sehr wol erfahrne
Ritter seyn musten/ die so wol von Sachen raisoni-
ren könten.

Nach diesem und nach aufgehobener Tafel/
wurde von unterschiedlichen Zeitungen geredet/
und unter anderm unterm 19. Octobris von Pariß
folgendes geschrieben: Daß vor etlichen Tagen der
Blitz eine Pulver-Mühlen unweit von der Stadt
Pariß angezündet/ und alle Menschen so darinnen
gearbeitet verzehret/ auch werde der Schaden über
100000. Reichs-Thaler geschätzet.

Von Rom hingegen wurde berichtet/ unterm
Dato den 13. Octobris, daß Se. Päpstl. Heil. grosses
Mißfallen bezeuge/ über die neue Secte, oder Nea-
politanische Religions-Sache/ der sectirenden
Stoischen-Welt-Weisen/ unter denen sich auch
der berühmte Medicus Leonardo da Capuca be-
finde/ dessentwegen seye gestern Frühe aber-
mahlen eine extra-ordinaire Congregation deß S. Of-
ficii. gehalten worden. Ingleichem/ es habe der
Spanische Bottschaffter diese Wochen mit einigen
Deputirten der Inquisition, und Sancti Officii, viel
Unterredungen gehalten/ sonderlich aber mit dem
Cardinal Lauria, über den neu-entstandenen
Schwarm/ von Sterblichkeit der Seelen/ im Kö-
nigreich Neapoli, worüber von gedachter Inquisition,

c 4   viel

viel Versamlungen gehalten worden / diesen neuen
Lermen unter solchem Adel und Volck zu stillen/
welche durchauß keine Nuncios mehr daselbsten haben wollen/so von der Inquisition dependiren / indeme es bereits so weit kommen/ daß der Päpstl. Nun-
cius allda zu Napoli, seine Gefangene auß der Gefängnüß deß S.Officii daselbst / durch seine Reuter/
gegen den Kirchen-Staat/ in gute Sicherheit müssen bringen und convoyiren lassen.

Erich verwunderte sich gegen seinem beystehen-
den Cavallier, daß da die bey wenig Jahren zu Rom
entstandene / und sehr weit außgebreitete Secte der
Quietisten noch nicht untertrucket/ schon wieder eine
neue / und wie es schiene / weit gefährlichere/selbiger
Orten außgebrutet wurde / und gabe zu verstehen/
er möchte die Ursach dessen und den bißherigen
Verlauff wol wissen? Aber sein Mitredner wolte
sich hier nicht einlassen / sondern viel lieber von andern Sachen reden.

Indessen hatte der Hertzog mit unserm Maxen
sich in ein Gespräch eingelassen / und unter anderm
mehrere Nachricht von ihme wegen seiner drey übrigen Cameraden begehret / weilen er schon wuste/
daß sie von geraumer Zeit in guter Freundschafft
zusammen stünden?

Max ermangelte nicht dem Herrn Hertzog zu
willfahren/ Erichs und Goribalds Beschaffenheit
anzuzeigen/ wegen deß Printzen Sincers aber stunde er an / ob er seinen Stand offenbaren solte; solches merckte der Hertzog/ deßhalben ware er begieriger mehrere Nachricht von diesem Fremdling zu
haben. Max um nicht unhöflich / weniger darfür
angesehen zu seyn/ daß er in deß Hertzogs Ver-

schwie-

schwiegenheit einiges Mißtrauen setzte; Eröffnete
demselben/ wie es eine Beschaffenheit mit ihme hät-
te/ auch was für eine Gefahr ihme darauf stunde/
so es außkommen und in Franckreich kund werden
wurde/ daß er sich bey deß Königs Feinden/ und
zwar zu Nachtheil der Kron Franckreich aufhielte/
sintemahlen es ihme gar leichtlich bey der Ottomannischen Pforten zu grossem Nachtheil außschlagen
kunte.

Aber der Hertzog versicherte/ daß er wider seinen Willen niemand solte kund gethan werden/ von
der Zeit an erzeigte ihme der Hertzog viel grössere
Ehre/ als bißhero geschehen/ worauß Printz Sincer
wol abnahme/ daß er dem Hertzog verkundschafftet
worden/ und daß solches von Maxen müsse geschehen seyn/ weil sonsten niemand seines Standes kundig ware/ ausser Treulöw. Weilen er aber Maxen
aufrichtiges Gemüth schon genugsam erforschet
hatte/ stellete er selbigem alles in seinen Willen/ wol
wissend/ daß er durch ihne keines Nachtheils sich zu
befahren.

Das VII. Capitul/

Max wird von der Hertzogin kostbar beschencket/
   vom Hertzog mit dem Ritter-Orden begabet/ dieses
   Ordens Beschaffenheit. Der Bäyerische Ruhm stei-
   get hoch. Der Frantzosen Heu-Magazin wird angezündet. Max hat bey grosser Ehre grosse Anfechtungen. Sarsfield wird geschlagen/ Limmerick erobert.
   Accords-Puncten darvon. Ein Berg-Werck fället ein.
   Dem Czar wird ein Sohn gebohren. Er lässet einigen
   die Bärte abscheeren.

Eß folgenden Tags langete der Hof zu Turin
wiederum an/ daselbsten wurde der Hertzog
mit ungemeinen grossen Freuden deß gesam-

hen Dienstes/sehen zu lassen/mit einem sehr kostbaren Ringe/ und überauß schätzbarem Kleinod/ be-
schenckete/ so er/ alles Einwendens und Entschuldigens unerachtet/annehmen mußte.   Das gesamte
Fürstl. Frauenzimmer schriebe ihme sehr grosses Lob
zu/ kunten sich auch über seine ansehliche Person/
schöne Gestalt/ artige und höfliche Manieren/ in.
Summa / über alles sein rühmliches Verhalten/
nicht gnugsam verwundern.   So/ daß Max schier
wünschete/ weit von dannen zu seyn/ weil er der all-
zugrossen Ehre sich unfähig hielte/ auch von Natur nicht Ehrgeitzig ware.

   Deß andern Tages beehrete ihne der Hertzog
mit dem Ritter-Orden S. Mauritii und S. Lazari, welchen er ihme/ mit gewohnlichen Solennitäten und
Ceremonien/mittheilete/und ein grünes Creutz/mit
einer weissen Einfassung / in deren Mitte das an-
dere/oder S. Moritzen weisses + übergeleget ware/
an einer kostbaren gölbenen Kette/Statt eines sonst
üblichen Bandes/ anhängete/ so die grösseste Ehre
ware/so diß Orths jemand kunte angethan werden.

   Was es aber mit diesem Ritter-Orden S. Moritzen und S. Lazari, bey denen Savoyern für eine Beschaffenheit habe/ so ist mit wenigem zu wissen/ daß
solcher sehr alt ist/ sonderlich S. Lazari, welchen man
noch von den Zeiten deß H. Basilii Magni, deß Bi-
schoffen zu Cæsarea, herleitet. Anno 1154. wurde den
Rittern S. Lazari vom König in Franckreich/ der
Boigny, oder Boniacum, im Orleanischen Be-
                                              einge-

eingegeben/dahin auch hernach/als die Christen von
den Soracenen auß Syrien vertrieben worden/
sich ihr Hochmeister gesetzet hat. A.1573.hat Papst
Gregorius XIII. ben Hertzog Emanuel Philibert von
Savoyen/ und seine Nachfolger/ mit dem Hochmeister. oder Großmeisterthum dieses Ordens/ so
ein grünes ✝ führet/begabet; welcher den Orden
S. Mauritii mit diesem vereiniget/ und für die Ritter
2. Herbergen oder Häuser/ eines zu Nizza, und das
andere zu Turin/erbauet/und geordnet/daß hinfüro
dieser Orden S. Mauritius und S. Lazarus genennet
werden/ und dessen Rittere ein solches ✝ wie dem
Bäyerischen Maxen angehänget worden/über oder
an den Kleidern tragen solten. Und ist solcher deß
H. Moritzen Orden/ zur Gedächtnuß desselbigen
Märtyrers/den die Savoyer/und ihre benachbarte
Walliser/ hoch in Ehren halten/ vom ersten Hertzog
in Savoyen/Amadeus, angerichtet worden. Was
aber den Orden der Ritter S.Lazari in Franckreich
anbetrifft/ so ist solcher S. Lazarus eine Zeitlang mit
dem Maltheser-Orden vermenget gewesen/ biß er
unter Papst Paulus dem V. wieder einen eigenen
Meister/ nemlich Philibertum Nereftan, und den Titul der Ritter S.Maria vom Berge Carmel/ und
S. Lazarus, samt einem Viol-braunen ✝ und dem
S.Marien-Bild/so die Ritter am Halß/und dann
auch am Mantel tragen/ bekommen; die Ritter
aber / gleich wie auch obgemelte in Savoja sich ver-
heurathen darffen/ so bey andern Orden nicht erlaubet.

Solcher Gestalt wurde unser tapfferer Max
auf das höchste geehret / auch von seinem Großmü-
thigsten Chur- und Landes-Fürsten/ der jetzo auch
allda

allda sich verhielte/ in hohem Werth gehalten/ weil
durch ihne und seine tapffere Gesellschaffter / ingleichem andere tapffere Bäyerische Helden/wie bißher
in Oesterreich/Ungarn/Boßnien/Sclavonien/Niederland/ und andern Orthen ausserhalb deß Römischen Reichs; also auch jetzund in Savoyen / Piemont und Italien / der Bäyerischen Nation Glorie
und Tapfferkeit / mit dero höchstem und unsterblichem Nachruhm/bekannt/geehret/erhebt/und von
männiglich geliebet wurde / so / daß es schiene / als
ob nunmehro die Bäyerische Nation allein/ allen
übrigen Teutschen Völckerschafften/den Ruhm der
Tapfferkeit nicht nur strittig machen/ sondern dieselbige gleichsam herunter stechen wolte.

Dieweilen auch Se. Königl. Hoheit Nachricht
bekommen / daß der jenige grosse Vorrath/ so die
Frantzosen an Heu bißhero in dem Lager vor Pignerol mit grosser Mühe und Kosten gesammlet / den
1 2. Octobris, durch einen Freund der Alliirten / mit
Feuer angezündet / und dardurch gäntzlich/ zu grossem Nachtheil der Frantzosen / in Asche verwandelt
worden/ waren hochermelte Se. Königl. Hoheit gesinnet/ auch diese rühmliche/dem Feind zum Abbruch
gereichende Verrichtung/zu belohnen. Es wolte sich
aber der Urheber deren / dermahlen noch nicht melden/ und also bliebe die Vergeltung außgesetzet.

Anjetzo wurde bey Hofe/nach Eintheilung der
Winter-Quartier/ von nichts fast als Lustbar- und
Ergötzlichkeiten gehandelt/ mit Jagen/ Comœdien
und Balletten die Zeit zugebracht / da dann unser
tapfferer Max nirgend zuruck gelassen/ sondern aller
Orten hervorgezogen wurde. Er hatte das Glücke/
einem grossen wilden Schwein / so im Jagen auß
dem

dem Zeug entkommen / nachst an der Hertzogin Ge-
zelt/welche mit dero Frauenzimmer bereits in Angst
und Schrecken gerathen / den Fang zu geben / und
hiemit daßelbe sich zu verbünden/ wie es dann nicht
ermangelte / ein sehr höfliches Compliment demselben deßwegen abzulegen.

Bey einem Ballet legte er ebenfalls nicht geringe Ehre ein/ und wuste seine Person dergestalten
wol zu agiren/daß ihme vom Frauenzimmer eben so
grosses Lob nachgesagt wurde / als hohen Ruhm er
durch Kriegs-Thaten erworben.Dann hiermit hatte er etlichen vornehmen Dames dermassen ihre Hertzen gerühret/daß sie darinnen nicht geringe Unruhe
verspühreten.Und verwunderte sich jedermann/wie
noch bey solcher Jugend/so Heldenmässige Tapffer-
keit/ grosse Erfahrenheit/ kluge Geschicklikeit/ höfliche Bescheiden- und Sittsamkeit / aller Sachen
wol-anständige Manierligkeit/ neben schöner Wis-
senschafft/ verschwistert seyn könten.

Neben mehr andern Ergötzlichkeiten / wurde
auch von denen Cavallieren ein Ringel- und Kopff-
Rennen angestellet / bey welchem abermahlen Max
seine Geschicklig-und Leibes-Fertigkeit sehen lassen/
da dann seine Ritterliche Gesellschafftere/Erich, Sincer und Goribald gleicher massen grosse Ehre einleg-
ten/so/daß jedermann fast allein von dem Bäyerischen Max und seinen Rittermässigen Freunden/ zu
sagen hatte.

Unter solchen Freud- und Ehren-Bezeugungen/
so unsrer sämtlichen Gesellschafft wiederfuhre/ver-
gasse darum Max nicht/ seiner Liebsten Fräulein
Schwester/ der unvergleichlich-schönen Theodelin-
den/ zum öfftern zu gedencken/ und um schon mehr-
ange-

angeführter Ursachen willen / sein widerwärtiges
Verhängnüß zu vermaledeyen / ja alle die bißhero
empfangene hohe Ehre/ verursachte ihm nichts/ als
Kummer und Elend / wann er betrachtet:/ wie unglücklich er im Lieben / auch wie unmöglich ihme zu
helffen seye. Dannenhero wünschete er mehrmah-
len/daß er möchte im Rhein unlangsten ertruncken/
oder im letztern Gefecht geblieben seyn/ damit er sich
nur nicht ferner so vergeblich martern und quählen
dörffte.

Von dergleichen Anfechtungen ware der redliche Goribald auch nicht befreyet / weilen die Liebe
gegen Marianen samt den Jahren immer anwuch-
se/ seine Hoffnung aber/ zum erwünschten Zweck zu
gelangen/ sich hingegen/ theils in Betrachtung seines geringern Standes / theils auch wegen deß gegen Wolfram tragenden Eyfers / täglich minderte.
Erich , der Schwede/ kunte bey allen Lustbarkeiten
seiner getreuen / schon langst verstorbenen Nabise
darum nicht vergessen; weilen fast eine jede/ ihme
sich vor Augen stellende Schönheit / sein Leyd erneuerte / indeme ihn auch so gar eine Zeit hero die
Träume von neuem wieder beunruhigten/und bald
die verstorbene/ bald wieder die lebendige Nabisa ihme vormahleten. Allein Printz Sincer ware derjeni-
ge/der/gegen jenen zu rechnen/dißfalls ohne Sorge
und unbekümmert lebte / auch wol seine Cameraden/
wann sie sich so Melancholisch anliessen und gebär-
deten/ außlachte/ dann aber wieder einen Muth zu-
sprache / sich mithin glückseelig preysete / daß er so
frey von allen dergleichen Liebes-Thorheiten sich be-
fande/und dahero ohne Sorge leben kunte. Da
im Gegentheil die andere wünscheten / daß er auch
diese

die Pein und Marter der Liebe fühlen möchte / damit er nicht Ursach hätte / sie ferner deßwegen zu
vexieren/ und aufzuziehen/ sondern sie vielmehr sich
an ihme rächen und revengiren könten.

Unterdessen lieffen von allen Orthen unterschiedliche Zeitungen ein/ es kame auch ein expresser
vom König in Engelland Abgeschickter/ an/ mit der
erfreulichen Zeitung / daß die Stadt Limmerick in
Irrland sich mit Accord an den König ergeben. Der
fernere Bericht darvon lautete also/ daß/ mit Eingang deß Octobris, an dem Königl. Englischen Hofe
eine grosse Freude entstanden/ indeme der Herr von
Middagthe (ein Sohn deß Herrn Ginckeln /) daselbsten anlangte/ und diese angenehme Zeitung ein-
brachte/ daß die Königl. Engelländische Armee nunmehro das Königreich Irrland / nach Bemächtigung der Stadt Limmerick/ völlig erobert/ und also/
nächst Göttlicher Hülffe/ dem Krieg daselbsten ein
Ende gemacht habe. Die Königin habe besagten
Middagthe sehr gnädigst empfangen / und eine sonderbare Bezeugung der Hochachtung seines Herrn
Vatters und gantzen Familie von sich spüren lassen/
ihne auch mit einem Diamant/ von 500. lb. Ster-
lings/ beschencket. Es wurde auch die Stadt Londen überal mit angezündeten Freuden-Feuern er-
leuchtet/ alle Glocken geläutet/ auch denselben gantzen Tag/ biß in die Nacht späth hinein/ das grobe
Geschütz in dem Tour gelöset. Wie es aber mit besagtem Limmerick ergangen/ das ist auß nachfolgen-
dem zu ersehen:

Nachdem/ vorher gedachter massen/ die Englische 4. Irrländische Regimenter Dragoner geschlagen / und darnach der Herr General Ginckel mit einem

nem starcken Detachement über die Shannon mar-
chirt/um den Sarsfield/welcher sich gegen das Gebürge gezogen/zu verfolgen/es besagtem Herrn General dergestalt geglücket/daß er den Sarsfield in
die Flucht geschlagen/von den Seinigen 1300. Man
getödtet/ und 2.biß 300.gefangen/ worunter sich
70. biß 80.Officier befunden; Es hätten zwar die
Irrländer getrachtet/ sich in Limmerick zu werffen/
welches aber der darinn ligende Gouverneur gewe-
gert/auß Furcht/ daß die Engelländer zugleich mit
hinein dringen möchten/und dahero ihnen bedeutet/
daß sie sich in die Gräben vor der Stadt postiren
solten. Als nun solcher Gestalt die von Limmerick
sich verlassen/und keine Hoffnung mehr zum Succurs
gesehen/ haben sie resolviret/ zu capituliren/ und die
Stadt/samt dem Rest deß gantzen Königreichs Irr-
land/Ihro Königl.Maj. von Groß-Britannien zu
übergeben/ und völlig einzuraumen. Worauf sie
dann den Sarsfield/ (der noch für seine Person in
die Stad Limmerick gekommen ware/) nebst noch
einem andern Officier/Wacop genannt/dem Herrn
General Ginckel zu Geisseln herauß ins Lager geschickt; hingegen hat der Herr General Ginckel
Ih.Durchl. den Printzen von Hessen-Darmstadt/
und den Herrn von Sgravenmoer/ in die Stadt
gesandt/ um wegen der Capitulation mit denen Irr-
ländern zu handeln/welches auch geschehen/ so/ daß
nun alles in Ihro Königl.Maj.von Groß-Britannien Gehorsam ist.

Es hat zwar verlauten wollen/als ob die Guarnison von Limmerick ohne Waffen außgezogen/alle
Frantzosen aber zu Kriegs-Gefangenen gemacht
worden. Man hatte aber gewisse Nachricht/daß der

Accord

Accord in allen Puncten genau beobachtet worden/
der Accord selbsten aber bestunde in nachfolgen-
dem / nemlich:

1.

DAß die Policey und Religion auf dem Fuß vest
gestellet / gleichwie sie unter König Carl dem
Andern gewesen. 2. Sollen die jenige / welche in
Limmerick / Clare/ Kerry/ Corck und andern Guar-
nisonen seyn / zu Bezeugung ihrer Unterthänigkeit/
an den König ihr Gewöhr außliessern / jedoch in
Besitz ihrer Güther/ wieder eingesetzet werden / von
welchen aber alle Abwesende / samt ihren Erben/
deren Mittel bereits verfallen / außgeschlossen seyn.
3. Alle Irrländer / so nach Franckreich gehen wol-
len/ solches ihnen frey stehen/ hingegen alle ihre Güther Preiß seyn/ jedoch mit Transport-Schiffen und
Victualien versehen werden sollen. 4. Daß sie / in
allem / 900. Pferde mitnehmen mögen. 5. Daß
man denselbigen/ auf Engelländischer Seiten / 65.
Trasport-Schiffe/ verschaffen. 6. Sollen die Irrländer ihre Magazinen behalten/ und auß denselbigen die jenige / welche nach Franckreich gehen / versehen werden. 7. Soll einem jeden Edelmann ein
Feuer-Rohr/ zwey Pistohlen und einen Degen mitzunehmen gewilliget/ auch alle/ so noch in den Waf-
fen/ in der Capitulation begriffen seyn. 8. Seynd
alle / so vor der Capitulation gefangen/ außgeschlos-
sen/ und deren Güther confiscirt/ so in den Waffen
wider König Wilhelm gestorben. 9. Alle die im
Königreich bleiben/ und den Eyd der Treu abstat-
ten/sollen Vermög der Acten/welche im ersten Jahr
der Regierung deß Königs Wilhelm und Königin
Maria ergangen/ wie zu Zeiten Caroli II. geschehen
IV. Theil.   f   ihrem

ihrem Beruff folgen. Und dann 10. seynd 3. Com-
missarien bestellet / welche die Guarnison mustern/
und jeden Soldaten fragen sollen / ob er im Land
bleiben wolle/oder nicht.

Durch Eroberung dieser Vestung Limmerich
kan der König von Engelland 20000. Mann nach
Flandern transportiren lassen / erst-genannte Vestung aber war noch zum wenigsten auf 3. Monat
lang mit allem wol versehen / und hat derselben
Guarnison anfangs in 14000. Mann bestanden.

Die Artollerie-Bedienten haben / durch Ordre
deß Königs in Engelland/die Liefferung von 20000.
Faß Pulver / 30000. Canon-Kugeln / und 6000.
Bomben eingewilliget/darbey befohlen/zwey Mor-
tiers zu giessen. Der Lord Cütz ist Gouverneur in
mehr-erwehnter Vestung Limmerich/und derselben
Stadt mit 7. Regimentern belegt worden.

Zween Tage nach unterzeichneter Capitulation, so den 2.12. Octobris geschehen / ist zwar die
Frantzösische Esquadre unterm Monsr. de Chateaurenaut, mit dem Succurs auf der Shannon angelanget/
der General Ginckel aber/ hat ihme alsobald andeu-
ten lassen / im Fall er die geringste Feindseeligkeit
außüben wurde / man an die Capitulation , zumahl
was die Frantzosen anlangete/nicht gebunden seyn/
und sich alles Schadens zu erholen wissen wolte.

Weilen man hiernächst auch mit ermeldtem
Chateaurenaut, accordiret/ die Völcker nach Franckreich überzubringen / welches sonst laut der Capitulation,durch Engelländische Schiffe geschehen müs-
sen/ als hat er völlige Sicherheit erlanget/ die Frantzosen und Irren/ deren Anzahl sich doch täglich ver-
mindert hat/auf der Shannon einzunehmen/und mit
ihnen fortzusegeln.   Uber

Uber obiges erhielte man auch Nachricht auß
Sachsen/ daß bald nach Eingang deß Octobris, eine
Viereel-Stund von Freyberg/ ein grosses Berg-
Werck/ die Halß-Brücke genannt/ eingefallen/
250.Personen erschlagen/etliche Häuser mit in den
Abgrund genommen/ und den Interessenten über
eine Million Schaden gethan. Es solle dieses das
höchste Berg-Werck gewesen seyn/ woran täglich
600.Personen gearbeitet/ und wol 100.Jahre gestanden. Kaum eine Stunde vor diesem Unglück/
seyn 330. Berg-Leuthe herauß gefahren/ sonsten
wären sie alle geblieben.

Auß der Moscau wurde von guter Hand be-
richtet/ daß selbiger Czar sich gegen die Teutschen
ungemein gnädig erzeige/ um selbige sich je mehr
und mehr zu verbinden/ und zu seinen Diensten an-
zulocken/ zu solchem Ende er selbsten in hoher Person zum öfftern dero Hochzeiten und andern angestellten Lustbarkeiten beywohnete/auch darbey seine
Freygebigkeit sehen liesse. Den 3. 13. Octobris
wurde ihme dem regierenden Czaaren Petern sein
erster Printz gebohren/ und demselben der Name
Alexander Pietrowitz gegeben. Hierüber nun stellete der Czaar ein grosses Freuden-Fest an/ und
musten alle Bojaren/ Diacken und sonsten jedermann in Teutscher Kleidung mit Ober- und Unter-
Gewöhr darbey erscheinen. Mit welchen er acht
gantzer Tag/ in dem Feld stunde/ und die daselbsten
aufgeworffene Schantzen bestürmen und defendiren liesse/bey welcher Action aber/ eine ziemliche Anzahl theils verwundet und theils getödtet wurden;
Und befahl mehr gedachter Czaar auch all den jeni-
gen/ welche etwas in dem Scharmützel verfahren/

und nicht alsbald der Ordre folgten / ohne Unter-
scheid / es möchtẽn gleich Bojaren oder andere gemeine Leuthe seyn / die Bärte abzuscheeren / und sie
sonsten verächtlich zu tractiren; Die übrige andere
aber / welche diesem Spiel / nur zu sahen und auß
Furcht selbigem nicht beywohnen wolten / musten
zur Tractirung der im Feld stehenden Mannschafft/
viel Geld hergeben.

Das VIII. Capitul/

Ist ein Discurs vom Bart / dessen Abscheeren 2c.
   Worbey viel Curioses mit vorkommt. Ein Kind wird
   mit einer Fontange gebohren. Fontangen ist keine
   neue/ sondern schon sehr alte Mode.

Er Bäyerische Max kunte bey Verlesung dieser Zeitung deß Lachens sich nicht enthalten/
dannenhero einer der anwesenden Cavallieren / ihne um die Ursach dessen fragte / welche aber
Max anfangs zu melden weigerte / jedoch aber
ohne ferneres Ansuchen also sagte : Die Wahrheit zu bekennen/ so habe ich darum gelachet/ weil ich
hierauß abnehme / daß die Moscowiter das Bart-
abscheeren für eine sonderbare Art der Bestraffung
halten/ wormit doch heut zu Tage die Frantzosen/
und die ihnen nachäffende Teutschen/ prangen / da
doch deren alte tapffere Vorfahren / in Bart und
Haaren ihre meiste Gravität/ und Authorität suchten/
ja nicht nur die Teutschen/ sondern noch viel andere
Nationen / insonderheit aber die Heldenmässige
Römer / wie sonderlich an deß Papyri Exempel zu
sehen. Demnach halte ich darfür / wann unsere
heutige meistens glatt geschorne Soldaten/ in die
Moscau kämen/ es wurde der Czaar/ solche für keine Sol-

ne Soldaten paſſiren/ ſondern als unartige Faul-
lentzer/ und verzagte Mehmen/von ſich jagen laſſen.

Hierinnen verſetzte Erich,iſt der Moſcowitiſche
Czaar oder Käyſer gantz anderer Meynung/als vor
Alters der groſſe Alexander geweſen/ deme nach
Chryſippi Gezeugnüß zugemeſſen wird/ daß er das
Bartſcheeren am erſten aufgebracht/und deßwegen
ſeinen Soldaten die Bärte hinweg zu ſchneiden be-
fohlen/ damit die Feinde ſie nicht bey demſelbigen
ergreiffen und faſſen könten.

Es iſt aber/ ſagte Max, jederzeit/ bey vielen
Nationen/ die Tapffer- und Mannhafftigkeit auß
den Bärten abgenommen/ undgeurtheilet/ und dannenhero die Unbärte undGlattmäulichte/auch noch
heut zu Tage/ ſonderheitlich von dem Frauenzim-
mer/für ſchlechte Helden/ ja nur halbe Männer gehalten worden. Wie dann die Ungarn/ Jllyrier/
Sarmatier/ Türcken/ Tartarn/ neben andern wilden und barbariſchen Völckern/ deßwegen ihre
Knebel-Bärte/ als ein Anzeigen beywohnender
Streitbarkeit tragen/ wie dann ein wolgebarteter
Soldat und Kriegs-Mann; vor einem unbehaa-
reten Milch-Maul/ weit mehreres Anſehen/ und
Authorität hat/ wiewolen eben die Tapfferkeit darum nicht dem Bart und Haaren allein zuzuſchrei-
ben/ dann ſolcher Geſtalt wurde heutiges Tages
manchem tapffern Officier deme es wol am Bart/
nicht aber an Courage mangelt/ zu nahe geredet
ſeyn. Sonſten bezeuget Cæſar von den alten Bri-
tanniern/ daß wann ſie in den Streit außgezogen/
ſie ihre Bärte haben wachſen und ſtehen laſſen/um
ihren Feinden deſto greßlicher und forchtbarer zu
ſcheinen.

f 3 Gori-

Goribald erinnerte hierbey/daß um solcher Ursache willen / wie Suidas angemercket / die Athenien-
ser nicht nur für sich grosse Bärte gezielet / sondern
es haben auch die Weiber / ihre Haare um die
Wangen und Kihn also angeordnet / daß man sie
für Männer ansehen und halten sollen. So gedencket auch Paulus Diaconus , von denen Sitten der
Longobarden / daß sie auf rechtschaffene Bärte so
viel gehaltē/ daß sie auch ihren Weibern die Haupt-
Haare/ nach Art und Gestalt eines Barts/ um das
Maul accommodiret /selbige hernach bewöhrt gemacht / und ihre Feinde solcher Gestalt betrogen/
daß sie darfür gehalten / ihre Armee wäre weit stär-
cker/als sie in Wahrheit gewesen.

Sincer, liesse sich hierauf vernehmen / es nehme
ihn sehr Wunder / daß so wol Frantzosen / als auch
wie er höre die Teutsche / die Bärte / die doch den
Männern von der Natur zur sonderbaren Zierde
gegeben/ so geringe achteten/ und nunmehr mit langen Haaren und geschornen Bärten mehr den
Weibern/ als Männern gleichen / und damit prangen wolten.　Und die Wahrheit zu bekennen/fuhre
er fort/ so düncket mich/ was mir biß dahero zu Ohren kommen / wann ich es anderst mit meiner Herren Erlaubnüß / reden darff / seyen mehr Anzeigen
weibischer Zaghafftig- und Zärtlichgkeit / als alter
und vor diesem so hoch gerühmter Teutscher Stär-
cke/Großmüthig- und Tapfferkeit/weil man meines
Erachtens / mehr solches dem weiblichen Geschlecht
zugefallen / als dem Vatterland gute Dienste zu er-
weisen/zu thun scheinet.

Ein Savojischer Cavallier, liesse sich hierauf
folgender massen vernehmen; Daß die Alten vor
diesem

diesem sehr viel auf einen reputirlichen schönen
Bart gehalten/auch wol deß Gemüths Beschaffen-
und deß Hertzens Tapfferkeit nach demselbigen ab-
gemessen/ ist ausser allem Zweifel/ allermassen die
Heyden ihren Göttern/ sonderlich dem Jovi, und
Mercurio, item, denen tapffersten Helden/ Herculi,
Theseo, Priamo, Agamemnoni, Menelao, Nestori,
Ulyssi, Hectori, Achilli, und viel andern/ansehnliche
Bärte zugeeignet/ wie wir auß Homero, und Jul.
Cæsare ersehen ; Ingleichem ist Regenten und
Obrigkeiten/ item vortrefflichen stattlichen Män-
nern/ nicht minder denen Medicis, von dem Æscula-
pio her / ja auch denen Philosophis, jedoch die Stoi-
cker außgenommen/ ein ehrwürdiger und ihrer Gra-
vität geziemender Bart/ als gleichsam ein unent-
berliches Essential- und wesentliches Stuck zuge-
schrieben worden: Gleichwol aber so folget darum
nicht/daß die Weißheit/Geschicklich- und Tapffer-
keit/ allein in dem rauhen und bartigen Mund und
Haaren bestehe/massen nicht wenig Exempel vor-
handen/ daß auch grosse Potentaten/ tapffere Hel-
den/und vornehme Männer / sich die Bärte absche-
ren lassen/ wie dann der zuvor angezogene grosse
Alexander, nachdeme die Persische Wollüste und
Delicatezzen ihne verzärtelt/ und er seine angeborne
Macedonische Mannhafftigkeit gegen solche ver-
wechselt/ den Bart wegscheren lassen. Deme es
nachmahls unter den Römern/ nach Plinii Gezeug-
nüß/ am aller ersten Scipio Africanus nachgethan/
der sich alle Tag rasiren lassen/ welchem auch Augu-
stus Octavianus fleissig nachgefolget/ indeme er das
Schermesser stätigs gebrauchet; so ist auch Julius
Cæsar, nach Suetonii Zeugnüß/ auf den Putz und

f 4   Auf-

Aufmuß dergestalt verpicht gewesen / daß er sich immer scheren/ barbiren/ja gar die Haare außrupffen lassen. Eben dieser Scribent gedencket auch/ daß Sylvius Ottho, sich täglich rasiren lassen. Wer wolte nun so kühn seyn / diesen Männern solches zu verübeln / oder die heutige Bart-Mode zu tadeln. Wann es demnach am Bart lege/ so müste auch ein Geißbock klug und tapffer heissen.

Ich lasse / fienge Max wiederum an/ in diesem Stuck einem jeden gerne seine Meynung / begehre auch niemand dahin anzuhalten / wider den heutigen Welt-Lauff/sich einen starcken Knöbel- oder andern Bart zu ziehen / was ich auch anfangs / auß Veranlassung deß Czaars gesagt / ist nicht geschehen/jemand zu schimpffen/sondern allein/den unterschiedlichen Gebrauch gewisser Völckern / anzuzeigen / welche den Bart in weit grössern Ehren gehalten / als heut zu Tage geschiehet / und gewiß/ wann unsere tapffere Vorfahren / insonderheit/ unsere alte redliche Teutsche / mit ihren Schlacht-Schwerdtern-gleichenden Bärten / jetzund hervor kämen/ ich glaube nicht / daß sie uns für ihre Nachkömmlinge/ sondern nur vor Bastarde erkennen würden/ wie wir dann nicht nur was die Bärte betrifft/ sondern auch in Heldenmässiger Tapffer- und Teutscher Aufrichtigkeit/so wol/als an Leibs-Stärcke und Kräfften / weit von ihnen abgewichen / und ihnen nimmer gleichen. Ja ich erinnere mich gehöret zu haben/ daß/ wann vor Alters/ ein tapfferer Mann/ insonderheit ein Teutscher / mit der Hand seinen Bart gestrichen/ und etwas dabey versprochen und betheuret / solche Zusage weit unverbrüchlicher / als heutiges Tages die schärffeste Eyd-Schwüre/beobachtet worden ; Wie dann Käyser

Ottho

Ottho der Grosse/bey seinem Bart geschworen/und darbey schwören lassen.

Erich sagte jetzund/ich muß doch/durch meines Freundes Maxen Rede veranlasset/noch etwas anfügen/welches zu dieser Soldaten und Bart-Materie sich nicht unfein schicket/und mir vor etwas Zeit/von einem alten und erlebten Soldaten/so im vorigen 30. jährigen Teutsch-Schwedischen-Krieg lang gedienet erzehlet worden. Dieser als ein lustiger Compan, kunte allerdings auch nicht ertragen/daß heut zu Tag hohe und niedere Officier entweder meistens gar keine/oder doch so winzige Bärtchen trugen/ darfür haltend/ es gienge hierdurch auch denen gemeinen Soldaten ein grosses ab; Dann sagte er: Wann zu meiner Zeit/(das ist im vorigen 30. jährigen Krieg/) ein gemeiner Soldat/zu seinem Hauptmann/ Obristen oder General kommen/einige ihme abgehende Nothdurfft zu begehen / und demselben seinen Abgang und Mangel zu erkennen gegeben; so habe ein solcher hoher Officier / das Anbringen nicht allein mit Gedult angehöret; sondern zugleich seinen Bart in die Hand gefasset / selbigen ein Paar mahl gestrichen / und gesagt: Ihr solt es haben. Wann aber heutiges Tages / und bey jetzigem Krieg / ein armer Soldat / zu seiner höchsten Nothdurfft / von seinem hohen Officier was bitte/so höre zwar derselbige einen an / indessen aber streiche und reibe er sich unter der Nasen/ zupffe und rupffe an denen daselbst kaum sichtbaren wenigen Milch- oder Bart-Härlein/ und spreche darbey: Es ist warlich nichts vorhanden / es ist nichts da. Und solches ist/sagte dieser Soldat per raillerie, die lautere Wahrheit/weil weder Haar noch Bart allda anzutreffen.

f !   Si-

Sie mußten alle dieses Soldatischen Aufzugs lachen / und zweiffle ich nicht / der Bäyerische Max hätte gerne einige Moralien und merckwürdige Lehr-Pünctlein herauß gezogen / er wolte aber lieber in der angefangenen Materie fortfahren / wie er auch mit diesen Worten thate :

Vor Alters wurden die Haare / und sonderlich der Bart / nicht nur bey den Römern und Lacedemoniern / sondern auch bey fast allen Völckern / in Ehren / und dessen Betastung so wol als desselben Abscherung / für eine grosse Beschimpffung gehalten. Weßwegen auch bey denen Rhodiern die Abscherung deß Barts und Haaren / durch ein Gesetz verbotten ware ; die Welt-Weisen auch insonderheit mit langen Bärten prangeten ; ja auch die alten Bildnüssen der Göttern mit langen Bärten gezieret seyn ; und Jupiter von denen Tichtern / wie er bey seinem unversehrlichen Bart schwere / mehrmahls eingeführet wird. Dahero und weil der Bart für eine Zierde der Männer und Götter gehalten wird / ungeachtet er sonst wenig nutze ist / bey den Griechen und Römern / die bärtichte Glücks-Göttin / um den Wachsthum der Haare angeruffen wird / hingegen werden die Leibeigene und Ruder-Knechte / auch noch jetzt gleichsam zur Schmach glatt geschoren / gleichsam als wann diese Leuthe / nicht in das Geschlecht der Männer / sondern der glatten Weibern und Verschnittenen zu rechnen wären.

Es ist zwar nicht ohne / daß unterschiedliche Völckerschafften / in Unglück / Gefahr und Nothstand allein die Haare und Bärte wachsen lassen / daß solche entweder eine Anzeige der äusserst-betrübten /

trübten / oder der Verdammt- und Verurtheilten
gewesen. Jedoch aber bleibet die gäntzliche Ab-
nehmung der Haaren und Bartes / aller Orten ein
Schandmahl. Wie dann auch bey denen Teutschen den Ehebrecherinnen die Haare zum höchsten
Schimpff gantz abgeschnitten wurden. So ist auch
allerdings wahr / daß alle Völcker die Antastung
der Haare und Bärte für eine Beschimpffung halten / allermassen auch in Teutschland vieler Orten /
sonderlich bey dem Pöfel es die grösseste Schmach
ist / so man einen bey den Haaren zupffet / welches
eine Art der Befehdung ist / indeme der Gezupffete
hierdurch zur Schlägerey außgefordert / und wann
er solche Beschimpff- und Forderung nicht mit einer
Ohrfeige erwiedert / und sich zum Schlagen aner-
bietet / für einen verzagten Bernhäuter gehalten
und verachtet wird.

Solchen Schimpffes / warffe Goribald lachend
ein / seyn heut zu Tage alle die jenige überhoben / welche glatt geschorne Weiber-Mäuler haben / auch mit
Peruquen desto grössere Hoffart zu treiben / ihnen die
Haupt-Haare gleichfalls glatt hinweg nehmen lassen / daß demnach ihretwegen / der jenige Text in den
Lehen-Rechten / tit. de Pact. tenend. 27. l. 2. Feud. vergeblich enthalten / krafft dessen / es für eine Schmach
angezogen / und der jenige weit hefftiger beleydiget
und affrontiret geschätzet wird / dem man die Haare
oder Bart außrauffet / als welchen man sonsten mit
Fäusten schlägt / sintemahl die vortreffliche Rechts-
Lehrer / Baldus und Menochius, jener in l. reos. c. de
Accuſ. n. 6. f. dieser aber lib. 2. de arb. jud. qu. cent. 4.
caſ. 392. n. 32. behaupten / daß der Bart ein Glied
deß Menschen seye / daß dannenhero einer / der einem an-

nen andern deß Barts beraubet / eben der Straff
würdig / damit der / so einem andern ein Glied ab-
nimmt / pflegt belegt zu werden.

Erich vermeldete hiebey / daß es schimpfflich gewesen / so man einem den Bart wider seinen Willen
berühret / oder gar denselben abgeschoren / ist auch
auß der H.Schrifft zu ersehen / wie dann der Großmüthige König David / es für die höchste Schmach
gehalten / daß der König Hanon seinen Gesandten
die Haare und Bärte abscheeren laffen. So drohet
auch der Prophet Esaias den Moabiten ihren Untergang und Verstörung / und unter anderm / daß
ihnen ihre Bärte sollen abgeschnitten werden; welche Drohung auch beym Jeremia zu lesen. Der
Constantinopolitanische Käyser / Constantinus Co-
pronymus , hat vielen ansehlichen Männern / wie Si-
gebertus schreibet / ihre Bärte mit Wachs und Pech
anschmieren / alsdann anzünden und verbrennen
laffen. Anithpertus, der Taurinenser Hertzog / hat dem
gefangenen Rothario , der Bergomensern Fürsten /
den Bart hinweg geschoren / welches bey denen Longobarden die allergröffeste Schmach ware. Der vielen Exempeln nicht zu gedencken / denen Haar und
Bart abgeschoren / vom Regiment verstoffen / und
in die Klöster eingeschloffen worden / wovon ich eine
lange Erzählung anstellen könte / wann nicht schon
zu viel von dieser Materie geredet worden. Ich füge
allein dieses bey / daß der H.Hieronymus schon zu
seiner Zeit darfür gehalten / daß Haar und Bart ein
Anzeigen der Schön- und mannlichen Tapfferkeit
seyen / welche / so man sie abschneide / nichts als
schändliche Blöffe sich vor Augē stelle. GOtt selbsten
hat seinem Volck Israel ein Gesetze gegeben / wie
                                                    sie es

sie es mit dem Haar, und Bart,abschneiden halten
sollen.

Dahero hat Diogenes, sagte Max abermahlen/
darfür gehalten/daß das Scheren eine Feindin der
Natur / und Anklägerin GOttes selbsten seye.
Dann / als er einsten einen gesehen / wie er sich das
Kien und Wangen gar genau von Haaren säuber,
te; hat er ihne gefraget: Mein Freund / zörnest du
mit der Natur / daß sie dich zu einem Mann und
nicht zu einem Weibe geschaffen? Eben/ als wann
die Weiber / fiele Goribald in die Rede/ nicht auch
manchmahlen gebartet/und mit haarigem Munde/
manchem unbehaartem Manne überlegen wären/
davon unterschiedliche Exempel angeführet werden
könten / wann dergleichen nicht jedermann selbsten
bekandt wäre. Ich halte es aber mit der Spanier
ihrem Sprüchwort / so also heisset: Hombre roxo
y hembra barbuda, de lexos los saluda. Das ist:
Einen rothhaarigten Mann / und bartiges Weib/
grüsse von ferne; das ist / wie es die Frantzosen er,
klären/auf vier Meilwegs weit/und auf den Noth,
fall / mit vier Steinen in der Hand.

Ich kan aber nicht vorbey / fuhre er fort/ noch
ein artiges Bart,Stücklein anzuführen / das mei,
nen Herren nicht zuwider seyn wird/nemlich dieses/
das vor etwas Zeit sich zugetragen/ daß einer/ viel,
leicht von deß Pythagoræ Nachkömmlingen / sich zu
einer lustigen Laide verfüget / vielleicht einen Men,
schen zu pflantzen. Weil sie ihn aber so haarig und
wol bebartet warnahme / sagte sie ihme /daß es ihr
schwer fiele / mit ihren zarten Lippen / einen mit so
vielen rauhen und starcken Haaren verpallisadir,
ten Mund zu küssen. Dieser Ursache wegen liesse
er also,

er alsobald einen Barbierer kommen / das Uber,
flüffige auß, und hinweg zu schneiden. Die Maistreffe
aber legte es mit dem Barbierer an / daß er an statt
der Saiffen ein Haar-hinweg nehmende Artzney
gebrauchen solte; Als er ihme hiermit den Bart
wol eingerieben / und den Uberfluß von Haaren gu,
ten theils weggeraumet hatte / machte er sich wieder
auß dem Staub / der Philosophus fragte hierauf /
was das für eine Saiffe seye / wormit ihme der
Bart eingesaiffet worden? Worauf die hürische
Lais geantwortet / daß es Damascenische Saiffe
gewesen. Weil nun das Psilothrum, oder Haar
außäzende Artzney seine Würckung thate / und er
bald darauf unversehens / als ein freundlicher Lieb,
haber / mit den Fingern verliebter Weise den Bart
striche / blieben ihme die Haare in der Hand / und
der Mund nacket und Bartloß / daß er also ohne
Bart nach Hauß gehen muste / und mit Schaden
gelernet hatte / daß auch zu unsern Zeiten / Medeæ
gefunden werden / die in ihren Kesseln / alte Löffler
also zu kochen wissen / daß sie wieder wie die junge
Knaben werden.

Die sämtliche Compagnie musten dieses Pof,
sens lachen / und Max sagte zum Beschluß dieser
Materie, last uns hören / was Clemens Alexandrinus
hiervon urtheilet: Nemlich / er hålt es für unbillich /
Haar und Bart wegzuschneiden / als welche eine
angeborne Schönheit und wolanständige Zierrath
seyen / dannenhero man sich schämen solle / die Haare
so veråchtlich wegzuwerffen / die doch nach dieses
Mannes Meynung / GOtt selbsten so hoch geschä,
tzet; Daß er / was den Bart betreffe / dieselbe zu,
gleich mit dem Verstand und Klugheit / hervor
sproffen

sproffen laffe/ die aber / fo das Haupt zieren/ wie er
felber bezeuge / gezählet habe/ und zugleich verfpro-
chen/daß deren ohne feinen Willen/ nicht ein einiges
folle verlohren werden.

Hiermit gewanne 'der ziemlich lange Bart-
Difcurs ein Ende. Wiewol es fchiene / als ob ein
jeder von dergleichen Materie noch etwas im Vorrath hätte vorzubringen: Man lieffe es aber hierbey bewenden / weilen fonften allerley Zeitungen
vorkamen / denen man die übrige Zeit zu wied-
men gefunnen. Infonderheit lieffe Nachricht auß
Teutfchland ein/ daß den 14. Octobris zu Gold-Cro-
nach ein Meil Weges von Bareyth / abermahlen
ein todtes Kind mit einer fo genannten von Fleifch
und Haaren/mehr als Hand breit/und hoch zufam-
men gewachfenen Fontange zur Welt gebohren/und
darüber fchon allerley Gloffen gemachet worden.

Diefes gabe alfobald neuen Stof von dergleichen Sachen weitläufftig zu reden/und folte es bald
einen eben fo langen Difcurs als die von dem Mofco-
witifchen Czaar / abgefchorne Bärte / gegeben ha-
ben/weilen fich bereits einige vernehmen lieffen/daß
fchon verfchiedene Sachen von diefer Fontangen Materie im Druck herauß kommen / da dann diefe Mode meiftens in Abgrund verdammet wurde.

Aber Weitläufftigkeit zu vermeiden / und den
Difcurs abzubrechen/ fagte Max: Ich fehe darum
nicht / warum man fo groffes Wefen von folcher
Eitelkeit machen folte. Sintemahlen man ja dem
nüffigen und vorwitzigem Frauenzimmer feine
Phantafeyen laffen/ und mit ihren Schwachheiten
Gedult tragen muß. Wann nur im Gegentheil
die Männer felbften klüger wären / und nicht faft
eben

eben durch dergleichen Thorheiten / der aufgethürmeten Peruquen eben so grosse / ja noch grössere
Schwachheiten begiengen ; So gar / daß sie nunmehr öffters zum Mutzen und Aufputzen mehrere
Zeit und grössern Fleiß anwenden / als das auf die
Mode verleckerte Frauenzimmer. Das was an
denen Fontangen meines Erachtens das schlimmste /
ist / daß dessen jetztmahliger Ursprung nicht gar er-
bar / indeme solcher von einer Königl. Maistresse ;
so gar kurtzer Statur / herrühret / die durch solchen
Auffatz / das jenige / was die Natur an der Länge
ihr versaget / ersetzen wollen. Sonsten und im übrigen / achte ich es für eine sehr alte und verlegene Mode, die vor uralten Zeiten schon im Gebrauch ware /
daß nemlich vornehmes Frauenzimmer / die Haare /
wie einen Thurn zu flechten und aufzupüffen pflegte / allermassen man noch an denen Contrafaiten und
Gemählden / nicht nur Italiänischer / sondern auch
anderer Weibs-Personen / sehen und abnehmen
kan / wie dann der Poet Juvenalis schon zu seiner
Zeit / von denen aufgethürmeten Haaren / oder nach
der heutigen Urheberin genenneten Fontangen / geschrieben / wann er gesprochen / Satyr. 6. Vers. 503. seq.

    Tot adhuc compagibus altum
        Ædificat Caput. Das ist :
    Sie pufft die Haar gantz hoch zu Hauff
        Und setzt aufs Haupt ein Thurn hinauf.

    Damit beschlosse Max seine Rede / und wir für
jetzo auch dieses haarige Capitul.

Das IX. Capitul /

Hält in sich Ungarische Zeitungen / Possega, Brod /
Gradiska, Backeraz, werden den Türcken abgenommen.
Groß-Wardein belägert / General Häußler loß / die
                        Pohlen

Pohlen holen ihr vergrabnes Geschütz / nehmen die
Vestungen Sorock und Niemic ein.

AUß Ungarn hatte man zu vernehmen / daß auf
deß Hertzogs von Croy gegebene Ordre der
Bannus Croatiæ mit einiger zusammen gezoge-
ner Miliz über die Sau und Una gangen / auch einen
Hauptmann mit einem Theil darvon / auf Possega
marchiren lassen / dessen aber die Türcken nicht erwartet / sondern 700. starck sich eylends mit Sack
und Pack retiriret / worauf der Hauptmann den
Ort besetzt / etliche andere geringe Orter occupiret /
sich darauf mit dem Hertzog von Croy conjungiret.
Als derselbe den 8. Octobris bey Brod ankommen /
und befunden / daß das Schloß mit 300. Türcken
besetzt / haben sie 400. Mann zu Fuß commandirt /
solches einzunehmen; dieser Ordre zufolge / haben sie
noch selbige Nacht / ohnerachtet deß Feindes Schiessen / 3. Batterien verfertiget / die Türcken solchen Ernst
ersehend / haben sich darauf ohne Geschrey jenseits
der Sau retiriret / und sich in die alloa ligende veste
Schantze postiret / den unserigen 2. metallene Stück
Geschützes / eine gute Anzahl Doppelhacken / etliche
Centner Pulver / auch etwas Proviant hinterlassend.   Das Schloß so in gutem Stand / hat der
Hertzog mit 150. Teutschen besetzt / uñ den 12. einige
Mannschafft beordert / über die Sau zu schiffen / die
Schantz anzufallen / die indessen auß 2. grossen Stücken auß dem Schloß / über das Wasser beschossen
wurde / welches die Türcken dermassen erschröcket /
daß sie diesen Posten verlassen / und in höchster Confusion, die Flucht genommen / unerachtet sie wenigstens 800. bewehrter Mann starck gewesen / dieser
importante Paß / wurde alsobald mit Teutschen und

IV. Theil.   g   Hey-

Heyoucken besetzt/ den 14. haben Ih. Durchleucht/
alles Fuß-Volck / samt dem groben Geschütz unterm Commando deß Herrn Generals Grafen von
Hofkirchen nach Esseck gesandt / und sich noch selbigen Tages mit ungefähr 1000. Pferden / 4. Feld-
Stücken / 2. Mörseln / gen Gradisca erhoben / welches der allarmirte Feind/ in Meynung/ es wäre das
gantze Corps d' Armee, in Brand steckte und flüchtig
wurde / und zwar so eylfertig/ daß der Gefangenen
Außsage nach/ einer den andern auß denen zu wenig
habenden Schiffen gestossen/ daß ihrer über 400. ersoffen: diesen Ort weil der Hertzog gantz leer/ aber
in gutem Zustande befand/ hat er ihn besetzet. Weil
nun ein Gerücht erschallete/ als ob die Türcken über
die Sau gegangen und gerad auf Esseck anmar-
chirten/ begabe sich der Hertzog/ solchem vorzukommen / mit 100. Pferden / 4. Stücken und Mörseln
gegen Esseck / das Commando der übrigen Mannschafft dem General Wachtmeistern Grafen Serau
überlassend. Als er sich nun dem Schloß Backe-
ratz genähert / und die Türckische Besatzung nicht
anderst vermeynet / als / daß das gantze Corpus der
Christen anmarchirte; schickten sie 3. Männer herauß den freyen Abzug zu begehren / welches ihnen
aber nicht verwilliget / sondern zur Antwort gegeben wurde / sie solten eyligst die Schlüssel und Fahnen lieffern/ und sich als Kriegs-Gefangene erge-
ben/ wann sie das Leben salviren wolten/ worein
sie so gleich gewilliget. Als aber die Wacht einzie-
hen und Possession nehmen wolte/ schlossen die Türcken die Pforte/ zohen die Brücke auf/ und baten
um freyen Abzug. Dannenhero der Hertzog/ weilen er am 17. Octobris nicht weiter marchiren wolte/
seine

seine 2.Mörsel auf eine nahgelegene Höhe führen/
und verschiedene Bomben hinein werffen liesse/
welche so wol operirten/ daß sich die Türcken noch
selbige Nacht/auf Gnad undUngnad ergaben/ und
Morgens mit 150.Mann außzogen/ aber alle gefangen genommen / und die Weiber und Kinder
nach Gradisca, und so fort jenseit der Sau geführet
wurden/die unserige haben den Ort indessen inte-
rims Weise mit Reuterey besetzet / darinn hat man
6.kleine Stücke/und 41.Pferde bekommen. Wör-
durch also das gantze Land / zwischen dem Drau-
und Sau-Strohm/ ohne einigen Verlust/ von den
Türcken befreyet worden.

Indessen seyn Ihro Durchl. Printz Ludwig
von Baden/den 7.Octobris N.C. mit der Cavallerie
von Pagosch aufgebrochen/ dero March nach Größ-
Wardein fortzusetzen.

Den 10.dito ist die Cavallerie biß nach Bihar
marchirt / so eine Teutsche Meile von Groß-Wardein liget/allda sie den 1.11. still gestanden/um die
Infanterie zu erwarten/ so allda um den Mittag ankommen. Unterdessen erhuben sich Ihre Durchl.
Printz Ludwig von Baaden mit 2000.Pferden auß
dem Lager / um die Vestung und das angelegene
Land zu recognosciren: Da dann die Türcken/ einige Schüsse auß Stücken gegen die Unserige ge-
than/ und bald hie bald da einige Scharmützeln mit
selbigen anfiengen. Die grosse Artillerie, welche
noch zu Zollnock zurücke geblieben ware/ wurde dieses Tages gegen Abend vom Printzen de Vaude-
mont, nebst etlichen hundert Wägen mit Munition
und andern nöthigen Sachen beladen/ von 1000.
Pferden convoyirt ins Lager geführt.

E 2   Den

Den 2. 12. dito ruckte der General von der Cavallerie Graf von Styrum mit einigen 1000. Commandirten/ und etlichen Feld-Stücken / etwas näher an die Vestung / deme die gantze Cavallerie und Infanterie, wie auch die Artillerie und Bagage nachfolgete: Alles postirte sich dißseits deß Keres-Flusses. Dieses Tags fienge man an/ von einigen Höhen deß Wein-Gebürgs die Vorstädte und Ve-stung zu beschiessen und einige Bomben und Feuer-Kugeln hinein zu werffen/ dadurch viele Häuser an-gezündet und ruinirt worden: Die Türcken ant-worteten zwar mit Stücken/ thäten aber weiter kei-nen Schaden/als daß sie ihnen selbsten einige Heu- und Stroh-Hauffen / welche in denen Gärten vor der Vestung stunden/verbranten. Selbigen Abend kam im Lager der berühmte Feuer-Wercker Pater Gabriel ein Franciscaner / mit einer grossen Menge Bomben und anderm Feuer-Werck von neuer In-vention an.

Den 3. 13.wurden noch etliche Schantzen ver-fertiget/ mit Mannschafft besetzet/ und darbenebens das angefangene Canoniren und Feuereinwerffen continuirt. Gegen Mittag fasseten 12. Bataillo-nen/ (nemlich eine von Baaden / eine von Alt-Stahrenberg/eine vonOettingen/eine von Rizzola/ eine von Herberstein / und drey von Chur-Bran-burg/ alle unter Commando deß Herrn General-Lieutenant Barfuß /und deß Herrn Grafen Guido von Stahrenberg/) in einem Thal sehr nahe an der Vorstadt oder Palancka Oloschi genannt / Posto, gegen Abend wurden die Trenchéen mit 1500. Mann eröffnet/eine Batterie gegen das Thor verfer-tiget/ auf der rechten Hand von der Strassen eine

Schantz

Schantz aufgeworffen / und von dannen biß zu besagter Batterie eine Communications-Linie angefangen. Dieses Tags kame Bericht ein / das eine Parthey Heyducken unter dem Obrist Mollner das
Schloß und Palanka Belinges eingenommen und
beseßt hätte..

Den 4.14. dito fienge man an auß 6. grossen
Stücken die Palanka zu beschiessen: Ingleichem
haben die Feinde nicht unterlassen / tapffer so wol
auß Stücken als Musqueten auf die Unserige zu
feuern. In der Nacht hat man noch eine Linie
gegen die Palanka gezogen / und bey der Redouten
einen Kessel verfertiget / auch einige Mörser aufge-
führt / und den 5.15. dito darauf mit Canoniren
und Feuereinwerffen dergestalt continuirt / daß in
ermelter Palanka / an unterschiedlichen Orten viel
Häuser in Brand gerathen / auch das Thor völlig
übern Hauffen geschossen / und die Arbeit gegen dasselbe weiter fortgeseßet worden. In der Nacht
wurde zur lincken Hand an der Redouten eine neue
Batterie ordinirt / der Feind thäte alles übern Hauffen geschossene diese Nacht wieder erbauen / daß also
folgenden 6.16. dito von beeden Batterien beständig
angehalten werden müssen / alles erbauete wieder
nieder zu legen; Eine halbe Stunde vor Nachts
wurde auf gemachte Breche gestürmet. Herz General-Lieutenant Barfuß und General-Wachtmeister
Guido von Stahrenberg / führten bey erwehntem
Sturm das Commando , und ungeachtet die Unserige gantz resolut angangen und hinein gedrungen /
so seynd doch derer nur etliche wenige tod und blessirt worden: Die Heyducken haben bey dieser Oc-
casion das ihrige gleichfalls wol gethan / und den

Orth mit Leitern überstiegen.   Der Feind hat sich
über die Brücken in die grosse Stadt retirirt / die
Unserige haben dargegen gleich Posto gefasset / und
ernanute Palanka mit 3. Battallions zu Fuß / als
2.Amenzagischen und einer Auerspergischen / unter
Commando deß Obristen Amenzaga , besetzet / das
Thor gegen die Stadt zu / verschantzet / und nachgehends für die Brücke eine Schantze angeleget / und
von dannen die Stadt zu beschieffen angefangen.

Den 7.17.dito, ist man mit der Cavallerie über
den Keres-Fluß hinüber gerückt / und an der grossen
Stadt mit der Infanterie Posto gefasset. Den 8.18.
dito , hat man das Lager gar um die Stadt herum
gezogen / und dieselbe nun völlig eingesperret.   Die
Vorstadt / jenseit deß Keres / haben die Türcken
gleich verlassen / darinnen über das / was sie verbren-
net / eine grosse Fourage, und in Feld und Gärten
noch viel Kraut / und anders / gefunden worden.
An der grossen Stadt hat man 3. Batterien angeleget / und die Trenchéen formiret.

Den 19.29.Octobr. wurde die Arbeit starck fort-
gesetzet / und von einer mit 11. Stücken besetzten
Batterie angefangen Breche zu schiessen. Dieses Tages haben sich die Husaren hinter die Vestung gesetzt / und verschantzet / um den Feind enger einzuschliessen. Frühe vor Tag seynd die Türcken mit etlich 100. Mann außgefallen / 4. von den Unserigen
niedergemacht / und etliche blessirt.   Gegen 9. Uhr
haben sich etliche 100. Tartarn bey der Vorwacht /
wie auch eine Parthey bey den Fouragirern / sehen
lassen / welche viel Vieh / so etwas weit auß dem Lager gewäydet / auch Fouragier-Wägen und Leuthe /
weggenommen / und etliche niedergemacht / denen
zwar

zwar die Unserige nachgesetzet/ aber nur 2. Köpffe
und einen Gefangenen eingebracht/so außsagte/daß
der Töckely mit 6. Baffen/samt vielen Tartarn und
Curazzen in etlich 20000. Mañ starck/Groß-War-
dein zu entsetzen sich fertig machte/ dargegen Ihro
Durchl. Printz Ludwig von Baaden/gute Anstalten
machten/und noch 3000. Räitzen/so sich in neulicher
Schlacht bey Salankemen wol gehalten/an sich gezogen. Den 11.21. dito, hat man zwar Vormit-
tags von obgedachter Batterie zu canoniren noch immer fortgefahren/ Nachmittags aber biß auf die
Nacht damit eingehalten: Indessen wurde noch
eine Batterie von 11. Stücken verfertiget/ da dann
den 13.23. dito, frühe Morgens/ von beyden Batterien mit 22. Stücken unaufhörlich auf die Stadt
canonirt/und eine solche Breche geleget worden/daß
man innerhalb 24. Stunden einen Sturm vorzu-
nehmen resolviret; Der Feind aber hatte solchen
nicht erwartet/ sondern gegen 3. Uhr nach Mitternacht die Stadt an vielen Orthen angezündet/und
sich zum Theil in das Schloß und vor demselben in
die neu-aufgeworffene Schantze retiriret/ die Unserigen haben dargegen in der Stadt Posto gefasset/
und das Feuer wieder gelöschet. Der Feind thate
dargegen einen Außfall auf die Räitzen/wurde aber
bald wieder zuruck getrieben. Eben um diese Zeit
ist Herz General Heußler/ Vermöge deß mit dem
Töckely geschlossenen Accords/unter einer Sieben-
bürgischen Convoy, im Lager ankommen/und von
dannen/ nach etlichen Tagen/nach Wien geräyset.
Der Töckely ist unterdessen mit obgedachtem
Corpo, so in Türcken/Tartarn und Land-Volck be-
standen/ unterhalb Lippa den Marosch-Fluß pas-
sirt/

G 4

sirt / und hatte sich den 9.19.Octobr. bey Jeno / so
noch Türckisch / und zwischen Groß-Wardein und
Giula liget / gelagert / von dannen er öffters einige
Partheyen / unter Commando deß Petrozy / und andern / gegen das Christliche Lager abgeschickt / einen
Entsatz zu tentiren / so aber mehrers nicht außgerichtet / als daß sie jezuweilen denen Unserigen einige
Gefangene gelassen / und hinwieder zuruck gebracht /
weßhalben er / weil seine meiste Macht in einer abgematteten Cavallerie bestunde / Mangel an Fourage, und anderm / erlitte / auch zu einem Entsatz keine
Hoffnung hatte / genöthiget worden / das Lager wieder aufzuheben / und zuruck zu gehen / so er auch dergestalt beschleuniget / daß er den 18.28.Octobr. bereits wieder zu Villagowar ankommen / von dannen
er nach dem Marosch-Fluß um so viel mehr geeylet /
weil der Obrist-Lieutenant Antonio , auf Ordre deß
General Veterani, ihm in sein zu Vipalanka haben-
des Quartier eingefallen / etliche 100. Wägen mit
Heu / neben einer grossen Menge Früchte / verbrant /
und viele der Seinigen in denen Aussenwercken gedachter Palanka niedergemacht hatte / repassirte
darauf den obgenannten Fluß / liesse die Türckisch-
Tartarische und andere zu ihm geflossene Land-Mi-
liz wieder von sich gehen / passirte mit seinem Corpo
die Donau / und verlegte die Seinige jenseits um
Semendria / in die ihnen angewiesene Quartier.
Worauf der General Veterani sein Lager bey Deva
verlassen / den Marosch-Fluß passirt / uñ den 8. Octobris, N.C. die Völcker in die Dörffer / zwischen Saß-
waras / Hadzeck und Hunya / gegen die Eysen-Pfor-
te / und die übrige in Siebenbürgen / dergestalt ein-
quartirt / daß er dieselbe / im Fall der Noth / innerhalb

halb etlichen Stunden wieder zusammen bringen
können/das Haupt-Quartier aber hat er zu Loßcady
genommen. Den 17.27. kame der Graf von Thier-
heim im Haupt-Quartier an/ um im Commando
den Grafen von Guttenstein zu Lippa abzulösen.
Der General Veterani hatte auch das Schloß Lu-
gos und Caransebes wieder besetzen lassen. Der
Obrist-Lieutenant Antonio nahme auch das Schloß
Sedewar ein. Weil nun solcher Gestalt in dem Lager vor Groß-Wardein kein feindlicher Einfall oder
Succurs mehr zu förchten stunde/ so wurde die Belagerung um so eyferiger fortgesetzet/ die Approchen
gegen dem Schloß-Graben fortgeführet/ und noch
eine Communications-Linie von der Attaque in der
Stadt biß zur Eysern-Palanka gezogen.

Den 16.26. dito wurden die Redouten/wie auch
Kessel zu den Mörsern / zur Perfection gebracht.
Diese Nacht wurde Herz Graf von Löwenstein/
als er die Posten visitiren wollen/von einem Canon-
Schuß gefährlich blessirt. Den 17.27. dito. wurde
auf die feindliche Pasteyen starck canonirt/darvon
2. ziemlich durchlöchert/und unbrauchbar/und darneben Anstalt gemacht/ die mehrgedachte feindliche
Schantze vor der Brücke zu bestürmen/welches derselbe aber nicht erwartet/ sondern sich von dannen
ins Schloß retirirt/ die Unserige haben dargegen
solche sogleich besetzt/und mit Aufwerffung einiger
neuen Wercker/ gegen dem Schloß zu /mehrers be-
vestiget. Worauf die Türcken gezwungen worden/
die über den Graben gehende Brücke abzuwerffen.

Den 18.28. thäte der Feind einen Außfall auf
die allda gestandene Räitzen / brachte selbige Anfangs in eine Unordnung / muste sich aber bey An-

kunfft der Teutschen bald wieder retiriren. Dieses
Tages wurde im Lager/ wegen Wieder-Ero=erung
Carmagnola in Savoyen/ drey mahl das grosse Geschütz gegen die Vestung gelöset/ und den 19.29. solche zu bombardiren angefangen/ davon/ biß auf den
21.31. dito, in der Vestung fast alle Häuser ruiniret und eingeäschert worden/ dessen ungeachtet wolten die darinn commandirende Türcken noch von
keiner Ubergabe hören/ und erzeigten sich dergestalt
halßstarrig/ daß sie Ihrer Durchl. deß Herrn Marggrafen von Baaden überschickte Aufforderungs-
Brieffe nicht angenommen / sondern geantwortet/
es seye noch keine Zeit/ von einem Accord zu gedencken.   Worauf man das Bombardiren und Breche
schiessen continuirt / und die Approchen biß an den
Schloß-Graben gebracht.

Brieffe vom 19. Octobr. auß dem Lager berichteten folgendes / daß die Unserige den 16. dito eine
Stadt allda überrumpelt/ worbey sich die Molleri-
sche Hussaren sehr tapffer gehalten/ indem einer auf
den andern gestiegen/ und alsbann über die Palanka gesprungen / Löcher durch dieselbe gehauen / und
darnach darburch gekrochen/ die Musquetierer aber
unterdessen auf das schon ziemlich verschossene Thor
angelauffen/ und also den Ort/ mit Verlust etlicher
Personen / erobert.   Den 18. seynd die Unserigen
über das Wasser gegen die andere Stadt gerückt/
welche man in 8. Tagen zu erobern hoffet. Den
19. marchirten die Hussaren hinter die Vestung/ deß
Vorhabens / sich allda zu verschantzen/ und den
Feind enger einzuschliessen/ und das Wasser zu benehmen / weilen aber allda ein schöner reguliter
Vestungs-Bau ist/ als werden die Bomben das
meiste

meiſte darbey thun müſſen / zu welchem Ende dann
P. Gabriels Feuerwerck/ſo guten Effect thut/aufbe,
halten wird.   Jhro Durchl. haben 3. Partheyen
Huſſaren/ jede über 50. Mann/ außgeſchickt/ deren
eine 50. Türcken von Gyula angetroffen / darvon
13. gefänglich / nebſt ihres Commendanten Kopff/
eingebracht/und einige niedergemacht. Von Adria,
nopel hat man Nachricht erhalten / daß der an die
Ottomanniſche Pforten abgeſchickte Engelländi,
ſche Pottſchaffter Huſſey allda mit Tod abgangen.
So iſt auch der Türckiſche Chiaus/ der mit dem
Herzn Grafen Marſigli zur Armee kommen / im
Ruckweg nach dem Königl. Engliſchen Ambaſſa-
deur, von einer Räitziſchen Parthey / indeme er vor,
auß geritten/ angefallen/ und weil er ſich zur Wehr
geſetzt/ darüber erſchoſſen/ der Graf aber übel ver,
wundet worden.

Dieſem nach / erinnerte Erich , iſt ſo bald keine
Hoffnung zu einem Frieden mit den Türcken zu
machen/ weilen zu beſorgen/ ſie werden ab dieſem/
vom Chiaus ſelbſten ihme beförderten Tode/ ziem,
lich ombragirt ſeyn.

Auß Pohlen erhielte man Nachricht/ daß/ als
unlängſten der König bey ſeinem Ruck,March , we,
gen eingefallenen anhaltenden Regen, Wetters/
das grobe Geſchütz/ ſo in 45. Stücken beſtanden/
unter welche einige 24. Pfund geſchoſſen/ nicht fort,
bringen können / habe er ſolche in der Buckowina
hinter Sereth vergraben müſſen.   Weil aber der
Wallachiſche Hoſpodar von dieſem vergrabenen
Geſchütz Nachricht bekommen; habe er Anſtalt ge,
macht/ ſolches außzugraben/ und wegzuführen. Es
ſeye ihm aber der Kron Kuchen,Meiſter zuvor kom,
men/

men / solches abgeholet / und unter einer starcken Convoy ßcher in Sniatin eingebracht/ über welcher Zeitung Sincer etwas lächelte.

Uber dieses wurde ferner berichtet / daß Sorock / allwo die Tartarn ihre Magazinen / und von dannen noch alle mahl Caminiec proviantirt haben/ anjetzo durch deß Castellan von Chelm bey ßch habende Cosacken / wie auch wenige Kron- und Litthauische Völcker/ eingenommen worden/ worauf ße hernach weiter gegangen / und auf Budziac den Tartarn grossen Schaden zugefüget/ ja die Güther deß Hans daselbsten gantz ruinirt / und hoffe man ehestens zu vernehmen/daß ße dem Feind noch grössern Abbruch gethan/ wie dann wenig Tage hierauf gewisse Nachricht einlieffe/daß die in der Wallachey auf einem hohen Felsen ligende Vestung Niemiec/ welche mit 300. Mann besetzt gewesen/ den 14. Octobr. ßch an die Pohlacken auf Discretion ergeben / die darauf mit 400. Mann / 6. Stücken / 120. Tonnen Pulver/ und auf 3. Viertel-Jahr Sold/ unter dem Commando deß Herrn Obrist-Lieutenants Guttray/ wiederum besetzt worden.

Ingleichem lautete ein fernerer Bericht / der das obige confirmirte/auß Lemberg also: Der Wallachische Hospodar befindet ßch bey den Tartarn/ ist zwar von Ihro Königl. Maj. von bannen zurück beruffen / und beordret / ßch mit der Armee zu conjungiren/ allein er excußrt ßch/ weil er seinen Sohn bey der Ottomannischen Pforten zum Pfande habe/ er ßch also/ neben den Seinigen/ in grössere Gefahr nicht bringen wolle. Uber dieser Nachricht veränderte Sincer in etwas seine Farbe/und sprache: Der Hospodar hat wol Ursache/ ßch klüglich zu verhalten/

halten/ infonderheit auch darum/ weilen/wie der
Augenfchein gnugfam zu erkennen giebet/ denen
Pohlen bißher ein gar fchlechter Ernft zum Kriegen
gewefen/ und darzu nicht vermögend feyn/ weder
den ermelten Hofpodaren/ noch auch jemand andern ihrer Mit-Alliirten/ja fo gar fich felbften/nicht
gnugfam zu fchützen/ dahero der Hofpodar keines
Weges zu verdencken/wann er auf feiner Hut fte-
het/ um fich und die Seinige beym Fürftenthum zu
mainteniren/ welches dann auch weit glücklicher
und beffer gefchehen kan/wann er/ Vermög feiner
Obligenheit/es mit feinem Lehen-Herrn/dem Groß-
Sultan/ als mit der bißher unvermögenden Pohl-
nifchen Republic, hält/ die von Jahren zu Jahren/
von denen Türcken und Tartarn/ fo unerfchwing-
lichen Schaden leydet.   Immittelft bin ich ver-
fichert/daß dem Hofpodaren viel lieber feyn wurde/
die Chriften in folchem Stand zu fehen/daß fie ihne/
und noch andere feines gleichen/ nachdrücklich fe-
cundiren könten.

Das X. Capitul/

Menhards Sohns neuer Diener kommt zu Hauß
an.   Maxen Tod wird durch Marianen Verfchlagen-
heit verkundfchafftet/ worüber groffes Leyd entftehet.
Von Maxen kommen gantz wider einander lauffende
Zeitungen ein.

Wir müffen uns aber wieder einmahl zu der
betrübt-verliebten Theodelinden wenden/
deren höchftes Vergnügen/ in der Liebe gegen ihrem Bruder/ dem unvergleichlichen Maxen/
ihr gröffeftes Mißvergnügen aber darinn beftunde/
daß fie ihne/auch wider ihren Willen/anders als einen Bruder lieben mufte.   Worzu noch kame/daß
                                                    fie deß

sie deß Kräutlers neulichster Bericht in grosse Verwirrung setzte / so ihr Tag und Nacht vielerhand
schwermüthige Gedancken gebahre / auch manche
Schlaff-lose Nacht verursachete / und wann nicht
das freundliche Zusprechen Marianen gewesen / sie
wurde zweifelsohn erkrancket seyn/oder sonsten eine
wunderliche Resolution ergriffen haben.

Wir haben oben im 5. Capitul vernommen/
welcher Gestalt / Maxen Diener/ auß Irrthum deß
gleich lautenden Namens/ zu dem andern/ nemlich
Meinhards Maxen/gekommen/und in deßen Dienste getretten / auch von ihme und Wolfram, mit gewisser Instruction nach Hauß geschickt worden. Dieser Diener kame seinem Befehl fleissig nach / über-
lieferte Herrn Meinharden die ihme mitgegebene
Schreiben/und bliebe unter desselben Domestiquen.

In diesen Brieffen berichtete Max seinen Vat-
tern/daß Aribets Maxe tod und ertruncken seye/sich
auf das Zeugnüß dieses seines Dieners beruffend/
welchen Meinhard deßwegen genau befragte / und
alles das jenige erfuhre/was schon hier oben von seinem Verlust vermeldet worden. Und ob ihme schon
dieser Verlust sehr zu Hertzen gienge/wolte er doch
vor seiner Gemahlin solchen verbergen/biß entweder vollkommenere Gewißheit dessen einlieffe / oder
bessere Gelegenheit sich ereignete / ihr dieses zu entdecken.

Er kunte aber seine Traurigkeit so wol nicht
verbergen / daß derer Frau Mathild / und Fräulein
Mariana, nicht solten wargenommen haben/ wiewol
sie das Geringste von ihme nicht erfahren kunten.
Dieweil sie aber wargenommen / daß seit der Ankunfft ihres Sohns und Bruders neuen Knechts/
solche

solche Gemüths-Aenderung bey Meinhard sich be-
fande/ und er die Ursache dessen seyn müsse/ waren
sie beyderseits bedacht / diese Geheimnüß außzu-
kundschafften/ und auf die rechte Spuhr zu komen/
wie dann das entweder lüsterne oder aber vorwitzi-
ge Frauenzimmer / nach ihrer ersten Eben Mutter
Art/nicht nur neugierig/sondern auch sehr schlau ist.

Frau Mathild hatte auf verschiedene Weise
versuchet / den Diener außzuforschen/ aber sie kunte
nichts gewisses erfahren/biß einsmahls Mariana ihn
damit übereylete/indem sie zu ihm sagte: Ihr hättet
gleichwol uns die eigentliche Nachricht von Moxen
nicht verhalten/sondern uns zuvor billich Nachricht
geben/ und meinen Herzn Vattern nicht so sehr be-
trüben sollen. Dieses/sagte sie/weil sie argwohnete/
es müsse mit ihrem Bruder nicht allerdings richtig
daher gehen/ und um solcher Ursache willen/ Meinhard betrübet seyn.

Der Knechte/ so wegen dieser Reden nicht anders glaubte/als daß ihr Herz Vatter/das/was ihme verbotten / nun selbsten gesagt / antwortete:
Wann mir es nicht so hoch verbotten worden/ wurde ich es nicht verschwiegen / sondern deß tapffern
Moxen erlittenes Unglück/ euch ebenfalls kund gemacht haben/ bathe dabey um Vergebung.

Mariana, die sich nicht anders zustellen wuste/
als ob ihr alles gar wol wissend / thate nicht/ als ob
sie es sonders groß achtete/ doch sagte sie/es düncket
mich / ihr habt meinem Vatter nicht alles mit solchen Umständen vorgetragen/ wie es seyn sollen/
dannenhero er annoch einigen Zweifel in euch setzt/
darum sagt mir / ob ihr nichts außgelassen/ von deme / wie und warum sich das Unglück zugetragen/
um dar-

um darauß Gelegenheit zu kriegen / meinem Herrn
Vattern desto besser den Unmuth zu benehmen.

Der Diener nicht anders meynend/als ob Mariana von allem berichtet wäre / sagte : Gnädige
Fräulein/mir ist weiter nichts wissend/als was ich
gesehen und erfahren habe. Hierauf repetirte er mit
wenigem/wie es Maxen bey Hünningen ergangen/
und wie er in dem Rhein verlohren worden / allermassen wir schon oben vernommen. Hierauß meynete Mariana, zur Gnüge berichtet zu seyn / eylete
deßwegen zu ihrer Fr. Mutter/deren sie mit Weinen
anzeigete/daß ihr Bruder Max im Rhein sein Leben
eingebüssset / und daß dieser Diener deßwegen zu ihnen kommen/ als selbsten ein Augen-Zeuge/ solches
anzuzeigen.

Uber dieser unangenehmen Zeitung giengen
Frauen Mathild die Augen über / und leistete ihrer
Tochter im Weinen Gesellschafft:Dann/ob sie wol
gerne gewünschet/ und sehen mögen/ daß ihr Sohn
und Bruder Max mehr tugendhafft gewesen/und sie
seinetwegen mehrere Freude gehabt hätten ; So
schiene doch/es wolte/ nach dem gemeinen Sprüchwort / das Geblüt auch hier nicht zu Wasser werden / dannenhero sie weniger nicht thun / als seinen
unglücklichen Tod mit vielen Thränen beweinen
kunten.

Unter währendem solchen Leydwesen / tratte
Meinhard zu ihnen ins Zimmer / und kunte nicht be-
greiffen/ warum Mutter und Tochter so bitterlich
weineten / weßwegen er um die Ursach dessen fragete: Da sie beyde ihm verwiesen/daß er ihnen den
Tod ihres Sohnes und Bruders verhalten / da ihnen doch solches zu wissen nicht weniger als ihme
gebüh-

gebühret hätte. Uber solcher Rede erschräcke Meinhard nicht wenig: Wie/ sagte er/ solle Max, unser
Sohn tod seyn; Ey das wolle GOtt nicht. Mathild und Mariana bezeugten sich hierüber etwas
böse/ darfür haltend/ er sage solches/ sie noch länger
in der Unwissenheit zu erhalten/ und noch eine Zeitlang vor ihnen zu verbergen/ dannenhero sagte Mathild: Mein Schatz/ ihr thut mir und unserer Tochter gantz unrecht/ wann ihr uns/ unser rechtmässiges
Weinen und Thränen hemmen wollet/ da wir doch
eben so grosse Ursach datzu haben/ als iht: Nein/
nein/ mein Hertz/ ihr werdet uns erlauben/ euere
Seufftzen und Thränen mit denen Unserigen zu
vergesellschafften/ weil wir an diesem Unglück gleich
interessirt seyn. Haben wir eben an unserm Maxen nicht die jenige Freude und Vergnügung ge-
habt/ die wir uns gewünschet/ so seynd wir doch
nichts desto weniger/ Krafft deß Natur-Gesetzes
schuldig und verbunden/ seinen unglücklichen Tod
zu beklagen: Wir wolten uns auch desto eher trösten können/ wann er auf eine andere natürliche
und nicht so unglückliche Weise sein Leben zugesetzet hätte.

Meinhard kunte sich nicht recht hierein finden/
eines theils dunckte ihn/ ein Miß-Verstand hier-
unter zu seyn/ der ihn zweifeln machte/ ob sein oder
Aribets Maxe/ in solches Unglück gerathen; dann
ob schon deß Dieners Relation, und Maxen Schreiben ihne versicherten/ daß es nicht sein/ sondern der
andere Max wäre/ so bildete er sich doch ein/ es möchte seinen Sohn ein gleichmässiges Unglück betrof-
fen/ und seine Gemahlin und Tochter vor ihme
darvon Nachricht bekommen haben/ deßwegen

IV. Theil.　　　h　　　　　fragte

fragte er/woher sie solches wüsten/und wer es ihnen
gesagt? Als nun nach vielem Fragen / endlich herauß kame / daß es von dem neulichst angekomme-
nen Diener herrührete/ benahme er ihnen zwar ihre
irrige Meynung von ihrem eigenen Maxen / aber
darum das Leyd und Trauren nicht / anerwogen
sie / nach eigenommenem fernern Bericht/ daß das
Unglück Aribets und nicht ihren Moxen betroffen/
nicht den geringsten Trost darab schöpffeten./ ja allererst fast grösseres Leyd fühleten als vorhin / allermassen auch Meinhard selbsten/ solches genugsam zu
erkennen gabe / indeme er sich zugleich gegen ihnen
entschuldigte / daß er allein es ihnen zu melden habe
anstehen lassen/weilen er erstlich annoch zweiffe/daß
dieser tapffere Jüngling solte ertruncken seyn/ dannenhero mehrere Gewißheit/ (die er aber zu bekommen kein Verlangen trage/) erwarten wollen;
Zweytens/ sein Unfall ihme eben so tieff/ ja fast tief-
fer/ als seines eigenen Sohnes / zu Hertzen gehe;
Drittens/ so finde er nicht für rathsam./ um Aribets
und der seinigen willen / die Sache dermahlen auf-
kommen zu lassen / um ihnen nicht vor der Zeit / oder
ohne Gewißheit / Hertzleyd und Kummer zu er-
wecken.

Demnach befahle er ihnen/hiervon keine Weitläufftigkeit zu machen / biß gleichwol mehrerer Bericht einliefe. Hierauf gebote er dem Knecht/alles
umständlich / was mit beyderley Maxen/ so viel ihme wissend/ sich zugetragen/ zu erzählen / welches er
getreulich thate; auß dessen Erzählung sie zwar allerley Vermuthungen schöpfften./ aber doch dabey
weder Leyd noch Thränen vergessen und unterlassen kunten. Ja je mehr sie solches suchten auß dem

Sinne

Sinne zu schlagen/ je weniger sie es thun kunten/
Dahero ihnen jedermann ihre Kümmernüß leichtlich
anmerckete.

Wie dann deß andern Tags als Adelgunda mit
Fräulein Theodelinden sie besuchte/ sie ihren Her-
tzens-Prast nicht verbergen kunten/ daß sie es nicht
leichtlich solten wargenommen/ und sie um dessen
Ursache befraget haben; worüber aber jene keinen
richtigen Bescheid ertheilten/ sondern sonsten allerhand Ursachen ihrer Traurigkeit vorschutzten.

Es kunte aber dannoch auch diesen nicht läng
verborgen bleiben; massen durch die Bediente/ und
Kammer-Menschen die Sache auß- und auch Aribet zu Ohren kame/ der unverzüglich der rechten Beschaffenheit nachforschete/ auch endlich von Meinhard und dem Diener/ den eigentlichen Verlauff
mit höchstem Schmertzen vernahme.

Ach Theodelinde, wer wolte wol so verwegen
seyn darffen/ eine so höchst-kümmernde Traur-Post
anzukünden? welche Zunge solte so beredt/ und welche Feder so geschickt seyn/ den unglücklichen Untergang und Verlust/ eines so unvergleichlich tapffern
und tugendhafften/ und darbey allerinnigst geliebteste Bruders/ euch kund zu thun? die unbeseelte Feder selbsten kan vor Kümmernüß und Trauren
nichts als mit schwartzer Dinten/ so ihre Thrä-
nen/ das sonst reine und von Unschuld weisse Pa-
pier/ mit schwartzen Buchstaben/ als gleichsam einem Traur-Flor/ schwärtzen und überziehen. Der
mit dick-trüben Wolcken verhüllete sonst heitere
Himmel/ die dick-benebelte Lufft/ und reichlich Thrä-
nen-Regen von sich giessende Wolcken/ geben ihr
Beyleyd über so trauriger Bottschafft/ wehemü-
h 2   thig

thig zu erkennen: verliebt-betrübte und betrübt-ver-
liebte Theodelinde, soltest du wol ohne wie Niobe
in Stein dich zu verwandlen / so unglückliche To-
des-Post können vernehmen und anhören. Nun
so wapne dich dann mit angebohrner großmüthigen
Standhafftigkeit /das jenige anzuhören / was vermögend genug ist / dein Hertze schmeltzend / und in
lauter Thränen zerfliessend zu machen.

Ich achte für unnöthig/alle Hertzens-Seufftzer
und die schmertzlichste Wehklagen der Theodelin-
den/ so sie auf Vernehmung dieser Bottschafft/auß
dem Hertzen / Mund und Augen von sich spühren
lassen / zu beschreiben ; Ja es wäre schlechter
dings unmöglich / auch mit der allerzierlichst-bered-
testen Feder / solches zu bewerckstelligen; indeme
man hiermit nur Zeit / Papier und Dinten vergeblich anwenden/ und viel eher erligen / als die Sache der Gebähr und Wichtigkeit nach beschreiben
wurde.

Genug ist es zu wissen/daß sie sich dermassen
gegrämet/ bekümmert/ und ihren unglückseeligen
Bruder Maxen beweinet/ daß zu bewundern/ wie
ein so zart-und delicater Geist/ solches übertragen
und außstehen können.

Ihre Eltern/ob sie wol selbsten äusserst bekümmert waren / musten ihres eigenen Leyds vergessen/
um Theodelinden mit Trost beyzuspringen; Aber
es wolte weder derselben/ noch auch Marianen und
ihrer Eltern Trost bey ihr etwas verfangen/biß endlich Mariana ihr mit Ernst zu Gemüth führete/ sich
nicht so blöd zu erzeigen/ über einer Sache die doch
noch gantz ungewiß/ ja ihren Ursprung von einer
solchen Person herleitete/ deren schlechter Glauben
zuzu-

zuzumeſſen / ja die ſchon mehrmalen mit dergleichen
und andern unwarhafften Zeitungen ſie in Leyd
und Betrübnüß geſetzet habe / welches ſie ſelbſten
geſtehen müßte / ob ſchon der Uberſchreiber dieſer
Trauer-Poſt/ihr leiblicher Bruder ſeye.

Adelgunda führete ihr ebenfalls zu Gemüthe/
wie eben durch dieſe Perſon / nemlich Meinhards
Maxen / vor nicht gar langer Zeit / eine gleich traurige Nachricht wäre außgeſprenget worden / als ob
ihr Max in Ungarn das Leben eingebüſſet / welches
doch hernach ſich falſch befunden / ſeye demnach einer nicht ſo gar glaubwürdigen Perſon / in einer
ohne dem noch zweifelhafften Sache / nicht allerdings zu trauen / bevor man ſich weiters erkundige.

Dieſe und dergleichen Zuſprüche hatten zwar
einen/ wiewol geringen Schein der Wahrheit/ daß
Theodelinde ſich in etwas befriedigte / jedoch weiter
nicht/ als/ daß man ihr den jenigen Diener/ ſo in ihres Bruders Dienſten geſtanden/ ſelbſten ſtellen
ſolte/ um auß ſeinem Munde/ den rechten Verlauff
zu vernehmen / welches zu thun man ihr verſprache/
wie dann auf Meinhards Befehl derſelbige gleich
deß folgenden Tages Theodelinden aufwarten /
und in Beyſeyn Marianen / den gantzen Verlauff
erzählen muſte / welche gar genau zuhorchete / und
mit vielen Seufftzen und Thränen ihren geliebten
Maxen/wie ſie ihr ihne im Rhein ſchwimmend ſelbſten einbildete / begleitete.

Weil ſie nun vom Diener keine Gewißheit ſeines Todes/ſondern allein eine ſtarcke Vermuthung
ſchöpffen kunte ; das jenige auch / daß der andere
Max, dieſen Diener / ohne ſeiner Dienſte benöthiget
zu ſeyn / angenommen/ und ohne erhebliche Urſach

nacher Hause geschicket / mit Versicherung bald
hernach zu kommen/und ihne wol zu accommodiren/
ihr allerley argwöhnische Gedancken machte. Noch
mehr aber/alsMariana von ihm inErfahrung brach-
te/daß ihr Bruder bey Erzelung deß Maxen begegneten Unfalls / gegen Wolffram nur gelachet/ auch
bey seiner Abförtigung ihme ein und anders zu sagen verbotten/ zweifelten sie so viel mehr/an Maxen
Tode/ waren aber dannoch deßwegen nicht ausser
Sorge.

Sie hätten aber gerne ihre Zuflucht zu ihrer
mehrmahligen Kräuter-Probe genommen/es wolte
aber die jetzige Jahrs-Zeit solches nun nicht gestat-
ten/ zu deme so ware solche Theodelinden/ sint/ daß
der Kräutler ihr die Verwirrung im Gemüthe verursachet / nicht mehr sonders angenehm / nicht wissend / was sie darvon urtheilen oder glauben solte.
Indessen waren Theodelinden Eltern dannoch in
so weit vergnüget / daß ihre Tochter ein ziemliches
von ihrer Kümmernüß und allzuhefftigen Traurigkeit hatte schwinden lassen/ in Hoffnung/es würde das übrige sich auch nach und nach verlieren/ und
indessen etwan von ihrem Maxen bessere Zeitungen
einlauffen.

Es stunde nicht lange an / so kamen unterschiedliche Landes-Kinder nach Hause / welche zum
Theil dem Feldzug in Piemont beygewohnet hatten. Deren etliche brachten mit / in was grossen
Ehren und Ansehen der Bäyerische Max bey Se.
Königl. Hoheit in Savojen gehalten wurde. Dieses
richtete die zerschlagene Gemüther ziemlich wieder
auf/ und veranlassete Aribet besser nachzuforschen;
Liesse deßwegen einen von diesen Ankömmlingen zu
sich ho-

ſich holen / um von ihme ſelbſten zu vernehmen / wie
weit dieſem Geſchrey Glauben zuzumeſſen.

Es kunte aber weder Aribet, Adelgunda, noch
auch Theodelinde / auß deſſen Relation etwas gewiſſes / ſondern vielmehr dieſes ſchlieſſen / daß der-
jenige von deme man ſo viel rühmliches zu ſagen
wuſte / nicht ihr / ſondern viel eher Meinhards Max
ſeyn müßte / inſonderheit weilen einer / ſo ein Unter-
Officier ware / und Erlaubnuß hatte nach Hauſe zu-
ziehen / für gewiß vorgabe / daß er ſelbſten mit Meinhards Maxen geredet / und bey ihme geweſen / wiewol er von der jenigen groſſen Ehre / ſo ihme vom
Hertzog ſolte geſchehen ſeyn / nichts zu ſagen wuſte.
Solcher Urſache wegen / ſo verwieſe Aribet, den erſten
Bericht-Geber an Meinhard, nicht zweiflend / derſelbige wurde ſich ſehr erfreuen / wann er ſeines Sohnes ſo rühmliches Verhalten / in Erfahrung bringen wurde.

Meinhard kunte nicht begreiffen / wie ſein Sohn /
zu ſolcher hohen Ehre gelangē ſolte / deßhalben zweifelte er groß ob deme alſo ſeye / weil es aber auch von
andern bejahet wurde / erfreuete es ihne deſto mehr /
daß ſein Sohn ſich ſo wol anlieſſe / zweiffelte endlich
auch deſto weniger / daß deme ſo ſeye / weil er an deß
andern / nemlich Aribets Maxen Tod / ſchier nicht
zweiffelte.   Aribet hörte nicht ungern / daß ſeines
Freundes Sohn / das Glück gehabt / bey dem Hertzog ſich in ſolchen Credit zu ſetzen / wurde ſich auch
noch mehr darüber erfreuet haben / wann nicht die
Sorge wegen ſeines eigenen Sohnes Unglück / ſolche gehemmet hätte.

Es ereignete ſich aber ein neuer Zufall / der
Aribet und die ſeinige von neuem allarmirte / ſolcher

h 4

cher aber verhielte sich also; Ein Räysender so
gleichfalls auß Piemont kame / und sich etwas Zeit
daselbsten aufgehalten / aber keine Kriegs-Dienste
geleistet hatte / befande sich in der nahgelegenen
Stadt/ sich allda ein wenig zu erfrischen/ weil er ohne dem etliche gute Bekante / die er anderwärts auf
der Räyse kennen gelernet / und gute Freundschafft
mit ihnen gemacht / allda antraffe/ darunter einer
mit Aribet in naher Verwandtschafft stunde.

Unter allerhand Discursen so sie mit einander
führeten / wurden sie auch deß Bäyerischen Maxen
zu red/und was tapfferer Cavallier derselbige wäre.
Der Räysende schüttelte hierüber den Kopff / sprechend: Ja/wann Schwelgen und Prassen Ruhm
zu erwerben dienet / so glaube ich / daß der Bäyerische Max, einer von denen tapffersten Helden dieser
Zeit seye. Jene aber behaupteten / daß sie was geredet worden/ernstlich meyneten. Und ich versetzte/
der Räysende/rede auch nicht auß Scherz.Welches
die Compagnie befremdete / daher der Verwandte Aribets / jenen fragte / ob er dann deß Bäyerischen Maxen einige Kundschafft habe? Worauf
jener antwortete; Freylich; Aber fuhre er fort/ich
habe / so lange ich um denselbigen gewesen / keine
rühmliche Action nicht von ihme gesehen / sondern
seine gantze Verrichtungen und tapffere Thaten
seyn bestanden in Panquetiren/ Fressen / Sauffen/
Spielen/ und mit unnützem Frauenzimmer die Zeit
liederlich zuzubringen.

Der vorige Anverwandte versetzte wieder/ er sehe wol/daß er deß Bäyerischen Maxen keine Kundschafft / sondern was er vorgebracht / nur von hören
sagen hätte / weilen unmöglich seye / daß der mit allen Ca-

len Cavalliers-Tugenden gezierte Max, zu solchen
Exorbitantien sich hätte sollen verleiten lassen / indeme allzubekandt / daß er allen dergleichen Excessen
feind/und der Tugend ergeben seye.

Aber der Räysende behauptete / daß er sich
nicht irre/ noch auß anderer Mund/ sondern eigener
Erfahrung rede. Sintemahlen er selbsten mit dem
Bäyerischen Maxen in Gesellschafft gelebet / und
gleicher Herberge und Tisches neben ihme sich bedienet / auch all sein Thun und Beginnen wolbeob-
achtet habe / da er dann von ihme nichts als ein liederliches Leben gesehen. Der Verwandte zweifelte dannoch/ob es warhafftig der Bäyerische Max
gewesen / aber dieser versicherte/ daß dem nicht anders seye / weil er selbsten sich also genennet / auch
von andern durchgehends / mit solchem Namen be-
nennet worden. Uber das so habe sein anderer Camerad solches selbsten auch bejahet / in Summa er
wuste solche Umstände zu sagen / die an der Wahrheit seiner Erzählung nicht mehr zweiffeln liessen/
sondern glauben machten / daß er den Bäyerischen
Maxen kennen müsse / wiewolen ihnen darbey sehr
leyd zu vernehmen ware / daß Max sich so gar verändert / und in ein liederliches Luder-Leben gerathen.

Das XI. Capitul /

Aribet ist wegen seines Sohnes verkehrten Leben
sehr betrübt/ ingleichem Theodelinde. Was es mit
der Eyfersucht für eine Beschaffenheit / und wie dieselbige gebildet seye. Theodelinden Traum-Bilder.

As was in dieser Gesellschafft von Maxen
discuriret worden / bliebe nicht lang ver-
schwiegen/sondern kame gar bald auch unter
h 5　　　　　　　　　andere

andern Cavallieren auß / und von tiefen auch / doch
etwas verdeckter Weife / für Herrn Aribet, der sich
in folche wieder Auffer, und schändliche Gemüths,
und Sitten, Aenderung nicht zu finden wußte.
Und weil es ein gar mangelhaffter Bericht ware/
So schriebe Aribet selbsten an seinen Anverwandten / und ersuchte denselben / ihme mehrere Nach-
richt/ sonderlich auch von Maxen erlittenen Unfall/
und vermuthlichen Tod/ mitzutheilen.

Weilen aber dieser Anverwandte/ von solchem
Unfall und vermuthlichen Tode / keine Wissen-
schafft/ und ohne dem den Vorsatz hatte/ Herrn
Aribet und seine Muhme Theodelinden einmahl zu
besuchen/ so wolte er bey dieser Gelegenheit/ solches nunmehro bewerckstelligen; Wie er dann folgenden Tages thate/ da er zwar von Aribet, Adelgunda und Theodelinden aufs höflichste/ jedoch mit
grosser Sorgfalt/ etwas unangenehmes/ von ihme
zu vernehmen/ empfangen wurde.

Nach allerhand gewechselten Complimenten
und geschehenen Anfragen / wurde der Verwandte
auch um die Beschaffenheit und Zustand deß Bäyerischen Maxen befraget/ da er dann sein Unglück
im Rhein / oder Tod betreffend/ nicht das geringste
zu sagen wußte/ sondern ihme vielmehr gantz fremd
vorkame / daß dergleichen von ihme solte außge-
sprenget worden seyn; Da doch der neulichsten Erzählung nach/ deß Räysenden Freundes/ es noch
gar eine geringe Zeit seye/ daß derselbe mit Maxen
in gleicher Herberge und Tisch-Gesellschafft gewe-
sen/ auch mit ihme bekannt worden wäre.

Dieser Bericht und Versicherung benahme
dem Aribet eines theils seiner bißherigen Sorge/ die
                                          aber

aber durch eine eben so grosse ja fast noch grössere ersetzet wurde / nemlich durch die bekräfftigte
Nachricht / daß Max in seinem Leben und Wandel
sich so sehr verändert / in ein so viehisches Luder-
Leben und Schwelgerey gerathen / wormit er allen
seinen vorigen Tugend-Ruhm / nicht nur schändlich
beschmitzte / sondern gar und gäntzlich vertilgete.
Solches schmertzete den redlichen Aribet weit mehr/
als ihn die vorige Todes-Zeitung geschmertzet hatte / ja er wünschete in gewisser maß lieber/daß die erste Zeitung von seinem Tod möchte wahr / diese letztere aber erlogen seyn / solcher Gestalt bliebe ihme
der Trost übrig/daß er als ein tapfferer und tugend-
licher Ritter / durch eine rühmliche / und stetigen Lobes würdige Action, das Leben eingebüsset / da hingegen ein so schändliches Laster-Leben / ein täglicher
Vorwurff/ und stätiges Sterben und Verderben
der Ehre und guten Namens wäre.

　　Theodelinde die gar bald hiervon Wissenschafft
bekame / kunte anfänglich der Sache keinen Glauben zustellen / sondern es däuchte sie eine Mähre
seyn. Als sie aber der Sache weiter nachsinnete/
und ihrer Eltern hertzliche Betrübnüß darüber vermerckte / auch wußte / daß dieser Anverwandter ein
ehrlicher und Wahrheit liebender Cavallier, auch
dißfalls gantz uninteressirt ware / fienge sie an demselbigen Glauben beyzumessen / erneuerte deßwegen ihre Klage auf das hefftigste / und erzörnete sich
zugleich so hefftig über die Untugenden ihres Bruders / daß sie ihme selbsten mehrmahlen den Tod
wünschete / damit zugleich mit seinem schändlichen
Leben / auch seine Laster und Untugenden verschar-
ret/und eines mit dem andern vergessen wurde.

　　　　　　　　　　　　　　　　Betrach-

Betrachtete sie Maxen als ihren Bruder / so
tratte ihr die Ehre ihres Hauses / die durch solches
liederliche Leben grossen Abbruch litte / über die massen nahe / wie dann hoch-edle Gemüther nichts übeler
ertragen können / als die Schand ihres Geschlechts:
Betrachtete sie ihn dann als ihren so einig geliebtesten Hertzens-Freund / dessen Angedencken bißher
ihre höchste Vergnügung gewesen / so kunte sie anderst nicht / als über seine unbesunnene Undanckbar-
keit / Untreue und Verachtung / sich zum höchsten
zu erzörnen; dann / ob sie schon seine Schwester / so
betrachtete sie ihn doch in diesem Stück nicht als
einen Bruder / sondern sie eyferte nicht anderst über
ihn / als wie man über einen ungetreuen Liebhaber
zu eyfern / und sich zu erzörnen pfleget.   Es hätte ihr
auch nichts verdrüßlichers wiederfahren können /
als / daß sie vernehmen müssen / daß er sich an ande-
res / und zwar so liederliches Frauenzimmer gehen-
get; welches sie für die allerhöchste Beschimpffung und Unehre hielte / die ihr immermehr hätte
begegnen können. Dann keiner verdammten Seelen Pein / kan die / welche ein verschmähetes Frauenzimmer erbuldet / übertreffen.   Sie rasete bey sich
selbsten vor Zorn / dann weilen die Eyfersucht nichts
anders / als eine auß Liebe und Haß vermengte
Mißgeburt / ja ein rechter Centaurus ist / kan ihre Bezeugung nicht ohne Ungebärdung und sonder Auß-
schüttung Feuers und Gifftes geschehen.   Je edler
und höher das Gemüth ist / je hefftiger ist auch die
Entzündung / welche das Hertz gar empfindlich
rühret.

Das übelste hier für Theodelinden ware / daß
sie niemand hatte / der ihr den hefftigen Unwillen
und

und kränckenden Schmertzen benahme / noch ihren
Eyfer-vollen Geist / im geringsten wuste mit Trost
zu besänfftigen.   Wäre Mariana gegenwärtig gewesen / sie wurde auf allerley Weise getrachtet haben / ihr den hefftigen Kummer / wenigsten in etwas zu erleichtern/ wo er gäntzlich zu benehmen unmöglich gewesen.   Ihr Kammer-Mensch
mangelte zwar nicht ihr bestes zu thun / weilen sie
aber die Beschaffenheit deß Ubels nicht wußte/
Theodelinda ihr solches auch weder offenbaren noch
vertrauen wolte; als kunte sie auch keinen Rath/
oder zulängliches Mittel hierzu verschaffen. Zwar
stünde dahin / ob auch auf den Fall hiervon haben-
der Wissenschafft / etwas bey dieser bekümmert und
erzörneten Fräulein / von Trost würde verfangen
haben.

      Dann die Eyfersucht ist nicht weniger hart-
näckig als leichtglaubig; die ihr um das Haar / oder
an statt der Haaren um den Kopff hangende
Schlangen/zischen einem von Eyfer erzörneten/un-
abläßlich neue Mähre in die Ohren / und Argwohn
ins Hertze.   Sie schäumen ihr Gifft auf die rei-
neste Lilien / und Galle in die ruhigsten Gemüther.
Sie beissen mit ihren scharff-spitzigen Zähnen / die
vestesten Bande der sonst unauflößlich-verknüpffte-
sten Hertzen entzwey / und zertrennen wol öffters
den unzertrennlichen Ehestand.   Die Eyfersucht
schwärtzet mit dem Rauch ihrer höllischen Fackeln/
den guten Namen / und vertunckelt auch die voll-
kommneste Tugend.   Ihre Flamme ängstiget den
Leib mit einem nie aufhörenden hitzigen Fieber/ und
das süsseste Leben verwandelt sie in einen Brand/
der unaußlöschlich ist: Ihr blutig- und raachgie-
riges

Schwerdt/ sencket sie in ihre eigene/ oder besten Ein-
geweide / den sie zuvor zum eyferigsten geliebet hat;
aber hernach dienet ihr solches gleichsam zu einem
Spiegel ihres abscheulichen Lasters/ besiehet darinnen die Wunden ihres Hertzens / und die Flecken
ihrer Seelen.   Ja der falsche Widerschein stellet
ihr den gestrigen Abgott / heute als ihren Hencker
für.   Sie störet alle Ruhe deß Gemüthes / und
vergallet alle Annehmlichkeit deß sonst süssen
Lebens.

Wann demnach die Eyfersucht eine so abscheu-
liche Bestie ist / was Wunders / daß solche auch der
sonst an Tugend vollkommenen Theodelinden Geist
und Gemüth/ in solche Bestürtz- und Verwirrung;
und die so sehr durch und wider einander lauffende
Gemüths-Beweg- und Regungen / sie auch ziemlicher massen / sonderlich im Anfang/ da man sich
nicht gleich selbsten begreiffen kan / irre gemacht; jedoch also / daß dannoch die Tugend die Oberhand
behielte/ und der/obwolen ziemlich hefftig bestürme-
te Verstand / den Ziegel führete / welches doch den
allerklügesten Welt-Weisen / nicht allezeit zu erweisen möglich gewesen.

Mit dergleichen Eyfer- und Raach-vollen Ge-
dancken/ brachte Theodelinde ihre Zeit zu/ und suchte
ihr wol hunderterley Dinges für selbiges ins Werck
zu richten.   Nun kame ihr von neuem in Sinn/
die Welt zu verlassen / und sich in ein Closter zu be-
geben/ so wol durch Mayen Untreue / als auch und
fast vornemlich darum / darzu veranlasset / weil sie
für sünd- und höchststräfflich achtete/ einen Bruder/
wie sie gethan / überbrüderlich / ja wider-natürlich
zu lieben.   Sie erkante und bereuete ihr Unrecht/
und

und ware ihr leyd/ daß sie der Liebe/ und dergleichen
Gedancken in ihrem Hertzen so viel Raum gegeben/
sich selbsten damit geschmeichelt / und nicht wie sie
hätte thun sollen / selbige bey Zeiten auß ihrem Hertzen verbannet; Hierauf nahme sie ihr steiff vor/
ihres Bruders gantz zu vergessen / und Maxen Namen und Gedächtnüß auß ihrem Hertzen außzurot-
ten; Weil er der Tugend abgesagt / und ein liederliches Leben angefangen / hielte sie für billich/ ihne
nicht mehr für einen Bruder zu erkennen.   Weilen
er in seiner Liebe so untreu / unbeständig und selbige
liederlichen Weibs-Bildern aufopfferte/ hielte sie
ihn aller bißher gegen ihm getragenen Liebe unwür-
dig/ demnach fällete sie das Urtheil/ daß er völlig auß
ihrem Hertzen und Gedächtnüß / auf ewig solte
verstossen und außgeschlossen bleiben. Im Closter/
machte sie ihr Hoffnung / würde sie desto weniger
Gelegenheit finden / von ihme zu reden oder etwas
zu hören.

    Mit solchem Entschluß/ ohne langen Aufschub
der Welt Adieu zu sagen / auch selbigen deß folgenden Tags ihren Eltern kund zu thun/ legte sie sich zu
Bette/ nachdem sie ihre Seele und Gemüth mit viel-
faltigem Kummer / Angst und Sorgfalt überflüs-
sig- den von vergossenen vielen Thränen / Zorn und
Unwillen sehr erkräffteten abgematteten Leib aber/
gar nicht gespeiset hatte. Sie kunte wegen der vielen
sich unter einander schlagenden Gedancken / lange
nicht einschlaffen/ und wann sie schon ein wenig ein-
schlummerte gestatteten ihr doch allerhand Träume
keine rechte Ruhe; Zorn / Rache und Eyfer stelleten sich ihr ohne Unterlaß vor Augen.

    Als sie endlich von Betrübnüß Angst und
                        langem

langem Wachen gantz abgemattet/ erst gegen Tag
eingeschlaffen/ dauchte sie im Schlaffe/ als sehe sie
die Kammer-Thür sich eröffnen/ und ein scheuzlichs
Bilde zu derselbigen herein gehen/ welches seiner
eigenen Geständnuß nach/ die Eyfersucht ware. Es
hatte die Gestalt eines alten runtzlichten und ma-
gern Weibes/ deren zusammen geschrumpffelte
Haut kaum die dürre Knochen umhüllete. Sie
hatte wie Janus hinten und vorwarts ein Gesichte/
darvon dieses ein heßliches/ jenes aber ein schönes
Weibsbild vorstellete/ weil diese Bestie die Eyfer-
sucht/ so wol schöne als heßliche beschmeißt: zwischen
diesen zweyerley Angesichten hiengen ihre Haare
ungeflochten/ gantz verwirret und mit Blut und
Spaichel in einander verwickelt. Um ihren Halß
krochen Schlangen/ Natern und Kröten; Auf ihrer runtzlichten Stirne/ waren ihr die Adern wie
Stricke aufgelauffen/ und gleichsam mit blauer
Farbe gefärbet. Die Augbrauen hiengen ihr über
die tieff im Kopff stehende röthe und trieffende Augen herunter. Die Wangen waren ihr gantz ein-
gefallen/ ihre Lippen blau/ der Mund ohne Zähn/
wie ein abgebrandtes Dorff/ voller alter schwartzer
wüster Storren. Der Athem so durch diese Wü-
sten wehete/ stinckend/ die Brüste hiengen ihr/ wie
leere Ziegen-Euter biß gegen die Gürtel/ und gleichwol saugete an einer jeden ein gifftiger Molch.
Darüber hatte sie noch aller Orten wie Argus über
100. aufgesperrete Augen/ welche wie der Baßkis-
ken/ alle gleichsam mit ihren gifftigen Blicken/ und
außgelassenem Gifft/ erstachen. Auf dem Kopff
stunde ein Hirsch-Geweyh/ die Ohrn übertraffen an
Grösse der Esel Ohren/ ihre Beine waren mit einer
Wolffs-

Wolffs-Haut umgeben / die Füsse aber waren wie
Drachen-Füsse. In der rechten Hand hatte sie
eine mit Dornen umwundene brennende Fackel/
in der andern aber einen Geyer / welcher mit seinem
Schnabel in dieses Bildes Brust einhackete / und
sich gleichsam mit dem Eingeweyde/ Hertz und Leber
dieser Damen speisete. Sie stunde und wurde getragen von einem Basilisken / weilen dieses gifftige
Thier seine Neben-Buhler / nicht so wol mit Feuer
und Schwerdt zu tödten / als mit den Augen zu er-
stechen gesinnet ist / damit es gleichwol mit ihrer
Mutter der Liebe / einige Aehnlichkeit habe / als die
da gleichfalls durch die Pforten der Augen eindrin-
get / mit ihrem annehmlichen Liechte das Gesichte
blendet / und mit ihren lebhafften Strahlen die
Seelen tödtet.

Dieses scheuliche und forchtbare Gespenst oder
Weibs-Bilde / liesse mit heiserer/ rauher und unfreundlicher / doch ziemlich vernemlicher Stimme/
sich folgender Worten verlauten:

Wo Liebe blühet/ reifft und brennt/
Muß sie von meinem Athem sterben:
Durch mich wird was sie knüpfft/ zertrennt/
So viel sie pflantzt / kan ich verderben,
Wo sie mit Rosen prangt/ da flecht ich Dornen ein.
Die die Welt beherrscht/ muß meine Dienst-Magd seyn.

Uber dem erschröcklichen Anblick/ so scheulicher
Bestie / ingleichem ab der forchtbaren und rauhen
Stimme / erschracke Theodelinde dermassen / daß
sie darvon erwachte / und ihrem Beduncken nach
um Hülff ruffte / doch aber als sie sich vom Schrecken ein wenig wieder erholet/ froh ware/ daß sie niemand gehöret / welches sie darauß schlosse / weil ihr
IV. Theil.   i   nie-

niemand kein Gehör gabe. Darauf fienge sie an/
deme was sie im Schlaff gesehen und gehört nachzudencken/ und die Vernunfft darüber zu Rath zu
ziehen: Vielleicht sagte sie bey sich selbsten / thust
du der Sachen zu viel / indeme du vielleicht zur Ungebühr mit deinem Maxen zörnest und eyferst / daher mir auch die Eyfersucht selbsten ihre Würckung
und mein Unrecht muß zu erkennen geben / weil sie
gesagt: Wo Liebe blühe / reiffe und brenne / müsse
solche von ihrem Athem sterben. Wilt du nun du
tolle Eyfersucht / die Liebe tödten / so muß ich glauben / daß eine bey mir und Maxen zugleich seye.
Weil die Liebe nicht sich selbst liebet / sondern einen
Gegen-Stand/worauf sie zielet haben muß. Wilt
du zertrennen / so schliesse ich / daß zuvor eine Verknüpffung / ob schon nicht unserer Leiber/ jedannoch
aber unserer Gemüther / annoch vorhanden / demnach Max nicht so treuloß als ich mir ihne vorgebildet. Kanst du lose verderben/was die Liebe pflantzet / so wird dir zum Trotz/ die Liebe auch ihre rechtschaffene Pflantzen erhalten können/und ob du schon
die Rosen in Dornen einzuflechten drohest / so seyn
doch deßwegen die Rosen nur desto lieber und angenehmer / weil sie mit Gefahr deß Stechens müssen
gepflücket werden. So ist es auch noch nicht an
dem/ daß die Liebe/ dir als eine Dienst-Magd/
müsse unterworffen bleiben / dieweil du selbsten
mehrmahlen die nur allzugrosse Liebe / für deine
Zeug-Mutter erkennen/ und dannenhero ehren und
förchten mußt.
Indeme sie solcher Gestalt über das gehörte
und von der Eyfersucht vorgebrachte glossirte / sich
selbsten auch gleichsam schalte / daß sie ihren liebsten
Maxen

Maxen unerörterter Sachen so schnell und plötzlich
verdammet / solch ihr Verfahren aber hiermit zugleich bereuet hatte / schlummerte sie wieder ein wenig ein / sie hatte aber die Augen noch kaum recht geschlossen / so dauchte sie eine anmuthige und freundliche Stimme zu hören / welche folgende Reim-Zeilen /
mit sonderbarer Anmuth und Zierlichkeit sange /
daß sie darüber erwachte / und sich nach der singen-
den Person umschaute / aber niemand warnehmen /
sondern nur dieses gehört / und verstanden zu haben /
sich erinnern kunte :

Weg mit der Eyfersucht / sie ist deß Todes Bild /
Ein Zaum der reinen Lieb / ein Kind der düstern Nacht /
Ein Dunst / der Augen blendt / die Sonne finster macht /
Ein Wurm der seinen Koth / in Roß und Purpur hüllt /
Gifft das auß Necktar fleußt / doch auß der Hölle quillt /
Durch das auß Berg-Chrystall uns wird der Tod zubracht /
Ein Hencker wahrer Huld / ein Wahn-Witz / wo Verdacht
Mehr als ein Argus sieht / mehr als die Keuschheit gilt.
Fleuch! weil die Liebe ja schon ohne andre Pein /
Kan eine Folter-Banck und eine Hölle seyn :
Du aber ärger noch / als Höll und Folter bist.
Doch weil dir himmlisch Oehl die Liebes-Ampeln nährt :
So müht ihr Flammen euch : Daß ihr diß Thier verzehrt /
Zu lehrn : Daß Eyfersucht sich selbst quält / würgt und
frißt.

Das XII. Capitul /

Theodelinde kan sich nichts gewisses entschliessen /
hat eine Erscheinung der Liebe / deren herrlicher Aufzug /
wird von der Natur und Glück ; durch schöne Lob-Ge-
sänge beehret. Theodelinde ist Sinnes ins Kloster zu
gehen.

Theodelinde kunte sich lang in diese Stimme
und Gesang nicht finden / doch weil sie darauß verstunde / daß es zu Verbann / und Ab-

treibung der sich selbst verzehrenden Eyfersucht / die
sie jetzo so gar hatte übermeistern wollen / abziehlete/
hielte sie gäntzlich darfür / es wäre ein guter Geist
oder Engel gewesen/ der sie/ dem Eyfer nicht ferner
Gehör zu geben/ abgemahnet/ und deßwegen deſſen
Scheußlichkeit / und dannenhero entspringendes
Ubel/ vorgestellet / und sie also wolmeynend gewarnet hätte.

Sie überlegte deßwegen bey sich selbsten / was
sie in das künfftige zu thun haben möchte / ob sie/
nemlich Maxen noch ferner lieben / oder aber alle
Liebe beyseit setzen / und ihrem neulichsten Vorsatz
nach / der Welt absterben / und auß derselben sich
begeben solte. Da gabe es nun zwischen Fleisch
und Geist einen harten Kampff/ indeme dieser die
höchste Glückselig- und Vergnügsamkeit/auß Verachtung der Welt und deren Liebe / jenes hingegen
der Liebe Vortrefflichkeit und grossen Gewalt über
alles/ und daß allein schwache Geister/ die der Welt
Widerwärtigkeiten nicht ertragen könten oder wol-
ten/ um der faullentzenden Ruhe zu geniessen / auß
Mangel rechtschaffener Tugend / die Welt zu verlassen pflegten / ihr vorstellig machte.

In solchem Zwey-Kampff wußte sie sich nichts
gewisses zu entschliessen. Doch schiene es/als wann
ihre Gedancken sich mehr dahin lencketen/ deß Glückes Unbeständigkeiten zu entweichen/und der Welt
Adieu zu sagen. Indem sie nun mit dergleichen
Gedancken und Sorgen sich sehr abgemattet / und
es nun bald wieder zu tagen beginnen wolte/ schlief-
fe sie abermahlen ein/ da dann im Schlaffe eine
neue Erscheinung ihrem Geiste sich vorstellete: Es
dauchte sie / als ob sie in einem überauß grossen und
herz-

herrlichen Saal sich befände / der von Gold / Edelgesteinen / köstlichen Tapezereyen / bey einer grossen
Menge brennender Fackeln von weissem Wachse /
herrlich glänrete. In selbigem stellete sich dar die
Liebe selbsten / als eine Göttin. Diese sasse gan r
nacket auf einer grossen Perlen-Muschel / welche
auf vier göldenen Rädern lage / und an statt der
Schwanen / (die sonsten die Göttin der Liebe zu
ziehen pflegen /) von zweyen Adlern / zweyen Ele-
phanten / zweyen Wasser-Pferden / und zweyen
Drachen / (ohne Zweifel der Liebe Gewalt / die sie
über alle Elementen hatte / zu bezeugen /) fortgezo-
gen wurde. Auf dem Haupt hatte sie einen Kran r
von Sternen / die Erd-Kugel zu den Füssen / den
Blir in der rechten Hand / zwischen dem lincken
Arm eine drey zänckichte Gabel/in der lincken Hand
die Schlüssel zur Hölle; um den Leib einen Gürtel von allen Edelgesteinen der Welt. Um den
Muschel-Wagen flogen zwölff Liebes-Götter/deren
Flügel von mehr Farben glänketen / als sie Federn
an sich hatten/und welche die Lufft so geschwind als
der Blir zertheileten. Mitten im Saal liesse sich
die Liebe nieder/und setzte sich auf einen erhabenen/
gleichsam Königlichen Thron / deren auf der einen
Seiten die Natur/auf der andern aber das Glück
aufwartete. Die Natur drückte die Gewalt der
Liebe / unter Erthönung der allerlieblichsten Sai-
ten-Spielen/in folgendem Gesang/mit einer durchbringenden Stimme auß:

1. JE grosse Göttin in der Welt/
    Durch die im Himmel und auf Erben/
   Was Meer und Abgrund in sich hält/
   Muß alles warm und freubig werden.

Die mich als Mutter speist / und dich als Amme
nährt /
Ist meiner Andachts Glut / und deiner Opfer
währt.

2. Es schwimmt kein Fisch in kalter Flut /
Den nicht das Saltz der Liebe säuget /
Und weil hier brennt die stärckste Glut /
Nicht hundert tausend Junge zeuget /
Es ist kein Feuer / Wurm / kein brennend Stern
so heiß /
Als ein kalt Wallfisch brennt in Nordens Meer
und Eyß.

3. Der Krebs wirfft von sich Schaal und Schilt /
Und lernt auß Liebe vor sich gehen /
Es öffnen / daß der Thau sie füllt /
Die Muscheln sich in tieffen Seen.
Was an Corallen glüht / der Purpur=Schnecke
Blut;
Das Wasser in der Perl ist eitel Liebes=Glut.

4. Die Wasser=Schlang umarmt den Aal /
Und züngelt sich mit den Murenen;
Das Meer=Schwein lechzt vor Liebes=Qual /
Und Nereus buhlt mit den Sirenen.
Das Meer verliebet sich in Quell / und Flüß ins
Meer /
Den jenes rührt von dem / und diß von jenem her.

5. Daß Stahl und Ertz wie Pflantzen blüht /
Queckfilber sich und Gold vermählt /
Gold in Zinnober wächst und glüht /
Und Silber Bley zu Gold erwählt.
Daß Schwefel / Stein und Ertz / so schöne Far=
ben gibt /
Rührt von der Göttin her / die alles macht ver=
liebt.   6. Der

6. Der Blitz und Straal im Diamant/
Und der Rubine Feuer-Flammen/
Sind nichts als heisser Liebes-Brand/
Der mehrmahls Steine schmeltzt zusammen.
Die Farben in Opal/ die Anmuth in Saphir/
Das Mahlwerck von Agat / rührt allzumahl
von ihr.

7. Kein Isop wächset an der Wand/
Kein Schiff und Kraut in Sümpff und Auen;
Kein Baum beschattet Feld und Sand/
Woran die Lieb nicht wär zu schauen.
Wann sich deß einen Aest ums andern Zweige
flicht/
Und bittre Zähren weint/ wann man ein Blatt
abbricht.

8. Der Veilgen Blässe deutet an:
Daß sie sich ängsten wie Narcissen;
Und auß der Rosen Purpur/kan
Man aller Blumen Brünste schliessen.
Der Thau ist ihre Thrän/ ihr Sehnen der Ge-
ruch/
Die Mertzen-Blum ist gar deß Ajax liebes Buch.

9. Es gibt Gewürme sonder Blut/
Doch nichts was nicht von Liebe walle;
Die Drachen peinigt ihre Gluht/
Daß sie von sich speyn Gifft und Galle.
Die Kröten girzen vor Brunst/ der Molch schlafft
Golde bey/
Die Natern bersten gar von Lust und Brut ent-
zwey.

i 4   10. Der

10. Der Käfer Gold/der Würmer Liecht/
 Der Raupen Schmeltz/der Regenbogen/
 Und Persens Teppiche weg sticht:
 Sind auß der Liebe Brust gesogen.
 Ja diese selber hat nach bundter Schlangen
  Pracht/
 Die Hauben ihr gestickt / den Gürtel ihr ge=
  macht.

11. Die Schnecke setzt ihr Hauß in Stich/
 Die Biene läst ihr Honig fliessen/
 Die Motte stürtzt ins Feuer sich/
 Um ihrer Liebe zugeniessen.
 Der Ammeiß=Weyrauch ist der Liebe fette Brut/
 Der Heydechs Sterne / sind der Zunder ihrer
  Glut.

12. Der Stier und jungen Rinder Streit/
 Bey dem sie Horn an Horne wetzen/
 Ists Merckmahl ihrer Lüsternheit/
 Und Brunst der geilen Böck ergötzen/
 Sie füllt die Adern an den Pferden mit viel
  Blut/
 Fölßt Eseln Feuer ein / gibt Schaaffen kühnen
  Muth.

13. Doch zwingt sie zahmes Vieh nur nicht/
 Sie bändigt Löwen/zähmet Tieger/
 Verblendet Luchse durch ihr Liecht/
 Sie ist deß Krocodils Besieger.
 Sie kirzt den schlauen Fuchs / den grimmen
  Wolff und Bär/
 Und führt den Elephant / wie fette Lämmer
  her.

.14.Die

14. Die Nachtigaln seynd durch ihr Lied/
 Die Lust dem Buhlen zu versüssen/
 Und alles Volck der Lufft bemüht.
 Der Tauben Schnäbeln ist ihr Küssen;
 Der Auerhane Baltz/ deß Habichs Zirkul-Flug.
 Ist ein von süsser Pein herrührend Liebes-Zug.

15. Der Adler der den Blitz selbst trägt/
 Bückt wie die Ganß sich für der Liebe/
 Kein Vogel dem das Hertze schlägt/
 Ist frey von diesem Reitz und Triebe/
 Der Phönix äschert sich / wie einsam er wil seyn/
 Begierig nach dem Brut auß Brunst zur Son-
 nen ein.

16. Die kühle Lufft ist selbst verliebt/
 Wann sie an sich die Dünste ziehet/
 Der Erde Thau und Regen gibt/
 Und sie zu schwängern sich bemühet.
 Wann sie mit Flammen spielt / mit schwartzer
 Stirnen prahlt/
 Mit Gold/ Schmaragd / Saphier / verliebte
 Wolcken mahlt.

17. Das Feuer das zwar alles frißt/
 Zeugt Würmer doch in grösten Flammen/
 Nichts ist/ was die Natur umschließt/
 Mit dem es sich nicht mengt zusammen/
 Sein Schwefel ist vermählt / dem Blitzen in der
 Lufft/
 Den Perlen in der See/ Metallen in der Grufft.

18. Die Sterne sind in sich verliebt/
 Drum kommen sie so offt zusammen/
 Der Mond erblaßt und steht betrübt/
 So offt der Sonne Liebes-Flammen.

i 5   Nicht

Nicht ihren Cräyß beseelen / nicht ihre Hörner
mahln.
Was an Gestirnen glänßt / sind eitel Liebes-
Strahln.

19. Sie sind der Seelen Wohnungs-Stadt/
Die hier vor Liebe sind verschwunden/
Was Jupiter geliebet hat/
Hat im Gestirne Platz gefunden.
Daß auch die Sonne / stäts nach neuer Buhl-
schafft brennt/
Macht / daß sie alle Jahr / durch zwölff Gestirne
rennt.

20. Der Himmel blickt wie Argus an/
Mit hundert Augen Meer und Erde/
Sie putzet sich mit Tulipan/
Daß sie von ihm geschwängert werde.
Weil nun nichts in der Welt ist von der Liebe
frey/
Geht sonder Opfferung nichts sein Altar vor-
bey.

Theodelinde ware über dieses Gesang gantz ent-
zücket/ und auß sich selber gesetzet/ nicht so sehr
wegen deß Gesanges Innhalt / als vielmehr wegen
dessen annehmlicher Lieblichkeit. Sie verstunde
hierauß gar wol / was grosse Stärcke und Gewalt
die Natur der Liebe zulegte/ und ware nicht abge-
neigt/ noch ferner der Sache nachzudencken/ als
die Glückes-Göttin/ so der Liebe zur andern Seiten stunde/ den Lob-Gesang der Liebe / mit eben
so grosser Lieblichkeit/ und noch künstlichern Sai-
ten-Spielen folgender Gestalt anstimmete.

1. So

1. SO ist es Schwester ja bestellt/
Was lebet/ wächßt und sich beweget/
Ja was man für entseelet hält/
Wird von der Liebe doch gereget.
Die Steine buhlen selbst/ Magnet hat Eysen
lieb/
Doch diß ist schwacher Zug/ und blinder Liebes-
Trieb.

2. Denn nichts was nicht vernünfftig ist/
Was Schönheit nicht für Heßlichkeiten/
Als Liebens-werthes Ding erkießt/
Stimmt recht der Liebe göldene Saiten/
Das schmäckt nicht ihre Milch und süssen Honig-
seim/
Das fühlt nicht ihren Blitz/ klebt nicht an ihrem
Leim.

3. Deß Menschen Seele taugt allein/
Das Bild der Lieb in sich zu pregen/
Sein Hertze ist der würdigst Schrein/
Solch eine Perl hinein zu legen.
Dann der Vernunfft wohnt nur Verstand und
Urtheil bey:
Daß Tugend und Gestalt nur wehrt zu lieben
sey.

4. Zwar es verstößt manch niedrig Geist/
Wann er sein Hertz zu Pfande giebet/
Dem/ was nicht lebet und nur gleißt/
Mit Golde todte Aeser liebet/
Wann er der Ehre Rauch für edle Schätze wählt;
Sich sättiget an nichts/ mit tummen Lüsten
quält.

5. Wann

5. Wann er mit dem sich armt und küßt/
Was nicht kan küssen und umarmen;
Was ihm am Hertzen nagt und frißt/
Wann er auf Schnee meynt zu erwarmen.
Was aber edel ist/vom Himmel rühret her/
Hat seine Seele nie von ädler Liebe leer.

6. Die Tugend und die Schönheit sind/
Zwey Perlen/ und so grosse Gaben/
Daß der/ der sie nicht lieb gewinnt/
Muß weder Blut noch Fühlen haben.
Daß aber in der Welt nichts ohne Liebreitz sey/
Füg ich der Heßlichkeit/Magnet und Fürniß bey.

7. Ich bin der ander Angelstern/
Um welchen sich der Welt-Cräyß wendet/
Der Weißheit Liecht/deß Reichthums-Kern/
Der Thumme führt/und Kluge blendet:
Ich zeuge Liebe selbst/ wo gleich ihr Zunder fehlt/
Doch gleichwol hab ich sie zur Göttin mir er-
wählt.

8. Ich räum ihr Reich und Herrschafft ein/
Und unterwerffe mich ihr gerne/
Dann soll sie blind/wie ich gleich seyn/
Verdüstert sie doch Sonn und Sterne.
Ihr schneller Adlers-Flug/kommt meinem Rabe
für;
Und was mein Arm erhöht / demüthig sie vor ihr.

9. Dann da die Weißheit sich verliebt/
Die Klugheit in ihr Netze fället/
Da Tugend sich gefangen gibt/
Und unter ihre Sclaven stellet.
Da Gottesforcht ihr weicht / die doch der Ster-
ne Lauff/
Der Sonne Wagen hemt/was soll sie halten auf.

10. Be-

10. Besiegt gleich Socrates den Tod/
　　So wird er doch besiegt von Liebe.
　　Ist Plato gleich ein halber Gott/
　　Folgt er doch ihrem süssen Triebe.
　　Pythagoras gestehts/ und Epicur fällt bey:
　　Daß Liebe kräfftiger als alle Weißheit sey.
11. Ja Liebe schärfft der Weißheit Geist;
　　Ihr Kiel versetzt sie in Gedichte/
　　Den sie auß ihren Flügeln reißt/
　　Sie gibt ihr Nachdruck/ Flug/ Gewichte/
　　Sie flößt Gemüthern Hertz/ und Zungen Lieb-
　　reitz ein;
　　Wie soll sie dann nicht mich zu zwingen mächtig
　　seyn?
12. Kein Riese kan der Liebe nicht/
　　Kein Zwerg nicht Riesen widerstehen;
　　Ob Polyphem gleich Felsen bricht/
　　Zerfleußt er doch für Galathreen.
　　Ja Stärcke/ die der Geist der Tapfferkeit gleich
　　regt.
　　Wird Ohnmacht/ wann sie sich mit Lieb in Krieg
　　einlegt.
13. Alcides kan durch Kampff und Streit/
　　Der Erde Miß-Geburten fällen/
　　Er dämpfft der Götter Schlangen-Neid/
　　Die Löwen und den Hund der Höllen/
　　Und was sonst Welt und Lufft für Ungeheuer
　　heckt:
　　Ihm aber hat die Lieb allein ein Ziel gesteckt.
14. Sie hemmt Semiramens Gewalt/
　　Deß grossen Cyrus Siegs-Gepränge.
　　Es stößt an Helenens Gestalt
　　Sich deß Trojanschen Reiches Länge.

Und

Und dem der Erde Frau/Rom sich zur Magd be-
gab/
Gibt eines Weibes Knecht/der Liebe Sclaven ab.

15. Den nicht der Erd. Cräyß machet satt/
Der neue Welten sucht und findet/
Viel Könige zun Füssen het/
Jn Ost und West nicht Gräntzen findet.
Der die Natur zu klein / mein Rad zu niedrig
schätzt/
Starzt wann er seinen Fuß ins Garn der Liebe
setzt.

16. Je mehr der Himmel flösset ein/
Den Menschen seiner edlen Gaben/
Je grösser sie auf Erden seyn/
Je mehr sie Schätz und Tugend haben.
Je mehr sie das Gelück / als Schooß-Kind armt
und liebt;
Je minder es ihr Müh/ sie zu bemeistern gibt.

17. Jedoch zwingt nicht der Liebe Hand/
Nur Helden/Heilige und Weisen :
Auch Götter fühlen ihren Brand/
Und laben sich mit ihren Speisen.
Es kehrt sich Jupiter/ in Schwan / in Thier und
Gold/
Wird seinem Himmel gram / dem süssen Lieben
hold.

18. Neptun verläßt die grimme Flut;
Und wird ein Pferd der Ceres wegen:
Styx kan so viel nicht Schwefel Glut/
Als Pluto Liebes-Feuer hegen:
Apollo brennt so sehr nicht in deß Löwen Cräyß/
Als wann er Daphnen folgt ins Peneus fliessend
Eiß.

19. Deß

19. Deß Kriegs-Gott Harnisch/Helm und Schild/
    Schmeltzt auf Dianens Marmel-Brüsten/
    Diane lässet Wald und Wild/
    Läßt Britomartens sich gelüsten/
    Und füllt ihr Silber-Horn mit Liebes-Balsam
        an/
    Daß sie die gantze Welt damit bethauen kan.

20. Nachdem nun alles liebt und lebt/
    Was das Gelück auf ihren Flügeln/
    Biß an die höchsten Spitzen hebt/
    So muß auch ich ihr Lob besiegeln/
    Der Liebe zünden Hertz und fetten Weyrauch/
        an/
    Die das Gelück allein gelücklich machen kan.

DAs bißherige Gesang neben dem köstlichen Aufzug dieser vergötterten Persohnen / hatten
Theodelinden noch alle äusserliche Sinnen gebunden / und dauchte sie noch also schlaffend/ sam die
Liebe selbsten sie nunmehr ansprche / und um
ihren endlichen Schluß befragen / sie selber Theodelinde aber ihr zu antworten sich gefaßt halten
wolte/ als ihre Kammermagd sich ihrem Bette nahete / und auß dem Schlaff erweckte / mit Anzeige/
daß es nicht allein hoher Tage / sondern auch Fräulein Mariana, sie zu besuchen im Schloß ankommen/
welcher Ursach willen sie sich geschwind auß denen
Federn erhube / eilends ankleidete / Marianen
freundlich empfienge / sich auch / daß sie sich fast im
Bette antreffen lassen/entschuldigte.
    Sie kunte darbey nicht unterlassen/ihr anzuzei-
gen/ was die vergangene Nacht/ im Schlaff und
Traum ihr für Gesichter erschienen/ worüber Ma-
                                              riana

riana so wol als Theodelinde sich höchlich verwun-
derte/und allerhand Außlegungen/je nach Beschaffenheit ihrer Passionen darüber machten. Sie unterliessen darbey beyderseits nicht/eine der andern
ihre Freud oder Hertzleyd wegen ihrer Brüdern/
der beyden Maxen/und ihrer so gantz unvermutheten Gemüths-Veränderung/zu sagen und zu kla-
gen/da dann Theodelinde, Marianen in dem glückseelig preisete/daß ihr vormahlen nicht allzutugend-
haffter Bruder sich anjetzo so sehr gebessert/daß man
seinetwegen Ruhm und Ehre zu geniessen/da hingegen sie jetzo ihres Theils/eingelauffenem Bericht
nach/von ihres Bruders geschehenen Tugend-
Saat/nichts als Verdruß/Spott und Schande
einzuerndten habe/welche Worte sie mit einer solchen Menge Thränen begleitete/daß sie sich darinnen hätte baden können. Sie eröffnete zugleich
Marianen ihren habenden Vorsatz/die Zeitlichkeit
zu verlassen/der Welt und derer Eytelkeiten sich zu
entschlagen/hingegen allein dem himmlischen und
zum Himmel führenden Betrachtungen sich/zu ergeben.

Mariana ihres Orts ermangelte nicht/ihr von
ihrem Bruder nicht allein ein bessers Concept zu
machen/sondern auch ihren vorhabenden Vorsatz
ihr außzureden/zu welchem Ende sie ihr allerley
Beweg-Ursachen vorstellete/insonderheit auß denen im Traum ihr vorgestelleten Begebnüssen/al-
lerley Gründe anführete/sie eines andern und bes-
sern zu bereden/wiewolen es das Ansehen gewinnen
wolte; sam alle der Marianen führende Beweiß-
thum/vergeblich und in den Wind geredet seyn
solten.

Das

Das XIII. Capitul /

Meinhards Max kommt nach Hause / aber ohne
Sitten-Aenderung. Zwischen ihme und Theodelinden/
wie ingleichem Aribets Maxen und Marianen wird
eine Heyrath vorgeschlagen. Theodelinden Bestürtzung hierüber. Max berichtet wie es ihme ergangen/
nachdem er in den Rhein gesprenget. Von der Hoffnung.

INdeme die schöne Theodelinde mit tausenderley schwermüthigen Gedancken und Sorgen sich selbsten also quälete / und fast täglich
der Welt sich zu entziehen und das Kloster-Leben
zu wählen sich vornahme / welches biß daher
allein das freundliche Zusprechen der holdseeligen
Marianen hinterhalten; fügte es sich / daß Herrn
Meinhards Sohn/Maxe/wieder von seiner verrichten Campagne neben Wolffram/ nach Hause kame/
und von seinem Vatter / mit allen nur ersinnlichen
Freuden empfangen wurde / so gar / daß Max selbsten sich nicht genug darüber verwundern kunte/
woher doch die so ungemeine freundliche Bewill-
kommung herrühren möchte / weilen er zu andern-
mahlen vielmehr mit Unfreundlichkeit/harten Wor-
ten/Thränen und Seufftzen von seinen Eltern empfangen worden. Dann weilen Menhart so grosse
Versicherung von seines Sohns rühmlichem Ver-
halten/ und erlangter grossen Ehre empfangen/wu-
ste er seine vergnügliche Freude nimmer genug auß-
zu lassen/dergleichen auch von Frauen Mathild, und
Fräulein Marianen geschahe /sintemahlen sie alle/
um sothanen Verhaltens willen / ihne nun weit
mehr liebeten / als zuvor bey seiner gantzen Lebens-
Zeit geschehen ware.

IV. Theil.　　　　　　k　　　　　　　　Es

Es waren aber kaum etliche wenige Tage ver-
loffen / da muste Menhard samt den seinigen sehen/
daß es der vorige unartige und übelgesittete Max
ware. Indeme seine gewohnte Grob - und Un-
bescheidenheit sich aller Orten hervor thate, so / deß
Herr Menhart von neuem bey seinem Sohn sich er-
kundigte/welcher Gestalt er bey Sr. Königl. Hoheit
dem Printzen von Savojen / in so grosses eküme gerathen? Dieser erröthete anfangs / bald als er
deß Vatters fernerm Fragen/erzörnete er sich/ darfür haltend/ sein Herr Vatter treibe nur Verachung
mit ihme / und wolle ihn mit deme so sich zwischen
ihme und besagtem Hertzog zugetragen / aufziehen/
dann bißdahero hatte weder Meinhard noch Mathild genugsame Zeit gehabt / wegen vieler Verhindernüß - Empfah- und Besuchungen / der Sachen
ernstlich nachzufragen.

Die Antwort/die Max hierüber ertheilete, ware also beschaffen / daß Menhard darauß abnahme/
es müsse die Sache sich gantz anders verhalten / als
ihme vorgebracht worden. Weil dann Max nichts
hiervon zu sagen wuste / sondern vielmehr mit höchstem Verdruß erzählete/was zu seiner Beschämung
mit höchstermeltem Hertzog und ihme sich zugetra-
gen/ entfiele Herrn Menhard seine bißherige Freude
gar bald/ dannenhero er auch den Diener Matten
aufs ernstlichste befragte / der ihme darauf allen
Verlauff erzählete/ worauß er leicht den Schluß
machen kunte/daß das ihme vorgebrachte/allein auf
einer blossen Erzählung / ohne Grund beruhet.
Demnach verdrosse es ihn nicht wenig/ daß er also
geäffet worden/ und von andern sich also äffen lassen; warffe auch einen grossen Argwohn auf Aribet.

.daß

.daß er ihme mit Vorſatz ſolchen Poſſen geſpielet/
indeme er ihme abſonderlich zu dem Ende/ihne zu
vexiren / den jüngſt bedeuteten Officier überſendet
hätte/wolte ſich auch ſolches keines weges außreden
laſſen.

Max ſeines Orts hatte durch ſo kurtze Abwe-
ſenheit / die gegen Theodelinden tragende Zuneigung / darum nicht vergeſſen /ſondern das Liebes-
Feur loderte in ſeinem Hertzen ſehr ſtarck / dannenhero er hinter ſeines Vatters Wiſſen nach Aribets
Schloß ritte / und eine Viſiten ablegte / wie er dann
auch ſehr höflich empfangen wurde; Sintemahlen
Aribet, Adelgund und Theodelinda ihn nun weit höflicher empfiengen/als andere mahl geſchehen; weilen ſie gerne vernommen / daß er ſeine vorige / böſe
unartige Sitten/ſo rühmlich geändert/welches auch
machte / daß Theodelinde ihn weit freundlicher un-
terhielte/ als ſonſten ihre Gewonheit geweſen/ auch
jezuweilen / wann ihr beyfiele / daß ihr Bruder ſich
ſo verkehrt/ und nunmehr auß der Art ſchluge/einen
tieffen Seufftzer holete/welches Max als ein Zeichen
gegen ihn tragender Liebe außdeutete / ſolches auch
hiernächſt ſeinem Vatter Menhard hinterbrachte/
und unangeſehen ſeines tragenden Argwohns/ ihn
dahin vermochte / daß er Aribet wegen eines Heyraths mit Theodelinden/ für ſeinen Sohn Maxen
Anregung thun lieſſe/das zwar Aribet etwas ſeltzam
vorkame / jedoch ſich ſolches nicht allerdings mißfallen lieſſe/ anerwogen Meinhards Maxe / ſich anjetzo ſo ein gutes Lob erworben / das tüchtig ware/
all ſein voriges unartiges Weſen und Leben zu entſchuldigen /worzu noch kame das groſſe Mißfallen
und Grämen/ ſo er ab dem übeln Verhalten ſeines

eigenen Maxen / schöpffete / indeme er sich schier einige Gedancken machte / durch Meinhards Maxen /
das jenige wiederum zu ersetzen / was sein eigener
Max, durch seine Sitten-Aenderung verderbet.

Solcher Gestalt wurde unter der Hand / durch
die dritte Person / hinter Theodelinden und Marianen wissen / die Heyraths-Sache fortgetrieben.
Denn Meinhard erkante wol / daß seinem Sohn
kein besseres Glück noch anständigere Vermählung
kunte gewünschet / weniger gefunden werden; darum eylete er auch desto mehr / die Sache bald zum
Stande zu ringen / bevor seinen Maxen / durch einen ihme nicht zukommenden Ruhm nur übertünch-
te Untugenden / wieder vor den Tage kämen; damit
auch solche desto eher verborgen blieben / gestattete
er ihme nicht / biß zu mehrerem Außtrag der Sachen / Aribet oder Theodelinden zu besuchen / sondern
liesse ihn eine kleine Räyse / auf geringe Zeit vornehmen.

Andern Theils ware Herr Aribet nicht minder
beflissen / neben Frau Adelgunden die Sache also
anzugreiffen / damit es einen glücklichen Fortgang
gewinnen möchte / weil sie auch vormahlen kein ander Bedencken solches zu thun würden gehabt haben / als allein die Frech- und Außgelassenheit Meinhards Maxen / die er aber jüngstem Bericht nach /
nunmehr abgelegt / und in besseren Sitten verändert hatte. Dieses allein lage ihnen am meisten
an / wie sie Theodelinden zu solcher Heyrath bequä-
men möchten / sintemahlen sie wol wusten / daß sie
ihme niemahlen gewogen / ihr Sinne auch ihne zu
lieben / sich mit Gewalt nicht würde zwingen lassen /
dahero vonnöthen seyn würde / ihr die Sache mit
Glimpff beyzubringen.   Es

Es ware auch dieses Ansinnen Aribet und Adelgunda darum nicht sonders zuwider/weil ihnen wis-
send/ daß ihre Tochter Theodelinde, schon mehrmahlen mit Kloster-Gedancken umgegangen/ solchem
nun vorzukommen/ wurde ihrem Beduncken nach/
die angetragene Heyrath das zulänglichste Mittel
seyn. Sie schwatzten dannenhero Theodelinden
eines und anders/ jedoch verblümter Weise/ von
Meinhards Moren/ seinem und seiner Eltern grossem Ansehen/ Vermögen und dergleichen vor/ sie
allmählich zu disponiren/ ihne hoch zuschätzen und
zu lieben/ welches zwar Theodelinde/ als die das
darunter verborgene Absehen gantz nicht wuste/
gerne hörete/ und keinen Verdruß hierob spühren
liesse.

Als aber ihre Eltern endlich auf die Gedancken kommen/ zu trachten ihren eignen Max durch
eben dergleichen Eheband/ mit Herrn Meinhards
Tochter/ Fräulein Marianen/ zu verknöpffen/ und
durch solch gedoppelt Verbündnüß/ die Freundschafft zu befestigen/ deßwegen auch Theodelinden
darvon Nachricht ertheilten/ um ihrem Bruder/
bey erstersagter Fräulein das Wort zu thun/ bevorab weilen man schon so viel vermerckte/ daß weder Meinhard noch Mathild sonderlich abgeneigt
waren/ solches zum Fortgang kommen zu lassen/ sie
selbsten es auch für das gröste Glück für ihren auß
der Art schlagenden Sohn zu schätzen hätten; ist
nicht außzusprechen/ wie hefftig solcher Vortrag ihr
Gemüth bestürtzt gemacht/ so/ daß sie ihren Eltern
mit anders nichts als mit Thränen zu antworten
wuste/ die aber nicht fassen kunten/ warum diese
Sache ihrer Tochter so sehr zuwider seyn solte.

k 3   Weil

Weil dann Theodelinde nicht anderst vermeynte / als / daß Mariana hiervon Wissenschafft /
und Belieben daran hätte / auch solches destomehr
glaubte / weil sie eine Zeither sie nicht besuchet / wurde ihr Kummer verdoppelt / und geriethe in eine
neue Eyfersucht / die ihr das Hertz abnagete / sie
wünschte Marianen alles Unglück und Ubel auf den
Kopff / daß sie so betrüglich und heimtückisch mit ihr
procedirte; sie beklagte sich wegen dieser Falschheit
auf das hefftigste / und wäre Fräulein Mariana gegenwärtig gewesẽ / sie wurde es ihr sehr ernstlich ver-
wiesen haben.   Sie verfügte sich aber in ihr Zimmer / und nachdem sie gleichsam ein Meer von Thränen vergossen / ergriffe sie Papier und Feder / deß
Vorsatzes Marianen einen sehr empfindlichen
Brieff zu schreiben / und in demselben ihr ihre verrätherische Untreue und Falschheit vorzuwerffen /
auch alle bißherige Freundschafft aufzukünden. Es
wolten aber die häuffig über die Wangen auf das
Papier abfliessende Thränen-Perlen / der Feder ihren Lauff nicht gestatten / sondern was durch dieselbe mit der Dinten dem Papier anbefohlen wurde /
das löscheten diese wieder auß / und machten es un-
leßlich / dahero sie auch über ihre eigene Augen böse
wurde / weil sie gleichsam auch wider sie rebellirten /
und ihre Anschläge / durch ihre Fluten zernichteten /
ließe derohalben Feder / Papier und Dinten stehen /
und warffe sich voll Unmuths auf ihr Bette / ihr Unglück auf das höchste beklagend.

Es wurde zu weitläufftig / vielleicht auch zu beschwerlich fallen / alle der Theodelinden geführte
Klagen aufs Papier zu bringen / weilen solche vielleicht den Leser selbsten zum Mitleyden bewegen / ja
wol

wol. gar auß Beyleyd einige Erbarmungs-Thrä-
nen auß den Augen locken wurden / deßwegen wir
solches übergehen / Theodelinden ihr Unglück beklagen lassen / uns aber indessen ein wenig mit unserer
Feder anderswohin begeben wollen.

Wir haben vor etwas Zeit den Bäyerischen
Helden / Max, in grossem Ehransehen in Piemont
verlassen / dessen sein Landsmann Goribald, der
Schwede Erich, samt dem Printzen Sincer, auch um
ihrer eigene Verdienste willen / Mitgenossen waren.
Dann diese tapffere Helden hielten sich immer bey
einander / und weil die 3. Letztere gerne gewußt / wie
es Maxen bey Hünningen im Rhein / und nachgehends er- und er dem Tode entgangen / darnach zufragen sie bißdaher keine Gelegenheit / Max aber solches zu erzehlen keine Zeit gehabt; als ersuchten sie
anjetzo / insonderheit Printz Sincer, ihne zum freundlichsten / mit deme was ihme begegnet sie nun nicht
länger aufzuhalten / in welchem Begehren Max ihnen folgender massen willfahrete.

Ich zweifle nicht sprache er / es werden meine
Herren von Printz Sincern / (dann Max hatte denen übrigen dessen Stand / mit Vorwissen seiner /
ihnen entdecket /) bereits verstanden haben / was für
eine scharffe Rencontre zwischen einem Schweitzer /
denen Frantzosen eines / und dann mir andern theils /
sich ereignet. Nachdeme ich nun von dem Printzen und unsern Dienern / durch die Frantzosen abgeschnitten / und auf das äusserste von denen besoffe-
nen Feinden verfolget worden / unangesehen ich ihrer etliche erlegt und beschädiget / wolten sie doch
nicht von mir außsetzen / sondern mich kurtzum tod
haben / vannenhero sie mit ihrem gantzen Schwarm

auf

auf mich ankamen und mich umringeten. Ich
liesse zwar an tapfferer Gegenwöhr nichts er-
winden / und gedachte mich durch sie durchzuschlagen / weil ich aber solches ins Werck zurichten unmöglich / dagegen die Feinde dermassen erbittert sahe / daß sie nur von Todschlagen und Niedermachen
schrien / keiner Vernunfft Raum gaben / und so ich
mich schon ihnen hätte ergeben wollen / dannoch keine Raison gebraucht / sondern mich ihrem Grimm
aufgeopffert haben würden; muste ich die desper-
rate Resolution ergreiffen / in den Rhein zu sprengen /
und mich dessen ungestümmen Flutten zu vertrauen / um durch diese neue- der unfehlbaren To-
des-Gefahr mich zu entziehen.

Es geschahen noch unterschiedene Schüsse
im Wasser nach mir / die ich aber weil sie mich nicht
traffen / auch nicht achtete / sondern mein Pferd fein
sachte dem Strohm folgen und schwimmen liesse /
welches sich unter mir gantz munter erzeigte. Ich
ware zwar anfangs gesinnet / etwas unterhalb mich
wieder an das Ufer zu begeben / weil ich aber allda
den vorigen wütenden Anfall der Frantzosen / wieder
zu gewarten / zu deme der Strohm solches nicht zugeben wolte / mußte ich mich von demselben seines
Gefallens dahin treiben lassen.

Als ich nächst an der Vestung / meinen Degen
in der Faust haltend / also vorbey schwamme / waren
wol einige / die sich zu meiner Rettung gefaßt machen wolten / ihrer zween oder drey aber / die vielleicht
von den Fortifications-Wercken / die Action mit denen Frantzosen gesehen / gaben Feur auf mich / daß
das Wasser mir über das Haupt / jedoch ohne andern Schaden zusammen sprützte. Ehe nun die
jenige/

jenige / die zu meiner Hülffe sich entschloffen / ihr Vorhaben außführen kunten / ware ich schon zwischen der Brucken glücklich durchpaßirt / unterhalb deren ein kleines Schiff mit 4. oder 5. Soldaten/ die sich vielleicht übersetzen lassen wolten / mich in Acht nahmen / deren einer im Vorbeyschwimmen mit einem Hacken mich zu sich zu ziehen gedachte.

Weilen ich nun mich nicht gerne fangen lassen / noch in Frantzösische Gewalt kommen wolte/ wendete ich mit meinem Degen den Hacken ab/und verursachte dardurch/ daß der so den Hacken hielte/ wegen seines Verfehlens / indem er zugleich mit den Füssen glitschete / über Boort in den Rhein fiele/ und weilen seine Cameraden alle zu einer Zeit ihme Hülffe leisten und ihn herauß ziehen wolten/ schluge das Boot um/ daß sie samentlich ins Wasser fielen/ jedoch aber/ wie ich warnahme/ sich alle an dem umgeschlagenen Boot fest hielten / wie es ihnen weiter ergangen / weiß ich nicht zu sagen/ indeme ich ohne Umsehen fortschwamme/ da dann mein Pferd ziemlich anfienge unter der Last / und von langem Schwimmen müde zu werden/ welches mir neue Sorge machte/ bevorab / weilen ich nirgend ein solches Ufer sahe/ da ich zu Pferd hätte können an Land kommen.

Indeme ich in solcher Angst begriffen / kame ich mitten im Rhein / an einen seichten Ort / allda mein Pferd fussen und vest stehen kunte / welches mir und ihme wol zu statten kame/ dann es hatte nur biß an den Bauch Wasser/ daß es also ein wenig verpausten und Athem schöpffen kunte. Unterdessen sahe ich mich fleissig um / ob irgend eine Außkunfft zu sehen / und wurde gewahr/ daß ziemlich

unterhalb ein Wörder / oder kleine Jnsul fast mitten im Rhein ware / auf welche ich nachdeme mein
Pferd etwas geruhet / zusetzte / und glücklich erreichte / deßwegen auch nunmehr mich auß aller Gefahr
zu seyn schätzte. Jch stiege alsobald vom Pferde / so
wol selbiges ruhen zu lassen / als auch selbsten für
meine Person zu ruhen / weil wir deren beyde höchstens benöthiget waren.

Als ich nun Athem geschöpffet / auch mein
Pferde sich ein wenig mit dem daselbst sich häuffig
befindenden Graß / sich erquicken lassen / sahe ich mich
hin und wieder um / wo ich vollends ohne Gefahr an
Land kommen möchte. Jch sahe endlich an dem
Ufer ein Schifflein stehen / und nicht weit darvon
wurde ich eines Mannes gewahr / dem meines Bedunckens das Schifflein zustunde / diesem ruffte ich
zu / ob er nicht ein Tranck-Geld verdienen und mich
übersetzen wolte? Er besanne sich eine Weile / endlich
ruffte er mir zu / wofern er sich nichts widriges zu
befahren / wolte er kommen und mich hinüber holen.
Weil ich ihn dann mit Worten versicherte / fuhre
er herüber. Als er mich aber in Stiefeln und
Sporn / auch das Pferd / welches er wegen deß Ge-
püsches zuvor nicht warnehmen können / darzu so
naß sahe / erschracke er / und wolte wieder umkehren
und zuruck fahren / ich gabe ihm aber so gute Wort /
daß er an Land fuhre / und nachdem ich eines und
anders mit ihm geredet / auch eine Verehrung gethan / nahme er mich in sein Schifflein / uñ setzte mich
an das jenseitige Ufer / mein Pferd aber liesse ich
auf dem Wöhrter stehen / biß gleichwol Anstalt gemacht wurde / solches nachzuholen.

Jch ware hertzlich erfreuet / mich nunmehr völlig auß

lig auſſer Gefahr zu ſehen/und verlangte nun nichts
als mein gutes Pferd bey mir zu haben / weilen ich
nach GOtt und Printz Sincern/ demſelben das Leben und Errettung zu dancken habe.

Wie/ fragte Printz Sincer, ſolte ich zu ſolchem unverdienten Danck gelangen / ſintemahlen von dieſem allem mir nichts wiſſend iſt/ ja biß hieher meinen ſo liebwerthen Cameraden für tod und errt un-
cken betrauret habe? Darum antwortete Max, weilen dieſes köſtliche Pferd von euch wehrter Printz
herkommet / ohne welches ich ſchwerlich wurde dem
Tod entrunen/ und glaube ich nicht/ daß ein beſſeres
werde zu finden ſeyn / das ſo lang im Waſſer auß-
dauren ſolte. Dieſes ware eben das jenige Pferd/ ſo
Printz Sincer, Maxen/ da er ihn auß der Gefängnuß
erlöſet / und neben ihme die Räuber im Schloß ge-
züchtiget/ dazumahl verehren/ Max aber ſolches nicht
annehmen wolte. Weil aber nachgehens Sincer
auf das Pferd einen Unwillen geworffen/ und ſolches abſchaffen wolte/ hat Max ſolches für ſich genommen / und ſich deſſen gar wol bedienet/ ſo / daß
er wie gehört/ ihme ſein Leben danckete.

Der jenige/ fuhre Max fort/ ſo mich übergefüh-
ret / holete alſobald zween ſeiner Cameraden / die
ein ziemliches langes Seil mitbrachten/ mit welchem ſie auf den Wörth hinüber fuhren/ das Seil
an dem Zaum veſt machten/ uñ das Pferd daran neben dem Schifflein herſchwimmen lieſſen/ biß ſie
einen bequemen Ort fanden/ woſelbſten ſie außſtei-
gen / und zugleich auch das Pferd / wiewolen mit
groſſer Mühe auf das Trockene bringen kunten.
Als ſolches geſchehen / brachten ſie mich in ein
ſchlechtes Dorff/ woſelbſten ich mich trocknete / mit
etwas

etwas Speise und Wein mich erquickete / auch meinem Pferde/ ein gutes Futter geben liesse/ diese Leuthe waren/so mir recht/Marggräfliche Unterthanen und klagten mir sehr/ daß sie von Freunden so wol als Feinden hart mitgenommen wurden/ ich tröstete sie so gut als seyn kunte / und machte ihnen Hoffnung zu baldiger Besserung: Aber der Aelteste von ihnen der mich übergeführt / lachte meines Zusprechens / mit diesen Worten: Das seyn wol schlechte Tröstungen / da man einen zur lieben Gedult weiset/ und mit leerer Hoffnung speiset/ dannenhero das Sprüchwort wol wahr bleibet/ welches saget: Hoffen und Harren / macht die Leuthe zu Narren.   Ich sagte ihm dargegen / daß die Hoffnung der Zehr-Pfenning unsers Lebens seye/ der uns weder in Glück und Unglück verlasse.   Er schüttelte den Kopff / und antwortete mir mit folgenden Reimen:

Die Hoffnung ist ein feines Weib/
Zu Zeiten aber arm:
Sie lässet manchem leer den Leib/
Und stillet schlecht den Darm.
Wie mancher/ der sie liebt/wird Narr/
Indem er nicht vermeynt/
Daß sie zu Schanden mach: Verharr
Bey ihr/ wer gerne greint.

Ich mußte dieses Menschen/der auß der Hoffnung so wenig gehen liesse/lachen/ mochte mich deßwegen in keinen fernern Wort-Wechsel mit ihme einlassen/ sondern weil ich in Sorgen stunde / ich möchte von den Frantzosen außgekundschafftet/und aufgehoben werden/ wolte ich dieser Enden nicht
lang

lang verweilen/ sondern bey Zeiten mich auß dem
Staube machen/ ich ware wol Sinnes auf Basel
zu gehen/ um nach euch Printz Sincer zu fragen/ und
in Gesellschafft unsere Räyse zu vollführen/ zu dem
Ende bestellete ich einen getreuen Botten/ der mich
die folgende Nacht durch allerley Ab- und Umwege
an einander und sicheres Orts brachte/ von dar ich
nachgehends auf Basel gienge/ aber daselbsten nur
so viel erfuhre/ daß ihr allda gewesen/ wo ihr aber
den Weg eigentlich hingenommen/ das kunte mir
niemand sagen/ dannenhero ich auch ohne ferneres
Verweilen/ meinen Weg weiter fortsetzete/ und die
Räyse beschleunigte/ um so vielmehr/ weilen ich ver-
nahme/ daß man Alliirter Seiten die vor etwas
Zeit verlorne Piemontesische Stadt Carmagnola,
belagern/ und sie denen Frantzosen wiederum zu
entwältigen suchen wolte/ worbey ich auch gerne
mit gewesen wäre/ wann es nur hätte seyn können.

Das XIV. Capitul/

Der Schwede Bisan kommt zu Maxen. Frantzösische Methode Geld zu machen/ neben andern guten Anstalten werden kand gethan/ und unterschiedliches gelobet. Die Verarbeitung Gold und Silbers/ bringet
grossen Schaden/ und ist Ursache so schlechter Müntzen.
Maxen kluges Raisonnement darvon/ daß der Abgang
auf viel Millionen sich belauffe. Brandenburgische
Kopff-Steur.

JNdeme der Bäyerische Max mit Fortsetzung
seiner Geschichte/ die Gesellschafft befriedigen
wolte/ liesse sich ein fremder Edelmann bey
ihme anmelden/ deßwegen Max um Erlaubnüß zu
einem Abtritt bathe/ zu sehen was man seiner begehrte. Er begabe sich darauf alsobald in sein à parte
Zimmer/

Zimmer/und liesse den Edelmann dahin zu sich kommen / verwunderte sich aber nicht wenig / als er deß
jungen Schweden Bisans ansichtig wurde / empfienge ihn auch aufs allerfreundlichste / und fragte
was für ein Glücks-Wind ihn in dieses Land gebracht / auch wie es dem Schwedischen Herrn General ergienge / ob derselbige wiederum genesen und
wol auf seye?

Bisan erseufftzete über dieser Frage/und berichtete Maxen mit wenigem / wie / daß sein Herr Vetter / der Schwedische General vor weniger Zeit zu
seinem höchsten Leyd-Wesen das Zeitliche verlassen;
und ob er wol noch vor seinem Ableiben / auf Maxen Bericht / einen eigenen Diener nach der Alliirten Armee in Flandern abgeschicket/seinen Vettern
Helfried zu beruffen / um ihme wichtige Sachen zu
vertrauen : So seye doch weder der Diener wieder
zurück kommen / weniger Helfried selbsten sich
eingestellet / der General aber immer nur schwächer
worden. Deßwegen ihme befohlen / nach seinem
Tode / so fern biß dahin Helfried nicht selbsten kom-
me/ den Bäyerischen Max zu suchen / und so lange
bey ihme zu verharren / biß man gleichwol von Helfried Nachricht bekomme / oder aber sichere Gelegenheit wieder in Schweden zu kommen sich er-
eigne.

Hiermit zohe Bisan ein Schreiben herauß welches der General noch vor seinem Tod verfertiget/
darinn er nochmahlen seinen jungen Vettern Bisan,
ihme zum höchsten recommendirte und bathe/wo es
anderst möglich/ zu verschaffen / daß er in Helfrieds
Compagnie gelangen möchte.

Max versicherte Bisan, daß er nicht ermangeln
wurde/

wurde/so viel thun, und möglich deß Generals Begehren zu erfüllen. Es ist auch/ sagte er/deß Herrn Ankunfft mir desto lieber/ weilen eben jetzund der großmüthige Erich mit mir in Gesellschafft lebet/ welcher ebener massen nicht ermangeln wird/ um euers Herrn Vetters deß Generals/ auch um Helfrieds seines so lieben Freundes willen/ euch allen Vorschub und Beförderung zu thun.

Uber solchem Bericht erröthete Bisan gantz/ und wußte nicht gleich was er hierauf antworten solte: Doch/ nachdem er sich wieder etwas begriffen/ bathe er Maxen/ dermahlen seinem Landsmann Erich, nichts von seiner Anwesenheit zu vermelden/weil er ein Bedencken habe/sich ihme darzustellen/ bevor er sich eines oder deß andern erkundiget/ weilen einige seiner Anverwandten mit Erich nicht nach dem besten stünden: Welches Max zu thun versprache/ und die Verfügung thate/ daß Bisan biß dahin ein bequemes Logiament bekäme.

Als Max wieder zu der Gesellschafft kame/ ware selbige eben im Werck begriffen/einen Bericht verlesen zu hören/ darauß zu ersehen ware/ wie die Frantzosen bereits schon wieder gute Anstalten/ zu nächst künfftiger Campagne machten/ auch was für Mittel der König ersonnen/ eine grosse Summa Geldes zuwege zu bringen/ der Bericht lautete seinem buchstäblichen Innhalt nach also:

All bevorstehender Campagne, werden Frantzösischer Seiten grosse Præparatoria gemacht/ und zugleich verordnet/daß jede Compagnie deß Königs Leib-Regiments mit 10. Mann verstärcket/und anstatt der bey Leutze in den Spanischen Niederlanden gebliebenen/ andere Edelleuthe geworben werden

werden solten. Man hat auch Ordre in die Provintzien ergehen laſſen/ 30000.Mann neues Fuß-
Volck auf die Beine zu bringen/und verlautet/daß
noch 20000.Mann Recrouten aufgebracht werden
solten. Damit nun dieſe und andere Kriegs-Rü-
ſtungen ſo ſchleunigern Fortgang gewinnen möch-
ten/ wenden die Königliche Bedienten allen Fleiß
an/ Geld-Mittel zu erfinden/ und ſchätzen alle Krie-
ges-Offitier nach ihren Chargen : Ein Obriſter
muß 15000.Pfund/ ein Capitain 4000. und die andere nach Proportion zahlen/welches dem König 50.
biß 60.Millonen eintragen ſoll. Als auch vorka-
me/ daß eine groſſe Menge Gold und Silber wider
die ergangene Königl. Befehle zu Zeugen/ Schnü-
ren/ Spitzen/ Paſſamenten/ Knöpffen und andern
verwendet würde/ gabe der Staats-Rath Befehl/
kein Gold und Silber mehr bey Straff der Con-
fiſcation, zu verarbeiten oder zu verkauffen: Die
durch die Provintzien verordnete Commiſſarien ſolten ferners alles Gold und Silber zur Müntz brin-
gen/und den gemeinen Leuthen gar nichts/den Vornehmen aber nur gemarquete Löffel/ Gabeln und
wenige Service laſſen. Durch ein ander Edict iſt verordnet 2.Syndicos in allen Städten und verſchloſ-
ſenen Flecken deß Königreichs/auch unter den Kauff-
und Handwercks-Leuthen/welche keine Vorgeſetz-
te oder Geſchworne hätten/ zu erwählen/ und ſolches Amt ihnen erblich gegen einen gewiſſen Tax zu
geben. Auf Caffe und Chocolade hat man ein an-
ſehnliches geſchlagen/ und darneben ein Königlich
Edict publiciret/ vermög deſſen alle Tantzmeiſter/
Violiſten/ und ſonſt andere Inſtrument-Spieler und
Muſicanten eine Probe ihrer Kunſt thun/ und nach
derſel-

derselben / wegen ihrer Meisterschafft / ein schrifftli-
ches Attestatum vor Geld nehmen müssen: Die meisten aber wollen lieber ihr Fiedeln und Tantzen ein-
stellen/als das ihnen abgeforderte Geld geben. Die
beyde Rechen-Kammern Bearn und Navarra zie-
het man zusammen / und verstärcket das Parlement
mit sechs neuen Herren; der Fürnehmste soll Præsident, der Zweyte / Præsident deß Parlements / und
ein jeder Beysitzer zugleich Rechenmeister gegen
Erlegung grosser Geld-Summen seyn. Ein anderer
Befehl revocirt die Verpfachtung der Lehn- und
Post-Pferde / die der König dem Louvois geschenckt
hatte. Auch habe man neulich 24. Notarios Apo-
stolicos, erwählt / die halb zu Pariß und halb in den
Bißthümern residiren sollen / ihnen ist das Recht
ertheilet / alle Acten und Handlungen / so unter denen Geistlichen / wegen ihrer Pfründen und Pfäch-
ten geschlossen werden / zu durchgehen / und die Bi-
schöffliche Contracten zu unterzeichnen. In der
durch die Reunionen an sich gezogenen Franche
Comte, werde die vom König Ludwig dem Eylfften/
Käyser Ferdinando dem Ersten / und Philippo dem
Vierdten / König in Spanien privilegirte Univer-
sität / wie auch das 1676. aufgerichtete Parlement
mit grossen Ceremonien von Dole nach Besancon,
der Haupt-Stadt/ transferiret / und gemeltes Dole
gantz entblösset. Diese und viele andere Verord-
nungen schantzen der Königl. Kammer viele Millionen zu / welche mehrentheils in Flandern / Teutsch-
land/Italien und andere Oerter/ denen Generalen
zugeschickt werden sollen/ den Krieg zu befördern;
Auch seye der Marschall de Luxemburg/ Hertzog de
Maine, Marquis de Souvre, Marschall de Lorge,

IV. Theil. 1 Printz

Printz Condi , Hertzog von Bourbon, Graf von Au-
vergne, Hertzog de Villeroy und Monsieur Feuquiers
nach Hof beruffen/denen Kriegs-Berathschlagun-
gen beyzuwohnen. Deß Marschall de la Fevillade
im Delphinat ledig-gewordenes Gouvernement, habe
deßen Sohn/Monsieur d'Aubuison erhalten/das ge-
habte Generalat der Guarde, habe der König dem
Hertzog de Noailles, und dem Marquis de Bouffleurs
die Compagnie der Guarde conferiret: Die Inten-
dance der Bißthümer Metz / Tul und Verdun / so
durch Absterben Monsr. Chevel ledig worden/ habe
er dem Præsidenten von Seves, die Lothringische aber
dem Monsr. de Vaubourg gegeben.

Nach Verlesung dieses Berichts / sagte Go-
ribald : Hierauß ist gleichwol abzunehmen/daß das
Geld in Franckreich ziemlich dünn seyn müsse / die-
weil man auf allerhand Weise / so genau suchet
Geld-Mittel zu Fortsetzung deß Krieges anzuschaf-
fen / dann sonsten würde man wol unterlassen / die
Leuthe also zu beschweren / wann nicht die höchste
Noth solches erforderte.

Auf solches gabe Max zur Antwort / daß zwar
nicht zu läugnen/ daß in Franckreich das Geld eben
so wol / als in Teutschland genau zusammen gehe:
Unterdessen aber sagte er ferner/ist Franckreich hierinnen viel glücklicher Geld zu erfinden als die Teutschen. Wann die Teutsche Potentaten / ihre Krie-
ges-Officier nach ihren Chargen / wie Franckreich
thut/ taxiren wolten/ was für Lamentirens/ Wider-
sprechens / Protestirens / und Meutenirens / meynet
man / würde es wol abgeben/ ja es würde zweifels
ohn eine solche Confusion erfolgen / die den unfehlbaren Ruin nach sich ziehen därffte. Sintemahlen die

len die Teutsche viel zu viel interessirt/und das Geld
allzu lieb haben / als / daß sie ihren Principalen zu
ihrer Nothdurfft / etwas von dem ihrigen sich
solten abbrechen lassen; da hingegen die Frantzosen / welches ihnen höchst rühmlich / ob es sie schon
etwas saur ankommt / dannoch sich nicht weigern/
ein ansehnliches zurück zu lassen / ja auch noch von
ihrem eigenen herzugeben/und zuzusetzen/ nur d amit
ihres Königs und der Nation Ehre erhalten und gehandhabet werde.

Ich muß gestehen/ sagte hierauf Erich, daß die
gesamte Manier zu kriegen/bey den Frantzosen weit
besser und ordentlicher ist / als bey andern; Und ob
man schon anderswo vorgibt / als ob bey denen
Frantzosen wegen Geld-Mangels schlechte Bezahlung seye / auch ein und der ander Deserteur solches etwan bejahet / so ist doch darum nicht zu
glauben/daß es warhafftig also seye/ noch das Land
so sehr erarmet / als man sich fälschlich einbildet / ja
die jenige die die rechte Beschaffenheit besser wissen/
oder das Land durchräysen / befinden es weit an-
ders/ indeme die Soldaten / gar fleissig und ordent-
lich bezahlt / darbey aber auch durchgehends gute
und scharffe Disciplin beobachtet wird; welchem
Vorbringen Goribald Beyfall gabe.

Uber das/ fuhre Max in seiner Rede fort / finde
ich über die massen klüglich gehandelt / daß der
König die Verarbeitung / Silbers und Goldes in
Zeuge/ zu Spitzen/ Gallonen/ Knöpffen/ Borten/
Passamenten und dergleichen verbotten. Dann
über das/ daß solches die Kleider mächtig vertheu-
ret / und den Leuthen das Geld auß dem Beutel
nimmet / auch gantz unnutzlicher weise verschlis-

sen/ja

sen/ ja mancher dardurch arm wird/ so geschiehet
hierdurch dem gemeinen Müntz-Wesen zugleich
mächtiger Abbruch / daß dannenhero die Verarbeitung so vielen Silbers/zur Pracht und Hoffart/
eine grosse Ursache mit ist / daß heutiges Tags die
meiste Müntz-und Geld-Sorten so schlecht und ge-
ringhaltig sich befinden / ingleichem / daß die noch
übrige gute Sorten / verschmeltzet / und entweder
zum Pracht und allerhand üppigen Galanterien an-
gewendet/ gebraucht und verarbeitet/ oder aber in
geringhaltende schlechtere Sorten umgemüntzet
werden/ worauß dem gemeinen Wesen sehr grosser
Nachtheil entstehet / so aber durch dergleichen Ver-
bott/ zu deß gantzen Landes Nutzen hintertrieben
wird. Zu wünschen wäre/daß in gantz Europa dergleichen Gold-und Silber-Verderbung bey ernst-
und unaußbleiblicher Straffe verbotten / und darob gehalten/oder wenigstens auf dergleichen Galanterien so nur zum Pomp uñ Pracht dienen/auch die/
so solche verfertigen / ein gewisser Accis und Zoll gemacht wurde / der den Schaden so hierdurch dem
Publico obangeregter massen zuwächset/eines theils
wieder ersetzete.

Printz Sincer liesse sich hierauf verlauten/ob daß
bey Verfertig-und Verarbeitung deß Goldes und
Silbers zu Passamenten und dergleichen Galante-
rien/ an Gold und Silber ein solcher Abgang und
Mangel zu erwarten / der dem Müntz-Wesen so
grossen Nachtheil bringen könne? In allwege antwortete Max, die Ursache/ warum bey so grosser
Menge Goldes und Silbers/ so von ungefähr
zweyen Seculis, auß der sogenanten neuen Welt in
Europam gebracht worden/dannoch der Geld-Man-
gel im-

jek immer grösser und die Leuthe ärmer werden /
hat ein vornehmer gelehrter Teutscher / unlangsten / meines Erachtens / sehr wol an den Tag geleget / und darbey gewiesen / daß / wann solcher nicht
gesteuret / daß künfftig Gold und Silber in Europa
gantz rar seyn werde. Unter andern Ursachen / warum jetziger Zeit in Teutschland die Müntzen so
schlecht / setzt er den Mangel an Gold und Silber /
dahero man nimmer nach dem alten Schrott und
Korn müntzen könne. Dieser Mangel aber rühre
her / theils auß unnützer Verschwendung dieser Metallen / theils auß Vernichtigung derselbigen / insonderheit klagt er über die Hoffart in Kleidern / als
wordurch mancher sich und die seinigen selbst ruinirt / darbey zugleich dem Publico grossen Schaden
thut / indeme solcher Gestalten Gold und Silber in
den gestickten Zeugen / Spitzen / Borten / Paßament,
&c. verderbet und consumiret wird / dann / wañ schon
an Tuch / Seiden Zeug und Spitzen / wo kein Gold
und Silber darzu kommt / 100. und mehr Thaler
angeleget werden / so ist es doch dem gemeinen Wesen so schädlich nicht / als wann es nur an eine Ehle
silberner oder göldener Spitzen und Borduren /
oder ein Loth gespunnenes Gold oder Silber verwendet und abgenützet wird. Dann bey jenen
Zeugen bliebe das Gold in seinem Wesen / ob es
schon in andere Hände käme / und zwar mit Schaden dessen / der es so unnützlich verschwendet / bey
denen aber / darein Gold und Silber gewircket / oder
darauf bordirt ist / wird das Metall selbsten vernich-
tet / welches sonsten zum Müntzen könte angewendet werden / und helffe der Vorwand nicht / da
man sagte / daß nur der dritte Theil verlohren gienge / dann

I 3

ge / dann wann man es recht betrachtet / wird der
meiste Theil abgetragen / abgenützet / und ehe es zum
Außbrenen kommet / in Staub / Aschen und Nichts
verwandelt.   Man bedencke / wie viel Goldes und
Silbers also an Paßamenten / Knöpffen / Beschlä-
gen / Degen-Gefässen / Wöhr-Gehängen / Hut-
Schnüren / Mantel-Hafften / Gürteln / Löffeln /
Messern / Tafel- und Nacht-Gezeuge / Leuchtern /
Pferde und Gutschen-Zierden und dergleichen /
so ich nicht alles erzehlen kan und mag / angewendet
werde.

Wie viel Goldes / wird unnöthig- und unnütz-
licher weise / mit Vergölden / so wol an Gebäuen
als auch an sonst andern Sachen verschwendet /
unangesehen so wol wegen der Kleider-Tracht / als
wegen deß Vergöldens in denen Reichs-Constitu-
tionen löbl. Verordnung geschehen / weil aber nicht
vest darob gehalten / seye ein unschätzbarer Schatz
zu nichte worden.   Wie viel wird deß besten Gelds
um unnöthige Waaren in andere und fremde Länder verführet / wie viel schöne Gold-Stücke / seyn
nicht nur zu Ketten und Arm-Banden gemacht /
sondern auch unverantwortlicher weise in den
Schmeltz-Tiegel verbraucht / und zum Vergölden
mißbraucht worden? wie viel schönes Gold / wird
durch die Chymisten / und betrügliche Alchymisten /
verderbet uñ zum Rauch-Fang hinauß gejaget / daß
nicht zu verwundern / wann so wenig gute alte Thaler und Ducaten mehr anzutreffen seyn.

Sincer neben der übrigen Gesellschafft / musten
Maxen Beyfall geben / doch kunte Sincer abermahlen nicht begreiffen / daß das Vergölden / oder
darzu gebrauchte Gold ein grosses außtragen
möchte?   Aber

Aber Max, benahme ihm diesen Scrupel alsobald/
da er sagte / daß durch das Vergölden / Goldschla-
gen und Dratziehen / nicht nur etliche 1000. Du-
caten/sondern viel Millionen bereits verderbet worden / und weil weder Erich noch Sincer solches so
gleich zu glauben schienen; so erklärte Max sich ferner also: Ich wil das vorgebrachte allein mit den
Gold-Schlägern behaupten. Zum Exempel / ein
Gold-Schlager kan alle Wochen 28. Ducaten zu
den allerdünnesten Blättlein verschlagen: Gesetzt
nun/daß im gantzen Römischen Reich und Teutsch-
land/nur 50. Meister wären / deren jedweder nur
einen Gesellen hätte / wurden ihrer Zween wochent-
lich 56. Ducaten/und also jährlich/ (das Jahr nur
auf 50. Wochen gerechnet/) 2800. Ducaten / also
50. Meister mit eben so viel Gesellen/in einem Jahr
140000. Ducaten verschlagen/ welches in 50. Jahren siebentausend mahl tausend Ducaten / außträ-
get. Es ist aber leicht zu urtheilen / daß viel ein
mehrers verderbet worden / sintemahlen weit mehr
als 50. Meister in Teutschland seyn / sondern auch
wann das Gold in stärckere Blätlein/ wie die Mes-
ser-Schmiede und Sporer gebrauchen / geschlagen
wird/ noch einmahl so viel aufgehet: Man rechne
jetzo selbsten/was in andern Königreichen und Ländern auf solche Wei verderbet wird. Demnach
wäre zu wünschen / daß die Alamodisten / daß Sti-
cken / Bordiren / Vergölden und dergleichen / ab-
stellen möchten/daß/wann solches/item/das Gold-
Schlagen/Dratziehen/die Außführ- und Schmel-
tzung deß guten Geldes abgeschafft und verbotten/
der übermässige Mißbrauch deß Silber-Geschirrs
moderirt wurde / so wäre nicht zu zweifeln / daß in-
I 4 nerhalb

nerhalb 10.oder weniger Jahren/kein Mangel/son-
dern ein Uberfluß an Gelde würde zu finden seyn.

Dieser Discurs gabe Anlaß zu vermelden / daß
auch andere Potentaten bey diesem Kriege gemüs-
siget seyen/ neue Manieren Geld zuwegen zu bringen zu ersinnen / wie dann / auß dem Brandenbur-
gischen folgender Bericht einlieffe :

DEmnach der jetzige noch immer vorwährende
Krieg / worinnen Ihro Chur-Fürstl.Durchl.
wegen deß Heil.Römis. Reichs-Sicher- und Frey-
heiten/ und dero eigenen Land und Unterthanen / zu
Erhalt- und Beschützung derselben nicht wenig mit
interessirt seynd / grosse Außgaben und Spesen erfordert / und die Ordinari-Gelder hierzu nicht zulänglich seyn wolten / als ware man an diesem Hof auf
einen besondern Modum und Manier bedacht / um
die Nothdurfft und genugsame Mittel aufzubrin-
gen / den Kriegs-Estaat und die Soldatesca in guten
Stand zu setzen/ zu dem Ende liessen Ihro Chur-
Fürstl. Durchl. Friederich: der Dritte dieses Namens eine Kopff-Steuer durch das gantze Land/ als
ein allgemein und durchgehendes Werck / worvon
sie auch ihre eigne hohe Person und Chur-Fürstl.
Familie,wie auch die sämtliche Hof-Bedienten nicht
eximiren und freysprechen wolten/mit dem Beding
ansetzen/daß solches denen Ständen zu keinem Præ-
judiz gereichen / noch künfftig zu einiger Consequenz
oder Nachfolge gezogen werden solte.   Es versprachen aber dieselbe vor ihre eigne Person 1000.
Reichs-Thaler / vor die Chur-Fürstin 500.Reichs-
Thaler / die Chur-Printzessin 150.Reichs-Thaler/
vor Marggraf Philipp Wilhelms Durchl. 150.
Rthlr. Marggraf Albrechts Durchl. 100. Rthlr.
                                          Marg-

Marggraf Carls Durchl. 100. Rthlr. item Marggraf Chriſtian Ludwigs 100. Rthlr. und den Statt-
halter 200. Rthlr. und wurde hiernächſt der gantze
Chur-Fürſtl. Hof biß an den geringſten Bedien-
ten/wie auch die Ritterſchafft und endlichen die Unterthanen / ein jeder nach ſeinem Stand und Vermögen angeſchlagen/anbey auch folgende Ordnung
publiciret / daß (1.) wann einer verſchiedene Chargen und Bedienungen hätte / er die Kopff-Steuer
nach der höchſten / (2.) die Frauen den fünfften
Theil/ und die Kinder / ſo über 12. Jahr alt/ den ze-
henden/ die Wittwen und dero Kinder gleicher Geſtalt nach der Proportion ihres verſtorbenen Manns
und Vatters geben ſolten. (3.) Solte niemand als
nur die Prediger und Schul-Diener hiervon befreyet ſeyn. (4.) Die Abweſende gleichfalls ihr Con-
tingent einzuſchicken ſchuldig ſeyn. (5.) Die Offi-
cirer/ Soldaten und Kriegs-Bedienten/ ſie ſeyen
abweſend oder nicht/ wann ſie ligende Gründe oder
Nahrung trieben / ebenermaſſen das Ihrige geben.
(6.) Solten die jenige / welche in denen neugerade-
ten Brüchern und andern bißhero unſteurbaren
Orten wohneten / item, die Vorſtädter und Kitzer/
ob ſie ſonſten ſub onere Contributionis nicht mit begriffen / dannoch jetzo das ihrige mit beytragen.
(7.) Wann ein Chur-Fürſtl. Bedienter das ſeinige
in dem geſetzten Termin nicht abſtattete/ und dardurch einem andern ein böß Exempel gebe / ſolte er
ſeines Dienſtes entſetzet ſeyn. (8.) Wann einer
dieſes Beytrags ſich entziehen würde / oder aber
ohngefähr überſehen worden wäre / ſo ſolte deſſen
Anbringer die Helffte haben. (9.) Der jenige/ welcher ſein Quotam in angeſetztem Termin nicht ein-
J 5   bringe/

bringe/derselbe doppelt zu zahlen schuldig seyn solle.
(10.) Solte die Abstattung nach Publication dieser
Ordnung innerhalb vier Wochen längstens geschehen.

Hierauf liesse sich Erich also vernehmen / daß
es ihm sehr wol gefiele/daß die Chur- und Fürstliche
Personen/sich dieser Kopff-Steuer auch unterwerf-
fen / von ihnen selbsten den Anfang machten / und
dadurch andern mit einem guten Exempel vor-
leuchteten / dann / wann die Hohe und Fürnehme
nach Proportion ihres Standes/Amts und Vermögens mit beytragen / so haben die geringere und un-
vermöglichere desto weniger Ursache sich zu beschweren; da hingegen / wann die Beschwerden / nur
denen Mitlern und Geringern auf den Halß kä-
men/ die Grössern aber wenig oder gar nichts / oder
aber nicht nach Proportion ihres Vermögens und
Einkommens beytrügen / so verursache solches anderst nichts als Klagen / Murren / und Mißvergnügen / welchem aber solcher Gestalten gesteuret
werde.

Das XV. Capitul/

Fortsetzung dessen was Maxen begegnet/Geschichte
zweyer in eine Dame verliebter Edelleuthen / die ein
falscher Freund verrätherisch ums Leben bringet / welches Max zu rächen gesinnet. König Wilhelms Au-
sprache an das Parlement/ 2c.

Er Schwede Erich ersuchte hierauf Maxen/
seine unlangst unterbrochene Geschicht-Erzehlung / ob- und was ihme biß zu ihrer letztern Zusamenkunfft begegnet/fortzusetzen/ welches
Max zu thun versprache/jedoch mit diesem Vorbe-
ding / daß alsdann er und Goribald gleicher Gestalt
ihne

ihne benachrichtigten / was ihnen in Franckreich/
und ihrer hieher Räyse merckwürdiges begegnet/
auch wo sie ihren dritten Räyß-Gefehrten / Firant
gelassen? welches sie zu thun versprachen / so bald
Max seine Erzehlung wurde zu End gebracht / und
ihr Verlangen gesättiget haben. Weil es aber eben
Zeit war / die Mahlzeit einzunehmen / verschobe er
solches / biß zu deren Vollziehung / nach welcher er
folgender massen ihren Willen erfüllete.

Weil ich nun/wie gehört/ von Printz Sincern
keine gewisse Nachricht seines genommenen Weges haben/ jedoch/ unserer Abrede gemäß mir einbilden kunte / daß er solchen gegen Savojen und Piemont genommen haben wurde ; darbey auch von
der Belagerung Carmagnola hörete / befliffe ich
mich aufs eheste dahin zugelangen/ entweder Printz
Sincern allda wieder anzutreffen / oder bey solcher
Belagerung meinen wenigen Degen zu Dienste
deß Hertzogs auch zu gebrauchen.

Unterwegs aber wurde ich wider Vermuthen
etwas verhindert / und das um folgender Ursache
willen; Mir stieffe eine Gutsche mit Frauenzimmer auf/ darinnen eine schöne Dame / die sich sehr
kläglich gebärdete / daß ich nicht weniger kunte als
im Vorbeyreiten nach der Ursache ihres Klagens zu
forschen/ mich zugleich anerbotte/ so mein Vermögen nicht zu gering/ ihr in ihrem Unglück / worüber
sie klagte verhülfflich zu seyn/ deß sie sich/so viel die
Traurigkeit zuliesse/ höflich bedanckte / auch mich zu
ihr in die Gutsche zu sitzen / freundlich nöthigte / so
ich ihr auch nicht versagen kunte / und mein Pferd
durch einen ihrer Laquäyen neben der Gutschen
herführen liesse.

Als ich

Als ich nun abermahlen nach der Urfache ihres
Weinens gefraget / ertheilte fie mir diefe Antwort:
Sie habe einen Bruder / der ein junger tapfferer
Cavallier, und in eine vornehme schöne und reiche
vom Adel verliebet / auch dem Vermuthen nach / von
ihr nicht gehaffet gewefen / es feye aber noch ein an=
derer Cavallier, der gleiche Liebe zu diefer adelichen
Damen getragen / da dann nicht anders feyn kön=
nen / als daß zwischen diefen beyden Neben=Buh=
lern / einige Eyferfucht / und auß folcher ein unver=
föhnlicher Haß entftanden feye / der von niemand /
auch der Damen felbften / nicht habe können beyge=
leget und verglichen werden / fo gar / daß einer dem
andern auf Leib und Leben nachgeftellet / und den
Halß zu brechen getrohet.

Weil nun die geliebte Dame hiervon Nach=
richt bekommen / habe fie beyde erfuchet / ihretwegen
fich in keine Feindfeeligkeit einzulaffen / wo fie nicht
ihre Huld zu verlieren gedächten / deme zwar mein
Bruder nachzukommen fich anerbotten / der andere
aber anfangs lieber der Dame Gunft miffen / als deß
Haffes gegen meinen Bruder fich begeben wolte.

Nun hat fich begeben / daß noch der dritte Cavallier ins Mittel kommen / der wolvermuthlich
auch ein verliebtes Auge auf diefe Dame gewor=
fen / und weilen er fich vielleicht nicht getrauet / durch
feine Qualitäten fich beliebt zu machen / als hat er
durch ein verrätherifches Mittel getrachtet / feiner
Mit=Buhler fich zu entledigen / und bey der Dame
fich allein in Gunft zu fetzen.   Solches ins Werck
zu richten / bediente er fich diefer Verrätherey.

Er kame nemlich fo wol zu meinem Bruder /
als auch zu feinem Mit=Buhler / und truge jedem
für das

für das grosse Mißfallen so die Dame ab ihrem
feindseeligen Beginnen trüge/ und daß sie allein
den jenigen zu lieben gedächte/ der ihr zu gefallen
den Haß und Feindschafft beyseit legen wurde.
Weil er sich nun als einen Schied- und Mittels-
Mann/ zu einem freund- und gütlichen Vertrag an-
erbotte/ waren endlich beyde/ jeder seines Orts will-
fährig/ den Vergleich anzunehmen/ um hierdurch
desto eher der Damen Gewogenheit zu bekommen.
Es vermittelte auch dieser Schied-Mann die Sache dahin/ daß beyde bißher feindseelige Liebhaber/
an einem gewissen Ort zusammen kommen/ sich ver-
söhnen/ und hinführo gute Freundschafft pflegen
solten.

Es suchte aber dieser boßhaffte Mensch/ durch
solche vermeynte Versöhnung nichts als der beyden Liebhabern verderben/ um auf ihren Untergang
sein eigenes Glück zu gründen. Er hatte bey beyden Cavallieren sich durch seine Schmeicheley dermassen insinuiret/ daß deren ein jeder/ ihn für seinen
besten und vertrautesten Freund gehalten/ welche
Vertraulichkeit aber beyden das Leben gekostet.
Vernehmet mein Herz/ wie er seine Verrätherey
angestellet.

Tags zuvor/ ehe/ wie gesagt/ die Versöhnung
vor sich gehen solte/ verfügte er sich zu meines Bruders Gegentheil/ demselben offenbarte er in höchstem Vertrauen/ er solte sich bey vorhabender Versöhnung wol vorsehen/ und nicht zu wol trauen/
dieweil mein Herz Bruder/ mit mäuchelmörde-
rischen Gedancken umgehe/ und ihne unter dem
Schein der Freundschafft und Versöhnung/ un-
verwarnter Sachen niederstossen werde/ er solle
sich dem-

sich demnach wol verpantzern und auf seiner Hut seyn.

Zu meinem Bruder sagte er fast eben dergleichen / und warnete ihn gleichfalls / zum Wahrzeichen sagte er ihme / er solte nur Achtung geben / er wurde jenen mit einem Pantzer unter den Kleidern bewaffnet finden / solte sich dahero wol beobachten / den Meuchel-Mord abzuwenden / oder solchem zuvor zu kommen; welche Warnung mein Bruder mit grossem Danck an- und sich desto besser zu hüten vornahme.

Als sie nun beyderseits am bestimmten Ort abgeredter massen zusamen komen / und die erste Complimenten mit beydseitiger Kaltsinnig- und Behutsamkeit abgelegt hatten / auch nach einigem / zur Versöhnung zielenden Wort-Wechsel / einander Treue und Freundschafft versprachen / und zu deren Bestättigung einer den andern umfahen wolte / fühlete mein Bruder / vorgewarneter massen / im umfahen alsobald deß andern Pantzer / auch / daß er unter seinem Rock mit Pistohlen bewöhrt ware: Auf so handgreiffliches Wahrzeichen / ware mein Bruder geschwind mit seinem guten Stoß-Degen oder Pantzer-Stecher / den er zu solchem Ende angegürtet herauß / und jenes starcken Pantzers unerachtet / versetzte er ihm einen so nachtrücklichen Stoß / daß der Degen zwischen den Rippen in den holen Leib und hinten wieder außgienge: Der andere / der sich gleichfalls nichts als Mord gegen meinem Bruder versehen / hatte / so bald mein Bruder von Leder gezogen / eine Pistohle gezücket / und indem er den tödlichen Stoß von meinem Bruder empfienge / ihne ebenfalls durch einen Schuß tödlich ver-

lich verwundet/ daß sie beyde auf dem Platz liegen
blieben.

Der verrätherische Schied-Mann stellete sich
äuseraus betrübt über diesen unglücklichen Zufall/
und weil beyde tödlich verletzet/ in Ohnmacht da
lagen/ohne Hoffnung/ daß einer oder der ander ein
Wort mehr reden würde/ verfügte er sich zu der von
ihme so wol/ als den andern beyden geliebten Da-
me/ diesen Unglücks-Fall ihr anzukünden/ zugleich
auch sein Interesse darbey zu beobachten/welche diese
unglückliche Traur-Post nicht ohne Erstaunen angehöret.

Weil aber unterdessen mein Bruder sich wieder ein wenig auß der Ohnmacht/ vermittelst kräfftiger Artzneyen erholet; und nach seinem vermeynten Freunde/ der ihne wegen deß Pantzers gewar-
net/fragte/ aber hörete/ daß er nicht mehr verhanden! befahle er den Anwesenden/ man solte ihm
seinetwegen hohen Danck sagen/daß er ihne so treulich vor dem Meuchel-Mörder gewarnet/ und ob
er wol/ der gegebenen Warnung zufolge/ solchen
Meuchel-Mord/von sich abzuleinē nicht vermocht;
so seye er doch auch im Sterben in so weit ver-
gnügt/ daß er sich gleichwol an seinem mäuchel-
mörderischen Mit-Buhler gerochen/ und zum Tode voran geschicket.

Indeme mein Bruder dieses also den Anwesenden befahle/ hatte der von ihme Verwundte sich
auch in etwas von seiner Schwächin wieder erho-
let/ und die Rede meines Bruders guten Theils
verstanden/ und darauß die Verrätherey dieses
Mitlers abgenommen/ deßwegen/ fragte er meinen
Bruder/was ihme dann dieser fürgetragen? Welches

ches mein Bruder ihme umständlich berichtete/ und
jenen hinwiederum befragte/ was ihne sich zu verpantzern und mit Pistohlen zu versehen/veranlasset?
Worauf er ebener Massen den Verlauff erzehlete.
Weil sie nun beederseits/ aber leyder zu spath/ und
mit ihrem höchsten Schaden/ den mit ihnen gespiel-
ten Betrug erkannten/ bereueten sie ihr Beginnen
hefftig/ verfluchten dieses falschen Freundes verrä-
therisches Stücke/ und da sie zuvor im Leben einander auf den Tode gehasset/wurden sie nun im Sterben die beste und wahre Freunde/ einer bathe den
andern um Verzeihung/ und vergaben einander ihren Tod/und zwar mit solcher Hertzens-Aufrichtig-
keit/ daß die jenige/ so darbey gewesen/ solches nicht
ohne Thränen und Hertzens-Bewegung ansehen
und anhören kunten. Und ob schon von diesem
verrätherischen Bößwicht/ diese Zusammenkunfft
zu einer falschen und Schein-Versöhnung angesehen gewesen/ gereichete sie dannoch/ wiewol durch
einen gantz unglücklichen Außschlag/ zu einer war-
hafften und unbetrüglichen Versöhnlichkeit/ die
aber gar bald/ mit ihrer beyder Leben ein Ende
nahme. Dann der von meinem Bruder Durch-
stochene starbe noch selbigen- mein Bruder aber
folgenden Tages.
Dieses/ sagte die Dame ferner/ ist die Ursache/
meines rechtmässigen Traurens/ anjetzo liget es an
euch/ tapfferer Ritter/ euerm höflichen Anerbieten
zufolge/ mir euere Hülffe zuzusagen/ welche darinnen bestehet/mich an dem gottlosen Verräther durch
eine ritterliche Faust zu rächen/und glaube ich gäntz-
lich/ der Himmel habe mir euere Person so zu rechter Zeit zugeschicket/ mich euerer Faust und Degens
in mei-

in meiner so wichtigen Angelegenheit zu rechtmässiger Raache/ oder wol verdienter Straffe zu bedie-
nen/zweifle demnach nicht/ihr werdet einer betrübt-
und verlassenen Dame/euere Hülffe nicht versagen.

Ich antwortete ihr: (fuhre Max ferner fort/)
an meiner Willfährigkeit / ihr/ schönste Dame zu
dienen/ solle wol kein Mangel erscheinen/ wann nur
die Gelegenheit solches ins Werck zu richten / mir
angeschaffet wird / wiewolen ein solcher Geselle
mehr durch deß Büttels- als Ritterliche Hand/ab-
gestrafft zu werden verdienete.

Sie bedanckte sich hierauf meines Anerbie-
tens/ und auf Befragen/ wo ihre Räyse jetzo hin-
gienge? Gabe sie mir zu verstehen / daß sie auf dem
Wege begriffen/ nach der Mutter deß von ihrem
Bruder erstochenen Cavalliers zu fahren / weil
durch den gemeinen Unfall / und geschehene Versöhnung der beyden sterbenden / aller Unwillen unter ihnen aufgehoben ; um mit einander gemeinschafftlich zu berathschlagen / wie sie ihre Raache an
dem falschen Freund anstellen und außüben wol-
ten/ ich solte mir demnach nicht zuwider seyn lassen/
biß dahin ihr Gesellschafft zu leisten / auch mit Rath
und That an die Hand zu gehen.

Weil ich nun durch solche Willfahrung an
meiner Räyse nicht/ oder gar wenig verhindert wurde / auch unhöflich zu seyn schätzte / einem solchen
Frauenzimmer ihre Bitte abzuschlagen / weniger
einem Ritter anständig/ die verlangte Hülffe zu ver-
sagen/ uñ das begangene leichtfertige Stücke mir einen billichen Zorn erreget / versprache ich ihr abermahlen nicht allein meine Begleitung / sondern
auch ihren Bruder so viel möglich zu rächen.

IV. Theil.　　　　m　　　　Deß

Deß Abends bey guter Zeit langeten wir bey
der adelichen Wittwe an/ allda ich mit eben so grof-
ser Höflichkeit/als das dahin begleitete Frauenzimer
empfangen/ mir auch sonsten grosse Ehre erzeiget
wurde; Insonderheit/ als man vernahme/ daß ich
der beeden Edelleuthen unglücklichen Tod zu rächen
mich anerbotten.

Ich machte alsobald Anstalt/Kundschafft von
dem verrätherischen Freund/ und wo er sich aufhiel-
te/ zu bekommen. Das Frauenzimmer unterliesse
auch nicht außzukundschafften/ wie die von denen
ertödteten Edelleuthen geliebte Dame/ auf Vernehmung deren Tod sich verhielte/ auch ob sie dem
verrätherischen falschen Freund/ einige Gewogenheit zutrüge? Sie vernahmen aber mit sonderbarem Vergnügen/ daß zwar dieser falsche Bruder/
und eigentliche Mäuchel-Mörder/ gleich nach vollbrachter The . zu dieser Dame kommen/ihr mit vielen Umständen und bezeugendem grossen Mitley-
den/ das sich zugetragene Unglück/ mithin auch unbedachtsamer Weise seine Liebe angetragen; wie ihr
nun das erste sehr zu Hertzen gienge/ also verdrosse
sie das unverschamte Ansinnen nicht wenig/ argwohnete auch alsobald / es müsse nicht allerdings
recht mit der Sache daher gehen/ daher erzeigte sie
sich gegen ihme gar kaltsinnig/verwiese ihm darbey
sein kühnes Unterfangen gar sehr / so daß er mit
schlechter Vergnügung Abschied nahme. Weilen die Dame auch gleich darauf den rechten Verlauff vernommen/ warffe sie eine solche Feindschafft
auf ihn/daß sie ihm außtrucklich sagen liesse/ sie hinführo nicht mehr zu besuchen.

Auf Vernehmen deßen/ ware mein Frauenzimmer

zimmer sehr wol vergnüget / dann sie zum Theil geargwohnet / als ob vielleicht die geliebte Dame einigen Antheil an dieser Falschheit / und Wissenschafft darvon gehabt hätte / welcher Argwohn aber
nunmehr gantz verschwunden/bevorab als sie ferner
vernahmen / daß die Dame über diesen / in gewiser
Maß zum theil von ihr verursachten Unfall / grosse
Bekümmernüß/ja weil ihr/geliebt zu werden/so unglücklich außgeschlagen / den unveränderlichen
Schluß / in dem Kloster ihr Leben hinführo einsam
zuzubringen/gefasset hätte.

Ich meines theils wölte nicht lange Zeit ver-
lieren/ mein Versprechen und Vorhaben zu leisten
und außzuführen/ deßwegen sandte ich eine bequeme Person/mit einem Cartel an den Meuchel-Mör-
derisch-falschen Freund / darinnen ich ihm seine Untreue und Falschheit zum hefftigsten verwiese / zugleich auch um ihne deßwegen abzustraffen / zum
Kampff außforderte. Aber der Abgeschickte kame
unverrichter Sache wieder / mit der Anzeige / daß
der Geforderte nicht mehr zu Lande/sondern hinweg
gezogen wäre. Weil ich aber solches nicht glauben
kunte / sondern für ein falsches Vorgeben hielte/
liesse ich mehrere Nachricht einholen / da sich dann
befunde / daß er in Warheit sich auß dem Lande
weggemachet/und in Französische Dienste gangen/
worzu ihn die Kaltsinnigkeit / und der gegebene
Verweiß / der von ihme auch geliebten Dame veran-
lasset/ insonderheit ihre gefaßte Resolution ins Kloster zu gehen.

Weil dann solcher Gestalten dieser Enden ich
weiter nichts zu thun / nahme ich von diesem betrüb-
ten Frauenzimmer Urlaub / welches sich gegen mir/

wegen

wegen meiner Willfährigkeit/schönstens bedanckte.
Darauf nahme ich meinen Weg gegen Carmagnola,
erfuhre aber unterwegen/ daß solches sich bereits
ergeben/ und man nun Susa berennet hätte/ deßwegen ich mich daselbsten hinbegabe/ weil aber/ wegen verschiedenen Verhindernüssen der Abzug in
kürtzem/ und darauf der jenige feindliche Angriff
geschahe/worvon meine werthe Herren selbsten Au-
gen-Zeugen gewesen/ hat sich darauf zugetragen/
was sie nun selbsten bestens wissen.

Erich bedanckte sich im Namen der übrigen/ge-
gen Maxen/wegen geschehener Willfahrung; Dieser hingegen erinnerte Erich, er solte nun auch anzei-
gen/ wo sie Firant gelassen? Weil aber ihnen eben
allerley Zeitungen gereichet wurden/ wolte sie zuvor
dieselbige durchsehen; unter anderm ware darinnen
enthalten/ daß der König in Engelland den 1. No-
vembr. N. C. sich in das nunmehro wiederum ver-
sammlete Parlement erhoben/ und nachdem er sich
auf den Thron gesetzet/ und die Glieder der Ge-
meinden/ oder deß untern Hauses gleichfalls beruffen lassen/ habe er an dieselbe folgende Rede
oder Ansprach gethan:

Mylords und Edle/ꝛc. Nachdeme die ander-
wärtige Gelegenheiten es nunmehro zugegeben/daß
ich wiederum nacher Engelland gekommen/ so habe
ich nicht unterlassen können/alsobalden eine Zusam-
kunfft deß Parlements anzustellen/ damit ihr desto
mehr Zeit haben möget/ auf Mittel und Wege zu
gedencken/den Krieg künfftig wider Franckreich mit
grossem Nachtruck fortzusetzen. Indessen lebe ich
der gäntzlichen Hoffnung/ es werden die glückliche
Waffen/ welche mir der Höchste in Irrland verlie-
hen/

hen/ euch nicht allein anfrischen/ mit grösserm Fleiß
an diesem Wercke helffen zu arbeiten / sondern es
wird auch aller Vortheil / welchen ihr durch euere
Beyhülff nächst GOtt zu erwarten habt / euch hierzu aufmuntern. Und wie ich nicht zweifle/ ihr werdet vor Bezahlung deß ruckständigen Soldes an
die jenigen / welche Irzland wieder in ruhigen
Stand bringen helffen/ Sorge tragen. So ver-
sichere ich hingegen / daß ich mit allem Fleiß dahin
trachten werde/ so viel möglich zu verhindern/ damit
gedachtes Königreich künfftig Engelland ferner
nicht beschwerlich fallen solle.

Mylords und Edle/ ich zweifle auch nicht/
daß ihr sämmtlich werdet der Meynung seyn/ daß
man künfftig gleichwie vorm Jahr geschehen / eine
ansehnliche Flotte in See bringe/ auch weil Franckreich sehr mächtig ist/ eine starcke Armee auf die Beine stelle / damit man bey allen Begebenheiten selbige in Bereitschafft habe / nicht allein uns wider alle
Anfälle deß Feindes zu beschützen / sondern auch sel-
bige/ so viel imer möglich anzugreiffen; uñ wird meines Erachtens solche Armee wenigstens in 65000.
Mann bestehen müssen. Weiter wil ich vor diß-
mahl nichts gedencken/ als/ daß ich durch Beschleu-
nigung eurer Rathschläge / und alles ersinnlichen
Beystandes / anjetzo Gelegenheit / welche so balden
nicht darffte wiederkommen/ in Händen habe/ nicht
allein dieses Königreich künfftig in Friede und Ruhe
zu setzen/ sondern auch vor gantz Europa die Freyheit
wieder zu gewinnen.

Die Antwort/ welche das Ober-Hauß an den
König hierüber ertheilte/ ware eigentlich diese: Daß
sie nemlich vor die gnädigste Ansprache unterthä-

nigsten

nigsten Danck abstatteten/ und selbigen/ wegen
glücklicher Zuruckkunfft nacher Engelland/wie auch
wegen triumphirender Waffen in Irrland / Glück
wünscheten / mit dem Anhang / daß sie solches alles
neben andern bißhero genossenen Seegen / nächst
GOtt alleine Sr. Maj. treuen Sorgfalt und guter
Conduite zuschrieben. Kurtz hierauf den 6. No-
vembr. berathschlagete das Parlement über verschiedene wichtige Dinge / unter andern / wie Mittel außzufinden / dem Königl. Begehren ein Genü-
gen zu thun / und dann auch wie der Eyd von Alle-
geance oder Treue in Irrland / auf die Art und
Weise/als in Engelland zu geschehen pflegete/ möge
abgestattet werden? Nach der Zeit ist auch das
Unter-Hauß schlüssig worden / wegen Geld und
anderer Hülffe / so man dem König geben wolte/
wie auch den Zustand der Armee und Flotte zu untersuchen.

Hierauf wurde unter andern der Admiral
Rüssel wegen ein und andern Versehens zur Rede
gesetzet/und befraget? Warum er den 12.22. Martii, da die Flotte in See zu gehen/parat gewesen/ sich
nicht an Bort begeben / und auß was Ursachen / er
im letzten Sturm den 3.13. Septembr. so lang verharret / und in der See gehalten hätte? wodurch
damahls das Schiff die Coronation genannt mit
80. Stücken Geschützes / umgeschlagen / der Capitain mit 300. Boots-Knechten ertruncken / und
kaum 10. biß 12. Mann errettet worden. Item das
Schiff Harwich / wiewol ohne Verlust deß Volcks
gestrandet seye/ und entlichen 3. andere Schiffe/
welche auf den Sand gelauffen / darvon frey gemacht werden müssen. Es übergabe aber der Admiral

miral hierauf einen Bericht von seiner Expedition,
und entschuldigte sich damit besser massen.

Ferner wurde auß Irzland berichtet/ daß von
2000. Irzländern/ so von Limmerich nach Corck
marchirt/deß Vorhabens/von dannen nachFranck-
reich zu seegeln/bey der Einschiffung daselbsten/nur
1200.Mann starck befunden worden. In Schott-
land würden 8000.Mann für den König Wilhelm
geworben/welche alle neben andern Trouppen/ nach
Flandern geführet werden sollen. Sonsten würde
auch von Dublin berichtet / daß daselbsten ein Placat
vom Römis. Käyser gewiesen wurde/ worin er allen
Irzländern / so sich wegen der Religion allein / auß
Irzland nach Franckreich begeben wollen / notifi-
cirt/ daß dieselbe in seinen Erb-Lännern aufgenommen / und neben anständigen Diensten / auch anderer Hülffe/vergnüglich versorget werden sollen.

Das XVI. Capitul/

Firant stellet sich bey der Compagnie ein/ berichtet
was ihme mit Melinden begegnet. Der Gubernator
der Citadell zu Casal läßt bey einer Gastung die Vor-
nehmste der Stadt arrestiren. Die Genueser müssen
den Beutel ziehen.

ES hatte der Bäyerische Max noch immer
Verlangen/ Nachricht von Firant, und wo
Goribald und Erich ihne verlassen/ zu haben ;
deßwegen ware er eben gewillet diese Beyde ihres
Versprechens zu erinnern / vermöge dessen / sie
gehalten waren / was ihnen auf ihrer bißherigen
Räyse aufgestossen/ auch wo Firant hingekommen/
zu sagen; als ein frember Cavallier sich bey ihme
anmelden liesse. Max ware begierig zu sehen / wer

und

und was man seiner begehrte; Er ware aber nicht
wenig erfreuet/ da er Firant selbsten/ zu ihme eintret-
ten und ein grosses Compliment machen sahe/ deßwegen empfienge er ihn mit gleichmässiger Höflich-
keit/ welches auch von den andern geschahe. Weil
dann nun Firant selbsten zu gegen / achteten Goribald
und Erich das beste zu seyn / Firant dahin zu vermö-
gen/wie er von ihnen geschieden / und was ihme biß
daher begegnet / selbsten anzuzeigen / welches er folgender Weise thate.

Nachdem wir in einer Gesellschafft nicht nur
Savojen sondern auch die Gräntzen Piemonts er-
reichet/ wolte ich mich weil es nicht so gar weit abge-
legen / meiner ehemahligen geliebten Melinden und
meines Freundes Fiorindo jetztmahliger Beschaffenheit erkundigen; weil aber Goribald und Erich
Verlangen trugen zur Armee/ und Belagerung
Carmagnola zueilen/ schieden wir von einander/ und
ich begabe mich dahin / wo ich Melinde selbsten / anzutreffen oder wenigstens Nachricht von ihr zu vernehmen hoffete.

Ich vernahme aber alsobald / daß ihr Mann
Fiorindo, vor weniger Zeit an seinen Wunden die
er in einer Action mit den Feinden empfangen / gestorben / und sie deßwegen sehr betrübt wäre. Auf
welchen Bericht/das alte/und eine Zeitlang fast gar
erstickte Feuer/von neuem sich bey mir zu entzünden
begunte / daß ich ein hefftiges Verlangen truge / sie
zu sehen und mit ihr zu reden. Besanne mich deßwegen hin und wieder/ wie die Sache anzugreiffen:
Dann/weil sie mir selbsten gesaget/ daß sie mich auf
den Tod hasse/ habe ich das Hertz nicht gehabt/mich
bey ihr anmelden zu lassen/ auß Forcht/ sie möchte
mir die

mir die Gelegenheit sie zu sehen uñ zu sprechen benehmen: Derowegen so trachtete ich nach ihrer Kam-
mer-Frauen der Rusina, welche ich um ihren Zustand befragte. Diese ware sehr erfreuet mich dieser Enden zu sehen/versprache mir auch abermahlen
ihren Beystand / weil sie noch immer bey ihrer
Frauen wol gelitten ware.

Diese eröffnete mir/daß der Melinde Argwohn/
daß ich ihr einen so schlimmen Bossen gerissen haben würde/nach meiner Abräyse sich immer vermeh-
ret/auch ihr solchen in Vertrauen entdecket/ weil sie
keine Vermuthung habe/sam sie/Rusina, die Hand
mit im Spiel gehabt hätte; sondern sie habe alles
meiner Verschlagenheit / und/ daß ich mich vielleicht zauberischer Mittel bedienet / zugeschrieben/
welches sie ihr zwar unterschiedlich außgeredet/doch
weil das Söhnlein mir so ähnlich / es nie auß dem
Sinn bringen können.

Auf diesen Bericht wurde ich noch begieriger
sie zu sprechen/und auch meinen Sohn/(weil so wol
Melinde als Rusina solchen / für eine Frucht meines
Liebe-Diebstahls hielten/) zu sehen. Uberlegte derowegen mit Rusina, wie ich die Sache angreiffen/und
wessen sie sich darbey zu verhalten/ jedoch alles aufs
genaueste verschweigen solte.

Deß folgenden Tags liesse ich mich als einen
Freund deß verstorbenen Fiorindo bey ihr angeben/
und um Erlaubnüß sie in ihrer Betrübnüß zu be-
suchen/ und mein Beyleyd zu erweisen/bitten; welches sie anfangs / unter allerley Vorwand abzulei-
nen/ und sich zu entschuldigen suchte/ um so viel
mehr / weil sie ihr nicht einbilden kunte/ wer der
Freund ihres Ehe-Herrn seyn solte. Rusina aber

wuste

wuſte die Sach ſo ſchlau dahin zu vermittlen /
daß / damit dieſe Viſite deſto weniger beobachtet wurde / ich gegen Abend mich zu ihr verfügen
ſolte.

Ich ermangelte nicht auf beſtimmte Zeit mich
einzuſtellen / und wurde zu ihr in ihr Traur-Zim-
mer / ſo gantz ſchwartz außgekleidet ware / geführet.
Ich muß bekennen/das Hertz pochete mir aufs hefftigſte / wuſte auch nicht was ich thun oder ſagen ſolte: Sie ſaſſe auf einem ſchwartz-ſammeten Seſſel/
und als ich ins Zimmer tratte/ſtunde ſie von ſolchem
auf/ mich zu empfangen. Ihr Geſichte war faſt
gantz mit Flor verdecket/ noch dañoch waren ihre/ob
ſchon betrübte Augen mächtig genug durch ſolchen
mich aufs hefftigſte zu verwunden. Mein Hertz
ſagte ſie zu mir/ich bin ihme höchlich verbunden/daß
mein betrübter Zuſtand ihme ſo zu Hertzen gehet/
und er ſich bemühet/mir einigen Troſt mitzutheilen/
er ſeye aber ſo gut mir zu ſagen / wem ich dieſe Höflichkeit zu dancken habe?

Ich merckte auß dieſen Reden wol / daß ſie
mich nicht erkannte / zumahlen es / unangeſehen der
zweyen im Zimmer brennenden Liechtern / dannoch
ziemlich dunckel / und wie ich ſpürte ſie hefftig betrübt ware. Auf ihre Frage fande ich mich nun
genöthiget zu antworten. Ich hatte aber noch
kaum etliche wenige Worte / deren ich mich nimmer
erinnern kan / vorgebracht / da erkannte ſie mich an
der Stimme/ thate einen lauten Schrey / und ſprache: Ach verrätheriſcher Firant, wie ſeyd ihr ſo keck/
mir unter Augen zu kommen / da ich euch doch aufs
äuſſerſte haſſe / ach verräth- ſie kunte vor Zorn und
Schmertzen das Wort nicht gar außreden / die ehemahlige

mahlige/ gegen mir getragene Liebe/ der Haß/ das
Angedencken deß vergangenen/ der Tod ihres Ge-
mahls/ die ihr von mir geschehene Beleydigung
und dergleichen/erregten in ihrem Hertzen einen solchen Streit/daß die besten Lebens-Geister dardurch
in ihrem Trieb und Lauff gehemmet und sie gantz unmächtig wurde/und zur Erden sincken wolte.

Rufina ware geschwind zu ihrer Hülffe mit
Balsam und Krafft-Waffern verhanden/ und
brachte sie auf ihr Bette/und vermittelst dieser Artz-
neyen/ in kurtzem wieder zu ihr selber. So bald sie
die Augen aufthate/ verliehe sie mir einen so un-
freundlichen Blick/ daß ich darüber sterben mögen/
wolte auch ihre erste Schmähungen und Klagen
wieder erneurn; Ich aber deren unerwartet/warf-
fe mich vor ihr auf die Knie/bathe sie/mir ihre Hand
zu küssen zu erlauben; darauf sagte ich mit beben-
der Stimme; Gnädige Frau/ wann ich jetzo in diesem Stande/euch anbettend/ sterben könte/ so könte
mein Verbrechen nicht besser gestrafft/noch euch wegen geschehener Beleydigung bequemere Satisfaction gegeben werden. Sehet hier zu euern Füssen den jenigen/ den ihr für euern grösten Feind hal-
tet/ darbey aber dannoch euer getreuester Anbetter
und Verehrer ist. Der zwar/wann ich meinen begangenen Fehler betrachte/ verdienet/ daß ein jeglicher Blick euerer funckelnden Augen/ ein Blitz
und Donner-Straal seye/ mich darmit zu Boden
zu schlagen; Aber in Betrachtung der brünstigen
Liebe/Trieb deren ich euch jederzeit angebettet/dan-
noch auch euerer Barmhertzigkeit und Mitleydens
fähig. Ich bekenne/ daß indeme ich den lieblichen
Himmel euers schönen Angesichtes/ nur einen Au-

genblick

genblick mit einer ungebürlichen Wolcke betrübet/
ich damit hundertfaltige Höllen-Pein verdienet
habe.   Solte aber meine hertzliche und von vielen
schmertzlichenThränen befeuchtete Reue/ nicht eini=
ger massen mein Versehen außsöhnen könen?Glau=
bet sicher meine Beherzscherin / daß meine Reue so
groß und hefftig / daß ich vielmehr wünschte nie=
mahls gelebet als euch meine Göttin beleydiget zu
haben.   Ach warum laßt mich das Geschicke doch
leben / da doch / wann ich jetzund meinen Geist auf=
gebe/uñ tod vor euern Füssen ligen bliebe/ich entwe=
der dardurch meine Schuldigkeit abstatten / euch
Vergnügung schaffen / und meinen Liebes=Fehler
büssen/oder doch wenigstens/ meine Bekümmernüß
und Schmertzen euch bezeugen könte.   Ich bin ja
der Allerunglückseeligste/warum kan ich nicht meine
Tage schliessen / so selbige von euch nur stätigs sol=
len gehasset seyn.   Auß zu grosser und blinder Liebe
habe ich unbedachtsamer Weise mißhandelt / aber
deßwegen genugsame Reue getragen und gebüsset/
darum vergebet und vergesset solchen Fehler/ worzu
zum Theil euere zu grosse Leichtglaubigkeit / die euch
zu neuer Liebe verleitet/indeme ihr mich tod geglau=
bet/eine Mit=Ursache gewesen.

Indeme ich auf den Knien ligend solches also
vorbrachte / thate Melinde nichts als weinen / unter
welchem sie mir jezuweilen einen traurigen Blick/
worauß ich zum theil ihr Betrübnüß/zum theil auch
einiges Mitleyden abnahme/zuwarffe.   Ich erküh=
nete mich / ihr wider ihren Willen abermahlen die
Hand zu küssen / indeme sie sich gegen mir also ver=
nehmen liesse.

Ach Firant, wie möget ihr so kühn seyn / über
euer

euer Verbrechen / euch noch zu entschuldigen/ ware
das euere gerühmte grosse Liebe / daß ihr mich also
verrätherischer Weise betrügen / meine Unschuld
und aufrichtige Treue beschmützen/ und meine Ehre
in so grosse Gefahr und Verlust setzen mußtet? ware
das die Vergeltung / meiner gegen euch habenden
Ehren geziemenden Gewogenheit? Ware es nicht
genug / daß ich durch den mir vorhin/ wegen euerer
Verheurathung und Todes / geschehenen Betrug
hintergangen/ und meiner grössesten Gemüths-Ruhe beraubet worden. Ihr mußtet noch leichtfertiger ja zauberischer unverantwortlicher Weise/
mir das allerkostbarste Kleinod meiner Zucht und
Keuschheit so schändlicher Weise abdieben / und
unterstehet euch nun von neuem/ mir mein Gemüthe zu beunruhigen/ und meinen in etwas befriedig-
ten Geist abermahlen zu quälen.

Diese und dergleichen noch viele Vorwürffe
und Klagen / mußte ich von meiner geliebtesten Melinde anhören/ welche mir/ die Warheit zu bekennen/
dazumahl trefflich zu Hertzen giengen / daß ich ihr
fast nimmer antworten kunte; doch machte ich deß
Entschuldigens und Bittens so viel/ daß sie endlich
sich etwas milder vernehmen liesse/ darbey aber auch
meinen Abschied gabe/ und nicht länger Gehör geben wolte. Welches mir ziemlich schwer fiele / anerwogen ich mir Hoffnung gemachet/ und
gesinnet ware/ von neuer Liebe mit ihr zu reden.

Ich liesse aber doch das Hertz nicht sincken/
sondern vermittelst der Rufina, meiner Liebes-Advo-
catin getreuen Beystands / brachte ich es dahin/
daß ich zum andern mahl mit ihr mich besprechen
kunte/

kunte/worbey es sich schon viel besser anliesse/daß sie
mir in meinem Begehren Gehör und darbey eine
ziemliche Hoffnung gabe / mit der Verwarnung
mich ihrer eine Zeitlang zu enthalten/biß die Traur-
Zeit etwas mehr vorüber / deme ich nachzukommen
versprache / und damit ich nicht faullentzend die Zeit
hinbrächte / begabe ich mich zu denen Thal-Leuthen oder sogenannten Barbaten/mich neben ihnen
wider den vom Duc d'Elbeuf in ihre Thäler vorhabenden Einfall / zu setzen / welches auch so glücklich geschehen / daß besagter Hertzog mit einer sehr
langen Nase / und empfangener empfindlicher
Schlappe das Feld raumen / und uns neben demselben viel Gefangene und herrliche Beuthen überlassen mußte / allermassen meinen Herrn solches
alles nicht verborgen seyn kan.

Nach diesem Streich ware ich Willens zu der
Haupt-Armee mich zu begeben / weil ich aber mit
unterschiedliche tapffern Officirern Bekandtschafft/
ich mir auch bey erstgedachter Action durch mein
Verhalten einigen Credit, gemacht hatte/machte ich
eine Parthey / und wagete mich mit derselben biß an
das Frantzösische Lager vor Pignerol, ja gar in dasselbe / und hatte das Glück / daß ich den Feinden ihr
grosses Heu-Magazin von etlich 1000. Fudern an-
zündete/und völlig verbrannte/welches den Frantzosen ein nicht geringer Schade ist/massen sie Vorhabens gewesen / den Winter über eine starcke Cavallerie dieser Enden zu halten / so aber anjetzo sie viel
schwerer ankommen wird.

Als auch dieses mir glücklich von statten gangen / erinnerte ich mich / meiner Goribald und Erich
verpflichteten Parole, mich bald wieder bey ihnen
einzu-

einzufinden; und weil indeſſen die vorhabende Belagerung Suſa zu Waſſer worden / und ich bald
darauf vernommen / was groſſe Ehre der Bäyeriſche Max bey dem daſelbſtigen Treffen eingelegt/und
empfangen / erfreuete ich mich zum höchſten darüber / und weilen ich mir gar wol die Rechnung
machen kunte / es wurde weder Goribald noch Erich
weit von ihme ſeyn; habe ich mich hieher verfüget/
in Hoffnung ſtehend / dieſe Ritterliche Geſellſchafft
hier anzutreffen / allermaſſen es auch würcklich geſchehen.

Die gantze anweſende Geſellſchafft / wünſchte
hierauf Firant zu ſeiner erneuerten Lieb e Glück und
guten Fortgang / lobte ſein verrichtetes Wagſtücke/
ſo er in Verbrennug deß Frantzöſiſchen Heues gethan / vexirten ihne auch zugleich wegen ſeiner Lie-
bes-Sache/weil er aber von dem vergangenen nicht
mehr gern reden hörete / lieſſen ſie es darbey bewen-
den/und ſuchten die übrige Zeit mit andern Geſprä-
chen zu vertreiben.   Worzu die neulichſte Begebnüß zu Caſal guten Anlaß gabe.

Dann nachdem der Hertzog von Mantua ſich
dahin erkläret/ daß einige Käyſerl. Regimenter in
ſeinem Lande einquartiret werden ſollen/hat Monſr.
de Crenan an Gubernator der Veſtung Caſal / den
Mantuaniſchen Gubernator ſelbiger Stadt/ den
Marggrafen Carl Faſciati , den Præſidenten deß
Stadt-Raths / Herr Marquis de Luzaro neben un-
terſchiedlichen der vornehmſten Raths-Herren/
auch einige der vornehmſten Cavallieren und Han-
dels-Leuthen daſelbſten / zu ſich zu Gaſt geladen.
Nach vollbrachter Gaſtung aber/ alle dieſe Herren/
gefänglich verwahren laſſen / und gleich darauf einen gu-

neu guten Theil/ von seiner in der Citadell ligenden
Guarnison, in die Stadt commandirt/ denen Bur-
gern das Gewöhr zu nehmen/ und die Mantuani-
sche Guarnison darinnen hinaußzuschlagen/welches
alles also vollzogen worden. Worauf gedacht
Guarnison auß der Citadell die Stadt besetzet/ und
alle Wachten verdoppelt. Diese Stadt nun und
deren Citadell zugleich zu defendiren/ habe erwehn-
ter Gubernator anjetzo nicht über 1800.Mann/ darunter doch bey 400.Krancke/ und viel Malcontenten
zu finden.

Neben diesem wurde berichtet/ daß der Käyserl. General Caraffa, mit einem starcken Corpo noch
zwischen Asti und Alexandria stehe/ und auf der Genueser Resolution warte/ wegen der 60000.Reichs-
Thaler/ so dieselbe monatlich/ zu Erhaltung der
Teutschen Trouppen/ so lang die Winter-Quartier
wären/ erlegen sollen.

Das XVII. Capitul/

Goribald ist wegen seines Mit-Buhlers Maxen in
Sorgen. Erichs und Bisans grosse Verwirrung bey
ihrer Zusammenkunfft. Goribald erzehlet der Gesellschafft eine artige Liebes-Geschichte/ die sich in Franckreich zugetragen/ worauß so wol hertzliche Liebe/ als
getrene Freundschafft zu erkennen.

Goribald hatte auß Firants Erzehlung einen
sonderbaren Kummer und Sorge geschöpf-
fet/die ihme sein Gemüth trefflich beunruhig-
te/daß er gantz betrübt und traurig sich erzeigte/und
das daher/ weilen er sahe und vernahme/ daß das
jenige/ was Firant in dem zauberischen Spiegel zu
Pariß gesehen/ so richtig zugetroffen/ dann er hatte
dazumahl gesagt/ in was Gestalt ihme Fiorindo erschienen;

... ...
Freund Maxen hertzlich liebte / er hingegen von ihr
verschmähet wäre / allermassen besagter Spiegel
ihme solches zu erkennen geben / wie am 183. Blatt
deß dritten Theils zu ersehen.

Hierauß entstund in seinem Gemüth ein hefftiger Streit / die Liebe machte ihn mit Maxen eyfern / daß er ihne anders nicht als seinen Mit-Buhler und Feind ansehen und betrachten kunte; andern theils verbothe ihm die Freundschafft und aufrichtige Treue / seinen Neben-Buhler zu hassen; bald entschloße er sich / der Liebe Marianens sich zu begeben / und selbige Maxen gäntzlich zu überlassen / bald aber ware er gantz andern Sinnes / wünschend / daß zwischen ihm und Maxen / keine so genau und veste Freundschafft seyn möchte. Jetzund beschwatzte er sich selbsten / Max liebe Theodelinden / und tröstete sich damit / daß zwar Mariana Maxen lieb hätte / er aber hingegen sie nicht wiederum liebe / also ihme noch Hoffnung geliebt zu werden übrig bliebe. Wann er aber erwoge / daß Max und Theodelinde Geschwistrig / verschwande bey ihm alle Hoffnung wieder. Er hatte etliche mahl im Siñe deßwegen Maxen zu fragen / doch / wañ ers thun wolte / entfiele ihm das Hertz / daß ers unterließe / dann das ist gemeiniglich der Liebenden Art / daß sie auch ihren besten Freunden ihr Liebes-Anliegen nicht gerne vertrauen / sondern hinterhalten / schwebete also der redliche Goribald stätigs in Sorgen / zwischen Forcht und Hoffnung.

IV. Theil.   a   Er

get / nun aber ware es auch zu spath). Wir wollen
aber den betrübt = verliebten Goribald zwischen
Forcht und Hoffnung zappeln lassen / und nun
sehen was der junge Schwede Bisan mache.

Dieser / nachdem er seine Sachen bey sich selb=
sten überlegt / Max auch sich anerbotten / die
zwischen seiner Freundschafft und Erich waltende
Widerwärtigkeit / so viel möglich zu vermitteln/
oder doch wenigstens zu verhindern/daß ihme nichts
verdrüßliches weder mit Worten/weniger im Wer=
cke deßwegen wiederfahren solle / liesse von Maxen
sich bereden / daß er zu der Gesellschafft mit zu Tisch
gienge. Zu solchem Ende führete er Bisan mit sich
in das Zimmer/wo sie zusammen zu speisen pfleg=
ten / und stellete den jungen Bisan der Gesellschafft/
insonderheit aber Erich als einen Landsmann / vor/
alle empfiengen ihn gantz freundlich / Erich aber in=
dem er ihn empfahen solte erstarrete gleichsam / daß
er weder recht reden / noch ihne der Gebühr nach te=
willkommen kunte.

Bisan seines Orts schiene auch gantz schüchtern
zu seyn/und veränderte die Farb im Gesichte etliche
mahl/welches Max gar wol beobachtete/ und solches
der heimlich gegen einander tragenden Feindschafft/
darvon Bisan Maxen schon benachrichtiget hatte/
zuschriebe. Erich thate während er Mahlzeit fast an=
ders nichts/als/daß er Bisan an statt deß Essens an=
schauete/und erseufftzete; Bisan unterliesse darge=
gen auch nicht/dann und wann einen unvermerck=
ten

ten Blick auf Erich schiessen zu lassen/ welcher gemeiniglich mit einem stillen Seufftzer vergesellschaff-
tet wurde.

Unterschiedliches wurde über der Tafel von
einem und dem andern/ von Schwedischen Sachen
gefraget/ worauf Bisan gar bescheidentlich antwor-
tete/ und von vielen Sachen guten Bericht erstattete: Und weilen zugleich Helfrieds Erwähnung
geschahe/ und nach ihme gefragt wurde/ fragte Erich
Bisan, wie nahe er Helfried verwandt seye? Deme
Bisan zur Gegen-Antwort sagte/ daß Helfrieds
Vatter und seine/ Bisans Mutter/ Geschwistrig
gewesen/ welches Erich desto eher glaubte/ weil
zwischen Helfried und Bisan eine grosse Gesichts-
Aehnlichkeit sich befande/ worbey sich Erich seiner
geliebten Nabisa erinnerte/ und bey solcher Anerinnerung sich nicht erwöhren kunte/ daß ihme nicht etliche Thränen-Perlen über die Wangen abstürtze-
ten/ welches zu verbergen/ er unter einem andern
Vorwand von der Tafel aufstunde/ und in das
Neben-Zimmer sich verfügte.

Firant kunte hierauf nicht unterlassen/ gegen
der Compagnie zu sagen: Erich wolte gewiß zu seiner todten Liebhaberin abermahlen auf die Buhl-
schafft gehen/ und ihren unglücklichen Tod/ mit ein
Paar hundert Seufftzen/ und einer halben Maaß
Thränen-Wasser beklagen/ und ihr Angedencken
beehren.

Hierauf fragte Bisan, was es dann hiermit für
eine Beschaffenheit habe? Da die übrige kürtzlich
berichteten/ was sich mit Erichs Liebe in Schwe-
den/ und dann auch unlangsten mit Helfried und
Ihme in einem Wirths-Hause/ (wie im 16. und 17.

Capi-

Capitul deß zweyten Theils dieses Bäyerischen
Max zu ersehen/zugetragen/zum Theil auch unlangsten von Maxen/ dem Schwedischen Generalen vermeldet worden/) auch wie er bißher seine verstorbene Liebste betrauret.

Auf solchen Bericht kunte der junge Bisan ebenfalls deß Weinens sich nicht enthalten / ob wolen
er solches mit Gewalt zu vertreiben vermeynte/ daher sagte Firant zu Goribald : Es müssen in Warheit
die Schweden gar weichhertzige Leuthe seyn / daß
sie so leicht zum Weinen sich bewegen liessen/ und
wann mir nicht / fuhre er fort / Erichs ungemeine
Tapfferkeit / selbsten mehr als wol bekannt/ weil ich
den Augenschein darvon gesehen ; so könte ich
schwerlich glauben / daß bey einem so weichen und
leicht beweglichen Hertzen / eine so großmüthige
Tapfferkeit und Courage solte können Platz haben.

Bisan merckte wol/ daß seine ihn übereilende/
und wider Willen herauß quellende Thränen / den
andern Anlaß gaben / sich darüber zu kützeln / dieses
nun desto eher zu entschuldigen/ wandte er vor/ daß
die nahe Verwandschafft die er mit der unglückseeligen Nabisa gehabt/ ihn obligire , ihren so unglücklichen Tod/ noch jetzo zu beweinen/ und das desto
mehr/weil er sehe/daß auch Fremden/und die so nahe nicht mit ihr verwandt gewesen / über der Erzehlung ihres unglücklichen/ und aber so getreu aufrichtigen Liebens/das Hertze gerühret und zum Mitleyden beweget worden.   Unterdessen ware Erich
wieder ins Zimmer kommen / und ob er wol sich
zwange/ ein aufgemuntertes Gemüthe und lustige
Mine zu zeigen/merckte man dannoch gar leicht/daß
es gezwungenes Ding ware. So kunte er auch nicht
ablassen/

ablaſſen / Biſan öffters anzuſchauen / auch noch ferner allerley zu fragen.

Dieweil aber die gantze Geſellſchafft und inſonderheit Max , Erich gerne aufgemuntert hätten/
ſo erinnerte Max , daß dem jenigen/ was unlangſten
von Erich und Goribald verſprochen / noch kein Ge-
nügen geleiſtet worden. Beyde wolten von nichts
das ſie zu leiſten ſchuldig wären/ wiſſen / als aber
Max ferner erinnerte/daß/ bevor er ſeine Geſchichte/
wie es ihme nachdem er in den Rhein geſprenget/
ergangen/erzehlet/ihme das Verſprechen geſchehen/
nicht nur von Firants Abſonderung von ihnen/ ſondern auch was ſie ſonſten auf ihrer Räyſe durch
Franckreich merckwürdiges gehört und geſehen/
auch was ihnen begegnet / Eröffnung zu thun ; welches aber bißhero hinterblieben /. auſſer/ daß Firant
ſelbſten/ was das erſte anbetreffe Bericht erſtattet;
lige demnach Herrn Erich nunmehr ob / das andere
nun auch ins Werck zu ſtellen.

Er entſchuldigte ſich aber damit / daß er nicht
ſo Curios als Goribald und Firant geweſen / daher
er auch wenig / ſie aber ein mehrers ſonderheitlich
von dem beſuchten zauberiſchen Wahrſager-Spie-
gel würden zu ſagen wiſſen / als welcher ihnen / ſeines Darfürhaltens / gute Satisfaction werde gegeben haben.

Ach der ſchlechten Vergnügung ſprache Goribald, ich meines theils wünſchte / daß ich dieſen
Spiegel niemahlen geſehen / noch auch von Helfried, der mich ſo lüſtern gemacht etwas darvon gehört hätte/ ſo wäre ich in meinem Gemüthe deſto be-
friedigter/ da hingegen /ſeyt deme ich dieſen die Gemüths-Ruhe raubenden Spiegel geſehen/ ich in
ſtäti-

**3

ftätiger Forcht / Unruhe und Kummer meine Zeit
zubringe/ auch höchstens bedaure / daß ich Herꝛn
Erichs getreuen Rath damahlen nicht gefolget/und
meinen Vorwitz unterwegen gelaſſen.

Firant hingegen ſprache: Ich meines theils bin
mit dem Spiegel wol zufrieden / indeme ich befunden / daß das jenige ſo er mir vorgeſtellet / ſich in
Wahrheit alſo verhalten. Wiewolen ich gerne ge-
ſtehe/ daß in Erwegung deß Schreckens / ſo ich damahlen eingenommen / ich mich ſchwerlich darzu
entſchlieſſen wurde / noch einmahl da hinein zu
ſchauen. Erzehlete darauf was er geſehen / und
Max erinnerte Goribald, das jenige was er geſehen/
auch kund zu machen / welches er aber durchauß
nicht thun wolte.

Prinz Sincer ware begierig/mehrere Nachricht
von ſolcher Sache zu haben / weilen ſeinem Be-
kanntnuß nach/er in ſeinem Anweſen in Pariß hiervon nichts gehöret/ weniger geſehen/ ſonſten er vielleicht auch den Fürwitz ſich wurde haben überwin-
den laſſen. Biſan ſpitzte hier die Ohren ziemlich/
und lieſſe ſpühren/ daß er wol wiſſen möchte / was
dann Helfried mit dem Spiegel für eine Abentheur
gehabt hätte/ weilen Goribald kurtz vorher ſich vernehmen laſſen / daß Helfried ihne lüſtern gemacht.
Hierauf erzehlete Goribald , was mit Helfrieds
Probe/ wegen ſeiner verſtorbenen Schweſter Nabi-
ſa,ſich zugetragen / allermaſſen im 19.Capitul deß
zweyten Theils vom Bäyeriſchen Max,Erwähnung
geſchehen.

Uber ſolchen Bericht änderte Biſan mehrmahlen ſeine Geſichts-Farbe/ und forſchete nach allen
Um-

Umständen/wie es damit eine Beschaffenheit hatte.
Endlich sagte er/er für seinen Theil halte darfür/
daß diesem Spiegel einige Glaubwürdigkeit zuzu-
schreiben und zu trauen seye/und wolte er zu dessen Bestätigung künfftig ein Zeugnüß ablegen
können: welches die übrige dahin deuteten/daß
Bisan müsse Lust haben/ selbsten auch den Wahrsager Spiegel zu besuchen und daselbsten hinein zu
schauen.

Erich der auß Verdruß diesem Spiegel-Discurs
zuzuhören sich auf die Seite gemacht hatte/tratte
nun wieder herzu/zu der übrigen Gesellschafft/und
Max erinnerte Goribald abermahlen/deß gethanen
Versprechens/weil nun Erich sich von neuem ent-
schuldigte/liesse Goribald sich folgender massen vernehmen.

Ich achte für unnöthig euch meinen Herren
eine Beschreibung von Franckreich zu thun/als
welches ihnen guten Theils selbsten/so wol auß der
Erfahrung/als und auch auß Lesung der Büchern/
deren viel hundert im Druck vorhanden/genugsam
bekannt. So weiß ich auch von keinen sonderbaren Abentheuren die uns auf der Räyse aufge-
stossen/etwas zu melden; weilen aber dieses Königs
reich/unangesehen es mit so vielen und grossen Krie-
gen/verwickelt/dannoch in seinem innwendigen
ziemlicher Ruhe geniesset/daß es biß daher öffters
triumphiret/von Zeit zu Zeit seine Gräntzen er-
weitert/und dann auch seine Einkünfften trefflich
vermehret.

Solchemnach höret und siehet man nichts/als
von allerley guten Anstalten den Krieg glücklich zu

führen/ von tapffern und klugen Entreprisen / glücklichen Unterfahungen / und noch glücklichern Auß-
führungen deſſen/ſo man ſich unterwindet : bey Hof
und in Pariß lebt man inzwiſchen ohne ſonderbare
Sorge/ und weißt man faſt von nichts als von ſchö-
ner galanten / und ihres Erachtens Ruhm-würdi-
gen Geſchichten und Begebnüſſen/ ſo wol in Krie-
ges-als auch Liebes-Sachen zu ſagen/ weil dieſe
beyde in höchſtem Flor allda grünen. Wiewol ich
darum eben nicht alles der Frantzoſen Beginnen
billiche und gutheiſſe/ ſondern manchmahlen/ an
dem jenigen/ was ſie aufs höchſte loben und herauß
ſtreichen/ ziemliche Schwachheiten/ ja grobe/ und
ihres Ruhms unwürdige Fehler/ nach meinem geringen Urtheil vermercke.

Eine einige Geſchichte die ſich in Wahrheit
noch nicht lange zugetragen/ und von deren gantz
Pariß/ ja vielleicht gantz Franckreich zu ſagen weißt/
könte meine Meynung beglaubigen/ wann ich nicht
in Sorgen ſtehen müßte/ daß deren Erzehlung meinen Herren anzuhören verdrüßlich fallen / und ihnen die Zeit darüber zu lang werden wurde/ ſolchen
Frantzöſiſchen Alfenzereyen Raum zu geben/ weil
doch endlich mehr Pralerey und boßhaffte Ver-
ſchlagenheit/ als wahrhaffte Aufrichtig- und unta-
delhaffte Großmüthigkeit/darauß zu erſehen.

Weil nun die gantze Geſellſchafft begierig dieſe Geſchichte anzuhören / zumahlen wegen übeler
Witterung / ſie die Zeit ohne dem zu Hauſe zubringen mußten / fienge Goribald auf Begehren ſeine
Erzehlung alſo an:

Zween vornehme/ tapffere/ und wegen ſonder-
baret

barer Klugheit und hohen Verstand / beruffene Cavalliere, die zugleich eine im höchsten Grad vertrauliche Freundschafft / von guter Zeit mit einander
gestifftet / auch alle ihre Heimlichkeiten / einer dem
andern vertrauet / ingleichem beyderseits deß
Frauenzimmers wanckelmüthige Unbeständigkeit
geprüffet / und deßwegen aller Liebe hinführo sich zu
entäuffern / und dieselbe zu verachten vestiglich vorgenommen / auch eine Zeitlang / nicht ohne deß
Frauenzimmers Mortification und nicht geringem
Verdruß / practiciret hatten / versprachen einander
von neuem / unempfindlich hinführo von der Liebe
zu leben / und sich nimmermehr zu verheyrathen.
Sainte Columbe, so hieſſe der eine / und Flavigny der
andere / besuchten einmahl zugleich / einen vornehmen von Adel/ihren gewesenen Nachbarn / der sich
mit seiner Familie, vor etwas Zeit auf das Land begeben; von welchem sie über alle maſſen wol empfangen worden / weßwegen sie auch zwey gantzer
Tage bey ihme zubrachten.   Dieser Herz hatte eine
Tochter von ungefähr 13. oder 14.Jahren / solcher
anmuthigen Art und Schönheit / auch so hurti-
gen Geistes / durchbringenden und anreitzenden
Manier / daß es unmöglich ware / ohne sich in sie zu
verlieben/ sie anzuschauen.

     Diese beyde genannte Sönderlinge aber schie-
nen nicht die geringste Bewegung von diesen an-
lockenden Liebreitzungen empfunden zu haben / sondern nahmen ihren Weg ohne einige Beunruhigung wieder nach Hause / als ob sie diese vortreffliche Schönheit nicht einmahl gesehen.   So bald
sie aber zu Hause angelanget/ begab sich Flavigny

auf die Seiten / unter dem Vorwand einen Brieff
zuschreiben / in Wahrheit aber keiner andern Ursache
halben / als seinen Gedancken nachzuhengen / dann
sein Hertz hatte bereits durch die Augen wegen der
schönen Justine Feur gefangen / daß er ihrer nicht
vergessen kunte: Empfande dannenhero eine grosse Zuneigung sie zu lieben / reuete ihn auch nunmehr /
daß er den Entschluß ergriffen / sich nicht zu verlieben. Doch schützte er sich mit der Vernunfft und
denen mit seinem Freund schon vorher entworffe-
nen Tugend-Gründen / wider die / wider seinen
Willen auffsteigende Bewegungen / so der liebreiche
Anblick Justinens bey ihme erwecket; darbey ware
er sehr bemühet / diese Verkehrung seines Hertzens
zu verbergen / damit sein Freund Columbe solches
nicht merckte. Sich auch desto mehr vor solcher
Unruhe seines Gemüths zu versichern / nahme er
sich vest vor / Justinen nimmer zu sehen.

Weil aber bald darauf der Justinen Vätter
gestorben / verbande die Höflichkeit den Sainte Columbe, wegen der Nachbarschafft / die Beyleyds-
Complimenten bey der Wittib und Tochter abzulegen. Flavigny stunde im Zweifel / ob er ein gleiches thun oder unterlassen solte / jedoch weil er keine
gültige Ursache fande / auch seinem Freund / die
Forcht so er von denen liebreitzenden Augen der Justinen hatte / nicht entdecken mochte; gienge er in
Gesellschafft mit dahin / ungeachtet seines sie num-
mer zu sehen vorgefaßten Schlusses:

Aber diese Besuchung vollendete / was durch
die erste angefangen worden / Amor nemlich fesselte
ihne nun völlig / und rächete sich wegen deß Ent-
schlusses / die Liebe zu verachten / nunmehr grausam.
Das

)as Traur-Kleid Justinens gabe ihr noch mehrere
Anmuthigkeit/ un scheinte unter dem schwartzen Flor
)me desto lieblicher zu seyn / ihre Zähren erweckten
ugleich ein solches Mitleyden bey ihme / daß er nun
öllig der Liebe Leibeigener wurde /. und alle vor-
mahls geführte Gründe/ nun selbsten widerlegte/
)ingegen von Justinen gantz anders / als zuvor
)on allem andern Frauenzimmer/ urtheilete / ja für
unrecht hielte / mit ihr und andern eine Verglei-
chung anzustellen,

In Summa der gemachte Bund mit seinem
Freude ware nun gebrochen / er stellete sich zu keiner
Gegenwöhr mehr / und trachtete allein solches vor
seinem Freund geheim zu halten / dann er darffte
auß Schamhafftigkeit seine Schwachheit nicht bekennen.

Sainte Columbe, merckte zwar die Beunruhigung seines Gemüts wol/ daß aber solche von der
Liebe herrührete/ kame ihm nicht zu Sinne/ daher
glaubte er allem erdichteten Vorwand / den Flavigny vorbrachte,. Immittelst wurde das Liebes-
Feur stätig hefftiger / daß er es länger nicht vor Columbe verbergen könte / solches aber zu unterlassen/
entschlosse er sich/ vom Lande/ wider zurück nach Pariß zu gehen / da er vermeynte mehrere Freyheit zu
geniessen / rüßte auch unter einem gewiesen Vorwand dahin. Allein die Anmuthige Liebreitze/ der
ihme stätigs in Gedancken schwebenden Justinen/
verfolgeten ihne auch daselbsten / daß seine Liebe sich
nicht minderte/ sondern darbey noch in eine Melan-
cholie geriethe/ alle Gesellschafften flohe/ der Ein-
samkeit / und darinnen seinen Gedancken von der
liebreichen Justinen allein nachhängete.

Die

Die genaue Freundschafft aber die er mit Sainte Columbe hielte / machte ihn glauben / daß dieser auch bald wieder zurücke kehren/uñ ihme ohne Zweifel seine Freyheit/ mit Gedancken sich zu erquicken/ benehmen / und das jenige / was er mit so grosser Sorgfalt biß daher verborgen / ohne Zweifel alsdann mit Ernst von ihme zu erforschen trachten würde.

Weil er aber solches nicht gerne thun/ noch sich selbsten beschämen wolte / nahme er sich vor Kriegs-Dienste anzunehmen / räyßte auch darauf/ nachdem er zuvor durch einen Brieff / sein Vorhaben und dessen Ursachen / seinem Freund eröffnet/ die wahre Ursache aber nemlich die hefftige Liebe/ verborgen hatte / in das Elsaß zu der Königl. Armee / woselbst er von einem berühmten General, zu einer guten Charge befördert wurde.   Aber auch der Krieg kunte zu keinem Genese-Mittel dieses übels gedeyhen / jedoch hatte er nicht so viel Muß/ seinen Gedancken nachzuhengen / weil seine Geschäffte viel Zeit erforderten.

Solcher Gestalten bliebe Flavigny fast zwey Jahr von Pariß / unter welcher Zeit deß Sainte Columbe Eltern ihrem Sohn starck anlagen / sich zu verheyrathen/welchem Zumuthen er zwar eine Zeitlang widerstunde / den mit Flavigny gemachten Schluß beobachtend / welchen zu überschreiten er für eine grosse Schwachheit hielte.   Man wußte ihm aber die Sache so süß und vortheilhafft vorzubilden/ daß er endlich gezwungen worden/ der Eltern Bitten und Befehlen Statt zu geben.

Eben um solche Zeit kame Flavigny wieder auß Teutschland zuruck / und ware in Justinen viel verliebter/

liebter/als da er abgeräyset. Er setzte sich demnach
vor/seinem Columbe,der ihme zwar offt geschrieben/
aber von der Heyrath nie nichts gedacht/ nunmehro
sein heimliches Anliegen nicht länger mehr zu verbergen / sondern / unangesehen sie einander vest versprochen sich niemahlen zu verheyrathen/ seine Liebe
zu offenbaren/er möchte ihn hernach deßwegen auß-
schänden / oder verspotten. So bald er von der
Räyse zurück kommen / besuchte ihn Saint Columbe,
deß Vorhabens ihme vorzukommen / ehe einer von
seinen Freunden/dieser Heyrath wegen ihme Nachricht brächte. Die Freude / so diese beyde bey ihrer
Zusammenkunfft hatten / ware sehr groß/ empfiengen auch einander mit aller Aufrichtigkeit. Nach
abgelegten Complimenten schwiegen beyde eine gute Weile stille/ Flavigny , weil er sich bestürtzt befan-
de/zu bekennen/daß er ihrem gefaßten Entschluß zuwider verliebt seye; Columbe, weil er sich ischämete
zu melden/ daß er wider gehabten vesten Vorsatz/
bereits schon eine gefreyet.

　　Flavigny, den der Krieg behertzt gemacht / und
deß Columbe Stillschweigen sich zu Nutzen machen
wolte / brache erstens herauß und sagte: Mein
wehrter Freund / was werdet ihr doch für ein Urtheil von mir fällen/wann ich euch bekenne/ daß unserer vesten Entschlüssung unangesehe/ich nunmehr
einer von den allerverliebtesten bin. Er ware aber
sehr bestürtzt / daß da er sich auf solche Bekantnüß
eines Verweises befahrete/ derselbe über diese Zeitung sich vielmehr erfreuete/und diese Antwort ertheilte: Was ihr mir anzeiget/(ihme damit freund-
lichst umarmend/) erfreuet mich sehr/und an Statt
euch solches zu verweisen/ wünsche ich von Hertzen
　　　　　　　　　　　　　　　　　　Glück.

zufrieden ~in.

Flavigny bezeugte ebener maſſen.eine ſonderbare Freude hierüber / lobte ſein Beginnen / und
verlangte mit etwas Ungedult / die Perſon ſeiner
Liebſten zu wiſſen und zu ſehen. Columbe, in der Einbildung ihme einen angenehmen Poſſen zu erweiſen / und unverſehens zu überfallen / wolte den Namen ſeiner Liebſten nicht nennen / ſchickte aber einen
Laqueyen nach Hauß / ihr zu ſagen / daß einer ſeiner
beſten Freunden von der Armee kommen / und dieſen Abend mit ihme bey ihr zu Nacht ſpeiſen wolte.
Sie hatte ſchon zuvor von der gemachten Verbünd-
nüß / ſich nicht zu verehlichen / von ihrem Liebſten
Nachricht bekommen / dahero ſie auch alle gute Anſtalt machte / ihren Liebſten ſamt ſeinem Gaſt wol
zu empfahen / wolwiſſend / daß ihrem Manne ſie
hierdurch die gröſſeſte Ehre erwieſe.

Dieſe hingegen erneuerten ihre Freundſchafft
mit Verſicherung / ſolche ohne einige Hinternüß
weder der Liebe noch Heyrath / aufrichtig und unaufhörlich fortzuſetzen. Flavigny bathe noch immer
den Columbe, ihme den Namen und Stand ſeiner
Liebſten zu entdecken / er entſchuldigte ſich aber jederzeit / und gab dardurch dem Flavigny Anlaß / daß
er den Namen der jenigen / in welche er verliebet /
auch verſchwiegen hielte / erſprachten ſich inzwiſchen über die veränderliche Sinne der Menſchen / und / daß alles denen Veränderungen ſo ſehr
unterworffen / daß man lobe / was man zu anderer
Zeit

Zeit gescholten/und schelte / was man nicht gar lange zuvor gelobet.

Beyde vertraute Freunde giengen hierauf mit
inander zum Nacht-Essen / und Columbe zum er-
ten ins Hauß hinein / um dem Flavigny seine Liebte zu zeigen. Flavigny hielte sich fertig / ein beque-
tes Compliment abzulegen / da er mit höchstem Er-
taunen seine allerliebste Justine ersahe / dann diese
vare eben die jenige / die sein Freund geheyrathet
atte. Er wolte zwar / was er sich zu sagen vorge-
ommen/vorbringen/er vergasse aber alles/daß we-
er Zunge noch Mund ihr Amt thun kunte. Er
vare so verwirret/ daß er nicht wuste/ was er sagen
der gedencken solte. Columbe merckte seine Be-
ürtzung/ aber die Ursache deren wußte er nicht/ da-
r machte er allerhand Schertz-Reden über solche
Verwirrung / gienge auch darauf in eine andere
ammer / gewiese Anstalten zu machen/ und ließe
n bey seiner Frauen allein.

Das XVIII. Capitul/

egreifft die Fortsetzung dieser Liebes-Geschichte ;
**Deß Flavigny aufrichtige Freundschafft/ hefftige Liebe/
grosse Verwirrung und Verschwiegenheit; der Liebe
und Freundschafft Wett-Streit / und listige Erfin-
dung/ ꝛc.**

Flavigny, wie gehört / ware voller Bestürtz- und
Verwunderung/ daß er die höfliche Reden der
Justinen nicht beantworten kunte. Seine
igen kunte er nicht von ihr abwenden/ und befan-
er sie viel lieblich und anmuthiger / als vor ihrer
erheyrathung. Bey der Tafel asse Flavigny
hts/ und Justine triebe mit ihm höflichen Schertz/
meynend/ daß er wegen der Verheyrathung über
ihren

ihren Mann böse seye / Columbe wolte ihn gegen
seiner Eheliebsten damit entschuldigen / weil er verliebt seye / derowegen Justine den Namen deren
die er liebte zu wissen verlangte / welchen aber Flavigny keines weges nennen wolte / wie sehr man ihm
auch darum anlage / ja solches Begehren machte
ihn nur desto verwirrter: Sie nannten beyde allerhand Personen / um die jenige zu erforschen / die sein
Hertz verwundet; er hörte aber alle die Namen
an / als wann es ihne nichts angienge / kunte also das
Geheimnüß nicht auß ihm bringen / dahero geriethen sie auf die Gedancken / daß er eine vornehme
Dame im Elsaß oder Lothringen lieben müsse / und
machten allerley Vexation darvon. Es dienete aber
zu nichts / als den guten Flavigny noch bestürtzter
und verwirrter zu machen / so / daß er fast kein Wort
mehr antwortete / daß sein Freund / wegen deß Still-
schweigens eine Müdigkeit von der Räyse sich einbildend / nach vollendetem Nacht-Essen / ihne allein
liesse.

So bald sich Flavigny allein befande / machte
er tausenderley seltsame Gedancken / über diese Be-
gebenheit. Er bildete sich seine Liebste stäts ein /
und fühlte die grosse Zuneigung / neben der wenigen Hoffnung / dardurch beglücket zu werden / indeme er darzu ohne die grausamste Verrätherey
seines getreuesten Freundes / der jemahlen gewesen /
nicht gelangen kunte / deme nach so brachten ihn die
traurigste Vorstellungen von der Welt fast in Verzweiflung. Und ob er sich wol vornahme / sich der
Liebe in Betrachtung seines Freundes abzuthun /
so fühlete er dannoch in einem Augenblick wieder /
daß es ihme unmöglich wäre / eine so hertzliche schön-

so lang

so lang und tieff eingewurtzelte Zuneigung abzu-
legen/ ja seine Quaal nahme nur desto mehr zu / daß
er darvor nicht ruhen noch schlaffen kunte.

Deß folgenden Tags besuchte ihn Columbe in
seiner Kammer / mit der Anzeige / daß seine Liebste
ihn gantz nicht für den jenigen halten könne/ von deme ihr so viel gutes erzehlet worden. Wolte ihn
hiermit zur Mittags-Mahlzeit führen / um ihne
besser aufzumuntern. Gabe ihme darbey einen
guten Verweiß/ daß er sich gestern so gar nicht nach
seiner Gewonheit aufgeführet / und ihne gleichsam
bey seiner Frauen zum Lügner gemacht hatte / und
und was dergleichen mehr ware. Aber Flavigny
entschuldigte sich unter anderm auch damit; daß
er nicht mehr der jenige Mensch seye / wie ihn sein
Freund zuvor erkennet / und der von allen Sachen/
so vernünfftig geredet habe. Die Liebe / klagte er/
hat mich in einen solchen Stand gesetzet / daß ich
mein Leben in immer währender Verwirrung/ ohne
zu wissen was ich thue/ zubringen muß/ weiter sagte
er nichts / sondern seufftzete nur.

Sainte Columbe bezeugete grosses Mitleyden
hierüber/ und bathe ihn/ ihme nichts zu verhälen/ mit
Versprechen/ ihme mit Rath und That/ an die Hände zu gehen. Uber welches Anerbiethen Flavigny
eben so sehr bestürtzt ware als zuvor / und erklärte
sich/ daß er mit einer so subtilen Liebes-Bezeugung
lieben müsse/ daß er nicht einmahl die Person / die
ihne also mit Liebe verwundet nennen; ja sein
Schmertzen seye von einer so sonderbaren Beschaf-
fenheit/ daß er sein Lebtag weder eine Vergnügung
noch die Heilung desselben verhoffen darffe; hinzu-
fügend/ daß solche sonderliche und wunderliche

Umſtände darbey wären/ daß er nicht wuſte/ wann
er gleich könte beglückſeeliget werden / ob er auch
wolte.

Sainte Columbe, als ein Freund der nicht mehr
zu wiſſen verlangte/als man ihme zu ſagen begehrte/
wolte ihn nicht weiter treiben / ſondern urtheilte/
daß er irgend in eine Printzeſſin auß Teutſchland
verliebt ſeyn müſſe / welche er aber auß Forcht auß-
gelacht zu werden nicht nennen wolte. Doch ſtellete er ihme allerley zu betrachten/ja ſeine ſelbſt eigene Geſundheit / die gar leichtlich vernachtheilt werden könte/ vor / welche er / ſo er ja eines ſo aufrichtigen Freundes Bitten nichts wolte gelten laſſen/
in Acht nehmen ſolte; weil er auch wuſte / daß er
die Nacht nichts geſchlaffen / nöthigte er ihn nicht
weiter zur Mittags-Mahlzeit / ſondern gönnete
ihm allein zu ſeyn/ der Ruhe ſich zu bedienen.

Der in höchſten Sorgen ſtehende Flavigny, daß
er S. Columbe nicht erzörnete / weil er ſo ein groſſes
Geheimnüß auß ſeiner Liebe machte/ entſchloſſe ſich
zu ihme zu gehen/ihne zu bitten/nicht übel aufzuneh-
men / daß er in dieſer Sache nicht mehrere Eröffnung thun könte. Indeſſen hatte S. Columbe ſeiner
Frauen/ ſeines Freundes Vertruß ſchon angezeiget / ſie zugleich gebetten / alles zu thun / was ſie immer kunte / um nur dieſe melancholiſche Sinnen
und Gedancken/ ihme auß dem Kopff zu bringen.

Juſtine ware eben gantz allein in ihrer Kammer / als Flavigny zu ihr hineinkame / und gleichwie
ſie ihrem Manne ſehr viel zu Gefallen thate / alſo
ermangelte ſie auch nicht/ ſeinen Freund auf das
beſte zu empfahen / und auf alle Weiſe und Wege
ſich zu bemühen/ ihn durch ein luſtiges und höchſt
annehm-

nnehmliches Gespräch zu ermuntern; welches aber
nichts anders / als diesen unglückseeligen Ver-
ebten noch mehrer widersinnig und verdrüßlich
machen dienete. Es entwischte ihme ungefähr
n Seufftzer / der zu neuen Vexierungen erst recht
rsach gabe / und je mehr Justine sich bemühete ihn
uß diesen verdrüßlichen Gedancken zu bringen / je
iehrer scheinte sie ihm / mit aller Anmuthigkeit angefüllet / so ihm nur mehrere Unruhe verursachte ;
ann er wußte wol / daß alles auß heimlicher An-
alt ihres Ehe-Herrn geschahe. Und weil diese
reundschafft / nichts wenigers zuliesse / als seines
reundes tragende Sorgfalt / mit einer Verräthe-
y zu begegnen / so sahe er die Justine, nur mit einem
hnlichen Blick an / und bedanckte sich also für die
)öflichkeiten / die sie seiner Beunruhigung wegen/
;gen ihme gebrauchet / aber in wen er verliebet/
lches ware er zu melden gantz stumm.

Columbe liesse ihn hierauf fast nie allein / ver-
nlaßte ihn auch gantze Täge mit Justinen und an-
:rn guten Freudinnen / welche ihm seine traumen-
: Schwermereyen öffters vorruckten / mit ehr-
chen Kurtzweilen zuzubringen. Allein es bliebe
;y dem vorigen. Er entschlosse sich zwar mit der
iistine von seiner Liebe zu reden; aber alsbald reue-
: es ihn wieder und hielte für das grösseste Laster/
aß er nur einen Gedancken gehabt / einen so red-
hen Freund zu vernachtheilen.

Mit dergleichen Beunruhigung brachte er fast
n Jahr zu / nicht wissend / ob er der Liebe solte ab-
;gen / oder der Ursacherin derselben sein Anligen
itdecken / oder aber seinem Freund vertrauliche
röffnung davon thun / der noch immer sich ange-

legen seyn liesse / seinen wunderlichen Sinn zu ver-
ändern.

Max fiele hier in die Rede sprechend: Wann
mein Landsmann nicht gleich anfangs seiner Geschichte Erinnerung gethan / daß solches in Franckreich mit zweyen vornehmen Stands-Personen sich
begeben / so truge ich grossen Zweifel / ob dieses / insonderheit Flavigny, Frantzosen gewesen / als deren
Natur zuwider / so lange hinter dem Berge / und
ihre Liebe verborgē zu halten/ sich auch mit so langer
Gedult zu quälen/ dahero es wol desto merckwürdi-
ger/ist.　Goribald antwortete/deme ist nicht anders
als wie ich erzehlet /und eben darum ist die Sache
auch desto verwunderlicher / je weniger sie mit der/
denen Frantzosen sonsten angebornen flüchtigen
und schnell veränderlichen Art übereinkommet.

Endlich / (fuhre er fort/) als sein Schmertz
nur ärger wurde / durch die Gelegenheit Justinen
so offt er wolte zu sehen und mit ihr zu reden / auch
durch die viele Sorge deß Columbe, der ihn darzu
anhielte / daß er fast täglich um sie seyn solte / der
Hoffnung ihme hiermit die verwirrte Gedancken
zu benehmen / würde er schlüssig von Pariß sich zu
entfernen / nimmer dahin zu kommen / in der Meynung weniger Verdruß durch die Abwesenheit zu
haben / als sich länger in Gefahr zu sehen / worinn
er durch die stäte Gesellschafft seiner Liebsten möchte
gebracht werden.　Solchen Entschluß / bewerck-
stelligte er auch.　Er hinterliesse aber einen Brieff/
der nach seinem Abschied durch einen Laquäyen der
Justinen eingehändiget wurde/ darinnen er ihr ent-
deckte/daß sie die jenige seye/in die er sich von dem ersten Augenblick her/so hefftig verliebet/daß er sich ge-

schämet/

)ämet seine Schwachheit seinem Freunde zu ent-
cken/ deßwegen in Krieg gezogen/ aber darum sei-
s Leydens nicht loß worden/ sondern viel verlieb-
c wieder kommen; Ja er erinnerte alles was biß
ıher mit ihme sich zugetragen/ weilen er aber sich
cht länger getrauet/ ohne darvon Eröffnung zu
un zu verbleiben; sich aber der getreuesten Freund-
)afft/ so jemahlen auf der Welt habe seyn können/
cht wollen unwürdig machen/ seye er darvon ge-
iyset/ ohnwissend wohin/ dieses allein wisse er/daß
sie anbette/ nichts hoffe/und der Unglückseeligste
nter allen seye.

Uber diesen Brieff verwunderte sich niemand
ehr als Justine, dann sie stunde gäntzlich in der
:inbildung/ er mußte was sonderliches Lieb-wür-
iges in Teutschland gesehen/ und sich sehr verliebt
aben/sie truge Mitleyden mit ihme/ und verdrosse
e/daß er solches weder ihrem Ehe-Herrn noch son-
en jemand entdecket/ machte auch sonsten aller-
and Glossen darüber/indem sie solchen zum andern
ıahl lase.

Eben da sie mit solchen beschäfftiget/ gienge
:olumbe zur Thür hinein/ und als er gefragt/ was
ie lase/ gabe sie ihme/ ohne andere Antwort/den
Brieff zu lesen. Dem S.Columbe gienge solcher
ehr zu Hertzen/ nicht so sehr in Ansehung seiner
Frauen/ als wegen der Verzweiflung seines tapfern Freundes/ dann er hatte die Justinen ohne
ıem nur seinen Freunden zugefallen/ geheyrathet/
ınd lebte mit ihr etwas kaltsinnig/ da er hingegen
einen Freund auf das höchste liebete. Er ware
ıber diesen Brief so bestürtzt/ daß er ohne einig wei-
ers Nachdencken seine Frau verlassen/ und auf

nichts

nichts mehr gedacht / als wie er die Hinweg-Räyse
seines vertrauten Freundes verhindern möchte.
Er fande ihn aber nicht mehr in seinem Hause / erfuhre aber / wie er alle seine Sach zu einer grossen
und langwürigen Räyse angestellet / ohne / daß ein
Mensch erfahren / wohin er sein Vorhaben gerichtet. Er kehrte wieder zu seiner Frauen / und erzehlte ihr deß Flavigny Hinweg-Räyse / ja er war so unbillich / daß er mit ihr anfangen Wort wechseln / weil
sie die Ursach wäre / die seinen Freund ins Elend
setzte / dann er hatte viel grösseres Absehen auf die
Freundschafft / als auf die Liebe.

Dieser unbilliche Verweiß verursachte zwischen Justinen und ihrem Manne unterschiedliche
kleine Ent-Zweyhungen / welche sich alle Tage ver-
mehrten / durch den Verdruß deß Columbe so er
hatte / seinen Freund nicht mehr zu sehen. Justine
kunte die Geringachtung ihres Mannes auch nicht
wol ertragen / indeme sie / nach dem Zeugnüß ihres
Spiegels / und aller so sie kenneten wol würdig wäre / in besserm Werth und Ansehen von ihme gehalten zu werden / dahero sie ihme mehrmahlen seine
Kaltsinnigkeit und wenigen Eyfer vorwarffe. Er
aber ihre Klagen und Vorwürffe gering schätzte /
also / das beede endlich einander fast ein Verdruß
wurden.

Indessen erfuhre Sainte Columbe, daß Flavigny
sich auf eines seiner Güter / so ziemlich weit von
Pariß entfernet / begeben / daselbsten einsam lebte /
und alle Gesellschafften flohe / deßwegen räysete er
alsobald dahin / seinen Freund dahin zu vermögen /
daß er mit ihme wieder nach Pariß kehrete. Flavigny ware sehr verwundert / daß sein Freund solches

ches verlangte / weil er ihme bereits so viel zu verstehen gegeben/daß er von dem hinterlassenen Brief
gute Wissenschafft habe.   Aber Saint Columbe erklärete sich / daß er nicht kommen wäre / sich gegen
ihme zu beklagen / daß er in seine Frau verliebt seye/
indem er dessen keine Ursach hätte / weilen er seine
Frau schon von der Zeit an liebte/ ehe er sie einmahl
geheyrathet/bathe ihn derowegen sich wieder nacher
Pariß zu begeben / und mit der jenigen von seiner
Liebe zu reden / die ihme solche erwecket hätte/ ohne
einige Sorge ihrer Verheyrathung.

Flavigny umfienge hierauf den Colombe, be-
kennend / daß seine Zuneigung zu groß die Freyheit
zu haben/ Justinen zu besuchen/ und nicht etwan einige Reden schiessen zu lassen / so die Tugend verletzen wurden / und was dergleichen Entschuldigung mehr waren.

Sainte Colombe, welcher einig und allein such-
te/ seines Freundes Zuneigung zu schmeicheln / bekennete / daß er der Tugend der Justine versichert/
doch wäre es auch nicht unmöglich/ daß ein Mensch
von so guter Gestalt und schönen Geist / sie endlich
könte in seinem Anligen empfindlich machen; Worauf Flavigny antwortete: Die Zeit meines Lebens/
werde ich sie nicht auf eine solche Probe setzen/ weilen auch der beste Fortgang / nichts als lauter Verrätherey wäre/ gegen einen Freund ; wolle demnach
lieber unglückseelig verliebt sterben / als ungetreu
gegen seinem Freund leben.

Sainte Columbe, von solcher Höflichkeit gantz
überwunden/ bekannte frey/ wie er seine Ehe-Liebste
gar nicht liebte/ und nur geheyrathet hätte/ seiner
Freundschafft zugefallen/ er solle kein Bedencken
tra-

tragen / sich wieder nach Pariß zu begeben / und mit
ihr umzugehen/als mit einer Frauen die nie die Liebste seines Freundes gewesen/ ihn versichernd/daß er
deßwegen nicht den geringsten Gedancken machen
wolte.   Flavigny aber wolte sich keines wegs durch
solche Gründe bewegen lassen.

Sainte Colombe hingegen versicherte ihn / daß
er nicht einmahl mehr von ihm scheiden / sondern
lieber sein Leben mit einem Freund so ihme lieb wäre zu bringen / als mit einer Frau/ die er nicht liebte
leben wolte.

Flavigny kunte seinen Freund von seinem Ent-
schluß/ auf keinerley Weiß die er ihm vorstellete abwendig machen/ blieben also etliche Monat bepsam-
men/ ohne/ daß Flavigny den Sainte Colombe zu seiner Frauen nach Pariß zu kehren / noch der Sainte
Colombe, den Flavigny um sich zu seiner Liebsten zu
begeben/ hätte bewegen können.   Diese lange Abwesenheit gabe der Justinen Anlaß / über die Verachtung ihres Mannes / gegen die ihrige sich zu beklagen / begabe sich auch auf dero Einrathen in ein
Kloster / S. Colombe erfuhre diese Zeitung mit grosser Kaltsinnigkeit/ und Verachtung / sich nicht das
wenigste um seine Frau bekümmernd / sondern bliebe steiff und vest gleichsam an seinen Freund gebunden.   Aber dem Flavigny gienge die Zeitung hart
zu Hertzen/indem er sahe / daß er einig und allein die
Ursach dieser Unordnung wäre/ entschloß sich demnach / wieder zuruck nach Pariß zu gehen / nur den
Mann ihr wieder zuzuführen.

S. Colombe ware mit dieser Resolution wol zufrieden / nicht so wol wegen seines eigenen Interesse,
als in Betrachtung seines Freundes/sich gewiß ein-
bildend/

bildend / wann er nur würde nach Pariß kommen
seyn / seine Frau sich auß dem Kloster begeben würde.   Er irrete sich aber/ja/als er selbsten ins Kloster
kame / mit seiner Ehe-Frauen zu reden / schluge sie
ihme solches ab.   Flavigny hingegen wurde von der
Justinen / die ihn in grossem Werth hielte/ auf das
höflichste empfangen.   Er vermahnte sie zwar wieder zu ihrem Ehe-Herrn zu kehren / allein sie brachte
die Ursachen die sie hatte / sich über ihn zu beklagen/
mit einem solchen Verstand vor/ daß Flavigny nicht
anderst kunte als seinem Freund unrecht zu geben/
daß er sich un.ter anderm vernehmen liesse/daß sie eines Mannes würdig seye/ der sie mehr liebte und in
Ehren hielte / als von S. Colombe geschehe.   Er erkühnete sich auch seine grosse Zuneigung mit mehrerm ihr zu erklären; Allein Justine liesse ihm keine Zeit hierzu / sondern begabe sich von dem Gegit-
ter und Rede-Gemach hinweg/ den Flavigny viel
verliebter als jemahlen hinterlassend.

 Er wußte bey so beschaffnen Dingen nicht/
was für eine Antwort er seinem Freund bringen
solte/ insonderheit / weilen sie ihme gesaget / ja beschworen / er solte sein äusserstes anwenden; ihren
Mann dahin zuvermögen/ daß er sie in ihrer jetzigen Ruhe / lassen möchte / mit dem Beyfügen / daß
sie hierauß die Grösse seiner Zuneigung gegen ihr
urtheilen wolte.   Dahero erschracke er nicht wenig/
als er folgenden Tages seinen Freund sahe zu sich
in die Kammer kommen / ehe er sich noch bedacht
was für eine Antwort von der Justine er ihme über-
bringen wolte.

 Colombe aber / entdeckte ihme / daß er unwürdig wäre / seine Freundschafft zu geniessen / wann
er die

er die Gelegenheit / einem so getreuen Freund zu
dienen / auß den Händen lieffe / und da er ihn
beglückseeligen könte / solches hintertriebe. Darauf eröffnete er ihm / daß er gestrigen Tages
mit einem Vetter der Justinen lange Unterredung
gepflogen / der dazumahlen als er sie geheyrathet/
ihr Vormunder und Sinnes gewesen / den Heyrath zu zertrennen / weil solcher ohne seine Mit-Ein-
willigung geschlossen/ von beyderseits Freunde aber
die Sache wiederum beygelegt worden. Diesen
sagte Columbe habe er beschworen die Sache wieder aufs neue rege zu machen / solches aber desto
leichter von ihme zu erhalten / habe er ihn beredet/
daß es mit ihme nicht wie mit andern Männern/
gleiche Beschaffenheit habe / die Schamhafftigkeit
der Justine aber nicht gestattet / sich hierüber zu beklagen / solches auch nicht offenbar machen wollen/
ihne hierdurch zu verunehren. Er aber seines Orts
wolle in alles gerne einwilligen / dieser Ehe sich zu
begeben/ und eine so liebens-würdige Person/ durch
sich/in ihrer Ehe/nicht unglückseelig zu machen.

Erstgedachtem der Justinen Vettern / (verfolgete Columbe seine Rede/) kam solches desto weniger unglaublich für / weil in denen dreyen Jah-
ren/die wir mit einander im Ehestand gelebet/ Justine nicht einmahl schwanger worden ; versprache
auch alles mögliche anzuwenden / damit diese Ehe
zertrennet würde. Doch ersuchte er mich nicht übel
zu nehmen / wann er zum Grunde seiner Klag/
der bedeuteten Unvermögenheit sich bedienete / so
fern die andere Ursachen nicht solten / für trifftig
und genug erheblich angenommen / und gehalten
werden? Er habe sich zwar darüber in etwas bestürtzt ;

ſtürtzt: doch ſeyen ſie alſobald zu zweyen den be-
rühmteſten Advocaten gegangen / die in Pariß zu
finden / ſolche hierüber zu Rath zu ziehen. Welche
beyde verſichert / daß eine Jungfrau / welche noch
unter der Vormunder Hand wäre / ohne derſelben
Einwilligung ſich nimmermehr verheyrathen könte / auch / daß dieſe ſamt noch andern Umſtänden und
Urſachen / gnugſam wären / dieſe Heyrath aufzuheben.

Hierauf habe er ihme verſprochen / die Sache
unaußgeſetzt fortzutreiben. Er habe hingegen den
benannten Vetter erſucht / ihme die Gelegenheit zu
machen / nur eine halbe Stunde mit ihr der Juſtinen / bey ihrem vergitterten Gemach zu reden / nur
um ſich zu berathſchlagen / damit man denen Richtern gebührende Antwort geben könne / damit man
ſich auch mit Reden nicht ſelbſten ſchlage oder ver-
wirre.

Es geſtunde Saint Colombo hierbey / daß bey
dieſer Sache er kein anders Abſehen habe / als den
Flavigny zu beglückſeeligen. Er verlange auch ſein
Weib die Juſtinen um keiner andern Urſache willen / zu ſehen / als allein ihr zu ſagen / daß er ſich anders nicht begehre von ihr ſcheiden zu laſſen / als mit
dem Beding / daß ſie vorher ſchriftlich verſpreche /
ihne Flavigny in 6. Monaten hernach zu freyen.

Das XIX. Capitul /

Hält in ſich die noch übrige Begebnüß dieſer ungemeinen Freundes-Liebe: Die anfangs ſchwere Ehe-
Scheidung / geht endlich wol von ſtatten. Flavigny
wird Juſtinen vermählet. Maxen Urtheil hierüber.
Deſſen / wie auch Goribalds und Erichs Liebes-Kum-
mer.

Gori-

GOribald ware willens mit der noch übrigen Erzehlung zurück zu halten / sich einbildend / es möchte solche der Gesellschafft anzuhören verdrüßlich fallen ; weil sie ihme aber alle anlagen/ solche vollends zu Ende zu bringen / ware er wilfährig / und fuhre in der angefangenen Liebes-Geschichte und wahren Freundes-Probe also fort:

Der über alle massen verliebte Flavigny hörte seines Freundes Anerbietung nicht anderst an / als einen Traum/fiele ihme aber um den Halß/und urtheilete bey sich selbsten / auß seinem eigenen Sinn/ daß es nimmermehr möglich wäre/ sich als ein Ehe-Mann zu entschliessen / eine so liebreiche Frau / als die Justine ware/zu verlassen. Ich mag meine Herren nicht aufhalten/ mit dem jenigen Wort-Gepränge und Complimenten / so Flavigny deßwegen dem S.Colombe, dieser hingegen dem Flavigny gemachet. Es betheurete Colombe abermahlen / daß er nicht so wol auß Liebe / als vielmehr seinen Freunden/zugefallen/die Justine geheurathet/striche darbey ihre Tugenden und Verdienste aufs herzlichste herauß/und erkennete sich selbsten ihrer Hulde unwürdig/ sich versichernd / daß sie bey ihme dem Flavigny weit glücklicher seyn würde. Er schwure über das / daß er verlange/ daß der Heyrath zwischen ihnen beyden möchte vorgehen/ so wol ihme selbsten / als dem Flavigny und Justinen zu Liebe/ mit Betheuren / daß wo solches nicht geschehe / er kein sattsames Vergnügen empfinden werde.

Durch solche hohe Versicherung bewogen/ bekennete endlich Flavigny seinem Freunde / daß er ihme hierdurch sein Leben wiedergebe / versprache ihm auch sich seiner Großmüthigkeit zu bedienen/ und

und dahin ſich zu bemühen / wie er von der Juſtine
auch möchte geliebet werden/indem er nun die Verſicherung habe / daß ſolches ohne Verletzung der
Freundſchafft / ſo zwiſchen ihnen ware / geſchehen
könne.

Juſtine inzwiſchen bildete ihr nichts weniger
ein/als/daß ſie von der Ehe wieder könte ledig werden.   Es ware ihr aber ſehr lieb / als ſie von ihrem
Vettern vernahme / was für einen Rathſchlag er
mit ihrem Mann dem S. Colombe deßwegen gefaſ-
ſet/bedanckte ſich wegen ſeiner Vorſorge / aber er
hatte genug Mühe / ſie dahin zu bereden / daß ſie in
die Zuſammenkunfft und Unterredung mit dem
Colombe willigte ; weilen ihr Vetter bezeugete/
daß es anders nicht ſeyn könne/um in allen Sachen
genau mit einander einzutreffen/ und auf einer Rede zu bleiben / verſprach ſie endlich / deß folgenden
Tages ihne zu erwarten / welches der Vetter dem
Colombe anzeigete.   Juſtine lieſſe ihr die groſſe Zuneigung / deß Flavigny, und ſein heimliches Leyden
zwar nicht mißfallen / aber ihre Tugend/ und obligende Schuldigkeit lieſſen nicht zu/auf einen andern
ein Abſehen zu haben.

Flavigny unterlieſſe nicht noch ſelbigen Tages
die Juſtinen zu beſuchen / und weilen er ſie als eine
von S. Colombe befreyete Perſon / betrachtete / er
ſelbſten auch durch die hohe Freundſchafft nicht
mehr eingeſchrancket wurde / entblödete er ſich nun
nicht / mit ihr von der Liebe zu reden / und wußte ihr
ſein Leyden / erlittene Marter / nicht genugſam
vorzuſtellē / anbey aber auch mit dem zu ſchmeicheln/
daß die Erkänntnüß ihrer Tugend / bey ſeiner Ent-
fernung von Pariß/eben ſo viel gewürcket / und bey-
getra-

getragen / als die Furcht an seinem Freund einige
Verrätherey zu begehen.

Obwolen diese Unterredung der Justine gar
nicht mißfiele / befande sie sich doch darob ein wenig
bestürtzt / daß Flavigny, von Liebe entzückt / von ihr
zu wissen begehrte / welcher Gestalt sie sich nun der
Freyheit die ihr von ihrem Mann ertheilet wor-
den/zu bedienen begehrte? Worüber Justine etwas
bestürtzt antwortete / daß sie sich deren so lang als
sie könte zu bedienen vorgesetzt; so sie aber einmahl
solche verlieren müßte / wolte sie ohne sein Einrathen nichts vornehmen; welche Antwort ihn wol
vergnügte / und beym Abschied sie versicherte / daß
seine Zuneigung so lang als sein Leben dauren
würde.

Deß andern Tags verfügte sich Colombe an
den Unterredungs-Ort deß Klosters. Er versicherte sie / daß er sie jederzeit hochgeschätzet / aber auß
einigem Mangel der Natur / niemahlen eine hertzliche Zuneigung zu dem weiblichen Geschlecht haben können / einfolgig bereit wäre / alles das jenige
ins Werck zu setzen/ wessen sie mit ihrem Vetter sich
beredet und verglichen: Daß er dardurch eine Frau
verliere / wolte er einig und allein darum thun / einen aufrichtigen Freund zu beruhigen / welcher ihme lieber seye / als sein eigen Leben / dannenhero er
auch nimmermehr in die Ehe-Scheidung einwilligen wolte / ehe und bevor sie ihme eine schrifftliche
Versicherung würde gegeben haben / innerhalb
sechs Monaten den Flavigny zu freyen.

Justine, deren es an gutem Willen gegen dem
Flavigny nicht mangelte / befande sich dannoch anfangs etwas beleydiget / über ihres Mannes Vor-
trag/

trag/antwortete deßwegen / wie sie sich nicht gnugsam verwundern könte / daß er ihr von fremder ehe-
licher Verbündung etwas sagen möchte / da sie
doch von dieser noch nicht ledig / und ihr darzu vest
vorgenommen/ihr Leben in dem Kloster zu enden/
welches ihr nun viel anständiger seye / weil sie bereits erfahren/was um die Verehligung wäre.

Hierauf fienge S. Columbe an / seines Freundes sonderbare Qualitäten auf das beste herauß zu
streichen / daß ob sie schon gewolt / sie doch nichts
wußte entgegen zu setzen. Sie wöhrte sich eine
lange Zeit in das verlangte Versprechen zu willi-
gen/endlich aber doch/auß Beysorge/die angenehme Gelegenheit ihres Mannes sich zu entschütten/
der sie verachtete / und einen zu bekommen der sie
hertzlich liebete / vorbey zulassen / entschlosse sie sich/
ihme das Wort zu geben / welches er verlangte.
Sainte Columbe überbrachte solches alsobald seinem
Freunde mit unaußsprechlicher Freude. Es lässet
sich nicht so leichtlich beschreiben/wie sehr ihm dieses
seltene und sonderbare Kenn-Zeichen der Freundschafft zu Hertzen gienge. So bald er aber vernom-
men/daß Justine sich etwas geweigert/in die schrifftliche Versicherung einzuwilligen / verdroß ihn der
Zwang / welchen ihr Mann ihr deßwegen angethan / nicht wenig/ und bezeugete grosse Ungedult/
(indem er die Sinne und Gedancken seiner Liebsten
auß den seinigen urtheilete/) biß er ihr dieses Versprechen wieder einhändigte/und sie versicherte/daß
er einig und allein der Liebe sich schuldig erkennen
wolte.

Er eylete alsobald dem Kloster zu/ allwo ihme
Justine, ehe sie ihm Zeit ließ zu reden / tausendmahl
                                                  das

das jenige verwiese/ daß er ihren Mann verbunden/ von ihr dergleichen Versprechungen zu fordern. Flavigny versicherte/ daß er an dem jenigen so S. Colombe gethan/ nicht die geringste Schuld hätte/ und eben deßwegen sich zu rechtfertigen daher kommen wäre/ ja ihr solches im Wercke zu erweisen / nahme er das Versprechen auß seinem Sack zerrisse solches / und überreichte ihr die Stücke.

Uber dieses Beginnen / bezeugete Justine sich sehr vergnügt/ mit Versicherung / daß er hierdurch nichts verlohren / sintemahlen er an ihrem Hertzen viel eine bessere Versicherung/ als an dieser Schrifft hätte/ worüber sie viel verliebte Reden mit einander wechselten/ und beyderseits höchst vergnügt von einander schieden.

Indessen ware der Justinen Vetter höchstens beflissen/ die Heyrath mit dem Sainte Colombe zu zertrennen. Aber er fande auch eine nicht geringe Beschwernüß/ die er zuvor nicht beobachtet. Indeme nemlich ein anderer Befreundter der Justinen/ der sie einsten zu erben hatte/ im Fall sie ohne Kinder sturbe / sich eingebildet/ daß dergleichen mit dem Columbe gleichwol nicht zu hoffen/ und deßwegen sich hefftig wider die Ehe-Scheidung gesetzt/ und kurtzum behaupten wollen/ daß diese Ehe gut und gültig/ und deßwegen unzertrennbar.

Der lange Verzug/ welchen dieser unverhoffte Zufall verursachte/ erweckte nicht wenig Schrecken/ in den beyden verliebten Hertzen/ der aber vielleicht ihre Zuneigung vergrösserte. Sie schrieben einander täglich/ und entdeckten eines dem andern seine Gedancken / erwarteten auch beederseits mit Verlangen/ was für einen Außgang dieser Proceß gewin-

gewinnen wurde / der das End-Urtheil ihres Ver-
hängnüsses seyn solte. Justine stunde in nicht geringen Sorgen / sich beförchtend / sie müßte wieder
zu ihrem Manne kehren. Flavigny ware nicht weniger in grosser Verwirrung / als seine Liebste / be-
fahrend/ es möchte die Sache einen übeln Außgang
gewinnen / worbey er sich nicht einzubilden wuste/
was endlich seine Liebste sich zu thun entschliessen/
noch was sein Freund / zu dem / so er bereits zu seiner Vergnügung unnützlich thun wollen / sagen
wurde.

Diese Traur-Gedancken zermatterten den
guten Flavigny, und wußte doch keinen Trost / als
in der blossen Hoffnung / daß diese Sache noch den
erwünschten Außgang erlangen wurde/ zu fassen.

Indessen wurde der Vetter der Justinen/
welcher weder Sorg noch Kosten unangewendet
liesse/ diesen Process, zu Ende zu bringen / durch seinen Sach-Walter benachrichtiget/ daß die Sache
in einem verzweifelt bösen Zustand stünde/ und nun
kein ander Mittel mehr darauß zu kommen wäre/
als / daß man den Mann seiner Baasen angriffe/
wegen seines Unvermögens. Er gabe derowegen
dem Sainte Colombe hiervon Nachricht / mit Ersu-
chen/ es nicht übel zu nehmen / daß er dieses äussersten Mittels sich bedienen müßte / indeme die andern nicht zulänglich seyn wolten.

Sainte Colombe stunde zwar hierüber etwas
an / sich zu entschliessen; allein die Freundschafft/
welche er gegen seinen Freund truge / überwunde
auch hierinnen/ und ließ ihre sonderbare Würckung
spühren / daß er in alles / was man von ihme wünschete einwilligte. Justine, welche alle Augenblick

IV. Theil.   P   von

von dem Zustand dieser Sache Nachricht bekam/
ergabe sich gäntzlich der Verzweiflung / nachdem sie
vernommen / daß all ihr Glück beruhete auf der Un-
tüchtigkeit ihres Mannes / sich gäntzlich einbildend/
wann sie keine andere Ursache/ als diese/sich zu scheiden hätte/ sie die Zeit ihres Lebens unglücklich seyn
könte/ nicht erwegend/ daß ihr Mann so viel gutes
Willens bey sich liehen und eine solche Unbillichkeit
sich selbsten anthun lassen wolte.

Aber ihr beydseitige Bekümmernüß nahme
unversehens einen solchen unvermutheten Auß-
gang/ der sie in die gröffeste Verwunderung/ ja fast
vor Verzuckung auß sich selbsten setzte / weil sie ver-
nommen/daß Sainte Colombe, (der bißhero noch immer sich nur gestellet / sam er sich vertheidigte /und
daß seine Heyrath richtig und gültig wäre/behaup-
tete/) nun selbsten sein Unvermögen gegen dem
Richter bekenne/ und damit gemacht/ daß diese
Ehe endlich durch ein Urtheil zertrennet und aufgehoben worden.

Was diese zwey Verliebte in ihrem Hertzen
hierüber vor Freude gefühlet / konten sie beederseits
nicht verhälen/ so/ daß sie ihre Verehlichung nur so
lang noch aufgeschoben / als es die Ehrbar- und
Wolanständigkeit leyden kunte; Sainte Colombe
aber begabe sich etliche Tage auf das Land / und lebet nun mit seinem Freunde und Justinen in der
allervollkomnesten Verständnüß/beyde letztere aber
in höchstvergnüglicher Liebeszufriedenheit.

Hiermit beschloffe Goribald seine Erzählung/
derentwegen ihm die Zuhörende gebührende Danck
erstatteten / und über dieser Geschichte allerhand
Gloffen machten. Insonderheit der Bäyerische

Max,

Max , der nicht faſſen kunte / was Urſach die Frantzoſen haben kunten / ſo groſſes Werck von dieſer Sache zu machen/dann ob wol/ die gute aufrichtige Freundſchafft/zwiſchen dieſen Cavallieren ihres
Lobes würdig / ſo wolte darum ihme nicht einleuch-
ten/daß die Zertrennung der Ehe/ ſonderlich auß einem falſchen und nur ertichteten Umſtand / deß vor-
gegebenen Unvermögens / billich / ſondern nur boß-
haffter Weiſe / zu Nachtheil der Geſetzen und Be-
täubung deß Richters / erpracticiret wäre : er wußte
auch mit vielen Gründen darzuthun / daß in dieſer
Sache / ſo wol wider die Reguln der wahren
Freundſchafft/ wider die Tugend / Billich- und Er-
barkeit / als auch wider eheliche Liebe / Zucht und
Treue / gehandelt worden / daß er gäntzlich darfür
hielte / es wurde die Glückſeeligkeit dieſer vermeynten neuen Ehe/nicht lang dauren/ſondern in kurtzem
mit allerſeits Mißvergnügen zerſtlandern.

Ich bin gantz Herrn Maxen Meynung / ſagte
hierauf der Schwede Erich , und hat mir dieſe Art
der Freundſchafft und Liebe/ gleich als ich zu Pariß
darvon gehöret/niemahlen gefallen.   Allein weilen
die Frantzoſen nunmehr eine gantz andere und neue
Sitten-Lehre / lehren und im Werck üben / und ihnen vielfaltig das jenige als ſchön und wolgethan
gefället / auch weit über die Tugend ſelbſt erheben/
woran doch viel tadel- und mangelhafftes zu finden;
ſo muß man ſolches dem Genio deß verkehrten Secu-
li,und der leichtſinnigen Art der Frantzöſiſchen Nation, die in dergleichen Sachen vor andern den Titul Galant,ſuchet und ſich zueignet/ zu ſchreiben und
überlaſſen:Rechtſchaffene undTugend-liebende Gemüther wiſſen auf eine gantz andere Weiſe wahre

Freundschafft / und eheliche Treue gegen einander zu pflantzen und zu erhalten.

Nunmehr fienge unserm Maxen an / die Zeit lang zu werden / insonderheit plageten ihne seine Liebes-Gedancken unaußsetzlich / und kamen ihme wachend so wol als schlaffend / von seiner Theodelinden allerhand seltzame Einfälle / Gedancken und Träume für. Bald dauchte ihn als ob sie von wilden Bestien / bald von Räubern / gefähret wurde/ jezuweilen sahe er sie gantz bestürtzt und traurig/ niemahlen stellete sie sich seinen Gemüths-Augen frölich dar / dahero seine Bekümmernüß immer nur zunahme / welches die Gesellschafft an ihme gar wol merckte/ er wolte aber die Ursache niemanden gestehen.

Goribald, als seines Bedunckens hierbey sehr interessirt / erkühnete sich ihne einsmahls zu fragen/ ob er wegen der Fräulein Mariana so betrübt seye? Wann dem so wäre / so könnten sie ja bald Mittel finden / demselben abzuhelffen / und die Mariana mit nächstem wieder zu sehen. Dieses brachte Goribald mit solcher Hertzens-Angst vor / daß ihm das Hertz im Leibe gantz hefftig darvon pochete / und erwartete gleichsam nichts anders / als das Urtheil deß Todes auß Maxen Mund zu vernehmen / weil er nun gäntzlich sich einbildete / daß Max in Marianen/(welches zu glauben der Parisische Wahrsager Spiegel ihne beredet/) verliebet seye. Aber Maxen Antwort machte ihne gantz wieder lebendig / da er sich also gegen ihm erklärte: Ihr wisset wehrter Freund und Bruder selbsten guten theils / daß ich ausser einer gleichsam brüderlichen gegen Fräulein Marianen tragenden Ehr-geziemenden Liebe und

Hoch-

Hochachtung / weiter ihretwegen keine Sorg noch
Kummer habe/ja wann ich die Wahrheit sagen solle / wann es in meinem Vermögen und Willcur
stünde/möchte ich euch mein Freund am allerliebsten
mit Fräulein Marianen beglückseeliget sehen / worzu ich all mein geringes Vermögen anwenden würde / dessen ihr euch versichert halten könnet.   Es ist
euch aber darbenebens unverborgen; was grosse
Estime ich von der unvergleichlichen Theodelinden
mache/daß unangesehen sie meine leibliche Schwester / ich sie dannoch über - Brüder- ja wider-und
über-natürlich Liebe / und welches das grausamste/
meinem selbst eigenen Vorsatz und öffters gefaßten
Entschluß zu wider lieben / und ihre Gegen-Liebe
wünschen muß.   Ich weiß wol/ daß ich einer Par-
theylichkeit beschuldiget werde / daß ich mich nicht
entblöde meine Schwester und deren unvergleichliche Tugenden/mehr als einem Bruder zukommet/
zu loben / und zu erheben.   Es zwinget mich aber
ein gantz anderer als brüderlicher Geblüts- und Lie-
bes-Triebe hierzu / welchem zu widerstehen / ich viel
zu unvermögend bin / so / daß ich mir selbsten weder
zu rathen noch zu helffen weiß / darum rathet ihr
wehrtester Goribald, wie ich meiner Quaal Linde-
rung schaffe / doch also / daß weder der Natur noch
meiner Liebe / noch weniger aber Theodelinden ihrer Tugend / der geringste Nachtheil hier nicht
geschehe.

Hier ist für wahr guter Rath theuer / versetzte
Goribald, und muste ich sehr geschickt seyn/ wann in
einer höchst-verwirrten Sache ich ein dergleichen
Mittel ersinnen / und vorschlagen könte / das mit
euerm Begehren übereinkäme / ich wünsche zwar/
daß

daß ich hierzu Verstand und Vermögen hätte/weil ich aber dermahlen und so schnell keines ersiehe/als wird das beste seyn/man harre mit Gedult/was die Zeit die alles ändert noch geben wird/ich zweifle nicht es werde der Himmel in kurtzem ein solch Linderungs-Mittel an die Hand geben/das euch völlig in Ruhe setzen und vergnügen werde/darum mit Gedult deß Himmels Schluß erwartet.

Ein solches Mittel erwiederte Max, ist allein der Tod/welchen ich auch wünsche und verlange/damit ich nur der mich zu tod-marternden Quaal befreyet wurde. Goribald suchte allerhand Gründe hervor/ Maxen Gemüthe zu beruhigen/ deren theils von ihme angenommen/theils aber verworffen wurden. Endlich gienge ihr beyder Schluß dahin/ehestens nach Hause zu ziehen/die ihrige zu besuchen/und deß Himmels Geschicke abzuwarten/bevorab weil bey innstehender Winter-Zeit/sonderlich nichts zuthun ware. Mit solchem Entschluß machten sie nun Anstalt zur ehesten Abräyse/zumahlen auch Se Chur-Fürstl. Durchleuchtigkeit selbsten dero Räyse nach Mäyland und von dannen auf Venedig/vest gestellet.

Anderer Seiten lebete der tapffere Schwede Erich in nicht geringerer Gemüths-Bestürtzung/ dann seyt deme/daß sich Bisan in ihrer Compagnie befande/ware er weit tieffsinniger und traurmüthiger als er zuvor gewesen. So offt er den Bisan ansuhe/kunte er anders nicht als seiner Nabisa sich erinnern/ und fande immer etwas an ihme/das einiger massen seiner verstorbenen Nabisa gleichete/ausser allein der Gesichts-Farbe und Kleidung/solches nun machte/ daß er fast immer um den Bisan wäre/

ware/ und sich allerhand Sachen von ihm erkun=
digte/ auch ab seinen Gesprächen ein grosses Ver=
gnügen schöpffete/ wiewol Bisan an sich wol spühren
liesse/daß es ihme nicht allemahl angenehm seye/von
der unglückseeligen Nabisa reden zu hören. Son=
sten nahme Max wol ab / daß deß Bisans gegen
Erich tragender Widerwille / worvon er anfangs
gegen ihme sich vernehmen lassen/von keiner Erheb=
lichkeit seyn müsse / weil sie beederseits einander mit
aller Höflichkeit begegneten.

Der Schwede Erich,hatte inPariß Zeit seines
Daseyns ein Epigramma, so von einer dem König
übelwollenden Feder über dessen Triumph= und
Sieges=Statue / gemachet / und daran gehefftet
worden/in seine Schreib=Tafel aufgezeichnet/ wel=
ches er jetzo Maxen præsentirte / dessen verteutsch=
ter Innhalt ungefähr folgender ware:

Getrucktes Gallien/ diß Denckmahl zeigt dir an/
   Daß du dich ferner nicht deß Joches kanst erwöhren:
   Wann einst dein König dich nicht weiter drücken kan/
   So wird er dannoch dich durch diese Last beschweren.

Die Erfindung sagte Max ist so gar böse nicht/
aber durch dergleichen Stachel=Verse und anzüg=
liche Schrifften / die keinem rechtschaffenen klugen
Menschen / noch weniger aber einem Unterthanen
zustehen/ wird der Sache nichts geholffen/ und hal=
te ich meines wenigen Orths nicht viel darauf/miß=
fället mir auch zum höchsten / wann so wol unsere
Teutschen als auch andere/bey diesen Kriegen ihren
Zorn / Raache und Tapfferkeit gegen Franckreich/
allein mit der Feder und Schrifften außüben / da
hingegen man das Feder=Gefecht einstellen/ und
für sothane Schul=Füchs= und Plackereyen/ Faust

und Degen / nach Alt-Teutscher Manier gebrauchen / und allein deß nachtrücklichen Juris Canonici,
als wie Franckreich zu seinem grossen Nutzen thut/
sich bedienen solte.

Erich gabe neben den übrigen Beyfall und
sagte / daß er diese Auffschrifft oder Pasquill neben
noch andern mehr / nicht darum aufgezeichnet / als
ob er ab dergleichen Sachen/ eine sonderbare Freude schöpffte / sondern allein damit zu bezeugen / daß
nicht eben alle Frantzosen/wie sich einige Außländer
einbilden / so gar ihres Königs Sclaven seyen / die
alle seine Thaten und Beginnen rechtfertigten/ sondern noch viele unter den Klügesten sich befinden/
denen solches mißfalle / und weil sie ihres Hertzens
Gedancken / weder mit Worten noch weniger aber
mit dem Wercke selbsten / darffen zu erkennen geben / so thun sie solches jezuweilen mit der Feder /
und machen damit ihrem beschwerten Hertzen einiger massen Lufft.

Das XX. Capitul/

Die Winter-Kälte kan die Kriegs-Hitze nicht
dämpffen. Montmelian wird beschrieben/samt dessen
Belagerung/ der Commendant thut den Feinden grossen Schaden/ zernichtet die Verrätherey. Maxen
Diener bringt ihm unangenehme Zeitungen/ Max ist
über Theodelinden sehr bestürtzet.

NUnmehr hatte man bey dieser Jahrs-Zeit
schier von nichts / als dem belagerten und
sich wol defendirenden Montmelian zu sagen / dann ungeachtet der grossen Kälte / die aller
Orten wol empfindlich ware / wolte dannoch die
Hitze der Kriegs-Gemüther sich nicht außlöschen
lassen/

laſſen/ ſo/ daß weder Froſt/ Schnee/ Eyß/ Sturm
und Ungewitter ſie von ihrem Beginnen nicht abhalten kunte. Wer ſolte wol glauben/ oder vor
weniger Zeit geglaubt haben / daß bey ſo harter
Winter-Zeit/ eine Haupt-Veſtung zu belagern/
zu beſtürmen / und ſo viel Land und Leuthe verder-
bende March und Contra-Marche zu vollziehen/
die See zu dieſer Zeit in Norden durchzuſeegeln/
und eine groſſe Anzahl Soldaten zu transportiren/
möglich wäre: Und dannoch mußte man jetzo erfahren / daß ſo wol die Teutſche vor Großwardein/
als die Frantzoſen vor Montmelian, die Spanier
und Italianer mit einem Succurs durch groſſes Gebürge / dem/ meiſtentheils unter Franzöſiſche Gewalt gerathenen Savoyen/und deſſelben belagerten
Veſtung Montmelian zu hülff zu kommen / die Engelländer und Frantzoſen mit Transportirung der
Völcker auß Irzland / dieſe gegenwärtige kalte
Winters-Zeit/ nicht abhalten können.

Max, Erich, ſamt den übrigen ritterlichen Helden überlegten mehrmahlen / was ihnen bey dieſer
Belagerung möchte zu thun ſeyn/ ob ſie dahin ge-
hen/oder ſolches anſtehen laſſen ſolten. Das erſte zu
thun / waren ſie nicht ungeneigt / es wolte ſich aber
keine bequeme Gelegenheit hierzu ereignen/ ſo lieſſe es auch ſich nicht anſehen/ als ob ein ernſtlich- und
nachtrücklicher Succurs ſolte vorgenommen werden.
Dann es ſchiene als ob man die Belagerung nicht
ſonders groß achtete / indeme man darfür hielte/ es
ſolte ſolche wie erſt neulich geſchehen auf Seiten
der Frantzoſen wieder Fruchtloß ablauffen/ und es
alſo/ ſonderlich bey ſo hartem Froſt und Schnee/
keine ſonderbare Noth haben.

P 5   Weil

Weil man sich nun mit solcher Hoffnung schmeichelte/Se.Chur=Fürstl.Durchl.auß Bäyern nunmehro auch Räyßfertig nach Mäyland und Venedig zu gehen / so entschlossen sich Max und Goribald auch ihren Weg nach Hause zu nehmen / wie sie unlangsten schon vest gestellet hatten: bevor wir sie aber die Räyse antretten lassen/wollen wir zuvor einige Erinnerung von der so benahmten Vestung Montmelian, um welche der König in Franckreich so ernstlich schon geraume Zeit/ als eine schöne Braut / buhlete / dem geneigt= und begierigen Leser mittheilen.

Es ist Montmelian die Haupt=Vestung in Savojen/und einer der vestesten Plätzen in Europa, am Isern Fluß gelegen/ unweit Chamberi,und zwar unten am Berg das Städtlein./ so nicht gar groß/ und im Kriegs=Wesen öffters außgeplündert und ruinirt worden. Die Vestung hingegen ist in die Höhe/ auf einen Felsen erbauet / und mit 5. regulirten Pasteyen versehen/ auch sind die herum geführte Gräben in den Felsen gehauen/ dahero man solche Vestung für unüberwindlich gehalten.

A. 1140. belagerte selbige Guiges VII. Graf von Albona, dem sein Schwager Amadeus III. entgegen zog / und ihn überwand / darbey auch der Dauphin selbsten verwundet ward und starb. Dessen Sohn wolte seines Vatters Tod rächen/ und zog auch dahin / wurde aber ebenfalls abgeschlagen. Anno 1471. ward dieser Ort von deß Hertzogs Amadei IX. Brudern belagert; Als man aber schon über einen angestellten Vergleich begriffen war / wurde die Vestung durch den Grafen von Bresse und Romond erstiegen/ da man sich dessen am wenigsten versa=

verſahe. Wiederum Anno 1535. kam die Veſtung
durch Verrätherey deß Commendanten Frantz von
Clairmont an Franciſcum I. König in Franckreich.
Anno 1600. ruckte König Heinrich der IV. darvor/
da dann der Commendant Graf von Brandis, ob er
gleich anfangs vorgegeben / daß Montmelian der
Frantzoſen Kirch-Hof ſeyn wurde / ſich ſchändlich
zu einem Accord bequemet. Anno 1630. kam König Ludwig der XIII. vor die Veſtung/ muſte aber
nach 15. monatlicher Bloquade auch wiederum abziehen.

In dieſem 1691. Jahr wurde der Ort von
König Ludwigs XIV. Trouppen unter deß General
Catinat Commando, vom 25. Januarii biß 20. Februa-
rii belagert / da alsdann der Feind die Belagerung
in eine Bloquade verwandelt / unter dem Commando deß Monſr. de la Hoquette, welcher den Commendanten Marcheſe di Bagnaſco, wiſſen ließ/ daß wann
er ſich ergeben wolte / man ihme zum Recompenſ
eine Bombe von Gold hinein ſpielen würde. Der
aber ein höltzernes Pferd auf die Schantze ſtellen
laſſen / mit der Beyſchrifft: Wann dieſes Pferd
wird Heu freſſen / ſollen die Frantzoſen Montmelian
bekommen. Den 24. Martii kamen die Frantzoſen
wieder/ wurden aber ebenfalls mit ziemlichem Verluſt abgewieſen.

Zu Ende deß Julii iſt de la Hoquette, nachdem
er verſchiedene Völcker an ſich gezogen/ wieder darvor kommen/ und angefangen die Stadt/ (weil dem
Schloß noch zur Zeit nichts abzugewinnen war/)
zu belagern / zu bombardiren und zu beſchieſſen/
machte eine Breche 8. Schuhe weit/ und commandirte 200. Mann/ das in den Auſſenwercken ligende

Domini-

Dominicaner-Kloster zu übersteigen/ welches ihnen
so gelungen/daß sie mit Verlust vieler Mannschaft
unverrichter Sachen abziehen müssen : Dessen ohn-
geachtet/ setzte er die Belagerung fort / und zwunge
die schlecht fortificirte Stadt den 5. Augusti N.
zum Accord, welche er nachgehends wider den ge-
troffenen Accord , und gegebene Parole in Brand
stecken und schleiffen lassen.   Erreichte doch damit
seine Intention nicht / indeme sich das Schloß so
tapffer defendirte/ daß Hoquette bey 900. Todten
nach und nach wegführen lassen müssen : Als er
nun mit Gewalt nichts außzurichten vermochte/ hat
er auf einen Betrug und heimliche Verrätherey
seine Gedancken gewendet / (darvon schon im 10.
Capitul deß dritten Theils einige Anregung gesche-
hen/) etliche Officirer in der Vestung bestochen/
und ihnen bedungen / daß sie ihm auf ein gewisses
Zeichen ein Thor einraumen solten.   Der Handel
ward aber dem Commendanten verrathen/ und damit er den Frantzosen eines versetzen könte/ zwang
er die Verräther / das bestimmte Zeichen zu geben/
liesse indessen einige Stücke mit Musqueten Kugeln
laden/ und empfienge die angekommene Frantzosen
dergestalt/ daß etliche hundert blieben / und viele
verwundet wurden/ fiele so fort auß / ertödtete nicht
wenig / kriegte viele gefangen/ und liesse die 3. Verräther nachgehends aufhencken.
    Kurtz darauf erhielte ernannter Commendant
Nachricht/ wie eine grosse Frantzös. Convoy von 300.
Ochsen und 100. Maul-Esel mit Proviant beladen/
nach Susa gienge/ und ohnfern der Vestung passiren solten ; Auf welche er einige Compagnien com-
mandirte/ so die Convoy an einem Paß attaquirten/
schlu-

schlugen / und alle Ochsen und Maul-Thier nach
Montmelian brachten.   Diesen Affront zu rächen/
machte der la Hoquette abermahlige Anstalten / die
Vestung biß zu deß Catinats Ankunfft / enger einzu-
schrencken/ kame solchem nach den 9.19. Octobris mit
mehr Völckern/ (weilen die Alliirte Armee wieder
zuruck gangen/) darfür an / rüstete weiters zur for-
malen Belagerung alles zu/ biß der General de Catinat den 2.12. Novembris, da es schon einen grossen
Schnee geworffen hatte./ im Lager mit etlich tausend Mann außerlesenen Volcks / darunter ziemliche Irrländer/ ankommen/ und noch mehrere daher-
um ligende Völcker an sich zoge.   Bey dessen Ankunfft musten die Bauren eine Oeffnung vor dem
Felsen machen / alle Bäume eine halbe Meile um
die Vestung niederhauen / und Hütten darvon
machen.   Wornach auf Ordre deß Catinats, 40.
Stücke / 24. Mörsel / 35. Ingenieurs, 25. Officirer
bey der Artillerie, 2. Compagnien Constabler / eine
Compagnie Bombardirer / 50. Minirer / 15. Battail-
lons, 3. Regimenter zu Pferd / 3000. Woll- und
20000. Sand-Säcke im Lager ankommen/ so vor
der Vestung employiret werden solten.   Nachts/
zwischen dem 7.17. und 8.18. dito zoge Monsr. de
Catinat die Communications-Linie, so zur Circum-
vallation, wider der Belagerten Außfallen/ dienen
solte/ von einer Attaque zur andern/ formirte die At-
taquen/ und gabe 3. Batterien an/ 2. auf einem Berg/
das untere Fort und einen halben Mond bestreichen-
de / und noch eine andere : Worbey ein Lieutenant
samt 40. Gemeinen erschossen / und 2. verwundet
worden.   In der Nacht zwischen dem 8.18. und
9.19. gienge es hitziger her/ weil die Belagerten
vori-

vorigen Tags in Acht genommen hatten/wo man
arbeitete/deßhalben sie unaufhörlich dahin feuerte;
So daß 4.Capitains / worunter einer von Bourbon,
4.Lieutenants/ uñ 17.Gemeine erschossen/ 40.Offi-
cirer und 60.Gemeine verwundet worden/ dermaf-
sen/ daß sie die Arbeit zum dritten mahl verlassen
wollen. Nachts/ zwischen den 19.und 20. kamen
2.Soldaten und 1.Capitain um/ 13.Gemeine aber
wurden blessirt; in den übrigen Nächten / sonderlich in der Nacht den 13.23. und 14.24. bey Auf-
richtung der Stücke / thäten die Belagerten grosse
Gegenwöhr / und kamen 8.Officirer und 40.Ge-
meine um; Die Stücke und Bomben richteten
auch nichts weiters auß / als daß 2.in den Graben
fielen/und die an der Traverse gegen das feindliche
Absteigen Arbeitende ein wenig incommodirten/
in der Vestung giengen zwar 2.kleine Feuer auf/
wurden aber alsbald wieder gelöschet. Zwischen
dem 15.25.und 16.26.Novembr. wurden die Trenchéen völlig geöffnet / kriegten aber auch viele von
Granaten und Cartouches Verwundete/als Monsr.
Antin und Para obrister Ingenieur , deß Hoquette
Hofmeister/ ein Adjutant, und nicht wenige Todte:
darunter sich viele Irzländer befunden. Ubrigens
richteten ie Bomben/wie vor gemeldet/nichts auß/
indem sie gleich von den Soldaten und Weibern
mit nassen Ochsen-Häuten / Matrazzen und andern gedämpfft worden/sonderlich da der Commendant vor jede einen tiß zwey Thaler zu löschen geben. So wird auch den Weibern nachgerühmt/
daß sie mit Schleudern Steine herauß geworffen/
so die Belagerten ziemlich incommodirt. Die Minirer konten auch nirgends an dem harten Felsen
ansetzen.

anſetzen. Gleichwol muſten täglich 8.Mann von
jeder Compagnie in die Trenchéen gehen; der Commendant Bagnaſco lieſſe inzwiſchen die Pforten zu-
mauren/ und jedermann andeuten/ hinauß zu ge-
hen/ der ſich nicht mit ihnen wolte vergraben laſſen!
Es fanden ſich aber nur 3.Perſonen ſo herauß gan-
gen/ feuerte darauf unaufhörlich herauß/ contra-
minirte/und thate alles/ was einem tapfferen Commendanten zukame/ hatte im übrigen keinen Mangel in der Veſtung/ auſſer an Schuhen/ inzwiſchen
fuhren die Frantzoſen mitMiniren und Breche ſchieſſen ſtarck fort/ wurden aber durch einen dreytägi-
gen Regen hefftig incommodiret.
    Am 29.Novembris hoffeten die Frantzoſen/
deß Orts ſich zu bemächtigen/ und zwar vermittelſt
eines Capitains/welcher auf derBatterie eines niedri-
drigen Forts commandirte. Allein/als eine Schildwacht geſehen/ daß gemelter Capitain, an einem
Strick einen Brieff hinunter gelaſſen/ und hingegen einen andern hinauf gezogen/ hat ſelbige alſobald dem Gouverneur darvon Nachricht gegeben.
Worauf man den Capitain in Arreſt genommen/
die Brieffe bey ihme gefunden/ und das Verſtänd-
nüß entdecket/ daß die Frantzoſen den 29.das Fort
beſtürmen ſolten. Darauf der Gouverneur die
Batterie beſichtiget/ und befunden/daß das Geſchütz
nur mit Pulver geladen/ darauf er noch Schrott/
Kugeln und anders ſtoſſen laſſen. Als nun die
Frantzoſen um die beſtimmte Zeit kommen/und den
Anfall gethan/ hat man ſie dermaſſen empfangen/
daß etliche 100.auf dem Platz geblieben/ und ſehr
viel verwundet worden. Das grobe Geſchütz zu
dieſer Belagerung hat man guten theils von Brey-
ſach

ſach dahin gebracht / und wann denen Zeitungen
zu glauben / ſo ſolle die Veſtung mit 50. Canonen/
10. Feuer-Mörſern / einer groſſen Menge Bomben und Carcaſſen/15000. Muſqueten und Schnaphanen / und Munition in groſſem Uberfluß verſehen
ſeyn.

Es wurde noch ferner berichtet / daß das gantze Thal um Montmelian, deß Nachts wegen ſtäts-
brennenden Feurs / ſo die Frantzoſen machen ſich zu
wärmen/einer Hölle zu vergleichen ſeye. So ſeyen
auch die Spitäler zu Chambery von verwundten
Frantzoſen ſo angefüllet / daß man nun genöthiget
ſeye / ſolche biß nach Grenoble und andere Ort in
Delphinat zu führen. In den Trenchéen werde
viel Volcks zu ſchanden gemachet.

Indeme nun männiglich mit Verlangen auf
den Außgang dieſer gantz ungewohnlichen Belagerung / ſo wol wegen der harten Jahrs-Zeit / als
auch hartnäckiger Belager- und Veſtürm- ingleichem anderer Seiten / tapfferer Beſchirmung dieſer importanten Veſtung wartete / hatte Max zur
Heimrdyſe ſich fertig gemachet / weil ihme ſeine
Theodelinde ſtätigs im Sinn und Gedancken lage/
ihme auch nicht viel gutes ſchwanen wolte. Indeme er hierinnen begriffen/ ſtellete ſich ſein neulich-
ſter Diener / den er bey Hünningen / da er in den
Rhein geſprenget / verlohren / wieder bey ihme ein/
der ihn auf Befragen berichtete/wie es ihme ſeit der
Zeit/da er auß ſeiner und Sincers Geſellſchafft/bey
dem er ſich nach ſeines Herzn Verluſt / und weil er
zu Baſel keine Nachricht von ihm bekommen kön-
nen/ nicht länger aufgehalten / ergangen; welcher
Geſtalt er auß Irrthum zu einem andern Bäyeriſchen

schen Maxen und in dessen Dienste / auch darauf
gar ins Bäyerland / und in seiner Eltern Kundschafft kommen; ingleichem/weil ihme seines Herrn
Dienste nicht angestanden / habe er sich wiederum
von ihme hieher begeben / der Hoffnung / entweder seinen vorigen Herrn wieder anzutreffen/oder in
Ermanglung dessen / dieser Orthen Dienste zu
nehmen.

Max ware froh seinen Diener wieder zu sehen/
noch mehr aber zu vernehmen / wie es ihme mit dem
andern Maxen / und in seiner Heymath ergangen/
welches der Diener außführ- und umständlich/auch
unter anderm dieses berichtete/daß zwischen seinem
gewesenen Herrn/ Menhards-Maxen / und Fräulein Theodelinden ; wie ingleichem / ihme / dem
Bäyerischen Maxen und Fräulein Marianen/durch
beyderseits Eltern / eine gedoppelte Ehe- und Hey-
raths- Handlung vorgienge/ ja seines Davorhal-
tens bereits geschlossen seye.

Wie diese Zeitung dem Bäyerischen Maxen
zu Hertzen gangen/ lässet man den Leser selbsten ur-
theilen/er liesse den Diener ihme solches zum dritten
mahl erzehlen/in der Meynung/er hätte es anfangs
nicht recht verstanden / weil aber der Bericht immer
einerley ware/wußte er nicht was er beginnen solte.
Er verfügte sich alsobald zu Goribald, deme er darvon Nachricht gabe / der sich eben so hefftig als Max
selbsten darüber befremdete / daß je einer den andern ansahe / und gleichsam stummer Weise / um
Rath und Hülffe bathe. Goribald zwar wußte
sich bald wieder zu fassen/ sich erinnernd/ daß Max
ihme gar neulich die Versicherung gethan / daß er
Marianen anders nicht/ als wie ein Bruder seine

Schwester liebe und hochachte / deßwegen er dieses Mit-Buhlers halben sich nichts befahrete / zumahlen ihm seines Freundes Max, aufrichtiges Gemüth / mehr als genug bekannt ware.

Hingegen ware Max weit beunruhigter / und kunte in seinem Sinne nicht fassen / wie Theodelinde dahin käme / Meinhards Maxen zu lieben / gegen deme sie doch jederzeit einen natürlichen Widerwillen verspühren lassen. Uber seinen Neben-Buhler verwunderte er sich nicht / weilen ihn unmöglich dünckte / Theodelinden zu sehen / und nicht hefftigst in sie verliebt zu werden. Am wunderlichsten aber kame ihm vor / daß seine Eltern Aribet und Adelgund sich solten entschliessen können / ihre Tochter / seine Schwester / diesem Maxen zugeben / den sie doch von Jugend auf wegen seiner groben Sitten / und unanständigen Verhaltens / gehasset / ja dessen Gegenwart geflohen hatten.

Der Diener wuste auf alles ferneres Befragen / weiter keine Nachricht zu geben; als / daß er einiger massen Anzeig thate / welcher Gestalt jener Max zu Hause bey dieses Maxen Eltern in gutem Concept stünde / weilen er in Savojen bey Sr. Königl. Hoheit / dem Hertzogen / in grossem Ansehen seyn solte.

Was gilts / sagte hierauf Max, dieser Vogel wird mit fremden Federn sich schmücken / und die Früchten einernten wollen / deren Saamen ein anderer außgestreuet. Aber solches solle ihm nimmermehr gedeyhen / ich müßte dann nicht der Bayerische Max seyn? Ach Theodelinde! sagte er ferner / ich habe euch jederzeit auß der jenigen Zahl deß Frauenzimmers außgeschlossen / die so variablen

.Gemüths

Gemüths/daß sie bald verachten/was sie vor weniger Zeit außgewählet/ und bald erwählen/was sie kurtz vorher verworffen. Nun muß ich erfahren/ daß das gemeine Sprüch-Wort/ so man von dem Weiber-Volck führet/ daß solches nemlich lange Kleider/ aber kurtze Sinne haben/ auch an euch wahr geworden? Ach unbeständige/ unbedachtsame/ bethörte/ ja ausser allem Zweifel bezauberte Theodelinde! ists auch möglich/daß euer Verstand sich also habe können betäuben lassen.

Aber ach! fuhre er fort/was klage ich mich über euch/ warum klage ich nicht vielmehr über mein widriges Geschicke/ das mich zu euerm Bruder/ und also eurer anderwärtigen Gunst und Liebe untüchtig und unwürdig gemacht hat. Ich kan ja mit Billichkeit über euch mich nicht beklagen/ indeme euch ja freystehet/ nach euerm Willen zu lieben/ sintemal ihr mir weiter nicht als mit der schwesterlichē Liebe verbunden/ euere übrige Affection aber eueres Gefallens schencken könnet/ wem ihr wollet. Aber darinnen thut ihr mir/ und euch selbsten groß unrecht/ daß ihr euere Affection an einen deren so unwürdigen wendet/ deme ich solche weder günnen noch gestatten kan noch wil/ es seye dann/ daß ich weder Faust noch Degen mehr gebrauchen könne/ so lange ich aber deß Gebrauchs deren nicht beraubet bin/ werdet ihr nimmermehr zu dem Zweck den ihr euch vielleicht vorgesetzet/gelangen.

Dieses und noch mehr dergleichen/ waren Maxen Klagen/ und wurde er damit weiter fortgefahren seyn/ wann Goribald ihme nicht Einhalt gethan/ und zu Gemüthe geführet/ daß nimmermehr zu glauben/ daß Theodelinde, gegen Meinhards

Maxen/

Maxen / eine warhaffte Liebe tragen / nach ihrer Eltern ernstlicher Wille / ihme dieselbige zu verspre-
chen/verhanden seyn solte.　Seye diesem nach/deß
Dieners Aussage / biß auf anderweiten Bericht/
kein Glaube beyzumessen / weniger sich so sehr darüber zu bekümmern/ weil der Diener/der weder deß
Landes noch der Leuthen / in so weniger Zeit genugsam kundig worden / sich leichtlich habe etwas bereden lassen können/das entweder nicht also warhafftig sich befinde/oder er selbsten es nicht recht verstanden / worauß gar leichtlich einiger Mißverstand erwachsen können / wie dann der Außgang unzweife-
lich zu erkennen geben werde.　Wormit sich zwar
Max in etwas besänfftigen liesse/wiewolen Goribald
selbsten in nicht geringen Sorgen / so wol Maxen
als seiner selbst wegen stunde.

Das XXI. Capitul/

Die Gesellschafft gibt Melinden die Visite , Bisans
geschöpfftes Mißvergnügen bey solcher / und der übrigen Gemüths-Unruhe.　Max / Sincer und Goribald
räysen ab / zu denen sich Bisan gesellet.　Ein starcker
Polack / schimpffet der Teutschen Thurnier-Art / wird
aber vom Hertzog in Bäyern wolgezüchtiget / und wieder beschimpffet. Dieses Hertzog Ringfertigkeit. In den
Bäyerischen Flüssen wird Gold und Perlen gefunden.
Sie erretten etliche Räysende.

Je Unruhe so beyde Max und Goribald ab
deß Dieners Nachricht in ihrem Gemüthe
bekomen/gestattete ihnen nicht länger zu ver-
weilen/sondern je eher je lieber nach Hauß zu eilen/
alles ihnen widrige daselbsten zu hintertreiben /
und abzuleinen.　Sie nahmen deßwegen von der
übrigen Gesellschafft Abschied/ Firant aber bathe/sie
möch-

ten vorhero so gut seyn / und seine Liebste Melinde/
die bey wenig Tagen / gewiser Verrichtungen halben nach Turin gekommen/ ihrer Besuchung würdigen / ihr auch seine Person bestens recommendiren/
welches sie zwar zu thun versprachen / wiewolen
nicht in der Absicht / ihme das Wort zu thun / als
dessen er nicht bedürfftig; sondern allein um gegen
diesem Freund sich nicht unhöflich zu erweisen.

Demnach verfügten sie sich in Gesellschafft
Erichs / Sincers und Bisans / nachdem sie vorher
um solche Besuchung sich anmelden lassen / in der
Melinden Behausung / die sie mit aller Höfligkeit
empfienge/ und neben einer ihrer jungen Basen/ die
gleich ihr eine sehr schöne Dame war / mit allerley
freundlichen Gesprächen unterhielte. Sie mußten alle gestehen/ daß Firant in seiner Liebe nicht übel
gewählet / und / daß der von ihm begangene Frevel
und Liebes-Fehler / der Vergebung wol werth wä-
re/ wiewol sichs niemand mercken liesse / als ob man
darvon die geringste Wissenschafft hätte. Dann
Melinde wurde solches sehr hoch empfunden/ für
eine Beschäm- und Beschimpffung aufgenommen/
und Firant zweiffels ohne deßwegen zu büssen gehabt
haben.

Bey dieser Besuchung begabe es sich / daß der
Schwede Erich mit Melinden Basen ins Gespräch
kame / und weilen ihre Manieren sehr höflich und
liebreich / ware ihr Gespräch auch etwas freundli-
cher/ so/ daß Erich etliche mahl ihr mit freundlichem
Gelächter antwortete / doch jezuweilen inzwischen/
(wann er sich seiner Nabisa erinnerte/) einen tieffen
Seufftzer fahren liesse / welches sein Landsmann
Bisan gar wol warnahme. Weil dann Max und

Goribald mit Melinden ein ernſtliches Geſpräche
führeten / Firant hingegen Sincern / der ſich deß
Frauenzimmers nicht viel annahme/mit Reden unterhielte / verlängerte ſich auch Erichs Geſpräche
mit derſchönen Belliſe, (ſo ware ihr Name/) da indeſſen Biſan nichts zu thun als den andern zuzuhören hatte/welches er auch fleiſſig thate/ inſonderheit
aber ſeine Ohren daſelbſthin/ wo Erich ware/ gleichſam auf die Schildwacht ſtellete/ſo gar/daß/ wann
ſchon die andere ihne etwas frageten / er um an ſeiner Aufmerckſamkeit nicht verhindert zu werden/
ſich mit wenig Worten verantwortete.

Belliſe war eine Dame freyen und luſtigen Gei-
ſtes/ und weil ſie wargenommen / daß er unter dem
Reden etliche mahl erſeufftzete / urtheilete ſie hierauß ein heimliches Liebes-Leyden ; dannehero erkühnete ſie ſich ihne zu fragen / und wegen ſeiner
Liebe zu vexiren / auch das jenige Frauenzimmer
glückſeelig zu preiſen/ die ſo einen getreuen und hef-
tig verliebten Rittersmann in ihren Liebes-Feſ-
ſeln/ ſo veſt eingefangen. Ach! ſagte hierauf Erich
mit einem wiederholten Seufftzen ; ich wolte / daß
weder ſelbiges noch ich niemahlen/ ſolcher Geſtalt
wären gefeſſelt geweſen/ ſo wäre die unglückliche
Entfäßlung/ mich nicht ſo ſchwer hernach ankom-
men/ daß ich nun die Zeit meines Lebens der un-
glückſeeligſte Liebhaber ſeyn muß.

Biſan ſpitzete die Ohren gewaltig auf ſolche
Reden/da von Liebes-Feſſeln/von Entfeßlung/ un-
glückſeligem Liebhaber/ und dergleichen gehandelt
wurde/er verſtunde aber/ als zu entfernet/die übrige
Wort nicht / welcher Geſtalt ſie vorgebracht/ und
worinnen deren eigentlicher Innhalt begriffen.

Son-

Sondern urtheilete allein auß diesen einßeln auf=
gefangenen Worten/als ob zwischen Erich und Bel=
lise 'einige Liebes=Unterredung vorgienge / und der
Schwede von ihrer schönen Gestalt un artigen Ma=
nieren bereits gefesselt wäre/welcher Verdacht noch
mehr/durch die mehrmahlige Seufftzen/und gleich=
sam um Barmhertzigkeit stehende Minen und Ge=
sichts=Stellungen Erichs / bey Bisan, der auf alles
genaue Achtung gabe/besteiffet wurde.

Weil nun dergleichen Unterredung/dem Bisan
allerdings zuwider / zugleich auch die Zeit und Ort
zu lang und unanständig / gabe er seinen Wider=
willen mit einem theils erzwungenen / theils auch
mit etwas Gewalt hinterhaltenem Husten zu ver=
stehen / erhube sich von seinem Ort / und machte sich
gegen das Fenster/ um frische Lufft zu schöpffen / im
Hingehen aber erblassete er gantz / kunte sich auch
nicht beste auf den Füssen halten / sondern fienge an
hin und wieder zu wancken / daß Bellise . die solches
warnahme / Erich erinnerte seinem Cameraden
bey zu springen / welches er geschwind thate/ und mit
seinem Umfahen / ihn vom Fallen abhielte / und zu=
gleich durch einen kräfftigen Balsam wieder zu sich
selbsten brachte.

Befindet sich mein Hertz Landsmann unpäß=
lich / fragte Erich, was mag dessen die Ursache seyn ?
Bisan hatte sich schon wieder erholet/ und antworte=
te: Es hat nicht viel zu bedeuten / indeme mich) nur
ein geringer Schwindel angestossen / um dessent=
willen mein Hertz Erich sich nicht hätte irr= und von
seinem Liebes=Gespräch abwendig machen lassen
sollen / jedoch bedancke ich mich wegen geleisteten
Beystands/ werde auch dem Herrn beßwegen ver=
　　　　　　bun=

bunden bleiben / er laſſe ſich nur meine / mir mehrmahlen zuſtoſſende / geringe Alteration; keine fernere
Ungelegenheit / und an ſeinen vergnüglichen Unterredungen keine Verhinternüß machen / indeme mir
ohne dem von Hertzen leyd / daß ich der Störer ihrer
Diſcurſe geweſen / ſolchem auch vorzukommen / werden ſie mir nicht verübeln / wañ ich jetzo meinen Abſchied nehme. Welches er Belliſen und Erichs Einwendens unerachtet / alſobald thate.

Erich wolte ſeinen Landsmann begleiten / und
gleichfalls Abſchied nehmen / aber Biſan wolte ſolches keines Weges geſtatten / ſondern vermahnete
ihn nochmahlen ernſtlich / die ſchöne Belliſen ſeiner
ſo angenehmen Gegenwart nicht ſo bald zu berauben. Welches zwar zu thun Erich ſich anlieſſe /
aber gleichwol nach Biſans Abſchied / eine ſolche
Verwirrung in ſeinem Gemüthe und ſtarckes Hertz-
klopffen bey ſich befande / daß er nicht länger bleiben
kunte / ſondern ſeinem Landsmann zufolgen entſchloſſe / da dann die übrige zugleich auch den Abſchied nahmen / und Firant , der ſie zwar nach Hauſe
begleiten / ſi e aber ſolches nicht zugeben wolten /
in höchſter Zufriedenheit hinterlieſſen / der ſich zwar
noch ſelbigen Abens bey ihnen einfande / um von
Max und Goribald auch noch einmahl Abſchied zu
nehmen.

Printz Sincer ſtunde etwas zweifelhafft / ob er
in Geſellſchafft Erichs / oder aber deß Bäyeriſchen
Max verbleiben ſolte ; jener ware geſinnet eine Räyſe nach Venedig zuthun / zumahlen auch Ih. Chur-
Fürſtl. Durchl. auß Bäyern / neben dem Printzen
Eugenio ihren Weg dahin nahmen / und alsdann
auch andere Italianiſche Städte und Höfe zu be-
ſehen /

sehen; diese beyde aber entschlossen/ geraden Weges
nach Hause zu gehen.   Weil ihme aber der beyden
tapffern Bäyern Gesellschafft viel anständiger/
auch mit ihnen bereits mehrers bekannt ware/ kie-
sete er den letzten Weg / deß Vorsatzes / wann er seines so wehrten Freundes berühmtes Vatterland
gesehen / alsdann Gelegenheit zu finden / von dar
dannoch auf Venedig / und so dann weiter seines
Gefallens zu råysen.

Erich ware wie gehört / Vorhabens seine
Råyse nach Venedig anzutretten / und zugleich mit
Max und Goribald aufzubrechen / weilen aber Firaht
Lust bekame/ die Råyse mit dahin zu thun/ (zumahlen sein Beylager mit Melinden noch einige Wochen mußte aufgeschoben werden/) theils einen so
guten Freund und bißherigen Råyse-Gefährten
als Erich gewesen / nicht so bald zu verlassen / theils
zu seinem bald künfftigen Beylager / daselbsten verschiedene Galanterien und Kostbarkeiten zu erhan-
deln/ mithin auch noch andere Geschäffte zu verrichten; als ersuchte er Erich noch ein paar Tage zu ver-
weilen/ biß er sich zu solcher Råyse gerechtelt hätte/
welches ihme Erich zusagte/ und auch hielte.

Bisan indessen hatte sich voll Unmuth und
Kummers in sein Zimmer / und darauf/ ohne/ mit
der Gesellschafft zu speisen / zu Bette begeben / sich
entschuldigend/ daß er wegen Kopff-Schmertzen
sich nicht gar wol befinde/ dahero die samtliche ritterliche Gesellschafft / ihne noch deß Abends spat
besuchete / und wegen seines Zustands ihr Beyleyd
bezeugete/ die aber Bisan versicherte/ daß es nicht
viel zu bedeuten hätte/ und ihme nicht ungewohnt
wäre/ solten deßwegen keine Sorge tragen.   Man

sahe ihme an denen gantz rothen Augen gar wol an/
daß entweder der Kopff einen mercklichen Schmertzen litte/ oder er/ welches nicht zu vermuthen/ sehr
müßte geweinet haben.

Er hatte biß daher sich noch nicht entschlossen/
wie und mit wem er seine Räyse anstellen wolte/
doch zweifelte ihrer keiner/er wurde in Geselschafft
seines Landsmanns Erichs verbleiben/ dannen-
hero/ und weil er sich vernehmen lassen/ daß er der
Ruhe benöthiget seye/ und biß morgen gegen Mittag genug wurde zu thun haben/ wieder in guten
Stand zu kommen/so nahme Max, Sincer und Goribald, gäntzlichen Abschied von ihme/ weil sie gleich
mit dem Tage abräysen wolten. Die andern
wünscheten ihm ebenfalls eine geruhsame Nacht/
mit dem Erbieten ihne Morgen zu besuchen und zu
vernehmen/wie diese Nacht sich angelassen/ auch ob
er wol geschlaffen hatte? Er bathe aber seiner mit
solcher Ehre zu verschonen/ weil er wie gedacht biß
Mittag sich ruhig zu halten/und seiner allein zu pflegen und außzurasten nöthig hätte. Nachmittags
wolte er schon selbsten seine gute Freunde besuchen
und ihrer Compagnie geniessen/ worbey man es
dann verbleiben liesse/ indeme ein jeder an seinen
gehörigen Ort sich verfügete/ und nach der Ruhe
sich sehnete/ wiewolen der wenigste Theil von ihnen
einer wahren Ruhe genosse.

Dann/ Bisan ware in seinem Gemüthe dermassen zerstöret/ daß der geringste Schlaff nicht in
seine Augen kame/ sondern sich theils mit allerhand
schwermüthigen Gedancken quälete/ theils auch
sonsten Anschläge machete/ deren Erfolg sich in
Bälde äussern wird. Max und Goribald wurden
mit

mit tausenderley Vorstellungen / die ihren Gemüths-Augen sich præsentirten / und die ihnen beyderseits die Liebe und Eyfer verursachten / an ihrer
Ruhe gestöret. Erich ware bekümmert wegen seiner Nabisa, deren Angedencken ihme durch die Tags
vorhero geschehene Besprachung mit Bellisen / nun
gantz wieder neu worden ware / so / daß er auch den
meisten Theil der Nacht Schlaff-loß zubrachte. Firant seines Orts hatte zwar die wenigste Bekümmernüß / doch mußte er auf die vorhabende und so
schnell resolvirte Abräyse mit Erich, sich auch gefaßt
machen / und hierdurch seiner gewöhnlichen Ruhe
einigen Abbruch thun.

Max, in Gesellschafft Printz Sincers und Goribalds / nach nochmahlig genommenem Abschied /
von Erich und Firant, ritten deß Morgens fort. Sie
waren aber deß Mittags noch kaum in die Herberge gekommen / da fande sich auch Bisan bey ihnen ein /
mit Bitte / ihne in ihrer Gesellschafft mitzunehmen /
dessen diese drey wol zufrieden / jedoch sich verwunderten / warum er nicht eher in seines Landsmanns
Gesellschafft verharrete?

Bisan aber wußte deßwegen verschiedene Ent-
schuldigungen vorzubringen / vornemlich aber so
bedeutete er Maxen / daß er in Sorgen gestanden /
es möchte die in ihren Gemüthern sich noch inner re-
gende / wiewol verborgene / Mißhelligkeit / (worvon
er neulich Maxen Bericht gethan /) da sie zu streng
bey einander wären / sich offentlich hervor thun / und
Uneinigkeit zwischen ihnen verursachen / welchem
vorzukommen / er sich gestern unpäßlich gestellet /
auch deßwegen völligen Abschied / von sich nehmen /
immittelst aber sein Pferd durch seinen Diener / in
eine

eine Herberge auffer der Stadt/bringen laffen/wo=
hin er fich bey anbrechendem Tage auch begeben/
und nachdeme fie vorbey geritten / ihnen nachge=
folget / und anjetzo eingeholet / Vorhabens einen
Geleits-Mann in Teutfchland abzugeben/alsdann
feinem Vettern Helfrid nachzuforfchen.

Sie fetzten alfo ihre Räyfe in Gefellfchafft
fort/wiewolen Bifan immerzu gantz fchwermüthig
fchiene / deßwegen fie einander mit allerley Gefprä=
chen fuchten aufzumuntern. Unter anderm be=
gehrte Sincer zu vernehmen / wie es feinem Freund
Maxen/ nachdem er auß der Wallachey gefchieden/
ergangen / dann biß daher hatte fich noch nie rechte
Gelegenheit hierzu ereignet / weilen aber Max mit
der Unbequemlichkeit deß Weges fich entfchuldig=
te / indeme folche Erzehlung etwas Zeit erforderte/
ware Sincer mit dem Verfprechen zufrieden / daß
es bey erfter Gelegenheit fo fich ereignen wurde / ge=
fchehen folte.

Weil aber dannoch Sincer nicht unterlaffen
kunte / von Max bald diefes bald jenes zu fragen / fo
erinnerte er fich von Goribald vernommen zu haben/
welcher Geftalt er bey der Belagerung Mons neben
Erich dem Schweden / mit zweyen Frantzofen /
(welche fie zu befchimpffen vermeynet/) in vollem
Harnifch zu Pferde / mit Speer und Schwertern/
auf die uralte Helden= und Ritter-Manier / ge=
kämpffet / und groffe Ehre eingeleget. Deßwegen
fragte er ihn um die Art und Befchaffenheit folchen
Kämpffens / weil er dergleichen niemahlen gefehen/
und weil Bifan zugleich darum bathe / fo erzehlete
Max mit wenigem/wie es damit hergegangen; doch
fügte er hinzu / ift mich diefer Kampff nicht fo hart
ankom=

ankommen / als der jenige / den ich mit einem Engelländischen tapffern Ritter zu Londen überstan-
den habe.

So hat mein Freund / sagte er: Sincer dann
in Engelland dergleichen Kampff auch gehabt? Ja
ware Maxen Antwort / und zwar wie gedacht einen noch schärffern / der meines eigenen Blutes
etwas gekostet / dieses mir aber einen rühmlichen
Sieg erworben hat. Hiermit erzehlete er / wie es
mit dem Ritter Grahm und ihme ergangen / allermassen auch deßwegen im Ersten Theil nachzusehen.

Hierauf fragte Sincer ferner / wie er zu solchem
Kampff- und Streit-Art gelanget / angesehen solche seines Wissens nirgend mehr üblich seye? Worüber Max sich also erklärete / daß zwar das scharffe
Kämpffen mit Speer und Schwerdt / in vollem
Küris / in Abgang kommen / jedoch noch immer da
und dorten / an hoher Potentaten Höfen einige / den
alten Turnieren einiger massen gleichende ritterliche Ubungen annoch im Gebrauch geblieben. Insonderheit sagte er ferner / seyn von uralten Zeiten /
die Bäyer dem Stechen und Thurniren rühmlich
obgelegen / und darinnen Ehr gesuchet und eingeleget / wie ich mit unterschiedlichen Exempel darthun
könte / ich achte aber dieses einige genug zu seyn / welches so wol Herr Sigmund von Bircken / im fünfften Buch seines Ehren-Spiegels / als auch gar
neulich Ihrer Majestät / deß Römischen Königs
Josephi, Historicus, Herr Hanß Jacob Wagner von
Wagenfels / in dem Ehren-Ruff Teutschlandes /
der Teutschen und ihres Reichs; zu der Bäyerischen Helden unsterblichem Ruhm anführet / und
in folgendem bestehet. Als

Als zu Zeiten und unter der Regierung Käyser
Friederichs/ A. 1475. Hertzog Georg in Bäyern/
mit Fräulein Hedwig/ König Casimirs in Pohlen
Tochter/ und Käyser Albrechts Aencklin/ zu Lands-
hut Hochzeit und herrliches Beylager hielte/ bey
welcher Solennität Käyser Friederich und Ertz-Hertzog Maximilian selbsten gegenwärtig gewesen;
hat sich auch ein starcker vierschrötiger und grosser
Pohlnischer Graf/ der mit der Braut von Dublin
dahin kommen/ allda befunden/ der neben seiner
Grösse und Stärcke sehr stoltz und hochmühtig wa-
re/ welches unter anderm auch daher abzunehmen/
daß er sein Pferde/ so ein starcker Wallache ware/
mit silbernen Huf-Eysen/ (wann man anders also
reden darff/) beschlagen lassen. Dieser auß Hoch-
muth hiesse das Rennen und Thurnieren der Teut-
schen/ so dem Fürstl. Frauenzimmer zu sonderbaren
Ehren gehalten wurde/ verächtlicher Weise nur ein
Kinder-Spiel. Bothe demnach allen Fürsten und
Grafen/ um 1000. Gulden ein Scharff-Rennen auß.

Hertzog Georg als Bräutigam/ hielte sich für
eine Schand/ solchen Schimpff ungerochen hingehen zu lassen/ weil er solches aber nicht wol selbsten
thun darffte; ersuchte er den Käyser/ er möchte doch
seinen Vettern/ Hertzog Christoffeln auß Bäyern/
dahin bereden / Teutschen Ruhm handzuhaben.
Solches thate der Käyser/ mit dem fernern An-
hang/ daß der Bräutigam Hertzog Georg/ noch
andere fl. 1000. heimlich zu denen außgebotte-
nen zulegen wolte.

Hertzog Christoph liesse sich als ein frischer und
tapfferer Herz/ und darbey guter Stecher/ nicht
lange bitten/ dann er wurde ohne dem/ von seinen
Vet-

Vettern und Brüdern nur der Waghalß genennet. Er nahme die Außforderung an / und den
zweyten Tag hernach erschienen beyde Kämpffer in
vollem Küris auf dem bestimmten Stech-Plan/der
grosse Polack auf seinem Wallachen / Hertzog Christoph auf einem ansehnlichen Schemmel.

Hertzog Christoph ritte alsbald zu seinem hoch-
trabenden Gegener / redete ihn in Lateinischer
Sprache an / und begehrte er solte / bevor sie das
Stechen anfiengen / vom Pferde steigen um zu zeigen / daß sie allein auß ritterlichem Gemüth / ohne
Vortheil / das Rennen angestellet / er selbst sprange
alsbald ohne einige Hülffe von seinem Schemmel
herunter : Aber der Polack weigerte sich dergleichen zu thun / unter allerhand Vorwand. Weil
aber Hertzog Christoph darauf beharrete / mußte
er endlich auch herunter / damit er aber solches bewerckstelligen kunte / mußten die Diener ihme die
Bünde und Riemen / wormit er am Sattel veste
angehefftet ware / zuvor loßschneiden / welches nicht
ohne seine grosse Beschämung geschahe. Von solchem Anbinden hatte Hertzog Christoph Wind bekommen / deßwegen trange er auch auf das Absteigen.

Als solches geschehen / legte der Hertzog seine
Hand auf den Sattel-Bogen / und schwange sich
ohne einige fernere Hülff / unangesehen der schweren
Rüstung und Harnisch / gantz ringfertig hinauf / daß
sich das anwesende Fürstliche Frauenzimmer neben dem Käyser und Fürsten höchlich verwunderten ; Hingegen mußte der Pohlnische Groß-
Sprecher mit Mühe sich auf seinen Wallachen
elffen lassen.

Als

Als darauf das Zeichen gegeben wurde/legten
sie ihre Stangen oder Lantzen ein/ und rannten mit
grossem Gewalt auf einander zu / traffen auch dergestalt / daß der pralerische Polack zweyer Manns
lang hinter seinem Pferde zu liegen kame/ und alle
Viere von sich streckte: Da hingegen der Bäyerische Hertzog/wie ein Thurn im Sattel unbeweglich
sitzen bliebe/ nicht ohne grosses Frolocken aller An-
wesenden/ insonderheit deß Frauenzimmers. Von
dem empfangenen hefftigen Stoß / und grosser
Schaam darab / starbe der hoffärtige Polacke/ deß
dritten Tags darauf. Also wurde die Teutsche Ehre und Tapfferkeit/ durch eine tapffere Bäyerische
Faust/ gehandhabet.

Dergestalt setzten sie ihre Räyse fort/ und Max
erzehlete Printz Sincern auf sein Begehren/ unterschiedliches von seinem Vatterland/ darvon er
zuvor nichts gehört. Printz Sincer fragte neben
anderm/ ob in Bäyerland nicht auch Gold-und
Silber-Adern oder dergleichen Berg-Wercke anzutreffen. Max antwortete/ob zwar seines Wissens
dergleichen reiche Berg - Wercke im Bäyerland
nicht anzutreffen; So seyen doch die Bäyerische
Flüsse/ theils nicht ohne Gold/ sondern neben reichen Fisch-Wassern / auch in Bächen und Ström-
men Gold anzutreffen. Ja fügte er hinzu / es kan
das edle Bäyerland/ neben andern vielen ja fast un-
zehlbaren von GOtt und der Natur empfangenen
Gaben und Schätzen/ vor andern Ländern auch damit prangen/ daß in denselben überauß kostbare
Perlen / welche denen Morgenländischen selbsten
den Trotz bieten und übertreffen; gefunden werden/
wie dann das hochschätzbare Kleinod/ so mein Gnädigster

digster Chur-Fürst/ A. 1685. Dero Allerdurchleuch-
tigsten Braut verehret / mit Verwunderung deß
gesamten Käyserl. Hofes beweiset.

Mit dergleichen Gesprächen vertrieben sie die
Verdrüßlichkeit deß Weges / worbey Bisan auch einen fleissigen Aufmercker gabe / und ob er schon gutes Vergnügen darab schöpffte/ so kunte er doch sein
heimliches Anligen und Traurigkeit / nicht verbergen / unangesehen er sich möglichst zwange / sich solches nicht anmercken zu lassen / weil aber Max, als
in dergleichen wol geübet / solches gar wol warnah-
me/ mochte er mit Nachforschung der ihne hierzu be-
wegenden Ursachen / ihme nicht beschwerlich fallen/
sondern suchte vielmehr mit allerhand Erzehlungen
ihne darvon abzuziehen.

Es fienge bereits an gegen den Abend zu gehen / und sehneten sich unsere Räysende / nach der
Herberge / als sie von fernen einiger Leuthen gewahr wurden / die da schienen von andern vergwäl-
tiget zu werden.   Goribald, so es am ersten war-
zenommen/ zeigte solches Maxen / und rannte vorauß / zu sehen / was es wäre / deme Max und Sincer
pornstreichs folgeten / Bisan aber etwas gemächli-
chers hernach kame.   Es waren aber etliche Soldaten / die einige Räysende um eine Reuter-Zeh-
ung angepacket / als sie aber solche bekommen / damit nicht zufrieden seyn / sondern auch das übrige
von ihnen haben wolten / dessen sich aber die Räysende weigerten / daß demnach die räuberische Soldaten Gewalt anlegeten.

So bald Goribald bey ihnen angelanget / und
gesehen / was der Handel ware / mahnete er erstlich
die Räuber oder Soldaten mit guten Worten ab/

IV. Theil.   r   sich

sich mit dem empfangenen zu vergnügen / weil sie
sich aber daran nicht kehreten / versetzte er dem nächs-
sten bey ihme einen so nachtrücklichen Streich aufs
Haupt / daß er über und über purtzelte / und seinen
Gesellen um Hülffe ruffte. Indessen ware Max und
Sincer auch herbey kommen / welche den angegriffe-
nen bald Raum macheten / daß die Angreiffer sie
verlassen / und ihrer Haut wöhren mußten. Es
daurete aber dieses Gefechte nicht lang / weil die
Räuber ob schon in ziemlicher Anzahl / dannoch diesen tapffern Helden nicht gewachsen waren. Dahero sie in kurtzem das Reißauß nahmen /einer aber
von ihnen ware so erboset / daß er / da die andere
schon die Flucht gaben / sich noch mit einem der
Räysenden mächtig um eine Räyse-Tasche risse /
die er ihme mit Gewalt abnehmen / dieser hingegen
solche nicht auß Händen lassen wolte / darbey seines lebendigen Halses um Hülffe und Beystand
ruffete.

Max der am nächsten darbey /saumte nicht dem
Betrangten Hülffe zu leisten /sprengete demnach eylend hinzu / dem Rauber den Lohn seiner Boßheit
zu geben / der aber / den Ernst sehend / und daß hier /
an statt Beuthen nur gute Stöß zu bekommen /
wolte der Schlappen nicht erwarten / sondern fande das sicherste / es seinen Cameraden nachzuthun /
und ob schon Treulöw ein Stück Weges ihn verfolgete /vermochte er doch nicht ihne einzuholen.

Die solcher Gestalt der gäntzlichen Berau-
bung befreyete / unterliessen nicht / ihren Helffern
hohen Danck zu sagen / auch darbenebens einige
Verehrungen anzubieten / dessen sie sich aber weigerten / und ihnen vielmehr zu so glücklich geschehener Ret-

ner Rettung Glück wünscheten. Der jenige / der
sich mit dem letztern Räuber so hefftig um die Räyß=
oder Reit=Tasche gerissen / kame auch herbey und
bedanckte sich wegen abermahlen nachtrücklich ge=
leisteten Beystandes zum höchsten / mit Versiche=
rung / daß weilen er nun zum andern mahl / durch
beß Bäyerischen Maxen tapffere Helden=Faust
auß grosser Gefahr errettet worden / er sich höchst
verpflichtet erkenne/auch seines wenigen Orts nicht
ermanglen wolle / bey etwan sich eignender Gele=
genheit / solches mit schuldigen Diensten hinwiede=
rum zu beschulden; dessen sich zwar Max nach ge=
wöhnter Höflichkeit bedanckete / sich aber dannoch
nicht erinnern kunte/dem Dancksagenden jemahlen
einen Gefallen erwiesen zu haben / wol dauchte ihn
z solte ihme das Gesicht und Rede nicht allerdings
unbekandt seyn/er kunte aber sich keines wegs erin=
nern/wo er ihne mehr möchte gesehen / oder ihme ge=
dient haben / deren überflüssigen und ihme höchst=
verdrüßlichen Dancksagungs=Complimenten aber
·erhoben zu seyn / mochte er den Dancksagenden
un keine weitere Nachricht ersuchen / sondern liesse
bey dem bißherigen bewenden.

Indessen ruckete die Nacht mit Gewalt her=
/ dahero man auf ferneres Fortreiten bedacht
n mußte. Die von denen Soldaten angefalle=
/ weilen sie noch einen ziemlichen Weg zu der
Nacht=Herberg zu thun hatten/und sich eines aber=
mahligen / neuen räuberischen Angriffs besorgeten/
ten auf Einrathen ihres Postilions für das
erste / mit ihren Errettern wieder umzukehren/
und mit ihnen gleiche Nacht=Herberge zu machen/
weilen sie über eine kleine Stunde dahin nicht zu

reiten

reiten hatten / welches unsern in Gesellschafft räysenden nicht zuwider ware / indeme sie hierdurch
Gelegenheit zu haben vermeynten / ein und anders
neues zu erfahren / ritten deßwegen insgesamt deß
Weges dahin / wo die unter die Soldaten gera-
thene / allererst hergekommen waren / woselbst sie
auch/als es bereits anfienge finster zu werden/glück-
lich anlangeten.

Das XXII. Capitul/

Corindo gibt sich zu erkennen / meldet was es mit
Helfried für eine Beschaffenheit. Erich ist über Bi-
sans Verlust bekümmert/begibt sich mit Firant auf die
Räyse / Corindo gibt ihme Nachricht von Bisan.
Montmelian ergibt sich / die Accords-Puncten dar-
von.

ALs sie also in Sicherheit / wolte der Bäyerische
Max gerne ein mehrers von dem jenigen/ der
sich ihme so sehr verpflichtet zu seyn bekennet
hatte/vernehmen; dannenhero fragte er / nach der
Ursache seiner abgelegten unverdienten Dancksa-
gung/ auch wo er ihne mehr gesehen / und einige
Dienste empfangen haben möchte / weil er sich dessen keines zu erinnern wisse? Worauf der gefragte sich folgender massen verantwortete: Daß er in
Gesellschafft/auch in gewieser masse in Diensten deß
Frantzösischen Relaps gewesen / bevor er aber in
dessen Kundschafft gerathen seye / von ihme dem
Bäyerischen Max, von seinen Verfolgern denen
Frantzosen / zusamt Helfrieds Diener befreyet
worden.

Jetzo wußte sich Max zu erinnern/daß nach der
jenigen Rencontre, da er neben seinem Cameraden

Fleaston

Flenston, Helfried und Relaps, von den Frantzosen
angegriffen / und darbey Relaps vermeynter Page
verloren worden/er eine außreissende Person angetroffen / die ihne mit seinem ehemahligen Namen
nicht alleirgenennet / sondern auch zugleich vermel-
det/er werde durch seine Hülffleistung/sie obligiren/
ihme.wol zu wollen / und das versaumte zu verbessern und einzubringen. Dahero fragte Max nach
seiner Condition, und begehrte die Erklärung selbiger Worten / die ihme damahlen grosse Gemüths-
Unruhe und Nachdencken verursachet hätten / zu
vernehmen.

Der Gefragte / neben wiederholter Dancksa-
gung erinnerte mit wenigem / daß er der jenige gewesen / der damahlen in Gesellschafft Helfrieds
Dieners / denen Frantzosen entwischet / von ihnen
verfolget / aber von erstgemeltem / vermittelst kräfftigen Beystandes deß tapffermüthigen Max, von
fernerer Verfolgung befreyet./ bald hernach aber
in Relaps Gesellschafft und Dienste aufgenommen
worden.

Max ware begierig zu wissen / woher ihme damahls sein ehemahlen geführter Name Teuto, mit
welchem er ihne bey seiner Flucht genennet/wissend
gewesen. Worauf er nach etwas Bedencken ge-
antwortet/ daß er zu Mons Zeit währender Belage-
rung/in welcher Stadt er sich damahlen befunden/
etwas darvon vernommen / wüste sich aber der eigentlichen Umständen nicht mehr zu entsinnen;
worbey es Max bewenden liesse / und allein nach seinem Namen / Flenstons / Helfrieds / Relaps und
der seinigen Zustand fragete.

Was meinen Namen anlanget / ware die
Ant-

Antwort/so heißt derselbige Corindo, das übrige betreffend / so weiß ich anders nicht / als / daß ich die
genennete Personen alle/samt der Birlotta,oder dem
von euch mein Herz Max so eyferig gesuchten verkleideten Page,in gutem Wolstand verlassen/ausser
der Birlotta Bräutigam Herzn Helfried, den ich zu
suchen expresse von Relaps und den Seinigen abgeschicket bin.   Bis an ware hierauf gesch wind mit
der Frage herauß / wo dann der Schwede Helfried,
hingekommen / auch wo er / Corindo ihne zu suchen
gedächte? Welches Corindo damit beantwortete/
daß er vor etwas Zeit / von dem Schwedischen General in einer wichtigen Angelegenheit / zu ihme an
den Rhein-Strohm zu kommen / wäre begehret
worden / welchem Begehren Helfried, nachdem er
zuvor seine liebste Birlotta samt den ihrigen in Holland begleitet/nachgekommen. Weil nun seine Zuruckkunfft über Vermuthen sich verweilet / so habe
Relaps und Birlotta ihne/ selbigem nachzufragen ab-
geordnet / weil aber / wie er vernommen / besagter
General nicht allein gestorben / sondern auch Helfried,um hochwichtiger Ursachen willen / wie man
ihme gesaget / alsobald weiter gerähset seye / entweder den Bäherischen Maxen / oder seinen Landsmann Erich, anzutreffen / welche dem Vernehmen
nach / in Piemont sich befinden/als habe er solches
unverweilt an Relaps zurück berichtet /und darauf
Befehl empfangen / Helfried dahin nachzufolgen/
und möglichsten Fleisses aufzusuchen / und so bald
möglich mit sich zurück zu bringen.

Solchem nachzukommen/ habe er sich auf den
Weg dahin begeben / seye aber heute so unglückse-
lig gewesen / neben seinen Rähß-Gefährten / denen
man

maufenden hungerigen Soldaten / in die Hände zu
gerathen / doch achte er solches nunmehr für ein ge-
doppeltes Glück / weilen er durch so ritterliche Fäu-
ste der Gefahr entrissen / und ihme zugleich Gelegenheit gegeben worden / bey dieser ansehnlichen Gesellschafft / wegen Helfrieds sich zu erkundigen / ob sie
nichts von ihme zu sagen wusten / und wo er anzutreffen / Nachricht geben könte.

Bisan befande über dieser Erzählung sich schier
gantz auß sich selber / fragte auch noch allerhand von
seinem Vetter Helfried, mit Bezeugung / daß ihme
selbsten ein nicht geringes an Helfrieds Wolerge-
hen gelegen / Corindo aber wuste ausser dem bereits
erwähnten seinetwegen weiter nichts zu sagen / dahero sich Bisan nothwendig mit fernerm Fragen zur
Ruhe begeben muste.

Immittelst versicherte Max, daß sint sie bey da-
mahliger Rencontre von einander getrennet worden / er von Helfried weiter nichts gesehen noch gehöret / als was von den jenigen Baurs-Leuthen /
bey welchen der verstellte Page Birlot, etliche Tage
sich aufgehalten / auch deren Tochter entführet zu
haben bezüchtiget / ihme erzehlet worden; ware demnach begierig zu vernehmen / wie es dem Helfried,
nachdeme er den Birlot oder Birlotta wieder gefunden / ergangen / welches Corindo umständlich erzehlte / wie in vorhergehendem zu ersehen gewesen.
Wormit zwar Bisan nicht übel vergnügt zu seyn
schiene / doch aber wegen deß letztern / da man nicht
wußte / wo er hingekommen / in nicht geringen Sorgen stunde / welche ihme doch Max und Goribald auß
zureden bemühet waren.

Corindo stunde nun an / wie er seine Räyse ferner

ner anstellen/ ob er fürter/ oder mit dieser trefflichen
Gesellschafft wieder zurück gehen solte: er beredete
sich deßwegen mit Bisan, als nahem Anverwanten
Helfrieds / was hierinnen möchte zu thun seyn / der
dann mit Beystimmung der andern darfür hielte/
Corindo solte seine vorgenommene Räyse vollfüh-
ren/ und Helfried unter denen Savojischen Trouppen vermittelst Firants / (so er noch anzutreffen/)
auffsuchen / worzu ihme Erich Zweifelsfrey behülff-
liche Hand bieten werde. Solte er aber wider Verhoffen / einen Leeren schlagen / möchte er alsdann
den Ruckweg/ angewiesener massen/ nach dem Bäyerischen Max, und den Schwedischen Bisan zum Ge-
leitsmann nach Relaps mit sich nehmen / bey welcher Abrede es auch verbliebe/ indeme Corindo samt
seiner Gesellschafft / die sich diesen Abend mit noch
etlichen Personen verstärcket hatte / deß morgens
zeitlich seinen Weg fortsetzete/ dergleichen Max, Sincer und übrige auch thaten.

Wir kehren jetzo ein klein wenig zurück / zu sehen was Erich neben Firant machen; Jener ware
voller Unmuth schon vorhin/ anjetzo wuchse ihme
solcher durch den Abschied so guter Freunden noch
mehr / sein meistes Vergnügen ware/ daß er seinen
wehrtgeschätzten Bisan annoch in seiner Gesellschafft
haben kunte/ dessen annehmliche Conversation, seine
dermahlige gröste Vergnügung ware. Sintemahlen er sich durch ihne vieler Schwedischer Sachen/
vornemlich aber seiner Liebes-Händeln erinnerte/
die ob sie schon nicht nach seinem Wunsch und
Willen abgeloffen; ihme dannoch in etwas sein
Gemüth ergötzeten. Er wartete demnach mit Ver-
langen/ biß der Mittag herbey kame/ da er seinen
                                                    lieben

lieben Lands-Mann wiederum sehen und sprechen
kunte / und dauchte ihn ein jeder Augenblick einen
Tag lang zu seyn. Dieweil er nun ihme nicht vor der
Zeit mochte beschwerlich seyn / gienge er mit Firanr
nach seiner Wohnung/ der ihne/ wiewol fast wider
seinen Willen / bey sich bey dem Mittag-Mahl be-
hielte.

Als er darauf wieder nach Hause kommen/
wolte er unverlängt den Schwedischen Bisan in seinem Zimmer besuchen / und wie es sich mit ihme ge-
bessert/ sich erkundigen. Er erschracke aber nicht we-
nig/ als er weder ihn noch seinen Diener antraffe/
noch mehr aber/ als ihme auf Befragen der Hauß-
Herz vermeldete/ daß Bisan deß vorigen Abends alles richtig gemacht/ seine Pferde anders wohin bringen lassen/ und darauf sich auch auf die Räyse begeben. Auf Erichs Befragen / ob er dann in Gesellschafft deß Bäyerischen Maxen sich befinde/ verneinete er solches/ mit Versicherung/ daß Max und Goribald eben so wenig von seinem Hinwegräysen wis-
sen/ als Herz Erich/ dann Bisan ihne sein Verräysen
in höchster Geheim vor der gesamten Compagnie zu
halten/ angelegenlichst gebetten. So viel er auch
von ihme verstehen können / habe er gantz einen andern Weg und Räyse vorgenommen/ als der Bäyerische Max , glaube daher nimmermehr / daß er bey
demselbigen sich befinde.

Wer ware nun betrübter als Erich/ weil er auch
diesen Freund und gewünschtesten Landsmann verlohren / er wuste nicht / was er hierauf gedencken/
schliessen und beginnen solte ; wol tausenderley Gedancken durchliessen seinen Verstand/ und stelleten
ihme bald dieses bald jenes vor / aber das am aller-

r 5   wenig-

wenigsten / was das wahrhafftigste ware. Vielleicht / sagte er bey sich selbsten / befindet sich Bisan
von mir beleydiget / daß er hinterrucks meiner heimlich hinweg gehet / ohne das geringste davon sich
mercken zu lassen: Aber / gedachte er wieder / so er je
von mir sich beleydiget zu seyn einbildete / wiewolen
ich deß geringsten mich nicht zu entsinnen weiß / daß
ich ihme auch nur in Gedancken solte entgegen gewesen seyn / was haben ihme dann die übrige und
Firant Leydes gethan / daß er vor denselbigen ebenfalls seinen Abzug verborgen. Vielleicht / sagte er zu
sich selbsten / ist er nur auf eine kurtze Zeit außgeritten / und Sinnes / auf den Abend wieder zu kommen /
derowegen erwartete er deß Abends / ja auch deß
folgenden Tages / mit Angst und Sorge; Aber alles
vergebens / Bisan wolte sich nimmermehr dieser Enden einfinden / indeme er diese Länder nunmehr völlig quittiret hatte.

　　Firant kame es nicht minder sehr fremd für /
wuste eben so wenig als Erich / was er hievon gedencken / oder sagen solte. Als er nachgehends seine geliebte Melinden und ihre Baasen Bellisen besuchete / und hievon ins Gespräche kame / bedeutete ihme
Bellise, daß sie bey neulichster Besuchung wargenommen / daß Bisan, indeme Erich mit ihr Sprache
gehalten / sich gantz traurig an- auch unterschiedliche
starcke Seuffzer von Hertzen gelassen / und / so viel sie
abnehmen und urtheilen können / bald sie selbsten /
bald den mit ihr redenden Erich / ziemlich unfreund-
lich angeblicket / wiewol sie die Ursach dessen ihr nicht
einbilden könne / wann sie zuvor einige Bekandtschafft mit Bisan gehabt / hätte sie darvor gehalten /
derselbe hätte über ihrer Unterredung einigen Verdruß

druß und Eyfer geschöpffet/ so aber wüste sie ihr keine Ursach einzubilden.

Der leichtsinnige Firant liesse sich diese Sache weiter nicht anfechten/ sondern rüstete sich zu seiner Räyse/ um Erich nicht länger daran zu hindern/ den dritten Tag nach Maxen Abzug/ wurde Erich von der Post ein Brieff eingehändiget/ den er mit sonderbarem Schrecken empfienge und erbrache/ weil er weder die Hand noch Pittschafft kennete/ der Brieff aber/ dem Bericht nach/ mit der Niederländischen Post angelanget ware. Nachdeme er nun solchen erbrochen/ fande er folgenden Innhalt:

Bald vergessender Schwede!

WAnn euere ehmahlige Liebe wahrhafftig/ und also beschaffen gewesen/ wie ihr sie andern habt vorgegeben/ so würden/wann schon die äusserliche Augen in ihrem Amte hinlässig/dannoch die innerliche Gemüths-Regungen euerer Pflicht euch erinnert haben. Es ist euch nicht zu verübeln/ daß ihr eine lebendige Schönheit/ einer schon längst durch einen unglücklichen Tod in Staub und Aschen verfallenen vorziehet/ wann nur der stäts um euch schwebende Geist/ der euertwegen verstorbenen/ durch solches nicht so sehr betrübet/ und an seiner Ruhe gestöret wurde. Bellise ist würdig/ daß sie geliebet/ Nabisa aber/ daß ihr noch nicht zu völliger Ruhe gebrachter Geist/ auch unter denen dunckelsten Todes-Schatten/ darein sie ihre beständige Treue gestürtzet/ geehret/ und selbiger nicht allerdings vergessen werde/ ihr wollet dann von ihrem herum schwebendem Unruhe vollem Geist/ euerer allzu schnellen vergessen- und geringer Erkänntlichkeit/ zu euerem grossen Verdruß unaußsetzlich erinnert werden. Dieses

Dieses ohne Namens Unterschrifft eingehän-
digte Schreiben / versetzte den getreuen liebhaben-
den Erich gantz auß sich selbsten/er wuste nicht/was
er hierüber urtheilen solte / er sahe/ daß er zur Ungebühr der Vergessenheit beschuldiget ; auch seine jederzeit so aufrichtig geführte Liebe/in nicht geringen
Zweifel gezogen ; seine Augen und Gemüth einiger
Hinlässig- und Pflicht-Vergessenheit beschuldiget ;
eine neue Liebe / und zwar der Bellisen / ihme auf-
gerupffet ; der verstorbenen Nabisa grössere Verdienste aber erhoben ; über das alles er noch von deren Geist mit ståter Beunruhigung bedrohet wurde : Alle diese Sachen verwirreten ihne dermassen/
daß er nicht wuste/was er beginnete ; Er überlase
den Brieff mehr als 100.mahl / je öffter er ihn aber
lase/je weniger wuste er sich darein zu finden. Daß
Nabisa gestorben/dessen ware er gnugsam versichert/
wer ihme solchen verweisenden Brieff geschrieben/
kunte er nicht außsinnen/und ob er schon jezuweilen
auf die Gedancken kame/Bisan,als ein naher Anverwandter der verstorbenen Nabisa, möchte / wegen
deß Gesprächs mit Bellisen / einigen Verdruß ge-
schöpffet/und diesen Brieff verfertiget haben/so wi-
derlegte doch diese Meynung sich damit / daß der
Brieff/wie man ihne dessen gnug versichert/auf der
Niederländischen Post ankommen.Endlich beredte
er sich/es müste Helfried solchen geschrieben haben ;
aber woher konte derselbe einige Nachricht in Niederland von Bellisen haben.   Endlich glaubete er/
es müste der Nabisa ihn mit ståtiger Unruhe bedro-
hende umher schwermende Geist solchen verfasset
haben / wie ihne dann auf genaue Besichtigung
bedunckte/als ob die Hand und Buchstaben mit seiner ehe-

n er ehemahligen Nabisa Hand/ deren er sich auß ihren Schreiben noch wol erinnerte / ziemlicher massen überein kame. Aber/sagte er gleich wieder/wer hat jemahlen gehöret/daß Geister der Verstorbenen bedrohliche und eyferende Brieffe schreiben. Und wann ja deme also / was hat der umschwermende Geist für Ursache / solchen in Niederland auf die Post zu geben/kunte er/als ein mich stäts beunruhigender und Verdruß machender Geist/ (wie er sich verlauten lässet/) solchen mir nicht so gleich selbsten einliessern.

Aber was schwerme und plage ich mich lang/ sagte er/ nach langem hin- und her besinnen/ da ich doch an allen solchen Vorwürffen gantz unschuldig bin / und die Gedächtnuß meiner so hertzlich geliebten Nabisa , noch niemahlen auß meinem Hertzen und Gemüthe kommen lassen / ja dieselbe noch täglich mit vielen bittern Thränen beehre / und eine Menge der tieffesten Hertzens-Seufftzen aufopffere. Ist ihr Geist/dem Vorgeben nach/stätigs um mich/ so wird er selbsten sehen und gesehen haben/wie weit mir hierinnen unrecht geschiehet/und an statt gethaner Vorwürffe/mich entschuldigen.

In solcher Gemüths-Unruhe brachte er den gantzen Tag und auch die darauf folgende Nacht zu/ deß Morgens darauf satzte er/ neben Firant, seinen Weg fort/ohne weder von Melinden noch Belisen/weitere Urlaub zu nehmen/ (wiewol er sich solches zu thun vorgesetzet hatte/) nur damit er den Geist der Nabisa nicht erzörnen möchte. In der ersten Herberge begegnete ihme die jenige Gesellschafft/in deren auch Corindo sich befande/ und weil unter ihnen allerley Fragen nach neuen Sachen vorfielen/

vorfielen / so wurde auch deß jenigen Angriffs gedacht / bey welchem Corindo und seine Gesellschafft
hätten Haare lassen müssen / wann nicht Goribald
und der Bäyerische Max ihnen zu rechter Zeit zu
Hülff kommen wären.　Deßwegen forschete Erich
etwas genauers von Corindo, nach deß Bäyerischen
Max Gesellschafft / und erfuhre von ihme so viel / daß
sein Landsmann Bisan unzweifenlich bey ihme seyn
müsse / kunte aber nimmermehr außsinnen / wie und
warum solches geschehen.

Corindo gabe ihme auch zu verstehen / daß seine
Räyse darum angesehen / den Schweden Helfried
zu suchen / von welchem ihme aber Erich eben so wenig als Max und seine Räyß-Gefährten zu sagen
wußte.

Hier stunde Erich mächtig an / ob er mit Firant
seine Räyse weiter fortsetzen / oder aber Corindo um-
zukehren / und mit ihme dem Bäyerischen Max nach-
zureiten / bereden solte / um seinen Landsmann Bisan
einzuholen / und über dem empfangenen Brief sich
mit ihme zu berathen: weil aber Corindo vorschützte
er wolle seinem Befehl in Nachfragung Helfrieds
zuvor genug thun / und Maxen schon zu seiner Zeit
wieder finden / Firant auch ihme unterschiedliches
vorhielte / änderte er seine Meynung / und bliebe bey
seiner zu erst gefaßten Entschliessung / die Räyse
mit Firant auf Venedig fortzusetzen / von dar er Gelegenheit genug finden würde / in Bäyern zu gelangen / und daselbsten seinem wehrten Freund nachzufragen. Wir lassen jeden seinen vorhabenden Weg
verfolgen / und kehren uns für jetzo ein wenig wieder
zurück in Savoyen / zu sehen und zu vernehmen / wie
es daselbsten mit der zur härtesten Winters-Zeit

von

von den Frantzosen fortsetzenden harten Belagerung der Vestung Montmelian daher gehe/ was
auch sonst anderer Orten dieser Zeit passire.

Vor erst besagter Vestung gienge es je länger
je schärffer her/ indeme der General Catinat sich äusserst bemühete/ dieselbige vor Ankunfft einigen Ent-
satzes zu emportiren/ er liesse mehr Batterien auf werf-
fen/ und den Graben mit Faschinen/ Erd-Säcken/
und andern dergleichen Dingen füllen/ legte auch
3. Minen an das Bollwerck Beauvoisin, weil die
Bomben wenig verfangen wolten.

Den 4. Decembr. N. C. zu Nachts/ setzten sie die
Sappen biß auf 3. Schuh an den Graben/ und bekamen 5. Uberlauffer auß der Vestung/ welche deßwegen außgerissen zu seyn vorgaben/ weil der Graf
Bagnasco gar streng/ und entschlossen wäre/ biß in seine Kammer sich zu defendiren. Drey andere sagten auß/ daß noch 330. Soldaten in der Vestung
wären/ so Dienste thun könten/ hätten Mangel an
Wasser/ und müsten die Cisternen das beste thun/
weil der fürnehmste Brunnen im attaquirten Graben stunde.

Den 10. warffen die Frantzosen ein Wacht-
Häußlein und etliche Klaffern vom Wall herun-
ter/ uñ wolten eine Mine unter Dongeon setzen/ machten ferners eine Batterie mit Cartouches, den Gra-
ben/ worinn sie Samstags steigen solten/ zu rasiren;
Sie arbeiteten auch nun 6. Tage an einer kleinê Mine, welche einen Theil Glacis in Graben werffen/
und den 2.12. dito springen solte; hatten sonsten in
den 5. abgewichenen Nächten 20. Todte und 104.
Blessirte/ worunter Monsr. Touches Kriegs- und Ar-
tillerie-Commissarius, und continuirten mit Canoniren an

ren an dem Angriff Francin, konten aber keine
Breche daselbst schieffen; Am Baſtion de Beauvoiſin
hatten sie nunmehro eine ziemliche Breche in die
Mauer gemacht / die einen Theil deß Grabens
außgefüllet.

Den 3.13. lieſſe der General de Catinat die groſſe
Mine springen / so aber nicht den verhofften Effect
thäte/ sondern zu kurtz gesprungen/darvon ein Frantzösiſcher Obriſter de la Sarra, ein Ingenieur, und 40.
Soldaten vom Couronniſchen Regiment erschlagen worden / auch die Belagerten mit Canonen
und Granaten / auch gantzen Pulver-Thonnen viel
zu schaffen gaben.

Indeſſen redete man von einem in 16000.
Mann beſtehenden Entſatz. Es war aber wegen
harter Winters-Zeit nicht fortzukommen/ und hatten 4000. Teutsche genug zu thun/ das Frantzöſiſche Streiffen und Contribution-Einforden/ zu
verhindern. Vorgedachtem Entſatz nun vorzubeugen/ recognoſcirte Monſr. de Catinat ſelbſten biß
nach Chamberi, und lieſſe die Päſſe Tarantaiſe, Suſa
und Chablais wol verwahren / befahle auch die Belagerung eyfferig zu continuiren / wie dann seine
Leuthe den 4.14. Decembris würcklich in den Graben
kommen / und den 5.15. die Galerie den Minirer anzuhängen/ verfertigten/ worauf die Belagerten unaufhörlich feuerten / und sich einer neuen Invention
bedienet / da sie Säcke mit Stein und Granaten
angefüllet/ auf die Galerie geworffen/ die durch eine
brennende Lunte endlich angangen/ und viel Volcks
samt dem Capitain Melançon getödtet. Der Commendant hat solchemnach die vom Feind zerschoſſene Fahne auf den Paſteyen wegnehmen/ und andere

bere an dero Stelle stecken lassen/welches die Fran=
tzosen als ein Accords-Zeichen außdeuteten/ und
400.Granatirer auß dem Lager hervor brechē liessen/
einen gewissen Posten zu überrumpeln/ wurden aber
mit Cartetschen uñ anderm Geschütz so empfangen/
daß mehr als die Helffte ligen blieben / viele fürneh=
me Officirer und Ingenieurs umkommen.

Den 7.17.hatten die Minirer 8.Schuhe avan=
ciret/und nunmehr wenig Felsen gefunden.

Den 9.19.waren die Minirer 24.Schuhe hin=
ein kommen/ weil ihnen Monsieur de Catinat eine
Doublone für jeden Schuh versprochen hatte; Frey=
tags solten etliche Minen gesprenget / und ein Gene-
ral-Sturm fürgenommen werden; Zu welchem
Ende die Miliz auß Dauphine, und Provence auffseyn
muste. Es gienge aber unter diesen Anstalten/den
Belagerten einige Mine unter dem Bollwerck Beauvoisin loß / ohnwissend obs ohngefähr / durch deß
Feindes Bomben oder durch einen Verräther ge=
schehen / welche eine Ecke darvon übern Hauffen/
und eine solche Breche gemacht / daß 12.Mann ne=
ben einander hinauf steigen können. Worauf
Monsr. Catinat alsbald 600. Granatirer samt an=
dern Arbeitern/ zum Sturm commandirt / welche
am 10.20. zu Abends um 10.Uhr mit ziemlichem
Verlust/ auf dem Bollwerck Posto gefasset/ und am
Dongeon die Minirer angehengt/ weil dann nun kei=
ne Hoffnung zu fernerer Defension, noch weniger
zum Entsatz an schiene / die Besatzung auch sehr
abgenommen hatte/ liesse der Commendant die Cha=
made schlagen und machte den 11.21. folgenden
Accord:

IV.Theil.   ‡   1.Daß

I.

Aß den 12.22. Morgens um 8. Uhr die Belagerte die Vestung deß Königs Trouppen lieffern / und ihre Wachten / durch deß Königs Wachten ablösen lassen solten.

2. Die Guarnison solle den 13.23. durch die Breche derBastion Beauvoisin mit klingendemSpiel/ brennender Lunte / Kugeln im Mund und fliegender Fahne / außziehen.

3. Drey Stücke Geschützes von denen so zu Pignerol mit dem Savojischen Wappen gezeichnet stünden/ihnen nachgeführet/ und

4. Die Guarnison biß nach Veillana in Piemont sicher convojiret werden.

5. Solte Last-Viehe zu freyer Abführung der Bagage gegeben/und selbige nicht visitiret werden.

6. Die Krancken so nicht marchiren könten/ solten gleichwie die Königl. Soldaten biß zu ihrer Genesung verpfleget / und alsdann nachgeschickt werden.

7. Allen Bürgern in der Vestung solte freystehen / mit ihren Sachen ohngehindert und ohne Besuchung hinzuziehen / wo es ihnen beliebe / ohne auf einigerley Weise besuchet oder angehalten zu werden.

8. Solte kein Soldat debauchiret oder angehalten werden / er seye von einer Nation welcher er wolle.

9. Solte denen Savojischen Bedienten freystehen / sich mit ihren Güthern auch gar mit denen confiscirten/ in Piemont oder anders wohin zu begeben/ und solten ihnen noch Pferde gegeben werden/ ihre Familien und Güther darauf fortzuführen.

Zufol

Zufolge dieser Capitulation zogen 220.Gesun-
de/150.Verwundete und 200.Krancke vorbeschrie-
bener massen durch die gleichfalls benannte Breche
auß/ die Frantzosen ein/ Monsr.Catinat gabe zum
Außzug 50.Maul-Esel/ und 15.Wagen her/ und
gienge der aufgemahnte Succurs so in 16000.Mann
bestanden/ biß zu einer glücklichern Zeit wieder in
die Quartier.   Nach diesem inventirten die Frantzosen alles in der Vestung/ und fanden noch 27.
Grosse und 2.kleine Stücke/ 20. Falconetten/ viel
Fleisch/ 300.Säck Korn/ 80.Stück Wein/ 100.
Orheffte Oel/ Pulver und Granaten/ und bekame
Monsr.de Cassagne, Obrister deß Bretanischen Regiments biß auf fernere Königl. Ordre das Gou-
verno in der Vestung.

Als die abziehende Guarnison durch Aigue-
belle marchiret/ hat man nicht verwöhren können/
daß nicht einige Soldaten von dem Elsassischen
Regiment/ sich zu rächen/ daß beym Außzug auß
Carmagnola sie geplündert worden/ die Bagage und
Paarschafft von 6. oder 7. Officirern angegriffen
und beraubet.

Sonsten lebte man nicht ausser Verdacht/ als
ob einige Personen in Montmelian auß Ungedult/
selbsten Feuer in die Fourneau der Contra-Mine ge-
worffen/ wordurch der Bastion in die Lufft geflogen/
also die Vestung offen gemacht/ und der Commendant zur Capitulation genöthiget worden/ deme je-
dermann/ wegen seiner Tapfferkeit und rühmlichen
Defension ein gutes Zeugnüß gab/ er wurde zu Turin
von Sr. Königl. Hoheit sehr freundlich empfan-
gen/ zum Ordens-Ritter/ und obersten Hofmeister
gemachet.

Das XXIII. Capitul/

Groß-Wardein wird blocquirt. Englische Zurü-
stungen und Verräthereyen. Irrländer kommen in
Franckreich an/ König Jacobs Schreiben an dieselbige.
Der Prinz von Brasilen wird mit geweyheten Win-
deln beschencket. Die Spanier erobern die Frantzö-
sische West-Indische Flotte. Ein schröcklicher Blut-
Schänder/ Sodomit und Mörder wird verurtheilt.
Chur-Bäyern wird Gubernator der Niederlanden.
Der verstorbene Chur-Fürst auß Sachsen wird bey-
gesetzt.

Auß Ungarn hatte man Nachricht / daß Jhro
Durchl. von Baaden/ vor der Vestung Wardein / eine grosse Schantze erbauen und nach
Ableitung deß Wassers gedachte Vestung nochmahls auffordern lassen. Dieweilen nun darauf
eine abschlägige Antwort erfolget/ und die Belagerten resolviret hatten/ die Extrema abzuwarten.
So haben Jhro Durchleucht vor gut befunden/
die Belagerung in eine enge Blocquade zu verwan-
deln/ um das Volck bey heranruckendem Winter zu
conserviren/ in Hoffnung/ weilen in der Vestung
fast alle Häuser durch die eingeworffene Bomben
ruiniret/ und die Fortification ziemlich unbrauchbar
gemacht worden/ die Belagerte dardurch zur Ubergab zu bringen/ zu dem Ende wurden die Stück
und Mörsel wieder abgeführet/ 1000. Mann zu
Fuß und einige Commandirte zu Pferd in obgedach-
te Schantz verlegt/ die Palanka Olochi und grosse
Stadt mit National-Völckern besetzt/ die Pässe
gegen Jeno und Gyula wol verwahret/ und dem General Castelli biß zur Ankunfft deß General-Wacht-
meisters Grafen von Auersperg das Commando der

Bloc-

Blocquade aufgetragen. Wornach der Armee die
Winter-Quartier angewiesen / und Ihro Durchleucht nach Wien gangen / deren nach und nach die
übrige Generals-Personen gefolget. Die Türcken jagten darauf viele Weiber / Kinder und andere zum Fechten untüchtiges Lumpen-Gesindel
auß der Vestung in der Unsrigen Lager / denen kurtz
hernach ein Janitschar folgete / so der erste gewesen /
der vom Feind übergangen / welcher außsagte / daß
in der Vestung der Bassa Aga, Halli Aga, Mustapha
Aga, Hassan Oda Bassa, Mustapha Oda Bassa, Ally
Palluch Bassa, Ralus Bulla Bassa, Mustapha Aga,
und von Gemeinen seithero über fünffzehen hundert
geblieben; Der Janitscharen Aga aber von einer
Stück-Kugel / wie auch der Bassa Aga, Toloway
Hassan, Claus Bassa und 300. Gemeine verwundt
worden seyen: Von den 24. Feuer-Wercken waren noch 10. übrig. Im Leben seye noch der Bassa
der Vestung / der neue substituirte Janitscharen
Aga und der neue Bassa Aga, diese 3. hätten das Commando in der Vestung / in welcher noch 1400. gemeine Soldaten wären. Ein Hauß / darinnen ihre
beste Sachen gewesen / seye durch die Bomben zernichtet worden / das Schloß seye auch also ver-
dorben / daß man sich kaum darinnen aufhalten
könne. Solches haben auch die folgende Uber-
läuffer bestättiget / insonderheit den grossen Brodt-
und Holtz-Mangel / so meistens daher käme / weilen
noch kein Magazin eröffnet / jeder von dem seinigen
zehrte / und darvon nichts verkauffte.

Um den 10. 20. Decembris, thäten die Türcken
mit 2. kleinen Partheyen zu Roß und Fuß einen
Außfall / die Unsrige in der grossen Schantz zu re-
cognosci-

cognosciren / auf welche sie kurtz hernach einen abermahligen starcken Außfall gethan / kamen sehr weit
hinein / brachten die Mollnörische Hussaren in Unordnung / und hätten derselben viel niedergehauen/
wo sie nicht zeitlich entsetzt und der Feind zu weichen gezwungen worden. Der General Castelli liesse
zu mehrerer Versicherung gedachter Schantz/ noch
zwo kleine Schantzen aufwerffen / worgegen der
Feind starck feuerte / und sich öffters vor der Vestung sehen liesse.

Auß Engelland wurde versichert/ daß das Parlement dem König Wilhelm zu Fortsetzung deß
Kriegs wider Franckreich eine Bey-Steuer von einer sehr grossen Summa Pfund Sterlings eingewil-
liget/auch eine formidable Flotte außzurüsten/ so seye
man wegen Unterhaltung einer Armee zu Land
64924. Mann starck/in starcker Deliberation begriffen. Ferner wurde berichtet/daß der Lord Damby
ein Frantzösisches Paquet-Boot aufgebracht / in
welchem unter andern ein Paquet Brieff nach
Franckreich/ so in Engelland geschrieben / von grosser Wichtigkeit gefunden worden. Und solte bey
demselben auch deß Admirals de la Val Instruction
die er selbsten noch nicht gehabt/entdecket seyn. Das
Parlement habe selbst über sich genommen / solche
Sache zu untersuchen / und hinter die Verrätherey zu kommen / welches auch wegen der Spionen/
die bey der Flotte dieses Jahr sich befunden/bemü-
het seyn werde solche zu entdecken.

Man hatte zugleich auch Zeitung auß Franck-
reich/ daß Monsr. de Chateaurenaut mit seiner Esquadre zu Brest angelangt / auch / daß viel Irlän-
der mit ihme überkommen/ die aber in sehr üblem
Zustand

Zustand sich befinden. So seyen auch unterm Commando deß Marq. de Nesmond 10. Schiffe wieder nach Irrland geschicket worden / den General Sarsfield samt den übrigen Irren auch abzuholen. So bald König Jacob von der andern Ankunfft Nachricht gehabt / hat er an dieselbige folgenden Brieff geschrieben:

JACOBUS REX.

NAchdem wir von der Ubergab unserer Stadt Limmerick und gäntzlichen Reduction unsers Königreichs Irrland Nachricht empfangen / und / daß die Noth unsere Lords Justices und hohe Officirer dahin gezwungen / haben wir euch nicht verhalten können / daß wir mit eurer Conduite und Tapfferkeit / so ihr erwiesen / sehr wol zufrieden / zumahl auch wegen eurer Resolution, in dem Königreich / da wir uns befinden / zu dienen. Wir versichern ferner so wol euch Soldaten als Officirer / daß wir diese Treue / wann wir einsten wider vermögend seyn werden / mit besondern Königl. Gnaden-Bezeugungen zu erweisen / in keine Vergessenheit stellen wollen. Immittelst wird euch hiermit kund gethan / daß ihr unter unserm Commando dienen / und nach unserer Ordre agiren solt; wie nun dann eure Uberkunfft uns Anlaß geben wird / persöhnlich nach Brest zu kommen / einige Regimenter auß euch zu formiren / weil unser Bruder / der König von Franckreich euch bereits Erfrischungs-Quartiere angewiesen. Wir wünschen indessen hertzlich / daß es euch wol gehen möge. Gegeben in unserm Hof zu St. Germain / den 7. Decembris, &c.

Der gemachten Hoffnung zufolge / hat sich König Jacob nachgehends nach Brest erhoben /

und

und von denen Irrischen Ankömmlingen 4.Regi-
menter formiret/ nemlich Wallis oder de Galles, Fiz-
James/ Berwich/ und Sarsfield dergleichen/ mit
denen nachfolgenden auch geschehen / wiewolen gar
viel der Irren gantz franck ankommen / die in denen
Spitälern gestorben / die übrige seyn theils nach
Italien / theils nach Catalonien und anders wohin
zerstreuet worden.

Zu Lisabona in Portugall hatte den 13.Decem-
bris der Päpstl.Nuncius mit gewohnlichen Ceremonien / seine erste öffentliche Audienz bey dem König/
deß andern Tages schickte er die geweyheten Win-
deln vor den Printzen von Brasilien nach Hof. So
wurde auch die Königin von der Römis.Käyserin/
Dero Frau Schwester / durch deß Käyserl.Ambas-
sadors zu Madritt Secretarium, mit einem sehr kostbaren Præsent verehret / und der Uberbringer reichlich beschencket.

In Italien ware der Käyserl.General-Kriegs-
Commissarius Caraffa beschäfftiget/die Quartier-und
Contributions-Gelder einzutreiben / die Republic
Genua hatte sich bereits auf 90000.Croissaden mit
ihme verglichen/ worauf er das Genuesische quittiret. Denen Gesandten von Modena, wie auch der
andern Italiänischen Fürsten Abgeordneten / gabe er zwar Audienz, die er aber/ wann sie um/
völlige Befreyung von den einquartirten Teutschen Völckern bitten wurden / nicht anhören wolte / sondern allein/ wann sie wegen Moderation der
Contributionen / und anderer Kriegs-Kosten / zu
tractiren hatten. Der Auditeur de Angelis von
Florentz / kame auch bey ihme an / Namens deß
Groß-Hertzogs von Toscana, wegen der Einquarti-
rung

rung der Käyserl. Völckern sich mit ihme / abzufin-
den. Der Herr Graf von Masio aber tractirte wegen der Stadt Rom / und deß Kirchen-Staats/
damit selbiger von dieser Last befreyet bleiben
möchte.

Zu Wien lieffen zwey Staffetten ein / welche
einhelliglich berichteten / daß die Spanische See-
Macht Kundschafft erhalten / daß die Frantzösische
reich beladene Flotte auß West-Indien im Her-
außweg begriffen / daher sie dieselbige aufgesuchet/
angetroffen/und die völlige Flotte/samt der Convoy
hinweg genommen und eingebracht. Einige schätz-
ten solchen Gewinn auf 17. andern aber samt denen Schiffen / auf mehrere Millionen.

Im Mekelburgischen wurde zu Gadebusch
ein Schuster eingezogen/ welcher nicht allein gezau-
bert / sondern mit einer Hündin / einer Katzen und
verschiedenen Kühen / deren er zwey geschlachtet
und gessen/Sodomiterey getrieben / mit seiner leiblichen Mutter zwey Kinder/ die er so gleich nach der
Geburt umgebracht/ und in Stall begraben/ gezeu-
get / und mit einer Magd / unerhörte Dinge getrieben: Deme sein Urtheil folgender Gestalt von einer Univesität gefället worden: Er solte nackend
in einem Faß mit eysernen Nägeln durchschlagen/
zum Gericht-Platz gewältzet / mit zweyen glüenden
Zangen gepfetzet / und folgends mit der dritten buh-
lerischen Kuhe zur Aschen verbrannt werden.

Anietzo bekame man gewiese Nachricht / daß
Se. Catholische Majestät/ um die noch übrige Nie-
derländische Provintzen desto nachtrücklicher zu be-
schützen/ Ihro Chur-Fürstl. Durchl. auß Bäyern
den 5. Decembr. zum stätigen Gouverneur derselben/

ernen-

ernennet / und zwar mit einer viel gröffern Authorität / als der Ertz-Hertzog Leopold und Don Jean d'Auſtria hiebevor gehabt / alſo / daß Se. Chur-Fürſtl. Durchl. in allen Provintzen und Stådten/ abſoluter Herr ſeyn / Gouverneurs ein und abſetzen/ alle Civil- und Militariſche Dienſte / ohne Seiner Maj. darvon Parte zu geben/beſtellen und monatlich 75000. Reichs-Thaler genieſſen ſolten. Dieſe Ordre und Königl. Erklårung wurde durch einen Expreſſen an den jetzigen Gouverneur der Spaniſchen Niederlanden Marquis de Gaſtanaga geſchickt/ mit Befehl / ſolche an Se. Chur-Fürſtl.Durchl. ſchleunigſt gelangen zu laſſen. Demnach zweifelte man nicht es wurde Se.Chur-Fürſtl.Durchl. ehe-ſtens in höchſter Perſon ſich dahin begeben / und künfftige Campagne ſelbiger Enden das Commando führen.

Dieſe deß Spaniſchen Hofes Reſolution chagrinirte den Frantzöſiſchen Hof nicht wenig /(indeme ſelbiger darfür hielte / daß ſolches geſchehen / hier-durch dem Dauphin ſeine Prætenſion zu benehmen/) mit Betrohen man wolle um ſolcher Urſache wil-len das Land gantz und gar ruiniren und verderben/ wie dann die Frantzoſen ungeſcheuet vorgaben/ daß ihr König ſich vernehmen laſſen / daß er wegen ſol-chen verliehenen Gouvernements/ ſolche Ordre er-theilen wolte/ daß höchſt gedachter Chur-Fürſt we-nig Nutzen darvon haben ſolte.

Um dieſe Zeit geſchahe auch die ſolenne Bey-ſetzung zu Freyberg / deß jüngſt zu Tübingen ver-ſtorbenen Chur-Fürſtens auß Sachſen / Johann Georgs deß Dritten/ wie es mit ſolcher daher ge-gangen/iſt auß folgendem zu erſehen:

Kurtzer

Kurtzer Entwurff / deß weyland Durchl.
Fürsten und Herrns / Herrn Johann Georg deß
Dritten / Chur-Fürstens zu Sachsen / 2c. 2c. Höchst-
eel. Andenckens / zu Freyberg den 11. Decembris
1691. hochansehnlichen Leich-Processes, was
eigentlich bey demselben fürgangen und
zu sehen gewesen ist.

DEr erste Aufzug war von der Burgerschafft /
mit Helleparten / Musquetirern und Berg-
Häuern 16. Compagnien / und jede von 48. Mann /
wurden also auf den Gassen Reyhen-weise gestellt.

1. Das Leib-Regiment zu Pferd / jede Compagnie mit 2. Trompetern und 64. Mann / ohne die
Officiers.

2. Das Leib-Regiment zu Fuß / jede Compagnie 2. Tambours und 65. Mann.

3. Vier und zwantzig Constabler / mit denen
Corporalen und 2. Officirern / nach diesen 24. Stücke Geschützes / und bey jedem Stück 2. Büchsen-
meister / 24. Constabler folgeten darauf.

4. Das Leib-Regiment zu Fuß / 8. Hoboer /
4. Tambours / 147. Musquetirer / wiederum 2. Tambours uñ 48. Piquenirer / 7. Fähnlein / 2. Tambours
und 84. Piquenirer / darzu 3. Tambours / und 126.
Musquetirer.

5. Der Herz Quartiermeister Rautenberger / ein
Heer-Paucker / 4. Trompeter / der Herz Obrist-Lieutenant von Schadewitz / mit 2. hohen Officirern /
Standarten / und 144. Mann zu Roß / als die reitende Trabanten.

6. Neun Marschälle vom Land-Adel / nach
welchem der Hof-Cantor folgete / so das Creutz trug /

mit

mit 235. Schülern/ 9. Schul-Herren/ 4. Glöknern/ und 30. Pfarr-Herren / darunter 3. Superinten-
denten.

7. Drey Anführer/ als der Herr Keller-Herr/ Küchen- und Herr Stall-Schreiber.

8. Der Chur-Sächsische Heer-Paucker mit 12. Trompetern zu Fuß.

9. Der Herr Hof-Marschall Bose / Herr Marschall Reibold / der Herr Räyse-Marschall Pentzig/ nach diesem folgete der Page Reickhard/ so Ihrer Chur-Fürstl. Durchl. Degen trug/ nach wel-chem der Land-Adel 132. Mann starck kam.

10. Drey Aufführer/ der Herr Proviant-Ver-walter/ Herr Futter-Marschall/ und Herr Silber-Kämmerer.

11. Der Chur-Sächsische Heer-Paucker mit 12. Trompetern zu Fuß.

12. Fünff und zwantzig Cavalliers von Hof/ als die Kammer-Junckere.

13. Sechs und zwantzig Provintz-Fahnen/ darunter die Haupt-Fahne / welche der Herr Graf von Reuß getragen / und zwischen jeder wurde ein Trauer-Pferd von 2. Cavallieren geführet.

14. Das Freuden-Pferd wurde vom Leib-Page Pflugen geritten.

15. Der Herr Ober-Hof-Marschall von Haugwitz/ so das Chur-Schwerdt trug.

16. Der Herr Cantzler Pöllnitz/ so das Chur-Siegel trug.

17. Der Herr Ober-Stall-Meister von Schleinitz / so den Chur-Hut trug.

18. Drey hohe Officiers/ als der Herr Obrist Kessel/ Herr Obrist Starcke und Herr Obrist-Lieu-tenant Klengel.

19. Die

19. Die Chur-Fürstl. Leiche/ so von 8. Pferden gezogen ward/ darneben her 16. brennende Fackeln/ das Baldaquin, so von 8. Obristen getragen ward/ und darneben her eine grosse Suite Hof-Cavalliers.

20. Jhro Chur-Fürstl. Durchl. an der Seiten her der Herr Kammerer Planitz/ und der Leib-Page Racknitz/ die Schleppe wurde getragen vom Kammer-Juncker Spor/ und Kammer-Juncker Güntherrath/ auf beyden Seiten her die Fuß-Trabanten.

21. Hertzog Friderich Augustus/ neben her der Kämmerer Nostitz/ die Schleppe wurde vom Kammer-Juncker Ende getragen.

22. Der gantze Geheime Rath/ die Kammer-Räthe/ Hof-Räthe/ und der Rath mit der Burgerschafft folgeten.

23. Der Pagen Hofmeister führete auf vier Exercitien-Meister/ als den Tantz-Fecht-Sprach-meister und Informator in der Schreib-Kunst.

24. Acht und zwantzig Pagen/ darunter der Mohr Alexander. Neun und zwantzig Laqueyen/ 4. Heyducken/ 2. Türcken/ und der Lufft-Schütz. Sieben Bürger von der Stadt.

25. Die Leib-Compagnie zu Roß/ ein Heer-Paucker/ 4. Trompeter. Die 1. Compagnie von 64. Mann. Die 2. Compagnie 1. Trompeter und 61. Mann. Die 3. Compagnie 2. Trompeter und 65. Mann. Die 4. Compagnie 1. Trompeter und 58. Mann. Hinten nach 1. Compagnie von Dienern und Knechten.

In der Kirchen waren zu sehen die vier Statuen an dem Castro Doloris: Magnanimitas, die Tapfferkeit.

feit. Virtus Animi, die Tugend deß Gemůths. Vigi-
lantia, die Wachfamfeit. Prudentia, die Klugheit.
Symbolum: JEHOVAH vexillum meum.

Das XXIV. Capitul /

Begreifft in fich Theodelinden groffe Befümmernůß / und mit Marianen gepflogene Wechfel-Reden.
Sie werden beyde ihres Mißverftandes gewahr / be-
rathfchlagen fich wegen ihrer Verheyrathung. Wolffram ift in feiner Liebe wachfam.

Unmehr ift es Zeit / uns wiederum zu der
höchft-betrübt-zumahl eyfernd-und über
Marianen fehr erzörneten Theodelinden zu
lehren.   Diefe Troft-lofe wufte vor groffer Sorge
und Befümmernůß nicht / was fie gedencken oder
beginnen folte: Liebe/ Angft/ Sorge/ Zorn/ Neyd
und Eyfer quåleten fie unaufhörlich/ dabey wufte fie
nirgend den allergeringften Troft zu fuchen/ dieweil
auch ihre bißher getreuefte Gefpielen / ihrem Be-
düncken nach/ ihr ungetreu worden/ dannenhero fie
felbige bey fich felbften vielfaltig eine Verrätherin
fchalte / auch ihr deßwegen weiß nicht was drohete.
Wann fie dann etwas beffers die Sache überlegete/
und der Vernunfft einigen Platz lieffe / mufte fie die
jenige/ fo fie allererft aufs hefftigfte gefchmåhet / einiger maffen wieder loben. Was/ fagte fie/ habe ich Ur-
fach/ mit Marianen zu eyfern/ oder fie anzufeinden/
daß fie in meinen Bruder verliebet / und fein Ehe-
Gemahl zu werden gedencket / welches ihr ja weit
beffer zukommet/ als mir/ die ich folcher Geftalt ihne
weder lieben darff noch folle.   Es ift ja beffer/ fie be-
befitze ihn/ weil deffen Befitz mir von der Natur ver-
botten/ als daß er von einer andern mir nicht fo be-
liebten Perfon/ mir entzogen werde. Daß folcher Geftalt ha-

stalt habe ich doch zugleich diese Vergnügung/daß
mein geliebtester Max mir nicht gäntzlich entzogen
wird/indeme ich selbigen/wo eben nicht täglich/doch
zum öfftern besuchen/ sehen/ und mit seinen freundlichen Gesprächen mich ergötzen kan. Ach! Mariana,
wie glückseelig seyd ihr/ einen solchen Liebhaber und
Ehe-Gemahl zu bekommen.

Bald darauf reuete sie diese Meynung wieder/
indeme sie sich über den Kräutler beklagte/daß er in
seinem Vorgeben mit der Wahrheit nicht gnug un-
terstützet/ da er in dem Wahn gestanden/ es müsse
die Person/ um deren willen die Kraut-Probe gemacht wurde/ auß demselben Hause und Geschlecht
seyn/wo die Probe vorgenommen werden solte. Sie
wünschete/ daß doch sein Vorgeben wahr werden
möchte. Sie straffte sich aber selbsten gleich wieder/
weil der Wunsch auf einer lautern Unmöglichkeit
bestunde. Bald straffte sie sich selbsten/daß sie mit
solchen Gedancken und Wünschen sich schleppen/
und quälen möchte/ da doch alles solches nur ver-
geblich/ sintemahl ihr geliebtester Max im Rhein er-
truncken/ also all ihr Nachsinnen nichts als in die
Lufft erbauete Schlösser wären. In dessen Betrachtung sie dann nicht unterliesse/ gantze Thränen-
Bäche zu vergiessen/und Maxen Tod zu beweinen.

Wann sie dann wieder auf die Gedancken ka-
me/daß er zwar nicht tod/aber doch der Tugend ab-
gestorben/ und in ein ärgerliches Luder-Leben gera-
then/ in welchem er noch darzu mit leichtfertigem
Frauen-Volck ein üppiges Leben führete/ meynete
sie vor Hertzleyd zu bersten/ wie dann alle diese Betrachtungen mehr/ als gnug waren/ sie in einen ver-
zweifelten Zustand zu versetzen.

Aber

Aber über das alles quälete sie noch dieses am hefftigsten/ daß sie vernehmen müssen/ wie man damit umgienge/ sie an Herzn Meinhards Maxen ehelich zu versprechen/ ab welchem sie doch von Jugend auf einen Widerwillen / und ziemlichen Haß auf ihn geworffen hatte / daß sie ihne auch niemahl ohne Verdruß ansehen/oder mit ihme reden können. Ja/ wann sie schon auch sich jezuweilen gleichsam zwingen wolte/in Ansehung seiner ihr so gerühmten Sitten-Aenderung/bessere Gedancken von ihme zu fassen; wolten doch solche in ihrem Hertzen nicht hafften/ ja sie betrachtete ihne je mehr und mehr als ihren ärgsten Feind / wurde auch vielfaltig auf ihre Eltern böse/ daß sie auf die Gedancken/ einer ihr so unanständigen Heyrath/sich hatten verleiten lassen.

Indessen ware Herz Meinhard aufs eyferigste bemühet/diese Heyraths-Sache möglichst zu befördern/bevor seines Sohnes vorige Unart kund wurde. Er kame zum öfftern / Aribet zu besuchen / der zwar die Sache/in Ansehung seiner Tochter/etwas schwer machte/doch at er alles mögliche beyzutragen versprache/was zu Bered- und Einwilligung seiner Tochter vonnöthen seyn möchte ; wogegen Meinhard ein gleichmässiges bey seiner Tochter Mariana zu verrichten sich anerbietig machte/daß sie ihre Neigung Maxen völlig zuwenden solte. Also wurde zwischen diesen beyden Cavallieren eine Doppel-Heyrath/ so viel an ihnen ware / verglichen und abgeredet / da doch an denen Haupt-Personen biß an eine / es mit der Einwilligung noch schwer hergehen darffte.

Adelgunda, auf Aribets Zureden / thate endlich die Larve ab/ und was sie bißhero ihrer Tochter
Theo-

Theodelinden nur verblümter Weise von Lieben und
Verheyrathen/doch also/daß sie dannoch leicht/wo-
ßin man zielete / abnehmen kunte / vorgeschwatzet;
das sagte sie ihr nun mit unverblümten Worten/
striche darbey Herrn Meinhards und Frauen Mathilden hertzliche Tugenden / Qualitäten/ grossen
Reichthum / Ehre und Ansehen gewaltig herauß;
vergleichen gutes Lob sie auch dessen Sohn Max ver-
siehe/mit dem Anfügen/daß/ob er schon eine Zeitlang
sich etwas grob/unbescheiden und thumm erwiesen/
er doch nunmehro bey mehrern Jahren/sich um ein
mercklichers geändert/seine vorige Sitten abgeleget/
und ein anderer Mensch worden / daß dannenhero
nicht mehr zu zweifeln / er werde mit anwachsenden
Jahren/völlig in seines Herrn Vatters tugendliche
Fußstapffen tretten / und was deß Dinges noch
mehr ware; welches alles Theodelinde mit tieffester
Hertzens-Bewegung anhörete / und allein mit vielen Thränen / welche der Zungen ihr gewohnliches
Amt hemmeten / und untermengten Seuffzen beantwortete: daß dannenhero Frau Adelgunda wol
vernahme/daß ihr diese Ankündigung eben so angenehm nicht seyn muste / doch gedachte sie/ die Zeit
würde schon alles ändern und gut machen.

Solches auch desto ehe zu befördern/sagte sie
ihr ferner / daß man ebenfalls im Werck begriffen/
ihren Bruder Max mit Fräulein Marianen zu ver-
sprechen/ weil man Herrn Meinhard hierzu nicht
abgeneigt zu seyn verspüre.

Hier kunte Theodelinde nicht länger schweigen/
sondern sprache/ob man auch versichert/ daß Fräulein Mariana hierein gehälen/ oder aber ihr Bruder
Max eine wahre Neigung zu Marianen haben wür-

IV. Theil.　　　　s　　　　be? Darde? Daran/antwortete Adelgunda, wollen wir desto weniger zweifeln/ weil Herꝛ Meinhard selbsten auf sich genommen/ sie dahin zu vermögen/ was aber meinen Sohn Max betrifft/so zweifle ich nicht/er werde hierinnen seinen Willen dem Gutachten seiner Eltern untergeben/ allermassen wir einen gleichen Gehorsam von euch/liebe Tochter/erwarten wollen.

Wie aber/versetzte Theodelinde, wann es wahr wäre/daß mein Bruder Max entweder ertruncken/ welches verhoffentlich falsch/ oder anderwärts verliebet wäre/wurde er sich auch so leicht von seiner ersten Liebe abwendig machen lassen? Solches wird die Zeit geben / antwortete Theodelinden Frau Mutter / gebe nur GOtt / daß weder die eine noch die andere euerer Sorge wahr seye.

Theodelinde wolte sich im Gespräch mit ihrer Frau Mutter nicht weiter vertieffen/indeme sie wol sahe/ daß sie dieselbige nur zum Unwillen bewegen/ und doch damit nichts zu ihrem Besten außrichten wurde. Nicht lang hernach hielte ihr Herꝛ Vatter ein dergleichen Gespräche mit ihr/und verlangte ihre Meynung zu vernehmen. Theodelinde aber suchte auf allerley Weise/ der Antwort überhaben zu seyn/weil aber Aribet je mehr und mehr auf sie drange / erklärete sie sich dahin / daß sie bathe / ihr Herꝛ Vatter wolte mit solchem Ansinnen/wenigst nur so lang ihrer verschonen / biß ihr Bruder Max wurde nach Hause kommen / welches vermuthlich nicht lang anstehen werde/ weil sie ihme jederzeit versprochen/ in seinem Abwesen sich nicht zu verheyrathen.

Aribet sahe wol / daß die Sache mit Glimpff wolte getrieben seyn/deßwegen liesse er es hiebey be
wenden/

venden/ doch mangelte er nicht/ mit allerhand vät-
erlichen Liebkosungen Theodelinden zu unterhal-
en/und den sonderbaren Vortheil/der durch solche
Doppel-Ehe ihrem Hause zuwüchse/gewaltig herauß zu streichen.

Anderseits hatte Menhard und Mathild fast eben
ergleichen mit ihrer Tochter/Fräulein Marianen/
or/ indeme sie ihr das Vorhaben wegen ihrer und
hres Bruders Verheyrathung vortrugen. Sie er-
chracke nicht weniger hierüber/ als Theodelinde, je-
och kunte sie sich eher wieder fassen/weil sie ihr selb-
ten keine Gedancken auf Maxen machte/ sondern
iel mehr ihr heimliches Absehen auf Goribald hatte/
u dem zweifelte sie gar sehr/ daß Theodelinde sich
ntschliessen wurde/ihren Bruder zu freyen/wiewol
ie ein solches Glück ihme gerne gegönnet hätte. Sie
uste zwar wol/daß Theodelinde eine mehr als brü-
erliche Liebe zu ihrem eigenen Bruder Max truge/
uste aber dabey auch/ daß/ obschon zwischen ihnen
s keine Ehe abgeben kunte/ sie darum keine Nei-
ung zu ihrem Bruder/Menhards Maxen/tragen
ourde/ weilen Theodelinden Gemüth ihr genug-
am bekandt.

In solcher Betrachtung richtete sie ihre Ant-
oort gegen ihre Eltern also ein/ daß sie sagte/ sie
oolte in solcher Sache GOtt und ihre Eltern wal-
en und machen lassen/ die würden schon wissen/ sie
lso zu versorgen/ wie es zu ihrem Besten und Ver-
nügen gereichen wurde. Mit dieser Erklärung wa-
e Menhard sehr wol zufrieden/daß er auch solche
lsobald Herrn Aribet, dieser Adelgunden/ und sol-
he hinwiederum ihrer Tochter Theodelinden hin-
erbrachte/ die sich über solche Nachricht dermassen

grämete / daß sie selbige gantze Nacht nicht ruhen
kunte. Der Eyfer und Zorn wider die unschuldige
Marianen / die sie nun gewiß für ihre Mit-Buhle-
rin / und daß sie ihren Max ihr abspenstigen wolte/
hielte/nahme ihr Gemüth dermassen ein/daß sie an
ihrer Gesundheit Abbruch litte. Sie klagte unaufhörlich / über die Untreu und Falschheit der Marianen / und kunte jetzo den jenigen Gründen'/ die sie
hiebevor zu deren Entschuldigung selbsten ihrem
Verstande vorgestellet / keinen Platz und Raum
mehr gestatten.

Nach Verlauff etlicher Tagen besuchte Frau
Mathild,neben ihrer Fräulein Tochter/ Frauen Adelgunden und Fräulein Theodelinden/ welche letztere
aber/so bald sie deren Ankunfft vernahme/sich einer
Unpäßlichkeit anmassete/um diese ihre Feindin nicht
darffen zu empfahen. Sie hätte auch Marianen/sie
in ihrem Zimmer zu besuchen/abgeschlagen/ wann
die Höflichkeit sie nicht hierzu verbunden hätte/wie-
wol sie selbige sehr kaltsinnig empfangen / welches
Marianen nicht wenig befremdete/ und deßwegen
nach der Ursach solcher Kaltsinnigkeit fragte/Theo-
delinde/die solches nur für einen höhnischen Aufzug
und boßhaffte tückische Falschheit hielte/ womit sie
gedächte sie zu betrügen / gabe ihr nur spitzige Antwort.

Mariana, die ihr einbildete / daß solches darum
geschehe / weil von einer Heyrath zwischen ihrem
Bruder und Theodelinden einiger Anwurff gesche-
hen/entschuldigte sich gegen Theodelinden/daß es in
ihren Krässten nicht gestanden/solches zu hintertreiben / weilen sie ihr wol die Rechnung machen kön-
nen/daß es ihr sehr verdrüßlich fallen würde.   Ihr
                                                      hättet

ättet aber (antwortete sie gantz eyferig/) hintern
bnnen/ daß es zwischen euch und meinem Bruder
zu keinem solchen Vorschlag gekommen/als aber geschehen. Solches ist eben so wenig in meinem Vermögen gestanden/ (antwortete Mariana,) als jenes.
Euer Belieben/ sagte Theodelinde wieder/ ist deß
Unvermögens Ursache.Und ein falscher Wahn/ant-
wortete Mariana,dieses eueres Vorgebens.Darauf
jene/ wo die Sache klar/und am Tage liget/ist aller
falscher Wahn aufgehoben. Was haltet ihr dann
erwiederte diese/) wertheste Schwester/ für so klar
am Tage ligend? Wo die Freundschafft nicht auf-
richtig/und das Hertze falsch/ sagte Theodelinde, da
möchte man wol auch den Schwester-Namen zuruck lassen.Ist euch der Schwester-Name zuwider/
Theodelinde? Wie kan ich (ware dieAntwort/) die
für eine Schwester halten/ die mich eines Bruders
beraubet. Mariana vermeynte/Theodelinde redete
darauf/ weil sie/ Mariana, nicht gerne gesehen/ daß
wegen ihres Bruders eine Anwerbung um Theodelinden geschehen ; dahingegen Theodelinde darauf zielete/ sam Mariana ihr ihren geliebten Bruder
abspenstigen wolte.Weil solcher Bruder euch nicht
anständig/ antwortete Mariana, kan solche Berau-
bung euch wenig Schmertzen machen.Wer mir das
Hertze stielet/ der tödtet mich/ sagte Theodelinde.
Wer Theodelinden tödtet/wird an Marianen zum
Mörder/antwortete Mariana. Marianen Glücke
küsset auf Theodelinden Verderben/ sagte Theodelinde wieder. Wann Theodelinde unglückselig/wer
solle Marianen glücklich machen/ fragte Mariana?
Der jenige/ war die Antwort/ dessen Theodelinde
um euretwillen entbären muß: Und der mir/ sagte

Maria-

Mariana, keinen Nutzen bringen kan. Redet nicht so verächtlich / von dem / um das ihr doch so bemühet seyd. Meine gröste Bemühung / sagte Mariana, ist euch zu dienen. Theodelinde: Ja / mich zu höhnen.

Sie hätten diesen Wort-Wechsel noch länger getrieben / wann nicht Mariana endlich gemerckt / daß ein Mißverstand zwischen ihnen seyn müsse / der Theodelinden also böse zu seyn veranlassete / und weil sie ihr noch nicht anderst einbildete / als es geschehe wegen der Anwerbung / die sie ihres Orts gerne verhindert / sagte sie / ich hätte mir nimmermehr eingebildet / daß Theodelinde mir übel aufnehme / daß ich meinen Bruder habe suchen zu hintern / ihr verdrüßlich zu seyn; Aber darbey / fiele Theodelinde ihr in die Rede / meinen Bruder euch desto mehr zu verbinden. Ich verlange keine grössere Verbindung / antwortete Mariana, als dieselbe zwischen uns von Jugend auf gewesen. Theodel. darff ich solchem wol glauben? Mariana, die Wercke haben es nie anders erwiesen. Theodelinde, wann gedenckt ihr meines Bruders Max Liebste und Braut zu werden? Mariana, wann ihr mit meinem Bruder Max werdet euer Beylager halten. Theodelinde, das wird in Ewigkeit nicht geschehen. So werde ich eben so lang / sagte Mariana, deß Braut Stands überhoben bleiben / und ein Fräulein sterben müssen.

Weil unter diesem Wort-Wechsel / der auß Eyfersucht entbrante Zorn / Fräulein Theodelinden / ziemlich vergangen / und auß Marianen Reden abnahme; daß die Sache anders mußte beschaffen seyn / als sie sich eingebildet / begriffe sie sich etwas bessers und beschwure Marianen ihr nichts zu verhalten /

alten / von deme was beyderseits passiret / welches
Mariana mit aller Auffrichtigkeit thate / da sie dann
eyde ihres Jrrthums inne wurden : Darum auch
such Theodelinde Marianen um Verzeyhung ba-
he / daß sie ein so übels Concept und Einbildung von
hr gehabt habe.

Solcher Gestalt wurde der Friede unter die-
en zweyen Freundinnin wieder gemachet / nachde-
ne hierdurch jede der andern Hertzens-Geheim-
nüsse erforschet. Theodelinde gestunde ihr ohne
Scheu / daß es ihr unerträglich wäre / wann jemand
anderer ihren Bruder Maxen völlig besitzen solte /
nerachtet die Natur-Gesetze ihr nicht gestatteten /
hne anders als schwesterlich zu lieben. Und Mariana versicherte / daß ob sie schon Aribets Maxen
o sehr / ja wol mehr als ihren eigenen Bruder liebe /
le doch nimmermehr dahin zu bereden / auch mit
iem grösten Gewalt zu zwingen wäre / ihne ehelich
u lieben / weil ihre Natur / als man ihr dergleichen
Vortrag gethan / sich selbsten darüber zu entsetzen
ieschienen.

Wo zielet euere Liebe / wehrteste Schwester /
ragte Theodelinde, dann hin / vielleicht auf den
apffern Wolffram / euers Herrn Bruders so sehr
iertrauten Freund? Mariana ware böse über sol-
hen Vorwurff / und bathe Theodelinden / mit der-
leichen unangenehmen Schertz / ihrer hinführo zu
verschonen; Welches Theodelinde zwar zusagte /
doch aber noch dieses beyfügte: Wann aber Wolffram in Goribald sich verwandelte / wie würdet ihr
ihne alsdann ansehen? Mariana erröthete hierüber /
doch sprach sie: Jch glaube nicht / daß ich ihn anderst
als freundlich anblicken wurde. Der Meynung

bin

bin ich auch / sagte Theodelinde, und wüste ich doch
nes Theils nichts zu wünschen / als daß / was das
Herkommen betrifft/unter diesen ein Wechsel
getroffen / und ihr dardurch beglückseeliget werden.
Und mein Wunsch wäre / versetzte Mariana, daß meines Herrn Vatters Kraut-Künstlers hinterhaltenen
Umstand/Grund hätte. Genug hiervon/ genug sagte
Theodelinde, wir wollen uns mit Wünschen un-
möglicher Sachen nicht vergeblich verwirren/ sondern dem Göttlichen Geschick und Verhängnis
stille halten.

Nach solchem beredeten sie sich von denen zwischen ihren Eltern vorhabenden Verheyrathungs-
Sachen / und überlegten mit einander / wie sie sich
darbey ins künfftige zu verhalten / und die fernere
Ansinnungen abzuwenden hätten. Sie wären gerne noch länger bey einander geblieben / weil aber
Frau Mathild kame / auch bey Theodelinden Abschied zu nehmen / und ihr als ihrer künfftigen
Schnur/ zugleich ein Compliment zu machen/ mußte sie sich jetzo scheiden / bey welchem Abschied sie
einander aller Treu und Aufrichtigkeit versicherten/
welches denen beyden Müttern Hoffnung zu desto
besserm Fortgang ihres Vorhabens machte.

Als demnach Mariana von ihren Eltern abermahlen wegen deß Heyraths mit Aribets Maxen
befraget wurde/ erklärte sie sich mit wenigem / daß
sie ihres Orts sich nichts entschliessen könte/ man
wäre dann versichert/ daß Aribets Max eine wahre
Affection zu ihr trüge/ biß zu dessen Gewißheit es
ihr übel anstehen/ ja höchst verweißlich seyn wur-
de/ eine Erklärung zu thun.

Diese wegen Meinharbs und Aribets Kindern

?ern unter der Hand vorwesende Heyraths-Thei-
?ungen kunten so verborgen nicht gehalten werden/
daß solches nicht auch Wolffram zu Ohren kame/
der alsobald Anschläge machte / wie er Marianen
Heyrath hintertreiben / und sie selbsten zu seiner
Braut bekommen möchte/desto mehr weil ihr Bruder ihme schon längsten die Parole gegeben / seine
Schwester ihme zuzufreyen / es möchte gleich
?ernach solches mit oder wider ihren Willen
?eschehen.   Nur machte ihm Gedancken / daß sein
Freund jetzo abwesend / also er nicht so leicht zu seinem Zweck gelangen wurde ; um nun weder Zeit
?och Gelegenheit hierbey zu versäumen / ersuchte er
?urch Schreiben seinen Freund Maxen / ungesäu-
?net nach Hause zu kommen / so wol seiner selbst ei-
?enen Sache wahrzunehmen ; als und vornemlich
?uch seiner Schwester Heyrath mit ihrem gemein-
?abendem Feind zu hintertreiben / und hingegen ihne seine Parole zu halten.

Um so weniger hierinnen etwas zu versäumen/
liesse er noch vor Ankunfft Marianen Bruders/
durch die seinige/ bey Herrn Meinhard und Mathild,
um dero Fräulein Tochter Marianen die Anwerbung thun: welches wie schon vormahlen also auch
ietzund/ihnen gantz nicht angenehm ware/doch wolten sie auch Wolffram nicht gerne vor den Kopff
stossen / theils weil er ihres Sohnes guter Freund
und stätiger Spieß-Geselle/ theils auch / ihme nicht
Gelegenheit zu einiger Exorbitantz zu geben.   Dannenhero wiese man ihne mit solcher Manier ab/
darauß er zwar keine Verschmähung / sondern nur
dieses schliessen kunte / daß da er sich etwas früh-
zeitiger dieser Sache halben sich angemeldet/ ihme

wol eher hätte mögen willfahrt werden / worbey
man ihme zugleich die Hoffnung darzu zugelangen
nicht gänßlich benahme.

Weil dann kein völliger Abschlag vorhanden/
unterließe Wolffram nicht / unter anderm Vorwand zugleich Herrn Meinhard zu besuchen / welches ihme auch so viel weniger kunte versagt werden / um so viel mehr man anderseits trachtete
zu verhüten / daß er hauptsächlich nicht möchte dis-
goustirt werden. Diesemnach mußte auch Mariana gestatten / daß er ihr die Ehre seiner Besuchung
gabe/deren sie zwar gerne überhoben gewesen wäre/
doch Ehren-und angeführter Ursachen halben geschehen lassen mußte.

Es suchte Wolffram auf verschiedene Weise/
und zwar mit etwas höflicherer Manier/als vor diesem geschehen/seine Neigung Marianen zu erkennen zu geben/ die aber listiger Weise/ den Verstand
seiner Worten so schlau zu verdrähen wußte / daß
er sich darob zum höchsten verwundern mußte / deßwegen er ihr mit mehrerer Offenherßigkeit sein Leyden zu erkennen gabe/ um Mitleyden und Linde-
rung seiner Liebes-Schmerßen bathe / welches alles aber die schlaue in einigen artigen Scherß zu
verwandeln / und mit weit außschweiffenden Zwi-
schen-Gesprächen /ihne von fernerm Ansinnen ab-
zutreiben suchte / ihne allerley von seiner und ihres
Bruders neulich abgelegter Räyse und Feldzug
in Piemont / von dasigem Frauenzimmer / wie selbiges ihme gefallen/und dergleichen mehr/fragte;
Also / daß bey seinem Abscheiden er dieser Sache
halben warum er kommen ware/ mehr nicht wußte/
als bey seiner Ankunfft; das fande er wol / daß
durch

ourch Marianen Schönheit / freundlich und mun-
teres Gespräche / er weit verliebter von ihr hinweg
gegangen/als er Anfangs gekommen.

Das XXV. Capitul/

Mariana verunwilliget sich mit ihrem Bruder/dieser
besucht Theodelinden/ ihrer beyder Gespräch und Mißvergnügen. Max setzet seine Räyse fort / und was ihme weiter begegnet.

JNdeme dieses in Aribets und Meinhards
Schlössern also vorgienge/ kame Meinhards
Maxe von seiner kleinen Räyß wieder zurück/
in Hoffnung / seine Eltern wurden immittelst/ die
Heyrath mit Theodelinden dergestalten poussiret
und getrieben haben / daß er nun weiter nichts zu
thun/ als deren würcklich zu geniessen hätte. Als
er es aber noch in ziemlich weitem Feld gestellet sahe/
ware er nicht allerdings mit ihnen wol zufrieden/
deßwegen lage er ihnen ziemlich ungestümme an/
nicht längere Aufzüge hiermit zu machen.

Sein Freund Wolffram ermangelte auch nicht
ihme stätigs in den Ohren zu ligen/die ihme gethane
Versicherung seine Fräulein Schwester betreffend/
zu bewerckstelligen / und die mit ihr anderwärts ob-
schwebende Heyrath mit Aribets Maxen/ihrem Feinde
zu hintertreiben ; welches zu thun er ihme abermahlen betheurlich zusagte / auch ohne langen Verzug
seiner Schwester zumuthete / sich zur Gegen-Liebe
Wolfframs zu erklären/und einen so rechtschaffenen
Cavallier und Freund nicht zu verschmähen.

Mariana unterliesse hierauf nicht / ihrem Bruder vorzustellen / was massen es nicht in ihrer Will-
Thur oder Macht stunde/ ihres eigenen Gefallens
sich

sich zu verlieben und zu verehelichen / sondern / daß
sie gäntzlich unter ihrer Eltern Bottmässigkeit und
Gehorsam stehe / so / daß / was selbige in dergleichen
Sachen über sie gebiethen wurden / sie Folge zu
leisten schuldig und verbunden wäre. So seye ihme über das nicht unwissend / daß bereits von ihren
lieben Eltern wegen eines gedoppelten Ehe-Bands
zwischen ihnen beyden und Herr Aribets Kindern /
Unterhandlung gepflogen wurde / wurde demnach
wunderlich herauß kommen / wann sie nur für sich
selbsten / sich in Ehe- und Liebes-Sachen einliesse /
da indessen die Eltern anderwärts sie zu berathen
sorgfältig und im Werck begriffen wären / bathe
derowegen mit dergleichen fernern Ansuchen ihrer
zu verschonen.

    Max wate über solche Antwort gantz böse / mit
Vorgeben / daß sie allein / zu seines so wehrten
Freundes Nachtheil / die Sache also angesponnen /
daß zwischen ihr und Aribets Maxen einige Hey-
raths-Vorschläge seyen auf die Bahn gebracht
worden / solches thue sie allein ihme zum Verdruß /
weil ihr wol wissend / daß er Aribets Maxen biß auf
den Tod hasse / ja ihme viel lieber den Halß brechen
als zugeben wolle / daß sie mit Maxen getrauet werde / ihre Eltern möchten hernach darzu sagen was
sie wolten. Mariana zwar wandte ein und ander
Entschuldigung vor / sich gegen ihme zu rechtfertigen / aber er schwure hoch und theur / daß er dergleichen nimmermehr zugeben wolte. Er fügte auch
noch dieses hinzu / daß er nicht glauben könne / daß
sie einige wahre Neigung zu Aribets Maxen trage /
sondern ein blosser Vorwand seye. Zu dem habe
man ja Nachricht / das Aribets Max im Rhein er-
trun-

runcken / solle sie demnach mit solchen Außflüchten
ich nicht beschönen; Er halte vielmehr dafür / daß
ıas jenige / was sie gethan und gesagt / um deß lie-
ıerlichen Goribalds willen geschehe / sintemahlen er
chon langsten gemercket / daß sie ein Aug auf ihne
ıaben müsse / solte sich demnach nur gelüsten lassen /
ıiesem Kerl einige Huld und Gunst zu erweisen / als
vordurch ihr gantzes Geschlecht unerträglich be-
chimpffet wurde.

Mariana hielte nicht für rathsam / mit ihrem wil-
ıen und erzörneten Bruder sich weiter einzulassen /
ondern sagte allein : Der Herz Bruder hat gar
ıble Gedancken von mir / ich hoffe aber / er werde
ıieselbige ändern / und sich keines mehrern Gewalts
ıber mich anmassen / als ihme zukommet. Ich / mei-
ıes Theils / überlasse mich in diesem Paß gäntzlich
ıeß Himmels und meiner Eltern Vorsorge; bega-
ıe sich hiermit von ihme hinweg / und liesse ihn mit
ıch selbsten koldern.

Indeme dieses also passirte / hatte Herz Aribet,
ıornemlich aber Theodelinde, die gar genaue Kund-
chafft auf alles hielte / nicht allein Menhards Ma-
ıen Heimkunfft / sondern noch über das / in glaub-
ıürdige Erfahrung gebracht / daß das jenige / was
ınlangsten so rühmlich von ihme außgegeben wor-
ıen / nur ein falsches Spargiment gewesen / ihne gar
ıicht angegangen / sondern ein Person-Irrthum ge-
ıesen / demnach verdrosse es Herrn Aribet, daß er
ıch wegen Theodelinden so weit gegen Herrn Mein-
ıard herauß- und in Heyraths-Tractaten eingelas-
ıen / dahero sinnete er jetzo darauf / wie er sein Wort
ıit guter Manier wieder zuruck nehmen könte / desto
ıehr / weil er sahe / daß Theodelinde zum höchsten
über

über solches Verfahren mißvergnüget ware/ worin
er ihr auch bey sich selbst nicht unrecht gabe/wiewol
er sichs nicht mercken liesse.

Max, nach seiner Heimkunfft/ kunte nicht lang
Gedult haben / ohne seine geliebte Theodelinden zu
seyn/ deßwegen munterte er seine Schwester Mariana auf/ mit ihme nach Aribets Schloß zu fahren/
seine künfftige Braut zu besuchen;welches ihm aber
Mariana, unter höflichem Vorwand/ abschluge/ ihr
wol einbildend / daß solche Visite Fräulein Theodelinden nicht nach dem Besten gefallen wurde. Damit er aber nicht ohne Gesellschafft wäre / nahme er
Wolffram mit sich/ ritte dahin/ liesse sich durch den
Diener anmelden / und wurde von Aribet aufs höflichste empfangen ;   Er hatte auch Frauen Abel-
gunden und Theodelinden befohlen/ ihne mit aller
Freundlichkeit zu unterhalten / dann er möchte gern
mit guter Art seiner loß seyn/und seinen Herrn Vattern nicht für den Kopff stossen / um wenigstens in
seines Sohnes Max mit Marianen vorhabenden
Heyrath keine Verhinderung zu machen / weil er
solchen ihme gar wol anständig zu seyn urtheilete ;
Sie versprachen ihme / das möglichste zu beobach-
ten/wiewol Theodelinde nichts mehr wünschete/als
ihme Gelegenheit zu geben / sich ihrer gar zu enthalten / und müssig zu gehen.

So bald er in Aribets Schloß ankommen/und
die erste Höflichkeiten gegen Aribet und Adelgunden abgeleget / fragte er nach Theodelinden / und
warum sie ihme nicht auch die Ehre deß Empfahens
anthäte/da er doch ehestens ihr Bräutigam werden
solte? Adelgunda entschuldigte solches aufs beste/
als sie nöthig achtete / insonderheit damit / daß sie
durch

durch ein nöthiges Geschäffte daran verhindert
worden/ sie wurde doch nicht ermangeln/ die Gebühr zu beobachten/ so ferne er nur eine kleine Gedult haben könte/ biß sie sich in Stand gesetzet/ sich
vor ihme sehen zu lassen.

Bald darauf stellete sich Theodelinde ein/ empfienge ihn so wol als Wolffram zwar höflich/jedoch
also/ daß man abnehmen kunte/ daß es sehr gezwungen ware. Max fienge allerley Gespräche mit ihr an/
indem Herr Aribet andere Geschäffte zu verrichten/
nach erbettener Erlaubnüß/ hinweg gegangen/
Adelgunda hingegen Wolffram mit Gesprächen
unterhielte; die Antwort aber/ die ihme Theodelinde jedes mahl gabe/ware nicht nach Maxen willen/
indeme sie ihme entweder seine Frage anders ver-
drehete/ und außlegete/ oder doch widrige Antwort
ertheilete/ sich auch sonsten durchgehends gantz kaltsinnig erzeigete/ welches den stolzen Max sehr be-
frembdete/ und dannenhero etwas höhnisch fragete/
wo sie jetzo mit ihrem Geist und Gedancken wäre/
daß sie seiner Reden so gar keine Acht hätte.

Mein Herr verzeyhe mir/sprache sie/wann ich
bekenne/daß ich dieselbige nicht recht verstanden/in-
deme diese also beschaffen/ daß ich leichtlich in mehrer Beantwortung/ einen Fehler begehen könte.
Darauf fienge er abermahlen von seiner grossen Liebe an zu reden/und selbige herauß zu streichen/ auch
ihre Gegen-Erklärung zu begehren. Theodelinde
antwortete/ daß sie sich gantz unwürdig achte/ von
einem solchen Cavallier geliebet zu werden/ der bey
hohen Potentaten/ als der Hertzog von Savoyen
seye/in so grossen Gnaden stehe/von solchem hoch ge-
ehret/ und von dem Piemontischen Frauenzimmer
geliebet

Uber dieſer Antwort erröthete Max von Scham
und Zorn/ weil er ſich damit getroffen fühlete/ ihm
thate wehe / daß ihme der in Piemont begegnete
Boſſe vorgerupffet wurde/noch mehr aber/daß man
ihme mit dem Piemontiſchen Frauenzimmer aufzo-
ge/dahero wuſte er/ als übereylet/ nicht/ was er ſagen ſolte. Endlich ſprache er etwas zornig/er hätte
gehoffet/von ihr mit freundlichem Geſpräche unterhalten / nicht aber ſo höhniſch angeſtochen zu wer-
den/wiſſe deßwegen nicht/wie er mit ihr daran ſeye/
bitte / ſie wolle ſich beſſer erklären. Die Antwort
Theodelinden ware/ daß ſie ſolches bereits gethan/
ſich auch nicht beſſer zu erklären wiſſe.So bleibet ſie
dann beſtändig darbey/mich zu beſchimpffen? fragte er abermahl.Dafür behüte mich GOtt/daß ich einen ſolchen Cavallier beſchimpffen/ja nur in den Gedancken dergleichen vornehmen ſolte/ware Theodelinden Antwort. Und gleichwol geſchiehet es im
Werck ſelbſten/ſagte Max. Ich proteſtire aber/ſagte
Theodelinde,daß man mir hiemit das zumiſſet/wor-
an ich unſchuldig. Das iſt der Boßheit Art/ daß ſie
auch das ſchlimmſte zu entſchuldigen bemühet iſt/
ſagte Max wieder. Dieſe unbeſunnene Grobheit
machte Theodelinden etwas hitzig / daß ſie antwortete: und der Grobheit hingegen/wahre Aufrichtigkeit als eine Boßheit außzuſchreyen/welches einem
Cavallier ſehr unanſtändig. Wann ich dann/ſeinem
Urtheil nach/boßhafftig/ ſo bitte ich/ſich nicht ferner
mit einer ſolchen zu verwirren / und die Zeit ſo übel
anzulegen.   Max

Max begriffe sich hierauf etwas bessers/und mit einem erzwungenen Lachen sagte er: Ich wil/Gnädige Fräulein/ nicht hoffen/ daß sie das jenige/ was ich guter Meynung gesaget/ so übel deuten und aufnehmen werde. Wann das Vorgebrachte (antwortete Theodelinde,) desselben gute Meynung ist/ so bitte ich den Himmel/ nicht zuzugeben/ daß ich die böse erfahren müsse. So verwirfft sie/fragte er/meine gehorsame Dienste? Ich bitte allein/sagte sie/daß der Himel mich vor seiner bösen Meynung/auf erst gedachte Weise / behüten wolle. Die gehorsame Dienste kan ich nicht verwerffen/ weil sie mir noch niemahlen angebotten worden/ wiewol ich deren auch nicht benöthiget. Ich ware aber gesinnet/solches jetzo zu thun/antwortete Max. So aber kan mein Herz der Mühe überhoben seyn/ sagte dargegen Mariana. Ich sehe wol/sagte er abermahl/daß die vätterliche Authorität/die Fräulein ihre Gebühr zu beobachten/mit Ernst wird anhalten müssen. Und Theodelinde antwortete: Ich werde jederzeit meine obligende Schuldigkeit zu beobachten/ und die vätterliche Befehle gebührend in Ehren zu halten wissen.

Max wolte das unannehmliche Gespräch nicht länger fortsetzen/ sondern nahme/ nicht ohne bezeugenden Verdruß/ mit Wolffram Urlaub / beschwerte sich auch bey dem Abschied nehmen gegen Aribet, über die Kaltsinnigkeit und höhnischen Aufzug seiner Fräulein Tochter/welches aber Herz Aribet aufs möglichste entschuldigte/ und Maxen/ es nicht aufs übelste zu deuten/ freundlich ersuchte/ und mit einem Compliment von sich liesse.

Herz Aribet ermangelte hierauf nicht/ seiner

Theodelinden einen Verweiß zu geben / daß sie
Maxen allzuunhöflich begegnet wäre; welches sie
aber solcher Gestalt zu entschuldigen wuste/ daß ihr
Herr Vatter zufrieden ware.   Und in Wahrheit/
Theodelinde ware ihme vorsetzlich auf solche Weise
begegnet / damit sie nicht allein dieses unangenehmen Liebhabers Zuneigung von ihr ableinen / sondern zugleich Anlaß geben möchte/ daß auch
ihres Bruders Heyrath mit Marianen / wovon
sie wuste/ daß ihr Herr Vatter noch einige Gedancken hegete/ desto ehe hintertrieben wurde.

Max schickte ihr deß andern Tages durch seinen
Diener einen Brieff/welchen sie aber uneröffnet wider zuruck sendete / mit dieser Erinnerung/ daß sie
nicht gewohnet seye / mit Cavallieren schrifftliche
Correspondenz zu führen/weil solches wider die Gebühr der Fräulein lauffe; zu deme / habe er sich gestern schon genugsam vernehmen lassen/ auch ihre
Erklärung angehöret/ daher es unnöthig seye/ über
das jenige schrifftlich zu handeln/ was doch münd-
lich allbereit richtig gemacht worden.

Max kunte auß diesem allem gnugsam abneh-
men/daß er zu dieser Mariage sich schlechte Hoffnung
därffte machen / daher verdrosse ihn der Schimpff
nicht wenig/ noch mehr aber seinen Herrn Vatter/
der gäntzlich darfür hielte / Aribet hätte mit Fleiß
gesucht/ ihne aufzuziehen/ und seinen Sohn zu beschimpffen / auch zu solchem Ende unlangsten den
Officier zu ihme geschickt / (vielleicht auch selbsten
denselbigen hierzu unterrichtet/) der ihme von seinem Sohn so annehmliche Zeitungen überbracht/
die aber hernach allerdings falsch gewesen. Deßwegen nahme er ihme vor/ sich mit Gelegenheit zu rä-
chen/zu

chen/ zu solchem Ende gebotte er alsobald seiner
Tochter Marianen/ihre vertrauliche Freundschafft
mit Theodelinden aufzuheben/ und sich derselben
gäntzlich zu äuffern.

Max/neben seinem Freunde Wolffram/schwu-
ren auch/ sich/ so viel möglich/ an Aribet und Theodelinden zu rächen/hiezu fande sich so schnell kein be-
quemeres Mittel/als die vorgehabte Heyrath Marianen mit Aribets Maxen/ (da doch vorhin ihrer
keines darnach verlangete/) alles Ernstes zu hinter-
treiben/ und hingegen mit Wolffram möglichst zu
befördern. Solchem nach lage Max seinem Vatter
und Mutter fast täglich in Ohren/ und recommendirte seinen Cameraden/daß endlich Meinhard sich
schier bereden liesse/ darein zu willigen/ auß keinem
andern Absehen/als/seines Bedunckens/Aribet dardurch Verdruß zu thun/ wann er solcher Gestalt
auch desselben Sohn mit einem Korb nach Hauß
schickte.

Wolffram ware hiebey nicht faul/ sein Glück
zu befördern/ weil er an Maxen einen so guten und
getreuen Beystand/ und dessen Herzn Vattern
ziemlich auf seiner Seiten hatte. Er bliebe fast stätigs bey selbigem auf seinem Schlosse/ und suchte
zum öfftern Gelegenheit/ mit Marianen zu reden/
welche überauß behutsam verfahren muste/ ihren
wilden Bruder nicht zu entrüsten/ Wolfram nicht
zu viel zu schmeicheln/ und ihren Herzn Vatter in
geneigtem Willen gegen ihr zu erhalten/als welcher
die Sache gar fleissig erwoge/ und sich nicht überey-
len/noch Wolffram so schnell für den Kopff stossen/
sondern sich seiner auch als eines Werckzeugs seiner
Raache/aufs wenigste andern die Gemüths-Ruhe
zu stören/gebrauchen wolte.   u 2   Das/

Das/so Marianen am meisten zu Hertzen gien
ge/ware/ daß sie weder zu Theodelinden kommen/
noch füglich ihr Schreiben sicher zubringen kunte/
wiewol es nicht gar leer schluge/ daß sie nicht je und
je derselben ihren Zustand durch ein heimliches
Briefflein entdeckte.

Wir lassen sie allerseits theils der Liebe/theils
aber ihrer Raache nachsinnen / und sehen uns nun
wieder ein wenig nach dem wahren Bäyerischen
Max um; dieser/ nachdeme Corindo gegen Piemont und Savoyen fortgegangen /verfolgete / neben Sincern/Goribald und Bisan,auch seinenWeg/
in guter Hoffnung / nun bald zu seiner geliebten
Theodelinden zu gelangen.   Goribald und Sincer
waren gleichfalls gutes Muths / allein Bisan ware
immer trauriger/als den übrigen lieb ware. Sie erzehleten ihme auf seine Veranlassung alles/ was so
wol mit seinem Vettern Helfried / als auch mit
Erich/ sich zugetragen hatte/ so viel ihnen nemlich
davon wissend ware.   Ja sie musten eines und des
andere verschiedene mahl wiederholen/weilen Bisan
immerzu neue Gelegenheit fande/ bald diß bald jenes zu fragen.   Es gefiele ihme insonderheit wol/
wann man von Erichs grosser und beständigerLiebe
gegen seiner verstorbenen Nabisa sagte/und wie hefftig er dieselbige noch immerzu betraure. Goribald erzehlete ihm auch / was ihrem Vettern Helfried mit
dem Wahrsager-Spiegel zu Pariß begegnet / und
was für Glossen sie und Erich darüber gemacht
hätten.

Bisan fragte ferner/ es werde doch aber/nach
so geraumer Zeit Herr Erich so wohl die Liebe/ als
auch das Leyd und Kummer gegen und wegen der

Verstor-

Verstorbenen vergangen seyn / zumahlen nicht zu
zweifeln / er werde / wo nicht in Holl- und Niederland / doch wenigstens in Franckreich / einiges
Frauenzimmer angetroffen haben / das ihne mit
neuen Liebes-Banden zu fesseln vermögend gewesen? Sie betheuerten aber beyde / daß sie das aller-
geringste davon weder an einem noch dem andern
Orthe nicht warnehmen können / sondern gaben ihme das Zeugnüß / daß schwerlich seines gleichen in
beständiger Liebe / nach dem Tode der Geliebten /
werde anzutreffen seyn / wie sie ihne dann deßwegen
selbsten mehrmahlen verlachet / und aufgezogen.

Solcher Gestalten setzten sie ihre Räyse eyferig
fort / biß auf die Teutsche Gräntzen / da sie ohn alles
Vermuthen einen Teutschen Cavallier antraffen /
mit welchem sie in Piemont bekandt worden / der als
Volontair der neulichsten Campagne mit beygewohnet. Dieser ware über ihrer Ankunfft sehr erfreuet /
nöthigte sie auch mit ihme nach seines Herrn Vatters Schlosse zu reiten / um bequemere Herberge /
und er dabey Gelegenheit zu haben / seinen geneig-
ten Willen ihnen zu erzeigen.

Auf so freundliches Nöthigen willfahrten sie
ihme / und nach einer halben Stunde gelangten sie
in dem Schlosse / welches wol erbauet / und mit feinen Zimmern versehen ware / an. Der Schloß-Herr /
ein ziemlich betagter Cavallier, empfienge sie gantz
freundlich / mit Entschuldigung / daß er sie nach
Würden nicht bewirthen könne; befahle dabey seinem Sohne / Anstalt zu machen / damit so vornehme
Gäste so gut / als es seyn könte / accommodiret würden. Er selbsten führete sie / biß die andere Zimmer
erwärmet / und zubereitet wurden / in sein Schreib-

und

und Stubier-Zimmer / wo er eine ziemliche Menge allerhand schöner Bücher hatte / die meistens mit schönen Decken / so auf dem Rucken vergöldet waren/prangeten.

Max warffe alsobald seine Augen auf dieselbige / lase unterschiedliche Titul, und discurirte von etlichen gar wol / wie auch Goribald, worauß der Schloß-Herr abnahme/ daß beyde nicht übel mußten studirt haben / und wol belesen seyn / welches ihme absonderlich gar wol gefiele / und gegen unserer Räyß-Compagnie, hoch rühmete / daß er seine beste Vergnügung in Lesung guter und nutzlicher Bücher suche und finde / und damit gantze Täge / ja wol auch halbe Nächte unermüdet zubrächte. Er glaube auch nicht/daß ein Mensch nächst rechtschaffener Ubung seines Christenthums seine Zeit besser / ergötz- und nutzlicher anlegen könne / als auf solche Weise / dessen ihme unsere beyde tapffere Bäyer Beyfall gaben.

Das XXVI. Capitul/

Herrn Zeilers Epistolische Schatz-Kammer/ wird als ein sehr gutes Buch gerühmet. Deß Königs Schreiben an den Ertz-Bischoff zu Pariß. Deß Schloß-Herrn Raisonnement über das verlassene Susa/verschiedene Conterfaite hoher Personen.

Er Bäyerische Max ware Curios zu wissen/ was jenes für ein schöner Foliant wäre / welcher auf seinem Pult eröffnet lage/ und darinnen er zu lesen pflege. Der alte Cavallier antwortete / daß es eines von seinen allerliebsten Büchern seye / welches er nicht um viel Geld manglen wolte / dann ob er schon noch köstlichere und vortrefflichere Authores habe/so vergnüge ihne doch dieses fast

ses fast vor allen andern / wegen Vielfaltigkeit der
Materien / die der Author tractirte / indeme fast von
nichts zugedenckt/es wäre in wasScienzen/Discipli-
nen und Wissenschafften es seye / darvon man nicht
gute Nachricht/ auß diesemBuch haben und finden
könte ; ja es könne an statt einer kleinen Bibliothec
dienen/weil darinnen anzutreffen/was man sonsten
kaum in hundert andern finden oder suchen müßte.
Dahero es mit gutem Recht ein Schatz-Kammer
könne genennet werden.

Wegen so guten verliehenen Lobes / ware Max
je länger je begieriger / dieses so herzlich gerühmten
Buchs Titul zu wissen / derowegen bathe er um Er-
laubnüß/ nach solchem zu sehen.

Der Schloß-Herz nahme hierauf das Buch
ab dem Pult/ sprechend : Mein Herz glaube sicher/
daß ich mit Loben diesem Buch gantz nicht zu viel
thue / und kühnlich sagen darff / daß es für allerley
Art Menschen undStandes/Geist- undWeltliche/
Kriegs-Politische und Staats-Leuthe / Liebhaber
allerhand Wissenschafften/ und der Geschichten / ja
auch für lesens-begieriges Frauenzimmer/sehr dien-
lich seye. Durch solchen Aufzug wurde Max gantz
ungedultig / vor Verlangen das Buch und den
Authorem zu wissen / weil nun der gute Alte seine
grosse Begierde sahe / wolte er ihn nicht länger quälen / sondern gabe ihme das Buch selbsten mit dem
eröffneten Titul in die Hand/ welchen Max dieses
Innhalts befande :

Herrn Martin Zeilers / Epistolische Schatz-
Kammer / bestehend von sieben hundert und
sechs Send-Schreiben / worinnen allerhand köstliche Schätze / unterschiedlicher Künsten und Wis-

senschaf-

senschafften / schöner aumuthiger und nutzlicher Historien / lehrreichen Fragen / und unvorgreifflicher Beantwortungen/erbaulicher Sprüchen/ 2c. anzutreffen seyn/2c.

Maxen gefiele das Buch über die massen wol/ und nachdem er ein wenig in solchem herum geblättert/ sagte er / mich dunckt ich habe das Buch schon mehr/wiewol unter einem andern Titul, in anderm Format gesehen/auch darinnen gelesen. Das mag wol seyn / versetzte der Cavallier, sintemahlen dieses ein neuer Truck und Auflag ist/nachdeme die vorige Edition in 8. uñ 4.wegen Güte deß Buchs/distrahirt worden. Weilen aber dieselbige allein in 606. Send-Schreiben / oder Episteln bestanden / daß siebende hundert aber gantz absonderlich und in Octav getruckt worden; So hat der neuere Verleger sehr wol gethan / daß er alle deß seeligen Urhebers Send-Schreiben / in diesem schönen Format, mit einer ziemlichen Verbesserung zusammen bringen und trucken lassen/ weil sonsten/ sonderlich daß siebende hundert / worinnen gleicher massen viel schöne / nutzliche / leßwürdige / curiose Sachen enthalten / vielen leßbegierigen hätten können unbekant bleiben / welches doch immer Schade gewesen/ dannenhero der Ulmische Verleger Matthæus Wagner/durch dieses Zeilerische Werck/einen nicht geringen Danck verdienet.

Hiernächst geriethen sie auf andere Discurse, sonderlich vom Kriegs-Wesen/ und der von Seiten der hohen Alliirten ziemlicher massen fruchtloß / abgeloffenen Campagne, da unter anderm der Schloß-Herz sich etwas unwürsch über die Teutsche sich erzeiget / daß sie die Belagerung der Stadt Susa/
so schnell

so schnell aufgehoben / unter dem Vorwand / daß die Jahrs-Zeit / zu unbequem / und der Winter-Frost heran zu nahen beginne ; da doch etliche Wochen hernach / und im völligen Winter / die Frantzosen kein Bedencken getragen / die in dem Gebürge mit tieffem Schnee aller Orthen umgebene / und auch sonsten für imprenable gehaltene Vestung Montmelian, deß grossen Schnees / grausamer Kälte / unbequemer Jahrs-Zeit / hoher Gebürge unerachtet / mit allem ersinnlichen Ernst / nicht anders als ob es mitten im Sommer gewesen / tapffer angegriffen / und noch tapfferer bestritten / und erobert. Aber der Bäyerische Ritter Max, wußte ihme seine vorgefaßte Meynung mit solchen Gründen zu benehmen / daß er sich deßwegen zufrieden gabe. Er zeigte hierauf der Gesellschafft einen Brieff / den der König in Franckreich / wegen der Eroberung der Vestung Montmelian, an den Ertz-Bischoff / zu Pariß abgehen lassen / dessen Buchstäblicher Innhalt folgender :

Mon Cousin.

Mit Eingang deß Frühlings / machte ich den Anfang der Campagne, mit Eroberung deß aller importantesten und weit berühmtesten Orts und Vestung der Niederlande ; und habe dieselbige mit andern mercklichen Vortheilen continuirt / darvon ihr Nachricht gehabt / durch die Standarten / die ich euch habe zugesendet / solche an den Füssen der Altäre zu præsentiren / dieselbige habe ich nun mitten in dem Winter glücklich geendiget / durch Bemächtigung Montmelian , eines der allervestesten Oerter in Europa, welcher sich den 20. Decembris meinem Gehorsam / nachdem die Trenchéen

u 5 34. Ta-

34. Tage waren geöffnet gewesen / durch Sr. Catinat,
Commendanten meiner Waffen in Italien/ hat unterworffen. Derselben Lager-Gegend schiene sie
unersteiglich zu machen / es ist aber denen nichts unmöglich / welchen der Himmel die Hand biethet;
und dieselbige Courage , welche den Trouppen in
Flandern in jüngst verflossenem Monat Septembr.
einen Muth machte / hat den Felsen durchdringlich
gemacht / vor die / so den Ort belagerten; und hat
ihnen der strengen Jahr-Zeit ungeachtet / Wider-
stand thun helffen/und fast unbedecket/ dem starcken
Schiessen der Belagerten zu Troß / avanciren gemacht: Je mehr important diese Eroberung ist/
als die mich gantz Savojens versichert/ je mehr sie
mich verpflichtet meine Erkäntnüß gegen dem / der
der wahre Anfänger ist / zu erweisen und ewig den
Brunnen so vieler Wolthaten zu loben : Daher
geschicht es/ daß ich euch diesen Brieff schreibe / euch
zu sagen / daß meine Intention sey / daß ihr das Te
DEUM Laudamus , in der Thum-Kirchen meiner
guten Stadt Pariß sollet singen lassen/an dem Tag
und Stund / als der Groß-Meister der Ceremonien / euch solches meinetwegen wird ansagen / und
ich den Zünfften Ordre gebe/sich allda auf gewöhnli-
che Weise finden zu lassen; Worauf ich GOtt bitte/
daß Er euch mein Cousin,in seiner heiligen und würdigen Beschirmung bewahre.   Geschrieben zu
Versailles/den 30. Decembris, 1691.

             Louys.   Phelipeaux.
     Der Schloß-Herr kame bey Verlesung dieses
Brieffs wieder auf seine vorige Meynung / daß
weilen die Frantzosen / die importantesten Vestun-
gen/als Mons und Montmelian, zur ungewohntesten
Jahrs-Zeit bey hartestem Frost hinweg genommen/
                                         es sol-

es solten die Teutsche und Allürte ihnen die Quartier nicht lieb seyn / sondern die uhralte Teutsche Tapfferkeit auch wiederum hervor kommen / und denen Frantzosen den Ruhm/ daß sie Hitz und Frost besser als andere außzustehen gelernet/nimmermehr überlassen. Aber sein Herz Sohn/neben Max und Goribald benahmen ihme abermahlen solche Gedancken / mit dem Einwenden / daß sich zu Hause im Cabinet hinter dem Ofen/und bey Lesung schöner Büchern von Kriegs-Sachen nicht so wol urtheilen liesse / als wann man in der Nähe darbey/ und alle Umstände / die andern verborgen bleiben/ wol betrachtete.

Indeme dieser alte wackere Herz ihnen allerley Schönes in seinem Schloß gewiesen / führete er sie auf seines Sohnes Erinnern auch in das so genannte Fürsten-Zimmer. Max hätte wol den Ursprung dieses Namens wissen mögen/ ob vielleicht irgend einmahl eine Fürstl. Person solches bewohnet? Der höfliche Schloß-Herz / ware auch hier willfährig Maxen Bericht zu geben / der darinn bestunde / daß / weilen unterschiedlicher Fürsten und Potentaten Contrafaite darinnen enthalten/ so habe solches den Namen deß Fürsten-Zimmers daher bekommen.

Weil dann unser Ritter-mäßige Gesellschafft spühren liesse / daß sie solches zu besichtigen Lust hätte / führete sie der junge Cavallier hinein / da inzwischen sein Herz Vatter einige andere Sachen bestellete. Sie waren sehr verwundert/das Zimmer so schön meublirt und gezieret zu sehen / noch mehr aber/so viel und herzliche Contrafaite grosser Herren und Potentaten allda anzutreffen / mit deren Besichtigung/sie eine gute Zeit zubrachten. Sonderlich

lich gefiele ihnen sehr wol/daß bey den meisten/ in etlichen Teutschen Versen bestehende Auf- oder Uberschrifften sich befandē/davon etliche allhier anzuführen/dem curiosen Leser nicht unangenehm seyn wird.

An dem schönsten und erhabnesten Ort deß Zimmers / ware zu sehen / der Großmächtigste Teutsche Römische Käyser / in überauß künstlichem Gemählde / mit einer sehr schönen und kostbaren Einfassung.

LEOPOLDUS, Römis. Käyser.

Hier siehst du den August/und Cæsar unsrer Zeiten/
Der längst an Ruhm und Macht der Sonnen nahe geht:
Was nie kein Hercules vermochte zu bestreiten/
Thut der Groß LEOPOLD/der Zweyen widersteht.

LEOPOLDUS, per Anagr. PELLO DUOS.

Maximilianus Emanuel, Chur-Fürst von Bäyern.

Seit Donau / Rhein und Po mit Blut vermenget fliessen/
Das deiner Helden-Faust die Feinde geben müssen/
So lauffen sie damit in manch entferntes Land/
Und machen deinen Ruhm in Ost- und West bekannt.

Printz Louis von Baden.

Der Himmel wil dir nichts als Siege zu erkennen/
So offt der Türcken Macht die Länder überschwemmt.
Du bist mit allem Recht ein Josua zu nennen/
Der zwar die Sonn noch nicht/jedoch den Monden hemt.

Es waren dergleichen noch mehr Gemählde vornehmer Herren und Personen vorhanden/theils mit/theils ohne Beyschrifften/ die aber anzuführen verdrüßlich fallen würde. So ware auch eben jetzo der Herr deß Schlosses ins Zimmer kommen/ seine Gäste zur Tafel zu führen / bey welcher er sie gar stattlich tractirte/ daß sie sich nicht wenig verwunderten wo selbiger bey so unfreundlicher Jahrs-Zeit/in so kurzer Frist / mit so delicaten und kostbaren Tractamenten herkäme.

Das

Das XXVII. Capitul/

Max berichtet / was ihme nach seinem Abschied von
deß Hospodaren Hofe für Abentheuren aufgestossen.
Er schätzet eine Dame vor Noth=Zwang / die ihre
Unglücks = Fälle erzehlet. Eine wolgemeinte List /
wird durch einen noch listigern Betrug überlistet/ꝛc.

O B schon wie gedacht die Mahlzeit herzlich / so
gefiele doch unsern tapffern Rittern die annehmliche Conversation und schöne Discurse
deß Gast-Herrn noch weit besser. Es hatten zwar
unsere Räysende/ sich vorgenommen/ gleich deß folgenden Tags ihre Räyse fortzusetzen / solches aber
wolte weder der alte Herr/noch auch dessen Sohn
zugeben/sondern zuvor mit einer Jagd/und anderm
Waid-Werck/nach der Zeit und deß Orts Beschaffenheit sie ergötzen / worzu sie sich bereden liessen/
weil sie die Aufrichtigkeit deß Gast-Herrns schon
genug geprüffet.

Weil auch inzwischen das Wetter sich änder-
te/und zum Räysen unbequem wurde/ wolte sie ihr
höflicher Beherberger / biß zur anderwärtigen Aenderung / nicht hinweg lassen. Indeme sie nun also die Zeit müssig zubrachten / erinnerte Printz Sincer,Maxen seines unlangst gethanen Versprechens/
nemlich zu berichten / was ihme nach seinem Abschied / von seines Herrn Vatters Hof für Abentheuren aufgestossen. Weil dann Goribald, und
der Schloß-Herr gleiches bathen / wolte ihnen Max
diesen geringen Gefallen erweisen/und zwar folgender massen.

Nachdeme ich von dem Hospodaren/seiner Gemahlin und dem tapffern Printzen Sincer, nebst genugsamen Paß-Brieffen/ meinen Abschied genom-
men/

men / råysete ich von Tergovisco hinweg / in Gesellschafft eines Dieners / welcher deß Landes und
der Sprache wol kundig. Ich hatte mir zwar
vorgesetzet / gerades Weges nach der Donau /
oder jezund genannten Jster-Strohm / gegen Ni-
copolis, so dann ferner über Philippopolis nach
Adrianopel zu gehen; Dieweil mir aber beyfiele/
daß ich bey Hofe viel heimliche Feinde hinterlassen/
die mir mehrmahlen nachgestellet / geriethe ich in
die Beysorge / es möchten dieselbige vielleicht darauf bedacht seyn/ mir auf der Råyse ein Unglück zu
bereiten/ um ihre Raache an mir zu üben. Auß dieser Ursache / änderte ich wie mein Vorhaben / also
auch den Wege / nahme selbigen zur Lincken / nach
der Moldau/ passirte den Fluß Moldava, und kame
zu Targorod an / allda ich ein Paar Tage still lage/
einen Uberschlag meiner fernern Råyse zu machen.
Entschlosse mich demnach weiter und nach Jassy/
der Haupt-und Residenz-Stadt in der Moldau/
zu gehen.

Einige zu Targorod wolten mir zwar die Råyse
etwas schwer und die Gefahr groß machen / weilen
man/wegen eines Einfalls der Pohlen/selbiger Enden solte besorget seyn. Allein dieses machte mir keinen Kummer / weil ich für meine Person die Pohlen
nicht als meine Feinde zu betrachten hatte. Dannenhero verfolgete ich meine Råyse nach Vermögen; Als ich über den Fluß Bardalach gekommen/
und in tieffen Gedancken fortritte / verursachte das
Geschrey einer bedrängten Weibs-Person / daß ich
mein Pferde innhielte/ und mich/ woher die Stimme käme/umsahe. Als ich nun den Ort bemercket/
sprengte ich eylfertigst dahin / und als ich auf eine
kleine

kleine Höhe käme/ sahe ich in der Niedere/ wie mich
dünckte/ einen Ritter/ der bemühet ware/ einer Dame, die sich aufs äusserste widersetzte/ Gewalt und
Nothzwang anzuthun/ die/ als sie mich erblickte/
vollen Halses um Hülffe ruffte.

Dieses Spectacul verursachte in mir solchen
Zorn/ daß ich dem Buben zuschrye/ solches Schel-
men-Stück zu unterlassen/ stiege zugleich vom Pfer-
de/ weil ein dickes niedriges Gesträuch zu Pferde
dahin zu kommen mich verhinderte/ und gienge so
eylend als ich kunte/ auf ihne loß. Der bübische Ritter aber/ als er sahe/ daß durch meine Ankunfft sein
leichtfertiges Vorhaben gehemmet wurde/ stiesse/
auß teufelischer Boßheit/ der Damen den Degen
in ihren schönen und zarten Busen/ und begabe sich
darauf auf das schnelleste in die Flucht.

Der rechtmässige Zorn spornete mich an/ und
flügelte gleichsam meine Füsse/ daß ich den Buben
mit solcher Behendigkeit verfolgete/ die ihne/ unerachtet deß unbequemen Weges/ bald ereylete/ daß
er gezwungen ware/ sich zur Gegenwöhr zu setzen/
die aber gering ware/ sintemahlen ich ihm mit
zweyen tödtlichen Stichen/ neben der Liebes-Hitze/
auch zugleich die Lebens-Ampel außlöschete.

Hierauf kehrete ich wieder zuruck/ nach der
verwundeten Weibs-Person/ deren mein Diener
indessen/ so gut er es verstunde/ die meines Erachtens tödtliche Wunde verbunden hatte. Das gravi-
tätische Ansehen dieser Person/ die Schönheit deß
Angesichts/ und die köstliche Kleider/ gaben gnugsam zu erkennen/ daß diese Unglückselige von nicht
geringem Stand seyn müsse/ ich nahete mich zu ihr/
und sagte: Sie erfreue sich/Madame,dann der Bar-
bar/der

bar/der sie so hoch beleydigt/hat sein Buben-Stück
mit wolverdientem Tode bezahlet. Sie habe guten
Muth/die Wunde wird so gefährlich nicht seyn/wie
befindet sie sich/ Madame.

Ich befinde mich nicht in dem Stande/ antwortete sie mit schwacher Stimme/ daß mir die
Raache einigen Trost und Vergnügung geben könte. Der Tod so mir das Leben kürtzet/benimmet mir
alle Vergnügung/und lässet mir kaum so viel Kräff-
ten/mich gegen euch zu bedancken. Ich ersuche euch/
dieweil ihr verhütet/ daß ich nicht auch das andere
mahl die Ehre verlohren/zu trachten/mir das Leben
noch so lang zu fristen/ und an einen Ort zu führen/
damit nicht zugleich mit mir/ auch die jenige Frucht
vergehe/ welche unter meinem Hertzen meines Unglücks mit theilhafftig ist.

Solches brachte sie so schwach/kläg-und be-
weglich für/daß mir selbsten das Hertz darüber weinen mögen. Ich liesse sie durch meinen Diener auf
ihr Pferde (so nicht weit von dannen angebunden
ware/) heben/und befahle ihme/daß er zugleich auf
dasselbige hinter sie sitzen solte/um sie vor dem Her-
unterfallen zu versichern.Als solches geschehen/ritte
ich zur Seiten neben ihr her/ damit/wo die Noth es
erforderte/ ich ihr alsobald hülffliche Hand bieten
könte.

Wir ritten also deß Weges dahin/ wo sie sag-
te/ daß sie her gekommen wäre ; Ich fragte sie nach
ihrem Stand und Unglücks-Falle/ worauf sie mir
folgende Antwort ertheilete : Herr Ritter/ es schei-
net/ sam grosse und wunderliche Unglücks-Fälle/
nur grossen und vornehmen Personen vorbehalten
seyen. Es treffen sie dergleichen nicht/ daß sie nicht
meistens

meistens selbige auch verderben/und zu Grund richten. Demnach hat jener nicht unrecht darfür gehalten/ grosser und vornehmer Personen Glück und Wohlstand seye gläsern/ sintemahlen selbiger/ wañ er kaum berühret werde/ zerbreche. Ich habe mit meinem Schaden/ solches selbsten erfahren/ und kan nun auß der leydigen Erfahrung reden. Von Geburt bin ich nicht geringen Herkommens/ aber mein höherer Stand/ dienete mir zu desto grösserm Fall. Als ich mein mannbares Alter kaum erreichet/ wurde ich mit einem vornehmen Cavallier nicht minder hohen Standes verheyrathet. Es liesse sich ansehen/ daß selbiger mein Gemahl/ keine Ergötzlichkeit noch Freude hätte/ als alleine da/ wo meine Blicke hin leuchteten: Und ich/ weil ich ihn hertzlich liebete/ wuste meine Blicke nirgend anders wohin/ als auf ihne/ zu werffen. In Summa/ er ware das einige Ziel und Absicht aller meiner Gedancken. Die allzugrosse Liebe/ die eines gegen dem andern truge/ benahme uns beyden alle Ursach/ eine grössere Vergnügung zu wünschen. Murato lebte in Fidarta, und Fidarta in Murato, (dieses waren unsere Namen/) dergestalt/ daß unsere vereinigte Leiber durch eine einige Seele scheinten belebet uñ bewegt zu werden.

Sechs Monat waren verflossen/ seit unserer Verehelichung/ als Drasiman, ein vornehmer Herz/ auf meines Gemahls geschehene Einladung/ nebex seiner Schwester Noromica, uns die Ehre seiner Besuchung gönnete. Dieser Drasiman ware ein Anverwandter meines Murato, von erster Jugend an mit genauer Freundschafft mit ihme verknüpffet/ indeme nun Murato, die Ursache seiner Glückseeligkeit einem sothanen Freunde nicht verbergen kunte; als

IV. Theil.   x   lude

lube er ihne zu sich/ darfür haltend/ er könte nicht le-
ben/ wann er ihne nicht das jenige mit eigenen Augen sehen liesse / was er an mir für so schön hielte/
und so sehr liebte.

Drasiman hatte mich so bald nicht gesehen / daß
er nicht zugleich von meiner mir nun verhasseten
Schönheit wäre entzündet worden/ dergestalt/ daß
er sich nicht entblödet / jetzt mit verliebten Blicken/
oder mit dergleichen Reden/mit Hindansetzung der
Gast-Freyheit/ und der Freundschafft/ seine un-
geziemende Brunst zu erkennen zu geben/welche er
doch in dem Wasser der wahren Vernunfft hätte
vertilgen und außlöschen sollen. Ich gabe ihm weder Gehör / weniger geneigte Blicke / dann meine
Seele vergnügete sich mit deme/ was mir zukame/
und hatte vor allem andern einen Eckel und Abscheuen / dahero versagte ich diesem Verräther/ der
meine Ehre zu rauben trachtete/alle Gemeinschafft.

Zu dieser meiner Qual gesellete sich noch eine
andere / so die erstere um viel übertraffe / Noromica
hatte gleich bey ihrer Ankunfft eine genaue Freundschafft mit mir gepflantzet. Die Übermaß ihrer
Schöne / mit der Grösse ihrer Annehmlichkeit ver-
gesellschafftet/ zwange mich/ innert denen 2. Mona-
ten/die sie bey mir verharret/daß ich ihr vollkommen
gewögen ware. Ihr schönes Antlitz aber ware von
weit grösserm Vermögen in Murato Hertzen/ dann
selbiges vertilgete meine Bildnüß darinnen / und
prägete da hingegen mit allzugrossem Nachdruck
ihre Gestalt hinein. Wie hefftig mich solches in meinem Hertzen gequälet/ als ich es erfahren / ist nicht
wol außzusprechen / doch lässet es sich eines Theils
darauß schliessen/ weil ich gezwungen ware / wider
meinen

meinen Willen darzu stille zu schweigen / sintemahlen sich wahr befindet / daß eine übermässige Ge-
müths-Regung/ die Zunge gleichsam hemmet.

So offt Murato die Noromica, ihme in seinen
Liebes-Angelegenheiten Gehör zu geben / und um
ihr Mitleyden bittlich ansuchte; eben so offt offen-
barete sie mir solchen Liebes-Anlauff; dannenhero
ich jezuweilen von so widrigen und mir so sehr nach-
theiligen Zeitungen gereitzet / mich zur Raache entschlosse / dann der jenige Zorn / so man wegen eigener Geringschätzung fasset / lässet sich durch keinerley Schrancken einhalten/ jedoch kunte mich solcher
nicht übermeistern / dieweil mein Hertze mit dem
Schild der Liebe verwahret/ die Verletzung nicht
allzu tieff eindringen liesse.

Endlich kame ich auf die Gedancken/ob es sich
nicht thun liesse/Murato durch einen listigen Betrug
auß seinem betrügenden Irzthum herauß zu reissen.
Der Ursache willen/ sagte ich eines Tages zu Noromica, sie solte sich anstellen/ sam sie von dem angele-
genlichen Bitten deß Murato überwunden wäre/
und ihne versichern/daß sie ihn die künfftige Nacht/
durch Beyhülffe ihrer Kammer-Magd / in ihrem
Schlaff-Gemach empfangen/und zu ihr führen lassen wolte: Alsdann aber solte sie mich an ihre Statt
in ihr Bette legen / und also den Murato, in Mey-
nung/sie anzutreffen/kommen lassen/welchem ich so
dann mich zu erkennen geben/dabey aber auch seine
schlechte Beobachtung der mir geschwornen Treu
vorwerffen wolte. Solches wurde unter uns be-
schlossen/und so bald es die Gelegenheit gabe/Mura-
to mit der abgeredten Verheissung beglücket / und
zugleich auch ich/weil ich gedachte/ihne hiedurch sei-

nerVehnen Fehler erkennen zu lernen. Noromica liesse mich zu bestimmter Zeit in ihre Kammer kommen/ und befahle zugleich ihrer Kammer-Magd / daß wann Murato kommen würde / sie ihne gantz stille/ und ohne Liecht/zu ihrem der Noromica Bette (worinnen ich lage) / führen solte.

Die bestimmte Stunde ware kaum heran kommen/als das bestellte Kammer-Mensch in die Kammer / darinnen ich mich zu Bette geleget / eintratte/ und ich sie sagen hörete: Mein Hertz hat nun anders nichts zu thun/ als sich ins Bette zu legen; verzeyhet mir / daß ich euch ohne Liecht hier herein gebracht/ indeme mir es also befohlen worden. Ich hörete niemand darauf antworten/ sondern nur eine Person sich abkleiden/uñ bald daraufsich zu mir in mein Bette legen. Wer ware froher als ich/ da ich den listigen Raub solcher Gestalt in meinen Armen eingeschlossen hatte/ich schwiege/und ware mir lieb/ daß er nichts redete / damit ich nur so bald nicht mich genöthiget finden möchte/mich durch das Antworten zu entdecken.

Mein Liebhaber bliebe immerzu Redeloß / biß sich die Finsternüß beginnete allmählich zu verlieren/ und der Tage herbey zu nahen / welcher mit seiner Klarheit/alle meine Ehre und Ruhm verfinsterte; Sintemahlen ich an statt Murato, meiner Meynung nach umarmet zu haben / befande / daß solche Umfahungen dem Drasiman von mir geschehen; Bey dessen Innenwerdung mir das Hertz zu beben beginnete/ ich flohe auß dem verhaßten Bette / ergriffe den Degen meines mörderischen Feindes/den ich allda ligen sahe/ und wolte als eine neue Lucretia, damit mein Leben/meiner verlornen Ehre aufopffern.

Aber

lber der Ehebrecher hielte mir meine Hand mit Gewalt darvon ab / und hemmete meine Furie mit diesen Worten / da er mir zu verstehen gabe : So ich
Hand an mich legen würde / wolte er dem Murato
sagen / daß ich selbsten zu ihme gekommen / und ihne Ungebühr zugemuthet / deßwegen er mich / seinen
Freund zu rächen umgebracht hätte.

Ich machte mich hierauf in mein Zimmer / wie
ich aber dahin gelanget / wußte ich nicht zu sagen.
Uber mich selbsten ware ich erzörnet / aber ich wußte
nicht gegen wem ich meine Raache vornehmen solte.
Die Schuld legte ich auf Noromica, und beklagte
mich über die Kammer-Magd / ich hätte den Verräther so er da gewesen / zerrissen und mich selbsten
ermordet. In solcher Verwirrung liesse ich endlich Murato ruffen / der / in Hoffnung der Noromica, Gegen-Liebe theilhafftig zu werden / und deren
Gunst würcklich zu geniessen / diese Nacht vergebens ausser / seinem Zimmer herum geschwermet.
So bald er in mein Gemach kommen / liesse ich jederman hinauß gehen. Darauf faßte ich in meine rechte Faust einen Dolchen / warffe mich vor ihme
auf die Knie / und redete auf diese Weise ihn an :

JCh habe gröblich gefehlet / Murato, es mag nun
urtheilen wer da wil / ob die Art deß Irrthums
sich entschuldigen lasse ; ihr möget darüber selbsten
Richter seyn. Ich die ich zu leben nicht länger verlange / begehre keine Entschuldigung vorzubringen.
Euere Untreu und verrätherisch Vorhaben / hat
mich gezwungen im Dunckeln / durch einen einfälti-
gen Betrug / euere verfinsterte Vernunfft wiederum aufzuheitern. Aber das Unglück / hat die Unschuld
meiner aufrichtigen Treue / zu einer Verbrecherin
gema-

gemachet. Ich ware keine ehrvergeſſene Helena,die
da gedächte einen verrätheriſchen Gaſt zu umarmen: Wol ware ich Vorhabens euch in meine Arme zuſchlieſſen; ob ſchon ihr unbillicher Weiſe in
die Arme der Noromica euch einſchlieſſen zu laſſen
gemeynet. Man hat euch verſichert / ihr ſoltet die
vergangene Nacht / von ihr die Früchten einer ver-
bottenen Liebe/in ihrem Schlaff-Gemach einſamm-
len / ich aber ware Vorhabens an ihre Stelle und
in ihrem Bette euch zu empfahen. Ich bin aber
in meinem ſo rechtmäſſig-billichen Betrug ſelbſten
ſchändlicher Weiſe verrathen und betrogen wor-
den/ indeme ich den Verräther Draſiman bey mir ligend gefunden/dieſer iſts/der ſich erkühnen darffen/
meine Keuſchheit anzufechten/ und dieweil er geſehen / daß die Winde ſeines ſtäten Seufftzens / den
Felſen meiner beſtändigen Treue nur vergeblich be-
ſtürmeten/hat er getrachtet/(mir unwiſſend/ wie es
zugegangen/) das jenige unter euerm Namen mir
abzurauben / welches euch allein zuſtändig.
     Ich bekenne und geſtehe gerne / daß ich meine
Ehre ſolcher Geſtalt aufzuopffern ſehr milde geweſen / ich habe aber nimmermehr geglaubet/ hieran
unrecht zu thun / ſintemahlen ich darfür gehalten/
ich überlieſſe ſolche dem jenigen/der ob ers ſchon dahin nahme/mir dannoch nicht rauben kunte. Jedoch
als ich endlich mich dergeſtalt verrathen und geäffet ſuhe / habe ich meine Zuflucht zu dem Degen ge-
nommen/um mit meinem Blut/ in Gegenwart deß
verrätheriſchen Ehren-Diebs/die wider Willen empfangene Mackel abzuwaſchen: Dieweil ich aber
von ihme verſtanden / daß er auf ſolchen Fall Wil-
lens/meineUnſchuld bey euch verdächtig zu machen/
                                                      habe

habe ich nur so lang das Leben gefristet / um solches
etzo in euerer Gegenwart aufzuopffern. Dann
weil ich das Vorgegangene euch nun vollkommen
vermeldet/ so sterbe ich/ mich selbsten tödtend/ genug-
am gerochen/ wol wissend/ daß euere tapffere Faust
wird wissen / wie sie solchen verübten Frevel abzu-
traffen habe. ⁓

Dieses hatte ich kaum außgeredet / und die
Worte mit vielen Seufftzen und Thränen vermi-
schet/ da streckete ich zugleich die Hand mit dem
Dolchen auß/ um meiner nothleidenden Ehre/ mein
Hertz zu durchstossen. Murato der über so unerhör-
es Buben-Stück gantz erstaunet / ware biß daher
wie ein unbewegliches Bilde gestanden; aber über
solch mein Beginnen erholete er sich; und entweder / daß er ein Abscheuen hatte / mich als ein bluti-
ges Opffer vor seinen Augen/ weil ich ihm lieb ware/
sterben zu sehen; oder aber weil er vielleicht befah-
rete/ ich möchte durch meinen Tod zugleich auch/ deß
unter meinem Hertzen tragenden Kindes Grabe
werden/ risse er mir das Eysen auß der Hand / umarmete mich / und begehrete den gantzen Verlauff/
dieser abscheulichen That / nach allen Umständen
von mir zu vernehmen: Worauf ich ihme alles/
wieder von neuem erzehlete; ich tröstete mich hierauf
damit/ weilen er sich nicht über mich erzörnete / und
zugleich mit hohen Schwüren betheurete/ daß er
wegen der mir angethanen Schmach sich dermassen
rächen wolte/ daß man darvon solte zu sagen haben. Ich mußte auch auf sein ernstliches Begehren versprechen/ mir selbsten kein Leyd anzuthun.

Von deme an fienge Murato an/ darauf zu ge-
dencken/ wie er sich rächen möchte/ da indessen ich
mich

mich bemühete/dahinter zu kommen/wie ich hinter
gangen worden.   Als Noromica mich bald hernach
besuchte / kunte sie auß meinem Angesicht lesen den
Haß/den ich gegen sie hegete.   Sie hingegen/als
an dem verübten verrätherischen Stücke unschul-
dig/ begehrt mit ermuntertem Gesichte / ich solte ihr
erzählen / wie die Sache mit Murato abgeloffen?
Ich erzörnete mich über die Massen über solcher
Treulosigkeit; nachdem ich aber endlich ihrer Unschuld gewahr worden / offenbahrte ich ihr den
Possen/der mir mit Drasiman gespielet worden.

Sie stunde über solcher Begebnüß wie ein ver-
steinertes Bilde / ruffte alsobald ihrer Kammer-
Magd / und zwange dieselbige den wahren Verlauff zu bekennen.   Da sie dann gestunde/ daß
Drasiman , (der sie caressirte /) nachdem er die
ernstliche Gespräche / die ich mit Noromica seiner Schwester geführet / wargenommen / habe
er bey ihr / als Noromica vertrauten Dienerin
nachgeforschet / was doch die Ursach und Innhalt
dessen seyn möchte / und sie um Nachricht gebetten/
auch daß sie ihme den gantzen Anschlag offenbaret/
was Gestalten man beschlossen / mich in seiner
Schwester Kammer zu bringen.   Sie habe aber
nachgehends da sie Drasiman im Finstern eingeführet denselbigen nicht gekannt / sondern anders nicht
gemeinet als es wäre Murato.   Dieses letzte aber
haben wir ihr nicht geglaubet / und damit sie Drasiman keine Nachricht geben könte / wurde sie in ein
abgesondertes geheimes Zimmer versperret.

Unter währender dieser Erzehlung / gelangten
wir zu einem Schlosse / und zwar eben zu rechter
Zeit/weil die Verwundte/wegen vielen verlohrnen
                                          Bluts

Bluts allmählich anfienge die Rede zu verlieren/ dann ob wir schon auf das gemachsamste fortritten/ so ware doch die Bewegung deß Pferdes/ wie gering gleich dieselbige ware/ ihr schädlich.

So bald die Frau deß Schlosses die Verwundt erkennet/ fragte sie gantz erstaunet/ nach der Ursach die sie in diesen Stand gesetzet? Sie antwortete aber mit schwacher Stimme/ man solte Rath und Mittel zu ihrer instehenden Geburt schaffen/ dann was sie selbsten betreffe/ seye sie um ihr Leben wenig bekümmert. Man liesse deßwegen alsobald hierzu taugliche Leuthe/ wie auch einen Artzt ordern/ da unterdessen Fidarta in ein bequemes Bette gebracht wurde. Als man zu der Wunde gesehen/ gestunde der Artzt/ daß er nicht so geschickt wäre als wie der Mercurius, daß er die Seelen in die Leiber zuruck fordern könte. Dann weil die innerliche Lebens-Glieder verletzet/ schätzte er die Verwundung/ angesehen ihrer Tieffe für tödlich. Er unterliesse aber dannoch nicht/ kräfftige Mittel anzuwenden/ mit Versprechen/ das Leben noch ein paar Tage zu fristen/ zugleich auch die Geburt zu befördern.

Deß Schloß-Herrn Frau Liebste/ so bey dieser Geschicht-Erzehlung zugegen/ kunte die Beyleyds-Thränen/ wie sehr sie sich gleich bemühete/ nicht so gar vertrucken und einhalten/ daß Max dessen nicht solte gewahr worden seyn/ deßwegen um sie nicht gar zum Weinen zu bewegen/ hielte er mit der fernern Erzählung zuruck/ weil es ohne dem eben Gelegenheit gabe von etwas anders zu reden; da dann die mitleydende Frau deren sich bedienend/ unterm Vorwand/ gewisse Geschäffte zu bestellen/ einen Abtritt nahme/ und die mit Gewalt verhaltene

ne Thränen / ihren freyen Außgang gleichwol nehmen liesse.   Dann es ist nichts das der Weiber Gemüther mehr bewegen und auß tragendem Beyleyd
ihnen die Thränen auß dem Hertzen durch die Augen pressen kan / als dergleichen Unglücks-Fälle / insonderheit so sie schwangere Frauen / oder aber
Sechswöchnerin betreffen / wie zwar nicht zu vernei-
nen / daß solche unglückliche vor andern grössern
Mitleydens würdig seyen.

Nachdem sie nun dem Vermuthen nach / ihrem Hertzen durch Verröhrung gnugsamer Thränen Lufft gemacht / und das Angesichte ziemlich
aufgeheitert / kame sie wieder zu der Gesellschafft /
und weilen man ennoch von andern Sachen Rede
wechselte / suchte sie dieselbe zu unterbrechen / um ihren Vorwitz / mit Vernehmung deß fernern Ver-
lauffs / zu büssen. Sie fragte den Bäyerischen Max,
ob er sich nicht eine Zeitlang verweilet / um zu sehen /
wie die die Sache ferner abgeloffen? Max erkannte
hierauß die Begierde dieser Dame, und um sie nicht
länger zu quälen / antwortete er / daß er in allwege
auch begierig gewesen / nicht allein / wie es mit ihr
ferner der Verwundung halben ablauffen wurde /
abzuwarten / sondern auch und vornemlich / wie Murato seine Raache gegen Drasiman, außgeübet / und
wie sie in diese Gegend kommen / und von diesem
Mörderischen Ritter, so mißhandelt und verzwei-
felter Weise verwundet worden / zu vernehmen.

Ich ermangelte nicht / fuhre Max fort / die unglückseelige trostlose zum öfftern / (so viel nemlich
der Wohlstand litte) zu besuchen / und nach ihrem
Zustand zu fragen / auch zu sehen ob sie im
Stande wäre / ihre Abentheuren und Unglücks-

Fälle

Weil aber deß andern Tages es sich wider Vermu-
hen/zu einiger Besserung anließ/ersuchte ich sie/mir
n meinem Ansuchen zu willfahren/welches sie/nach-
)em sie sich darzu verbunden zu seyn gantz höflich er-
'lärte/ ins Werck zu setzen / nicht allein versprache/
'ondern auch alsobald folgender massen leistete.

Das XXVIII. Capitul/

Ein Exempel grausamer Raache / darüber Murato
selbsten/ und neben andern auch seine Gemahlin ihr Leben elendig einbüssen. Max kommt / nach erlittenem
Schiffbruch/ zu Constantinopel an. Von einem sehr
curiosen / Printz Ludwig von Baden zu Ehren verfertigten Kupffer-Calender/ samt dessen Erklärung.

Hr habt bereits vernommen/sagte sie/daß ich
der Noromica Kammer-Magd heimlich ver-
schlossen / als sie vorher die mit Drasiman ge-
)flogene geheime Verständnüß offenbaret/welches
ch alsobald dem Murato angezeiget/ der sie/ als das
)ornehmste Werckzeug der verükten Verrätherey/
zleich deß andern Tags darauf/ heimlich mit Gifft
)inrichten/ und solcher Gestalt das begangene Ubel
)üssen lassen; Auf solches hin hat er sich mit hohen
Schwüren verpflichtet / nicht eher sich wieder an
meine Seiten zu legen/ als nach Drasimans/ seines
verrätherischen Freundes/ Tod. Er gienge damit
um/ eine grausame und nie erhörte Rache zu neh-
men/ liesse sich aber das geringste nicht mercken/ biß
er die gelegene Zeit ersahe/da er das Wild im Garn
zu haben vermeynte. Der rechtmässige Zorn/ gabe
ihm folgende Grausamkeiten in Sinn; Er pflegte
sich

sich zum öfftern mit der Jagd zu erlustiren/dahero
er Tags vorher/als ihr mich angetroffen/deß Mor=
gens in aller Frühe/ Drasiman, samt seiner Schwe=
ster/auch dazu beruffen lassen/wir ritten demnach in
Gesellschafft dahin/wo das Jagen angestellet ware.
Wir Weibs=Personen begaben uns in ein zu dem
Ende aufgeschlagenes Gezelt/ die Männer aber ver=
folgten das grosse Gewild/und kehrten nicht wieder
zuruck/biß es Zeit ware/zu Mittag zu speisen. So
bald Drasiman in das Gezelt eintratte/wurde er von
etlichen darzu bestellten Schergen angegriffen/und
wöhrloß gemacht/ und indeme er seinen (beleydig=
ten) Freund/ um die Ursach dieses Beginnens fra=
gen wolte/muste er mit Erstaunen ansehen/wie sei=
ne Schwester Noromica vor seinen Augen von ei=
nem liederlichen Kerl/und zwar einem Moren/Mu=
rato Knecht/geschändet und entehret wurde. Ich
zweifle nicht/ das nagende Gewissen werde ihm die
Veranlassung zu dieser That gesagt haben.
   Wie mir bey solchem Handel zu Muth gewe=
sen/ welchem ich wider meinen Willen beywohnen
müssen/solches lasse ich euch/mein Hertz/selbsten ur=
theilen:es dauchte mich die Raache gegen einer Un=
schuldigen viel zu grausam zu seyn/ Murato aber/
meines Darvorhaltens/ thate solches nicht so sehr
um Noromica willen/ sie zu schänden/ als hierdurch
ihren Bruder desto empfind=und erschröcklicher/ in
ihrer unschuldigen Person zu straffen.
   Dieser erste traurige Actus ware kaum vorbey/
da entblößte Murato einen Dolchen / liesse solchen
dem Drasiman in die rechte Hand geben/mit Befehl/
er solte damit seine Schwester erstechen/und solcher
Gestalt die befleckte Ehre rächen. Der Boßhaffte
bathe

bathe auf das hefftigste darfür / ersuchte und beschwure ihn auf das allerflehenlichste / bey der ehemahligen Freundschafft und dero Recht; weil aber
dieselbige bereits von ihme selbsten so hoch beleydi-
get/und solch Freundschaffts-Recht gebrochen wor-
den/kunte ihn solches anjetzo lehren/daß die der Ehre der Freunden so nahe trettende Beleydigungen/
einer Verzeyhung würdig.

Allhier zwischen redete die Schloß-Dame, spre-
hend: Dazumahlen wird gewiß Drasiman, gleich
auch der raachgierige Murato schon vorher / erkennet
und gelernet haben/ daß man schöne Weibs-Personen / andern nicht zu viel solle lassen unter Augen
kommen / sondern fein zu Hause behalten/ dieweil
die Mitnehm- und Führung von Hause / seiner
Schwester und ihme zu so grossem Nachtheil gereichete. Madame, sagte Goribald, sie redet sehr ver-
nünfftig/daß eben zu solchem Ende hat der berühmte
und scharffsinnige Timantes die Liebes-Göttin / mit
einem Flor oder Vorhang über das Gesicht gemah-
let. Und Phidias (erinnerte Max,) hat selbige gar
künst- und meisterlich / auf einer Schnecke sitzend/
gebildet/damit anzuzeigen/daß man die Schönheit
in ihren eigenen Wohnungen verbergen / und vor
dem Anschauen der allzufürwitzigen verwahren
solle. Den unglücklichen Drasiman, (fuhre Fidarta
durch Maxen Zunge in der Erzehlung fort/) kame
es über die massen schwer an/ die Brust seiner geliebten Schwester zu verletzen : die aber sich nicht
nur der Ehre beraubet/sondern in Betrachtung deß
Nothzwängers/und dessen verächtlichen Standes/
aufs hefftigste geschändet sehend/ und wie mich be-
düncke/ selbsten begierig, ihre gekränckte/ja getöd-

tete

tete Ehre/nicht zu überleben/ gienge dem Tode selbsten großmüthig entgegen/ ihren Bruder ermah-
nend/den Todes-Stoß zu vollziehen: Womit sie be-
zeugete/daß einem tapffern Gemüthe/der Tod nicht
so forchtbar vorkomme. Der erste Stich ware allge-
nug/ihr Leben zu enden/ sintemahlen es schiene/daß
die Seele von denen vergwältigten Theilen sich
schon ledig gemacht/und sich allein in das Hertze be-
geben/daselbsten der Oeffnung zu erwarten/um den-
jenigen Leib völlig zu verlassen/ der/ob er schon gantz
unschuldig / dannoch so schändlich besudelt ware.

Die Schloß-Dame kunte hier nicht lassen / daß
sie über der Noromica Unschuld / und unglücklich
grausamen Tod nicht etliche Klag-Thränen fallen
liesse/und sie zum hefftigsten betraurete/daß Max dadurch genöthiget wurde / mit der fernern Erzehlung
etwas inne zu halten. So gar ist das Mitleyden
deß Frauenzimmers gegen ihres gleichen/ wann es
ihnen unglücklich ergehet/gemein.

So bald sie aber ihre Beyleyds-Thränen ab-
getrocknet/wurde der Fidarta Geschichte also fortge-
setzet: Zu gleicher Zeit wurde dem möhrischen
Knecht von Murato anbefohlen / den Schwester-
Mörder auch zu erwürgen/ der dann ohne Verzug
Drasiman mit dem Degen einen Stoß in die Seiten
gabe. Drasiman aber/so durch deß Freundes Grausamkeiten / wie ein wilder Ochse rasete; als er sich
durch solchen Stich noch mehr gereitzet sahe/ wandte sich gegen den jenigen/ der ihne verletzet/ und eben
mit dem Dolchen / wormit er allererst seine Schwester entleibet / und der von ihrem Blut noch gantz
trieffend ware / gabe er diesem schändlichen Jung-
fern-Schänder /einen so nachtrücklichen Stich/daß
er al-

ır alſobald tod zu ſeinen Füſſen niederfiele/ wiewol
dieſes Opffer/ in Anſehung der Tugend und Ehre
der Noromica,viel zu gering und wenig ware.

Es ſchiene/daß Murato den Tod ſeines Mohren
ſehr hoch empfinde/ nur darum/ weil gleichwol ſolcher Geſtalt Draſiman nicht ohne genommene Raa-
che/ ſtarbe: Dahero riſſe er ihm den Dolchen auß
der Fauſt/ und befahle mir/ mit einem Degen/ den
man mir zu dieſem Ende zuſtellete/ ihme vollends
den Garauß zu machen. Ich wußte nichts dargegen einzuwenden/ ja ich kunte auch nicht/ entweder
meine Unſchuld dardurch nicht in Gefahr zu ſetzen;
oder aber weil meine Seele/ der mir angethanen
Schmach ſich erinnernd/ mich zur Raache anſpor-
nete. Ich ſtieſſe demnach beherzt auf ihn/biß er die
verrätheriſche Seele außbliebe.

Aber eben in dem Augenblick/ ſahe ich zugleich mein eigen Hertz darnieder ſincken/ nemlich
meinen Murato tod zur Erden ſtürtzen. Dann es
ware gleich Anfangs mit Draſiman,ein von ihme ſehr
geliebter Page auch in das Gezelt gegangen/ (die
übrige Diener hatte man mit Vorſatz anders wohin geſchickt/) deſſen man aber keine Sorge gehabt/
dieſer/ wahrnehmend/ wie die Grauſamkeit meines
Gemahls/ ihne ſeines Herrens beraubte/ zuckte ver-
wegener Weiſe ſeinen an der Seiten habendē kleinen
Degen/und ſtieſſe ſolchen dem Murato, völlig in den
Leib hinein. Murato ſich tödlich verwundet füh-
lend/drähete ſich ſterbend um/ und mit dem annoch
in der Hand haltenden Dolchen/ ertödtete er in ſelbigem Augenblick/ auch den jungen mörderiſchen
Page, daß ſie alle Beyde tod dahin fielen/ und ich
wurde über ſo vielem Unfall gleichſam zu einem
Stein

Stein / daß ich nichts von mir selbsten mehr wußte /
sondern in eine tödliche Schwachheit dahin fiele /
und wolte GOtt / daß solche recht tödlich gewesen /
so wäre ich dardurch alles meines Jammers auf
einmahl befreyet / und nicht noch mehrerm Unglück
vorbehalten worden.

Ich erinnere mich noch in etwas / daß ich in
diesem unglücklichen Blut-See schier ersticket / wie
ich aber darauß gebracht worden / ist mir allerdings
unmöglich / so viel aber weiß ich zu sagen; daß ich
deß Abends mich auf meinem Zelter sitzend / und
von einem Cammer-Diener meines Murato mit den
Armen gehalten / befande; und dieses ware eben
der jenige / gegen welchen ihr / unbekandter Freund /
so wol meine abermahls unschuldigerWeise in höchster Gefahr schwebende Ehre / gerettet; als auch den
Freveler seinem Verdienste nach abgestrafft habt.
Als ich mich nun meistens wieder erholet / fragte ich
nach meinem Murato. Mustaf, so hieße der Verräther / tröstete mich mit zweydeutigen und doppelsin-
nigen Worten / ich solte mich wol gehaben / es stünde schon wol um meinen Gemahl / von welchem er
den Befehl bekommen / mich von dem grausamen
Anblick so vieler Todten hinweg zu führen.

Je weniger ich mich dergleichen Bericht versehen / so viel lieber waren mir auch solche Worte anzuhören / dannenhero sie mir nicht geringen Trost /
und meinem Seelenschmertzenden Leyden einigen
Stillstand gaben.   Ich erfuhre aber alsobald / daß
unter diesen glatten Worten ein tödliches Gifft verborgen lage / indeme dieser Boßhaffte sich als einen
Liebhaber meiner unglückseeligen Person / mit Bey-
seitsetzung alles Respects, den ein Bedienter seiner
Herrschafft schuldig / angabe.   Sein

Sein Bitten begleitete er mit einer grossen
Demuth / welche beyde ihme dienen mußten / seine
ngeziemende Liebes-Begierde zu entdecken: Ich
nterbrache ihm aber seine Rede / mit meinen Dro-
ungen; weil er demnach sahe / daß der Grund-
Stein worauf er die Triumphs-Säule seiner gei-
n Begierden aufzurichten vermeynte / solcher Ge-
alt über einen Hauffen geworffen würde/ versuch-
er auf eine andere Weise/solche aufrecht zu erhal-
n. Diesen Morgen gabe er vor / mich nach Jassy
i führen / da er unter Wegs wieder von neuem an
ich setzte / meine Keuschheit unschuldiger Weise in
Befahr zu bringen. Weil aber alle seine Kunst und
Beredsamkeit nur vergebens angewendet ware/
öffnete er mir zuletzt die wahre Beschaffenheit/ mit
lurato , der Hoffnung / durch desselben Tod / desto
ichter zu seinem Zweck zu gelangen. Auf so un-
rmuthete Zeitung / fiele ich in eine Ohnmacht
ahin.

Weil Muftaf solches bald innen würde / halffe
mir vom Pferde / und unter den Stärckungen/
ichte er zugleich mir Gewalt anzulegen / weil ich
ber durch die Gütigkeit / deß Himmels mich bald
ieder erholete / fienge ich mich an zu verthädigen/
viel meine Kräfften und Geschrey thun kunten/
elche aber beede endlich nicht kräfftig genug gewe-
n / mich zu schützen / wann ihr nicht zu rechter Zeit
ßch zu meinem Beystand heran gekommen ; weil
so dieser Barbar hierdurch an seinem Vorhaben
rhindert / ergrimmete er in der grösten Liebes-
)itze dergestalt / daß er mich tödlich verwundete/
iewol mir diese Wunde/weit nicht so zuwider / als
e / die er meiner Ehre und Keuschheit zuzufügen
Vorhabens gewesen.

IV.Theil. y Hier

Hiemit beschloſſe die Unglückſeelige ihre Rede/ und ich ſprache ihr nach Möglichkeit Troſt zu / ſie ſolte ſich über ihrer Verwundung nicht zu ſehr ent- ſetzen/ weil ſolche entweder nicht tödtlich/ oder doch ein ſo großmüthiges Hertz/als das Ihrige ſey/nicht forchtſam machen könne/ als welches da wiſſe/war- umm es geboren/und in die Welt kommen.

Wir wechſelten noch unterſchiedliche Worte/ dahin zielend / daß ſie den Tod und Sterben nicht förchte/ ſondern für eine Glückſeeligkeit halte/ weil doch ihr gantzes Leben nichts als Unglückſeeligkeit/ und der Tod die allerbequemeſte Artzney / ſolchen abzuhelffen ſeye.

Ich lieſſe ſie hierauf allein / um ihr nicht mehr überläſtig zu ſeyn/ deß nachfolgenden Tages wurde es gar böſe mit ihr/indeme ſich nicht nur die Wunde verböſerte/ ſondern auch die Geburts-Schmertzen ſich ereigneten/ daß ſie zugleich/ neben einer friſchen lebendigen Frucht/ihre Seele von ſich gabe.

Ich mochte mich an ſolchem Orthe nicht länger mehr aufhalten / ſondern ſetzte meine Räyſe nach Jaſſy fort/ ſahe mich an deß Hoſpodarn Hofe ein wenig um/weil ich aber für mich ſchlechtes Vergnü- gen fande/ ſtunde ich lange im Zweifel / ob ich von dar meinen Weg durch Pohlen in Teutſchland neh- men/ oder aber/ weil ich ſo feine Gelegenheit hatte/ gar nach Conſtantinopel gehen ſolte / doch faßte ich den Entſchluß/das letztere zu vollziehen. Setzte die- ſem nach meine Räyſe nach dem Pruth-Fluß fort/ wurde aber unter Weges von Räubern angegrif- fen/ deren ich mich/ weil ſie in ziemlicher Anzahl/ ge- nug zu erwehren hatte/auch etwas verwundet/doch darbey derſelben Meiſter wurde.Als ich den Pruth-
Fluß

Fluß erreichet/ setzte ich mich in ein Schiffe/ und füh-
re auf selbigem biß in den grossen Jster- (vorherigen
Donau-) Strohm/ daselbsten begabe ich mich auf
eine Türckische Czaiken / mich traffe aber das Unglück / daß dieselbige durch der Schiffleuthe Unvor-
sichtigkeit / an einem verborgenen Felsen scheiterte/
daß ich kümmerlich das Leben salvirte / und in eine
andere Czaiken gebracht wurde.

Bald hernach erreichten wir den Pontum Euxi-
um; oder das schwartze Meer / auf welchem wir
neue Gefahr bekamen/ indeme 2. Cossakische Raub-
Schiffe uns antasteten / und unangesehen wir uns
tapffer wehreten / ich auch darüber meinen Diener
einbüssete/ hätten wir doch Haar lassen/ und uns ergeben müssen / wann wir nicht/ zu unserm grossen
Glück wären succurriret worden. Worauf wir ohne
fernern Anstoß / nach vieler Gefahr / zu Constantinopel glücklich anlangeten.

Auf eine so gefährliche Räyse/ und überstandene
Gefahren/ sprache der alte Schloß-Cavallier, ist es
billich/ auch ein wenig außzuruhen/ sich in etwas zu
ergötzen/ führete darauf seine Gäste/ weil es Zeit
ware/ in das Tafel- oder Speise-Zimmer/ und tractirte sie auf das köstlichste / neben einer schönen
Music, und allerley lustigen Discursen.

Nach der Mahlzeit bekame der Herr deß Schlosses unterschiedliche Brieffe/ und neben denen Avi-
sen und verschiedenen Curiositäten / auch einen
neuen/ sehr raren/ wol außgesunnenen/ und in
schönes Kupffer gebrachten grossen Sieges- und
Triumph-Calender/ auf das jetzo geendigte 1691.
und angetrettene 1692. Jahr/ welcher dem heutigs
Tags unvergleichlich-tapffern Helden/ Fürsten und

y 2   Herrn/

Herzn/Herzn Ludwig/Marggrafen zu Baden/ꝛc.ꝛc.
Ihro Käyserl. Maj. General-Lieutenant, &c. zu wolverdienten hohen Ehren/in unterthänigstem Respect
verfertiget/ darinnen er wegen seiner ewig-rühm-
lichen Kriegs- und Helden-Thaten/ dem tapffern
Heerführer deß Volckes GOttes/ Josua/ vergli-
chen/ der Calender selbsten auch mit vielen schönen
Astronomischen merckwürdigen Seltenheiten künst-
lich und Sinreich gezieret und erkläret worden/wie
auß dem darbey ligenden absonderlich gedruckten
Bericht zu ersehen ware/ welchen Max alsobald zur
Hand nahme/sich darinnen umzusehen/da indessen
die andere den Calender selbsten beschaueten; weil
aber weder diese den Calender und dessen viele in
sich haltende tieffsinnige Vorstellungen/ ohne den
gedruckten Bericht und Schlüssel; noch jener den
Bericht und Schlüssel ohne den Kupffer-Calender
recht verstehen/und deß Urhebers Meynung genugsam begreiffen kunten/ legten sie beydes zusammen
auf eine Tafel/ und examinirten eines mit dem an-
dern/nicht ohne sonderbares Vergnügen ihrer aller/
sie lobten die kluge Invention, und hätten gerne den
Urheber dessen wissen mögen/der aber auß Bescheidenheit seinen Namen nicht beygesetzet.

Man hat der Würdigkeit erachtet/um der Erfindung und Curiosität willen/ solche Beschreibung
dem geneigt-begierigen Leser zu seiner eigenen Be-
lustigung und Nachsinnen mit anzuführen/ nicht
zweiflend/es werde selbigem nicht zuwider seyn; der
Innhalt ist folgender:

Kurtz verfassete Erklär-und Anmerckungen
über den grossen Sieges-und Triumphs-Calender/
und dessen in sich begreiffende Vorstellungen. Daß

Weltlich=oberſtes Haupt zu bitten pfleget / die ehe=
nahls bey den Iſraeliten gewürckte Wunder=Tha=
en verneuert erzeige a : Iſt bißhero gleich von und
nit dem ſo Glückhafften als Verwunderlichen Ent=
aꜩ der Wieneriſchen Vormauer ſämtlichen Chri=
ten=Reichs von Jahren zu Jahren Handgreifflich
rſchienen: Allermeiſtens bey jeꜩt=erhaltener / aller
Welt nicht weniger bekandten / als auch in vielen
Jahr = Hunderten kaum erhörten Sieghafften
Haupt=Schlacht/den 19. Auguſti, 1691.

Derentwegen dann zu wünſchen: Daß/gleich
vie gegenwärtig auf dem Papier / alſo in aller
Chriſtlich=geſinnten / und GOtt danckbaren Ge=
müthern deſſen ein ewiges Denckmahl aufgerichtet
verde: Abſonderlich mit Fürſtellung deß Durch=
euchtigſten Fürſtens Ludwig zu Baden: Deſſen
invergleichlichen Helden=Geiſt Göttliche Allmacht
chon mehrmahlen/als einen kräfftigen Außwürcker
Dero Wunder=Verhängnüſſen / ſich zugebrauchen
iefallen laſſen.

Alſo / daß man billich erachtet / höchſt=ermelte
Se. Hoch=Fürſtl. Durchl. mit dem Namen und
Ruhm eines Neu=erſtandenen/ und auch fürterhin
eſtättigten Joſue durch die Welt=ſchallende Poſau=
ien einer doppelten Fama außzuruffen. Zwar/mit
ieſem Unterſcheid: Daß jener/ der Iſraelitiſche
oſua, den ſchon überwältigten/aber zum Theil durch
iie Flucht entkommenen Feind ferner aufzuſuchen/

y 3   das

a Antiqua Brachii Tui operare miracula. Orat. Eccl.

das hierzu nöthige grosse Welt-Liecht stehen gemacht b : Se. Durchl. aber den flüchtigen Sieg
selbsten vom nahen / über die Massen weit-außse-
henden Untergang zuruck gebracht; Anbey in wenigen damahls noch übrigen Tag-Stunden eine
fast unzählliche Menge / Trotz-müthigster Christen-
Feinde vom zeitlichen zum ewigen Untergang hin-
gefertiget; Sich also bewähret einen rechten Josue
oder Heylbringer c sämtlichen Christlichen Wesens;
Auch zu dessen völliger Ruhe und Sicherheit / die
noch widerspänstige Jerichontinische d oder Mond-
süchtige Mauern zu deß Grossen LEOPOLDS
Füssen hoffendlich legen wird.

Daß nun sothane Wunder-Verrichtung / för-
derist gegen dem Allwaltenden Beherrscher der obe-
ren und niederen Welt / in allerdemüthigster
Danckbarkeit zu erkennen / und auß dem Buch der
Richter e könne gesagt werden; Auß dem Himmel/
und von dem Gestirn seye für uns gestritten worden:
Wil die Christliche Stern-Kunst / (als welche auch
denen schon zuruck-gelegten Zeiten nachzuforschen
ihre Lehr-Sätz hat /) mit Aufzeichnung deren damahls begebenden Himmels-Stellung über der
Semliner-Gegend Bild- und Spruch-Weiß darthun. Als nemlich / und zum

Ersten / ware damahls die Sonn in ihrer täg-
lichen Bewegung im Absteigen biß an den Nieder-
gangs-Winckel angeruckt / ohnfern dem sogenannten Löwen-Hertz / und über dem gleichfalls so genannten Hertzen / samt dem übrigen ungeheuerem
Nachzug der grossen Wasser-Schlangen / deren
Haupt

b Josue, c. 10.   c. Josue, hebr. Salvator;   d Jericho,
hebr. Civitas Lunæ.   e Jud. c. 5.

Haupt schon allbereits voran in Untergang ge-
suncken.

Bedeutung: Es wolte der höchste Maßgeber
und Gebiether aller Himmlischen Bewegungen
nicht zugeben / daß seiner Gerechtigkeit Welt-glän-
tzendes Eben-Bild zur gewöhnlichen Ruhe
gelangen solte f / ehe und bevor seines Heiligen
Nahmens Gifft- und Grimm-volle Feind/ (so mit
dem Wasser-Element/ in täglichem Baden/ Wa-
schen / Trincken / &c. aberglaubig-viel zu schaffen:)
biß aufs Haupt geschlagen wäre. Dahero dann
denen Löwen-müthig-streitenden Christen das
Hertz Wundersam gewachsen und gestärcket g./
deß Feindes aber verschwelcket h: Sonderlich/
da dessen Ober-Haupt sich wegen ziemlich beglück-
ten Angriffs frühzeitig erhebend/ mit einer Kugel
plötzlich gestürtzet/den gantzen Leib zum Schlachten
und Außbalgen preiß geben müssen.

Zweytens: Die Mitte deß Himmels/ (von
den Stern-Gelehrten deß Himmels Hertz / auch
der Gipffel von dem Ehren- und Königlichem Hauß
benamset:) hielte einer Seits mit der gewöhnlichen
Korn-Aehr/die sogenannte Astræa, eine Fürseherin
der Gerechtigkeit / deren lüfftiges Merck-Bild/
(Oesterreichischer Landen Himmlisches Schirm-
Zeichen/) anderer Seits schwebte/ mit beeden
Schüsseln gegen die Mittägige Himmels-Gegend/
Auster genannt/ wolgewogen.

Bedeutung: Es ware unser Christliches
Volck/ meistens durch feindlichen Einfall/ fast in
äussersten Abgang aller Lebens-Mittel gesetzt.
Aber eben auß dieser Noth seynd die Sieges-Pal-

y 4   men

f Josue,10.v.13.   g Ps.111.   h Josue, c.5.

men reichlich erwachsen: Und hinwiederum auß
diesen im feindlichen Lager eine völlige Ernd einge-
sammlet worden: Nachdem über den Zweifelhaff-
tig-wanckenden / ja dem Feind schon gewaltig zu-
hängenden Sieg / durch die gerechte Sach der ge-
wünschte Außschlag gegeben worden.

Drittens : Folgete gegen Aufgang in der
Himmlischen Bilder-Ordnung der gifft- und listige Scorpion / aber unter den Füssen deß Schlan-
gen-Würgers / deßwegen Ophiuchus, von andern
auch Hercules genannt : Als welcher von der Wie-
gen an mit dergleichen Ungeheuer sieghafft zu
kämpffen gewohnet.

Nächst darauf schwingete sich über dem Bo-
gen-Schützen / von Osten herfür das Glück-deu-
tige Gestirn deß Adlers / so sonsten deß grossen Ju-
piters seine Himmlische Waffen[1] zu verwahren
verordnet.

Außlegung wird jedem leicht fallen / so nur
etwas belesen in den Geschichten deß Aller-Durchl.
Ertz- und nun von etlich 100. Jahren her Käyser-
lichen Hauß. Wie nemlich solches jedes mahl
zum äussersten angefochten / durch Himmlische
Hand-Reichung / und von GOtt gesegnete Waffen Neu-versehen / alles feindliche Beginnen Au-
gen-blitzlich zernichtet / vom angedroheten Untergang zu einem nur desto Glorwürdigerem Aufnehmen erhöhet.

Und so viel vom glücklich-geendigten 91.sten
Jahr.

BEtreffend nun das folgende / und nunmehro durch Göttliche Gnade wol-angetrettenes
92.stes Jahr / welches von dem Friedens- und
Treu-

Treubrüchigem Anfang / und bißhero außgestande-
nem Türcken= und Rebellen=Krieg das Neundte:
Ob man schon unter die Calender=Propheten sich
zu mengen nicht gesinnet; mögen jedoch dessen einige Umstände gemeldet werden / nicht undienlich
der seufftzenden Christenheit wol=gefaßtes Ver=
trauen zu stärcken gegen dem Fried=liebenden und
allein=gebenden GOTT. Als:

    Erstlich 1692. jede Zahl nach dero eintzlichen
Geltung/mit der andern zusammen gesetzt / bringt
1. und 8. Diese wiederum zusammen / bringen
den höchsten und letzten Zahl=Buchstaben 9. Ferner 1. und 8. in einander geschrieben/vergleichen sich
dem Herold=Stab deß Fried=Bottens Mercurii.

    Zweytens 1692. mit gemeltem 9. getheilet/
bringet abermahl 1. und 8. samt noch einem 8: und
das überbleibende ist 0. So ist auch 1692. in Ordnung deren Schalt=Jahren das 423.ste: Welche
Zahl gleichfalls mit 9. getheilet / endlich eine 0. über-
lässet.

    Drittens: Geschahe obgemelten Kriegs An-
fang gleich nach der unfriedlichen grossen Zusammenkunfft 3. obersten Planeten / deren Cörper hier
gezeichnet/wie sie durch die Fern=Gläser erscheinen.
Da der unersättliche Saturnus, samt dem Feuer=to-
benden Mars, dem gütigen Jupiter seinen mildesten
Einfluß über den Christlichen Reichs=Boden zu
hemmen / sich um denselben gelägert / i. Nach ver-
schiedener Sternkündiger Meynung aber soll die
Würckung dergleichen Zusammenfügungen ihre
Endschafft erreichen / mit folgendem Gegenschein:
Welchen eben diß 92.ste Jahr mit sich bringet k;

y 5

und

i Besiehe Tab. 1. neben dem Calender. k Besiehe T. 2.

und zwar also : Daß Saturnus zum Ersten in die
fernesteAbgelegenheit getrieben/bey End deßJahrs
auch Martem zum Gesellen bekommt: Und also dem
Jupiter allein die völlige Beherrschung in seinem
Cräyß überlassen müssen. Da sie dann in einer andern etwanGOttes-vergessenen Welt/zu dero wolverdienten Straff/ ihre böse Einflüß häuffig aus-
giessen mögen.

Der Höchste/ bißhero so gnädige GOtt wolle
auch dieses 92.ste/und 9.te Kriegs-Jahr die Christliche Waffen also segnen/damit allen Friedstöhrern
zu Trotz diß erwünschte o Nulla deß Kriegs/ mit
dem erfreulichen Oliven-Krantz der Friedlichen
Sicherheit erfolge:Und also erfüllet werde der End-
Spruch von dem 11. Cap. Josuanischer Historie:
Und das Land hatte Ruhe vom Krieg/ Amen!

Das XXIX. Capitul/

Max continuirt seine Geschichte/kommt im Vatterland an. Theodelinde wird von Maxen und Sincern
gerettet/Jene mit Bisan verlieret sich. Goribald/in-
dem er andere suchet/succurriret er einem Fremden/den
er für den Engelländer Flenston erkennet/ rc.

NAchdem sie über diesem Calender ihre Spe-
culationes gehabt/bate Sincer Maxen/seine
übrige Geschichte ihnen vollend kund zu
machen/ welches Max nachfolgender Weise thate:
Ihr habt vernommen/ daß ich/ nach überstandenen
unterschiedlichen Gefahren/glücklich zu Constantinopel ankommen/welche Stadt ich dann gar fleissig
mit allen ihren Seltenheiten betrachtet / mit deren
Erzehlung ich der Gedult euers Zuhörens nicht
mißbrauchen wil/zumahlen die Beschreibung dieser
grossen Käyserl. Haupt-und Residenz-Stadt/ von
andern

andern weitläuffig beschrieben. Ich machte mir allda Addresse bey dem Engelländischen Gesandten/
weil mit denen Frantzosen ich nichts zu thun haben
mochte. Nachdem ich alles Denckwürdiges gesehen/
gienge ich mit einem Englischen Schiff nach Smir-
na, und von dar mit grosser Gefahr/wegen der Tür-
ckischen See-Räuber/die uns zum andern mahl an-
packten/doch nichts an uns vermochten/weiter nach
Engelland/ da wir selbige Insul nun schier errei-
chet/geriethe mein Schiff/so etwas von den andern abkomen/in neue Gefahr/von einem Frantzösischen Caper weggenommen zu werden/wäre auch
ohne Zweifel geschehen/ wann nicht von ungefähr
ein Englischer Caper uns secundirt/ und den Frantzosen abgetrieben hätte/ darauf ich endlich in Engelland wol angelanget/ und daselbsten ein und andern Unfall zu überstehen gehabt/ wie meinen Herren schon selbsten wird bekandt seyn.

Weil indessen sich das Wetter geändert/ Max
und Goribald ihre geliebteste Theodelinde und Mariana stäts im Sinne lagen/ und ihnen wegen ihrer
Heyraths-Sache nicht allerdings wol zu Muth
ware/ wolten sie sich weiter nicht aufhalten lassen/
sondern nach abgelegter höflichster Dancksagung/
setzten sie ihre Räyse nach ihrem Vatterlande voller
schwerer Gedancken fort/daß Printz Sincer bald diesen bald jenen seiner Gefährten aufmuntern muste.

Sie hatten auf dieser Räyse keinen Denckwür-
digen Anstoß/so musten sie wegen Kürtze der Tagen
auch kurtze Tag-Räysen machen/ und unter Weges
ein Paar Tage länger verweilen/ als sie vermeynet/
weil der Schwedische Bisan mit einiger Unpäßlichkeit befallen wurde/ da sie ihne nicht gerne verlassen
wolten

ltein wrauraipeueji aunungeren/unnwo jie zu untgen
speiseten/ zugleich auch sich berathschlagten/ wie sie
bey Herrn Aribet sich anmelden/und Max durch seine
glückliche Wiederkunfft / und diese werthe Gesellschafft / seine liebe Eltern unversehens erfreuen
möchte. Goribald solte am ersten ins Schloß reiten/
und gewisse Anfrage thun/da inzwischen die andern
sich auch anmelden/ und den Anschlag mit Maxen/
der sich nicht gleich zu erkennen geben wolte / außführen solten/dann er in den Gedancken stunde/weil
er nun etliche Jahre von Hause / er würde nicht alsobald von seinen Eltern/unter solcher Gesellschafft/
erkannt werden. Aber dieser Anschlag wurde Krebs-
gängig/ wie wir gleich jetzo vernehmen werden.
     Goribald ritte/veranlaßter massen/vorauß/und
fande Herrn Aribet mit Frau Mathilden in einem
guten Gesundheits-Stande/ aber eben in einem
ernstlichen Gespräche/so sie mit einander wegen ihrer beyden Kinder hatten. Als Goribald so unversehens sich ihnen darstellete / und die geziemende Ehr-
erbietigkeit ihnen erwiese/ waren sie theils erfreuet/
theils aber erschracken sie auch / ob seiner Ankunfft/
das erste/ weil sie Goribald in gutem Wolstand vor
sich sahen/der ihnen so sehr lieb ware/daß Frau Adelgunda sich kaum enthalten kunte/ ihne mit einem
freundlichen Kuß zu empfahen; das andere aber/
weil sie beyde in Sorgen stunden/durch ihne von ihrem Sohn Max unangenehme Bottschafft zu vernehmen. Ehe die Empfahungs-Complimenten recht
vorbey/ fragte Herr Aribet mit grosser Begierde/ ob
                                              ihme

hme nichts von Maxen und seinem Zustande wissend / auch / ob es wahr / daß er bey Hünningen im Rhein ertruncken? Ey/ da sey GOtt vor/ antwortete Goribald, daß ein so tapfferer junger Cavallier, en keine feindliche Waffen noch jemahlen übernocht/sein ädles Leben so elendiglich im Rhein solte ingebüsset haben. Aber/sagte Aribet wieder/wann eben der Tapfferkeit auch wahre Tugenden sich bey hm befünden/so solte mich die Nachricht von seinem Leben doppelt erfreuen/ welches Fr. Adelgunda mit inem grossen Seufftzen bestättigte/so Goribald gantz ounderlich vorkame / und deßwegen antwortete: Wie/ ist dann auch jemand/ der in deß unvergleichichen Maxen Tugenden einigen Zweifel zu setzen emeynet/ der müste wol geringe/ ja keine Wissenchafft seines Verhaltens haben. Ihre Gnaden wisen selbsten/ wie tugendhafft dero Herz Sohn sich on Kindheit an verhalten/ warum wolten sie dann etzo daran zweifeln/ da die ehemahlen geschehene Saat/ich verstehe seine schöne Auferziehung/nichts ls die schönste Tugend-Früchten bißher/ und zwar ar reichlich/ hervor gebracht/ welche seine hochgehrteste Eltern nunmehro häuffig und mit Freuden inerndten können.

Ihr gebt mir das Leben wieder / mein Sohn Goribald, (antwortete Fr. Adelgunda/) verzeyhet nir/ daß ich euch solchen Namen zulege/ dieweil ihr nir jederzeit eben so lieb/als mein Max, gewesen/nun hr mir aber so gute Mähre von diesem sagt/vergrössert sich auch meine Liebe gegen euch. Goribald bedanckte sich mit tieffester Reverenz, und fragte nicht ohne Befremdung/ woher es rühre/ daß man in Herrn Maxen Tugend jetzo so grossen Zweifel setze/

da man

da man doch niemahlen Ursache darzu gehabt?
Worauf ihme Aribet mit wenigem vermeldete/was
neulicher Zeit von beyderley Maxen/ und ihrem wi-
derwärtigen Verhalten/ sich zugetragen/ auch was
so wol der Officier / als jener räysende Cavallier,
außgesaget. Worüber Goribald sich zwar verwun-
derte/aber Herrn Aribet und seiner Gemahlin allen
Zweifel gar bald benahme/und hingegen berichtete/
in was grosser Æstime und Gnade er aller Orthen
bey grossen Herren stünde/auch daß er ihne im höchsten Ehransehen an dem Savoyischen Hertzoglichen
Hofe hinterlassen.

Herr Aribet schiene hierauf von neuem geboren
zu werden/so sehr freuete ihn diese Nachricht/er umfienge Goribald gantz zärtlich/ und bekante ihme wegen solchen Berichts verpflichtet zu seyn. Nach unterschiedenen Wechsel-Reden fragte Goribald nach
Fräulein Theodelinden / und kriegte zur Antwort/
daß sie diesen Morgen nach dem benachbarten Closter gefahren/die Zeit daselbsten etliche Stunden zu
passiren / wurde aber gegen Abend wiederkommen.
Womit er sich zu Ruhe begabe / und Aribet allerley
von seiner bißherigen Räyse / und was ihme und
Maxen aufgestossen / erzehlen muste / dessen er sich
neben Fr. Adelgunden nicht satt gnug hören können.

Wir lassen sie aber mit allerley Fragen ihre Begierde sättigen/und kehren uns zu Maxen und seiner
noch übrigen Gesellschafft / welche in langsamen
Schritten Goribald nachfolgeten/ der ihnen noch
nicht lang auß dem Gesichte kommen / als ein ver-
wundeter Kerl auß dem nächsten Gepüsche ihnen
entgegen kame/sie um Hülffe ersuchete/und auf Befragen diesen Bericht erstattete/ daß er eines vornehmen

ehmen Herrn Gutscher/und mit desselben Fräulein
Tochter auf dem Ruckwege nach Hause begriffen
ewesen/ seye aber gantz unversehens von etlichen
erkapten Reutern angepackt/sein Vorreuter alsobald vom Pferd geschossen/ er darauf auch also ver-
wundet/und die Gutsche samt der Fräulein von denen ihm Unbekandten / einen andern Weg geführet
worden.   Max fragte alsobald nach der Fräulein
Namen/und wer sie seye? Der Gutscher sagte/daß
eine Gnädige Fräulein Theodelinde heisse.   Wie/
fragte Max gantz ängstig / seyd ihr in Herrn Aribets
Diensten? Ja/antwortete der Gutscher. O weh mir/
sagte Max,gantz ängstig und zugleich zornig. Er fragte geschwind/welchen Weg diese Räuber genomen?
Der Gutscher gabe/so viel ihme wissend/Nachricht.
Darauf Max,ohne fernern Wort-Wechsel/bloß be-
fahle/ daß sein Diener sich seiner Wunden annehmen solte; Er aber rannte Spornstreichs dem angewiesenen Pfade nach/welchem Sincer und Bisan, samt
Treulöw/in vollem Gallop folgeten/sie waren noch
nicht lang fortgeritten/so erblickten sie eine Gutsche/
welche von 10. zu Pferde begleitet wurde/so in star-
kem Trab fortgienge.

    Auf solche Erblickung schiene es nicht anders/
als ob Maxen Pferde Flügel bekomen / er jagte wie
der Blitz derselbigen nach/ daß ihm der andern keiner folgen kunte/so bald er die Gutsche eingeholt/be-
fahle er dem Gutscher/stille zu halten/wolte sich darauf der Gutsche nähern / aber die zu Pferde wolten
solches nicht zugeben/ sondern widersetzten sich mit
ihrem Gewöhr/ dessen aber Max wenig achtete/ sondern ohne ein Wort zu reden/den/der ihme am näch-
sten/ von der Mähre schosse/ worauf die andern alle
auf ih-

auf ihne zustürmeten/da inzwischen Sincer, Treulöw
und Bisan auch ankamen/daß es also einem scharffen
Gefechte gleich sahe.

Einer der Reutern schrye dem Gutscher zu/ey-
lends fortzufahren/welches zu verhindern Max dem
Gutscher einen Streich mit der loßgeschossenen Pistole über den Kopff gabe/daß er vom Pferde fiele/
und nichts von sich selbst wuste/ sich auch der Gutsche desto mehr zu versichern/ hiebe er mit etlichen
Streichen seines guten Degens 2.oder 3. Stränge
entzwey. Sincer hatte indessen seinen Säbel zur
Hand genommen/ und einen damit über das Pferd
herunter geschmissen/ Treulöw liesse sich auch nicht
faul finden/ ein jeder liesse sich an/ sam er die Feinde
allein bezwingen wolte.

Indeme dieser Scharmützel also vorgienge/
hatte sich die in der Gutsche befindende Fräulein
auß derselben herauß/ und gegen dem Gepüsche zu
gemacht. Solches erblickte Bisan,deßwegen eylete
er derselben nach/und ereylete sie/als sie eben sich in
dem Gehöltze zu verbergen suchte. Er sprache ihr
gantz höflich zu / sich nichts böses zu befahren / weil
sie solche Leuthe zu ihrem Beystand hätte / die das
äusserste thun wurden / sie von diesen Räubern zu
erretten. Ach! tapfferer Ritter/sagte die Fräulein/
an euerer und euerer Cameraden Tapfferkeit gebühret mir nicht zu zweifeln/ und erkenne ich mich euch
und ihnen wegen leistenden Beystandes zum höchsten verpflichtet. Ihr werdet aber meiner Schwachheit zu gut halten/ wann ich das Gewissere zu spie-
len / mich so weit von diesen Streitenden entferne/
als ich zu meiner Sicherheit nöthig zu seyn erachte/
darum bitte ich euch/ mir nicht an meinem Vorhaben hin-

en hinterlich zu seyn. Schönste Fräulein/antwor-
ete Bisan, sie befehle nach ihrem Belieben/ und ver-
sichere sich/ daß ich/ samt meinen Gesehrten/ ihr zu
dienen so bereit/ als schuldig: Damit sie auch desto
her sich selbsten in Sicherheit setzen könne/wolle sie
ich meines Pferdes bedienen / sprange damit von
elbigem / ihr solches offerirend.

Die Fräulein nahme solches zu grossem Danck
n / wolte aber deß Erbietens sich nicht bedienen/
ndlich aber willigte sie darein/ daß Bisan sie zu sich
uf das Pferd nehmen/und in das nächste Closter/
vorauß sie erst gekommen/zuruck bringen solte;wel-
hes er zu thun versprache/ jedoch mit der Vorent-
schuldigung/ daß ihm der Weg dahin unbekandt
eye.Die Fräulein hieße ihn unbekümmert seyn/weil
ie hierzu selbsten Rath wisse.Nachdeme sie sich nun
lso zu Pferde gesetzet/zeigete sie Bisan den Weg/den
r nehmen solte.

Unterdessen tummelten sich Max, Sincer und
Creulöw dermassen unter diesem Gesinde/daß ihrer
ereits etliche weniger worden / weil aber indessen/
er von Maxen zu Boden geschlagene Gutscher sich
vieder ein wenig erholet/ und zu Pferde gesetzet/
aninte er/ so viel er mochte / mit der an etlichen
Strängen noch vest gemachten Gutschen queer Fel-
es davon/als eben ein gewisses Frauenzimmer sich
erauß begeben wollen/ aber wegen Schnelle deß
Fahrens nicht ins Werck richten können.

Max, solches ersehend / verließe das Gefechte/
und verfolgete die Gutsche / weil er nicht anders
neynete/ als daß ihme sein Hertz entführet würde/
ber die noch übrige Räuber verfolgeten ihne zu-
leich/um dem Gutscher Raum zu geben/zu entwi-
　IV.Theil.　　　　　z　　　　schen/

schen/ daher Max nicht anders/ als ein Tieger/ dem
seine Jungen geraubet worden/wütete/deme Sincer
nichts nachgabe / so / daß sie in kurtzem deß Feldes
Meister wurden/ indeme die noch übrige das Reiß
auß spieleten/und die Gutsche im Stich liessen/da-
von der Gutscher ein Pferd ledig gemacht/ und damit gleich den andern durchgegangen.

So bald die Feinde Versen-Geld gegeben/wolte
Max sie nicht ferner verfolgen / sondern nahete sich
der Gutschen/ sprange alsobald vom Pferde / und
wolte seiner so hertzlich geliebten Theodelinden/ zu
ihrer Erlösung Glück wünschen / und sich zugleich
mit ihr erfreuen. Aber/ wie erschracke er/ da er an
Statt Theodelinden / nur deren Kammer-Magd/
die er aber nicht kannte/ antraffe/ die gleich bey Anfang deß Scharmützels also erschrocken / daß sie sich
erst bey einer kleinen Weile wieder erholet/und weil
sie ihre Gnädige Fräulein nicht mehr bey sich in der
Gutschen sahe/ auch auß derselben springen / und
dieselbe suchen wolte/aber wegen deß schnellen Fahrens zu thun verhindert worden.

Max stunde hier gantz erstaunet / wuste nicht/
was er gedencken/oder sagen solte; Endlich fragte
und vernahme er so viel/ daß zwar Theodelinde mit
in der Gutschen gewesen/wo sie aber jetzo hinkom-
men/das wuste sie nicht zu sagen/ welches dem verliebten Max neuen Kummer gebare. Weil man auch
den Schweden Bisan missete / wurde nach ihm ge-
fraget/und gesehen/ aber nichts von ihme gefunden/
biß Treulöw berichtete / daß er bald anfangs deß
Scharmützels wargenomen/ daß Bisan ein Frauenzimmer verfolget/welches wol vermuthlich Theodelinde würde gewesen seyn/ so auch wahrscheinlich
genug ware. Weil

Weil dann nun dieses Orths weiter nichts zu
thun/und Max jezunder erst fühlete/daß er durch einen Schuß verwundet worden/deſſen das ziemliche
Bluten ihn erinnerte/redete ihme Sincer zu/ſich/beſ-
ſerer Bequemlichkeit wegen/in die Gutſche zu ſetzen/
und den Weg nach seines Herꝛn Vatters Schloß
zu nehmen/welches er auch thate/in Hoffnung/Biſan
mit Theodelinden daselbſten glücklich anzutreffen.
Darauf fragte er die Kamer-Jungfer wegen Theodelinden allerley/ insonderheit ob ſie gegen Herꝛn
Menhards Maxen einige Liebe trüge? Welches dieſe dahin beantwortete/ daß ſie nicht glaube/ daß ihre Gnädige Fräulein einige Neigung zu besagtem
Maxen habe/anerwogen er ſich unlangſten gar un-
beſcheiden gegen derselben aufgeführet/in Summa/
ſie sagte ihme so viel/ daß Max darauß ſchloſſe/ es
müſſe das jenige/ was ihme sein Diener wegen ſol-
hen Heyraths hinterbracht/ falsch gewesen seyn.
Aber die Kammer-Jungfer sagte ihme doch so viel/
daß er darauß ſchlieſſen können/daß sein Diener ihne mit keiner Unwahrheit berichtet.

Sie hätten aber auch gerne gewuſt/warum und
durch wen dieser feindliche Angriff geschehen wäre/
deßwegen sahen ſie unter denen auf der Wahlſtatt
tod und verwundet Ligenden nah/ ob ſie von einem
der Verwundeten etwas Gewiſſes erfahren kunten/
weil aber zween darvon so Krafft-loß und schwach
waren/ daß ſie keine Nachricht geben können/ der
Dritte aber ſich damit entſchuldigte/ daß er nicht
wiſſe/wer der jenige Herꝛ wäre/der ihn/ſamt andern
ſeinen Cameraden/ gedinget/ dieſe Gutſche an ein
beſtimmtes/ihm aber unbekandtes Ort helffen zu be-
gleiten/ die Perſon zwar wolte er/ so ſie ihme zu Ge-

ſicht

sicht gebracht wurde / wol kennen; Aber von deren
Stand und Namen wisse er nichts zu melden/muß-
ten sie sich damit vergnügen.

Goribald wartete indessen mit Verlangen/
wann seine ritterliche Gesellschafft sich wurde im
Schloß anmelden lassen / aber Niemand liesse
sich blicken / dahero er allerley Gedancken machte / nicht wissend / was er wegen so langen Außblei-
bens/schliessen solte. Aribet sahe wol/daß sein Gemüthe beunruhiget / deßwegen fragte er ihn um die
Ursache/die aber Goribald zu melden Bedencken truge / und weiß nicht was für einen Vorwand ge-
brauchte/sich damit zu entschuldigen.

Herrn Aribet und Frauen Adelgunden fienge
die Zeit auch etwas lange zu werden / wegen mehr
als gewohnlichen Außbleibens ihrer Tochter / weil
allmählich der Abend heran zu nahen begunte / erzeigten sich dannenhero etwas sorgfältig / daß deßwegen Goribald Anlaß nahme/ um Erlaubnuß zu
bitten/ihr entgegen zu reiten/und sie nach Hause zu
begleiten. Es ware ihm aber vielmehr darum zu
thun / Maxen und seine Gesellschafft aufzusuchen/
und wegen ihres Verzugs nachzusehen. Aribet
wolte ihm solches Anfangs nicht gestatten / jedoch
aber auß Beysorge / es möchte seiner Tochter einiges Leyd begegnen/ gabe er endlich zu/ daß Goribald ein Stück Weges ihr entgegen gehen solte;
Der ohne Säumen sich zu Pferde setzete / und
den Weg den er hergekommen / wieder zurück
nahme.

Er ware noch nicht lang geritten / da begegneten ihme die beyde Laqueyen/ so Theodelinden begleiten sollen/und weilen der eine Goribald bekandt/

fragte

fragte er nach der Fräulein / kriegte aber zur Ant-
wort/daß sie bereits werde in ihrem Schloß und zu
Hauß seyn/weil sie eine gute Weile vor ihnen weg-
gefahren / indeme sie mit einem Trunck von jemand
wären aufgehalten worden / daß sie ihrer gnädigen
Fräulein/nicht alsobald folgen können.

Solches kame Goribald wunderlich vor /weil
ihme die Gutsche nicht begegnet / da doch diese sag-
ten/daß sie schon vorauß wäre.   Dieweil es ihme
aber nicht um Theodelinden / sondern dißmahlen
um seine übrige Gesellschafft zu thun ware ; wolte
er sich länger nicht aufhalten / sondern er ritte seines
Weges förter/und traffe bald darauf auch Maxen
Diener/ den er Theodelinden verwundeten Gutscher zu verbinden zurück gelassen/an/welchen er um
einen Herrn fragete / der aber weiter nichts zu sagen wußte/ als so viel der verwundete Gutscher anfangs vermeldet / auch/ daß sein Herr / denen so
die Gutsche angefallen / nachgejaget.

Auß diesem Bericht nahme Goribald wol ab/
daß es was seltzams müßte gesetzt haben / ware derhalben sehr besorget / es möchte entweder Theodelinden oder Maxen was unglückliches zu Handen
zestoßen seyn. Ließe deßwegen von dem Diener sich
Anweisung thun / welchen Weg die Gutsche und
vernach Max genommen hätten/darauf er den Zaum
eines Pferdes dahin lenckete / und gar bald auf die
Wahlstatt kame / wo Max und Sincer so gerumoret
hatten / an denen Streichen und Wunden der Erschlagenen kunte er abnehmen / daß solche von Maxen und Sincers Hand und Säbel / herkommen.
Er hatte gerne rechte Nachricht gehabt / kunte aber
eben so wenig/ als zuvor Max von denen Verwun-

deten

sondern sich seiner Haut rechtschaffen wöhrte / wie
dan schon einer zu seinen Füssen / gestrecket lage / ob
wolen Goribald nicht wissen kunte / ob es deß eintzeln
Camerade / oder ein Geselle der vielen gewesen.

Weilen ihn nun bedunckte nicht ritterlich ge=
handelt zu seyn / das Viere wider einen fechten sol=
ten / nahme er sich vor / dem übermannten beyzuste=
hen / so er auch unverzüglich thate / und mit solchem
Nachdruck auf die Freveler loßgienge / daß der sich
tapffer wöhrende Unbekandte dadurch Lufft bekame /
auch desto besser offensive zu gehen. Kurtz zu sagen /
sie gebrauchten sich also / daß als noch einer von die=
sen Vieren / aufs Mäul zu ligen kam / zween aber
übel verwundet wurden / diese neben ihrem Anfüh=
rer das Hasen=Panier aufsteckten / da es in immit=
telst anfienge ziemlich dunckel zu werden / und die
Nacht anzubrechen.

Der Entsetzte unterliesse nicht / aufs höflichste
wegen geleisteter Hülffe gegen Goribald sich zu be=
dancken / der mit gleicher Höflichkeit ihme begegnete /
und nach seinem Stand fragete / weil er auß seiner
Red=Art abnahme / daß er ein Außländer seyn müsse /
dessen jener nicht in Abrede ware / und auf ferneres
Fragen / wie es mit dem feindseeligen Angriff herge=
gangen / diesen Bericht erstattete : Daß als er gantz
ohne Sorgen seines Weges fortgeritten / indem er
seinen Diener vorauß geschickt / bey einem Cavallier
sich ansagen zu lassen / seyen diese Fünffe ihme gantz
unversehens auf den Leib kommen / ihn einen Mör=
der

er und Strauch-Diebe gescholten/oder neben seinen
Spieß-Gesellen / ihre Cameraden allererst helffen
niedermachen. Und ob er sich wol entschuldiget/
daß ihme dergleichen nichts wissend / und zweifels
ohn für einen andern gehalten werde / habe doch solches nichts bey ihnen verfangen / sondern aufs aller-
ernstlichste haben wollen / sich ihnen gefangen zu
geben.

Weil aber solches Zumuthen ihme gantz ungele-
gen/habe er sich dessen mit Gewalt erwöhren müssen / wie er dann einen zu Boden gelegt / und einen
andern mit der übrigen Pistohle verwundet habe.
Er zweifle aber nicht/daß er ohne so tapffern Succurs
den Kürtzern hätte ziehen/ und entweder sein Leben/
oder seine Freyheit / oder vielleicht beydes zugleich /
verlieren müssen.

Unter diesen Reden kame deß Außländers
Diener zurück / mit grosser Verwunderung seinen
Herrn in Gesellschafft noch eines Ritters auf dieser
Wahlstatt anzutreffen. Er sagte kürtzlich / daß er
einem Befehl gemäß in dem bedeuteten Schloß
gewesen/und seine Anwerbung gethan. Man hätte
ihme aber zur Antwort geben / daß zwar sein Name
diß Orts unbekandt / und sich niemand erinnern
könte/mit ihme einige Kundschafft gehabt zu haben/
doch aber habe man ihme gantz höflich das Schloß
zur Herberge angebotten/ so fern er den Herrn desselben mit seiner Gegenwart zu ehren belieben möch-
te/er solte darinnen zu befehlen haben.

Der Außländer stunde an was er hier thun/
ob er die Anerbietung annehmen/ oder abschlagen
solte; das erste / weilen bereits die Nacht herein
brache/ und ihme diese Gegend unbekandt/ das letz-
z 4   tere

holet / daß der jenige den er suchte unfehlbar zu
Hauß wäre.

Goribald solchen Zweifel bey ihme verspüh‐
rend / bothe ihme an / mit ihme zu reiten / und so gut
er es haben wurde / mit einer Nacht‐Herberge vor
lieb zu nehmen / fragte zugleich / an wen er seinen
Diener abgeschicket? Die Antwort ware: Daß er
von guter Zeit her so wol in Engel‐ als nachgehends
in Holl‐ und Niederland / mit einem sehr tapffern
Bäyerischen Ritter in genauer Freundschafft ge‐
lebet / der sich Max genennet / und an erst gemelten
Orten grosse Proben / und Denckmahl seiner Tapf‐
ferkeit hinterlassen. Sie seyen aber durch einen
sonderbaren Zufall unversehens getrennet worden.
Dieweil er nun zu dieser Zeit / da die Waffen mei‐
stens zu ruhen pflegten / eine Räyse nach Italien vor‐
genommen / habe er en passant, diesen seinen tapffern
Freund zugleich besuchen / und sich seines Wolstan‐
des erkundigen wollen / weil man ihme unter Wegs
gesagt / daß er sich zu Hause aufhielte / nachdem
er nun genugsame Nachricht deß Weges eingezo‐
gen / habe er diesen Nachmittag sein Vorhaben ins
Werck setzen und seinen Freund unversehens über‐
eilen wollen / sehe aber nun wol / daß er einen blos‐
sen geschlagen / nicht wissend / wie er es verstehen
solle.

Goribald hatte genaues Gehör gegeben / und
erinnerte sich diese Person und Stimme mehr gese‐
hen und gehört zu haben / und ob es wol schon ziem‐
lich

ch dunckel / und die Nacht völlig herein brache/
hauete er ihn doch gar ernstlich an / wie! sagte er
sonst. Flenston, seyd ihr es/ dem es dieser Enden an
guter Herberg mangelt? Nimermehr sollet ihr Ursache euch deßwegen zu beklagen haben. Flenston der
Engelländer erkante hierauß auch den tapffern Go-
bald, und liesse grosse Freude spühren/einen so tapffern Freund so zu rechter Zeit angetroffen / und von
ihme eine so grosse Gutthat in seiner Beschützung/
empfangen zu haben.

Ich achte für unnöthig die beydseitige Freude und Freundes-Bezeugung anzuführen. Go-
ibald berichtete Flenston mit wenigem / daß eben
heute der Tage / an welchem Max nach Hause kommen solte/welches aber biß jetzo/(durch was für eine
Verhindernüß / seye ihme unwissend/) hinterblieben / welches ihne verursachet ihme entgegen zu reiten / die Ursache solcher Verweilung zu vernehmen.
An statt aber selbigen anzutreffen habe er das Glück
gehabt / Herrn Flenston, diesen geringen Dienst zu
thun/ihme wider seine Feinde beyzustehen.

Weil es nun indessen gantz Nacht wurde/ ware es auch Zeit auf ein gutes Quartier zu geden-
cken/Goribald ersuchte Flenston mit ihme nach Herrn
Aribert zu reiten/ weil er nicht zweiffle/ Maxen daselbsten zu finden. Weil aber Flenston, so wol vom Rei-
ten/ als auch gehabtem Streit/und einer empfangenen geringen Wunde ziemlich abgemattet/ auch sein
Pferd müd / wolte er bey so spater Abend-Zeit nicht
erst Ungelegenheit verursachen/bevorab/weil er Maxen Ankunfft zu Hause nicht versichert ware; sondern
bathe Goribald ihme zu erlauben / in der ersten Herberge sein Quartier zu nehmen/weil es morgen noch
Zeit genug seyn werde / Maxen zu besuchen/indeme
die

die heutige Abend-Zeit zu denen Bewillkomm- und
Empfahungen anzuwenden seye.

Goribald wolte ihn auch nicht weiter nöthigen/
sondern ritten mit einander im finstern dem nächsten Dorffe zu/weil auch Goribald eine Unhöflichkeit
zu seyn erachtete/ einen so unversehens gefundenen/
zumahlen verwundeten Freund/ alleine zu lassen/
wolte er ihme diese Nacht/seines dargegen Einwendens unerachtet/ Gesellschafft leisten / nicht zwei-
felnd/es wurde indessen Max bey dē Seinigen ange-
langet/und wegen so unvermutheter glücklicher Ankunfft mit grossen Freuden empfangen worden seyn.

Das XXX. Capitul/

An Statt Theodelinden stellet sich Max ein/ deme
Goribald mit Flenston folget. Goribald hat eine scharffe Rencontre mit Wolffram. Meinhards Maxe wird
Angesichts seiner Eltern erschlagen/ und der Thäter
gefangen genommen.

ES hätte Goribald gerne wissen mögen/ wo
Flenstons Diener gewesen/und seinen Herrn
angemeldet hätte ; auf genaues Befragen
desselben vermerckte er so viel/daß er müste in Menhards Schloß gewesen seyn/weil verschiedene Um-
stände/ sonderlich auch die Flenston geschehene Anweisung dorthin/solches Vermuthen machten. Unter andern berichtete ermelter Diener/ daß/ indeme
er im Schlosse auf eine Antwort gewartet/ habe er
von einem Bedienten gegen einem andern hören sagen ; ihr junger Gnädiger Herr seye mächtig böse
heimkommen/ weil ihm sein Anschlag mißlungen/
und er eingebüsset.   Worauß Goribald also gleich
argwohnete/ es werde vielleicht Herrn Menhards
Max einen Anschlag auf Theodelinden gehabt/der-
selbige

elbige aber seinen Fortgang nicht gewunnen haben:
voran er auch nicht irrete/ dann zu wissen/ daß die=
er/weil er gesehen/daß seine Liebe mit Theodelinden
schlechten Fortgang haben würde ; darnach trach=
ete / durch einen sonderbahren ihr erweisenden
Dienste / sich bey ihr in Credit zu setzen.

Weil er nun gute Kundschafft hatte/wann und
vohin sie pflegte außzufahren/uñ wuste/daß solches
eben diesen Tage auch geschehen/ bestellete er etliche
Personen/ die bey ihrer Heimkehr ihre Gutsche an=
packen / und hinweg nehmen solten / damit solches
auch desto ungehinderter geschehen möchte / wurde
einer beordret/ihre Laqueyen mit einem Trunck auf=
zuhalten/biß die Gutsche hinweg. Wann nun die
darzu Bestellete mit der Gutschen im Werck / und
Theodelinde hiedurch sehr erschrecket seyn wurde/
volte er alsdann mit etlichen der Seinigen ihr zu
Hülffe kommen/ihre Entführer/angelegter massen/
angreiffen/ bestreiten und verjagen/ als ob er gleich=
sam von ungefähr darzu kommen / solcher Gestalt
wurde Theodelinde weniger nicht können/als wegen
solcher Hülffe ihm verbunden zu seyn/und er Gele=
genheit haben/ sie mit sich in sein Schloß zu führen/
um von da an sie sicher zu den Ihrigen zu bringen.
Indessen wurden seine Eltern / (die von dem An=
schlag nichts wusten /) nicht ermangeln / ihr mit
höchster Freundlichkeit zu begegnen/und ihne zu re-
commendiren/ Hertz Aribet, neben Fr. Adelgunden/
wurden so dann auch einige Erkänntlichkeit gegen
ihne spühren lassen. Aber diese Hoffnung wurde zu
Wasser/wie bereits gehört/weil auß dem Schimpff
ein grosser Ernst worden.

Wir kehren jetzo aber zuruck / zu Herrn Aribet,
der nach

endlich schon Nacht zu werden begunte / kamen die
2. Laqueyen / die auch Goribald aufgestoffen / sie waren aber sehr bestürtzt / da sie weder ihre Gn. Fräulein
noch die Gutsche fanden : Weil sie auch auf Befragen ihrer Herrschafft von Theodelinden keinen Bericht zu geben wusten / musten sie sich rechtschaffen
außcapitlen lassen.   Die gröffeste Hoffnung setzte
Herr Aribet auf Goribald , daß der vielleicht sie antreffen uñ mitbringen wurde / da indeffen die Nacht
völlig heran brache / mit welcher zugleich auch die
Gutsche / darinn Theodelinde gefahren / ankame.

Herr Aribet ware geschwind verhanden / seine
Tochter um die Ursach ihres so langen Außbleibens
zu befragen / mithin auch einen Vätterlichen Verweiß zu geben. Er verwunderte sich nicht wenig / da
er nicht nur ein Pferd an der Gutsche mangelte / sondern auch einen ihme gantz unbekandten Fuhrmann
dabey sahe / noch mehr aber ware er bestürtzt / als er
im Hinzunahen / Statt seiner Tochter / seinen Sohn
Max so unvermuthet herauß steigen / und seine Knie
umfangen sahe / er stunde lang im Zweifel / ob er seinen Augen glauben solte / indem er meynete / der
Schein der Liechter und Fackeln betriege ihn. Frau
Adelgunda / auf den ersten Bericht / ware auch geschwind herbey kommen / und wuste sich nicht darein
zu finden / daß an Statt ihrer Tochter der Sohn in
der Gutschen ankommen ; Derowegen wurde beyderseits nach Fräulein Theodelinden gefraget. Max
meynete / sie wurde schon vor ihme im Schloß ange-
kommen

ommen seyn/und seine Eltern gedachten/er würde
e vielleicht angetroffen / und Max von ihr Wissen-
hafft haben / da doch ihre sämtliche Meynung
ilsch / Dahero auch die sonst überauß grosse Freude
m ein merckliches gehemmet wurde. Doch tröstete
Max sich selbsten und seine liebe Eltern damit / daß
e in Gesellschafft eines aufrichtigen Schwedischen
Cavalliers nicht übel wurde aufgehoben seyn.

Immittelst wurde Printz Sincer auch nach Wür-
en empfangen / und ihme ein schönes Zimmer zur
Wohnung angewiesen / auch Anstalt gemacht / zu
Maxen Wunden zu sehen. Herr Aribet schickte un-
erschiedliche Botten auß/von Theodelinden Kundschafft einzuholen/ und kunte keines Weges außsin-
nen/wer doch Theodelinden auf ihrem Wege hätte
angreiffen und rauben wollen.

Unsere beyde tapffere Räyse-Gefährten / Max
und Printz Sincer, verwunderten sich / warum doch
ihr bißheriger getreuer Gefehrte Goribald sich nicht
auch sehen liesse/dahero fragten sie/ob er nicht schon
vor ihnen allda ankommen? Auf empfangenen Bericht aber gaben sie sich zufrieden / in Hoffnung / er
wurde mit Theodelinden noch hinnach komen; hät-
e man es Maxen gestattet/er wäre noch in finsterer
Nacht aufgesessen/ihr nachzuforschen.Er muste sich
aber mit der Hoffnung speisen/ daß Bisan oder Goribald sie morgen gewiß mit sich bringen wurde / in
welcher Hoffnung er endlich auch die von Räysen/
Sorgen / Streiten und Bekümmernüß ermüdete
Augen zuschlosse / und ziemlich tieff in den vorhin
kurtzen Tag hinein/einer ziemlich sanfften Ruhe genosse. Als er erwachet/und auß dem Bette sich er-
hoben/auch zu dem Fenster hinauß schauete/erblick-

te er

te er seinen Goribald, der neben noch 2. andern gegen
dem Schloß zu ritte / dahero er voller Freuden seinen Leuthen zuruffte ; man solte Goribald, Theodelinden und Bisan, sie zu empfangen /entgegen gehen/
dann er nicht anders vermeynte / als die mit ihm in
Gesellschafft reitende 2. Personen müsten Bisan und
Theodelinde seyn / weil er / unangesehen die für
Theodelinden angesehene Person/mit einem Mantel verhüllet und umwickelt ware /, nicht anders
glaubte/als daß sie es wäre/und um der Kälte desto
besser sich zu erwehren/sich in einen Mantel gehüllet
hätte. Hierauf wurde im Schloß alles rege/ und
Max eylete/ so viel ihme möglich/ sich geschwind an-
zukleiden/seine geliebteste Theodelinde zu empfahen.
Die bey ihm entstandene Freude aber fiele gar bald
wieder in einen tieffen Brunnen/als ihme angedeutet wurde / daß Fräulein Theodelinde nicht unter
diesen dreyen / sondern sonst ein frembder Cavallier
sich befinde. Er hatte sich gleichwol aber nicht gar
vergeblich erfreuet/weil die für Theodelinden gehaltene Person/sein so lieber Freund/ der Engelländer
Flenston ware/ welchen zu sehen/ er ein sehr grosses
Vergnügen schöpffete/in Anerinnerung/was grosse
Freundschafft er von ihme und den Seinigen in Engelland genossen. Herr Aribet und Frau Adelgunda
unterliessen nicht/ Prinz Sincern und Flenston alle
nur ersinnliche Ehre anzuthun / welches zwar Goribald auch geschahe/doch wurde er als ein schon lang
bekandter und gleichsam angehöriger Hauß-Genos-
se gehalten / der selbsten nach Belieben im Schloß
anordnen kunte.
Unterdessen kamen die wegen Theodelinden
auf Kundschafft außgeschickte Botten auch wieder
ohne

…em Diener vernommen/ Maxen einen grossen Argwohn verursachte / es möchte Herrn Meinhards
Max die Hand in diesem Spiel haben/ wie dann die
Liebe und Eyfer niemahlen ohne Argwohn seyn
können; dahero ware er bedacht/ eine vertraute Person nach Meinhards Schloß zu schicken / daselbsten
Kundschafft einzunehmen / was alldorten vorgien-
ge/ ob man einige gegründete Muthmassung und
Nachricht einholen könte.

Indessen ergötzten sich diese Freunde mit der
Erzehlung / was je dem sint der Zeit sie in Flandern
von einander kommen / und getrennet worden/ begegnet. Auch thate Flenston Meldung / von Hel-
rieds und der Birlotta gegen einander tragender
Liebe; von Relaps und seiner Eheliebsten/ auch was
ihnen sammentlich zu Handen geflossen; wie Hel-
ried von ihnen abgangen/ und mit grossem Verlangen von Relaps und den seinigen erwartet wurde:
Und ob er schon selbsten hin und wieder nach ihm
gefraget / habe er doch keine Nachricht von ihme bekommen können.

Die noch immer außbleibende Theodelinde,
liesse weder Max noch Goribald ruhig seyn/ dahero
sie beyde/ nachdeme sie etwas Speise zu sich genommen zu Pferde sassen / Vorhabens selbsten Nach-
suchung zu thun/ zu welchem Ende sich auch Sincer
samt seinem getreuen Treulöw / gefaßt machte/ ob
schon die Ersten solches abzubitten vermeynten.
Flenston wolte mit Gesellschafft leisten/ weil man
aber

aber beſorgen mußte / ſeine Wunde / die ohne deme
die Nacht durch ſich verſchlimmert hatte / möchte
dardurch noch gefährlicher werden / lieſſe er ſich
endlich bereden / zu Hauſe zu bleiben / Herꝛn Aribert
und Frauen Adelgunden Geſellſchafft zu leiſten.
Max zwar ware auch etwas verwundet / aber die
Begierde ſeiner geliebteſten Fräulein zu dienen und
ſie zu ſehen / achtete weder Wunden noch anders/
weil die tieffe Liebes-Wunde / die Schmertzen der
leiblichen Wunde gäntzlich verdunckelten.

Sie ritten eine gute Weile mit einander in
Geſellſchafft / da ihrer keiner wußte / wo er ſich eigentlich hinwenden ſolte ; dahero Maxen bedunckte beſſer gethan zu ſeyn / wann ſie ſich von einander
ſonderten / weil ſolcher Geſtalt / von Theodelinden
eher etwas möchte zu erfahren ſeyn. Die übrige lieſſen ſich dieſen Vorſchlag nicht mißfallen / wolten
demnach ſich in drey Partheyen theilen / und jeder
einen beſondern Weg für ſich nehmen ; weil aber
Sincer weder deß Landes noch der Leuthen einige
Kundſchafft nicht hatte / ware das Rathſamſte / er
ſolte bey Goribald verbleiben / weil Max neben ſeinem Diener allein ſich auch einen beſondern Weg
wählete / und keine mehrere Geſellſchafft haben
wolte.

Goribald in Geſellſchafft Sincers und ſeines
handveſten Treulöw / verfolgten ihren angewieſe-
nen Wege ohne Hinternüß / biß ihnen nach ungefähr einer ſtarcken Stunde / etliche wolberittene
auffſtieſſen / unter denen der Fürnehmſte / wegen deß
Winter-Froſts / in ſeinen Mantel und Beltz-Hau-
be wol eingewickelt ware. Goribald nach höflicher
Begrüſſung / fragete / ob er dieſer Enden keine

Frauens-

zrauens - Person samt einem jungen Edelmann/
)elcher sich von ihrer Compagnie verlohren / ange-
roffen / und ihme darvon Nachricht geben könte?
Darauf jener antwortete: Wann ihme der Na-
ie und Stand dieser Personen angedeutet würde/
iöchte er so dann vielleicht einige Nachricht geben
Innen / er solte demnach so gut seyn und die Ge-
ichte nennen.

Goribald antwortete alsobald/daß die jenige
ach der sie fragten und suchten/ Herrn Aribets
räulein Tochter / die schöne Theodelinde seye.
Der Gefragte/ hohnlächelte hierüber und sagte:
Nich dünckt nicht / daß ihr Ursache habt/euch dieser
räulein wegen groß zu bekümmern/ weil sie ohne
weifel wol aufgehoben/ und euerer Hülffe weder
darffen/noch selbige verlangen wird. Diese tro-
ge Antwort/ verdrosse Goribald nicht wenig/ dan-
enhero sagte er etwas hitzig: Ich hätte mich einer
öffern Höflichkeit versehen/ insonderheit/wann ihr
n besagter Fräulein Kundschafft habt / als deren
ugenden wol meritiren / sich ihrer anzunehmen/
o es ihr widrig ergehen solte / und bin ich versi-
ert/ das auf dergleichen Fall / sie nach meiner
ülffe und Beystand / vielleicht eher Verlangen
ben dürffte/ als nach jemand andern.

Ich glaube aber/ antwortete jener wieder/daß
: euch so wenig darum obligirt seyn wurde/ so we-
g ihr derselben euch vergleichen / und euch so hohe
inbildungen machen könnet/ dann sie eben so we-
g Erkennlichkeit haben wurde/ als Fräulein Ma-
na Begierde / eines Vogts oder Amtmanns
ohn zu lieben/darum möget ihr von euerm Nach-
rschen wol ablassen/ sintemahlen es schon andere

IV. Theil.　　　　a a　　　　Leu-

Leuthe giebet/denen solches von Rechts- und Standes wegen zustehet.

Hierüber horchte Goribald hoch auf/ es dauchte ihne die Stimme und Person zu erkennen / aber
der aufsteigende Zorn über solcher Beschimpffung/
bande ihme die Augen / daß er nicht wußte / wen er
vor sich hatte / zumahlen ihn der Name Marianen
in noch mehrere Verwirrung setzte/ so ware auch die
Beltz- und Nebel-Kappe ihme verhinderlich / daß
er das Angesicht seines trotz-bietenden Gegen-Red-
ners nicht recht warnehmen kunte. Jedoch sprache
er: Ich mag hernach eines Vogts/ Amtmanns/
oder eines andern Sohn seyn/ so habe ich doch Hertz
und Kräfften / einem Schnarcher eures gleichen zu
sagen und zu behaupten/ daß er nicht würdig seye/
der erstgenannten beyden Fräulein Namen im
Munde zu führen. Und weil ich auß euern Reden
abnehme/ daß ihr der verlohrnen Fräulein halben
und wo sie sich befindet Wissenschafft habt/ müsset
ihr mir darvon auch Nachricht ertheilen / es geschehe gleich mit Lieb oder Zwang / darauf könnet ihr
euch gefaßt halten.

Nicht so hitzig/nicht so hitzig/Monsieur Goribald,
(sagte jener wieder/) wir wollen sehen / wer den andern zwingen werde/und darfft ihr euch nicht einbilden / mir dißmahlen so leichtlich zu entwischen / als
ihr jenes mahl gethan / da ihr euch unterfienget das
Frauenzimmer gegen den Bären zu beschützen / und
freveler Weise mir vorgekommen.

Auß diesen Reden/ und weil jener zugleich den
Mantel und Kappe vom Angesicht thate / erkannte
Goribald seinen Feind und Mit-Buhler Wolffram,
dann dieser ware es / der den redlichen Goribald so

schimpff-

schimpfflich hielte. Ha Verräther / sagte jetzo Goribald, haſt du ſo viel Hertzens bekommen/dich deſſen
ſo du ſageſt zu unterfangen / und nicht wie jenes
mahl / nur mäuchelmörderiſch auß dem Puſche auf
mich Feuer zu geben/ſiehe ich bin bereit/dich jetzo um
das jenige zu züchtigen / woran ich jenes mahl bey
der Jagd / durch die ſo mir zu befehlen hatten/ bin
verhindert worden.

Wolffram der Stärcke und Courage genug
hatte / ſich auch auf ſeine bey ſich habende / deren
mehr als der andern waren / verlieſſe / und ſich jetzo
eines Mit-Buhlers zu entledigen Gelegenheit hat-
te/wolte ſolche nicht auß der Hand laſſen. Daher
ſagte er: Ob ich wol als Herrn Standes nicht
ſchuldig / mit einem deines gleichen mich Hand ge-
mein zu machen / ſo wil ich dir dannoch die Ehre an-
thun/meine Piſtohl auff dich zu löſen/Marianē eines
ſo unbefugten / ſich ſo hohe Einbildungen machen-
den Aufwarters/zu befreyen. Dann meiner eignen
Perſon wegen/ halte ich dich meines Zorns und Gewöhrs gantz unwürdig.

Wir wollen den Diſputat von der Würdig-und
Unwürdigkeit beyſeit ſetzen / ſagte Goribald, und ſehen welcher tüchtiger ſeye Marianen Tugenden
zu verehren / wandte ſich darauf zu Sincern / der
eben nach ſeinem Säbel greiffen wolte / und bathe
ſelbigen / ſich in dieſen Streit nicht zu miſchen / es
wäre dann Sache / daß Wolfframs Leuthe ihne zugleich auch angriffen. Treulöw ſagte hier ſeinem
Herrn / daß dieſer eben der jenige ſeye / den er unlangſten in Piemont in Geſellſchafft deß falſchen
Maxen geſehen / der ſich neben ſelbigem ſo luſtig/
hingegen ihme Sincern Verdruß gemacht hatte.

     In-

Indessen hatten Wolffram und Goribald Feld
genommen / und ware jeder beflissen / seinen Feind
auß dem Sattel zu werffen/und sich seines verdrüß-
lichen Mit-Buhlers zu entledigen. Die grosse
Raach-Begierde aber machte / daß Goribald seines
Mannes verfehlete/und die Kugel vergeblich in die
Lufft schosse; Wolffram hingegen hatte seine Pi-
stohle gar versagt / dahero wolte er der andern nicht
trauen / sondern zohe von Leder / und mit blossem
Degen kame er auf Goribald an / der gleichfalls den
Degen zuckte/und sich keines andern Gewöhrs oder
Vortheils / als sein Feind bedienen wolte.

Sie trieben einander eine gute Weile im Felde hin und wieder/ohne sonderbaren Vortheil/doch
ware Goribald viel vorsichtig- und hurtiger als
Wolffram, da hingegen bey diesem mehrere Leibes-
Stärcke sich befande. Endlich verwundete Goribald Wolffram mit einem Stoß in die Seiten / darvon er also entbrandte/ daß er Goribald einen starcken Hieb über den Kopff gabe/der so die Beltz-Hau-
be nicht gewesen / ihne gefährlich wurde verwundet
haben.

Aber Goribald bliebe ihme nichts schuldig/son-
dern zu gleicher Zeit / brachte er ihm einen solchen
Stoß an / der ihne tieff in holen Leib verwundete/
daß er häuffig Blut / so wol auß der Wunde / als
zum Mund herauß gabe / auch seinen Leuthen zu-
rieffe ihm zu Hülff zu kommen; welche insgesamt
herzu rannten/ Goribald nieder zu machen; Sincer
aber und Treulöw legten sich dar zwischen / und jeder seinen Mann zu Boden : Goribald selbsten
hatte von Wolffram abgelassen / und sich gegen einen andern gewendet. Wolffram aber machte sich

ab dem

ab dem Kampff-Platz / und weil die seinige sahen /
daß sie nichts als mehrere Stösse zu gewarten/gien-
gen sie ihrem Herrn nach/welchen man indessen halten mußte/ daß er nicht vom Pferde fiele. Um solcher Ursach willen / wolte Goribald und Sincer sie
auch nicht weiter verfolgen / sondern nachdeme Goribalds Wunde ein wenig verbunden / ritten sie einen andern Weg nach Herrn Aribets Schloß / guter Hoffnung Maxen allda wieder/ und auch Theodelinden anzutreffen / da sie gegen Abend ankommen / aber Niemand der verlangten Persohnen
fanden. Sie begaben sich darauf in Flenstons
Zimmer / bey welchem Herr Aribet sich befande / denen erzehlten sie/was ihnen mit Wolffram begegnet/
erwarteten auch mit grossem Verlangen / Maxen
Zuruckkunfft/ der aber für dieses mahl das Wider-
kommen vergessen / und ein ihme gantz unangehmes
Quartier / mit Gefahr seines Lebens beziehen müs-
sen/ wie wir bald vernehmen werden.

Weil der Wund-Artzt für rathsam befande/
daß Goribald sich etliche Tage im Zimmer zu Bette
halten solte; liesse er sich solches neben Flenstons
machen / um einander desto besser Gesellschafft zu
leisten. Immittelst wurde der tödlich verwundete Wolffram in Herrn Meinhards Schloß ge-
bracht/ daselbst er seinen Unfall und wie es ihme ergangen / auch was Tages vorhero wegen Theodelinden verübet worden/Herrn Menhard erzehlete/die
That bereuete/ und weil er ja sterben müsse/um diese
einige Gnade bathe / daß er doch vor seinem Ende
Fräulein Marianen sehen / sprechen und wegen ihr
gemachten Verdrusses / um Verzeyhung bitten
möchte. Worannen sie dann auf ihrer Eltern Be-

ram solcher Gestalt sein Leben einbüssen / und noch
darzu in seinem Schloß den Geist aufgeben solte.
Dahero er sich eines mehrern und grössern Unglücks
befahrete / daß ihme das Hertz gantz schwer wurde/
und doch Frauen Mathilden seiner Gemahlin / Dessen keine Ursach geben kunte. Dann der Tod
Wolfframs hatte so grosse Macht nicht/ihm so grosse Sorge zu verursachen/ weilen ihme ohne dem sein
Verhalten mißfällig ware/ und lieber gesehen /
wann sein Sohn dieser Freundschafft sich ge-
äussert hätte.

Indeme er nun mit seiner Gemahlin / und
Fräulein Marianen / wegen deß Todes Wolfframs
sich beredete; entstunde unten im Hof ein grosses
Getümmel/welches sie alle veranlassete / eilends an
die Fenster zu lauffen / sie wurden aber mit höchstem
Erstaunen gewahr / daß ihr Sohn und Bruder
Max in voller Carriera, mit blossem Degen in der
Faust/auch aller blutig/samt zweyen seiner Dienern
ins Schloß hinein rannte / und von einem eintzeln
Ritter dahin verfolget wurde.

Als sie alle Viere im Schloß drinnen waren/
wandte sich der flüchtige Max um / schrie seinen Dienern zu/den Hund nicht lebendig entkommen zu lassen / sondern so gut es seyn könne zu tödten. Befahle auch andern das Thor zuzumachen / als auch
geschahe. Unterdessen da die im Schlosse sich um
Gewöhr umsahen / Menhard und die seinige aber
nicht begreiffen kunten / was dieses für ein Aufzug
wäre/

wäre / so schnell auch keine Ordre zu geben und Anstalt zu machen wußten ; gienge der flüchtige Max
samt seinen zweyen Dienern auf den ihne verfol-
genden loß / der aber mit grosser Hertzhafftigkeit ihnen entgegegen kame / und im ersten Streich den er
führete / dem Diener der ihm eins zu versetzen ge-
dachte/über das Pferd herunter stürtzete/daß er das
Auffstehen vergasse / weil auch Max ihme dergleichen
zu thun sich bemühete / entwiche er dem Streich/
versetzte hingegen Maxen einen so nachtrücklichen
Hieb/daß er ihme damit die Hirnschalen und Kopff
fast einer Hand breit tieff spaltete / daß er ohne anders tod vom Pferde fiele.

Nun wirst du / (sagte der Sieghaffte/) Fräulein
Theodelinden hinfüro mit frieden lassen: Sahe darauf sich nach dem Thor um/wieder hinauß zu reiten/
das aber immittelst versperret worden. Ich lasse nun
selbsten urtheilen / wie Meinhard, Mathilden und
Marianen bey diesem schrecklichen Anblick zu Muth
gewesen / ihren lieben/ wiewol nicht nach Wunsch
gerathenen Sohn / so elendiglich vor ihren Augen/
ohne einigen Respect, und wie auß deß Mörders
Reden abzunehmen/um Theodelinde willen/tödten
zu sehen / Mariana, thate auf so grausamen Anblick
einen lauten Schrey/O mein Bruder/sagte sie/ihre
Frau Mutter aber fiele gar unmächtig dahin / daß
man lange zu thun hatte / biß man sie ein wenig zu
rechte gebracht. Meinhard allein bliebe aufrecht/
gantz bestürtzt stehen.

Immittelst waren die Schloß-Bediente mit
allerley Gewöhr/ Stangen/ Prügeln/ alten Spies-
sen und dergleichen auf die Beine kommen / hatten
aber das Hertz nicht / sich dem Mörder ihres Herrn

Sohns

Sohns/zu nähern/der nicht anders/als der Kriegs-
Gott Mars, auf seinem muntern/nicht minder erhitz-
ten Pferde schnaubete/und das Thor aufzumachen
befahle/ dem aber niemand gehorsamte.

Herr Meinhard indessen sich wieder erholend/
ruffte den Seinigen zu/ den Mörder gefangen zu
nehmen/und lebendig zu greiffen/wogegen sich zwar
derselbige mit Ernst setzte/ daß niemand das Hertz
ihme zu nahen haben wolte. Weil aber inzwischen
unterschiedliche mit Schieß-Gewehren und Carbi-
nern an denen Fenstern und auf der Mauer sich sehen liessen/ Herr Meinhard selbsten auch ein gezogen Rohr zur Hand gebracht/ und dem so titulirten
Mörder droheten/ihne auf der Stelle tod zu schies-
sen/ wo er sich gefangen zu geben ferner weigern
wurde; sprange er hurtig vom Pferde/ machte gegen Herrn Meinhard ein höfliches Compliment, darauf reichte er dem nächst bey ihme sich Befindenden
seinen Degen/ sprechend: Herrn Meinhard/ seiner
Fr. Gemahlin und Fräulein Tochter zu Ehren über-
gebe er hiemit seinen Degen/ den ausser diesem sonsten kein Mensch/ so lang er lebte/ auß seinen Händen bringen wurde/ den er auch nicht Herrn Mein-
hard/oder die Seinige/vorsetzlich zu beleydigen/son-
dern sich selbsten zu vertheydigen/ also gebrauchen
müssen. Dannenhero getraue-+t sich das/so er ge-
than/gar wol zu verantworten/man solte ihne nur
unverlängt zu Herrn Meinhard führen/ welches
man ihm aber nicht gestatten wolte/sondern er wurde von 6. starcken Kerls in einen starcken und finstern
Thurn geführet/und daselbsten in ein enges/Stock-
finsteres und stinckendes Gefängnüß eingesperret/
und nichts als ein Bund Stroh/ darauf zu ruhen/
weil

)eil alles naß und feucht darinnen ware/zu ihme
inein geworffen.

Das XXXI. Capitul/

Meinhard wil seines Sohnes Tod rächen/ findet/
daß Max der Thäter ist. Die verlorne Theodelinde findet sich wieder ein, Maxen Gefängnüß wird kunp. Dieser wird für einen Fündling/ Goribald aber für Aribets
Sohn angegeben/ıc.

Jese Nacht dauchte Herrn Meinhard wol
100. Nächte lang zu seyn/ dann/ nachdem er
seinen erschlagenen Sohn in ein Zimer brin-
jen/ und von dem Blut säubern/ auch sonsten behö-
ige Anstalt machen lassen/ waren alle seine Gedan-
ken dahin gerichtet; eine grausame Raache von seines Sohnes Mörder zu nehmen/ zu welcher Frau
Mathild und Fräulein Mariana mit einstimmeten.
Dann/ ob sie schon vielleicht sich so gar nicht würden
jehermet haben / wann er natürlichen Todes wäre
jestorben; So kame aber doch es ihnen desto grau-
amer vor/ daß sie ihne vor ihren Augen so frevelhafft
niedermachen sehen müssen. Was die Raach-Be-
jierde bey ihnen noch mehr entflammete/ ware/ daß
)er Thäter sich vernehmen lassen / er getraue das
enige/ was er gethan/ gegen Herrn Meinhard und
)ie Seinige zu verantworten.

Fräulein Mariana kunte die gantze Nacht nicht
:uhen/ indeme iht bald ihr ertödteter Bruder / mit
'einem gespaltenen Kopff/ fürkame/ und sie gleichsam
;ur Raache anreizete / bald aber fühlete sie eine iher-
iche Regung / dem Thäter diesen Streich zu verge-
)en. Sie hätte wol wissen mögen/ wer doch der Mör-
)er ihres Bruders seyn müsse. Jezuweilen kame sie
auf die Gedancken/ ob es nicht Goribald wäre/ da ihr

dann

wol mit Frieden lassen/so glaubte sie nicht/daß er es
seyn könte; wann sie gewust/daß Max im Lande wä-
re/ wurde sie vielleicht auch auf ihne geargwohnet
haben. So aber wuste sie nicht/wen sie für den Thäter halten solte/ dahero erwartete sie deß Tages mit
grossem Verlangen.

Meinhard ware Vorhabens/ den Freveler gleich
deß folgenden Morgens massacriren zu lassen/ er
wuste aber nicht/ durch was für eine Art deß Todes
er ihn hinrichten solte. Seinen Sohn/ und seines
Sohnes besten Freund/ fast auf eine Stunde zugleich zu verlieren/ dauchte ihn gar zu viel zu seyn;
und ob wol deß ersten Tod ihme sehr zu Hertzen gien-
ge/ so quälete ihn doch fast nicht minder das jenige
Stücklein/ so er Tags vorhero ins Werck stellen
wollen/ aber daran verhindert worden/ allermassen
Wolffram solches noch vor seinem Ende ihme entdecket. Und weil er wol vermuthete/ daß sein Tod
durch solche unanständige Action verursachet wor-
den/ entschuldigte er den Thäter in etwas bey sich
selbsten. Wann er aber den Frevel bedachte/ daß der
Mörder so keck gewesen/ biß in sein innerstes Schloß
zu kommen/ und seinen einigen Sohn vor seinen Augen nieder zu hauen/ verlore sich alsobald alle Gnade wieder/ die zarte vätterliche Liebe triebe ihn von
neuem zur Raache/ und wolte ohne einige Außnahm
diesen Todschlag der Gebühr nach abgestraft wissen.

Als es Tage worden/ gienge Meinhard mit seiner Gemahlin zu Rath/ wie sie die Sach angreiffen/
und den

nb den Thäter hinrichten laſſen wolten. Sie wol-
n aber zuvor denſelbigen ſelbſten examiniren / un-
ngeſehen es ſie ſchwer ankommen wurde/einen ſol-
)en Menſchen / der ſie ihres Kindes beraubet / vor
lugen zuſehen. Deßwegen befahle er/den Verbre-
)er in guter Gewarſame für ihne zu bringen / bey
)elchem Examine Frau Mathild / neben Fräulein
Narianen / auch zugegen ſeyn wolten.

Als die Diener zu dem Gefangenen kamen/wol-
en ſie ihme die Hände binden/und alſo zur Verhör
ühren/ dieſer wolte aber ſolches keines Weges ley-
)en/ ſondern dem jenigen/ der ſich deſſen unterfan-
en wollen/ verſetzte er eine ſo nachdrückliche Maul-
chelle/daß er ein Paar Schritte zuruck fiele/und die
ndere hiemit lehrete/behutſamer zu gehen. Er be-
'rohete auch die übrigen/daß er ſie erwürgen wolte/
)o ſie ferner Hand an ihn legen wurden ; Seinet-
vegen hätte ſich niemand nichts Böſes zu befahren/
ind wäre er bereit/vor jedem Richter zu erſcheinen/
ind ſich zu rechtfertigen.

Der Dienern einer hinterbrachte Herrn Mein-
)ard alſobald das Vorgegangene/ der ſich über ſol-
her Frechheit von neuem entrüſtete. Doch befahle
r/ihn mit guter Aufſicht herzubringen/machte aber
ndeſſen ſein Gewöhr fertig / ſo es nöthig / und der
)elinquent neue Händel anfangen wolte / ihme die
Stirne zu bieten: Dann/ob wol Meinhard ſchon
iemlich bey Jahren/ ſo ware ihme doch noch der
Nuth nicht entfallen/einem die Spitze zu bieten.

Als der Gefangene/in Begleitung ſeiner Wacht/
n das Zimmer tratte/behüte GOtt!was Verwun-
)erung und Entſetzen überfiele nicht Herrn Mein-
)ard/und die Seinige/da ſie Herrn Aribets Maxen
mit mun-

mit munterm Gesichte herein tretten sahen. Sie
wusten nicht / ob sie ihren Augen glauben darfften/
oder nicht: Da indessen/Max sich wider den Willen
seiner Geleits-Leuthen / Herrn Meinhard nahete/
und nach gemachter tieffer Reverenz, seine Entschuldigung vorbrachte/die darinnen bestunde/daß es ihme hertzlich leyd sehe/ die Ursache ihres Sohns Todes zu seyn/weil er aber nicht allein selbsten den Anlaß darzu gegeben / sondern einer so unrühmlichen
That sich unterfangen / die eine schärffere Züchtigung verdienet/so hoffe er/es werde Herr Meinhard
mehr der Vernunfft/als dem vätterlichen Affect, die
Oberhand gestatten/und nach reiflicher Uberlegung
der Sache / vielmehr mit ihrer beyder Unfall erbar-
mendes Mitleyden tragen/als auf eine allzuhefftige
Raache zu gedencken.

Meinhard wuste in solcher Bestürtzung nicht/
was er sagen/ fragen oder thun solte. Die Liebe/die
er jederzeit gegen diesem tugendlichen Jüngling ge-
tragen/und das Begiñen seines ertödteten Sohns/
entschuldigten ihn etlicher massen/ wie auch die stä-
tig/biß auf eine kurtze Zeit/mit Herrn Aribet gepflogene gute Freund- und Nachbarschafft. Wann er
aber ihne ansahe und betrachtete/ als einen Sohn
Aribets/ den er jetzo für seinen Feind hielte/ und der
ihne wegen seines Sohnes / ingleichem mit der vor-
gewesenen gedoppelten Verheyrathung/ so schimpfflich geäffet; wie nicht weniger als einen Mörder seines einigen Sohnes/ und einen Zerstörer und Bre-
cher seines Schloß- und Burg-Friedens; kunte er
weniger nicht/ als ihne aufs äusserste zu hassen.

Frau Mathild/neben Fräulein Marianen/wa-
ren gantz erstaunet/ daß an statt deß Redens sie beyde nur

nur weineten. In solcher Verwirrung befahle
Reinhard/den Gefangenen wieder an seinen Orth
bringen/ doch liesse er ihn in ein anders/ zwar etwas bessers/ als sein erstes gewesen/ dannoch aber
in schlechtes Zimmerlein versperren / und etwas
Speise reichen. Damit er auch in der Sache desto
weniger irrete/ entschlosse er sich/ die Speciem Facti,
und gantze Sache / einigen klugen und unpartheyi-
schen Richtern zu beurtheilen zu übergeben/ und
durch einen förmlichen Proceß außzuführen.

Indeme dieses vorgienge/ wartete Aribet, Flen-
nin und Goribald mit grössestem Verlangen der
Zuruckkunfft ihres Maxens / insonderheit aber
Theodelindens/ machten auch Hoffnung / daß er
vielleicht dieselbige angetroffen/ weil er so lang zuruck zu kommen verweilete. Unter solchem hoffenden
Warten/ kamen 2. reitende Personen in das Schloß
herein geritten / auf deren Vernehmen jedermann
die Köpffe auß dem Fenster steckte / zu sehen/ was
es wäre / sie wurden aber alsbald gewahr/ daß es
Bisan ware/ den zwar Aribet nicht kannte/ Goribald
er schon erkennet/ und den andern nahmhafft gemacht hatte. Die Verwunderung aber und Freude
vermehrete sich / als man sahe/ wie Bisan Fräulein
Theodelinden hinter sich auf seinem Pferde führete/
und ihr jetzo herunter halffe. Sie wurde zwar von
der Frau Mutter wol empfangen / doch kame es
ihr und Herrn Aribet fremd vor/ sie allein/ in Gesellschafft zweyer Manns-Personen / und zwar hinter
einem zu Pferde sitzend/ zu sehen.

Bisan wurde mit sonderbarer Höflichkeit em-
pfangen/ und weil man von Theodelinden bereits
vernommen/ daß er ihr Erretter gewesen/ ihm grosse
Ehre

Ehre erwiesen/und darauf zu Goribald und Flenston
gebracht/ welcher Letztere grosses Verlangen hatte/
ihne zu sehen und kennen zu lernen. Die andere
Manns-Person wurde von Goribald und Sincern
für Corindo erkennet/ den sie unlangsten auf der
Heimräyse angetroffen/ und wider die Räuber ver-
thädiget. Als hierauf Aribet, Adelgunda, samt Printz
Sincern/ zu den übrigen in ihr Zimmer kommen/
erzählete Fräulein Theodelinde, auf vätterlichen
Geheiß/ mit wenigem/ wie es ihr bey ihrer Ruck-
kehr auß dem Kloster ergangen/ und daß sie/ auß
Forcht / in grössere Gefahr zu gerathen/ auß ihrer Gutsche gesprungen/ aber von diesem gutthäti-
gen Herrn eingeholet/ und in Schutz genommen worden. Weil sie nun nicht nach Hause getrauet/ auß
Forcht / man möchte ihr den Weg dahin verrennet/
und sie neue Gefahr zugewarten haben/ habe sie den
Weg wieder nach dem Klosten nehmen/ und von da
auß ihren Eltern Nachricht geben wollen. Es habe
aber ihr widriges Verhängnüß ihren Anschlag nicht
wollen beglücken/ sintemahlen sie deß ihr sonst sehr
wol bekandten Weges im Tunckeln verfehlet/ und
nach langem irre Reiten endlich auf einen schlechten Bauren-Hof/ zwischen den Wäldern/ auf einer
Einöde gelegen/ kommen/ daselbsten sie eine schlechte
Nacht-Herberge gehabt/ doch froh gewesen/ daß sie
nur zu Leuthen kommen/ weil ihr weiter also zu
reiten schlechter Dings unmöglich gewesen wäre.
Sie hätte zwar gerne von ihrem Wirth ein eigenes
Pferde gemiethet/ weil aber selbiger noch frühe in
der Nacht/ nach der Stadt und zu Marckte gefah-
ren/ habe man ihr nicht willfahren können. Deßwegen sie sich abermahlen Herrn Bilans Pferde bedienen müs-

ien müssen / welches er ihr allein zu gebrauchen an-
etragen / sie aber nicht annehmen / und durch solche
Unhöflichkeit ihne zu Fuß zu gehen müssigen wollen.

Nachdem sie nun eine ziemliche Zeit also geritt-
en / seyen sie gantz unvermuthet nahe an Herrn
Meinhards Schloß gekommen / worüber sie nicht
wenig erschrocken / darfür haltend / es wäre ihr das
gestrige Unglück durch seines Sohnes Maxen An-
stifftung zugerichtet worden / seye deßwegen in
höchster Eyle darvon geritten ; Sie hätte aber bald
darauf etliche zu Pferde gesehen / worvon sie ge-
urtheilet / daß es der ihr so mißliebige Max seye /
der sie vielleicht suche / dannenhero sie sich eines Ab-
weges bedienet ; habe aber bald hernach wahrge-
nomen / daß die ihr Nachreitende mit einem andern
ins Gefechte gerathen / worauf sie dann Herrn Bisan
gebetten / mit ihr fortzueylen / um nicht eingeholet zu
werden. Dessen doch unerachtet / habe sie einer erey-
et / weil aber Herr Bisan, mit der Pistole ihm so begegnet / daß ihme der Lust / sie zu hintern / vergangen /
haben sie / so eylfertig es seyn können / den Weg hie-
er nach Hause genommen / da ihnen bald darauf
ihr anderer Gesellschaffter / der sich Corindo nenne /
aufgestossen / welchen Herr Bisan, und dieser alsobald ihne / erkennet. Weil sie nun von Biaan vernommen / daß ihr geliebtester Bruder Max glücklich
nach Hause kommen / so trage sie Verlangen / ihne
zu sehen / und zu empfahen / verwundere sich auch /
daß er nicht bey dieser ansehlichen Gesellschafft und
werthen Freunden gegenwärtig seye.

Als man sie aber berichtete / daß Max zwar nach
Hause gekommen / aber um sie zu suchen wieder
außgeritten / auch erzählete was gestern und heute
sich mit

sich mit ihnen allen zugetragen / erzeigte sie sich sehr
übel vergnügt / denen beygebrachten Umständen
nach/kamen sie alle auf die Gedancken/daß unzwei=
fel Max müsse der jenige gewesen seyn/den sie mit ih=
ren Verfolgern habe sehen Handgemein werden.
Deßwegen truge sie nicht geringe Sorge / es möch=
te ihme ein Unglück zugestossen seyn/ welche ihr auch
selbige Nacht geringe Ruhe gestattete / ja wann sie
nur ein wenig einschlummerte/so kame ihr Max gantz
traurig / elend und in armseeliger Gestalt vor / daß
sie darüber wieder erwachte.

Die Freude ab Theodelinden Wiederkunfft/
verursachte doch bey den übrigen allen / daß man
Maxen Abwesen diesen Abend so groß nicht achte=
te/in Hoffnung / er wurde zu rechter Zeit sich schon
wieder einfinden. Sie wußten aber nicht / daß er
ein so schlechtes zumahlen auch sehr gefährliches
Quartier bezogen/ ja/ daß noch ein grössers Unglück
ihme bevor stünde / so ihme Halß und Leben kosten
solte.

Deß folgenden Tags thate Corindo, Bisan
und Goribald auch Flenston Bericht / daß er eine
fruchtlose Räyse gethan / sintemahlen er von Hel=
fried nicht das geringste erfahren können / dannen=
hero habe er seinen Weg wieder zurück genommen/
und auf so gnädig geschehenes Anerbieten/nicht er=
manglen wollen / eben den Weg zu nehmen / den sie
gethan / ob vielleicht sie indessen etwas von ihme er=
fahren ; seye jetzo Vorhabens wieder zurück nach
Relaps in Holland zu kehren.

Indessen brachte man Herrn Aribet die unan=
genehme Zeitung/daß sein Sohn Max Herrn Mein=
herds Maxen im Felde überfallen/verwundet/ ihne
biß in

diß in seines Vatters Schloß verfolget / und vor
deſſelben / ſeiner Gemahlin / und Fräulein Schwe-
ter Augen getödtet / aber darüber gefangen wor-
den/ deme man in kurtzem deßwegen den Proceſs ma-
hen werde.

Urtheile ein jeder nun ſelbſten / wie bieſe Zei-
ung der gantzen Geſellſchafft zu Hertzen gegangen/
vornemlich Herꝛn Aribet und ſeiner Gemahlin/ aber
im allermeiſten / der unvergleichlichen Theodelinden. Printz Sincer befahle alſobald ſeinem Treu-
dw / unverzüglich die Pferde fertig zu machen / ſin-
emahlen er entſchloſſen / ſein äuſſerſtes daran zu
trecken / einen ſo tapffern Ritter und aufrichtigen
Freund nicht Hülffloß zu laſſen; welchem Goribald
ind Flenſton ihrer Verwundung unangeſehen auch
alſobald Geſellſchafft leiſten / Aribet aber ſolches
nicht zugeben wolte / ihnen zu Gemüthe führend/
daß ſolche übereilte Anſchläge keinen guten Außgang gewinnen könten. Ihme ſelbſten lige am
neiſten an ſeines Sohnes Wohlfahrt / man müſſe
aber die Sache mit gutem Bedacht angreiffen / damit nicht / wann man meynte / Maxen zu helffen/
man ihne in gröſſere Gefahr ſtürtzete / weilen Hertz
Meinhard ſehr jähe zornig / und wann er Gewalt
pühren / deſto übler mit ihme umſpringen würde;
aber das ſo müſſe man ſich der Sache zuvor recht
rkundigen / ob und wie es ſich verhalte : in Sum-
na / er brachte ſolche Gründe / daß ſie ihme mußten
Beyfall geben / und ſeiner Direction die Sache
heimſtellen.

Aribet legte alſobald genaue Kundſchafft auf
alles/ Adelgunda ware aufs äuſſerſte betrübet/ und
bey Theodelinden wolte gar kein Troſt hafften/ Go-

IV. Theil.   b b   ribald

ribald zwar unterlieſſe nicht/ihr ein beſſers Hertze zu
machen/ aber es wolte nichts helffen ; Biſan, deme ſie
gerne den Zutritt geſtattete/ befliſſe ſich nicht min-
der/ ihr die gröſte Sorge zu benehmen/ wie ſie ihme
dann ziemlich Gehör gabe/ indeme die zwey-tägige
Converſation mit ihme/ ihm einen guten Credit bereits erworben hatte. Corindo, ſeines Orths wuſte
auch je und je / zu ihrem Troſt etwas beyzutragen.

Unter der Zeit/da man in Aribets Schloſſe über
die Befreyung Maxen/und in Meinhards über ſeinen Proceſs berathſchlagte / ereignete ſich ein neuer
Zufall/ der allein gnug ware/ Maxen um den Hals
zu bringen. Das Gerüchte/ daß Max, Herrn Aribets Sohn/ wieder zu Lande ankommen/ und alſobald Herrn Meinhards Maxen in ſeinem eigenen
Schloß vor den Augen ſeiner Eltern ertödtet/ darüber aber gefänglich angehalten worden/ hatte ſich
bereits in ſelbiger gantzen Gegend außgebreitet/ wie
ingleichem/ daß auch Goribald mit ihme angekomen/
und in einer Rencontre den frechen Wolffram erleget. Unter andern kriegten auch Goribalds Eltern
zeitlich hiervon Nachricht / welches ihnen groſſe
Sorgfalt verurſachte / indeme ſie befahreten / es
möchte ihrem Sohn gröſſeres Unglück darauß er-
wachſen. Als nun Aribet mit ſeinen Gäſten in Be-
rathſchlagung begriffen/ welcherley Weiſe man ſeinem Sohn zu ſeiner Freyheit helffen könte/ lieſſe ſich
ſeines ehemahligen Ober-Verwalters Frau anmel-
den/ wurde auch alſobald für Aribet gelaſſen/ und zu
ihme in das Zimmer gebracht/ in welchem auch Goribald, ihr Sohn/ ſich befunde/ der/ auf Erblickung
ſeiner Mutter / alſobald ihr eine kindliche Reverenz
machte/ und wegen ihres Wolweſens und Geſundheit ſich

heit sich erfreuete/auch nach seinem Vatter und dessen Wolstand forschete? welches sie ihme mit wenigem beantwortete/und unter anderm sagte: Ach!
Gnädiger Herr/es ist jetzo keine Zeit/hiervon zu re-
den/ sintemahlen euere Eltern sich in gutem Wolstand und Gesundheit befinden; sondern wir haben
anjetzo von wichtigern Sachen zu reden/ die mich
meines Söhnes berauben/aber zu meinem hoffentlich Gnädigen Herrn machen werden.

Niemand der Anwesenden kunte begreiffen/
was sie mit diesen tunckeln Reden sagen wolte/Go-
ribald selbsten meynete/sie wäre aber witzig/daher er
ihr ihren Irrthum zu verstehen geben wolte. Sie erwiese ihm aber eine weit grössere Reverenz, als einer
Mutter gegen ihrem Kind zukame/dessen sich Goribald nicht wenig schamte/ und nochmahlen sie erin-
nerlich bathe/ seiner mit solchen Ehrerbietungen zu
verschönen/ und bey so ansehenlicher Gesellschafft
ohne nicht ferner zu beschämen. Sie antwortete ihm
aber kürtzlich/sie wisse gar wol/was sie thue/und sey
eines Weges aberwitzig/ bitte allein/daß man Fr.
Adelgunden/ neben Fräulein Theodelinden/ auch
her ruffen möchte/worinnen ihr Aribet alsobald will-
fahrete/und einen Diener nach ihnen sandte. Da indessen die gute Frau sich gegen Goribald und denen
übrigen wandte/und gantz angelegenlich bathe/bey
Herrn Aribet und seiner Frau Gemahlin vor sie zu
bitten/ auch Goribalden neben ihr zu vermögen/ ihr
einen begangenen Fehler auß Gnaden zu vergeben.

Die gantze Gesellschafft zweifelte/ ob die gute
Frau recht bey Sinnen/und ob nicht die Freude/ih-
ren Sohn so unverhofft anzutreffen/samt der Furcht
es möchte demselben/wegen Erlegung Wolfframs/

ein Un-

ein Unglück begegnen / ihr ihren Verstand etwas
verrucket hätte. Goribald selbsten ware auch in solcher Angst begriffen / daß man es ihme gar wol an-
spühren kunte. Er redete seiner Mutter von neuem
zu / die aber nichts anders thate / als ihne um Verzeyhung zu bitten. So bald Adelgunda/ samt Theodelinden / erschienen / und sich neben Aribet gesetzet/
ergriffe sie Goribald bey der Hand / führete selbigen
zu Aribet und Adelgunden/ warffe sich darauf zu ihren Füssen / und mit vielen heissen Thränen flehete
sie Aribet, Adelgunden und Goribald um Vergebung und Gnade an. Niemand unter ihnen ware/
der sich das geringste einbilden kunte/ womit Goribalds Mutter sich solte versündiget haben/ doch hatten sie alle gleiches Verlangen/ zu vernehmen/ worinnen dann ihr Verbrechen bestünde/ deßwegen sagten sie ihr alle Gnad und Vergebung/ Goribald auch
noch über dieses / auf abermahliges Bitten / seine
samt der andern Herren Vorbitte zu/ hiessen sie auch
von der Erden aufstehen / welches sie aber keines
Weges thun wolte/ sondern nachdem sie das Wasser auß den Augen gewischet/ sich also vernehmen
liesse : So schwer und sauer es euch ankomet/ Gnädigster Herz / (gegen Aribet sich wendend /) einen
lieben / tapffern und wol gerathenen Sohn zu ver-
lieren/ eben so sauer und schwer kommet es mich an/
gleichen Verlust mit euch zu leyden / und das um so
viel mehr/ weil euer Verlust euch ersetzet/ der meinige
aber unersetzlich verbleiben wird ; jedoch vergnüge
ich mich/ daß mir von allen Gnad und Vergebung/
ja auch die kräfftige Vorbitte/ zugesagt worden. Ob
es euch samtlichen schon anfangs fast unglaublich
scheinen möchte/ was ich jetzo zu offenbaren/ gezwungen bin.   Alle

Alle Anwesende starben schier vor grosser Begierde zu vernehmen/ was für ein Geheimnüß herauß kommen würde/ und Goribald ware gantz auß
sich selbsten in höchste Verwirrung/ als seine Mutter ihre Rede also verfolgete: Jhr habt/ Herz Ariber, neben euerer Gemahlin/ ja samt der gantzen
Welt geglaubet/daß der jetzo von Herrn Meinhard
in gefänglicher Verhafft gehaltene Max euer beyder
Sohn seye: Jch bin aber jetzo kommen/ euch mit
Warheits-Grund zu sagen/ und zu erweisen/ daß
deme nicht also/ sondern besagter Max nicht allein
nicht euer/sondern ein gantz frembdes Kind/ja unbekandter Fündbling seye/ wiewol dessen Tugenden
also beschaffen / daß sie ihne eines grossen Herrn
Sohn zu seyn/ mehr als würdig machen.

Auf diesen Vortrag spitzten Ariber und Adelgunda die Ohren gewaltig/ am allermeisten aber
Theodelinde, deren gleichsam ein Schauer durch
Hertz und Seele gienge. Wie/ sagte sie/ vor allen
andern/ist dann Max nicht mein Bruder? Wie sie
sagt/Gnädige Fräulein/ fiele die Antwort/ es ist der
arrestirte Max nicht mehr ihr Bruder / ein solcher
niemahl gewesen/ wird es auch in Ewigkeit nicht
werden. Jhr werdet mich aber dessen nicht bere-
den/ sagte Fr. Adelgunde/ weil ich zu wol versichert/
daß ich ihn geboren/ mich auch der Gefahr/ darein
mich seine harte Geburt gesetzet/ annoch nur gar zu
wol erinnern kan/ als welche mich bewogen/ mein
und seinethalben ein grosses Gelübde zu thun/ so ich
auch nachgehends vollzogen. Möget demnach mit
solchem Fabel-Tand schweigen/ und andern dergleichen Sachen weiß machen/ die einfältiger als
ch/ seyn. Ariber redete ihr auch scharff zu/ mit der-

bb 3   gleichen

gleichen unerweißlichen Theidungen uñ handgreiff-
lichen Fabeln der Compagnie nicht verdrüßlich zu
fallen. Aber die gute Frau liesse sich nichts abschre-
cken/sondern behauptete von neuem/daß deme nicht
anders seye/ als wie sie sage. Dann/ fuhre sie fort/
ich begehre/ Gnädigste Frau/ euere gefährliche Ge-
burt/und deßwegen empfundene grosse Schmertzen
in keinen Zweifel zu ziehen/sondern zu erweisen/daß
besagter Max nicht das jenige Kind seye / so ihr damahlen zur Welt geboren. Das müste wol wunderlich seyn/redete Aribet, daß weder ich/noch meine
Gemahlin/solten wissen/daß wir einen Sohn gezeu-
get / geboren und auferzogen ; schweiget mit eueren
Träumen. Die Wahrheit leydet nicht/daß man sie
mit Träumen vergleiche/versetzte diese Frau wieder.
Und offenbare Unwahrheiten / wiederredete Aribet,
muß man nicht suchen zu behaupten: Ihr wolt mir
meinen Sohn rauben/wie könnet ihr es verantworten? Ich begehre ihn euch nicht zu rauben/sondern
wahrhafftig zuzustellen/sagte sie hinwiederum. Und
Aribet: Höret/die Thörin raset/bald wil sie mir meinen Sohn absprechen / und rauben / gleich darauf
aber mir ihne wahrhafftig zustellen. Ich wünsche/
daß ihr die Kräfften hättet / meinen Maxen mir für
Augen zu stellen/aber da gehört eine mehrere Macht
und kräfftigerer Arm darzu/als leyder der eurige ist.
Vergebet mir/ Gnädigster Herr/ antwortete
sie wieder / weder euer / noch aller dieser tapffern
Helden Arm und Fäuste/ seyn starck gnug / euch
euern Sohn in euern Gewalt zu liefern / welches
doch mein geringes Vermögen thun kan. Ich wurde
euch/ sagte Aribet, deßwegen verbunden seyn/ wann
es rechtmässiger Weise zugienge. Daran hat niemand

mand zu zweiflen / antwortete sie wieder. Und in
deme Goribald aller beschämt ihr zureden wolte/der-
gleichen läppisches Gespräche einzustellen / und sich
hinweg zu begeben/stunde sie auf/ergriffe ihne abermahlen bey der Hand / führete ihn mit etwas Gewalt näher zu Herrn Aribet/sprechend: Hier stelle
ich euch / Gnädigster Herr und Gnädigste Frau/
wie auch Gnädigste Fräulein / in der Person Goribalds den wahrhafften/ von euch erzeugt- und ge-
bornen/aber von mir guten Theils erzogenen Sohn
und Bruder Max vor eure Augen / mit Betheuren/
daß er der eigentliche und wahrhaffte/jener von euch
erzogene/nun aber gefangen gehaltene/ nur ein eingeschobener und Affter-Maxe ist/wie ich schon oben
vermeldet / der durch einen sonderlichen Zufall das
Glücke gehabt/von euch erzogen/geliebet/ und für
euren Sohn und Bruder gehalten zu werden; da
hingegen euer eigener/wahrer und leiblicher Sohn
den Unstern gehabt/ daß er von mir/als ein gemei-
nes Kind/gehalten und auferzogen/doch aber/durch
sonderliche Schickung deß Himmels / und einge-
pflantzten Natur-Triebe/ von euch allen/unwissen-
der Weise / Vätter- Mütter- und Schwesterliche
Liebe / Huld und Gnade genossen/ wie ihr selbsten
nicht anders bezeugen könnet. Also habt ihr nun
an dem bißherigen Goribald wahrhafftig euren einigen Sohn Maxen/und der bißher darfür gehaltene
Max, ist mein gewesener Goribald, den mein Mann
durch eine sonderliche Abentheuer gefunden/ und
mir zu erziehen heimgebracht.

Das XXXII. Capitul/

Ein für tod gehaltenes/ wird mit einem gefundenen
Kind verwechselt. Max zum Tode verurtheilet. Theodelinden

belinben Sorgfalt/solches zu hintern. Max bekommt grosse Hülffe. Ein wunderbarer Person-Wechsel/ ereignet sich. Meinharbs grosse Bestürtzung / ec.

IN was Verwirrung Ariber, Adelgunda, Theodelinde und Goribald, durch diese Erzehlung gesetzet worden / ist leicht zu gedencken / sie sahen immer eines das andere an / und wußten nicht was sie gedencken oder sagen solten. Die Ernsthafftigkeit / mit beygefügter Betheurung / ingleichem die bekannte Aufrichtichkeit und guter Verstand dieser Frauen / liesse fast keinen Zweifel zu / daß sie nicht solte die Warheit reden. Wie es aber solte zugegangen seyn / das kunte niemand begreiffen. Goribald stunde wie entzucket / theils vor Schame wegen seiner Mutter / theils auß Forcht es möchte Ariber glauben / als wann dieses eine von ihm angestellte Sache wäre.

Theodelinde ware die erste so sich redend vernehmen liesse: Ich habe sagte sie / nicht vergeblich jederzeit eine sonderbare Zuneigung und schwesterliche Hulde/ gegen euch mein Goribald, von Jugend auf getragen / und wo nicht mehr / doch eben so schwesterlich als Maxen / geziemend geliebet / welches ich einem bißher verborgenen natürlichen Trieb jetzo zuschreibe / daher zweifle ich auch desto weniger an der Wahrheit dessen / was diese ehrliche Frau vorgebracht. Es hatte Theodelinde nicht geringe Ursach solches zuglauben/ weilen ihre Liebe gegen Maxen hierdurch einiger massen / gerechtfertiget wurde. Hingegen bestürtzte sie nicht wenig zu hören / daß Max nur ein eingeschobener Fündling seyn solte / welches ihrem Hertzen eine empfindliche Wunde machte.

Aribet neben Adelgunda, überlegten mit wenigem

gem bey sich selbsten / die grosse Neigung / und nicht
weniger als elterliche Liebe / die sie jederzeit gegen
Goribald, ja schier mehr und hefftiger / als gegen Maren getragen / nahmen auch solches als ein inner-
liches Zeugnüß und Bestättigung dessen was die
Frau allererst vorgebracht / an. Doch kunten sie
nicht völligen Glauben geben / biß sie mehrere Erklärung dieses Rätzels erhielten.

Printz Sincer, Flenston, Bisan, fanden bey genauer Betrachtung / in Goribalds Angesichte solche
Lineamenten / Minen und Stellungen / welche mit
Theodelinden und Herrn Aribets ziemlich überein-
traffen / dahero auch diesen die Sache desto wahr-
scheinlicher vorkame. Doch verdrosse sie es nicht
wenig / daß der so tapffere Max, nur ein unbekandter Wechselbalg und Fündling seyn solte / welches
sie in Ansehung seiner so hertzlichen Tugenden / nimmermehr glauben kunten.

Zeit solcher Bestürtz- und Betrachtung hatte
Herr Ariber sich etwas begriffen / und der Frauen
befohlen / diesen verwirrten Handel besser zu erläu-
tern / so fern sie wolte / daß man ihrem Vorgeben
Glauben zustellen solte. Die sich alsobald ferner
vernehmen liesse: Damit man an dem was ich gesagt / desto weniger zweiflen könne; So erinnert
euch gnädigste Frau / daß ihr nicht lange hernach /
da ihr von euerer so hart- und gefährlichen Geburt
wieder genesen / euer gethanes Gelübde zu vollziehen / neben euerm Herrn Gemahl / euch auf die Räyse gemacht / mir aber die Aufsicht so wol über das
Haußwesen / als insonderheit über euer junges
Hertzlein aufgetragen / welches ich mir beydes
höchstens habe lassen angelegen seyn. Dieweil aber
bald nach euerm Verräysen / dieses damahlige Hertz-

lein/und nun gegenwärtiger/so genannter Goribald,
erkrancket / liesse ich ihme allerley gute Artzneyen
verfertigen. Dieweilen sich auch die Kinds-
Mägde / sehr darüber beschwereten / daß solches
nicht allein keinen Schlaff hätte/ sondern sie selbsten
auch von stätigem Wachen müd und kranck zu werden beförchteten / gabe ich ihm gegen der Nacht einen Schlaffend-machenden Safft von Oelmagsaa-
men und dergleichen ein/ und bliebe darauf selbsten
bey dem Kind in seinem Zimmer damit ich desto
besser desselben pflegen könte.

Aber ach GOtt / wie erschracke ich / als gegen
Mitternacht hin/ da nun alles still und in Ruhe wa-
re/ und ich sehen wolte was solches machte/ selbiges
ohne Athem/ uñ wie ich nicht anders glaubte/ Stein-
tod fande/ daß es wie ichs auch bewegte kein Zeichen
eines Lebens gabe.

Ich wußte vor verzweiflender Angst nicht was
ich thun oder lassen solte/ und forchte euern rechtmässigen Zorn/ daß das Kind durch mich solte ver-
wahrloset worden seyn. Nach vielem hin- und
wieder sinnen / nahme ich das todte Kind in ein
Küssen/ und in möglichster Stille/ verfügte ich mich
durch das nächtliche Neben - Thörlein/ in mein
Hauß/ so ausserhalb deß Schlosses im Flecken wa-
re/ daselbsten verwechselte ich das Todte gegen meinem lebendigen Kind/ liesse jenes in dieses Bette ligen/ und truge hingegen das meinige mit mir
ins Schloß zuruck/ und legte es an deß todten
Stelle.

Deß Morgens liesse ich das Zimmer wol beschlossen und finster halten / bestellete auch eine andere Magd dem Kind zu warten / unter dem Vor-
wand/

wand/die andere einige Tage außruhen zu laſſen/ in
Wahrheit aber den Wechſel deſto mehr zu verbergen; welches auch wol von ſtatten gienge/ weilen
jene froh waren / daß ſie dem Krancken nicht ſo
ſtreng warten darfften/ dieſe aber deß Kindes nicht
ſo ſonderlich kundig ware.

Als ich darauf nach meinem Hauſe zurück
gienge/ und Anſchläge machte/ das todte Hertzlein/
welches ich für mein Kind außgeben wolte/ zu beer-
digen/ ſande ich ſolches zu meiner höchſten Freude
wieder lebendig/ und ziemlich aufgemuntert. Ich
hätte es gerne wieder an ſeinen Ort gebracht/ es
kunte aber nicht ſeyn. Daher wolte ich einer bequemen Nacht-Zeit erwarten/ den abermahligen
Wechſel vorzunehmen/ weil aber eine neue Unpäßlichkeit ſolches verhinderte/ und ich den kleinen Max
gerne geſund an ſeinen Ort bringen möchte/ verlohre ſich die Zeit / auch kamen Ew. Gnaden gantz unvermuthet von dero verrichteten Andacht/ worinit
ſie zwar etliche Wochen zugebracht / wieder nach
Hauſe/ und benahmen mir hierdurch alle Gelegen-
heit/ die beyden Kinder außzutauſchen. Weilen
auch das Kind das ſie ziemlich elend hinterlaſſen/
anjetzo wol bey ſich ſelbſten und ſtarck ware/ kunten ſie ſich deſſen Geſtalt nicht ſo wol mehr erinnern/
ſondern freueten ſich vielmehr/ es ſo friſch und munter anzutreffen.

Ich hatte mir zwar öffters vorgenommen/ den
gethanen Tauſch zu offenbahren / weil ich aber
theils groſſe Ungnade beſorgete/ zu dem auch euer
rechtes Kind immerzu kräncklicht ware/ daß ich deſſen Sterben befahrete/ mochte ich durch beſorgen-
den Todes-Fall / euch der Freude / ſo mein einge-
ſchob-

schobener Goribald machte/ nicht berauben/ sondern
die Sache der Zeit und dem Geschicke überlassen.

Als auch bald hernach mein Mann einen andern Ort zu seiner Wohnung bekame/ verlohre sich
nach und nach die Gelegenheit und Wille bey mir/
es zu offenbaren/ desto mehr / weilen nach der Hand
Ew.Gnaden meinen damahligen Gorsbald, aber
warhafftenMaren/zu meinem ehemaligen Goribald
und verwechselten Maren holen / und neben reich-
licher Verpflegung/ mit grosser Liebe und Gewogenheit meistens bey sich auferziehen liessen.

Jederman verwunderte sich dieses Handels
zum höchsten/ Herr Aribet wolte aber noch sicherer
gehen/ und liesse alsobald eine von denen jenigen
Mägden/ die damahlen über den kleinen Maren
Sorge tragen sollen/ und mit einem Bedienten im
Schloß verehelichet ware/beruffen/bey deren er sich
erkundigte / ob sein Söhnlein jenes mahl kranck ge-
wesen/sie auch von ihrer Bedienung / eine Zeitlang
zu andern Geschäfften angewiesen worden? Als
diese solches bejahete / auch noch andere Umstände
anzuzeigen wußte/ so die Sache noch klärer machten / wurde um so viel weniger an der Wahrheit
mehr gezweifelt. Dahero Frau Adelgund sich länger nicht enthalten kunte/ihrem Sohn um den Halß
zu fallen/ und ihme mütterlich zu liebkosen/ dergleichen Aribet auch thate/ wie nicht weniger Theodelinde. Dann diese alle Drey schon von Kindheit
auf ihn nicht anders als vätter- mütter- und schwesterlich geliebet/wie wir schon mehrers vermeldet.

Printz Sincer, Flenston, Bisan, gratulirten hier
Goribald zu seinem neuen Stande und so hoch ansehnlichen Eltern/ der sich aber fast nicht darein finden

den kunte / insonderheit aber lage ihme sein Freund
Max und dessen Gefangenschafft sehr im Sinne.
Dahero als er seine Ehrerbietung seinen neuen Eltern gemachet / recommendirte er ihnen zugleich ihres bißherigen so wol gerathenen Erziehe-Sohns
Wolfahrt zum höchsten / deßwegen Aribet zusagte/
allen Fleiß anzuwenden.

Es hatte aber Herr Aribet noch einen Scrupel, daher rührend / daß Goribalds vermeynte
Mutter gesagt / sie hätte ihr Kind gegen seinem
Maxen verwechselt / da sie doch vorher sich vernehmen lassen / daß solcher nicht ihr Kind / sondern ein
Fündling seye. Welches sie also erklärte / daß sie
wie bekannt/ein einiges Söhnlein/mit Namen Goribald gehabt / weil aber solches wenig Tage nach
Herrn Aribets und seiner Gemahlin Abräyse gestor-
ben/ ihr Mann aber durch einen ungefähren Zufall
ein Knäblein gleichen Alters ungefähr gefunden/
habe er solches neben ihr als ein eignes Kind aufgezogen / mit welchem sie hernach den angezeigten
Wechsel gespielet / und weil ihr eigenes Goribald
geheissen / haben sie diesen Fündling / und nachgehends den verwechselten Max, auch also genennet / daß demnach Goribald nicht also / sondern
warhafftig Max,der bißherige/in Menhards Schloß
etzund gefangene Max aber / Goribald heisse. Sie
zeigte ferner an / daß ihr Ehemann von diesem
Wechsel nicht das geringste wisse / weil solcher ge-
schehen/ da er ebenfalls nicht einheimisch/ sondern in
herrschafftlichen Geschäfften auf etliche Wochen
verräyset gewesen seye / daß er sich solcher Gestalt/
deß verwechselten Kindes und seiner Gestalt so eigentlich / sonderlich bey gar vielen Verrichtungen
nicht erinnern können. Dies

Dieser Kinder- und Namens-Wechsel / kame
alsobald in der gantzen Gegend auß/und auch Herrn
Meinhard zu Ohren / der deßwegen sich eines Theils
glückseelig preisete / daß die Heyrath mit Maxen
und seiner Tochter Mariana nicht zum Schluß kom-
men/weil dessen Ankunfft so gering und verächtlich.
Andern theils nahme Meinhard hierdurch Anlaß
sich desto schärffer an seinem Gefangenen zu rächen/
weil solcher Gestalt / niemand mit Nachdruck sich
seiner annehmen würde. Es hatte zwar Herr Ariber alsobald an Herrn Meinhard ein sehr höfliches
Schreiben abgehen lassen/und ihne ersuchet/ seinen
bißher an Söhnes Statt geliebten Maxen / nicht
zu hart zu halten / weniger sich sonsten an ihme auß
Raachgierde zu vergreiffen/ sondern alles zuvor wol
zu erwegen/nebē solchem auch seine Vorbitte etwas
gelten zu lassen. Es diente aber mehr Herrn Meinhard zu erbittern / als zu besänfftigen; weil er solcher Gestalt/ auch Ariber wehe zu thun/ und sich wegen deß angethanen vermeynten Affronts zu rächen/
gedachte.

Wir lassen Ariber und die Seinige / wie auch
seine Ritterliche Gäste/sich über seinen gefundenen
Sohn Goribald, den wir hinführo mit seinem rechten Namen Max benennen wollen / sich erfreuen/
zugleich auch über die Loßmachung deß bißherigen
Maxen bekümmert seyn/und wollen uns wiederum
zu Maxen ins Gefängnüß verfügen. Dieser überlegte bey sich selbst sein Unglück/und Gefahr/darin-
nen er schwebete; am allermeisten aber lage ihm an/
daß er von Theodelinden keine Nachricht hatte/dañ/
wie sehr er sich auch seine Gefangenschafft zu Gemüth zoge; so hatte er doch dabey diesen Trost/daß
er sich

Vorschein kommen / ja wol gar von ihme weiter ge-
ühret worden/so empfande er eine neue und grösse-
e Bekümernüß. Mathild und Mariana waren ihres
Orts nicht weniger in grossen Aengsten/die Mütter-
und Schwesterliche Liebe riethen in allwege zur Ra-
he wider den Sohns- und Bruder-Mörder; die
Zärtlichkeit aber und grosse Neigung/so sie jederzeit
gegen Aribets Maxen/ (den aber jetzo das Unglück
u einem Fündling gemacht/) getragen/widerriethe
o rachgierige Einfälle. Meinhard indessen ware auf
ingeholten fernern Rath und Gutachten/ gäntzlich
ntschlossen/ den Erschlager seines Sohnes offent-
ich hinrichten / und den Kopff hinweg schlagen zu
assen/was auch Mathild und Mariana dargegen ein-
wandten/ und das wolte er innerhalb wenig Tagen werckstellig machen/liesse deßwegen dem Gefangenen solches andeuten/sich zum Sterben gefaßt zu
halten/ mit der fernern Anzeige / daß er diese Art zu
terben für eine grosse Gnade erkennen solte/ dann/
weil er nicht Herrn-Standes / sondern / wie erst of-
enbar worden / nicht Aribets Sohn / sondern ein
Wechsel-Kind und Fündling seye / so hätte er eher
verdienet / mit dem Rade hingerichtet zu werden/
weil ihm aber die Grausamkeit zuwider / so wolle er
vergnügt seyn/ daß ihme an dem Orth/ wo er seinen
Sohn erschlagen/ der Kopff wieder herunter geschlagen würde.   Der gefangene Max hörete dieses
Todes-Urtheil mit so standhafftem Hertzen an/ daß
r sich nicht einmahl weder am Gesicht noch Gebär-

den

ben verånderte. Die Zeitung aber/ daß er nur ein
Fündling/ und kein åchtes Kind seyn solte/ schmer-
zete ihn in der Seelen / und hielte darfür / solches
wåre von Herrn Meinhard zu dem Ende ersunnen/
ihme das Sterben desto schwerer zu machen / wann
er zuvor seine Ehre und ehrliches Herkommen tödtete. Derowegen befahle er dem/so das Todes-Urtheil überbracht / seinem Herrn zu sagen: Den Tod
habe er niemahlen gefürchtet / denselben auch nicht
als ein Mörder verdienet / sondern wider seinen
årgsten Feind sich verthådigen / und zugleich einen
schåndlichen Menschen-Raub verhindern / und ab-
straffen müssen: Er wolle sich aber deß Himmels
Schluß nicht widersetzen / sondern dem Verhång-
nüß folgen. Jedoch köne er keines Weges ertragen/
daß man auch jetzo seine Ehre beschmitzen/und zu einem Wechsel-Balg machen wolle. Man solle ihme
nur zuvor die Gnade erweisen/ und den jenigen unter Augen stellen/ der ihne so boßhafftiger Weise be-
schimpffe/und verkleinere; So wolle er hernach den
Tod gern und willig außstehen/ ob er schon unschuldig sterbe.

Als man Herrn Meinhard diese Resolution
deß Gefangenen in Beysseyn Mathild und Marianen hinterbrachte / machte es ihm einiges Nachden-
cken/ beyde letztere kunten sich der Thrånen nicht
erwöhren / sondern ersuchten Menhard mit Vollziehung deß Urtheils inne zu halten. Sie wolten
ebenfalls nicht glauben / daß dieser ritterliche
Mensch / nur solte ein schlechter Fündling / sondern
er müsse von guter Extraction seyn / weil alle seine
Handlungen/Gebården/Reden und Bewegungen
tugend- und adelich waren. Aber Meinhard bliebe

bey

bey seinem Entschluß / zu dem Ende liesse er in dem
Schloß-Hofe ein Gerüste aufschlagen / auf welchem sein Gefangener solte abgethan werden.

Solches ware Aribet und den seinigen unverborgen / und ob sie insgesamt so wol durch ein
freundliches / als auch nachgehends betrohliches
Schreiben / Herrn Meinhard vermeynten von seinem Vorsatz abzubringen / ware doch alles vergebens; dahero sie beschlossen/sich eines gewalthätigen
Stückes zu unterfangen / und Meinhards Schloß
anzugreiffen. Weil sie aber vernahmen/daß Meinhard solche Anstalt gemachet / daß mit offentlicher
Gewalt nichts wurde außzurichten seyn/mußten sie
auf andere Mittel gedencken / und die Sache mit
List angreiffen. Theodelinde wölte schier verzwei-
feln/sie lage bald ihrem Brudern/bald Printz Sin-
cern/bald den übrigen höchstens an/ deß armen Gefangenen sich ernstlichst anzunehmen / und nicht zu-
zugeben/daß ein so großmüthig und tapfferer Jüngling so unverdienter Weise / solte hingerichtet werden ; sein Unglück und unbekandtes herkommen/
vermochten bey Theodelinden nicht / daß sie darum
ihren Maxen weniger lieben solte / dann sie schätzte
den Adel nicht nach dem Masse der Geburt / Herkommen und Standes / sondern allein nach der
wahren Tugend. Ihr Bruder Max gabe ihr demnach Versicherung/ ehe sein Leben/als den ehrlichen
Maxen hinrichten zu lassen.

Anderseits ware Fräulein Mariana in nicht geringern Aengsten / und kame ihr das gefällte Urtheil
über so einen lieben Bekandten unerträglich vor/
sie weinte ihr schier die Augen auß dem Kopff / und
richtete doch damit anders nichts auß/ als daß sie

IV. Theil.   GG   zu ei-

zu einer Heroischen Unterfahung desto untüchti-
ger wurde: Jhre alte Kindes Frau so sie gesäuget
und erzogen/sprache ihr allerley Trost zu/und bezeugete grosses Mitleyden/verhiesse ihr auch ein Mittel zu ersinnen/welches dem Gefangnen das Leben
fristen solte. Welches zwar die betrübte Fräulein einiger massen tröstete/doch da sie eines alten Weibs
Unvermögen überdachte/ die vorige Angst und
Sorgfalt fühlete.

Jndessen erwartete der unglückseelige Max
nichts als den Tod mit heroischem unerschrockenem
Geiste außzustehen/ und ware allein darum beküm-
mert/ daß er nicht wußte wie es seiner geliebten
Theodelinden ergienge/ noch wo sie sich befinde/
und dann/ daß er als ein unbekandter außgelegter
und verworffener Fündling sterben/ und nach seinem Ende darfür gehalten werden solte.

Goribald oder vielmehr der neue Max wolte
seines Orts nun das äusserste versuchen seinen
Freund auf freyen Fuß zu stellen/ deme Flenston
getreuen Beystand zu leisten versprache/ sie wolten
den Schweden Bison auch mitnehmen/ aber Theodelinde wolte ihn nicht von sich lassen/ sondern bey
sich behalten/ als gleichsam ihren Tröster und Beschützer. Sie waren aber sehr verwundert/ da sie
Sincern und Treulöw nicht mehr fanden/sondern
vernahmen/ daß derselbige samt seinem Diener und
noch einem hinweg geritten/ sie muthmasseten demnach alsobald/ er werde einen Anschlag zu Maxen
Erlösung vorhaben/ bedaurten aber/ daß er ihnen
solchen nicht offenbahret/ um gesamter Hand denselben außzuführen.

Wir kehren uns nun in Herrn Meinha
Schloß/

Schloß / und nähern uns dem aufgerichteten Chavot, worauf die Execution mit dem gefangenen
Maxen solte vorgenommen werden. Eine grosse
Anzahl Volcks hatte sich dahin begeben / der Vollziehung deß Urtheils beyzuwohnen. Der jenige
so die Execution thun solte / ware bereits auf die
Traur-Bühne gestiegen / und jagte durch sein greß-
liches Ansehen / allen Zuschauern einen Schrecken
ein / und das um so viel mehr / weilen jederman mit
dem Verurtheilten grosses Mitleyden truge / der
indessen mit lansamgen Schritten / daher gebracht /
und auf das Gerüste zu steigen befehlicht wurde.

Es hatte der Verurtheilte seinen Hut tieff in
das Gesichte gerucket / daß man solches darvor wie
auch der ziemlich verwirrten Peruquen nicht wol
erkennen kunte. So bald er auf das Gerüste gestiegen / nahete sich der Scharffrichter zu ihme / und
murmelte ihm etwas heimlich gegen das Ohr /
worüber jener den nieder gebückten Kopff aufhube.
Zu gleicher Zeit erhube sich ein grosses Getümmel /
und ein junger ansehnlicher Mensch / in sehr schlechten Kleidern / mit blossem Degen / stiege in höchster
Eyl auch auf das Gerüste / den Meister betrohend /
sich nicht gelüsten zu lassen / Hand an den Gefangenen zu legen / wo er nicht augenblicklich deß Todes
seyn wolte. Er hätte ihm aber solches nicht verbie-
then darffen / weil sein Vorhaben ohne dem nicht
dahin ziehlete.

Darauf tratte er zu dem Verurtheilten / zohe
ihme den Hut vom Kopff / und zugleich auch die Peruquen / zeigte denen Umstehenden das zarte und
wolbekandte Angesicht / sprechend / könnet ihr auch
zugeben / daß eine so schöne Fräulein / unschuldiger

Wei-

Weise / an statt eines andern sterbe / und hingerichtet werde. Ich bin der jenige der Maxen erschlagen / und zwar aufrichtiger Weise / deßwegen auch
hier / Red und Antwort zu geben / doch / daß man
diese unschuldige Fräulein alsobald unangetastet
lasse.

Jederman erstaunte Fräulein Marianen in
männlichem Habit / und an diesem Ort zu sehen /
und kunte nicht fassen/ wie ieses zugienge. Eben so
grosse Verwunderung gebare es/ den zum Tod verdammten Max frey auf dem Chavot zu sehen / und
sich um anderer Freyheit zubemühen. Der vermeynte Scharffrichter risse seinen Bart vom Kihne und
die falsche Haare vom Kopff / und wurde von Maxen für den Engelländer Flenston erkennet/ der neue
Max stellete sich fast zugleicher Zeit mit etlich wol-
bewöhrten / aber in Bauren-Kleidern versteckten
wöhrhafften Knechten um das Gerüste /damit niemand wider seinen Willen auf das selbige käme/
er selbsten stiege auf das Gerüste / machte Fräulein
Marianen eine sehr tieffe Reverenz, die ab so unver-
muthetem Anblick nicht wenig erschracke / darauf
umfieng er seinen Freund Maxen brüderlich / hieffe
ihn gutes Muths seyn / dann er mit ihme zugleich
sterben oder leben wolte.

Uber solchem unverhofften Zufall ware ein
solcher Rumor unter denen Leuthen entstanden/
der einer rechten Aufruhr gleichete/weilen sich ein jeder eines Unglücks besorgete. Unter solchem Tumult rannte ein ansehnlicher Ritter/deme noch einer
folgete durch das Volck dem Gerüste zu / mit
heller Stimme denen auf dem Gerüste zuschreyend/
keine Hand an jemand zu legen oder grausamer

Raache

Raache zugewarten; dann auß denen entblößten
Degen urtheilten sie/ daß man eben die Massacre
vornehmen wolte.

Hier hätte es allerdings blutige Stöße gese=
tzet/ dann weil Goribalds oder jetzigen Maxen Leu=
the so das Gerüste umsetzet/ diese beyde nicht hinan/
diese aber sich nicht hintern lassen wolten/ kame es
zu einem kleinen Scharmützel/ weil aber Max wol
sahe/ daß es keine Leuthe die zu seinem Schaden
ankommen/ sprache er sie bald zufrieden/ und ware
zum höchsten verwundert/ seine wehrte Freunde
Erich und Firant zu sehen. Man kan leicht gedencken
mit was grossen Freuden diese Freunde bey so un=
vermutheter Zusammenkunfft einander empfan=
gen/ doch erinnerte der bißherige Goribald, sich nicht
lange zu säumen/ sondern sich ihrer Freyheit in
Zeiten zu bedienen/ bevor Hertz Meinhard ihnen neue
Ungelegenheit machen möchte; nahme darauf von
Marianen einen kurtzen und höflichen Abschied/
und wolte neben seiner Gesellschafft sich hinweg
machen/ als ein neues Geschrey/ sie noch etwas zu
bleiben veranlassete.

Es hatte sich Hertz Meinhard neben Frau Ma=
thilden/ an ein Fenster gesetzet/ der Execution zuzuse=
hen/ wiewol die letztere wieder darvon gehen wol=
len/ als eben die alte/ Fräulein Marianen gewese=
ne Säugamme und Wärterin/ eilends zu ihnen
tratte/ auf die Knie niederfiele/ und in grössester
Angst sagte: Ach gnädigster Hertz befehlet au=
genblicklich/ mit der Vollziehung deß Urtheils
inne zu halten/ wo ihr euch nicht selbsten euers eig=
nen Kindes berauben/ und desselben Mörder wer=
den wollet.

Mein-

Meinhard erschracke dieser Rede nicht wenig/
und weil eben in diesem Moment der verurtheilte auf
das Gerüst gestiegen / kame ihn ein solch Grausen
und Entsetzen an / daß er selbsten mit lauter Stimme ruffte/ man solte mit der Execution inne halten/
wiewol er vor dem Getöse/ indem der aufgetrettene
Max durch seine Ansprach alles rege gemachet / nicht
gehöret wurde. Als er aber zugleich vernahme/
daß seine Tochter Mariana auf dem Gerüste vorhanden / darbey auch die blosse Degen erblickete/
bildete er sich nicht anders ein / als nun gelte es derselben Kopff und Leben / und hat wenig gefehlet / er
wäre in Unmacht zur Erden gesuncken/ die Angst
aber die er empfande ware zu groß/ er kunte sich nimmer einbilden / wie seine Tochter in solchem Habit
dahin kommen wäre.

Er fragte die alte Säugamme mit wenigem/
ob sie zu diesem Betrug geholffen / und seine Tochter an deß Verbrechers Statt gestellet/ weil sie ihne
gewarnet / sein eigen Kind nicht hinzurichten? Ach
nein gnädigster Herz / antwortete sie / darvon weiß
ich nichts/ sondern meine Bitte gehet dahin/ deß gefangenen Maxen zu schonen / damit ihr nicht durch
seinen Tod eueres eigenen und einigen Sohnes beraubet werdet.

Wie redet ihr Thörin/ sagte Meinhard , ihr
wisset ja / daß unser Sohn schon vor etlichen Tagen von diesem Fremdling vor unsern Augen erschlagen worden / wie möget ihr dann so thorechte
Dinge sagen? Ach gnädigster Herz antwortete die
Alte/ ich weiß alles vorgegangene gar wol / bin auch
versichert/ daß ich mich nicht irre/ noch weniger ist
euer Sohn erschlagen worden/ wann aber euer jetzi-
ges

ges Urtheil vollzogen wird / so verlieret ihr ohnfehl-
bar euern Sohn / dann der Erschlagene mit nichten
euer Sohn / sondern ein After-Kind gewesen.

Wie solte das möglich seyn / fragte Meinhard
und Mathild zugleich/da wir doch die geringste Einbildung hiervon nicht zu machen wissen? Ich wil
es alles klar und wahr machen/ antwortete die Alte/
befehlet nur / daß man inne halte / und erlaubet mir
einen Gang zu dem Gefangenen zu thun / so wil ich
für alles Vorgebrachte gut seyn.

So gehet dann sagte Meinhard, und bringet
uns bald auß der Verwirrung. Darauf lieffe die
Alte so starck als sie immer kunte / dem Richt-Platz
zu/und kame eben dahin/als sie jetzo herunter steigen
wolten.Sie erstaunte ihre gnädige Fräulein hier zu
sehen/ weil sie auß bißheriger Angst und Sorgfalt
weder gesehen noch gehöret /was auf dem Gerüste
sich begeben/ sondern sie vermeynte noch immer / es
wäre der gefangene Max, den man um hingerichtet
zu werden an diesen Ort gebracht/ jetzt aber befande
sie es gantz anders/dahero sie sich bey ihrer gnädigen
Fräulein erkundigen wolte / wie sie hieher gekom-
men/ welche sie aber zur Gedult wiese/ weil sie doch
ehestens / den gantzen Verlauff vernehmen wurde.

Das XXXIII. Capitul/

Im Schloß trägt sich ein neuer Handel zu. Helfried kommt zum Vorschein. Ein wunderlicher Kin-
der-Tausch wird practicirt.Max für Meinhards Sohn
erkennet. Helfried unter dem Schein der Freundschafft
gefangen/ ꝛc.

Ariana fragte hierauf ihre Amme was sie
dieses Orts zu thun? Die Antwort ware:
ihr einen Bruder unter diesen Leuthen zu

finden. Marianen verdroſſe dieſe Rede / dann ſie
meynte / die Alte rede ſolches ſie zu foppen. Aber
dieſe kehrte ſich daran nicht / ſondern als ſie den gefangen geweſenen Maxen erkennet / nahme ſie ihn
auf eine Ecke / und beſchwur ihn gar hoch ihr auf ihre Frage zu antworten / mit gegebener Verſicherung / es ſolte ihm zu keinem Nachtheil gereichen.
Als er ihr nun nach ihrem Begehren geantwortet /
ware ſie voller Freude / bathe auch / er ſolte nicht von
dannen weichen / ſondern Fräulein Marianen in
das Schloß beglaiten / in welchem er ſich nichts
böſes zu fahren haben würde.

Indeme ſie aber dergleichen Reden wechſelten / vernahme man auß dem Schloß ein Geſchrey /
und ſahe auch durch die eröffnete Fenſter etliche
bloſſe Degen blincken / dahero Mariana voller Angſt /
die bey ihr auf dem Chavot befindliche Ritter bathe /
ihren lieben Eltern zu Hülffe zu kommen. Maxen
bathe ſie inſonderheit / das vorgegangene zu vergeſſen / und die ihrige nichts entgelten zu laſſen. Max
der nie keine Gefahr geſcheuet / wie groß gleich die-
ſelbige geweſen / wolte auch hier gleichen Muth und
dabey erweiſen / daß er keinen Neid truge / ſondern
böſes mit gutem vergelten könne. Deßwegen
munterte er die andern auf / mit ihme zu gehen / der
neue Max nahme hierauf Fräulein Marianen / und
führete ſie dem Schloß zu.

So bald ſie in dem Saal ankamen / fanden ſie
ihrer drey mit Piſtohlen und bloſſen Schwertern
Herrn Meinhard aber uñ ſeine Gemahlin / als gefangene zwiſchen ihnen / denen darzu hart getrohet wurde. Auf dieſe Erblickung lieffe Max, ſeines harten
Gefängnüß und Schmach vergeſſend herbey / und
wolte

wolte dem einen von diesen dreyen auf die Haut ge-
hen/ er erkannte aber alsobald den tapffern Printzen
Sincer. Wie/sagte er tapfferer Printz/kommen wir
hier zusammen? Um euch wehrtester Freund / antwortete der Printz frey zu machen/ muß ich diese gefangen nehmen / es seye dann / daß sie sich aller Ansprache an euch begeben. Das kan in Ewigkeit
nicht seyn / sagte die Amme / dann man wird jetzun-
der mehr auf ihne zu sprechen haben / als zuvor niemahlen. Der Printz und die beyde Maxen / auch
Mariana und übrigen / wußten nicht wie diese Rede
zu verstehen ware. Indessen hatte Sincers Camerade sich auch hervor gethan / und die beyde Maxen gantz freundlich bewillkommet/ deren Verwunderung noch mehr wuchse / als sie ihne neben Flenston und Erich für den Schwedischen Helfried erkannten. Dahero ihre Freude überauß groß wur-
de/und hätten gerne wissen mögen / wie er an diesen
Ort kommen. Die Alte aber wolte ihnen keine Zeit
gestatten/ sondern triebe sie an / ihr Gehör zu geben.

Treulöw / so der Dritte ware / hatte indessen
Herrn Meinhard und seine Frau auf Befehl frey
passiren lassen / und wurden alle von ihnen in die
Tafel-Stuben geführet/ und zu sitzen genöthiget.
Als solches geschehen / befahle Meinhard der Amme/
das jenige was sie vor einer kleinen Weile verspro-
chen/jetzo klar und wahr zu machen.

Sie fiele hierauf Meinhard und Mathilden zu
Füssen/und bathe/ ihr ein Verbrechen/das sie schon
tausend mal bereuet/zu vergeben ; so wolte sie solche
Sache offenbaren / über welche man sich zum höchsten verwundern wurde. Als ihr solches zugesagt
worden/ bathe sie ein gleiches auch von dem erlöse-

ten Maxen / der ihr alles gutwillig versprache / darauf sie sich also vernehmen liesse / und ihre gnädige
Frauen fragte / ob sie sich annoch ihres Söhnleins
Max, bald nach seiner Gebuhrt / und als es etwan
noch nicht Viertel-Jährig / erinnern könte / und dessen einiges Kenn- und Merckzeichen / im Gedächtnüß hätte? Sie antwortete / sie könne sich freylich
dessen erinnern / worzu aber diese Frage diene? Die
Amme fragte hingegen / was sie dann für ein Merckzeichen von selbigem Söhnlein im Gedächtnüß behalten? Mathild antwortete / kein anders / als / daß
selbiges Kind / ein Muttermahl mit sich auf die
Welt gebracht / und zwar auf der lincken Brust /
welches einer natürlichen Trauben gegleichet / weil
sie / da sie schwanger gangen / eine grosse Begierde
zu den Trauben gehabt / deren aber nicht nach
Wunsch habhafft werden können.

Die Amme fragte weiter / ob sie dergleichen
Mahl annoch erkennen könte? Das ist ja unmöglich / antwortete sie / theils weil ihr / Zeit meines Ab-
wesens / selbiges Mahl mit Artzneyen vertrieben /
theils weilen leyder / selbiger mein Sohn / erschlagen
worden / hättet ihr demnach mit solcher leydigen
Frage billich meiner schonen sollen / fienge darauf
bitterlich an zu weinen. Die Amme aber sagte:
Hemmet diese unnöthige Thränen gnädigste Frau /
und sehet hier euern wahrhafften Sohn / wie euere
Einbildung ihne / da er noch unter euerm Hertzen gelegen / gezeichnet hat. Damit risse sie nach vorher
erbettener Erlaubnüß / Maxen die Kleider auf / und
nicht ohne seine Beschämung zeigete sie Frau Mathilden und Herrn Meinhard, samt den übrigen auf
seiner lincken Brust die bedeutete Traube. Worüber

über Frau Mathild in eine kleine Ohnmacht sancke/
sich aber bald wieder erholete/und weil ihr eignes
Hertz ihr dessen ein gnugsames Zeugnüß gabe/wel-
ches allezeit eine mütterliche Neigung gegen Maren geheget/umfienge sie ihn auf das freundlichste/
dergleichen auch von Herrn Meinhard, und Fräulein Mariana geschahe/die sich alle sehr erfreueten/
ein so tugendhafften und tapffern Sohn und Bruder bekommen zu haben.

Herr Meinhard, ob er zwar an der Wahrheit
nimmer zweifelte/weil sein eigen Hertz ihne dessen
versicherte/so wolte er doch mehrere Nachricht und
die eigentliche Umstände wissen/wie die Sache auß
einander gienge/deßwegen die Alte ihn also vergnügete: Ihr wisset/sagte sie/gnädigster Herr/daß
als euer Söhnlein Max noch gar jung und unter
meiner Pfleg ein Säugling gewesen/ihr neben euerer Gemahlin Frauen Mathild eine Räyse nach
eueren Güthern vorgenommen/und die Auffsicht
dessen mir anvertrauet. Weil nun euere Wiederkunfft sich etliche Monat verzogen/kunte ich indessen meines Gefallens handlen. Ihr wisset bene-
bens auch/daß ich zuvor ehe ich in euere Dienste ge-
tretten/bey deß erschlagenen Wolframs Eltern in
gutem Credit und Ansehen gestanden. Weil nun
selbige der Kindern bereits etliche im Leben/deren
auch noch mehr zu bekommen genugsame Anzeigen
hatten/darbey aber in Sorgen stunden/es möchten ihre etwas genau zusammen gehende Mittel
künfftig nicht erklecklich seyn/dieselbige ehrlich zu
unterhalten/waren sie auf allerhand Wege be-
dacht/solchem besorgenden Mangel vorzukommen.
Weil dann gnädigster Herr ihr allein das gemelte
Söhn-

Söhnlein und damahligen einzigen Erben hattet/
welches in selbigem Alter etwas zart und kräncklicht
schiene/daß man vermuthen möchte/es dörffte zu
keinem rechten Alter kommen; so kamen sie auf die
Gedancken/solches gegen ihrem lebhaffter scheinen-
den Kind außzuwechseln / und solches als einen
künfftigen Erben euerer schönen Güthern einzu-
schieben.   Dannenhero versuchten sie etliche mahl
mich zu solchem Tausch zu bereden/worvon ich zwar
Anfangs nichts hören wolte / doch auf vieles
Anhalten / und angeführte Gründe wie nicht nur
ihr Hauß dardurch / sondern zugleich auch euere
hohe Familie in Aufnahme erhalten wurde / welches
durch Absterben eures zarten Söhnleins sonsten in
Gefahr stünde; worzu auch allerley Verheissungen
neben dem hohen Bitten kamen / liesse ich mich endlich bereden/ weil ich die Sache nicht für so schlimm
und gefährlich ansahe / sondern solcher Gestalten
auch euch einen heimlichen Dienst zu leisten / mir
einbildete.
   Also wurden wir der Sache eins / ich empfienge das Kind / und practicirte solches ohn einiges
Wahrnehmen ins Zimmer/ euern eigenen Sohn
aber/diesen gegenwärtigen Mayen/ truge ich hinge-
gen/nachdem ich zuvor deß andern versichert/an den
bestimmten Ort/ wo eine gewisse Persohn ihne ab-
holen solte/ dann solchen selbsten zu überliessern hatte ich allerley Bedencken.   Ich bliebe demnach in
meinem Hinterhalt so lang stehen / biß das Kind
abgeholet wurde / damit ihm nicht etwan von Thie-
ren Leyd geschehe.   Bald darauf sahe ich es von
einem wackern Mann von dem Orth/ da ich es hin-
gelegt hinweg tragen/ und merckte wol/ daß es nicht
die

die rechte Person ware/ ich) darffte mich aber nicht
erkühnen/solches zu hintern/auß Beysorge/die Sache möchte verrathen werden. Wolfframs und
deß erschlagenen Maxen Eltern/ liessen sich den
Verlust dieses Kindes nicht groß zu Hertzen gehen/
und zweifle ich nun nicht/ daß der Himmel solches
sonderlich also geschicket/ weilen sonsten vielleicht
Maxen Leben in Gefahr würde gestanden seyn/
weil auf seinen Tod/ deß andern Glück sich gründen solte.   Mich dauchte nach der Hand/als wann
Herr Goribalds Vatter der jenige gewesen/der den
von mir hingelegten Maxen gefunden und wegge-
nommen/ bin auch nun durch das jenige/ was dieser
Tagen in Herrn Aribets Hause sich zugetragen/
desto versicherter worden/ wiewolen ich jederzeit geglaubt hätte / daß Goribald, der jenige gewesen/
den ich vertauschet / weilen mir von dem jenigen
Wechsel/ der sich zwischen diesen ereignet/ nichts
wissend.

    Als nun die gnädigste Herrschafft nach etlichen
Monaten wieder nach Hause kommen / und den
jungen Herrn so frisch/ starck / und wol fortfahrend
gefunden / ware es selbiger sehr gefällig/ weil auch
das zur Welt mitgebrachte Mutter-Mahl/ an diesem Kind nicht zu finden / so berichtete ich / daß ich
vermittelst gewisser Artzneyen/ solches vertrieben/
welches/weil es gern gesehen wurde/man auch desto
leichtlicher glaubte.   •

    Demnach ist sich so hoch nicht zu verwundern/
daß der erschlagene falsche Max,mit Wolffram so genaue Freundschafft gepflogen/ dieweil sie einander
so nahe verwandt / und gebrüdere gewesen/ wiewol
sie meines Erachtens darvon selbsten keine Wissenschafft

schafft gehabt. Weil auch ihr Vatter einsmahls
von mir vernommen / daß ich argwohnete / daß Goribald der jenige seye / den ich weggeleget / truge er
immer Neyd gegen selbigem / und glaube ich gäntzlich / wann er seiner hätte können mit Manier habhafft werden/ er solte ihm eine Tuck erwiesen haben.

Die beyde Maxen erinnerten sich hierbey deß
jenigen mörderischen Uberfalls / der ihnen in ihrer
Jugend begegnet/darvon im erstenTheilAnregung
gethan / und zweifelten nun nicht es wäre solcher
von Wolffram und den seinigen geschehen.

Weil dann/ fuhre die Alte fort/vor etwas Zeit
der alte Wolffram durch einen unglücklichen Tod
die Welt gesegnet / auch seine Gemahlin an einem
Schlag-Fluß gestorben / das Unglück auch noch
ferner gewolt/ daß die beyde Brüder Wolffram und
Max,auf einen Tag/und vor euern Augen ihr Leben
elendig eingebüsset/darüber euer warhaffter Sohn/
(welches mir aber anfangs unwissend/) in Gefängnüß und Lebens-Gefahr gerathen/habe ich den Betrug nicht länger verschweigen können / sondern anfänglich meinem gnädigen Fräulein offenbaren und
ihres Raths pflegen wollen. Weilen ich sie aber
in ihrem Zimmer nicht finden können/ und ich be-
förchtet es möchte das gefällete Urtheil / vollzogen
werden / so bin ich zu euch gelauffen / und das jenige
gethan/ was ihr selbsten wisset und gesehen.

Jederman ware erstaunet über so grausamer
Verrätherey / doch darbey erfreuet / daß es noch einen so guten Außgang bekommen. Auf ferneres
Nachforschen befande es sich in allem also mit Goribalds Erziehe-Vatter / und troffen alle Umstände
wegen der gedoppelten Kinder-Wechslung gantz
genau überein. Und

Und ob zwar alle Anwesende urtheilten die Amme hätte eine schwere Straf und Züchtigung wol verdienet; so bliebe es doch bey der ihr versprochenen Gnade und Vergebung / um welche auch Max seinen neuen und wahrhafften Herrn Vatter kindlich ersuchte.

Unterdessen da solches in Meinhards Hause vorgienge / lebten Aribet und Adelgunda in höchster Sorge / befürchtend es möchte für ihren bißherigen Sohn unglücklich ablauffen. Theodelinde wolte fast gar verzweiffen / sonderlich da das Geschrey durch einige Bauers-Leuthe in das Schloß kame / daß Max bereits hingerichtet / und man die blosse Schwerter auf dem Chavot gar wol blincken gesehen / und dergleichen mehr. Wäre Bisan und Corindo, sonderlich aber der erste nicht gewesen / sie wurde schwerlich unterlassen haben / ihr selbsten Schaden zuzufügen. Bisan aber wußte ihr so beweg- und nachtrücklich zuzusprechen / daß sie sich einiger massen zufrieden gabe.

Bald nach diesem kamen zween Diener an / deren der eine anzeigte / daß die Execution verhindert / und an statt Maxen / Fräulein Mariana zum Tod herfür geführet worden. Der andere brachte etwas hernach Zeitung / daß der zum Tod verurtheilte Max für Herrn Meinhards und Frau Mathilden Sohn erkannt und aufgenommen worden seye / welches bey allen / vornemlich bey Theodelinden unsägliche Freude erweckte.

Es erfordert aber die Nothwendigkeit / auch mit wenigem zu gedencken / wie es zugangen / daß Max auß der Gefängnüß ent- und Fräulein Mariana statt seiner zur Execution kommen: besagter Fräulein

lein gienge es je länger je tieffer zu Hertzen / daß ihr
Herr Vatter zu keiner Gnade sich wolte bewegen/
sondern den jederzeit so hoch geliebtē Maxen hinrichten lassen. Deßwegen setzte sie ihr vor das äusserste
dran zu wagen / ihne bey Leben zu erhalten. Sie
befahle deß Abends allen ihren Leuthen / sie deß folgenden Morgens allein zu lassen / und solte kein
Mensch zu ihr in das Zimmer kommen / biß die Execution wurde vorbey seyn. Ihre Eltern bathe sie
ihrer zu verschonen / der Execution zuzusehen / weil
es ihr unmöglich/deßen sie wol zufrieden waren.

Sie hatte aber inzwischen in ihres Herrn Vatters Cabinet heimlicher Weise einen Haupt-
Schlüssel erpracticiret / der wie sie wußte auch Maxen Gefängnüß schloße. Mit solchem gienge sie
um die Mitternacht ins Gefängnüß zu Maxen/
den sie sanfft und ohne Sorge schlaffend fande / und
aufweckte / ihme mit wenigem ihren Vorsatz zu verstehen gabe/daß er sich salviren und sie an seine Statt
allda lassen solte. Welches Max keines weges anfangs thun wolte; Sie beschwure ihn aber so hoch/
und bathe zugleich um Theodelinden willen ihrem
Rath zu folgen/ daß ers endlich nicht ferner abschlagen kunte / sie brachte ihme geringe Kleider / bathe
solche anzulegen/und die seinige ihr zu überlaßen/
welches alles er thate / und darauf auf ihre Anweisung sich über die Mauer an einer Strick-Leiter herunter liesse / Mariana hingegen seine Kleider an-
zoge / die Peruque auffsetzte/ und sich an seine Stelle selbsten versperrete. Solches thate sie zu dem
Ende / damit man Maxen Flucht / nicht zu bald erfuhre / und er desto bessere Zeit hätte sich zu entfernen. Dann solte man die Gefängnüß leer gefunden ha-

en haben/wurde alles rege und er verfolget worden
eyn / welchem solcher Gestalt vorgebogen worden/
onderlich so man sie erkennen solte/grosse Confusion
verursachen und seiner vergessen machen wurde.

Weil dann die Schergen so wol wegen der
Kleidung als Peruquen/ nicht anders meynten/als
aß es der rechte Ubelthäter/und sich solchen Betrug
icht einbildeten / führten sie selbige nach dem Ge-
üste / da ihr der vermeynte Scharffrichter / der
e gleicher massen nicht kannte heimlich sagte gutes
Muths zu seyn/weil Leuthe verhanden die sich seiner
Erlösung annehmen.

Es ist zu wissen / daß weil Flenston und Max
ein zu länglich Mittel / den gefangenen Maxen zu
efreyen außsinnen kunten / sie auf gut Glück nach
Herrn Meinhards Schlosse ritten/zu sehen/ ob eine
Gelegenheit ihnen anstehen wurde : deß Nachts
raffen sie in dem Flecken/den jenigen Scharffrichter
n / den man die Execution zu verrichten beschrieben
atte / von dem erlerneten sie / was er zu thun Vorhabens.

Sie practicirten ihn zu sich ins Zimmer / und
nit guten und harten Worten auch Betrohungen/
rachten sie ihn dahin/ daß er gegen einer guten Re-
compens ihnen versprache / ihres Willens zu leben/
arauf befahlen sie ihm was zuthun wäre. Flenston
erkleidete sich in andere Kleider / setzte seine Peruquen auf/ und machte sich einen Bart an das Kien/
er deß Meisters ziemlicher massen gleichete. Max
atte indessen etliche seiner Leuthen als Bauren mit
heimlichem Gewöhr außgerüstet / und was ihnen
u thun/Befehl gegeben.   Er selbsten und Flenston
amen neben dem Freymann ins Schloß/und liesse

IV. Theil.   d d   sich

sich dieser durch seinen Knecht anmelden/ empfienge darauf Befehl sein Amt zu verrichten / an dessen Stelle aber Flenston auf das Chavot stiege / da indessen Max neben den seinigen/den andern/und was vorgienge beobachtete.

Der durch Marianen loßgemachte Max / als er sich in Freyheit sahe / betrachtete erst in was Gefahr er die Fräulein hinterlassen / dahero reuete es ihne/ daß er ihrem Rath gefolget / und sich nicht viel lieber der Raache Meinhards aufopffern lassen/ insonderheit weil er dem Bericht nach / nur ein unbekandter Fündling seyn solte. Er wäre gerne wieder zurück in sein Gefängnüß gangen/ wann er nur gekunt; Weil aber solches unmöglich ware/ schwermete er die Nacht herum/und begabe sich deß Morgens unter der Menge / nachdem er einen Degen bekommen/ auch in das Schloß/ zu sehen wie es allda ablauffen würde/ da er dann sich auf das Gerüste getrungen / wie berichtet worden.

Indeme also nichts als Tumult im Schloß/ und alles durch einander gienge/ die meisten auch als sie die unterschiedliche Dezen blincken sahen/ sich eines Blut-Bads befahreten / öffneten einige das Thor/ um sich bey Zeiten darvon zu machen/ daß also Erich und Firant Gelegenheit hatten/hinein zu kommen. Dann weil Erich Tag und Nacht keine Ruhe hatte / sondern seine todte Nabisa ihme wachend so wol als schlaffend vorkame / Bisans Abwesenheit ihn auch hefftig kränckete / entschlosse er sich / ungesäumt den Bäyerischen Maxen zu suchen/ und mit Bisan nach Hause zu gehen.

Weil nun Firant seine Geschäffte schon verrichtet/ wolte er ihme Gesellschäfft leisten / und alsdann

seinen

ſeinen Weg wieder nach Hauſe nehmen. Sie ka-
nen deßwegen auf der Poſt in dem Herrn Meinhard zu gehörigen Flecken an / daſelbſten höreten ſie
vas mit Goribald und Maxen bey wenig Tagen
ſich zugetragen / und daß der letztere / Morgen durch
den Scharffrichter wegen deß Todſchlags ſolte hingerichtet werden.

Solches kame ihnen gar wunderlich vor / und
unangeſehen / daß man Maxen jetzo für einen Fünd-
ing angabe / wolten ſie doch als wahre Freunde
nicht unterlaſſen / zu ſeiner Erlöſung das äuſſerſte
beyzutragen. Deßwegen kamen ſie ſo eylfertig
die Vollziehung deß Urtheils zu verhindern.

Nunmehr lebte alles in Freuden / Herr Meinhard / Frau Mathilde / und Fräulein Mariana / hat-
en ihre höchſte Vergnügung ab ihrem gefundenen
Maxen / und erkenneten nun erſt / daß die groſſe Zu-
leigung ſo ſie alle drey gegen ihne getragen / ein ver-
orgener Trieb der Natur geweſen / indeme die nahe
Bluts-Verwandtſchafft ſie ihne zu lieben angerei-
zet; deß Glück-Wünſchens auf allen Seiten / ware
chier kein Ende / Aribets Maxe oder der bißherige
Goribald ware nun zum höchſten vergnügt / ſich in
ſolchem Stande zu ſehen / daß er ſich Marianen zu
bekommen Hoffnung machen kunte. Hingegen
ware Herr Meinhards wahrhaffter Maxe deſto be-
kümmerter / weil er das Glücke noch nie gehabt
eine Theodelinden zu ſehen / auch machte ihme nicht
geringe Sorge / da er vernommen / in was groſſer
Vertraulichkeit ſelbige mit dem Schweden Biſan
ebete / ſo / daß ſie faſt die meiſte Tages Zeit in Ge-
ellſchafft mit ihme zubrachte / darüber er einen ſtar-
ken Eyfer faßte / und ſich deſſen gegen ihrem
Bru-

Bruder beklagte / welcher aber sie bestens e
schuldigte.

Es fehlete nun an nichts mehr / als daß m
wissen möchte / wie Printz Sincer und Helfr
in Gesellschafft zusammen / und in Herzn Mein
hards Schloß und Zimmer kommen. Wor
über der Erste sich also erklärete: Daß wei
len er gesehen / daß ihre meiste Anschläge so se
gesamter Hand/ zu ihres Freundes Erledigung a
gewendet/ nicht wol zureichen würden etwas gew
ßes außzurichten / habe ihm seine grosse Sorgfalt r
nen andern Anschlag gezeiget / um zu suchen sein m
Freunde zu dienen. Zu solchem Ende habe er M
ren Diener / der vor etwas Zeit bey dem erschlage
nen falschen Maxen auch in Dienste gewesen/ (von
deme man jetzo nichts wußte/daß er bey Maxen sich
befinde/) in Meinhards Schloß geschicket/ sich zu er
kundigen/ wozugegen Maxen Gefängnüß/ und we
demselbigen beyzukommen wäre / welches er au
getreulich verrichtet ; darauf er ohne der ander
Wissen/ allein mit diesem Diener und seinem Treu
löw sich heimlich auß Aribets Schloß gemachet
und deß Nachts hieher sich begeben / da sie vermit
telst einer Leiter / so der Diener zur Hand ge
bracht / in das Schloß/ und zu der angewiesenen
Gefängnüß gekommen / welche sie nach etwas Mü
he eröffnet/ und den Gefangenen/ (der nicht anders
vermeynt als man wolte ihn erwürgen/) im Stan
de sich im Tunckeln zu wöhren / angetroffen; weil
ihme aber mit leisen Worten zu verstehen geben
wurde / sich geschwinde mit ihnen zu retiriren / seye
solches ohne fernern Wort-Wechsel geschehen/un sie
mit einander wieder über die Mauren zurück gestiegen.

zen. Weil er nun nicht anders vermeynt / als seinen Freund Maxen heraußgeführt zu haben / habe
r sich erfreuet / aber gar bald seinen Irrthum wahr-
genommen.

Dieweil aber der Erledigte sich für Helfried
u erkennen gegeben / und er gewußt / daß er ein gu-
er bekandter Maxen seye / habe er sich erfreuet ihme
diesen Dienst erwiesen zu haben / ihme darbey mit
wenigem die Gefahr in deren sich Max befinde eröffnet / und weil solche keinen langen Verzug litte /
sich entschlossen / noch einmahl in das Schloß zu
steigen / und Maxen zu suchen / welches sie auch gethan / aber da es schon Tage gewesen / erst wieder in
das Schloß gekommen: weil sie aber Maxen Gefängnüß nicht wußten / hätten sie gar behutsam gehen müssen / biß endlich eine geringe Magd ihnen
aufgestossen / die ihnen Anzeige darvon gethan / als
sie nach ziemlicher Mühe und Zeit dahin gelanget /
hätten sie die Gefängnüß offen und leer gefunden /
auch auß dem Getöse vernommen / daß man solchen
bereits nach der Richt-Statt hingeführet / dahero
sie als verzweifelte kein anders Mittel gewußt / als
deß Schloß-Herrns selbsten sich zu bemächtigen / um
solcher Gestalt die Execution zu verhindern: weil
nun niemand deß Schlosses Acht hatte / sondern jederman dem Executions Ort zulieffe / seye ihnen nicht
schwer gewesen / ihren Vorsatz ins Werck zu setzen.

Helfried wurde darauf ersuchet / zu sagen / wie
er daher und in das Gefängnüß gekommen / welches
er folgender Weise thate. Als ich / (sagte er /) von
Relaps und meiner versprochenen Birlotta wegge-
ränset / begabe ich mich nach dem Schwedischen General, um seinen Befehl zu vernehmen / fande aber
leyder

mit auftragen wolten. Weil ich nun wußte/ daß
besagter Max nach Piemont gegangen / auch Erich
daselbst wurde anzutreffen seyn / nahme ich meinen
Weg dahin/ich hatte aber das Unglück / daß ich von
einer Frantzösischen Parthey angehalten/und durch
eine sonderliche Ebentheur / die ich zu anderer Zeit
berichten wil/verhindert worden/in Piemont ankame / da euere gantze Gesellschafft schon abgeräyset
ware. Ich saumte mich demnach nicht lange euch
mein Hertz Maxe nachzufolgen / kunte euch aber
nicht einholen / weil wir vermuthlich nicht einerley
Wege hielten.

Als ich nun auf der Post dieser Enden ange-
langt/und nun nicht weit von euerer Heimat zu seyn
gedachte / begegneten mir 2.Cavalliere mit etlichen
Dienern/ die ich wegen deß Bäyerischen Maxen be-
fragete und um Nachricht bathe; sie fragten mich
freundlich was für Kundschafft ich mit Maxen hätte? Da ich ihnen kürtzlich erzehlete / daß ich ihne zu
suchen und zu Hause zu sprechen ihme gefolget.

Hierauf berichteten sie mich / daß solcher noch
nicht zu Hause ankommen / aber ehestens erwartet
wurde / solte demnach biß zu seiner Ankunfft ihnen
die Ehre thun / in ihrer Compagnie zu bleiben ; dessen ich wol zufrieden / darauf brachten sie mich hieher. Nachdem nun mein Postilion abgefertiget/
thaten sie mir alle Ehre / fragten auch allerley von
euch/sonderlich aber/wie lang ihr auf der Heimräyse begriffen/welches ich ohne Bedencken offenbahrte.
                                                    Als

Als ich darauf zu Bette gangen / und wegen
Müdigkeit starck eingeschlaffen / wurde ich in der
Nacht aufgewecket / und weil ich gantz wöhrloß/
voller Schlaff ware / von etlichen starcken Kerln in
das jenige Zimmerlein gebracht / in welchem mich
Printz Sincer. gefunden. Darauf zeigten sich die
vorige beyde Cavalliere, denen ich ihre Verrätherey
verwiese/und zum Kampff außforderte. Sie entschuldigten sich aber damit/daß sie es auß keiner andern Absicht gethan / als damit ich ihnen in einem
gewissen Vorhaben/ nicht verhinderlich wäre / wolten mich mit nächstem meines Arrests entlassen.Ich
mußte wol mich bequemen / weil ich mit Gewalt
nichts vermochte / wurde zwar mit Speiß und
Tranck wol verpfleget / aber es kame nicht mehr als
ein gewisser Diener zu mir / den ich mit Verheissungen dahin zu bringen vermeynte / mir die Freyheit
zu geben. Er sagte aber mich nur noch etliche Tage
zu gedulden / weil ein grosses Unglück sich zugetragen / wolte mir aber keine weitere Eröffnung darvon thun. Unterdessen hat sich das mit Printz Sincern zugetragen/ wie er erzählet.

Herr Meinhard entschuldigte sich zum höchsten / daß er dessen alles die geringste Wissenschafft
nicht gehabt / sonsten er dergleichen nicht wurde gestattet haben. Hier ist zu wissen / daß der Diener
den Sincer in das Schloß geschicket/mit dem jenigen
der Helfried speisete/ in Bekandtschafft stunde/weil
er nun schlechter Dings nach dem Gefangenen/
und nicht nach Maxen fragete / zeigte ihm der Diener den Ort wo der unbekante Helfried versperret
ware / welchen der Diener wol bemerckte / und hernach Sincern also anwiese / worauß der Irrthum
mit der Gefängnüß entstanden.

Das

Max wird von Maxen angegriffen / dieser darüber
erschlagen / jener wegen Bisans eyfersüchtig / beyde
Maxen vermählet. Die für tod gehaltene Nabisa
zeigt sich lebendig. So kommt auch Corinne an Tag.
Wie es mit Nabisa Tod daher gegangen: auch wird vermeldet / wie der wahrsagerische Spiegel / und Kräuter-
Probe zugetroffen.

UNter denen vielfaltigen Glückwünschungen/
hatte man noch nicht Zeit gehabt nachzufragen / mit was Gelegenheit Max dem erschlagenen Maxen aufgestossen/und so ernstlich verfolget
habe! welches er jetzo solcher Gestalt erklärete:
Daß / nachdeme er sich von seinem Freund Goribald
und Sincern abgesöndert / seyen ihme von ferne
zwey Personen auf einem Pferde reitend / zu Gesichte kommen / welche er für Bisan und Theodelinden gehalten / weilen er wol urtheilen können / daß
eine Frauen-Person mit zu Pferde ware/ deßwegen
habe er unverweilt auf selbige zugesetzet / seye aber
von ihrer etlichen zu Pferd daran verhindert / und
was er dieser Enden zu suchen/ zu Rede gesetzet worden; welches er zwar nach Befinden beantwortet/
und seinen Weg fortsetzen / jene aber solches nicht
zugeben wollen: Dahero er sich mit Gewalt den
Weg zu öffnen entschliessen müssen. Und ob er wol
vermeynt / geschwinde damit fertig zu seyn / habe es
ihme doch in so weit gefehlet / daß er darüber die ge-
suchte und gesehene wieder auß dem Gesichte verlohren.

Dieweil aber Herrn Meinhards Max, (dann
dieser ware es der ihme den Weg verleget/) sich ihm
ernstlich widersetzet / mit schimpfflichen Worten
ihne

ihne angetastet / auch allen Fleiß vorgekehret / ihne
zu beschädigen/habe er das äusserste gethan/sich wol
zu vertheidigen / ihm auch ein und andere kleine
Wunden angebracht / wodurch er nur erbitterter
worden / und noch ärgere Schimpff-Worte außge-
stossen / die ihn dermassen erzörnet / daß als Maxe/
(nachdem zween der seinigen übel zugerichtet/) die
Flucht ergriffen / er ihne mit solcher Hefftigkeit verfolget / daß er ihme im Eyfer biß ins Schloß nachgesaget / weil er nun durch Sperrung deß Thors
gleichsam gefangen gewesen / und 3. Feinde vor sich
gehabt/habe er gezwungener Weise den ihme gewiß
vorstehenden Tod/durch eine gleichsam verzweifelte
Gegen- und Noth-Wöhr ableinen / und sich seines
Feindes durch desselben Tod entledigen müssen.

Nunmehr dachte Max auf nichts als seine Theo-
delinden/und wäre gerne alsobald mit ihrem Herzn
Bruder nach Hause geritten / selbige zu besuchen ;
allein der Wolstand so schnell von seinen Eltern zu
gehen wolte solches nicht gestatten.   Deß andern
Tags kame Corindo, und legte bey Helfried seine
Werbung ab / dieser gabe unserm Maxen zugleich
Bericht/wie sehr Fräulein Theodelinde über seinen
Wolstand erfreuet / auch daß selbige mit Bisan in
grosser Vertraulichkeit lebte/welches ihm ein Stich
ins Hertz ware.

Erich und Helfried wolten auß Verlangen besagten Bisan zu sprechen / mit dem gewesenen Goribald nach Aribets Schlosse reiten/aberMax wandte
solches damit ab / daß er Bisan zu sich in sein Schloß
durch den zuruck gehenden Corindo bitten liesse/weil
er weder Sincern Flenston noch Erich, Firant oder
Helfried von sich lassen wolte/ als solche Freunde die

samtlichen ihme zu Gefallen hieher geräyset. Auf
solche Weise hoffete er Bisan von Theodelinden ab-
zuziehen/und sich seiner Sorge zu entledigen. Aber
Bisan entschuldigte sich mit einer kleinen Unpäßlichkeit / und Theodelinde liesse wissen / sie könte dessen
Gesellschafft um wichtiger Ursache willen nicht so
schnell entbären/welches Maxen grössern Kummer/
als kurtz vorher das gesprochene Todes-Urtheil verursachte.

Er recommendirte / seine Angelegenheit beym
Abschiede.HerznGoribald oder AribetsMaxen aufs
eyferigste / ritte auch deß andern Tags samt Erich
und Helfried selbsten hin / eine Visite und Compliment bey Herzn Aribet abzulegen. Sie traffen
aber Bisan nicht an / indeme selbiger dem Vorgeben
nach / in die benachbarte Stadt geritten / und in etlichen Tagen erst wieder zuruck kommen solte. Max
wurde von Theodelinden aufs freundlichste empfangen / und ihme zu seiner Wiederkunfft / und
glücklichen Erlösung Glück gewünschet.

Er kunte aber nicht unterlassen / sich höflich zu
beschweren / daß der Schwede Bisan mehrers solte/
beglücket und von ihr begünstiget seyn als er. Theodelinde merckte hierauß seinen Liebes-Eyfer / und
um ihne etwas mehrers zu verwirren/sagte sie ihme:
Er hate sich deßwegen nichts zu beschweren / weilen diese vermeynte Begünstigung/ allein zu seiner/
nemlich Maxen besten gereiche/ indeme sie bemühet wären / die Heyrath zwischen ihme / und der
schönen Englischen Fräulein Brillante , zu gutem
Stande zu bringen.

Max erröthete über dieser Rede/ und Theodelinde nahme dannenhero Gelegenheit ihne noch besser zu

ser zu schrauben/daß demnach Max nicht wußte/wie er daran ware / noch wer ihr von der Engelländerin müsse gesagt haben / weil er wol wußte / daß Bisan darvon keine Wissenschafft hatte. Er merckte wol/ daß Theodelinde durch die dem Bisan erweisende Gunst / sich eines theils wegen Brillanten an ihme rächen wolte/ daher betheurete er / daß er mit ermel= ter Fräulein / keine seiner ersten Liebe nachtheilige Verständnuß gepflogen habe / worüber sich zwar Theodelinde befriediget zu seyn erklärete / jedoch aber ihne dann und wann zu vexiren nicht unter= liesse.

Am meisten verdrosse es ihn / als er von einer vertrauten Person vernommen/ daß Bisan nicht ver= räyset/ sondern würcklich im Schloß sich befunden/ und nur verläugnet worden. Er wußte nicht was er darauß schliessen solte / noch mehr weil Corindo nicht mit Helfried zurück in Herrn Meinhards Schloß kommen / sondern bey Fräulein Theodelin= den verbleiben wolte/ daher argwohnete er/ sie möch= ten etwas/ das seiner Liebe nachtheilig/ mit einander anspinnen : solchem nun zeitlich vorzukommen/ lage er seinen Eltern hefftig an / die Heyrath mit Fräu= lein Theodelinden zu befördern / welches sie ihme nicht nur gerne zusagten/ sondern auch so mit Ernst und Nachtruck trieben / daß in wenig Tagen zwi= schen Herrn Meinhard und Aribet und ihren Ge= mahlin / nicht allein die ehemahlige Vertraulichkeit wieder erneuert / sondern auch mit weit besserm Fortgang als unlangsten / eine gedoppelte Heyrath zwischen Meinhards Maxen und Theodelinden/ und Herrn Aribets Maxen oder gewesenen Gori= bald und Fräulein Marianen geschlossen/ und die

würck=

würckliche Vermählung ohne weiteres Hinaußse-
tzen zu vollziehen angestellet wurde.

Solches erfreuete die bißher sorgfältige Gemüther nicht wenig / allein Bisan verursachte bey
Maxen einige widrige Gedancken/die er doch bald/
(weilen die Sache nun so weit kommen / daß er sich
keines Abschlages mehr zu befahren/) auß dem Sin
schluge / und immittelst zu seinem Beylager alle behörige Anstalt machte. Erich ware indeffen bey anderer Freude / gantz traurig und höchstens bekům-
mert / daß er Bisan nicht zu Gesicht bringen kunte/
dergleichen Begierde Helfried auch schier tödtete.
Doch liesse Bisan sie durch Corindo wissen / daß weilen ehester Tagen die Vermählung Theodelindens
vorgehen solte / auch seine Geschäffte biß dahin verrichtet würden; so wolte er nicht unterlassen darbey zu erscheinen / in Hoffnung die Ehre zu genieß-
sen /so wol Herrn Erich, als seinem Herrn Vettern
Helfried aufzuwarten / unter welcher Hoffnung sie
deß Hochzeit-Tages mit grossem Verlangen erwarteten.

Herr Aribet hatte sich mit Meinhard dahin verglichen / daß weilen die beyde Maxen zusamt Theodelinden / bey und von ihme in seinem Schloß erzogen worden / so solte er ihme die Ehre gönnen / daß
auch die angestellte Hochzeit in seinem Schlosse
vollzogen würde / damit er der Gegenwart seiner
lieben Kinder geniessen könne/ worinnen ihme Herr
Meinhard gerne willfahrete.

Max, Printz Sincer, Erich, Flenston, Helfried, Firant, hatten sich auf das trefflichste außgeputzet / so
wol Fräulein Mariana zu begleiten und ihrem Bräutigam zuzuführen / als auch dem hochzeitlichen Eh-
ren-Fe-

ren-Feste / theils als Bräutigam / theils als hoch-
werthe Gäste beyzuwohnen / sie wurden mit nicht
wenigerm Pomp von Hn. Ariber, seinem Sohn Max,
und andern Cavallieren eingeholet und empfangen.

Erich liesse seine Augen gewaltig auf Kundschafft gehen / ob er Bisan erblicken möchte / der sich
aber nirgends sehen lassen wolte / dahero seine Sorge sich wieder ergrösserte / der Bräutigam Max selbsten hatte auch Nachfrage nach ihm / mußte sich
aber damit vergnügen lassen / daß man ihm sagte /
er wurde sich bey der Mahlzeit unfehlbar einstellen /
weil biß dahin er noch einige Geschäffte zu bestellen
hätte.

Unterdessen wurden die beyde Bräute aufs
kostbarste geschmuckt / und im grossen Saal alles
angeordnet / was hierzu vonnöthen ware. Herz
Meinhards Maxe wurde von Printz Sincern und
Flenston, Herrn Aribets Maxe aber von Helfried
und Firant begleitet / dann Erich wolte sich nicht darzu
gebrauchen lassen / weilen er schlechte Freude von
sich spühren liesse / sondern folgete mit den andern
Cavallieren denen beyden Bräutigammen nach.

Es wurde dem Leser beschwerlich fallen / so wol
die Vergnügung und Freude der Verlobten / als
auch allen deren Pracht und Kostbarkeiten zu beschreiben. Ich will allein melden / daß alle Sinne
Gelegenheit genug hatten sich zu ergötzen. Indeme man die Bräutigame ihren Bräuten zuführete /
sahe man mit höchster Verwunderung drey der
schönsten Damen in kostbarstem Schmuck und Kleidung an dem bestimmten Orte stehen. In der
Mitten stunde Theodelinde, als eine irrdische Göttin / jedermanns Augen auf sich ziehend; neben ihr

zur

zur Rechten stunde Mariana, welche weder an Auf-
putz noch Schönheit jener nichts nachgabe. Die
Dritte aber/ über deren Schön- und Artigkeit man
sich nicht minder verwundern mußte/ ware jederman unbekandt.

Die beyde Bräutigam kunten sich nicht einbilden woher diese Dame käme / noch wer sie wäre / wol dauchte sich dergleichen Gesichte gesehen zu haben/ kunten sich aber nicht entsinnen wo.
Indeme sich nun ihre Bräuten näherten / bliebe
diese Dritte und unbekandte ein wenig zurück stehen. Erich der sie nicht gleich wargenommen/ als
er sie erblickte erstaunte vor Schrecken / und thate
einen lauten Schrey / dahero Helfried geschwind
nach ihm umsahe/ die Ursach dessen zu vernehmen/
Erich aber stunde gantz entzuckt/und ohne ein Wort
zu reden/ zeigete er nur mit dem Finger / auf die
Dame.

Als Helfried, der biß daher sich in die andere
vergaffet/ sie gleichfalls erblicket / stunde er anfangs
wie ein steinernes Bild/ die beyde Maxen / wußten
nicht was für ein schneller Zufall/diese beyde Freunde verunruhigte/oder was für Basilisken Augen sie
vergifftet. Helfried nachdem er sich geschwind wieder erholet/liesse eylends dahin / wo die dritte Dame
sich befande/ergriffe deren Hand/sprechend: Ist sie
es liebste Schwester/ die ich hier sehe/ oder ist es eine
Augen-Blendung die mich verwirret. Die Dame
druckte ihme die Hand freundlich / und sprache:
Was ihr sehet ist keine vexierische Blendung/ sondern eine wahrhaffte Vorstellung der jenigen/ die
euch so ängstiglich / und ihr hingegen sie gesuchet.

Erich ware inzwischen auch ein wenig zu sich
selbst

selbsten kommen/der nicht anders vermeynet/als er
hätte ein Gespenst erblicket; weil er aber sahe / daß
solches mit Helfried Sprach hielte / nahete er auch
hinzu/ kniete vor ihr nieder/ ergriffe ihre Hand/ und
küssete dieselbe vielmahlen / daß sie ihm solche auß
Schame/mit Gewalt entziehen/und ihne aufstehen
heissen muste.

Ach! allergetreueste Nabisa,sprache er/wie kan
ichs dem Himmel genug dancken / daß ich euch wieder lebendig und gesund sehe? Nun ist mir all mein
Kummer und Schmertzen / den ich euertwegen er-
litten/ reichlich ersetzet. Er wolte mehr und ferner
reden/ die Zwischenkunfft aber der beyden Maxen/
die bey Nennung deß Namens Nabisa, neben den
übrigen/sich bald erinnern kunten/wer diese ansehnliche Dame wäre/verhinderte ihn. Sie empfiengen
sie mit grosser Höflichkeit / und achteten es für ein
sonderbares gutes Glücke / ihre so werthe Freunde
durch so unvermuthetes Finden ihrer für tod gehal-
tenen Schwester und Liebsten/beglücket zu sehen.

Flenston ware so wol / als die andere / voller
Verwunderung / aber als man sich am wenigsten
versahe / liesse er / wie rasend / auf die nächst hinter
diesen dreyen Damen stehende ansehliche und wol-
gekleidete Weibs-Person/und mit entblößtem De-
gen/unterstunde er sich/selbige zu beschädigen:Wie/
sagte er / verfluchte Bestie / wilt du auch in diesen
Landen ehrlicher Leuthe Ruhe stören / und dein
Gottloses Gifft noch ferner außbreiten/ nachdeme
Franckreich / Engel- und Niederland/ dessen schon
so viel geprüffet. Hiemit wolte er ihr zugleich im
Grimm eines versetzen: aber so wol Hertz Aribet,als
seine Gewahlin Adelzunda/ setzten sich darwider/
vermel-

vermeldend / daß sie in ihren Diensten und getreu
wäre.   Die baldige aber doch spate Reue wird das
Widerspiel bald lehren/ antwortete Flenston, lasset
nur euren Eydam / Herrn Maxen / eine Beschreibung von dieser Vettel thun/ welche ihme mehr/als
mir / mancherley Unfall und Lebens-Gefahr über
den Halß gebracht.

Solches ist wahr/ antwortete diese Weibs-
Person/allein habe ich es seithero öffters bereuet/uñ
schon langsten dem tapffern Maxen das Versprechen gethan / das Versaumte einzubringen/ und
mich hinwiederum um ihne/ oder die Seinige/ ver-
dient zu machen.   Die beyde Maxen kamen auch
herbey/und erkannten diese Frau für die ehemahlen
Gott-Zucht- und Ehr-lose Corinne, die an dem Ar-
rest Maxen und Flenstons/ da sie in Franckreich gehen wolten/Ursache gewesen/und nachdem sie zu etlichen Todschlägen Anlaß gegeben / auch selbsten
verübet/ (wie im 25. Cap.deß 2.Theils zu ersehen/)
in Männlichem Habit in Flenstons/Helfrieds und
Relaps Gesellschafft kommen / auch in deß letztern
Diensten verblieben / und von ihme Helfried zu suchen außgeschickt worden/welcher jetzo neben Theodelinden uñ Adelgunden ihr ein gar gutes Zeugnuß
gaben/ dahero Flenstons Zorn sich bald legete/ weil
auch beyde Maxen/ mit Corindo Verhalten / (welchen Namen sie eine Zeit her geführet/) wol zufrie-
den/ indeme solcher/ was Corinne verderbet/ einiger
massen durch Wolverhalten / herein gebracht.

Nachdeme dieses vorbey / wurden die Ver-
mählungs-Ceremonien vollzogen/zu höchstem Vergnügen der so hertzlich verliebten Personen.   Ich
achte für unnöthig / alle Freuden-Bezeugungen
weit-

weitläuffig anzuführen/ sondern nur zu melden/daß
Max noch in ziemlichen Sorgen wegen Bisan ware/
dahero er auch Theodelinden von demselbigen frag-
te/ welche von Hertzen seiner Sorgfalt lachete/ fra-
gend/ ob er dann allein den Bisan nicht wargenom-
men/da doch er und die andere alle mit ihme gespro-
chen/ worvon aber Max nichts wissen wolte/ dann
sein Liebes-Eyfer hatte ihm die Augen geblendet/
daß er nicht wargenommen/daß Nabisa, der bißherige Bisan gewesen. Er erkannte deßwegen seinen
Irrthum/ und bathe um Vergebung/ die er auch
leicht erhielte/ doch muste er sich noch etwas von
Theodelinden wegen Fräulein Brillanten aufzie-
hen lassen/ sintemahlen Corinne, ihr alles das jeni-
ge/ was in Engelland/und auch in Niederland/mit
Maxen sich zugetragen/ erzehlet hatte.

Hier ist zu vermelden/daß/als Bisan die flüchtige Theodelinden unlangsten angetroffen/ und zu
sich auf sein Pferde genommen/ in Meynung/nach
dem bestimmten Closter zu kehren/ aber in die Irre
gerathen/ daß sie in einem Bauren-Hauß über-
nachten musten;er die grosse Angst und Sorgfalt/in
deren sie sich befande/ gar wol wargenommen/ weil
sie ihne für eine Manns-Person hielte/ allermassen
er auch selbsten bißher von seiner Gesellschafft gehalten worden. Ihr nun solche zu benehmen/und
sicherer zu machen/ offenbahrete er seinen Stand
und Beschaffenheit/worauf sie in so gute Verträu-
lichkeit geriethen/ daß sie fast nicht ohne einander
bleiben kunten/ Theodelinde/ die ihres Maxen Eyfer bald gemercket/ wolte ihn in solchem eine Zeit
lang unterhalten/ und Nabisa selbsten hatte ihre
Freude darab/so wolte sie auch weder ihrem Bruder

Helfried/ noch Liebsten Erich / sich eher zeigen / als
wie sie es bereits mit Theodelinden angeleget;theils
Erich noch etwas zu quälen/ weil er/ ihrem Beduncken nach/etwas zu freundlich mit Bellisen sich aufgeführet; theils auch ihnen durch gantz unvermu-
thete Entdeckung/ desto grössere Freude zu erwe-
cken/als auch geschehen.

Weil nun Corindo in der Wiederkehr auß
Piemont von ungefähr Nabisa unter dem Namen
Bisan mit Fräulein Theodelinden angetroffen/ und
in ihrer Gesellschafft verharret / hatte eine die andere außgespähet/ daß sie ihr Geschlechte vor einander nicht mehr verbergen kunten.

Ob nun wol die beyde Maxen mit ihren ge-
trauten Liebsten in höchster Vergnügung lebten/ so
ware doch der Schwede Erich/ seinem Beduncken
nach/ nicht minder glückseelig / daß er seine Liebste
Nabisa noch im Leben gefunden/weil dann er so wol/
als Helfried/ sonderbares Verlangen truge/ wie es
ihr bey und nach ihrem Tode ergangen/ thate sie ihrem Verlangen folgender massen Vergnügung:

Euch samtlichen ist schon bekandt/ daß ich/ als
warhafftig tod/auf Herrn Erichs Vatters Befehl/
in die Grufft der Schloß-Capelle beygesetzet worden; da solches geschehen/und er nun vor mir gesi-
chert/ machte er sich mit seinen Leuthen wieder weg/
ich aber bliebe in der Grufft ligen/ biß etwan gegen Mitternacht/ da ich wieder auß einem tieffen
Schlaff zu mir selber kam/ aber mich nicht besinnen
kunte / wo ich wäre / indeme ich weder etwas sahe/
noch hörete/ sondern nur befande/ daß ich an einem
verschlossenen Orth ware/ da ich im Finstern verschiedene Todten-Knochen fande/die mir eine grau-
                                                    same

same Forcht verurſachten/daß ich zu ſchreyen begun-
te/aber niemand mich hören wolte. Nach geraumer
Zeit hörte ich ob mir ein Getöſe / und bald darauf
merckte ich / daß das Loch der Grufft eröffnet / und
mir geruffen wurde. Da ich dann mit der Antwort
nicht ſaumte/ ſondern bate/ mich auß dieſer Todten-
Wohnung/ die ich nun bey dem vorhandenen Liecht
erkennet / herauß zu nehmen / welches der Schloß-
Vogt mit Hülff ſeiner Frauen/ und meiner Magd
verrichtete.

Ich muß euch ſagen/daß als ich auf die leydi-
ge Bottſchafft von dem Tode meines Bruders in
eine Ohnmacht dahin gefallen / die Schloß-Vög-
tin mir eine Artzney zur Stärckung deß Hertzens
eingeſchüttet. Als ſie aber nachgehends recht zu-
geſehen / hat ſie befunden / daß die Artzney ſo ſie mir
gegeben / keine Hertz-Stärckung wie ſie vermeynt/
ſondern eine ſchlaffen-machende Artzney geweſen/
(die ihr kurtz zuvor wegen erlittenen groſſen Leibes-
Schmertzen ware verordnet / weil aber indeſſen die
Schmertzen ſich gelindert / nicht gebrauchet wor-
den/) welche ſolche Würckung bey mir gethan / daß
man mich für tod gehalten. Weil nun die Schloß-
Vögtin deß Irrthums inne worden / geriethe ſie
auf die Gedancken/ich müßte nicht wahrhafftig tod
ſeyn/ ſondern nur ſo tieff ſchlaffen / damit nun ſie
nicht an meinem Tod ſchuld haben möchte / beredete
ſie nach vielen Außflüchten ihren Manne/ nach mir
zu ſehen. Als ich nun alſo dem Tode entgangen/
hielten ſie mich etliche Tage ſehr heimlich / und
mußte ich ihnen verſprechen/ ſie wegen dieſer gelei-
ſteten Hilffe nicht zu verrathen/ deſſen ſie auch wol
geſichert waren/ weil ich hierdurch mich nur ſelbſten

wie-

wieder in neue Gefahr wurde gestürtzet haben.
Demnach lieffe ich etliche Ringe so ich noch bey mir
hatte/und was noch in meinem Zimmer vorhanden/
heimlich zu Geld machen/ versahe mich mit einem
Mannes Kleid/färbte meinAngesicht/und nachdem
ich meiner Magd/ und dem Vogt und Vögtin eine
Verehrung gethan/machte ich mich auß dem Staube / da mir die Magd etliche Tage Gesellschafft leistete / weil sie nimmer an einem / wie sie sagte / so gefährlichen Ort/verbleiben wolte.

Weil ich nun mich nirgend vor Herrn Erichs
Vatter sicher schätzte/nahme ich mir vor/ zu meinem
Herrn Vetter dem General, in Teutschland zu reisen/seines Raths und Hülffe mich zu bedienen. Da
ich dann unter Wegs von den Frantzosen gefangen/
von Herrn Max und Printz Sincern aber wieder
ledig gemacht / und zu dem General gebracht worden / daselbsten ich von meinem Bruder und Herrn
Erich Nachricht bekommen; Deßwegen auch der
General alsobald einen Expressen an meinen Bruder
Helfried abgeschicket/und ihne zu sich fordern lassen/
Vorhabens mich ihme zu übergeben / und wie die
Sache künfftig anzugreiffen / zu befehlen. Weil
aber weder der Botte noch Helfried kame / der General aber nur schwächer wurde/befahle er mir/nach
seinem Tode / so fern mein Bruder biß dahin nicht
käme / dem Bäyerischen Max nachzuziehen / dem er
mich recommendirte / weil ich vermuthlich Herrn
Erich bey ihme antreffen wurde ; sie Beyde wuerden
alsdann nicht unterlassen / mir hilff-reiche Hand
zu bieten. Weil dann sein Tod bald darauf erfolget / habe ich die Räyse dahin genommen/und biß
bahero von Herrn Maxen und seiner übrigen an-

sehn-

sehnlichen Gesellschafft/ alle ersinnliche Ehre und Höflichkeit genossen/ derentwegen ich ihnen zum höchsten verbunden verbleibe.

Ich habe mich/sagte sie ferner/ seither zum öfftern meines gehabten/ und bey unserer letzten unglücklichen Zusammenkunfft/ Herrn Erich erzehlten Traumes erinnert; wie wir nemlich von einander getrennet/ durch einen tunckeln Gang und enge Höle/ (so zweifels ohn die Todten-Grufft gewesen/) aber in einem andern Stand/einander wieder gesehen/und angetroffen/ wiewol Herr Erich mir damahlen nichts wollen drauß gehen lassen.

Hiermit beschloffe sie ihre Rede/ deren alle Anwesende mit Verwunderung zugehöret hatten.

Bey diesen höchst vergnüglichen Lustbarkeiten/ erinnerte sich Max oder ehemahliger Goribald, deß zu Pariß angetroffenen Wahrsager-Spiegels/ und fragte Erich,was er jetzo von solchem urtheilete/ weilen er nun im Wercke sehe/daß seine Vorstellungen zugetroffen/ welches nicht nur das Exempel Firants/sondern sein eigenes erweise/da ihme derselbe seine eigene/wie auch seines Freundes Maxe wahre/ aber damahlen ihnen gantz nicht eingebildete Eltern uñ Schwestern vorgestellet/ wiewol er es dazumahl nicht begreiffen können/ indeme sein Nachsinnen mehr auf einen ihme vorgestellten Mit-Buhler/ (wie er Maxen darfür gehalten/) als etwas anders gerichtet gewesen; sintemahlen ihme die damahlige Erscheinung alle seine Gemüths-Ruhe genommen. Nun aber glaube er/wann er seine Frage also eingerichtet hätte: Wer nemlich Fräulein Marianen Bräutigam werden solte? Es würde gewiß der Spiegel ihne selbsten/ oder so er von sich gefraget/

Maria-

Marianen vorgestellet haben; weilen ihme eben
jetzo beyfalle / daß der Spiegel nicht gewohnet seye/
die darein schauende und gleichsam das Oraculum
fragende Person/ vorzubilden.

Helfried gabe hier auch Zeugnüß den Tod und Leben seiner SchwesterNabisa betreffend/(allermassen
darvon im andern Theil / und von Goribalds im
dritten Theil p.182. Meldung geschehen/) zweifle
er demnach nicht / weil die tunckele braun-schwartze
Traur-Farbe/ (wormit Nabisa ihrer Bekanntnüß
nach / ihr Gesicht verstellet / und sich damit uner-
kanntlich gemacht/) nun wieder abgewischet / es
werde mit ihr und Herrn Erich das übrige auch noch
eintreffen.

Aber Erich erklärete sich mit wenigem / daß er
bey seiner damahligen Resolution bleibe / und ob
schon eines und das andere zugetroffen und noch
ferner zutreffen möchte/ so seye und bleibe es doch
ein zauberisches und sündliches vorwitziges Wesen/
und begehre er auf dergleichen Weise sein Lebtag
etwas zu erforschen nicht vorwitzig zu seyn.

Dieser Discurs machte die Anwesende nicht
allein lüstern dieses Spiegels Beschaffenheit zu
vernehmen/sondern Theodelinde erinnerte sich hierbey so wol als Mariana ihrer offtmahligen Kräuter-
Probe/ und sahen nunmehr in der Warheit/ daß die
Probe just und gerecht / indeme sie jetzo erkenneten/
warum dieselbe nur allwege in einem/und nicht dem
andernSchlosse/wegen einerPerson geglücket/auch
daß der von dem Kraut-Künstler vergessene / und
ihne in Zweifel setzende Umstand / in Wahrheit sich
also befinde / (allermassen pag.76.81.83.198.seqq.
378.386.deß dritten Theils zu ersehen/) sie liessen
ihne

ihne deßwegen fordern / und der allgemeinen Freude durch eine gegebene Verehrung mit genieſſen.

Wir laſſen nunmehr den tapffern Bäyeriſchen Max, mit ſeiner geliebten Theodelinden / wie
auch den vermeynten Goribald, mit ſeiner holdſee-
ligen Marianen / ihre gewünſchte Glückſeeligkeit
genieſſen / und melden zum Beſchluß noch dieſes / daß nachdeme dieſe geſamte Helden-Geſell-
ſchafft auf vielerley Weiſe ſich ergötzet / ſie von einander Abſchied nahmen.   Erich, Helfried, Nabiſſa,
Flenſton ſamt Corinne, (die ſich nun gantz geändert/)
giengen in einer Geſellſchafft gantz vergnügt / nach
Holland, Firant eylete in Savojen/und Printz Sincer
nahme ſeinen Weg in Italien/Vorhabens/von dannen wieder in ſein Vatterland zu gehen; Alleſamt
wünſchend / daß es ihren ſo wehrten und tapffern
Freunden und Räyß-Genoſſen/ſamt allen treuen
Patrioten ohne Aufhören glücklich ergehen
möge / biß an deß Lebens

ENDE.

Register
über den IV. und Letzten Theil
deß Bäyerischen MAX.

A. A.

Ccords-Puncten mit Carmagnola, p. 34. sq. werden nicht gehalten/38. der Stadt Limmerich/81. Montmeilan, 274.

Alexander, der Grosse/ hat das Bartscheeren aufgebracht/ 85.

Aribet ist wegen seines Sohnes sehr betrübt/ 119. sqq.122.sq.147. ist bedacht/seine zwey Kinder an zwey andere Geschwisterte zu verheyrathen/ ibid. sqq. erfähret Maxen Untugenden/301. und bereuet die Heyrath / ibid. ist in Sorgen / wegen Theodelinden Außbleiben/ 364. sqq. und seines Sohns Gefängnüß / 385. erfähret / daß nicht Max, sondern Goribald, sein Sohn ist/ 391. sqq. ist wegen Maxen Befreyung sorgfältig/ 398.

Armee in Savoyen/ihre Verrichtung/ 22.sqq.

B.

Ackeratz ergibt sich auf Gnad und Ungnad/99. Bart/ den Moscowitern zur Straffe abgeschoren/84. gibt Authorität/ ibid. ist ein Zeichen der Tapffer- und Mannhafftigkeit/85. unterschiedlich Curieuses von Bärten/ibid.sqq. wird in Ehren gehalten / und dabey geschworen / 88. 90. Bart-Zupffen und Scheeren ist eine Schmach/ 90.sqq. artiger Posse damit/ 93.sq.

Bartichte

ee 5   201.

Müntze/

Türcken/

E N D E.